Peter Robinson

IN EINEM HEISSEN SOMMER

Peter Robinson

IN EINEM HEISSEN SOMMER

Roman

Aus dem Englischen
von Andrea Fischer

Ullstein

Der Ullstein Verlag ist ein Unternehmen der
Econ Ullstein List Verlag GmbH & Co. KG

Titel der amerikanischen Originalausgabe:
In a Dry Season

Amerikanische Originalausgabe 1999 by
Avon Books, New York

Das Buch erscheint im Ullstein Verlag

Satz: Pinkuin Satz und Datentechnik, Berlin
Gesetzt aus der Aldus
Druck und Verarbeitung: GGP Media, Pößneck
Printed in Germany 2001
ISBN 3 550 08340 8

Für Dad und Averil,
Elaine und Mick,
und für Adam und Nicola

Die Vergangenheit ist ein fremdes Land;
dort gelten andere Gesetze.
– L. P. Hartley, *Der Zoll des Glücks*

Prolog

August 1967

Es war der Summer of Love. Ich hatte gerade meinen Mann unter die Erde gebracht, als ich zum ersten Mal zurück zu dem Stausee fuhr, der das Dorf meiner Kindheit überflutet hatte.

Ich unternahm diese Fahrt nur wenige Monate, nachdem Ronald und ich von einem unserer häufigen langen Auslandsaufenthalte zurückgekehrt waren, die mir viele Jahre gut gefallen hatten. Auch Ronald hatte mir gut gefallen. Er war ein anständiger Kerl und ein guter Ehemann, gewillt zu akzeptieren, dass unsere Ehe aus Bequemlichkeit geschlossen worden war. Ich glaube, er sah in mir einen Pluspunkt für seine Karriere als Diplomat, obwohl es sicherlich weder blendende Schönheit noch funkelnder Verstand war, die ihn für mich einnahmen. Doch ich war vorzeigbar und intelligent, überdies konnte ich ausnehmend gut tanzen.

Wie auch immer – bald ging mir die Rolle der Gattin eines rangniederen Diplomaten in Fleisch und Blut über. Sie schien mir ein geringer Preis zu sein. In gewisser Weise war ich für Ronald der Schlüssel zu beruflichem Erfolg und Aufstieg und er ermöglichte mir – obwohl er es nicht wusste – Flucht und Abstand. Ich heiratete ihn, weil ich wusste, dass wir weit weg von England leben würden, und ich wollte so weit weg wie möglich von England sein. Jetzt, nach mehr als zehn Jahren im Ausland, ist das nicht mehr so wichtig. Es reicht mir nun, den Rest meiner Tage in der Wohnung in Belsize Park zu verbringen. Außerdem hinterließ mir Ronald, der immer klug investiert hatte, eine ansehnliche Geldsumme. Auf jeden Fall genug, um die nächsten Jahre ein sicheres Auskommen zu haben und mir einen neuen Sportwagen von Triumph zu leisten. Einen roten. Mit Radio.

Und so sang ich zu »All You Need is Love«, »Itchycoo Park« und »See Emily Play«, lauschte den vereinzelten Kurznachrichten über den Mord an Joe Orton und die Schließung der Piratensender vor der Küste, als ich zum ersten Mal nach über zwanzig Jahren zurück nach Hobb's End fuhr. Aus unerklärlichem Grund gefiel mir die rohe, schlichte, sentimentale neue Musik, die die jungen Leute jetzt hörten, obwohl ich Anfang vierzig war. Wenn ich ihr lauschte, sehnte ich mich danach, wieder jung zu sein: jung, doch ohne die Erschwernisse meiner eigenen Jugend; jung, doch ohne den Krieg; jung, doch ohne den Kummer; jung, doch ohne Schrecken und Blut.

Nachdem ich vor Skipton die Hauptstraße verlassen hatte, sah ich kein anderes Auto mehr. Es war ein Sommertag wie aus dem Bilderbuch: Die Luft roch süß nach geschnittenem Gras und Wildblumen. Ich bildete mir ein, sogar die warmen Ausdünstungen der Trockenmauern riechen zu können. Wie geschliffene Granate glänzten die Beeren an den Ebereschen. Über den Wiesen stiegen Kiebitze auf und ließen sich von der Luft tragen, Schafe blökten kläglich in den fernen Tälern. Die Farben waren so kräftig – das Grün grüner als je zuvor, das Blau des Himmels wolkenlos und strahlend klar.

Nicht weit hinter Grassington verfuhr ich mich. Ich hielt an und erkundigte mich bei zwei Männern, die eine Trockenmauer reparierten. Seit langer Zeit hatte ich den typischen breiten Dialekt der Yorkshire Dales nicht mehr gehört, so dass er zunächst fremd in meinen Ohren klang. Schließlich verstand ich sie jedoch, bedankte mich und fuhr weiter. Sicherlich zerbrachen sich die beiden den Kopf über die seltsame Dame mittleren Alters mit der Sonnenbrille, der Popmusik und dem schnittigen roten Sportwagen.

Die alte Straße endete am Waldrand, so dass ich aussteigen und den Rest des Weges zu Fuß über einen gewundenen Trampelpfad zurücklegen musste. Wolken von Mücken summten über mir, Zaunkönige raschelten im Unterholz und Blaumeisen hüpften von Zweig zu Zweig.

Dann lag der Wald hinter mir und ich stand am Ufer des Stausees. Mein Herz begann zu klopfen, ich musste mich gegen einen Baum lehnen. Die Borke fühlte sich rau an. Mein heißer Kopf und die kribbelnden Finger ließen mich kurz befürchten, ich würde ohnmächtig werden. Aber das Gefühl ging vorüber.

Natürlich hatte es hier auch früher schon Bäume gegeben, aber nicht so viele, und die meisten hatten nördlich des Dorfes im Wald von Rowan Woods gestanden. Als ich hier gelebt hatte, war Hobb's End ein Dorf in einem Tal gewesen. Jetzt blickte ich auf einen waldgesäumten See.

Die vollkommen bewegungslose Wasseroberfläche spiegelte die Bäume und von Zeit zu Zeit eine vorbeifliegende Möwe oder Schwalbe. Rechts von mir konnte ich den kleinen Damm erkennen, hinter dem sich der Fluss bei der Einmündung in den Harksmere-Stausee verjüngte. Verwirrt und meiner Gefühle unsicher, setzte ich mich ans Ufer und betrachtete die Umgebung.

Wo ich saß, hatte früher die alte Eisenbahnlinie entlanggeführt, der Zug, mit dem ich während meiner Kindheit so oft gefahren war. Die einspurige Trasse nach Harrogate war für uns während des Krieges die einzig wirkliche Verbindung zur Welt jenseits der Grenzen von Hobb's End gewesen. Natürlich hatte der Verkehrsminister sie vor drei, vier Jahren stilllegen lassen, die Schienen waren bereits mit Unkraut überwachsen. Die Gemeinde hatte an der Stelle, wo früher der Bahnhof gewesen war, Trauerweiden gepflanzt. Oft hatte ich dort bei Mrs. Shipley eine Fahrkarte gekauft und auf dem Bahnsteig mit wachsender Unruhe auf das ferne Stampfen und Pfeifen der alten Dampflok gewartet.

Die Zeit verging, während ich so dasaß und in Erinnerungen schwelgte. Ich war erst spät aufgebrochen, die Strecke von London hierher hatte sich hingezogen. Bald breitete sich im Wald um mich herum die Dunkelheit aus und machte sich zwischen den Zweigen und in der Stille zwischen den Rufen der Vögel breit. Eine wispernde Brise kam auf. Das schwindende Licht fiel schräg aufs Wasser, so dass die leicht aufgeraute Oberfläche aussah, als sei sie mit rosafarbenem Puder bestäubt. Langsam verdunkelte sich auch der See und nahm ein tiefes Tintenblau an.

Dann ging der Vollmond auf und verstreute sein knochenweißes Licht. Ich stellte mir vor, in seinem Schein das Dorf, das früher einmal gewesen war, im Wasser zu sehen, als sei es ein im Wasserglas bewahrtes Bild. Da lag es, das Dorf, ausgebreitet unter mir, glitzerte und schimmerte dunkel unter der kaum wahrnehmbar gekräuselten Oberfläche.

Beim Betrachten bekam ich das Gefühl, als bräuchte ich nur die Hand auszustrecken, um das Bild berühren zu können. Wie die Welt hinter dem Spiegel in Cocteaus *Orpheus*. Wenn man die Hand ausstreckt und das Glas berührt, wird es zu Wasser und gibt den Weg frei in die Unterwelt.

Was ich sah, war die Vision des Dorfes, so wie es gewesen war, als ich dort lebte: Rauchfahnen aus Schornsteinen auf Schiefer- und Steindächern, die dunkle Mühle auf dem kleinen Hügel im Westen, der gedrungene Kirchturm, die gewundene High Street neben dem schmalen Fluss. Je länger ich aufs Wasser blickte, desto mehr hatte ich den Eindruck, ich könnte die Menschen ihren täglichen Verrichtungen nachgehen sehen: einkaufen, ausliefern, tratschen. In meiner Vision konnte ich sogar unseren kleinen Laden erkennen, wo sie mir an jenem stürmischen Frühlingstag 1941 zum ersten Mal begegnete. Der Tag, an dem alles begann.

1

Adam Kelly spielte gern in verlassenen Häusern, er liebte den modrigen Geruch der alten Zimmer, das Ächzen und Stöhnen, wenn er darin umherlief, das durch die Dachbalken fallende Sonnenlicht, das gestreifte Schatten auf die Wände warf. Er fand es herrlich, über die fehlenden Treppenstufen zu springen, das Herz schlug ihm bis zum Hals, wenn er von Sparren zu Sparren hüpfte, Gipsstaub aufwirbelte und zusah, wie die Staubpartikel im gefilterten Licht tanzten.

An diesem Nachmittag hatte Adam ein ganzes Dorf zum Spielen.

Er stand am Rand eines flachen Tales, blickte auf die Ruinen hinunter und freute sich auf das bevorstehende Abenteuer. Dies war der Tag, auf den er gewartet hatte. Vielleicht eine Gelegenheit, die sich nur einmal im Leben bot. Dort unten war alles möglich. Heute hing die Zukunft des Universums von Adam ab; das Dorf war ein Test, eine Herausforderung, die er bestehen musste, bevor er zur Stufe 7 vorrücken konnte.

Die einzigen Menschen, die zu sehen waren, standen am hinteren Ende bei der alten Flachsmühle: ein Mann in Jeans und rotem T-Shirt und eine ganz in weiß gekleidete Frau. Sie taten, als seien sie Touristen, hielten ihre Videokamera in alle möglichen Richtungen, aber Adam argwöhnte, sie könnten die gleiche Absicht haben wie er. Er hatte das Spiel schon oft genug auf dem Computer gespielt, er wusste, Tarnung war alles und nichts war das, was es vorgab zu sein. Der Himmel steh uns bei, dachte er, wenn sie es *vor* mir schaffen.

Halb rutschte, halb lief er die morastige Böschung hinunter und kam unten auf der roten, ausgebrannten Erde schlitternd zum Stehen. Es gab noch immer viele sumpfige Stellen; er vermutete, dass das ganze Wasser nicht innerhalb weniger Wochen gänzlich verdunsten konnte.

Adam hielt inne und lauschte. Selbst die Vögel schwiegen. Die Sonne brannte vom Himmel und er schwitzte hinter den Ohren, im Nacken und in der Poritze. Seine Brille rutschte ihm immer wieder von der Nase. Die dunklen, verfallenen Cottages flimmerten in der Hitze wie die Wand neben dem Ofen eines Schmiedes.

Jetzt war alles möglich. Irgendwo war der Talisman versteckt, und Adam hatte die Aufgabe, ihn zu finden. Aber wo sollte er beginnen? Er wusste noch nicht einmal, wie er aussah, doch würde er es wissen, wenn er ihn gefunden hatte, und irgendwo musste ein Hinweis sein.

Er überquerte die alte Steinbrücke und betrat eines der halbzerstörten Cottages. Er spürte die feuchte, kühle Dunkelheit, die ihn wie ein Mantel umhüllte. Es roch wie in einer kaputten Toilette oder als hätte sich ein riesiger Alien zum Sterben in einen heißen, stinkenden Sumpf gelegt.

Schräg fiel die Sonne durch das Loch, an dessen Stelle vorher das Dach gewesen war, und beleuchtete die hintere Wand. Die dunklen Steine sahen so glitschig und schmierig aus wie Öl. An manchen Stellen hatten sich die schweren Steinplatten, die den Boden bedeckten, verschoben und waren gesprungen. Schwerer Lehm quoll aus den Furchen. Einige Platten wackelten, als Adam sie mit seinem Gewicht belastete. Er fühlte sich, als schwebe er auf Treibsand und würde jeden Moment ins Herz der Erde gesaugt, sobald er eine falsche Bewegung machte.

In diesem Haus war nichts. Also weiter.

Draußen war noch immer niemand zu sehen. Die beiden Touristen waren offenbar gegangen oder sie hatten sich versteckt und lauerten ihm hinter der Mühlenruine auf.

In der Nähe der Brücke entdeckte Adam ein kleines Nebengebäude, eine Art Steinschuppen, wie er vielleicht einmal benutzt worden war, um Kohle zu lagern oder Lebensmittel kühl zu halten. Er hatte von der alten Zeit gehört, als es noch keine elektrische Heizung und Kühlschränke gab. Vielleicht war es sogar eine Toilette gewesen. Schwer zu glauben, aber er wusste, dass man früher nach draußen aufs Klo hatte gehen müssen, selbst im Winter.

Was es auch gewesen war, die *Zerstörer* hatten den Schuppen ziemlich intakt gelassen. Das Gebäude war ungefähr zwei Meter hoch, hatte ein unbeschädigtes schräges Dach aus Steinplatten und schien ihn herbeizuwinken, schien eingenommen werden zu wollen. Endlich hatte er einen Bau gefunden, auf den er zwecks besserer Sicht klettern konnte. Wenn sich die Möchtegern-Touristen irgendwo versteckten, würde er sie von oben entdecken.

Adam ging um den Schuppen herum und registrierte erfreut, dass auf einer Seite mehrere Steine ein wenig hervorstanden, so wie Stufen. Vorsichtig verlagerte er sein Gewicht auf den ersten Stein. Er war glatt, doch er hielt. Adam begann zu klettern. Die Stufen kamen ihm ziemlich sicher vor, und schon war er oben.

Er hievte sich auf das Dach. Es hatte nur ein leichtes Gefälle, so dass er sich problemlos bewegen konnte. Zuerst stand er am Rand, legte die Hand über die Augen, um sie vor der grellen Sonne zu schützen, und blickte in alle Richtungen.

Im Westen erhob sich die Flachsmühle, die Unbekannten waren nicht mehr zu sehen. Im Norden und Süden bedeckte Wald das Land; durch das dichte grüne Blätterwerk ließ sich so gut wie nichts erkennen. Im Osten lag der tränenförmige Umriss des Stausees von Harksmere. Auf The Edge, einer Straße am Südrand des Sees, blitzten ein paar Windschutzscheiben in der Sonne. Davon abgesehen, bewegte sich fast überhaupt nichts, kaum ein Blatt zitterte.

Zufrieden, dass er nicht beobachtet wurde, setzte er den nächsten Fuß aufs Dach. Es war nicht breiter als einen Meter zwanzig, einen Meter fünfzig, aber als er in der Mitte stand, spürte er ein schwaches Zittern, und bevor er den kurzen Weg zur anderen Seite zurücklegen konnte, gaben die dicken Steinplatten unter ihm nach. Einen Moment lang hing er in der Luft, als wolle er für immer dort schweben. Er streckte die Arme aus und bewegte sie auf und nieder, als wären es Flügel, doch es half nichts. Mit einem Schrei stürzte er in die Dunkelheit.

Er landete mit dem Rücken auf einem Polster aus Schlamm; das linke Handgelenk stieß gegen eine heruntergefallene Steinplatte, und sein rechter Arm, den er zum Abbremsen ausgestreckt hatte, versank bis zum Ellenbogen im Morast.

Atemlos lag er da und blickte zu dem Viereck blauen Himmels hinauf. Plötzlich merkte er, dass sich zwei der auf dem Dach verbliebenden Platten neigten. Jede war ungefähr einen Quadratmeter groß und fünfzehn Zentimeter dick. Trafen sie ihn, würden sie ihn zu Brei quetschen. Aber er konnte sich nicht bewegen; er fühlte sich gefangen und starrte gebannt auf die herabfallenden Platten.

Sie schienen in Zeitlupe zu fallen, wie Herbstlaub an einem windstillen Tag. Sein Kopf war vollkommen leer. Er spürte keine Panik, keine Angst, nur so etwas wie Ergebenheit, als wäre er in seinem kurzen Leben an einem Wendepunkt angekommen, als läge es jetzt nicht mehr in seiner Hand. Er hätte es nicht erklären können, selbst wenn er es versucht hätte, aber in dem Moment, als er in seiner Wiege aus warmem Schlamm lag und die dunklen Steinplatten beobachtete, die ihm aus dem Blau des Himmels entgegenstürzten, wusste er trotz seiner Jugend, dass er nichts machen konnte, um dem auszuweichen, was das Schicksal für ihn bereithielt. Wie es auch weiterging, er konnte es nur hinnehmen.

Das muss die Stufe 7 sein, dachte er und hielt den Atem an, wartete auf den Aufprall, wartete darauf, seine Knochen brechen und knirschen zu hören.

Eine Platte fiel links von ihm herunter und blieb im Schlamm stecken, stand wie ein alter Grabstein schräg gegen die Mauer gelehnt. Die andere landete rechts von ihm und brach beim Aufprall auf eine Bodenplatte entzwei. Die eine Hälfte neigte sich ihm entgegen, streifte seinen aus dem Schlamm ragenden Oberarm und zerkratzte ihn, so dass er blutete.

Adam atmete mehrmals tief durch und sah nach oben durch das Dach in den Himmel. Keine Steine mehr. Er war also verschont geblieben; er lebte. Er fühlte sich ein wenig benommen. Ernstlich verletzt schien er nicht zu sein, dachte er, als er seine Glieder langsam bewegte. Das linke Handgelenk tat unheimlich weh, wahrscheinlich würde er dort einen riesigen blauen Fleck bekommen, doch gebrochen schien es nicht zu sein. Sein rechter Arm steckte noch immer tief im Schlamm, und die Steinplatte scheuerte an seinem aufgeschrammten Ellenbogen. Um herauszufinden, ob er seine Finger noch fühlte, versuchte er, sie im Morast zu bewegen, und stieß dabei gegen etwas Hartes.

Es fühlte sich an wie eine Ansammlung glatter, harter Spindeln oder wie ein Bündel kurzer Stöckchen. Neugierig schob er den Arm weiter nach unten und umfasste es fest, so wie er früher, als er noch sehr klein war und Angst vor den vielen Menschen hatte, in der Stadt die Hand seiner Mutter gehalten hatte. Dann verlagerte er sein Gewicht nach links und zog seine Hand mit einem Ruck heraus. Er musste die Zähne zusammenbeißen, so heftig schoss der Schmerz durch das verletzte Handgelenk.

Zentimeterweise zerrte er den Arm heraus, die Trophäe fest mit der Faust umschlossen. Der Schlamm machte saugende, schlürfende Geräusche. Endlich konnte er den Gegenstand in seiner Hand der Erde entwenden. Er stellte ihn vor die Steinplatte und schob sich rückwärts gegen die Hinterwand des Schuppens, um sein Fundstück besser betrachten zu können.

Im Dämmerlicht lehnte es an der Platte, seine Finger hakten sich über den Rand, als versuchten sie, sich selbst aus dem Grab zu ziehen. Es war das Skelett einer Hand, deren Knochen mit feuchter, dunkler Erde verkrustet waren.

Banks trat einen Schritt zurück, um seine Arbeit zu begutachten, und pfiff dabei die Habanera aus *Carmen*, die aus seiner Anlage dröhnte; da hatte Maria Callas ihre beste Zeit bereits hinter sich gehabt, aber sie klang trotzdem gut.

Nicht schlecht für einen Anfänger, dachte er, den Pinsel

in eine Dose Terpentin tauchend, auf jeden Fall eine Verbesserung gegenüber der schimmeligen Tapete, die er gestern von den Wänden seines neuen Hauses gerissen hatte.

Besonders gut gefiel ihm die Farbe. Der Mann im Heimwerkermarkt in Eastvale hatte gesagt, sie wirke beruhigend, und nach dem Jahr, das Banks gerade durchlitten hatte, war Beruhigung genau das Richtige für ihn. Der Blauton, den er gewählt hatte, sollte an die Farbe orientalischer Wandteppiche erinnern, doch als er die Wand damit gestrichen hatte, musste Banks eher an die griechische Insel Santorin denken, die er mit seiner von ihm getrennt lebenden Frau Sandra während ihres letzten gemeinsamen Urlaubs besucht hatte. Mit dieser Erinnerung hatte er zwar nicht gerechnet, aber er glaubte, damit leben zu können.

Zufrieden mit seiner Arbeit, zog Banks eine Packung Silk Cut aus der Tasche. Zuerst zählte er die Zigaretten. Nur drei weniger als am Morgen. Gut. Er versuchte, sich auf zehn oder weniger pro Tag zu beschränken, und das gelang ihm bisher recht gut. Er ging in die Küche und schaltete den elektrischen Wasserkessel ein.

Das Telefon klingelte. Banks stellte die Anlage ab und griff zum Hörer.

»Dad?«

»Brian, bist du's? Ich hab schon versucht, dich zu erreichen.«

»Hm, tja … wir sind auf Tour gewesen. Ich dachte, du wärst gar nicht da. Warum bist du nicht bei der Arbeit?«

»Wenn du gar nicht mit mir gerechnet hast, warum rufst du dann an?«

Schweigen.

»Brian? Wo bist du? Ist alles in Ordnung?«

»Ja, alles in Ordnung. Ich bin momentan bei Andrew.«

»Wo ist das?«

»In Wimbledon. Hör mal, Dad …«

»Müssten deine Prüfungsergebnisse nicht schon raus sein?«

Wieder Schweigen. Herrgott noch mal, dachte Banks, es ist einfacher, die Wahrheit aus einem Politiker zu quetschen, als ein paar zusammenhängende Worte aus Brian herauszubekommen.

»Brian?«

»Ja, hm, deshalb rufe ich ja an. Weißt du … eigentlich wollte ich nur eine Nachricht hinterlassen.«

»Verstehe.« Jetzt wusste Banks, was los war. Vergeblich sah er sich nach einem Aschenbecher um und benutzte dann stattdessen den Kamin. »Erzähl!«, forderte er Brian auf.

»Wegen der Prüfung, also …«

»Wie schlimm ist es denn? Was hast du bekommen?«

»Tja, das ist es ja … ich meine … es wird dir nicht gefallen.«

»Du hast aber bestanden, oder?«

»Ja, klar.«

»Und?«

»Es ist nur, dass ich nicht so gut war, wie ich gedacht hatte. Es war wirklich schwer, Dad. Das sagen alle.«

»Wie hast du abgeschnitten?«

Brian flüsterte fast. »Dritter Klasse.«

»*Dritter Klasse*? Das ist aber eine ziemliche Enttäuschung, oder? Ich hätte gedacht, du könntest es besser.«

»Na ja, ist immerhin mehr, als du je geschafft hast.«

Banks holte tief Luft. »Das ist ja wohl scheißegal, was ich geschafft habe oder nicht! Wir sprechen hier über dich. Über deine Zukunft. Mit einem Abschluss dritter Klasse bekommst du nie und nimmer einen anständigen Job.«

»Und wenn ich gar keinen anständigen Job will?«

»Was willst du denn sonst? Dich zu den anderen Arbeitslosen stellen? Einer mehr? Noch so 'n arbeitsloser Penner?«

»Vielen Dank, Dad. Schön zu wissen, was du von mir hältst. Egal, auch wenn du's nicht glaubst, ich leb nicht von der Stütze. Wir wollen's mal versuchen, ich und die Band.«

»Ihr wollt was?«

»Wir wollen mal einen Versuch starten. Andrew kennt einen Typ mit so 'nem Indie-Label, und der hat ein Studio und so, und er meint, wir können vorbeikommen und ein Demoband mit ein paar von meinen Songs aufnehmen. Auch wenn du es nicht glaubst, aber die Leute fahren auf uns ab. Wir haben so viele Gigs, dass wir kaum noch geradeaus denken können.«

»Hast du überhaupt eine Vorstellung davon, wie schwer es ist, im Musikgeschäft Fuß zu fassen?«

»Die Spice Girls haben's geschafft und die sind nicht gerade die begabtesten.«

»Tiny Tim hat's auch geschafft, aber darum geht's doch nicht. Begabung hat nichts damit zu tun. Für einen, der es schafft, bleiben Tausende auf der Strecke.«

»Wir verdienen 'ne Menge Geld.«

»Geld ist nicht alles. Was ist mit deiner Zukunft? Was willst du machen, wenn du mit fünfundzwanzig die beste Zeit hinter dir hast, aber nichts auf der hohen Kante?«

»Wieso bist du eigentlich plötzlich ein Experte im Musikgeschäft?«

»Hast du deshalb bei der Prüfung so schlecht abgeschnitten? Weil du nichts anderes im Kopf hattest, als zu proben und auf Tour zu gehen?«

»Architektur ging mir sowieso schon lange auf die Nerven.«

Banks schnippte den Zigarettenstummel in den Kamin. Funken flogen gegen die dunkle Steinmauer. »Hast du das schon deiner Mutter erzählt?«

»Hm, ich dachte irgendwie, dass … vielleicht … weißt du … dass du das machen könntest.«

Das soll wohl ein Witz sein, dachte Banks. *Er* sollte mit Sandra reden? Sie konnten sich momentan noch nicht einmal übers Wetter unterhalten, ohne sich zu streiten.

»Ich denke, du rufst sie besser selbst an«, sagte er. »Oder noch besser: Warum fährst du nicht bei ihr vorbei? Camden Town ist doch nicht weit.«

»Aber die geht doch an die Decke!«

»Geschieht dir recht. Daran hättest du vorher mal denken sollen.«

Der Kessel begann zu pfeifen.

»Vielen Dank auch, Dad«, sagte Brian mit scharfer, verbitterter Stimme. »Ich dachte, du würdest das verstehen. Ich dachte, ich könnte auf dich zählen. Ich dachte, du würdest

Musik mögen. Aber du bist genau wie alle anderen. Los, geh zu deinem beschissenen Kessel!«

»Brian …«

Aber Brian legte auf. Rums.

Das Blau des Wohnzimmers konnte Banks' Stimmung nicht im Geringsten heben. Schon traurig, dachte er, wenn man Heimwerken als Therapie brauchte – Renovieren als Schutz vor der Düsternis. Kurz setzte er sich hin und starrte ein Pinselhaar an, das in der Farbe über dem Kaminsims klebte, dann stürzte er in die Küche und stellte den Kessel ab. Die Lust auf eine Tasse Tee war ihm vergangen.

»*Geld ist nicht alles. Was ist mit deiner Zukunft?*« Banks konnte nicht glauben, dass er das gesagt hatte. Nicht weil er der Meinung war, Geld sei alles, sondern weil es genau die Worte waren, die seine Eltern gefunden hatten, als er ihnen eröffnete, er wolle am Wochenende im Supermarkt arbeiten, um sich zusätzliches Taschengeld zu verdienen. Wie heftig und instinktgesteuert er auf Brians Mitteilung reagiert hatte, machte ihm Angst. Es war, als ob jemand anders – nämlich seine Eltern – gesprochen hatte und er nur die Puppe eines Bauchredners war. Manche behaupten, je älter man wird, desto mehr ähnelt man seinen Eltern, und Banks fragte sich langsam, ob das stimmte. Wenn ja, dann war es eine beängstigende Vorstellung.

Geld ist nicht alles, hatte sein Vater gesagt, obwohl es ihm selbst auf bestimmte Weise doch alles bedeutete, denn er hatte nie etwas besessen. *Was ist mit deiner Zukunft?,* hatte seine Mutter gefragt und ihm so zu verstehen gegeben, dass es wesentlich besser sei, zu Hause zu bleiben und für die Prüfungen zu büffeln, als am Wochenende Geld zu verdienen, das er sowieso nur in Billardhallen oder auf Bowlingbahnen ausgeben würde. Sie verlangten, dass er einen netten, angesehenen, sicheren Beruf am Schreibtisch ergriff, zum Beispiel bei einer Bank oder Versicherung, so wie sein älterer Bruder Roy. Mit einem guten Abschluss im Rücken könnte er *sich verbessern,* sagten sie und meinten damit, besser als sie leben. Er war gescheit, und diese Zukunft war in den Sechzigern für gescheite Arbeiterkinder vorgesehen.

Bevor Banks noch länger darüber grübeln konnte, klingelte das Telefon erneut. In der Hoffnung, dass es Brian sei, der sich entschuldigen wollte, lief er ins Wohnzimmer und hob ab.

Es war der Polizeipräsident, Chief Constable Jeremiah »Jimmy« Riddle. Scheinbar mein Glückstag heute, dachte Banks. Nicht nur, dass es *nicht* Brian war, der neue Anruf bedeutete auch, dass Banks nicht mehr die 1471 anrufen konnte, um Brians Telefonnummer in Wimbledon angesagt zu bekommen, nach der zu fragen er vergessen hatte. 1471 funktionierte nur mit dem *letzten* erhaltenen Anruf. Er fluchte und griff nach den Zigaretten. Wenn das so weiterging, würde er nie aufhören. Scheiß drauf. Außerordentliche Umstände erforderten außerordentliche Maßnahmen. Er zündete sich eine an.

»Drücken Sie sich mal wieder, Banks?«

»Urlaub«, erwiderte Banks. »Ganz offiziell. Können Sie nachprüfen.«

»Egal. Ich hab hier was für Sie.«

»Ich bin morgen früh wieder da.«

»Jetzt.«

Banks fragte sich, aus was für einem Grund Jimmy Riddle ihn aus dem Urlaub zurückrief. Seitdem Riddle ihn widerwillig hatte aufnehmen müssen, nachdem er ihn im Jahr zuvor voreilig vom Dienst suspendiert hatte, lag Banks Karriere auf Eis, mühte er sich mit Anzeigen, Statistiken und noch mehr Anzeigen ab. Es fehlte nur noch, dass er zur Verkehrserziehung von einer Schule zur nächsten geschickt wurde. Nicht ein einziger richtiger Fall in neun Monaten. Er war dermaßen aus dem Geschäft, er hätte genauso gut auf dem Mond sein können; selbst die wenigen Informanten, die er sich seit seiner Ankunft in Eastvale herangezogen hatte, waren ihm untreu geworden. So einfach würde sich das Blatt doch wohl nicht wenden. Da musste mehr dahinterstecken – Riddle tat nie etwas ohne einen Plan im Hinterkopf.

»Wir haben gerade einen Bericht aus Harkside bekommen«, fuhr Riddle fort. »Ein kleiner Junge hat auf dem Boden des Stausees von Thornfield ein paar Knochen gefunden. Das ist einer von den Seen, die im Laufe des Sommers ausgetrocknet sind. Ich nehme an, früher stand da mal ein Dorf. Jedenfalls gibt es in Harkside nur eine kleine Wache, und die haben nur einen Sergeant. Ich möchte, dass Sie als leitender Ermittlungsbeamter runterfahren.«

»Alte Knochen? Hat das nicht Zeit?«

»Wahrscheinlich schon. Aber mir wäre es lieber, wenn Sie sofort loslegen. Ist das ein Problem für Sie?«

»Was ist mit Harrogate oder Ripon?«

»Zu viel zu tun. Seien sie nicht so ein undankbarer Hund, Banks! Das ist die beste Gelegenheit, Ihre Karriere aus dem Loch zu holen, in das sie reingefallen ist.«

Klar, dachte Banks, man hat schon Pferde kotzen sehen. Er war in kein Loch gefallen, er war hineingestoßen worden, und wie er Jimmy Riddle kannte, würde ihn dieser Fall nur noch tiefer darin versenken. »Menschenknochen?«

»Wissen wir noch nicht. Genau genommen wissen wir bis jetzt noch gar nichts. Deshalb will ich ja, dass Sie runterfahren und es herausfinden.«

»Nach Harkside?«

»Nein, verdammt noch mal. Zum Thornfield-Stausee. Der Sergeant von Harkside ist schon am Tatort. Heißt Cabbot.«

Banks dachte nach. Was war hier los, in Teufels Namen? Riddle würde ihm mit Sicherheit keinen Gefallen tun; es musste ihn gelangweilt haben, Banks auf dem Revier einzusperren, deshalb hatte er sich eine neue interessante Möglichkeit einfallen lassen, ihn zu quälen.

Ein Skelett in einem ausgetrockneten Stausee?

Unter normalen Umständen würde man einen hohen Kripobeamten, einen Detective Chief Inspector, nicht in den letzten Winkel der Grafschaft entsenden, nur um einen Haufen alter Knochen zu inspizieren. Außerdem übertrug ein Polizeipräsident einem Kriminalbeamten niemals irgendwelche Fälle. Das machte normalerweise der Superintendent oder der Chief Superintendent. Nach Banks' Erfahrung beschränkten sich die Tätigkeiten des Polizeipräsidenten gewöhnlich auf Fernsehauftritte, Eröffnungen von Landwirtschaftsausstellungen und die Beurteilung der Leistung von Blechblasorchestern. Aber das galt natürlich nicht für den verfluchten Jimmy Riddle, Mr. Lass-mich-das-Machen, der niemals eine Gelegenheit auslassen würde, frisches Salz in Banks' Wunden zu reiben.

Wie beschäftigt die Dienststellen in Harrogate und Ripon auch sein mochten, Banks war überzeugt, dass sie einen qualifizierten Beamten für diese Aufgabe abstellen konnten. Riddle war offensichtlich der Meinung, der Fall sei langweilig oder unangenehm, vielleicht sogar beides, und könne nur mit einem Patzer oder einer Peinlichkeit enden – warum sonst sollte er ihn Banks übertragen? Und dieser Sergeant Cabbot, wer auch immer das war, war wahrscheinlich dumm wie Brot, sonst hätte man ihn das doch allein erledigen lassen. Denn warum hockte ein Detective Sergeant wohl ausgerechnet auf einer Wache in Harkside? War ja wohl kaum die Hauptstadt des Verbrechens im Norden.

»Und, Banks?«

»Ja, Sir?«

»Vergessen Sie Ihre Gummistiefel nicht.«

Banks hätte schwören können, dass er Riddle wie einen gehässigen Schuljungen kichern hörte.

Er kramte eine Karte der Yorkshire Dales hervor und überprüfte die Lage der Dinge. Thornfield war der westlichste von drei miteinander verbundenen Stauseen am Fluss Rowan, der von seiner Quelle oben in den Pennines mehr oder weniger in östlicher Richtung verlief, bis er sich nach Süden wandte und in der Nähe von Otley in die Wharfe floss. Obwohl Thornfield nur ungefähr fünfundzwanzig Meilen Luftlinie entfernt war, gab es keine direkte Verbindung dorthin, sondern fast nur kleinere, unbefestigte Landstraßen. Banks fuhr die Strecke mit dem Zeigefinger auf der Karte nach. Wahrscheinlich war es am besten, durchs Moor Richtung Süden zu fahren, durch Langstrothdale Chase bis Grassington, dann nach Osten Richtung Pateley Bridge. Selbst so würde es wahrscheinlich mehr als eine Stunde dauern.

Nachdem er kurz geduscht hatte, griff Banks nach seiner Jacke, klopfte sich aus alter Gewohnheit auf die Taschen, um sicher zu sein, Autoschlüssel und Portemonnaie dabei zu haben, und ging hinaus in den nachmittäglichen Sonnenschein.

Bevor er ins Auto stieg, blieb er einen Moment stehen, die Hände auf der warmen Steinmauer, und blickte hinunter auf die nackten Felsen, über die normalerweise der Wasserfall von Gratly rauschte. Eine Zeile aus einem Gedicht von T. S. Eliot, das er am Abend zuvor gelesen hatte, kam ihm in den Sinn: »Gedanken eines dürren Hirns zur dürren Jahreszeit.« Sehr passend. Es war eine lange Dürreperiode gewesen, alles in diesem Sommer war ausgetrocknet, auch Banks' Gedanken.

Das Gespräch mit Brian spukte ihm noch immer durch den Kopf; wenn es doch nur anders verlaufen wäre. Obwohl Banks bewusst war, dass er sich mehr Sorgen um seine Tochter Tracy machte, die gerade mit ein paar Freundinnen in einem alten Lieferwagen durch Frankreich tourte, hieß das ja nicht, dass ihm Brian gleichgültig war.

Durch seine Arbeit hatte Banks so viele Kinder auf die schiefe Bahn geraten sehen, dass es schon nicht mehr komisch war. Drogen. Vandalismus. Diebstahl. Einbruch. Gewaltverbrechen. Brian sei zu sensibel, um so etwas zu machen, hatte Banks sich immer eingeredet; er hatte jegliche Unterstützung erhalten, die sie sich hatten leisten können. Mehr als Banks je bekommen hatte. Wahrscheinlich hatten ihn die Worte seines Sohnes deshalb so stark verletzt.

Ein Pärchen ging am Cottage vorbei, schwere Rucksäcke auf dem Rücken, knotige Wadenmuskeln, kurze Hosen, robuste Wanderschuhe, Generalstabskarten, die sie sich in Plastikhüllen um den Hals gebunden hatten, falls es regnen würde. Prinzip Hoffnung. Banks grüßte, äußerte sich zum guten Wetter und stieg in den Cavalier. Der Sitz war so heiß, dass er fast sofort wieder aufgesprungen wäre.

Als er nach einer Kassette tastete, dachte er, dass Brian alt genug sei, um selbst zu entscheiden. Wenn er für den Versuch, zu Ruhm und Geld zu kommen, alles hinschmeißen wollte, dann war das seine Sache, oder?

Immerhin hatte Banks nun eine Aufgabe zu erledigen. Diesmal hatte Jimmy Riddle einen Fehler gemacht. Zweifellos war er überzeugt, Banks einen ätzenden, ausweglosen Auftrag erteilt zu haben, der ihm unzählige Möglichkeiten zur Blamage bot; zweifellos waren die Würfel zu seinem Nachteil gezinkt; aber alles war besser, als auf dieser Dienststelle zu versauern. Riddle hatte die eine, alles überragende Eigenschaft von Banks übersehen, die ihn selbst in einer schweren Phase nicht verließ: seine Neugier.

Kurz fühlte sich Banks wie ein Pilot mit Startverbot, der plötzlich wieder Flugerlaubnis erhalten hatte. Er schob *Forever Changes* von Love in den Rekorder und fuhr mit quietschenden Reifen los.

Die Signierstunde begann um halb sieben, aber Vivian Elmsley hatte der Pressedame Wendi gesagt, sie würde gern frühzeitig da sein, sich mit der Umgebung vertraut machen und mit der Belegschaft sprechen.

Schon um Viertel nach sechs hatte sich eine Menschenmenge versammelt. Das war zu erwarten gewesen. Nach zwanzig Romanen in ebenso vielen Jahren war ein Auftritt von Vivian Elmsley inzwischen zu einem Ereignis geworden.

Obgleich ihr Ruhm und ihre Verkaufszahlen im Laufe der Jahre stetig gewachsen waren, war es ihre fünfzehnbändige Inspector Niven-Reihe gewesen, die es vor kurzem mit einem gut aussehenden Hauptdarsteller, einer Hochglanzproduktion und großem Budget auf die Fernsehleinwand geschafft hatte. Die ersten drei Folgen waren bereits ausgestrahlt und von der Kritik bejubelt worden (besonders erfreulich angesichts der Tatsache, dass viele Fernsehkritiker keine Krimis mehr sehen mochten), und dementsprechend war Vivians Gesicht in den letzten Monaten der Öffentlichkeit so vertraut geworden, wie es für einen Schriftsteller nur möglich war.

Sie war auf der Titelseite von *Night & Day* gewesen, war von Melvyn Bragg für die *South Bank Show* interviewt und in der Zeitschrift *Woman's Own* porträtiert worden. Immerhin war es eine Nachricht wert, wenn man mit über siebzig zum »Shooting Star« wurde. Manchmal wurde sie sogar auf der Straße erkannt.

Adrian, der alles organisiert hatte, reichte ihr ein Glas Rotwein, während Thalia die Bücher auf dem niedrigen Tisch vor dem kleinen Sofa arrangierte. Um Punkt halb sechs stellte Adrian sie mit den Worten vor, sie müsse nicht vorgestellt werden, und bei höflichem Applaus griff sie zu ihrem jüngsten Inspector Niven-Buch, *Spuren der Sünde*, und begann, aus dem Eingangskapitel zu lesen.

Ungefähr fünf Minuten würden reichen, nahm Vivian an. Weniger erweckte den Eindruck, sie könne nicht schnell genug wegkommen; bei längerem Lesen bestand die Gefahr, die Aufmerksamkeit des Publikums zu verlieren. Das Sofa war so weich und tief, dass sie darin zu versinken schien. Sie fragte sich, wie sie sich jemals daraus erheben sollte. Sie war ja kein gelenkiges junges Ding mehr.

Nach der Lesung stellten sich die Leute in einer ordentlichen Reihe an, und Vivian signierte die Bücher, hielt mit jedem Besucher einen kurzen Plausch, fragte nach einer besonderen Widmung und achtete darauf, die Namen richtig zu schreiben. Es war ja schön und gut, wenn jemand sagte, er heiße »John«, aber woher sollte man wissen, ob er sich nicht »Jon« schrieb?

Vivian betrachtete ihre Hand beim Signieren. Krallenähnlich, dachte sie, fast skelettartig, gesprenkelt mit Leberflecken, gerunzelte Haut, über den Knöcheln faltig, geschwollen um den Ehering, der sich nicht mehr abstreifen ließ.

Ihre Hände würden sie als Erstes im Stich lassen, dachte sie. Der Rest von ihr hatte sich erstaunlich gut gehalten. Sie war groß und schlank geblieben. Sie war weder geschrumpft oder, wie so viele ältere Frauen, aufgeschwemmt, noch hatte sie sich mit einem dicken, undurchdringlichen hausmütterlichen Panzer umgeben.

Das stahlgraue, streng zurückgekämmte und im Nacken festgesteckte Haar bildete auf der Stirn einen spitz zulaufenden Haaransatz über dem ausdrucksvollen, länglichen Gesicht. Die tiefblauen Augen, umgeben von Krähenfüßen, hatten eine fast orientalische Mandelform, die Nase war leicht gekrümmt, die Lippen dünn. Kein Gesicht, das oft lachte, dachten die Leute. Und sie hatten Recht, obwohl es nicht immer so gewesen war.

»Ein stählerner, unerschrockener Blick in die Abgründe des Bösen«, hatte ein Rezensent über sie geschrieben. Und war es nicht Graham Greene gewesen, der bemerkt hatte, jeder Schriftsteller habe einen Eissplitter im Herzen?

»Sie haben früher oben im Norden gelebt, stimmt's?«

Vivian blickte auf, verblüfft über die Frage. Der Mann schien um die sechzig zu sein, dünn bis abgemagert, mit einem langen, hageren, blassen Gesicht und glattem hellem Haar. Er trug eine verblichene Jeans und ein grellbuntes T-Shirt, wie es Besucher von Freizeitparks gern tragen. Als er ihr das Buch zum Signieren reichte, bemerkte sie, dass seine Hände ungewöhnlich klein für einen Mann waren. Irgendetwas daran verwirrte sie.

Vivian nickte. »Vor langer Zeit.« Dann sah sie auf das Buch. »Wem soll ich das Buch widmen?«

»Wie hieß der Ort, wo sie wohnten?«

»Das ist schon lange her.«

»Hatten sie damals den gleichen Namen wie heute?«

»Hören Sie, ich …«

»Entschuldigen Sie, Sir.« Höflich bat Adrian den Mann, weiterzugehen. Er tat, wie ihm geheißen, warf noch einen Blick zurück auf Vivian, dann schleuderte er ihr Buch auf einen Stapel und ging.

Vivian signierte weiter. Adrian brachte ihr noch ein Glas Wein, die Leute sagten ihr, wie wunderbar sie ihre Bücher fanden, und bald hatte sie den seltsamen Mann mit den bohrenden Fragen vergessen.

Als alles vorbei war, schlugen Adrian und die Mitarbeiter vor, essen zu gehen, aber Vivian war müde, ein weiteres Zeichen ihres fortgeschrittenen Alters. Sie wollte nichts anderes tun, als nach Hause fahren und ein langes, heißes Bad nehmen, dazu einen Gin Tonic trinken und die *Erziehung der Gefühle* von Flaubert lesen, aber zuerst brauchte sie ein bisschen Bewegung und frische Luft. Allein.

»Ich fahre Sie nach Hause«, sagte Wendi.

Vivian legte die Hand auf Wendis Arm. »Nein, meine Liebe«, sagte sie. »Wenn es Ihnen nichts ausmacht, würde ich gerne allein ein bisschen spazieren gehen, dann nehme ich die U-Bahn.«

»Aber, wirklich, es macht keine Umstände. Dafür bin ich doch da.«

»Nein. Ich komme gut zurecht. Ich bin noch in den besten Jahren.«

Wendi lief rot an. Man hatte ihr wahrscheinlich gesagt, dass Vivian *launisch* sei. Die Pressedamen und Medienbeauftragten wurden immer gewarnt. »Tut mir Leid. Das habe ich damit natürlich nicht gemeint. Das ist meine Aufgabe.«

»Ein hübsches Mädchen wie Sie muss doch weitaus Besseres zu tun haben, als eine alte Frau durch den Londoner Verkehr nach Hause zu kutschieren. Warum gehen Sie nicht mit Ihrem Freund ins Kino oder in die Disco oder so?«

Wendi lächelte und warf einen Blick auf die Uhr. »Hm, ich habe Tim gesagt, ich würde ihn erst später treffen können. Wenn ich ihn jetzt anrufe und mich an der Abendkasse anstelle, bekommen wir vielleicht noch Theaterkarten zum halben Preis. Aber nur, wenn Sie sich auch ganz sicher sind.«

»Das bin ich, meine Liebe. Gute Nacht.«

Vivian trat hinaus in die warme herbstliche Dämmerung auf der Bedford Street.

London. Manchmal merkte sie, dass sie noch immer nicht begreifen konnte, dass sie tatsächlich in dieser Stadt lebte. Sie erinnerte sich noch gut an ihren ersten Besuch – wie weitläufig, majestätisch und überwältigend die Stadt auf sie gewirkt hatte. Ehrfürchtig hatte sie die Sehenswürdigkeiten betrachtet, von denen sie gehört, gelesen oder die sie auf Bildern gesehen hatte: Piccadilly Circus, Big Ben, St. Paul's, Buckingham Palace, Trafalgar Square. Natürlich war das schon lange her, doch noch heute verspürte sie denselben Zauber, wenn sie die Namen vor sich hin sprach oder durch die berühmten Straßen ging.

Charing Cross Road war voller Menschen, die spät von der Arbeit kamen oder ins Theater oder Kino gehen wollten und sich vorher noch mit Freunden auf ein Glas trafen. Bevor sie in die U-Bahn stieg, überquerte Vivian vorsichtig die Straße, wartete auf das Fußgängersignal und bummelte um den Leicester Square.

Neben Burger King sang ein kleiner Chor »Men of Harlech«. Wie sich alles verändert hatte: die Schnellrestaurants, die Geschäfte, selbst die Kinos. Nicht weit von hier, am Haymarket, war sie zum ersten Mal in London im Kino gewesen, im Carlton. Was hatte sie gesehen? *Wem die Stunde schlägt*. Natürlich, das war es gewesen.

Als sie zurück zum U-Bahn-Eingang Leicester Square schlenderte, dachte Vivian wieder über den seltsamen Mann in der Buchhandlung nach. Sie lebte nicht gern in der Vergangenheit, aber er hatte sie in eine nachdenkliche Stimmung versetzt, wie schon zuvor die jüngsten Zeitungsfotos vom ausgetrockneten Thornfield-Stausee.

Zum ersten Mal seit über vierzig Jahren waren die Ruinen von Hobb's End ans Tageslicht gelangt und die Erinnerungen an ihr Leben dort stürzten auf sie ein. Vivian erschauderte, als sie die Stufen zur U-Bahn hinunterstieg.

2

Nach dem Gang durch den Wald blieb Banks stehen und holte Luft. Von seinem Standpunkt am Rand des Thornfield-Stausees ähnelte das lang gestreckte Becken mit den Ruinen, das vor ihm lag, einer hohlen Hand. Es war ungefähr vierhundert Meter breit und achthundert Meter lang. Er kannte zwar nicht die vollständige Geschichte, aber er wusste, dass dieses Tal viele Jahre unter Wasser gestanden hatte. Jetzt war es, wie die Ausgrabung einer prähistorischen Siedlung oder eine Art Atlantis der Neuzeit, zum ersten Mal wieder aufgetaucht.

Verknotete Baumwurzeln traten aus der gegenüberliegenden Uferböschung. Die unterschiedlichen Farben der Erde zeigten an, wo das Wasser gestanden hatte. Hinter dem Ufer erstreckte sich Richtung Norden der Wald von Rowan Woods.

Am dramatischsten war der Anblick direkt zu seinen Füßen: das versunkene Dorf. Flankiert von einer verfallenen Mühle auf einem kleinen Hügel im Westen und einer winzigen Packpferdbrücke im Osten, ähnelte die Anordnung dem Skelett eines Riesentorsos. Die Brücke bildete den Beckenknochen, und die Mühle war der Schädel, der abgetrennt und leicht links vom Körper platziert worden war. Der Fluss und die High Street stellten das leicht geschwungene Rückgrat dar, von dem die Nebenstraßen wie Rippen abgingen.

Es gab keinen Straßenbelag, aber der Verlauf der alten High Street entlang des Flusses war deutlich zu erkennen. Bei der Brücke verzweigte sie sich, ein Arm führte in Richtung Rowan Woods und verengte sich bald zu einem Fußpfad, der andere führte über die Brücke und verlief dann entlang der Harksmere-Uferstraße wahrscheinlich bis nach Harkside. Es kam Banks besonders merkwürdig vor, dass dort unter Wasser so viele Jahre eine völlig intakte Brücke gestanden hatte.

Unten sah er eine Gruppe von Menschen auf der anderen Seite der Brücke, einer davon in Uniform. Banks hastete den schmalen Pfad hinunter. Es war ein warmer Abend, und als er unten ankam, schwitzte er. Bevor er sich den anderen näherte, zog er ein Taschentuch hervor und tupfte sich über Stirn und Nacken. Gegen die dunklen Flecken unter dem Arm konnte er nichts machen.

Er war nicht übergewichtig und eigentlich auch nicht untrainiert. Er rauchte, ernährte sich ungesund und trank zu viel, doch hatte ihn sein unermüdlicher Stoffwechsel davor bewahrt, dick zu werden. Er mühte sich nicht mit sportlichen Übungen ab, aber seit ihn Sandra verlassen hatte, hatte er sich angewöhnt, am Wochenende lange, einsame Spaziergänge zu unternehmen, und ein- oder zweimal pro Woche zog er seine Bahnen im Schwimmbad von Eastvale. Das furchtbar heiße Wetter war schuld, dass er sich so schlecht in Form fühlte.

Die Talsohle war nicht so schlammig, wie er gedacht hatte. Die rötlichbraune Erde war größtenteils ausgetrocknet und durch die Hitze aufgesprungen. Dennoch gab es einige sumpfige Stellen, an denen Schilfrohr wuchs, und er musste über mehrere große Pfützen springen.

Als er die Packpferdbrücke überquerte, kam eine Frau auf ihn zu und hielt ihn mit ausgestrecktem Arm an. »Entschuldigen Sie, Sir«, sagte sie, »aber dies hier ist ein Tatort. Es tut mir Leid, aber Sie dürfen nicht näher kommen.«

Banks grinste. Er wusste, dass er nicht wie ein Chief Inspector aussah. Er hatte seine Sportjacke im Wagen gelassen und trug ein am Hals offenes blaues Jeanshemd ohne Krawatte, eine beige Hose und schwarze Gummistiefel.

»Warum ist er dann nicht abgesperrt?«, fragte er.

Die Frau sah ihn an und runzelte die Stirn. Sie war Ende

zwanzig oder Anfang dreißig und, nach dem ersten Blick zu urteilen – lange Beine, groß und schlank –, wahrscheinlich nur wenig kleiner als Banks mit seinen ein Meter achtundsiebzig. Sie trug Jeans und eine weiße Bluse aus einem seidenähnlichen Stoff. Über der Bluse hatte sie einen Blazer mit Fischgrätmuster, der ihre Taille und die sanft geschwungenen Hüften betonte. Das kastanienbraune Haar war in der Mitte gescheitelt und fiel ihr in Stufen bis auf die Schulter. Das Gesicht war oval, sie hatte glatte, gebräunte Haut, volle Lippen und einen kleinen Schönheitsfleck rechts neben dem Mund. Sie trug eine Sonnenbrille mit schwarzem Gestell, und als sie sie abnahm, schienen ihre ernsten Mandelaugen Banks zu betrachten, als sei er eine bis dato unbekannte Lebensform.

Sie war keine klassische Schönheit. Ein Gesicht wie ihres fand man nicht in Zeitschriften, doch strahlte sie starke Persönlichkeit und Intelligenz aus. Und die roten Gummistiefel rundeten diesen Eindruck ab.

Banks lächelte. »Muss ich Sie erst von der Brücke in den Fluss werfen, bevor ich rüberkommen kann, so wie Robin Hood das mit Little John gemacht hat?«

»Ich glaube, es war eigentlich anders herum, aber Sie können es ja versuchen«, sagte sie. Nachdem sie sich gegenseitig kurz abgeschätzt hatten, blinzelte sie, runzelte die Stirn und sagte: »Dann sind Sie also Chief Inspector Banks?«

Sie wirkte weder nervös noch beschämt, weil sie ihn für einen Gaffer gehalten hatte; in ihrem Ton lag keine Spur von Entschuldigung oder Ehrfurcht. Er wusste nicht, ob ihm das gefiel. »Sergeant Cabbot, nehme ich an?«

»Ja, Sir.« Sie lächelte. Es war nicht mehr als ein Zucken der Mundwinkel und ein kurzes Aufleuchten ihrer Augen, aber es machte Eindruck. Viele Leute dachten bestimmt, dass es schön sei, von Sergeant Cabbot angelächelt zu werden, überlegte Banks. Was seinen Argwohn nur noch steigerte, welche Gründe Jimmy Riddle gehabt haben mochte, ihn hierher zu schicken.

»Und die da?« Banks zeigte auf den Mann und die Frau,

die mit dem uniformierten Beamten sprachen. Der Mann richtete eine Videokamera auf den Schuppen.

»Colleen Harris und James O'Grady, Sir. Sie erkundeten die Gegend für eine Fernsehsendung, als sie den Jungen durchs Dach fallen sahen. Sie sind ihm zu Hilfe geeilt. Offenbar hatten sie auch die Kameras zur Hand. Ich schätze, es wird eine hübsche kleine Meldung in den Abendnachrichten geben.« Sie kratzte sich an der Nase. »Wir hatten kein Absperrband mehr, Sir. Auf der Wache. Um ehrlich zu sein, glaube ich nicht, dass jemals welches da war.« Sie spielte beim Sprechen mit der Sonnenbrille, aber Banks hielt es nicht für Nervosität. Sie besaß einen leichten Akzent, ein kaum merklich rollendes R, aber doch nicht zu überhören.

»Gegen die Fernsehleute können wir jetzt nichts machen«, sagte Banks. »Vielleicht nützen sie uns sogar. Am besten erzählen Sie mir, was passiert ist. Ich weiß nur, dass ein Junge hier ein paar alte Knochen gefunden hat.«

Sergeant Cabbot nickte. »Adam Kelly. Er ist dreizehn.«

»Wo ist er?«

»Ich hab ihn nach Hause geschickt. Nach Harkside. Er kam mir ein bisschen durcheinander vor, außerdem hatte er sich an Handgelenk und Ellenbogen verletzt. Nichts Schlimmes. Jedenfalls wollte er zu seiner Mama, deshalb habe ich Constable Cameron da drüben gesagt, er solle ihn nach Hause bringen und dann zurückkommen. Der arme Junge wird bestimmt monatelang Albträume haben.«

»Wie ist es passiert?«

»Als Adam über das Dach lief, gab es unter ihm nach. Er kann von Glück sagen, dass er sich nicht die Wirbelsäule gebrochen hat oder erschlagen wurde.« Sie wies auf den Schuppen. »Die Balken, die die Steinplatten trugen, müssen nach so vielen Jahren unter Wasser morsch gewesen sein. Da braucht man nicht schwer zu sein. Ich schätze, das Sprengkommando sollte den ganzen Ort abreißen, bevor er geflutet wurde, aber an dem Tag haben sie wohl früh Feierabend gemacht.«

Banks sah sich um. »Es scheint, als hätten die Sprengmeister ein paar Ecken ausgelassen.«

»Warum auch nicht? Sie gingen wohl davon aus, dass niemand dieses Dorf jemals wieder zu Gesicht bekommen würde. Wer kann schon sagen, was noch steht, wenn alles unter Wasser ist? Na ja, jedenfalls hat der Schlamm Adam aufgefangen, sein Arm steckte im Dreck und er zog das Skelett einer Hand heraus.«

»Eine Menschenhand?«

»Weiß ich nicht, Sir. Ich meine, für meine Begriffe sieht sie menschlich aus, aber dafür brauchen wir einen Fachmann. Ich hab gelesen, Bärentatzen seien sehr leicht mit Menschenhänden zu verwechseln.«

»*Bärentatzen*? Wann haben Sie das letzte Mal einen Bär in dieser Gegend gesehen?«

»Och, noch vor ein paar Wochen, Sir.«

Banks stutzte, sah das Flackern in ihren Augen und lächelte. Irgendetwas an dieser Frau fesselte ihn. Ihr Ton verriet nicht den geringsten Selbstzweifel oder die kleinste Unsicherheit bezüglich ihres Tuns. Die meisten jüngeren Polizeibeamten ließen, wenn sie von einem Vorgesetzten nach ihrer Vorgehensweise befragt wurden, oft so etwas wie »Hab ich das richtig gemacht, Sir?« in ihre Stimme kriechen, oder sie nahmen eine Abwehrhaltung an. Susan Gay, seine ehemalige Mitarbeitern, war so gewesen. Doch Sergeant Cabbot war völlig anders. Sie gab Dinge einfach so wieder, wie sie sich ereignet hatten, und erklärte die Entscheidungen, die sie getroffen hatte. Etwas an ihrer Art ließ sie vollkommen selbstsicher und beherrscht erscheinen, ohne im Geringsten arrogant oder aufsässig zu wirken. Banks fand sie beunruhigend.

»Gut«, sagte er, »sehen wir es uns mal an.«

Sergeant Cabbot klappte ihre Sonnenbrille zusammen, ließ sie in ihre Umhängetasche gleiten und ging voran. Banks folgte ihr in den Schuppen. Sie bewegte sich mit geschmeidiger Eleganz, so wie eine Katze, wenn sie nicht gerade gefüttert wurde.

Er blieb kurz stehen und sprach mit den Fernsehleuten. Sie konnten ihm nicht viel erzählen, nur dass sie sich die Gegend angeschaut und gesehen hätten, wie der Junge durch das Dach gefallen war. Sie seien sofort hingelaufen, und da hätten sie dann bemerkt, was er aus dem Boden gezogen hatte. Er sei ihnen für ihre Hilfe nicht sonderlich dankbar gewesen, sagten sie, und schon gar nicht erfreut, sie zu sehen, aber sie waren erleichtert, dass er nicht ernstlich verletzt war. Getreu ihrem Beruf fragten sie Banks, ob es ihm etwas ausmache, ihnen eine Stellungnahme auf Band zu sprechen. Er lehnte höflich mit dem Hinweis ab, ihm fehlten Informationen. Sobald er sich umgedreht hatte, sprach die Frau über Handy mit dem lokalen Nachrichtensender. Es klang nicht so, als handelte es sich um ihren ersten Anruf.

Der Schuppen war ungefähr zwei Quadratmeter groß. Banks stand in der Tür und betrachtete den Abdruck im Schlamm, den der Junge hinterlassen hatte, dann die zwei schweren Steinplatten links und rechts davon. Sergeant Cabbot hatte Recht: Adam Kelly hatte wirklich sehr viel Glück gehabt. Auf dem Boden waren weitere Steine verstreut, viele zerbrochen, einige Bruchstücke ragten aus dem Schlamm. Adam hätte ohne weiteres auf einen dieser Steine fallen und sich das Rückgrat brechen können. Aber wenn man so klein ist, hält man sich für unsterblich. So hatten sich auch Banks und seine Freunde gefühlt, selbst nachdem Phil Simpkins das Seil um einen Baumstamm gewickelt hatte, vom obersten Ast gesprungen und auf das spitze Metallgitter gefallen war.

Banks schüttelte die Erinnerung ab und konzentrierte sich auf die Szene vor sich. Die Sonne beschien den oberen Teil der hinteren Wand; die Steine glänzten feucht und glitschig. Obwohl meilenweit kein Salzwasser vorhanden war, roch es muffig, bemerkte Banks, außerdem nach totem Fisch, der wohl nicht so weit entfernt war.

»Sehen Sie, was ich meine, Sir?«, fragte Sergeant Cabbot. »Weil das Dach die Sonne nicht hereingelassen hat, ist es hier drinnen viel schlammiger als draußen.« Mit einer schnellen Bewegung strich sie eine Haarsträhne nach hinten. »Hat dem Jungen wahrscheinlich das Leben gerettet.«

Banks' Blick blieb an dem Handskelett hängen, das sich

um den Rand einer zerbrochenen Steinplatte krallte. Es erinnerte ihn an die Szene aus einem Horrorfilm, wenn sich das Monster aus dem Grab zieht. Die Knochen waren dunkel und schmutzverkrustet, aber Banks erkannte in ihnen ebenfalls eine Menschenhand.

»Wir holen besser ein paar Fachleute, die alles ausgraben«, sagte er. Dann brauchen wir einen forensischen Anthropologen. »Und bis dahin – ich hab noch nichts gegessen. Kann man hier irgendwo in der Nähe was zu essen bekommen?«

»Am besten im Black Swan in Harkside. Möchten Sie Adam Kellys Adresse?«

»Haben Sie schon gegessen?«

»Nein, aber ...«

»Dann können Sie doch mitkommen und mir beim Essen alles erzählen. Ich werde morgen früh ein Schwätzchen mit dem kleinen Adam halten, dann hat er sich bestimmt beruhigt. Constable Cameron kann hier die Stellung halten.«

Sergeant Cabbot warf einen Blick auf das Handskelett.

»Nun, los«, meinte Banks, »hier können wir nichts mehr tun. Das arme Schwein ist bestimmt schon länger tot, als wir auf der Welt sind.«

Vivian Elmsley war todmüde, als sie schließlich von der Signierstunde nach Hause kam. Sie stellte ihre Aktentasche im Flur ab und ging ins Wohnzimmer. Die meisten Menschen hätten gestaunt, im Haus einer Person von Vivians Alter eine moderne Einrichtung aus Chrom und Glas vorzufinden, aber sie mochte es lieber als die furchtbar kitschigen Antiquitäten, den Nippes und die restaurierten Holzbalken, mit denen alte Menschen ihre Häuser vollgestopften – wenigstens die, die sie kannte. Das einzige Bild, das ihre schlichten weißen Wände schmückte, hing über einem schmalen gläsernen Kaminsims: ein gerahmter Druck einer Blume von Georgia O'Keeffe, überwältigend in ihrem Gelbton und einschüchternd in ihrer Symmetrie.

Zuerst öffnete Vivian die Fenster, um frische Luft hereinzulassen, dann goss sie sich einen starken Gin Tonic ein und begab sich zu ihrem Lieblingssessel. Die Konstruktion aus verchromtem Stahl und schwarzem Lederpolster hatte genau den richtigen Neigungswinkel, um Lesen, Trinken oder Fernsehen sündhaft gemütlich zu machen.

Vivian warf einen Blick auf die Uhr, deren glänzendes Innenleben aus Messing und Silber durch die Glaskuppel zu sehen war. Kurz vor neun. Zuerst wollte sie die Nachrichten sehen. Danach würde sie ein Bad nehmen und Flaubert lesen.

Sie griff nach der Fernbedienung. Fast ihr ganzes Leben lang hatte sie mit der Hand geschrieben und zur Zerstreuung lediglich ein altes Radio in einem Gehäuse aus Walnussholz besessen, doch vor fünf Jahren hatte sie dem technischen Fortschritt nachgegeben. Einen Tag, nachdem sie einen großen Vorschuss von ihrem neuen amerikanischen Verlag erhalten hatte, machte sie sich auf und erstand in einem Kaufrausch einen Fernseher, einen Videorekorder, eine Stereoanlage und den Computer, an dem sie nun ihre Bücher verfasste.

Sie legte die Füße hoch und drückte auf die Fernbedienung. In den Nachrichten kam der übliche Schrott. Größtenteils Politik, ein bisschen Mord, Hunger in Afrika, ein verpfuschtes Attentat im Mittleren Osten. Sie wusste nicht, warum sie sich überhaupt noch die Mühe machte. Gegen Ende kam dann eine dieser kleinen Klatschgeschichten, die immer als Lückenbüßer dienen mussten.

Doch diesmal setzte sich Vivian auf und spitzte die Ohren.

Die Kamera schwenkte über eine Ansammlung vertrauter Ruinen, während der Sprecher erklärte, dass dieses vergessene Dorf aus den Yorkshire Dales namens Hobb's End durch die jetzige Dürre zum ersten Mal seit der offiziellen Flutung 1953 ans Tageslicht gelangt sei. Das wusste sie bereits – es war die gleiche Bildsequenz wie vor einem Monat, als sie die Geschichte zum ersten Mal im Fernsehen brachten –, aber plötzlich änderte sich die Perspektive, und sie sah ein paar Menschen neben der Brücke stehen, einer davon in Polizeiuniform.

»Heute«, fuhr der Sprecher fort, »entdeckte ein kleiner Junge beim Erkundschaften des Geländes etwas, auf das er nicht vorbereitet war.«

Die Stimme des Sprechers war locker, oberflächlich, sie erinnerte Vivian an die von ihr so verabscheuten lässigen Krimis, in denen die Welt des Verbrechens verniedlicht wurde. Dieser Fall rufe glatt nach einer Miss Marple, sagte der Sprecher, ein Skelett sei gefunden worden, zwar nicht in einem Schrank, liebe Zuschauer, sondern im sumpfigen Boden unter einem alten Schuppen. Wie konnte es dorthin gelangen? Lag hier ein Gewaltverbrechen vor?

Vivian umklammerte die kühlen Stahlrohre des Sessels, der Gin Tonic stand vergessen auf dem Glastisch neben ihr.

Die Kamera fuhr auf den Schuppen zu; Vivian sah einen Mann und eine Frau auf der Schwelle stehen. Der Kommentator berichtete weiter, die Polizei sei am Tatort angekommen und habe in diesem frühen Stadium keine Erklärung abgeben wollen, dann schloss er mit den Worten, man würde die Situation im Auge behalten.

Im Fernsehen lief schon längst der Wetterbericht, als sich Vivian von ihrem Schock erholt hatte. Sie merkte, dass ihre Hände das Chrom immer noch fest umklammert hielten, selbst ihre Leberflecken waren weiß geworden.

Sie ließ los, sackte im Sessel zusammen und holte tief Luft. Dann griff sie mit zitternden Händen nach ihrem Gin Tonic. Es gelang ihr, einen Schluck zu trinken, ohne etwas zu verschütten. Das half.

Als sie sich ein wenig beruhigt hatte, ging sie ins Arbeitszimmer und suchte in ihrem Sekretär nach dem Manuskript, das sie in den frühen Siebzigern geschrieben hatte, drei Jahre nach ihrem letzten Besuch des Thornfield-Stausees. Sie fand den Stapel Papier und trug ihn ins Wohnzimmer.

Es war nie zur Veröffentlichung bestimmt gewesen. In vielerlei Hinsicht hatte sie den Text nur als Schreibübung verfasst, als sie sich nach dem Tod ihres Mannes für die Schriftstellerei zu interessieren begann. Sie hatte damit angefangen, als sie noch glaubte, die alte Regel »Schreib, was du kennst« bedeute, man solle über das eigene Leben, über die eigenen Erfahrungen berichten. Sie hatte ein paar Jahre gebraucht, um zu begreifen, dass das so nicht stimmte. Zwar schrieb sie noch immer über das, was sie kannte – Schuld, Trauer, Schmerz, Wahnsinn –, nur packte sie es heute ins Leben ihrer Figuren.

Als sie zu lesen begann, wurde ihr klar, dass sie gar nicht genau benennen konnte, was sie da in den Händen hielt. Ihre Memoiren? Eine Novelle? Sicherlich enthielt das Geschriebene eine gewisse Wahrheit, immerhin hatte sie versucht, sich an die Fakten zu halten, hatte sogar bei Unsicherheiten in ihren alten Tagebüchern nachgeschlagen. Doch da sie den Text zu einer Zeit in ihrem Leben verfasst hatte, als ihr noch nicht bewusst gewesen war, wie fließend der Übergang von Autobiographie zu Fiktion war, hatte sie nicht mit Sicherheit sagen können, um was es sich handelte. War ihr das jetzt klarer? Es gab nur eine Möglichkeit, das herauszufinden.

Banks war noch nie in Harkside gewesen. Sergeant Cabbot fuhr mit ihrem metallic-roten Astra vor, er folgte ihr durch die sich windenden Einbahnstraßen, die von Cottages aus Kalksandstein mit kleinen, bunten Gärten hinter niedrigen Mäuerchen gesäumt wurden. Viele Häuser, die direkt an der Straße standen, hatten Blumenkästen oder -körbe mit roten und gelben Blumen vor den Fenstern.

Sie parkten neben der Dorfwiese, wo einige vereinzelte Bäume ihren Schatten auf die Bänke warfen. Alte Menschen saßen in der spätsommerlichen Dämmerung, die faltigen Hände ruhten auf knorrigen Gehstöcken, sie unterhielten sich mit anderen alten Menschen oder sahen einfach nur dem bunten Treiben zu. In der Mitte der Dorfwiese stand ein kleines, obeliskähnliches Kriegerdenkmal, auf dem die Namen der Gefallenen aus Harkside, die in den beiden Weltkriegen ihr Leben gelassen hatten, aufgeführt waren.

Alle wichtigen Einrichtungen waren um die Dorfwiese herum versammelt. Ein kleiner Supermarkt, dessen seltsam verzierte Fassade aussah, als sei er früher ein Kino gewesen, eine Barclay's Bank, ein Zeitungshändler, ein Metzger, ein Gemüsehändler, ein Wettbüro, die Spirituosenhandlung Oddbins, eine Kirche aus dem fünfzehnten Jahrhundert und drei Pubs, einer davon der Black Swan. Harkside durfte kaum mehr als zwei- oder dreitausend Einwohner haben, war aber der größte Ort in der näheren Umgebung, und für die Bewohner entlegenerer Höfe und Weiler erfüllte er die Kriterien einer Großstadt, stellte den Inbegriff von Sünde und Versuchung dar. Harkside war nicht mehr als ein größeres Dorf, aber die meisten Leute hier nannten es »die Stadt«.

»Wo ist die Polizeiwache?«, fragte Banks.

Sergeant Cabbot wies in eine Seitenstraße.

»Das Haus da, was wie eine Backsteingarage aussieht? Das mit dem Flachdach?«

»Genau das. Das hässlichste Gebäude in der ganzen Stadt.«

»Wohnen Sie hier?«

»Ja, Sir, das muss ich zu meiner Schande gestehen.«

Es war nur so dahergesagt, doch Banks konnte nicht umhin, sich zu fragen, was sie sonst noch zu gestehen hatte. Allein die Vorstellung verursachte ein Prickeln in ihm.

Sie gingen hinüber zum Black Swan mit seiner weißgetünchten Holzfassade, mit seinen Giebeln und dem durchhängenden Schieferdach. Innen war es düster und trotz offener Fenster und Türen immer noch zu warm. Satt hockten ein paar Touristen und Wanderer an wackligen Holztischen vor ihren Gläsern, obwohl sie eigentlich längst im Bett sein wollten. Banks ging mit Sergeant Cabbot zur Theke. Sie fragte die Bedienung, ob sie noch etwas essen könnten.

»Kommt drauf an, was Sie wollen, Liebchen«, antwortete die Frau und wies auf die Tafel.

Banks seufzte. Das Ratespiel. Er hatte es schon oft genug gespielt. Man betrat den Pub zehn Minuten, nachdem er geöffnet hatte, und bestellte etwas von der Speisekarte, nur um zu hören, es sei »aus«. Nach vier oder fünf Alternativbestellungen, die jeweils mit »aus« kommentiert wurden, fand man mit einer gehörigen Portion Glück schließlich etwas, das noch nicht »aus« war.

Diesmal versuchte es Banks mit Tandoori-Huhn und Pommes frites, mit Wildmedaillons in Rotweinsauce und Pommes und mit Fettuccine all'Alfredo und Pommes, bevor er einen Treffer landete: Rindfleisch und Stilton-Pie. Mit Pommes. In den vergangenen Jahren hatte er zwar nicht viel Rindfleisch gegessen, doch hatte er schon lange aufgehört, sich über BSE den Kopf zu zerbrechen. Wenn sich sein Hirn in einen Schwamm verwandeln sollte, dann konnte er jetzt nicht mehr viel daran ändern. Manchmal fühlte es sich sowieso schon so an.

Sergeant Cabbot bestellte ein Salatsandwich ohne Pommes frites.

»Auf Diät?«, fragte Banks. Er erinnerte sich daran, wie Susan Gay meistens an Kaninchenfutter herumgemümmelt hatte.

»Nein, Sir. Ich esse kein Fleisch. Und die Pommes frites werden in tierischem Fett fritiert. Hab also keine große Wahl.«

»Verstehe. Trinken Sie denn?«

»Mit Begeisterung!« Sie lachte. »Apropos, ich nehme ein Pint Swan's Down Bitter. Kann ich wärmstens empfehlen. Es wird hier im Haus gebraut.«

Banks folgte ihrem Rat und war froh darüber. Er hatte noch keinen vegetarischen Bier-Fan kennen gelernt.

»Ich bring euch das Essen rüber, wenn es fertig ist«, sagte die Bedienung. Banks und Sergeant Cabbot gingen mit ihren Gläsern zu einem Tisch am offenen Fenster, durch das sie die dämmrige Dorfwiese betrachten konnten. Die Szene hatte sich verändert: Eine Clique Teenager hatte die alten Männer vertrieben. Die Jugendlichen lehnten sich an die Baumstämme, rauchten, tranken aus Dosen, schoben und schubsten sich herum, erzählten Witze, lachten, versuchten cool zu sein. Wieder dachte Banks an Brian. So schlimm war es doch gar nicht, dass er sein Architekturstudium zugunsten einer Musikerkarriere vernachlässigt hatte, oder? Das hieß doch noch nicht, dass er als Penner endete. Und wenn es um Drogen ging, hatte Brian mit Sicherheit schon reichlich Gelegenheit gehabt, sie auszuprobieren. Banks hatte es in dem Alter jedenfalls getan.

Was ihn eigentlich störte, war die Erkenntnis, dass er seinen Sohn nicht mehr sonderlich gut *kannte*. Brian war in den letzten Jahren, seitdem er nicht mehr zu Hause wohnte, erwachsen geworden und Banks hatte ihn nicht oft gesehen. Um ehrlich zu sein, hatte er weitaus mehr Zeit und Energie auf Tracy verwandt. Außerdem hatte er seine eigenen Sorgen und Probleme gehabt, bei der Arbeit und zu Hause. Vielleicht wurde das jetzt besser, auch wenn sie noch nicht ganz verschwunden waren.

Wenn es Sergeant Cabbot unangenehm war, dass Banks schweigend grübelte, so zeigte sie es nicht. Er holte seine Zigaretten hervor. Nicht schlecht; bisher hatte er lediglich fünf geraucht, trotz des Streits mit Brian und Jimmy Riddles Anruf. Es war eine gute Idee gewesen, beim Autofahren auf das Rauchen zu verzichten. »Stört es Sie?«, fragte er.

Sie schüttelte den Kopf.

»Wirklich nicht?«

»Wenn Sie damit meinen, ob es mir schwer fällt, ja, aber meistens habe ich den Schmacht unter Kontrolle.«

»Aufgehört?«

»Vor einem Jahr.«

»Tut mir Leid.«

»Braucht es nicht. Tut's mir ja auch nicht.«

Banks zündete sich eine an. »Ich überlege momentan, selbst damit aufzuhören. Rauch schon weniger.«

»Viel Glück.« Sergeant Cabbot hob das Glas, trank einen Schluck Bier und leckte sich die Lippen. »Ah, ist das gut. Darf ich Sie etwas fragen?«

»Ja.«

Sie beugte sich vor und berührte das Haar an seiner rechten Schläfe. »Was ist das?«

»Was? Die Narbe?«

»Nein. Das Blaue da. Ich hätte nicht gedacht, dass sich ein Inspektor die Haare färbt.«

Banks merkte, dass er errötete. Er fasste an die betreffende Stelle. »Das muss Farbe sein. Als Jimmy Riddle anrief, war ich gerade dabei, mein Wohnzimmer zu streichen. Ich dachte, ich hätte alles rausgewaschen.«

Sie lächelte. »Macht nichts. Sieht eigentlich sogar nett aus.«

»Vielleicht lass ich mir auch noch einen Ohrring stechen.«

»Besser nicht übertreiben.«

Banks wies nach draußen. »Viel Ärger hier?«, fragte er.

»Mit den Kids? Nee, nicht viel. Ein bisschen Klebstoff schnüffeln, ein bisschen Vandalismus. Meistens haben sie Langeweile. Pubertärer Übermut halt.«

Banks nickte. Wenigstens war Brian nicht gelangweilt und faul. Er hatte etwas, das er mit Leidenschaft betrieb. Ob es das Richtige war, stand auf einem anderen Blatt. Banks konzentrierte sich wieder auf die vor ihm liegende Aufgabe. »Ich hab eben im Auto meinen Sergeant angerufen«, erklärte er. »Er trommelt ein Team der Spurensicherung zusammen, das morgen früh die Knochen ausgraben wird. Ansprechpartner ist ein Mann namens John Webb. Er hat Archäologie studiert. Macht im Urlaub immer Ausgrabungen, müsste also wissen, was er tut. Außerdem habe ich mit unserem Zahnheilkundler gesprochen, Geoff Turner, und ihn gebeten, einen Blick auf das Gebiss zu werfen, sobald das möglich ist. Sie könnten morgen früh bei den Unis herumtelefonieren, ob Sie irgendwo einen netten forensischen Anthropologen finden. In der Regel sind diese Leute ziemlich hilfsbereit, ich schätze also nicht, dass das ein Problem sein dürfte. Und bis dahin«, sagte er, während der Qualm in Ringen aufstieg und aus dem Fenster zog, »erzählen Sie mir alles über den Thornfield-Stausee.«

Sergeant Cabbot lehnte sich auf ihrem Stuhl zurück, schlug die Füße übereinander und lehnte das Bierglas gegen ihren flachen Bauch. Sie hatte die roten Gummistiefel gegen weiße Sommerschuhe eingetauscht. Die Jeans rutschte hoch und gab den Blick auf schmale Knöchel frei, um einen hing ein dünnes Goldkettchen. Banks hatte noch nie gesehen, dass jemand auf einem harten Stuhl so gemütlich sitzen konnte.

Wieder fragte er sich, was sie nur getan haben mochte, um in so einem gottverlassenen Kaff wie Harkside zu landen. War sie ebenfalls bei Jimmy Riddle in Ungnade gefallen?

»Er ist der jüngste der drei Stauseen am Rowan«, begann sie. »Linwood und Harksmere wurden Ende des neunzehnten Jahrhunderts gebaut, um Leeds mit zusätzlichem Wasser zu versorgen. Es wird von den Seen zu den großen Wasserwerken vor der Stadt geleitet, dort geklärt und in die Häuser gepumpt.«

»Aber Harksmere und Thornfield gehören zu North Yorkshire, nicht zu West Yorkshire. West Riding hieß es früher, glaube ich. Egal, warum sollten sie Leeds mit Wasser versorgen?«

»Ich weiß nicht, wie es dazu kam, aber North Yorkshire und der Stadtrat von Leeds einigten sich irgendwie über die Landnutzung. Deshalb gehören wir auch nicht zum Nationalpark.«

»Wie meinen Sie das?«

»Rowandale. Und Nidderdale. Wir gehören nicht zum Nationalpark Yorkshire Dales, obwohl wir geographisch und landschaftlich dazugehören müssten. Das liegt am Wasser. Keiner wollte sich mit den Vorschriften und Regeln der Nationalparkskommission herumschlagen, da war es einfacher, uns auszuschließen.«

Wie in Eastvale, dachte Banks. Der Ort lag direkt an der Grenze zum Nationalpark, aber die strengen Baubestimmungen, die in den Yorkshire Dales galten, kamen dort nicht zur Anwendung. Das führte zwangsläufig zu hässlichen Auswüchsen wie der East-Side-Siedlung mit ihren furchtbaren Hochhäusern und Einliegerwohnungen oder der neuen Sozialbausiedlung, die gerade bei Gallows View fertig gestellt worden war. »Galgenhügel« wurde sie auf der Dienststelle genannt.

Das Essen kam. Banks drückte seine Zigarette aus. »Und was ist mit Thornfield?«, fragte er nach dem ersten Bissen. Der Pie war gut, zartes Rindfleisch und Stilton in einem ausgewogenen Verhältnis. »Seit wann gibt es den See schon? Was ist mit dem Dorf passiert?«

»Der Thornfield-Stausee wurde in den frühen Fünfzigern gebaut, ungefähr zu der Zeit, als die Nationalparks gegründet wurden, aber das Dorf war damals schon seit mehreren Jahren so gut wie leer. Seit Ende des Krieges, nehme ich an. Vorher hatte es ungefähr drei- oder vierhundert Einwohner. Es hieß auch nicht Thornfield, sondern Hobb's End.«

»Warum?«

»Keine Ahnung. Es gab keinen Hobb in der Vergangenheit, soweit man weiß, und es war auch nicht das Ende von irgendwas – außer vielleicht das Ende der Zivilisation, nach heutiger Vorstellung jedenfalls.«

»Wie lange gab es das Dorf?«

»Weiß ich nicht. Wahrscheinlich seit dem Mittelalter. Die meisten Dörfer sind jedenfalls so alt.«

»Warum war es leer? Was hat die Leute vertrieben?«

»Sie wurden nicht vertrieben. Das Dorf starb einfach aus. Das kommt vor, ebenso wie bei Völkern. Haben Sie das große Gebäude im Westen gesehen?«

»Ja.«

»Das war die Flachsmühle. Im neunzehnten Jahrhundert war sie die Lebensberechtigung des Dorfes. Dem Mühlenbesitzer, Lord Clifford, gehörten auch Land und Häuser. Sehr feudal.«

»Sie sind ja offensichtlich eine Expertin, obwohl Sie sich nicht anhören, als kämen Sie von hier.«

»Komme ich auch nicht. Ich hab mich über die Gegend schlau gemacht, als ich herkam. Sie hat eine ziemlich interessante Vergangenheit. Jedenfalls hatten sie in der Flachsmühle immer weniger zu tun – zu viel Konkurrenz durch größere Anlagen und aus dem Ausland –, dann starb der alte Lord Clifford und sein Sohn wollte nichts mehr damit zu tun haben. Das war direkt nach dem Zweiten Weltkrieg. Damals war der Tourismus in den Dales noch keine große Sache, es gab noch keine Investoren, die Cottages aufkauften, um sie an Urlauber zu vermieten. Wenn einer fortzog und niemand in sein Haus wollte, stand es meistens leer und verfiel bald. Die Leute zogen in die Stadt oder in andere Täler. Schließlich verkaufte der neue Lord Clifford das Land an das Wasserwerk von Leeds. Die übrigen Einwohner wurden umgesiedelt, und das war's. In den nächsten Jahren rückten Ingenieure an und bereiteten das Gelände vor, dann wurde der Stausee gebaut.«

»Warum gerade da? Es muss doch massenhaft Stellen geben, wo man Stauseen bauen kann.«

»Nicht unbedingt. Einer der Gründe ist, dass die anderen beiden Seen in der Nähe lagen. Es war für die Ingenieure wohl einfacher, sie miteinander zu verbinden. So ließ sich der Wasserstand besser kontrollieren. Aber in erster Linie hatte es wohl mit dem Grundwasserspiegel und den unteren Felsschichten und so weiter zu tun. In den Dales gibt es viel Kalkstein, darauf kann man offenbar keine Stauseen bauen. Er ist durchlässig. Die untere Gesteinsschicht des Rowan Valley besteht aus etwas anderem, aus etwas Hartem. Hat was mit Verwerfungen und Extrusionen zu tun. Hab leider fast alles vergessen, was ich in Erdkunde gelernt habe.«

»Ich auch. Wann, sagten Sie, ist das passiert?«

»Zwischen dem Ende des Zweiten Weltkriegs und den frühen Fünfzigern. Ich kann die genauen Daten auf der Wache nachsehen.«

»Bitte.« Banks trank einen Schluck Bier. »Unsere Leiche, wenn es denn eine ist und wenn sie von einem Menschen stammt, muss also spätestens seit Anfang der fünfziger Jahre dort liegen?«

»Es sei denn, es hat sie jemand in diesem Sommer dort hingebracht.«

»Ich bin kein Fachmann, aber nach dem, was ich bis jetzt gesehen habe, sieht sie älter aus.«

»Sie kann umgebettet worden sein. Als der Stausee austrocknete, dachte vielleicht jemand, da fände sich ein besseres Versteck für die Leiche, die er woanders verscharrt hatte.«

»Schon möglich.«

»Wie dem auch sei, ich bezweifle trotzdem, dass derjenige, der sie dort vergraben hat, sich als Froschmann verkleidet hat und hinuntergetaucht ist.«

»Vergraben?«

»O ja, Sir. Ich würde schon sagen, dass sie vergraben wurde, Sie nicht?«

Banks hatte den Pie vertilgt und schob die restlichen Pommes frites zur Seite. »Warum?«

»Wegen der Steinplatten. Möglicherweise hätte die Leiche ohne Fremdeinwirkung einen halben oder einen Meter tief in die Erde einsacken können. Vielleicht. Ich meine, wir wissen nicht, wie stark sich da unten in den letzten vierzig Jahren alles verschoben hat und verschlammt ist. Wir wissen auch noch nicht, ob das Opfer Beton an den Füßen hatte. Aber mir will nicht in den Kopf gehen, wie eine Leiche ohne die geringste menschliche Hilfe unter diese Steinplatten auf dem Boden des Gebäudes geraten konnte, meinen Sie nicht, Sir?«

* * *

Es war ein stürmischer Nachmittag im April 1941, als sie zum ersten Mal in unserem Laden erschien. Selbst in ihrer Landmädchenuniform, dem grauen Pullover mit dem V-Ausschnitt, der blassbraunen Bluse, dem grünen Halstuch und der braunen Kniebundhose aus Kord sah sie wie ein Filmstar aus.

Sie war nicht sehr groß, vielleicht einen Meter fünfundfünfzig oder sechzig, aber die langweilige Uniform konnte nicht die Art von Figur verbergen, der Männer auf der Straße hinterherpfiffen. Sie hatte ein blasses, herzförmiges Gesicht, eine perfekt proportionierte Nase sowie einen schön geschwungenen Mund und die größten, tiefsten blauen Augen, die ich je gesehen hatte. Das blonde Haar rauschte unter einem braunen Filzhut hervor, den sie keck übers Ohr geschoben hatte und mit einer Hand festhielt, als sie von der Straße hereinkam.

Ich musste sofort an Hardys Roman *Blaue Augen* denken, den ich nur wenige Wochen zuvor gelesen hatte. Wie bei Elfride Swancourt lag in den Augen dieses Landmädchens »ihr ganzes Wesen«. Sie hatten »ein dunstig verschattetes Blau ohne Konturen, ein Blau, das man nicht *an*sah, sondern in das man *hinein*sah.« Und diese Augen vermittelten das Gefühl, der einzige Mensch auf der Welt zu sein, wenn sie mit einem sprach.

»Grässlich draußen, nicht wahr? Sie haben nicht zufällig fünf Woodbines zu verkaufen?«, fragte sie.

Ich schüttelte den Kopf. »Tut mir Leid«, antwortete ich. »Wir haben überhaupt keine Zigaretten.« Es war eine der härtesten Zeiten, die wir bis dahin im Krieg erlebt hatten: Die deutsche Luftwaffe legte mit ihren Bomben unsere Städte in Schutt und Asche; im Atlantik versenkten deutsche U-Boote mit alarmierender Regelmäßigkeit unsere Geleitzüge; und die Fleischration war gerade auf ein Schilling zehn Pence die Woche gekürzt worden. Und da kam diese Fremde frech wie Oskar in den Laden und verlangte so mir nichts, dir nichts einfach Zigaretten!

Es war natürlich gelogen. Wir hatten Zigaretten, doch der kleine Vorrat unter der Ladentheke war unseren Stammkunden vorbehalten. Wir hatten mit Sicherheit nicht vor, sie an hübsche dahergelaufene Landmädchen zu verkaufen, die Augen hatten wie in einem Roman von Thomas Hardy.

Ich wollte ihr gerade sagen, sie solle doch mit ihren Augen einen der Flieger, die im Dorf herumzogen, anklimpern – den Mund zu halten war noch nie meine Stärke gewesen –, doch ihre Reaktion entwaffnete mich völlig.

Zuerst schlug sie mit ihrer kleinen Faust auf den Verkaufstresen und fluchte. Sofort darauf biss sie sich auf die Unterlippe und setzte ein breites Lächeln auf. »Ich hatte es auch nicht angenommen«, sagte sie, »aber fragen kostet ja nichts. Vorgestern sind sie mir ausgegangen, und jetzt vergehe ich fast vor Schmacht. Na ja, da kann man nichts machen.«

»Sind Sie das neue Landmädchen auf der Top Hill Farm?«, fragte ich, inzwischen neugierig geworden und wegen meiner Lüge mehr als ein bisschen schuldbewusst.

Sie lächelte wieder. »Spricht sich schnell herum, nicht?«

»Ist ein kleines Dorf.«

»Stimmt. Ja, das bin ich. Gloria Stringer.« Sie streckte mir ihre Hand entgegen. Ich fand es eine ziemlich seltsame Geste für eine Frau, besonders in dieser Gegend, aber ich ergriff sie. Ihre Hand war weich und ein wenig feucht, sie fühlte sich an wie ein Blatt nach einem Sommerregen. Im Vergleich mit diesem so zarten Etwas war meine Hand rau und schwer. Ich war schon immer ein plumpes, linkisches Kind gewesen, doch hatte ich es nie so stark empfunden wie an diesem Tag, als ich Gloria kennen lernte. »Gwen Shackleton«, stammelte ich, reichlich beschämt. »Freut mich.«

Gloria legte die Hand auf die Theke, schob eine Hüfte nach vorn und sah sich um. »Nicht viel los hier, oder?«, bemerkte sie.

Ich lächelte. »Nicht viel.« Ich wusste natürlich, was sie meinte, aber es kam mir trotzdem sonderbar, wenn nicht sogar gefühllos vor, so etwas zu sagen. Ich stand jeden Morgen um sechs Uhr auf, um mich in den Laden zu stellen, außerdem ging ich einen Abend pro Woche auf Brandwarte – anfangs wurde es in unserer Gegend nicht ernst genommen, doch dann brannte im Februar Spinner's Inn durch eine verirrte Brandbombe nieder und zwei Menschen starben. Außerdem arbeitete ich in unserem Women's Voluntary Service, dem freiwilligen Frauendienst. An den meisten Tagen war ich nach den Neun-Uhr-Nachrichten völlig erschöpft und schlief ein, sobald mein Kopf auf dem Kissen lag.

Ich wusste natürlich, worin die Aufgaben eines Landmädchens bestanden, aber nach ihrem Aussehen zu urteilen, besonders nach den zarten Händen, hätte ich schwören können, dass Gloria Stringer noch keinen Tag in ihrem Leben schwere körperliche Arbeit geleistet hatte. Mein erster Gedanke war reichlich lieblos. Da ich den neugierigen Blick von Bauer Kilnsey kannte, dachte ich, dass er Gloria vielleicht eine neue Art zeigte, die Furche zu pflügen, wenn seine Frau nicht in der Nähe war. Obwohl ich nicht genau wusste, was das bedeutete – ich war damals erst sechzehn –, hatte ich schon mehr als einen Bauern diesen Ausdruck benutzen hören, wenn er dachte, ich sei außer Reichweite.

Doch damit lag ich ziemlich falsch, wie bei so vielen anfänglichen Einschätzungen von Gloria. Ihr frisches Aussehen war nur eine ihrer vielen beachtlichen Eigenschaften. Sie konnte den ganzen Tag lang heuen, dreschen, Erbsen puhlen, melken und Rüben ernten und dennoch frisch, lebhaft und energiegeladen aussehen, so als sei sie, anders als wir Normalsterblichen, von einem Schutzschild umgeben, dem die harte tägliche Plackerei nichts anhaben konnte.

Ich muss gestehen, dass ich Gloria Stringer auf den ersten Blick nicht leiden konnte; sie kam mir eitel, gewöhnlich, oberflächlich und selbstsüchtig vor. Und ihre Schönheit passte mir auch nicht. Die tat besonders weh.

Und dann musste ausgerechnet Michael Stanhope mitten in unsere Unterhaltung platzen.

Michael Stanhope galt im Dorf als eine Art Original, gelinde ausgedrückt. Er war ein mäßig erfolgreicher Künstler Anfang fünfzig und er hatte eine Neigung zu verwegenem Auftreten. Er schien sich immer größte Mühe zu geben, die Empfindungen anderer zu verletzen.

An jenem Tag war er mit einem zerknitterten weißen Leinenanzug bekleidet, darunter trug er ein schmuddeliges fliederfarbenes Hemd und eine schiefe gelbe Fliege. Auf dem Kopf hatte er seinen unvermeidlichen Hut mit der breiten Krempe und in der Hand hielt er seinen Stock mit dem Schlangenkopfgriff. Wie immer sah er arg ramponiert aus. Die Augen waren blutunterlaufen, seine Wangen von einem mindestens drei Tage alten Bart bedeckt und er dünstete einen Mief von abgestandenem Rauch und Alkohol aus.

Viele Menschen mochten Michael Stanhope nicht, weil er keine Angst hatte, seine Meinung zu sagen, und sogar auf den Krieg schimpfte. Ich mochte ihn eigentlich irgendwie, obwohl ich seine Ansichten nicht teilte. Meistens wollte er mit dem, was er sagte, einfach nur die Leute ärgern, zum Beispiel wenn er sich beschwerte, er könne keine Leinwand für seine Bilder bekommen, weil die Armee alles aufbrauchte. Das stimmte überhaupt nicht.

Aber ausgerechnet er musste in dem Moment hereinkommen.

»Guten Morgen, mein Engel«, sagte er wie immer, obwohl ich mich ganz und gar nicht engelhaft fühlte. »Ich hoffe, du hast meine übliche Ration?«

»Ähm, tut mir Leid, Mr. Stanhope«, stotterte ich. »Es ist nichts mehr da.«

»Nichts mehr da? Komm, Mädchen, komm, das kann nicht sein.« Er grinste und blickte schelmisch zu Gloria hinüber. Dann zwinkerte er ihr zu.

»Tut mir Leid, Mr. Stanhope.«

»Ich wette, wenn du an den richtigen Stellen suchst«, sagte er, beugte sich vor und klopfte mit dem Stock auf den Tresen, »dann findest du was.«

Ich wusste, dass ich verloren hatte. Ich errötete bis unter die Haarwurzeln, griff gedemütigt unter die Theke und holte zwei Päckchen Piccadilly hervor, die ich für ihn zur Seite gelegt hatte, wie ich es immer machte, wenn wir das Glück hatten, ein paar geliefert zu bekommen.

»Das macht einen Shilling acht, bitte«, sagte ich.

»Unerhört«, beschwerte sich Mr. Stanhope, während er nach den Münzen kramte, »wie uns diese Regierung mit Steuern ins Grab bringt, nur um Krieg führen zu können. Findest du nicht auch, mein Engel?«

Ich stammelte etwas Unverfängliches.

Die ganze Zeit hatte Gloria unserem kleinen Schauspiel mit wachsender Faszination zugesehen. Als ich Mr. Stanhope die Zigaretten aushändigte und ihr einen schuldbewussten Blick zuwarf, lächelte sie mich an und zuckte mit den Schultern.

Mr. Stanhope musste meine Geste bemerkt haben. Er nahm immer schnell jede Änderung der Atmosphäre wahr. Er weidete sich an solchen Dingen.

»Ah, verstehe«, sagte er, drehte sich zu Gloria um und ließ den Blick ungeniert auf ihrer Figur ruhen. »Könnte es sein, dass Sie sich ebenfalls nach Zigaretten erkundigt haben, meine Liebe?«

Gloria nickte. »Zufällig ja.«

»Hm«, machte Mr. Stanhope und legte den Messinggriff mit dem Schlangenkopf nachdenklich ans Kinn, »ich sage Ihnen was. Da ich rauchende Frauen außerordentlich begrüße, können wir eventuell eine Art Absprache treffen. Ich habe nur eine Bedingung.«

»Oh«, sagte Gloria, verschränkte die Arme und kniff die Augen zusammen. »Und die wäre?«

»Dass Sie hin und wieder auf der Straße rauchen.«

Einen Augenblick lang starrte Gloria ihn an, dann begann sie zu lachen. »Das ist kein Problem«, sagte sie. »Das kann ich Ihnen versichern.«

Und er gab ihr eins seiner Päckchen.

Ich war platt. In jeder Packung waren zehn Zigaretten, und sie waren weder billig noch leicht zu bekommen.

Anstatt zu protestieren, sie könne das unmöglich annehmen, und ihm gleichzeitig für seine Großzügigkeit zu danken, wie ich es getan hätte, nahm Gloria das Päckchen entgegen und sagte: »Ach, vielen Dank auch, Mr. …?«

Er strahlte sie an. »Stanhope. Michael Stanhope. Zu Ihren Diensten. Ist mir ein Vergnügen. Glauben Sie mir, meine Liebe, es ist wirklich ein außergewöhnliches Vergnügen, in einer Gegend wie dieser eine so attraktive Frau wie Sie kennen zu lernen.« Dann machte er einen Schritt auf sie zu und unterzog sie einer, wie ich fand, ziemlich unverschämten Musterung, so als würde ein Bauer ein Pferd untersuchen, das er zu kaufen beabsichtigte.

Gloria zuckte nicht mit der Wimper.

Als Mr. Stanhope fertig war, wollte er gehen, doch bevor er die Tür hinter sich schloss, warf er Gloria noch einen kurzen Blick über die Schulter zu. »Hören Sie, Sie müssen mich unbedingt einmal in meinem Atelier besuchen, meine Liebe. Sich meine Radierungen ansehen, sozusagen.« Und damit verschwand er, während er in sich hineinkicherte.

In dem nun folgenden Schweigen starrten Gloria und ich uns kurz an, dann prusteten wir los. Als wir uns wieder unter Kontrolle hatten, sagte ich ihr, es täte mir Leid, sie wegen der Zigaretten belogen zu haben, aber sie tat die Entschuldigung ab. »Du musst dich um deine Stammkunden kümmern«, sagte sie. »Und wir haben schwere Zeiten.«

»Ich muss mich auch für Mr. Stanhope entschuldigen«, sagte ich. »Er kann leider etwas unverschämt sein.«

»Quatsch«, erwiderte sie mit ihrem koboldhaften Grinsen. »Ich mochte ihn eigentlich. Und er hat mir ja die hier geschenkt.«

Sie öffnete die Packung und bot mir eine Zigarette an. Ich schüttelte den Kopf; damals rauchte ich nicht. Sie schob sich eine in den Mundwinkel und entzündete sie mit einem kleinen silbernen Feuerzeug, das sie aus ihrer Uniformtasche zog. »Auch gut«, meinte sie. »Ich sehe, ich muss eine Weile mit diesen hier auskommen.«

»Ich kann dir in Zukunft welche zur Seite legen«, sagte ich. »Ich meine, ich kann's versuchen. Hängt natürlich davon ab, wie viel wir bekommen.«

»Ach, wirklich? O ja, bitte! Das wäre herrlich! Wenn ich jetzt noch kurz einmal in die Filmzeitschrift da drüben schauen dürften, die mit Vivien Leigh auf der Titelseite. Ach, ich finde Vivien Leigh so wunderbar, du auch? Sie ist so schön! Hast du schon *Vom Winde verweht* gesehen? Ich hab's im West End gesehen, bevor ich zur Ausbildung musste. Wirklich …«

Doch bevor ich ihr die Zeitschrift holen oder ihr sagen konnte, dass *Vom Winde verweht* noch nicht so weit in den Norden vorgedrungen war, stürzte Matthew herein.

Beim Läuten der Klingel drehte sich Gloria mit neugierig erhobenen Augenbrauen um. Als er sie sah, blieb mein Bruder auf der Stelle stehen und fiel so tief in ihre Augen, dass man es plumpsen hören konnte.

* * *

Als Banks am Abend nach Hause kam, hörte er zuerst den Anrufbeantworter ab. Nichts. Verdammt. Nach dem verbockten Telefonat am Nachmittag wollte er die Dinge richtig stellen, aber er kannte Brians Nummer in Wimbledon ja nicht. Er wusste noch nicht einmal, wie Andrew mit Nachnamen hieß. Er konnte es herausfinden – schließlich war er ja Kriminalbeamter –, aber das würde dauern, und es ging nur während der offiziellen Arbeitszeit. Sandra kannte die

Nummer möglicherweise, aber mit ihr zu reden war das Letzte, was er tun wollte.

Banks schenkte sich einen Whiskey ein, schaltete die helle Deckenbeleuchtung aus und knipste die Leselampe neben dem Sessel an. Er griff zu dem Buch, das er in der letzten Woche gelesen hatte, eine Anthologie mit Lyrik des zwanzigsten Jahrhunderts, aber er konnte sich nicht darauf konzentrieren. Die blauen Wände lenkten ihn ab und der Geruch der Farbe zusammen mit der tiefen Stille der Umgebung versetzten ihn in eine einsame, ruhelose Stimmung. Er stellte das Radio an. Es spielte den ersten Satz aus Tschaikowskis Violinkonzert.

Banks schaute sich im Zimmer um. Die Wände sahen gut aus; sie ergänzten sich hübsch mit der Decke, die er in der Farbe reifen Camemberts gestrichen hatte. Vielleicht war das Blau ein klein wenig zu kühl, dachte er, obschon ihm bei diesem Wetter jegliche Form von Abkühlung willkommen war. Er konnte die Wände im Winter, wenn Schnee und Eis kamen, ja immer noch orange oder rot streichen, dann würden sie den Eindruck von Wärme vermitteln.

Er zündete sich die letzte Zigarette des Tages an und ging mit seinem Glas nach draußen. Das Cottage stand an einem schmalen, unbefestigten Weg ungefähr fünfzig Meter westlich von Gratly. Gegenüber von Banks' Haustür befand sich eine Art Ausbuchtung in der niedrigen Mauer, die zwischen dem Weg und Gratly Beck verlief. Tagsüber bot sich die Stelle für Wanderer an, die kurz anhalten und den Wasserfall bewundern wollten, doch nachts war nie jemand da. Der Weg war keine Durchgangsstraße, und so hatte Banks viel Platz, um sein Auto zu parken. Kurz hinter dem Cottage verjüngte sich der Weg zu einem Fußpfad, der zwischen dem Wald und Gratly Beck verlief.

Banks sah das Eckchen inzwischen als seine private Veranda an und er stand gern dort draußen oder saß spät abends, wenn es still war, auf der niedrigen Mauer und ließ die Beine baumeln. Es half ihm beim Nachdenken, beim Ordnen der Gedanken.

Heute waren die Steine noch warm; der Rauch auf seiner

Zunge schmeckte süß wie frisch gemähtes Heu. Ein Schaf blökte hoch oben auf dem Hügel und der Wasserfall war nur ein oder zwei Nuancen dunkler als die Nacht selbst. Helles Sternenlicht blitzte im glänzenden Himmel, dazu die Lichter der Bauernhäuser in der Ferne; der fast volle Mond leuchtete auf Helmthorpe in seiner Talsohle und der viereckige Kirchturm mit seiner uralten Wetterfahne stand trotzig in der Dunkelheit. So muss es während der Verdunkelung gewesen sein, dachte Banks und erinnerte sich an die Geschichten seiner Mutter über die Zeit der deutschen Luftangriffe auf London.

Über dem ausgetrockneten Wasserfall sitzend, dachte Banks wieder daran, auf welch seltsame Art er zu diesem abgelegenen Cottage gekommen war. Es war ein »Traumhaus« in mehr als einer Hinsicht; obwohl er es nie jemandem erzählt hatte, hatte er es tatsächlich aufgrund eines Traumes gekauft.

Während der letzten einsamen Monate in der Doppelhaushälfte in Eastvale hatte sich Banks so sehr gehen lassen, dass er nach Weihnachten nicht einmal mehr geputzt oder aufgeräumt hatte. Warum auch? Abends stand er meistens sowieso im Pub oder fuhr allein durch die Gegend, und nachts schlief er halb betrunken auf dem Sofa zu den Klängen von Mozart oder Bob Dylan ein, während sich das Einwickelpapier von Fish and Chips und die Pappkartons von Außer-Haus-Lieferungen in einem ständig größer werdenden Kreis um ihn stapelten.

Im April hatte er offenbar den Tiefpunkt erreicht. Tracy, die ihre Mutter über das Osterwochenende in London besucht hatte, deutete am Telefon an, dass es einen neuen Mann in Sandras Leben gebe, einen Fotojournalisten namens Sean, und dass es ernst zu sein schien. Er sähe *jung* aus, meinte Tracy. Das war ein Riesenkompliment aus dem Mund einer Neunzehnjährigen. Sofort fragte sich Banks, ob diese Affäre wohl schon begonnen hatte, *bevor* Sandra und er sich im vergangenen November getrennt hatten. Er fragte Tracy danach, aber sie sagte, das wisse sie nicht. Außerdem schien es sie zu stören, dass Banks die Möglichkeit überhaupt in Erwägung zog, und so wechselte er das Thema.

Nach dem Gespräch empfand Banks noch mehr Wut und Selbstmitleid. Immer wenn er an Sean dachte, was viel häufiger vorkam, als ihm lieb war, wollte er ihn umbringen. Er spielte sogar mit dem Gedanken, einen alten Kumpel bei der Metropolitan Police in London anzurufen und ihn zu fragen, ob sie das Schwein nicht unter irgendeinem Vorwand einbuchten konnten. Es gab eine Menge Bullen bei der Metropolitan, die sich keine Gelegenheit entgehen lassen würden, jemanden namens Sean einzulochen. Aber auch wenn er die Vorschriften gelegentlich großzügig ausgelegt hatte, hatte Banks seine Position nie zu seinem eigenen Vorteil ausgenutzt, und damit wollte er in der schlimmsten Phase seines Lebens auch nicht anfangen.

Sein Hass war unvernünftig, das wusste er, aber wann ist Hass schon mal vernünftig? Er hatte Sean noch nicht einmal kennen gelernt. Außerdem: Wenn sich Sandra einen Lustknaben suchte und ihn mit nach Hause ins Bett nahm, war das doch wohl kaum die Schuld des Lustknaben, oder? Eher ihre. Aber die Vernunft hielt Banks nicht von dem Wunsch ab, den Kerl umzubringen.

An jenem Abend war er nach zu vielen Gläsern Whiskey wieder auf dem Sofa eingeschlafen, während Dylans *Blood on the Tracks* im CD-Spieler lief. Lange nachdem die Musik verklungen war, erwachte er aus einem Traum, dessen emotionale Intensität ihn in seinen Bann zog.

Darin hatte er allein an einem Kieferntisch in einer Küche gesessen, Sonnenlicht flutete durch die offenen Vorhänge und tauchte alles in ein warmes Honiggold. Die Wände waren von schmutzigweißer Farbe, über der Spüle und der Arbeitsplatte zog sich ein Streifen mit roten Fliesen; passend dazu die roten Dosen für Kaffee, Tee und Zucker auf der weißen Resopal-Arbeitsfläche und die Töpfe und Pfannen mit Kupferboden, die neben den Küchenmessern an einem Holzgestell hingen. Das Bild war unglaublich detailliert und klar; jede Maserung und jedes Astloch im Holz, jeder Schimmer des Lichts auf dem Stahl oder Kupfer strahlte übernatürlich hell. Er konnte selbst das warme Kiefernholz von Tisch und Einbauschränken sowie das Öl an den Scharnieren riechen.

Das war alles. Es passierte nichts. Nur ein Traum von Licht. Aber das intensive Wohlgefühl, das ihm dieses Bild vermittelte, warm und hell wie die Sonnenstrahlen selbst, durchströmte ihn noch beim Aufwachen, und er war enttäuscht zu sehen, dass er allein war und mit einem dicken Kopf auf dem Sofa in der Doppelhaushälfte in Eastvale lag.

Als Sandra einige Wochen später entschied, die Trennung solle von Dauer sein – wenigstens stände eine Versöhnung nicht unmittelbar bevor –, verkauften sie das Haus. Sandra bekam den Fernseher und den Videorekorder; Banks die Stereoanlange und den Löwenanteil der CD-Sammlung. Das war nur gerecht, schließlich war er es gewesen, der sie gesammelt hatte. Sie teilten die Kücheneinrichtung auf – aus einem unerfindlichen Grund nahm Sandra auch den Dosenöffner. Bücher und Kleidung stellten kein Problem dar. Der Großteil der Möbel wurde verkauft. Alles in allem war es nicht besonders viel gewesen für eine über zwanzigjährige Ehe. Auch nach dem Verkauf war es Banks so gut wie egal, wo und wie er lebte, bis er nach ein paar Wochen in einem Bed & Breakfast, das den Reisebeschreibungen Bill Brysons hätte entsprungen sein können, seine Meinung änderte.

Er fing an, die Einsamkeit zu suchen. Als er das Cottage zum ersten Mal von außen sah, hielt er nicht viel davon. Der Blick aufs Tal war großartig, auch die durch den Wald garantierte Abgeschiedenheit, der Wildbach und der Eschenbestand zwischen dem Cottage und dem Dorf Gratly gefielen ihm sehr, doch war es ein gedrungenes, hässliches kleines Haus, an dem viel getan werden musste.

Das Cottage aus der in den Yorkshire Dales typischen Mischung von Kalksandstein, grobem Sandstein und Steinplatten war ursprünglich das Haus eines Landarbeiters gewesen. In den Sandstein über der Tür waren die Jahreszahl »1768« und die Initialen »J. H.« gemeißelt, wahrscheinlich das Baujahr und die Anfangsbuchstaben des ersten Besitzers. Banks fragte sich, wer J. H. wohl gewesen und was aus ihm geworden sei. Mrs. Perkins, die Vorbesitzerin, hatte ihre beiden Söhne und ihren Mann verloren und wollte nun endgültig zu ihrer Schwester nach Tadcaster ziehen.

Von innen machte das Haus anfangs auch keinen besseren Eindruck; es roch nach Kampfer und Schimmel, und die gesamten Möbel und Einrichtungsgegenstände wirkten dunkel und schmuddelig. Unten war ein Wohnzimmer mit einem Steinkamin; oben zwei kleine Schlafzimmer. Bad und Toilette waren nachträglich an die Küche gebaut worden, wie oft in solchen alten Häusern. 1768 waren sanitäre Einrichtungen noch ziemlich primitiv.

Banks glaubte nicht an Visionen und Prophezeiungen, aber er wäre ein Narr gewesen, wenn er geleugnet hätte, dass er, als er an jenem Tag die Küche betrat, ebendieses Wohlgefühl und diesen Frieden verspürte wie in seinem Traum. Natürlich sah es hier anders aus, aber er *wusste*, dass es sich um denselben Ort handelte, um die Küche aus seinem Traum.

Er hatte keine Ahnung, was das bedeutete. Er wusste nur, dass er das Cottage haben musste.

Er hatte nicht gedacht, dass er es sich würde leisten können; Eigentum in den Dales erzielte astronomische Preise. Aber Fortuna und menschliche Exzentrizität sollten einmal auch auf seiner Seite stehen. Mrs. Perkins hatte nicht das geringste Verständnis für den Handel mit Ferienhäusern und gierte auch nicht sonderlich nach Geld. Sie wollte ihr Haus an jemanden verkaufen, der auch tatsächlich darin *wohnte*. Sobald sie herausgefunden hatte, dass Banks nach genau so einem Heim suchte und dass er denselben Familiennamen trug wie sie vor ihrer Heirat, stand dem Geschäft nichts mehr im Wege. Der einzige Fleck auf Banks weißer Weste war, dass er nicht in Yorkshire geboren worden war, aber sie gab ihm dennoch den Zuschlag, da sie überzeugt war, mit ihm verwandt zu sein. Sie flirtete sogar mit ihm auf die Art, wie es manche alten Damen gern tun.

Als sie ihm das Haus für 50 000 Pfund überließ, da sie mit der Summe bequem bis zu ihrem Tod auskommen würde, wie sie sagte – wahrscheinlich die Hälfte des Betrags, den sie hätte fordern können –, stöhnte Dimmoch, der Grundstücksmakler, auf und schüttelte ungläubig den Kopf. Im Nachhinein hatte Banks immer den Eindruck, dass Dimmoch ihn verdächtigte, unzulässig Druck auf Mrs. Perkins ausgeübt zu haben.

Das Cottage wurde Banks' langfristiges Projekt – seine Therapie, sein Refugium und, wie er hoffte, seine Rettung. Er hatte den sonderbaren Eindruck, dass die Arbeit am Haus einer Arbeit an sich selbst gleichkam. Beides musste überholt werden und in beiden Fällen hatte er sich einiges vorgenommen. Es war alles neu für ihn; weder war er vorher im Entferntesten an Heimwerker-Basteleien und Gartenarbeit interessiert gewesen, noch hatte er erkennbar zu Selbstanalyse und Innenschau geneigt. Aber irgendwie hatte er in den letzten Jahren seinen Weg verloren, und er wollte einen neuen finden; auch hatte er etwas von sich verloren, und er wollte herausfinden, was das war. Bisher hatte er Kiefernschränke in die Küche eingebaut, ähnlich denen im Traum, hatte eine Dusche anstelle der alten viktorianischen Badewanne installiert und das Wohnzimmer gestrichen. Das hatte ihm die Depression nicht vollständig vom Hals gehalten, sie aber handhabbarer gemacht; wenigstens schaffte er es jetzt, sich morgens aus dem Bett zu wälzen, auch wenn er den bevorstehenden Tag nicht immer mit Freude anging.

Ein Nachtvogel schrie in der Ferne – ein gebrochener, unheimlicher Ruf, so als werde sein Nest von einem Raubtier bedroht. Banks drückte die Zigarette aus und ging wieder hinein. Als er sich bettfertig machte, dachte er an die Skeletthand, die möglicherweise von einem Menschen stammte, und an die ganz entschieden menschliche Sergeant Cabbot. Er dachte an Hobb's End, dieses verlorene, zerstörte Dorf, das plötzlich mit seinen Geheimnissen aus der Tiefe aufgetaucht war, und irgendwo in seinem Kopf, in der Dunkelheit weit hinter dem Reich von Logik und Vernunft, vernahm er ein Echo, ein Klicken, fühlte er, wie etwas nicht Greifbares über die Jahre eine Verbindung einging.

3

Am nächsten Morgen schaute Banks vom Waldrand aus zu, wie die Spurensicherung unter der fachkundigen Leitung von John Webb das Skelett vorsichtig aus seinem sumpfigen Grab barg.

Zuerst musste die Mauer abgetragen werden, neben der die Gebeine lagen, dann wurde rundherum ein Graben ausgeschachtet. Langsam ging es voran, bis die Knochen ungefähr einen Meter unter der Erdoberfläche zum Vorschein kamen. Als Nächstes schoben die Beamten eine dünne Metallplatte in das Erdreich unter dem Fundort und hoben, als sie sich an der richtigen Stelle befand, das Skelett darauf heraus.

Noch in Erde gebettet, lagen die Knochen auf dem Metall, und vier Träger der Spurensicherung hievten sie die Böschung hinauf, wo sie sie zu Banks' Füßen ins Gras legten wie ein Brandopfer. Es war genau elf Uhr und Sergeant Cabbot war noch immer nicht da. Banks hatte bereits mit Adam Kelly gesprochen, der seiner Aussage vom Vortag jedoch nichts hatte hinzufügen können.

Adam war noch verstört gewesen, aber Banks hatte eine Anpassungsfähigkeit in ihm gespürt, die auch er als Jugendlicher besessen hatte. Banks hatte ebenfalls mit Vorliebe in verfallenen Häusern gespielt, von denen es in Peterborough in den Nachkriegsjahren eine Menge gegeben hatte. Das Schlimmste, was ihm je zugestoßen war, war ein aufgeschrammtes Knie gewesen, aber eine Schülerin der Mädchenschule war von einem herabfallenden Deckenbalken erschlagen worden; er wusste also, wie gefährlich die Häuser sein konnten. Die Gemeinde ließ sie immer zunageln. Jedenfalls hatte Adams kleines Abenteuer keinen bleibenden Schaden hinterlassen und er würde noch lange nach Schulbeginn etwas zu erzählen haben. Eine Zeitlang würde er unter seinen Freunden eine kleine Berühmtheit sein.

Banks betrachtete die schmutzige, gekrümmte Gestalt zu seinen Füßen. Sie erinnerte nur ganz entfernt an einen Menschen. Die Knochen hatten die schmutzig braune Farbe der Erde angenommen, in der sie so lange gelegen hatten; außerdem waren sie mit dunklem Dreck verkrustet. Er klebte an den Rippen, so wie Sauce an Spare Ribs, haftete an den Gelenken und verstopfte Hohlräume und Spalten. Der Schädel sah aus, als wäre er mit Schlamm gefüllt – Schmutz im Mund, in der Nase, in den Augenhöhlen –, und einige langen Knochen wirkten wie alte verrostete Metallrohre, die jahrelang unter der Erde gelegen hatten.

Der Anblick verursachte bei Banks leichte Übelkeit. Er hatte natürlich schon viel Schlimmeres gesehen, ohne sich zu übergeben – immerhin gab es hier keine klaffenden roten Löcher, hervorquellende Eingeweide, am Oberschenkel abgeschnittene Beine oder Hautlappen, die sich über rohem Fleisch wie ein T-Shirt aufrollten –, aber etwas Hässlicheres war ihm selten untergekommen.

Die Spurensicherung hatte das Skelett in jeder Phase der Exhumierung fotografiert, und nachdem die Männer es den Abhang hinaufgetragen hatten, kehrten sie nach unten zurück und begannen mit dem akribrischen Absuchen der Gegend, gruben tiefer und weiter, wobei sie es John Webb überließen, hier ein wenig zu stochern und dort einmal zu kratzen. Webb durchsuchte den Boden zusätzlich nach Gegenständen, die zur gleichen Zeit vergraben worden waren – Knöpfe, Schmuck oder Ähnliches.

Banks lehnte sich gegen einen Baumstamm, als halte er Wache, hielt seine Übelkeit in Schach und sah Webb bei der Arbeit zu. Er war müde; nach seiner spätabendlichen Grübelei hatte er nicht gut geschlafen. Fast die ganze Nacht hatte er sich im Bett herumgewälzt, war mehrmals aus bruchstückhaften Albträumen aufgeschreckt, die sich, wenn er aufwachte, in dunkle Ecken verkrochen wie Kakerlaken, sobald das Licht angeht. Die morgendliche Hitze machte ihn schläfrig. Kurz gab er dem Impuls nach und schloss die Augen, lehnte den Kopf gegen den Baum. Er konnte die raue Rinde am Hinterkopf fühlen, und das Sonnenlicht erzeugte kaleidoskopartige Muster hinter seinen Augenlidern. Er war kurz davor wegzudösen, als er hinter sich zuerst ein Rascheln, dann eine Stimme vernahm.

»Morgen, Sir. Schlimme Nacht?«

»So ähnlich«, erwiderte Banks und löste sich vom Baumstamm.

Sergeant Cabbot starrte auf die Knochen herab. »So also sehen wir am Ende alle aus, ja?« Sie klang deswegen nicht sonderlich besorgt, es schien ihr genauso wenig auszumachen wie ihr spätes Erscheinen.

»Irgendwas erreicht?«, fragte Banks.

»Deshalb komme ich ja erst jetzt. Das Semester an der Uni hat noch nicht angefangen, daher sind viele Profs noch unterwegs im Urlaub oder leiten Forschungsprojekte in Übersee. Na ja, irgendwann konnte ich an der Universität Leeds einen Dr. Ioan Williams aufstöbern. Er ist ein physischer Anthropologe mit leidlicher Erfahrung in forensischer Arbeit. Er klang ziemlich aufgeregt, als er hörte, was wir gefunden haben. War wohl ein öder Sommer für ihn.«

»Wie schnell kann er sich dranmachen?«

»Er meinte, wenn wir ihm die Knochen so schnell wie möglich ins Uni-Labor bringen, würde er seine Assistenten alles säubern lassen und er könnte am frühen Abend einen ersten Blick drauf werden. Natürlich nur eine vorläufige Untersuchung.«

»Gut«, sagte Banks. »Je eher wir wissen, womit wir es hier zu tun haben, desto besser.«

Wenn das Skelett hundert Jahre oder länger in der Erde gelegen hatte, würde es sich nicht lohnen, die Untersuchung mit Vehemenz voranzutreiben, denn dann würden sie wohl kaum einen lebenden Verbrecher fassen. Andererseits, wenn es sich um ein Mordopfer handeln sollte, das dort während des Krieges oder später vergraben worden war, bestand die

Möglichkeit, dass noch jemand lebte, der sich an etwas erinnerte. Und es bestand zudem die Möglichkeit, dass der Täter noch lebte.

»Soll ich den Transport überwachen?«, fragte Webb.

Banks nickte. »Wenn du so lieb wärst, John. Brauchst du einen Krankenwagen?«

Webb hielt die Hand über die Augen, um sie vor der Sonne zu schützen. Sie fing sich in den silbrigen Haaren seines Barts. »Mein alter Range Rover wird's schon tun. Ich lass einen von den Jungs fahren und bleib hinten drin, damit unser Freund hier nicht auseinander fällt.« Er sah auf seine Uhr. »Wenn wir Glück haben, kann er um eins auf dem Labortisch liegen.«

Sergeant Cabbot lehnte sich mit verschränkten Armen gegen den Baum, die Beine übereinander geschlagen. Heute trug sie ein rotes T-Shirt und weiße Nikes zur Jeans, die Sonnenbrille hatte sie auf den Kopf geschoben. Reichlich lockerer Kleidungsstil in Harkside, dachte Banks, aber er hatte gut reden. Schon immer hatte er Anzüge und Krawatten verabscheut, schon in jungen Jahren als BWL-Student am Londoner Polytechnikum. Drei Jahre lang hatte er dort einen Sandwich-Kurs absolviert – abwechselnd sechs Monate College und sechs Monate Arbeit – und das Studentenleben hatte schnell sein Interesse an der Berufswelt beeinträchtigt. Damals auf dem Polytechnikum schwärmten alle für die Sechziger, obwohl es schon die frühen Siebziger waren; überall sah man Kaftans, Schlaghosen und Afghanenmäntel, bunt bestickte indische Oberteile aus Gaze, Halstücher, Perlen, den ganzen Kram. Banks hatte sich dem Zeitgeist nie voll und ganz verschrieben, weder in seiner Einstellung noch in der Kleidung, aber er hatte das Haar bis zum Kragen wachsen lassen und war einmal nach Hause geschickt worden, weil er im Dienst Sandalen und eine Blumenkrawatte getragen hatte.

»Ich muss noch viel mehr über das Dorf wissen«, sagte er zu Sergeant Cabbot. »Ein paar Namen wären eine große Hilfe. Versuchen Sie es mal mit dem Wahlregister und dem Grundbuchamt.« Er wies auf die Ruinen des Hauses neben der Brücke. »Der Schuppen gehörte auf jeden Fall zu dem Cottage, deshalb wüsste ich gerne, wer da wohnte und wie die Nachbarn hießen. Ich glaube, es gibt hier drei Möglichkeiten. Entweder haben wir es mit jemandem zu tun, der das leere Dorf als Müllhalde benutzt hat, um in der Zeit, als das Dorf unbewohnt war, eine Leiche zu vergraben …«

»Zwischen Mai 1946 und August 1953. Hab ich heute Morgen nachgeguckt.«

»Gut. Entweder so, oder aber die Leiche wurde vergraben, als das Dorf noch bewohnt war, nämlich vor Mai 1946, und zwar wurde das Opfer nicht weit von zu Hause verscharrt. Oder die Leiche wurde im Sommer dahin gebracht, wie Sie schon mal sagten. Es ist zu früh für Spekulationen, aber wir müssen wissen, wer in dem Cottage wohnte, bevor das Dorf geräumt wurde, und ob jemand aus dem Dorf vermisst gemeldet wurde.«

»Ja, Sir.«

»Was ist denn mit der Kirche passiert? Ich nehme an, es gab eine.«

»Eine Kirche und eine Kapelle. Saint Bartholomew wurde erst entweiht und dann abgerissen.«

»Wo befindet sich das Gemeindearchiv jetzt?«

»Ich weiß nicht. Hatte noch keinen Grund, mich danach zu erkundigen. Ich schätze, es wurde nach Saint Jude in Harkside gebracht, so wie die ganzen Särge auf dem Friedhof.«

»Vielleicht lohnt es, sich dort ein wenig umzusehen, wenn Sie ansonsten nicht weiterkommen. Man kann nie wissen, was man in alten Kirchenarchiven und Gemeindeblättern findet. Außerdem gibt's noch die Lokalzeitung. Wie heißt die?«

»*Harkside Chronicle*.«

»Gut. Vielleicht lohnt es sich auch, in die einen genaueren Blick zu werfen, wenn unser Fachmann heute Abend den Zeitraum etwas einschränken kann. Ach, und noch etwas, Sergeant Cabbot.«

»Ja?«

»Hören Sie, ich kann Sie nicht die ganze Zeit Sergeant Cabbot nennen. Wie heißen Sie mit Vornamen?«

Sie lächelte. »Annie, Sir. Annie Cabbot.«

»Okay, Annie Cabbot, wissen Sie vielleicht zufällig, wie viele Ärzte oder Zahnärzte es in Hobb's End gab?«

»Ich kann mir nicht vorstellen, dass es viele waren. Die meisten Einwohner gingen bestimmt nach Harkside. Vielleicht waren es mehr, als noch alle in der Flachsmühle arbeiteten. Einige dieser alten Mühlenbesitzer waren sehr altruistisch und besorgt um das Wohlergehen ihrer Arbeiter.«

»Die waren wohl eher darum besorgt, dass die Arbeiter eine Sechzehn-Stunden-Schicht durchhielten, ohne tot umzufallen«, bemerkte Banks.

Annie lachte. »Kommunist!«

»Bin schon schlimmer beschimpft worden. Versuchen Sie trotzdem, es herauszufinden. Ist zwar weit hergeholt, aber wenn wir Unterlagen eines Zahnarztes finden können, die zu dem Schädel passen, haben wir Glück.«

»Ich kümmer mich drum, Sir. Noch was?«

»Strom, Gas, Wasser, Steuer. Muss vielleicht alles überprüft werden.«

»Und was soll ich nächstes Jahr machen?«

Banks grinste. »Sie können bestimmt einen von Ihren Constables zur Hilfe heranziehen. Wenn wir nicht schnell einen Durchbruch erzielen, schau ich mal, ob wir noch Verstärkung bekommen, obwohl ich bezweifle, dass dieser Fall oberste Priorität hat.«

»Danke, Sir.«

»Fürs Erste konzentrieren wir uns auf die Identität des Opfers. Die ist entscheidend.«

»In Ordnung.«

»Nur so ein Gedanke, aber wissen Sie zufällig, ob es noch jemanden gibt, der früher in Hobb's End lebte und jetzt in Harkside wohnt? Ist doch gar kein dummer Einfall.«

»Ich frage mal Inspector Harmond. Der kommt hier aus der Gegend.«

»Gut. Ich überlasse das Ihnen und fahre zusammen mit John die Knochen nach Leeds.«

»Soll ich heute Abend dort vorbeikommen?«

»Wenn Sie wollen, treffen wir uns um sechs beim Labor. Wo ist das eigentlich?«

Annie beschrieb es ihm.

»Bis dahin«, sagte er, »ist hier meine Handynummer. Rufen Sie kurz an, wenn Sie was finden.«

»Jawohl, Sir.« Annie schien ihre Sonnenbrille nur zu berühren, und schon rutschte sie herunter auf die Nase an ihren Platz. Damit drehte Annie sich um und marschierte in den Wald.

Banks war ein komischer Kauz, dachte Annie auf der Rückfahrt nach Harkside. Bevor sie ihn kennen lernte, hatte sie natürlich schon einiges über ihn gehört. So wusste sie beispielsweise, dass Polizeipräsident Riddle ihn hasste, dass Banks bei ihm in Ungnade, ja fast schon in ein Loch gefallen war, obwohl sie den Grund nicht kannte. Einer hatte sogar von einer Schlägerei zwischen den beiden berichtet. Aus irgendeinem Grund war seine Karriere auf Eis gelegt; es war sicherlich nicht günstig, sich an ihn zu hängen.

Auch Annie hatte nicht viel für Jimmy Riddle übrig. Sie war ein- oder zweimal mit ihm zusammengetroffen und hatte ihn arrogant und herablassend gefunden. Annie war eine von Millies Günstlingen – Assistant Chief Constable Millicent Cummings, neue Leiterin der Personalabteilung, hatte sich vorgenommen, den Frauenanteil bei der Polizei zu erhöhen und darauf zu achten, dass sie ordentlich behandelt wurden –, und die Konkurrenz zwischen Millie und Riddle, der sich schon gegen ihre Einstellung ausgesprochen hatte, war wohl bekannt. Nicht dass Riddle ausdrücklich für die schlechte Behandlung von Frauen gewesen wäre, aber er umging das Problem lieber, indem er ihre Zahl auf ein absolutes Minimum beschränkte.

Annie hatte auch gehört, dass Banks vor nicht allzu langer Zeit von seiner Frau wegen eines anderen verlassen worden war. Und nicht nur das, es ging auch das Gerücht um, dass er eine Geliebte in Leeds hatte, und zwar schon lange, sogar bevor seine Frau ihn verlassen hatte. Sie hatte gehört, er sei ein Einzelgänger, ein Drückeberger und ein Kommunistenschwein. Er sei ein hervorragender Kommissar, aber seit der Trennung von seiner Frau heruntergekommen, er habe seine besten Jahre hinter sich, alles laufe an ihm vorbei, er sei ausgebrannt, ein Schatten seiner selbst.

Auf den ersten Blick wusste Annie nicht genau, was sie von ihm halten sollte. Sie glaubte ihn zu mögen. Attraktiv fand sie ihn jedenfalls, und er sah nicht älter aus, als er war, Mitte dreißig, auch wenn sein dichtes schwarzes lockiges Haar an den Schläfen graue Strähnen aufwies. Was die besten Jahre betraf, so wirkte er müde und schien eine große traurige Last mit sich herumzutragen, aber sie spürte dennoch, dass das Feuer irgendwo hinter seinen scharfen blauen Augen schwelte. Vielleicht nicht mehr ganz so kraftvoll, aber es war noch da.

Andererseits bestand auch die Möglichkeit, dass er seine besten Jahre wirklich hinter sich hatte, dass er seine Arbeit nur noch mechanisch verrichtete und sich damit zufrieden gab, bis zur Pensionierung Akten zu wälzen. Vielleicht war das Feuer, das sie in ihm spürte, nur die nicht vollständig erloschene Glut, die bald in sich zusammenfallen würde. Nun, wenn Annie in den vergangenen Jahren eines gelernt hatte, dann war es, keine vorschnellen Schlüsse über Menschen zu ziehen: Der Starke erscheint oft schwach; der Weise wirkt oft närrisch. Schließlich waren ja auch viele Menschen der Ansicht, sie sei sonderbar, und man hätte ohne weiteres behaupten können, dass sie ihre Arbeit in letzter Zeit auch nur noch mechanisch erledigte. Sie fragte sich, ob wohl auch Gerüchte über sie in Umlauf waren. Wenn ja, konnte sie sich gut vorstellen, wie sie lauteten: »die alte Lesbe«.

Annie parkte auf dem Asphaltstreifen neben der hässlichen Polizeiwache aus Backstein und ging hinein. Nur vier Beamte arbeiteten direkt von der Wache aus: Inspector Harmond, Annie und die Police Constables Cameron und Gould. Abgesehen von Samantha, der Verwaltungsangestellten, war Annie die einzige Frau. Das machte ihr nichts aus. Verglichen mit anderen, waren diese Männer eine ganz anständige Truppe. Sie fühlte sich keinesfalls von ihnen bedroht. Constable Cameron war verheiratet und hatte zwei Kinder, die er vergötterte. Gould schien eins dieser seltenen Exemplare zu sein, die überhaupt kein Sexualleben hatten – offenbar war er damit zufrieden, zu Hause bei seiner Mum zu wohnen, mit seiner Modelleisenbahn zu spielen und Briefmarken in ein Album zu kleben. Sie wusste, dass solche Menschen in Büchern oft zu gefährlichen Monstern wurden, zu Serienmördern und sexuell Gestörten, aber Gould war harmlos. Selbst wenn er privat gern Frauenunterwäsche trug, wäre es Annie egal gewesen. Inspector Harmond war, nun ja, onkelhaft. Er sah sich gern ein bisschen wie Sergeant Blaketon aus *Herzschlag des Lebens*, obwohl er ihm nach Annies Meinung kein bisschen ähnelte.

Die Wache von Harkside mochte von außen hässlich sein, innen entpuppte sie sich als geräumiges Großraumbüro – nur das Zimmer von Inspector Harmond war am hinteren Ende abgeteilt –, und es gab viel Platz, um sich auszubreiten. Das gefiel Annie. Ihr L-förmiger Tisch war der unordentlichste von allen, aber sie wusste, wo sie was hingelegt hatte und hielt so schnell das Richtige in der Hand, wenn sie gefragt wurde, dass selbst Inspector Harmond es aufgegeben hatte, sie wegen ihrer Unordnung aufzuziehen.

Annies Schreibtisch erstreckte sich über eine Ecke, in der sich ein Seitenfenster befand. Sie hatte keinen tollen Ausblick – nur die Gasse mit dem Kopfsteinpflaster, ein Tor und die Rückwand des Three Feathers –, aber wenigstens war sie nah an einer Licht- und Luftquelle, und es tat gut, ein wenig von der Außenwelt mitzubekommen. Auch wenn im Moment kaum ein Wind ging, freute sie sich über jeden sanften Hauch warmer Luft, der durch das Fenster kam; er verhalf ihr zu guter Laune. Diese kleinen Dinge waren sehr wichtig, das hatte Annie herausgefunden. Sie hatte versucht, den großen Wurf zu landen, hatte sich auf der Überholspur befunden, und es war aufregend gewesen, hatte aber kein gutes Ende für sie genommen. Jetzt entdeckte sie langsam wieder, was im Leben wichtig war.

Im Allgemeinen handelte es sich bei Harkside um eine Gemeinde, die das Gesetz respektierte. Daher gab es für eine

Kripobeamtin nicht viel zu erledigen. Es fiel eine Menge Papierkram an, somit hatte sie genug zu tun und das Gefühl, ihr Geld verdient zu haben. Aber sie war kaum an einen Ort versetzt worden, der viele Überstunden nötig machte, häufig herrschte Flaute. Auch das kam ihr gelegen. Manchmal war es gut, nichts zu tun. Und warum sollte sie sich beschweren, dass nur wenig Menschen bestohlen, getötet oder verprügelt wurden?

Momentan hatte sie zwei Fälle häuslicher Gewalt und eine Serie von nächtlichem Vandalismus vorliegen. Und jetzt das Skelett. Nun hatten ihre anderen Aufgaben Zeit. Inspector Harmond hatte die Streifen in der Gegend verstärkt, die am stärksten vom Vandalismus betroffen war. Früher oder später würden die Täter wahrscheinlich auf frischer Tat ertappt werden, und die Prügler zeigten momentan Reue und wollten sich professionelle Hilfe suchen.

Annie ging zuerst zur Kaffeemaschine und goss ihren Becher mit der Aufschrift »Der gehorcht werden muss« voll. Dann trat sie an die Tür von Inspector Harmonds Büro und klopfte. Er rief sie herein.

»Sir?«

Harmond sah von seinem Schreibtisch auf. »Annie! Was ist, Mädchen?«

»Haben Sie kurz Zeit?«

»Ja. Setzen Sie sich.«

Angie setzte sich. Harmonds Büro war schlicht, der einzige Schmuck bestand in seinen Auszeichnungen an der Wand und in gerahmten Fotos von Frau und Kindern auf dem Tisch. Er war Mitte fünfzig und schien vollkommen zufrieden zu sein, den Rest seines Arbeitslebens als Inspector auf dem Land zu verbringen. Sein Kopf war zu groß für seinen schlaksigen Körper, und Annie hatte immer Angst, der Kopf würde herunterfallen, wenn er ihn zu weit zur Seite neigte. Bis jetzt war noch nichts passiert. Harmond hatte ein freundliches, rundes, offenes Gesicht. Seine Gesichtszüge wirkten ein wenig grob, und aus seiner missgestalteten Knollennase sprossen ein paar schwarze Haare, aber es war ein Gesicht, dem man vertrauen konnte. Wenn Augen wirklich das Fenster zur Seele waren, dann hatte Inspector Harmond eine grundanständige Seele.

»Es geht um die Sache mit dem Skelett«, sagte sie, schlug ein Bein übers andere und wiegte den Kaffeebecher auf dem Schoss.

»Was ist damit?«

»Tja, das ist es ja, Sir. Wir wissen bisher noch nichts darüber. Chief Inspector Banks interessiert sich dafür, wie viele Ärzte und Zahnärzte es in Hobb's End gab und ob jetzt jemand in Harkside lebt, der früher in Hobb's End wohnte.«

Harmond kratzte sich am Kopf. »Die letzte Frage ist leicht zu beantworten«, sagte er. »Erinnern Sie sich an Mrs. Kettering, der ihr Wellensittich damals wegflog, als sie eine neue Couchgarnitur geliefert bekam?«

»Wie könnte ich das vergessen?« Es war einer von Annies ersten Fällen in Harkside gewesen.

Inspector Harmond lächelte. »Sie hat früher in Hobb's End gelebt. Ich kann nicht genau sagen, wann und wie lang, aber ich weiß, dass sie dort wohnte. Sie muss um die neunzig sein.«

»Sonst noch jemand?«

»Nicht dass ich wüsste. Jedenfalls nicht aus dem Kopf. Lassen Sie mich mal machen, ich hör mich um. Wissen Sie noch, wo sie wohnt?«

»Oben bei ›The Edge‹, oder? Das Eckhaus mit dem großen Garten?«

The Edge war der Name, den die Dorfbewohner der gemauerten Uferstraße gegeben hatten, die an der Südseite des Harksmere-Stausees verlief, ebendie Straße, die früher über die Packpferdbrücke nach Hobb's End führte. Eigentlich hieß sie Harksmere View und jetzt endete sie im Nichts. Nur eine Hausreihe stand direkt am Wasser, zwischen ihr und dem Rest des Dorfes lag ungefähr eine halbe Meile freies Feld.

»Was ist mit den Ärzten?«, fragte Annie.

»Das ist ein bisschen komplizierter«, erwiderte Harmond. »Es muss dort einige gegeben haben, aber der Himmel weiß, was aus denen geworden ist. Das Dorf wurde nach dem

Krieg geräumt, inzwischen sind wahrscheinlich alle tot. So alt bin ich ja auch noch nicht, mein Mädchen. Ich war damals selbst noch ein Junge, als der Ort dichtgemacht wurde. Soweit ich mich erinnern kann, hatten die auch keinen Dorfpolizisten. Zu klein. Hobb's End gehörte zu Harkside.«

»Wie viele Schulen gab es da?«

Inspector Harmond kratzte sich am Kopf. »Nur Vor- und Hauptschule, glaube ich. Gymnasium und Realschule waren hier in Harkside.«

»Haben Sie eine Idee, wo die alten Unterlagen sein könnten?«

»Hier in der Schulbehörde, nehme ich an. Falls man sie nicht vernichtet hat. Damals wurden viele Unterlagen vernichtet – nach dem Krieg und so. Sonst noch was?«

Annie nippte am Kaffee und erhob sich. »Im Moment nicht, Sir.«

»Halten Sie mich auf dem Laufenden?«

»Sicher.«

»Und noch was, Annie!«

»Ja, Sir?«

Harmond kratzte sich an der Nase. »Dieser Chief Inspector Banks – ich selbst hab ihn noch nicht kennen gelernt, aber ich habe ein bisschen über ihn gehört. Wie ist er denn so?«

Annie hielt an der Tür inne und runzelte nachdenklich die Stirn. »Wissen Sie, Sir«, bemerkte sie schließlich, »das lässt sich nicht so einfach sagen.«

»Also eher undurchsichtig, ja?«

»Ja«, bestätigte Annie. »Eher undurchsichtig. Das kann man behaupten.«

»Dann pass mal gut auf dich auf, Mädchen«, hörte sie ihn brummen, als sie sich zum Gehen wandte.

* * *

Bevor ich die Geschichte weitererzähle, möchte ich mich und mein Dorf etwas genauer beschreiben. Wie schon bekannt, heiße ich Gwen Shackleton, das ist die Kurzform von Gwynneth, nicht von Gwendolyn. Ich weiß, dass der Name walisisch klingt, aber meine Familie lebt seit mindestens zwei Generationen in Hobb's End in Yorkshire. Mein Vater, Gott hab ihn selig, starb drei Jahre vor Ausbruch des Krieges an Krebs, und 1940 war meine Mutter bereits arbeitsunfähig, sie litt an einer rheumatoiden Arthritis. Manchmal konnte sie im Laden aushelfen, aber nicht oft, daher blieb der Großteil der Arbeit an mir hängen.

Matthew half mir, sooft er konnte, aber den Großteil der Woche war er mit der Universität beschäftigt und am Wochenende half er bei der Bürgerwehr. Er war einundzwanzig, doch ermutigte ihn das Ministerium trotz der Mobilmachung, das dritte Jahr des Ingenieurstudiums an der Universität Leeds abzuschließen. Ich nehme an, dass man der Meinung war, seine Ausbildung könne den Streitkräften noch zugute kommen.

Unser kleiner Laden führte Zeitschriften und Gemischtwaren. Er lag auf halber Höhe der High Street nahe dem Metzger und dem Gemüsehändler und wir wohnten darüber. Wir verkauften keine verderbliche Ware, nur Dinge wie Zeitungen, Süßigkeiten, Zigaretten, Papierwaren, Marmelade und anderen Krimskrams, Tee und Konserven – das hing natürlich davon ab, was gerade zu bekommen war. Ich war besonders stolz auf die kleine Leihbibliothek, die ich eingerichtet hatte. Weil Papier rar war und Bücher knapp wurden, verlieh ich sie für zwei Pence die Woche. Ich hatte ein schöne Sammlung von Klassikern: vor allem Anthony Trollope, Jane Austen und Charles Dickens. Für die, die weniger anspruchsvolle Literatur bevorzugten, nahm ich auch einige Romane mit leichter Kost auf – Agatha Christie und Heftchen von Mills & Boon –, leider war das der Großteil meiner Kunden!

Obwohl die meisten tauglichen Männer des Dorfes einberufen worden waren und eine Uniform angezogen hatten, war mir der Ort noch nie so geschäftig vorgekommen. Die alte Flachsmühle lief wieder auf Hochtouren, die meisten verheirateten Frauen arbeiteten dort. Vor dem Krieg war sie so gut wie stillgelegt worden, aber jetzt brauchte das Militär Flachs, um Gewebe für Fallschirmgurte und andere Dinge herzustellen, die eine starke Faser benötigten, zum Beispiel Gewehrfutterale und Feuerwehrschläuche.

Ungefähr eine Meile entfernt in Rowan Woods befand sich ein großer Stützpunkt der Royal Air Force, und oft war die High Street voll von hupenden Jeeps und Lastern, die in der Enge aneinander vorbeifahren wollten. Die Flieger kamen manchmal in die Dorfpubs – ins Shoulder of Mutton unten an der High Street oder ins Duke of Wellington auf der anderen Seite des Flusses –, wenn sie nicht nach Harkside fuhren, wo man mehr unternehmen konnte. Wir hatten nicht einmal ein Kino in Hobb's End, in Harkside hingegen gab es drei.

Abgesehen davon war es jedoch schwer zu sagen, inwiefern der Krieg unser Leben in Hobb's End beeinträchtigte. Ich glaube, dass er anfangs kaum Auswirkungen auf uns hatte. Der Alltag derer, die zurückgeblieben waren, blieb so gut wie unverändert. Die erste Welle mit Evakuierten kam im September 1939, aber als lange Zeit nichts weiter passierte, machten sie sich langsam wieder auf den Heimweg, und dann kam kein Nachschub mehr bis zum Beginn der Bombardierung im darauf folgenden August.

Trotz der Lebensmittelrationierung veränderten sich unsere Essgewohnheiten nicht so sehr wie die der Stadtbevölkerung, denn wir waren schon immer daran gewöhnt, viel Gemüse zu essen, und auf dem Land gab es immer Eier, Butter und Milch. Unser Nachbar Mr. Halliwell, der Metzger, war wahrscheinlich der beliebteste Mann des Ortes, und wir konnten gelegentlich Tee und Zucker, den wir zur Seite gelegt hatten, gegen eine Extraportion Hammel- oder Schweinefleisch tauschen.

Abgesehen vom Gefühl des Wartens, diesem Eindruck, dass das normale Leben bis zum Ende des Krieges außer Kraft gesetzt war, fiel es vielleicht am schwersten, sich an die Verdunkelung zu gewöhnen. Aber selbst in dieser Hinsicht hatten wir mehr Glück als andere, denn Hobb's End hatte auch vorher keine Straßenbeleuchtung besessen. Die

Gegend versank also sowieso schon in Dunkelheit. Die Lichtpunkte auf dem fernen Hügel waren oft das Einzige, was einen nach Hause leitete.

Während der Verdunkelung mussten wir unsere Fenster verkleben, damit sich niemand an Glasscherben verletzen konnte. Außerdem mussten wir Verdunkelungsvorhänge anbringen. Jeden Abend schickte mich Mutter nach draußen, um sicherzustellen, dass kein Lichtstrahl zu sehen war, denn unser Luftschutzwart war wirklich pingelig. Ich weiß noch, wie unser ganzes Dorf lachte, als wir hörten, dass er Mrs. Darnley besucht hatte, weil sie nur die Vorderseite ihres Hauses verdunkelt hatte, nicht aber die hinteren Fenster. »Seien Sie doch nicht so dumm«, hatte sie zu ihm gesagt. »Wenn die Deutschen anrücken und Hobb's End bombardieren, junger Mann, dann kommen sie doch von Osten, nicht wahr, und nicht von Grassington. Leuchtet doch ein.«

In mondhellen Nächten, besonders bei Vollmond, hatte das eine spektakuläre Wirkung: Die Hügel strahlten, als seien sie mit Silberpuder bestäubt, die Sterne glitzerten wie geschliffene Diamanten auf schwarzem Samt, und die Landschaft sah aus wie ein alter Schwarzweißstich oder Holzschnitt, wie man ihn in alten Büchern findet. Aber in wolkenreichen oder mondlosen Nächten, die viel häufiger waren, liefen die Leute mit alarmierender Regelmäßigkeit gegen Bäume und fuhren mit dem Fahrrad sogar in den Fluss. Man durfte eine Taschenlampe benutzen, wenn man die Birne mit mehreren Lagen Seidenpapier umhüllte, aber es gab kaum Batterien. Alle Auto- und Fahrradleuchten mussten abgedeckt und mit einer Reihe von Vorrichtungen versehen werden, die das Licht nur durch einen getrübten Schlitz fallen ließen. Der Hinweis erübrigt sich, dass es Unmengen von Autounfällen gab, bis Benzin knapp wurde und man nur noch fuhr, wenn es beruflich nicht zu umgehen war.

Verschiedene Ereignisse trugen den Krieg näher an uns heran, so zum Beispiel der Brand des Spinner's Inn oder der Tod des Jowett-Jungen bei Dunkirk, doch am Tag vor Glorias Ankunft waren wir auch persönlich betroffen: Matthew erhielt seinen Einberufungsbefehl. Er sollte sich innerhalb von zwei Wochen zur ärztlichen Untersuchung in Leeds einfinden.

* * *

Jimmy Riddle hatte Banks einmal vorgeworfen, sich nach Leeds zu verdrücken, dort seine Geliebte zu bumsen und anschließend im Classical Record Shop Platten zu kaufen. Er hatte Unrecht gehabt, aber wenn er heute gesehen hätte, wie Banks am späten Nachmittag aus dem Merrion Centre huschte, eine neue Aufnahme von Herbert Howells' *Hymnus Paradisi* in der verschwitzten Hand, dann hätte sich Riddle wenigstens in einem Vorwurf bestätigt gefühlt. Nicht dass das Banks störte. Er machte sich noch nicht einmal die Mühe, sich verdächtig zu verhalten, als er vorbei an Morrisons zur Woodhouse Lane ging.

Es war schon nach halb sechs. Die Geschäfte schlossen gerade und die Büroangestellten machten sich auf den Heimweg. Banks war hinter John Webbs Range Rover nach Leeds gefahren und so lange geblieben, bis das Skelett sicher in Dr. Williams' Labor lag, das sich im ersten Stock eines großen roten Backsteingebäudes abseits des Universitätscampus befand. Von dort aus hatte er sich wieder bei dem Zahnheilkundler der Gerichtsmedizin, Geoff Turner, gemeldet und ihn überredet – als Gegenleistung für mindestens ein Pint –, am nächsten Morgen kurz vorbeizusehen, um das Gebiss des Skeletts zu begutachten.

Eine Weile hatte Banks beobachtet, wie die Laborassistenten die Knochen säuberten, dann war er auf ein kleines Sandwich in ein Café in der Woodhouse Lane gegangen und hatte den kurzen Abstecher zum Classical Record Shop gemacht. Er war ungefähr eineinhalb Stunden unterwegs gewesen.

Sergeant Cabbot parkte gerade ihren Astra, als Banks zum Labor zurückkehrte. Sie bemerkte ihn nicht. Er beobachtete, wie sie ausstieg und an dem Gebäude emporsah, auf dem Zettel in der Hand die Adresse prüfte und die Stirn runzelte.

Er trat hinter sie. »Sie sind richtig hier.«

Sie drehte sich um. »Ach Sie, Sir. Ich hatte etwas anderes erwartet, irgendwie etwas … Tja, ich weiß auch nicht genau. Aber nicht so was.«

»Was Labormäßigeres?«

Sie grinste. »Ja, ich denke schon. Was auch immer das bedeutet. Mehr Hightech. Das hier sieht aus wie das Haus, in dem ich meine Studentenbude hatte.«

Banks nickte mit Blick auf das Haus. »Die Universität hat eine Menge dieser alten Häusern aufgekauft, als es sich die Familien nicht mehr leisten konnten, mit ihren Dienstmädchen dort zu wohnen. Sie würden sich wundern, wie viele ausgefallene, exzentrische Abteilungen darin versteckt sind. Gehen wir rein!«

Banks folgte ihr die Treppe hoch. Jetzt trug sie eine schwarze Strumpfhose und schwarze Schuhe, einen mittellangen schwarzen Rock mit passendem Blazer, darunter eine weiße Bluse. Außerdem hatte sie eine schwarze Aktentasche aus Leder unter dem Arm. Sie wirkte sehr viel geschäftsmäßiger. Banks nahm einen leichten Duft von Jasmin wahr, als er hinter ihr herging. Er erinnerte ihn an den Jasmintee, den Jem, sein Freund und Nachbar in dem möblierten Zimmer in Notting Hill, immer so gewissenhaft eingegossen hatte, als führe er die japanische Teezeremonie durch.

Banks klingelte und die Tür wurde geöffnet. Das Labor befand sich im ersten Stock, man gelangte über eine quietschende Treppe ohne Teppichbelag dorthin. Ihre Schritte hallten von den Wänden wider.

Dr. Ioan Williams erwartete sie auf dem Treppenabsatz. Er war ein großer, schlaksiger Typ mit langem, fettigem blondem Haar. Eine Brille mit Drahtgestell vergrößerte seine grauen Augen, und sein Adamsapfel sah aus, als sei ein Riesenbonbon auf dem halben Weg zum Magen stecken geblieben. Dr. Williams war viel jünger, als Banks erwartet hatte. Er trug keinen weißen Laborkittel, sondern war lässig mit einer zerschlissenen Jeans und einem schwarzen T-Shirt mit einem Werbeaufdruck von Guinness bekleidet. Er hatte einen festen Händedruck, und danach zu urteilen, wie er den Blick auf Sergeant Cabbot ruhen ließ, konzentrierte er sich im Moment nicht hundertprozentig auf die Naturwissenschaften. Oder vielleicht doch – auf die Biologie.

»Kommen Sie rein!«, sagte er, führte sie den Gang hinunter und öffnete die Tür zum Labor. »Tut mir Leid, ist leider nichts Besonderes hier.« Auch wenn Williams einen walisischen Namen trug – sein Akzent war feinstes Englisch. In Banks Ohren klang es nach den Home Counties, also London und Umgebung, vielleicht auch Oxford oder Cambridge. Auf jeden Fall hörte es sich nach »was Besserem« an, wie Banks' Mutter sagen würde.

Das Labor bestand aus zwei Zimmern, deren Trennwand eingerissen worden war. Abgesehen von dem langen Tisch in der Mitte, auf dem das Skelett lag, befand sich nichts Auffälliges im Raum. An einer Wand standen Bücherregale, an der anderen ein langer Werktisch. Darauf lagen verschiedene Messinstrumente und Knochenteile mit Schildchen wie in der Auslage eines Schaufensters.

Nun ja, dachte Banks, was brauchte Williams auch sonst? Er untersuchte nichts anderes als Knochen. Das machte keinen Dreck. Er musste nicht Blut und Eingeweide aufwischen, brauchte keine Seziermesser, Skalpelle oder Gehirnmesser. Alles, was er brauchte, waren Säge, Meißel und ein Handbuch der Schädelformen. Und Gott sei Dank mussten sie sich nicht mit dem Gestank herumschlagen, obwohl die Luft hier stark nach Lehm und abgestandenem Schlamm roch.

An der Wand hingen zwei Poster, eins von Pamela Anderson in ihrem Baywatch-Badeanzug und eine Abbildung des menschlichen Skeletts. Banks spekulierte, diese Gegenüberstellung bedeutete Dr. Williams vielleicht etwas. Reflexionen über die Vergänglichkeit des Menschen? Vielleicht mochte er auch einfach nur Titten und Knochen.

Die Knochen auf dem Tisch sahen jetzt wirklich anders aus, nachdem Williams' Assistenten sich an ihnen zu schaffen gemacht hatten. Vieles war noch verkrustet, besonders in den schwer zugänglichen Spalten, aber der Schädel, die Rippen und längeren Knochen waren jetzt einfacher zu untersuchen. Vom strahlenden Weiß des typischen Laborskeletts waren sie noch immer weit entfernt, besaßen eher die schmutzige gelb-braune Farbe von Nikotinflecken, aber wenigstens wies die Ansammlung jetzt mehr Ähnlichkeit mit einem menschlichen Wesen auf. Auf der Rückseite des Schädels fand sich sogar ein wenig verfilztes rotes Haar. Banks hatte so etwas schon mal gesehen, daher wusste er, dass man daraus nicht schließen durfte, das Opfer sei rothaarig gewesen; Haar wird rot, wenn die eigentlichen Farbpigmente verblassen. Selbst viele Moorleichen, im Torfmoor erhaltene Gebeine aus der Eisenzeit, hatten rotes Haar.

»Meine Leute haben beim Säubern ein paar Kleinigkeiten gefunden«, erklärte Williams. »Sie liegen da drüben auf der Werkbank.«

Banks sah sich die Sammlung von schmutzigen Gegenständen an. Es war schwer zu sagen, um was es sich handelte: Verrostetes Metall? Ein Ring? Fetzen alter Kleidung?

»Können sie die säubern lassen und mir rüberschicken?«, fragte er.

»Kein Problem. So, dann machen wir uns mal an die Arbeit.«

Annie holte ihr Notizbuch heraus und schlug die Beine übereinander.

»Zuerst«, begann Williams, »möchte ich bestätigen, nur der Vollständigkeit halber, dass wir es tatsächlich mit den Überresten eines Menschen zu tun haben, höchstwahrscheinlich nordeuropäischer Abstammung. Ich werde morgen noch ein paar Dinge unter dem Mikroskop prüfen und noch ein bisschen an den Schädelmaßen arbeiten, der wissenschaftlichen Genauigkeit zuliebe, aber das können Sie mir im Moment auch so glauben.«

»Was ist mit einer DNA-Analyse?«, fragte Banks.

Williams schnaubte. »Anscheinend glauben die Leute, dass DNA-Analyse so eine Art Zauberwort ist. Ist sie aber nicht. Ich kann Ihnen sehr viel mehr über das sagen, was Sie wissen wollen, als es irgendeine lächerliche DNA könnte. Glauben Sie mir, ich habe große Erfahrung auf diesem Gebiet. Darf ich jetzt fortfahren?«

»Ich bitte darum. Aber veranlassen Sie trotzdem eine DNA-Analyse. Sie könnte uns eventuell helfen, die Identität festzustellen oder lebende Nachfahren zu finden.«

Williams nickte. »Ja, sicher.«

»Und was ist mit der Radiokarbonmethode?«

»Also wirklich, Chief Inspector, sollten sie die Wissenschaft nicht den Wissenschaftlern überlassen? Die Datierung mittels Radiokarbon lässt einen viel zu großen Spielraum für Fehler. Bei archäologischen Funden ist sie oft nützlich, aber ich denke, Sie werden mir zustimmen, dass unser Freund hier noch nicht ganz so alt ist. Nun, wenn Sie sonst keine Vorschläge mehr haben ...?« Er wandte sich wieder dem Skelett zu. »Die Größe des Subjekts war in diesem Fall einfach per Messung zu eruieren, nachdem wir die Knochen in ihrer ursprünglichen Position arrangiert hatten. Eineinhalb Meter – zwischen ein Meter vierundfünfzig und ein Meter fünfundfünfzig.«

Dr. Williams wandte sich um und lächelte Sergeant Cabbot an. »Aber ob die Person blaue Augen hatte, weiß ich nicht ganz genau.«

Angie lächelte kühl zurück. Banks merkte, dass sie die Augen verdrehte und den Rock weiter nach unten zog, nachdem sich Williams wieder umgedreht hatte.

»Im Übrigen«, fuhr Williams fort, »haben wir es hier mit den Überresten einer jungen Frau zu tun.« Er ließ seine Worte wirken.

Annie warf ihm einen kurzen Blick zu, dann vertiefte sie sich wieder in ihr Notizbuch.

»Nur zu«, ermunterte ihn Banks, »wir hören.«

»Im Allgemeinen«, erklärte Williams, »sind männliche Skelette größer, die Knochenoberfläche ist rauer, aber der Hauptunterschied ist der Schädel und die Beckengegend. Der männliche Schädel ist dicker.«

»Na, haben Sie 'ne Ahnung«, murmelte Annie, ohne aufzusehen.

Williams lachte. »Jedenfalls ist das Becken in diesem Fall intakt, so dass es für das trainierte Augen einfach zu erkennen ist.« Williams legte die Hand zwischen die Beine des Skeletts. »Das weibliche Becken ist weiter und flacher als das männliche, um den Geburtsvorgang zu erleichtern.« Banks beobachtete Williams, der mit der Hand über die Knochen fuhr. »Das Schambein ist auf jeden Fall weiblich, und hier, das ist die Incisura ischiatica.« Er berührte sie mit dem Zeigefinger. »Auch unverwechselbar weiblich. Viel breiter als beim Mann.« Er hakte den Finger in die Einbuchtung und blickte wieder Sergeant Cabbot an, während er den Beckenbereich des Skeletts streichelte. Annie hielt den Kopf gesenkt.

Williams wandte sich wieder Banks zu. »Das Verwachsungsgebiet hier ist rechteckig, wie Sie sehen können. Bei Männern ist es dreieckig. Ich kann noch weitermachen, aber ich denke, Sie haben's verstanden.«

»Eindeutig weiblich«, fasste Banks zusammen.

»Ja. Und da ist noch was.« Er nahm eine kleine Lupe von der Werkbank und reichte sie Banks. »Sehen Sie mal hier.« Er wies auf die Stelle, an der die beiden Beckenknochen vor dem Körper aufeinandertrafen. Banks beugte sich vor, die Lupe in der Hand. Auf der Oberfläche konnte er eine kaum wahrnehmbare Kerbe oder Vertiefung erkennen, vielleicht etwas größer als einen Zentimeter.

»Das ist der dorsale Rand der Schambeinoberfläche«, sagte Williams, »und was Sie da vor sich haben, ist eine Geburtsfurche. Sie wird durch die Belastung verursacht, die die Bänder während des Geburtsvorgangs auf die Knochen ausüben.«

»Also hat sie mindestens ein Kind zur Welt gebracht?«

Williams lächelte. »Ah, Sie sind also mit den Fachausdrücken vertraut?«

»Mit einigen. Weiter!«

Annie sah Banks mit erhobenen Augenbrauen an, wandte sich dann schnell wieder ihren Notizen zu, bevor Williams seinen lüsternen Blick auf sie richten konnte.

»Tja«, fuhr Williams fort, »wir haben auf jeder Seite des

Schambeins nur eine Kerbe, was nahe legt, dass sie nur einmal in ihrem Leben geboren hat. Normalerweise werden die Geburtsfurchen immer auffälliger, je öfter eine Frau geboren hat.«

»Wie alt war sie bei ihrem Tod?«

»Da müsste ich noch umfangreichere Tests machen, um das eindeutig bestimmen zu können. Mit Röntgenaufnahmen der Ossifikationszentren erhalten wir eine leidlich genaue Bestimmung. Wir können auch eine spektographische Analyse der Knochenstücke durchführen. Aber das alles braucht Zeit, von Geld ganz zu schweigen. Ich nehme an, Sie möchten so schnell wie möglich eine grobe Einschätzung?«

»Ja«, sagte Banks. »Was haben Sie momentan für Anhaltspunkte?«

»Hm, da wäre erst einmal der Epiphysenschluss. Ich erkläre das.« Er sah zu Annie hinüber wie ein Professor, der seine Vorlesung beginnt. Sie ignorierte ihn. Er fuhr unbeirrt fort. Vielleicht war dieses Beäugen nur eine Gewohnheit von ihm, überlegte Banks, vielleicht merkte er gar nicht, was er da tat. »Hier«, fuhr Dr. Williams fort, »am Ende der langen Knochen in Armen und Beinen haben sich die Epiphysen vollständig mit den Schäften verbunden, was normalerweise nicht vor dem zwanzigsten oder einundzwanzigsten Lebensjahr geschieht. Aber sehen Sie mal hier!« Er wies auf das Schlüsselbein. »Die Epiphyse am Brustbeinende des Schlüsselbeins, die sich erst mit Ende dreißig schließt, ist noch geöffnet.«

»Nun, mit welchem Alter haben wir es hier zu tun? Ungefähr?«

Williams kratzte sich am Kinn. »Ich würde sagen, zwischen zweiundzwanzig und achtundzwanzig. Wenn Sie noch die Schädelnähte hinzunehmen, können Sie hier sehen, dass die Pfeilnaht schon Anzeichen einer endokranialen Schließung aufweist, die mamillare Naht und die Lambda-Naht jedoch noch weit geöffnet sind. Das lässt ebenfalls auf Mitte zwanzig schließen.«

»Wie genau ist das?«

»Das dürfte ziemlich genau stimmen. Ich meine, wir haben es hier auf keinen Fall mit einem vierzigjährigen oder einem vierzehnjährigen Skelett zu tun. Sie können auch in Betracht ziehen, dass sie in einem ziemlich guten Allgemeinzustand war. Es finden sich keine Hinweise auf alte, verheilte Brüche oder auf Anomalien oder Deformationen des Skeletts.«

Banks betrachtete die Gebeine und versuchte sich die junge Frau vorzustellen, zu der sie einmal gehört hatten, das lebendige Fleisch ringsherum. Es gelang ihm nicht. »Haben Sie eine Vorstellung, wie lange sie da unten gelegen hat?«

»Ach, du meine Güte. Ich hab schon auf diese Frage gewartet.« Williams verschränkte die Arme und legte den Zeigefinger auf die Lippen. »Das ist sehr schwer. Es ist wirklich äußerst schwer, auf so eine Frage eine genaue Antwort zu geben. Für das ungeübte Auge ist ein Skelett, das seit zehn Jahren unter der Erde liegt, nicht von einem zu unterscheiden, das sich, sagen wir mal, seit tausend Jahren unter der Erde befindet.«

»Aber Sie glauben nicht, dass dies hier tausend Jahre lang vergraben war?«

»O nein. Ich sagte ja, für das ungeübte Auge. Nein, es gibt gewisse Anhaltspunkte dafür, dass wir es hier mit jungen Gebeinen zu tun haben und nicht mit archäologischen.«

»Und die wären?«

»Was fällt Ihnen am stärksten an den Knochen auf?«

»Die Farbe«, antwortete Banks.

»Stimmt. Und was sagt Ihnen das?«

Banks fragte sich, wie nützlich die sokratische Methode zu einem solchen Zeitpunkt war, aber seine Erfahrung sagte ihm, dass es normalerweise nicht schadete, auf Wissenschaftler einzugehen. »Dass sie verfärbt sind oder verfallen.«

»Gut. Gut. Es ist tatsächlich so, dass die Verfärbung ein Hinweis darauf ist, dass sie die Farbe der umgebenden Erde angenommen haben. Und dann das hier. Haben Sie das bemerkt?« Er wies auf mehrere Stellen an den Knochen, wo die Oberfläche wie alte Farbe abzublättern schien.

»Ich dachte, das wären nur Verkrustungen«, meinte Banks.

»Nein. Tatsächlich blättert die Oberfläche des Knochens ab, zerkrümelt. Wenn man das nun alles in Betracht zieht, auch das völlige Fehlen von Binde- und Bändergewebe, dann würde ich schätzen, dass das Skelett ein paar Jahrzehnte lang da unten lag. Ganz bestimmt mehr als zehn Jahre, und wie wir bereits wissen, ist es unwahrscheinlich, dass sie nach 1953 vergraben wurde. Ich würde von da ab zehn Jahre zurückrechnen.«

»1943?«

»Moment mal. Das ist nur eine ganz grobe Schätzung. Die Geschwindigkeit skelettalen Verfalls ist in höchstem Maße unvorhersagbar. Ihr Zahnheilkundler wird Ihnen sicherlich mehr sagen können, der kann den Zeitraum vielleicht stärker eingrenzen.«

»Gibt es für Sie noch eine andere Möglichkeit, das Jahr des Todes genauer zu bestimmen?«

»Ich werde natürlich mein Bestes tun, aber es kann schon etwas dauern. Es gibt verschiedene Tests, die sich mit den Knochen durchführen lassen, Tests, die wir bei relativ jungen Gebeinen anwenden, im Gegensatz zu archäologischen Funden. Es gibt die Radiokarbonmethode, dann kann ich einen ultravioletten Fluoreszenztest machen, eine histologische Bestimmung und die Uhlenhut-Reaktion. Aber auch die sind nicht alle vollkommen genau. Nicht innerhalb des Zeitraums, in dem Sie eine Bestimmung brauchen. Im besten Fall kann man damit herausfinden, dass die Knochen älter oder jünger als fünfzig Jahre sind, aber Sie wollen ja offenbar Jahr, Monat, Datum und Zeitpunkt. Was Sie realistischerweise erwarten können, ist eine Angabe zwischen dreißig und fünfzig Jahren oder zwischen fünfzig und hundert Jahren. Ich möchte nicht den Eindruck erwecken, Ihnen Ratschläge für die Ausübung Ihres Berufs geben zu wollen, aber wahrscheinlich finden Sie am ehesten heraus, wer sie war und wann sie getötet wurde, wenn sie alte Vermisstenanzeigen durchsehen.«

»Danke sehr«, sagte Banks.

»Ich brauche jedenfalls noch weitere Informationen über Boden, Mineraliengehalt, Bakteriengehalt, Temperaturschwankungen und verschiedene andere Faktoren. Sie sagten, sie habe unter dem Steinboden eines Schuppens gelegen, der dann von einem Stausee geflutet wurde?«

»Stimmt.«

»Sofort morgen früh statte ich dem Fundort einen Besuch ab, nehme ein paar Bodenproben, dann mache ich mich an die Untersuchungen.« Er sah Annie an. »Vielleicht möchte mich Sergeant Cabbot dorthin begleiten?«

»Tut mir Leid«, erwiderte Annie. »Zu viel zu tun.«

Sein Blick verweilte auf ihr.

»Den Fundort zu besichtigen ist kein Problem«, sagte Banks. »Ich sorge dafür, dass Sie ein Auto bekommen und dass der Erkennungsdienst Sie erwartet. Sehen Sie, durch die Art und Weise, wie und wo das Skelett gefunden wurde, haben wir schon einen bestimmten Verdacht. Ich weiß, Sie haben keine großartigen Anhaltspunkte, aber können Sie uns irgend etwas über die mögliche Todesursache sagen?«

»Ich denke, da kann ich Ihnen ein wenig behilflich sein, auch wenn es eigentlich nicht mein Fachgebiet ist, aber Sie sollten das auf jeden Fall durch Ihren Pathologen vom Innenministerium bestätigen lassen.«

»Aber sicher. Wir werden Dr. Glendenning bitten, so schnell wie möglich einen Blick auf das Skelett zu werfen. Aber ich bezweifle, dass das ganz oben auf seiner Liste steht. Was haben Sie denn gefunden?«

»Sehen Sie diese Abdrücke hier auf den Knochen?« Dr. Williams wies auf mehrere Rippenbögen und auf die Beckengegend. Als Banks genauer hinsah, entdeckte er eine Vielzahl dreieckiger Kerben. Wegen der Verkrustungen und Schuppungen waren sie nicht ohne weiteres zu erkennen gewesen, doch als er sie sah, wusste er, dass er sie schon zuvor an Knochen gesehen hatte.

»Stichwunden«, murmelte er.

»Ganz genau.«

»Als Todesursache?« Banks beugte sich vor.

»Denke schon. Sehen Sie die kleinen Kringel da in den Knochen, wie Sägespäne?«

»Ja.«

»Sie sind noch nicht vom Knochen abgetrennt, und das geht nur, wenn der Knochen noch lebt. Außerdem gibt es keine Anzeichen einer Heilung, oder? Wenn sie nach diesen Verletzungen weitergelebt hätte, wären die Verletzungen in gewissem Maße verheilt, und zwar ungefähr zehn Tage nach der Verletzung. Technisch gesehen könnte man ihr also ein bis zehn Tage vor ihrem Tod die Stichwunden zugefügt haben und sie könnte dann an etwas anderem gestorben sein. Aber wie ich schon sagte, das ist unwahrscheinlich. Vor allem da die Positionierung von einigen Wunden darauf hinweist, dass das Messer mit einiger Sicherheit lebenswichtige Organe durchbohrt hat. Ich würde sogar so weit gehen zu behaupten, dass mehr als einmal heftig auf sie eingestochen wurde, was mit fast hundertprozentiger Sicherheit ihren Tod zur Folge hatte. Aber berufen Sie sich da nicht auf mich.«

Banks sah Annie Cabbot an. »Also Mord«, sagte sie.

»Tja, ich nehme kaum an, dass es die arme Frau selbst getan hat«, stimmte Williams zu. »Ja, falls ich nicht vollkommen danebenliege, würde ich sagen, es sieht auf jeden Fall so aus, als hätten Sie es hier mit einem Mordopfer zu tun.«

4

Am nächsten Morgen fuhr Annie Long Hill hinauf, um sich mit Mrs. Ruby Kettering zu unterhalten. Und wieder brennt die Sonne vom Himmel, dachte sie und kurbelte das Fenster herunter. Heute Morgen hatte sie beschlossen, keine Strumpfhose zu tragen – scheißegal. Bei der Hitze waren die Dinger verdammt unangenehm. Mit Sicherheit würde man keinen Mann finden, der etwas ähnlich Lächerliches trug.

Long Hill begann bei der Dorfwiese und verband Harkside mit der Uferstraße des Harksmere-Stausees. Zum Stadtzentrum hin war Long Hill eine geschäftige Einkaufsstraße mit einer bunten Mischung aus Läden und Pubs und den meisten öffentlichen Einrichtungen, darunter Stadtratsamt, Leihbücherei, das Women's Institute und das Mechanics Institute. Es war noch früh für Touristen, aber die Geschäfte hatten schon geöffnet, die Einheimischen machten ihre Runde, Einkaufstüten in der Hand, und standen in kleinen Grüppchen tratschend auf dem Bürgersteig. Die Straße war schmal, ein doppelter gelber Streifen zog sich an beiden Seiten entlang. In der anderen Richtung standen nur noch vereinzelte Häuser und vor der Kreuzung mit The Edge lag über eine halbe Meile offenes Feld.

Annie parkte auf dem Grasstreifen gegenüber der Kreuzung. Von da aus konnte sie in der Ferne die Ruinen von Hobb's End erkennen. Mehrere kleine Figuren standen traubenförmig um den Schuppen herum, in dem das Skelett gefunden worden war. Das musste die Spurensicherung sein, die noch immer die Gegend absuchte, dachte Angie. Sie fragte sich, ob Dr. Williams, der Skelettgrabscher, auch da war.

Annie überquerte die Straße und öffnete das Tor. Mrs. Kettering kniete im Garten und besprühte ihre Dahlien. Sie sah auf. Annie stellte sich vor.

»Ich weiß, wer Sie sind«, sagte die alte Frau, stützte sich mit den Händen auf den Oberschenkeln ab und drückte sich hoch. »Ich erinnere mich an Sie. Sie sind die nette Polizistin, die meinen Joey zurückgebracht hat.«

Annie nahm das Kompliment mit einem kurzen Nicken zur Kenntnis. In Wirklichkeit hatte sie Joey nicht selbst gefunden. Der Wellensittich hatte unschuldig auf der Dorfwiese gehockt und Krumen aufgepickt, die ein alter Mann verstreute. Seligerweise hatte das Tierchen nicht geahnt, dass es von einem ganzen Schwarm Spatzen in einem der Bäume *und* von einem orangeroten Kater beobachtet wurde, der hinter einem weniger als zehn Meter entfernten Busch lauerte. Ein Junge aus dem Ort hatte das jedoch bemerkt, und da er sich an die Aushänge erinnerte, die eine Belohnung von fünf Pfund für den entflogenen Wellensittich versprachen, hatte er Joey vorsichtig aufgenommen und zur Polizeiwache gebracht. Annie hatte nichts anderes getan, als Joey sicher den Händen von Mrs. Kettering zu übergeben. Eine der vielen aufregenden Aufgaben, die sie seit ihrer Ankunft in Harkside zu erledigen gehabt hatte. Doch immerhin hatte sich Annie bei diesem Einsatz auch ihre erste Verletzung im Dienst zugezogen. Joey zwickte ihr in den Daumen, so dass es blutete, aber Inspector Harmond wollte ihren Antrag auf Schmerzensgeld nicht akzeptieren.

Mrs. Kettering trug eine rote Baseballmütze, einen weiten gelben Kittel und eine schlotternde weiße Hose, die ihr bis zu den Knien reichte. Ihre Beine darunter waren so weiß wie Schmalz, dazu rot gesprenkelt und mit Krampfadern überzogen. An den Füßen trug sie schwarze Turnschuhe ohne Schnürbänder. Obwohl sie ein wenig vornübergebeugt ging, sah sie für ihr Alter noch sehr robust aus.

»Oh je«, sagte sie und wischte sich mit dem Unterarm

Schweiß und Schmutz von der Stirn. »Hoffentlich sind Sie nicht gekommen, um mich zu verhaften. Hat mich jemand angezeigt?«

»Sie angezeigt? Wieso denn?«, fragte Annie.

Mrs. Kettering warf einen schuldbewussten Blick auf den neben der Haustür aufgerollten Gartenschlauch. »Ich weiß ja, dass das Wasser knapp ist, aber ich kann meinen Garten nicht einfach vertrocknen lassen. Bei so einem Wetter braucht ein Garten eine Menge Wasser. Ich habe kein Auto, brauche also kein Wasser zum Autowaschen, und da dachte ich, wenn ich nur ein klein wenig nehme …?«

Annie lächelte. Sie hatte ihr Auto auch seit Wochen nicht gewaschen, aber das hatte nichts mit der Wasserknappheit zu tun. »Keine Sorge, Mrs. Kettering«, sagte sie augenzwinkernd, »ich werde das nicht bei Yorkshire Water melden.«

Mrs. Kettering seufzte und legte ihre knotige, venenüberzogene Hand aufs Herz. »Oh, vielen Dank, meine Liebe«, sagte sie. »Wissen Sie, ich glaube nicht, dass ich in meinem Alter noch ins Gefängnis gehen könnte. Ich habe gehört, das Essen dort soll ganz furchtbar sein. Und das bei meinem Magen … Egal, nennen Sie mich doch Ruby. Was kann ich für Sie tun?«

»Es geht um Hobb's End.«

»Hobb's End?«

»Ja. Ich habe gehört, dass Sie mal dort gewohnt haben.«

Mrs. Kettering nickte. »Sieben Jahre haben Reg und ich dort gewohnt. Von 1933 bis 1940. Es war unser erstes gemeinsames Haus, direkt nach unserer Hochzeit.«

»Sie sind also nicht bis zum Ende des Krieges dort geblieben?«

»O nein. Mein Reg zog in den Krieg – er war bei der Marine – und ich ging zum Arbeiten in eine Munitionsfabrik bei Sheffield. Während des Krieges wohnte ich bei meiner Schwester in Mexborough. Als Reg 1945 zurückkam, blieben wir noch eine Zeit lang da, bis er Arbeit auf einem Bauernhof kurz vor Harkside fand. Deshalb zogen wir her. Wir hatten schon immer viel fürs Land übrig. Warten Sie, meine Liebe, möchten Sie etwas Kaltes zu trinken, Zitronenlimonade vielleicht?«

»Ja, vielen Dank.«

»Leider gibt es hier nicht viel Schutz vor der Sonne«, sagte Mrs. Kettering, »aber wir können uns dort drüben hinsetzen.«

Sie wies auf die Seite des Gartens, die an der Straße lag. Ein schmaler Pfad führte zu einer Terrasse aus Steinfliesen, auf der zwei rotgrün gestreifte Liegestühle halb in der Sonne standen. Mehrere Kletterpflanzen wanden sich um Spaliere an der Mauer, die ein wenig Schatten spendete.

»Das ist doch schön«, sagte Annie, ging hinüber und nahm die Sonnenbrille ab.

Mrs. Kettering verschwand im Haus. Annie machte es sich in einem der Liegestühle bequem, streckte die Beine aus und ließ es sich gut gehen. Sie spürte die Wärme auf ihren nackten Beinen, heiß und sinnlich wie die Berührung eines Geliebten. Das Gefühl erinnerte sie an den Strand von St. Ives, wo sie aufgewachsen war und so manchen Sommertag mit ihrem Vater verbracht hatte, der Liegestühle an Urlauber vermietete. Die Erinnerung an jene Zeit rief ihr auch wieder Rob ins Gedächtnis: Wie sie an seinem freien Tag Spaziergänge über die Klippen machten, in seinem kleinen Boot um die Landzunge segelten und sich in abgelegenen Buchten liebten, während die Farben des Sonnenuntergangs den Horizont erstrahlen ließen und sich die Wellen am Strand brachen. Wie romantisch das alles gewesen war und wie lange her es ihr nun erschien.

Annie atmete den süßen Duft der Blumen ein. Bienen summten herum und sammelten Nektar. Sie schlug die Augen wieder auf und sah Möwen über Harksmere kreisen.

»Da wären wir, meine Liebe«, sagte Mrs. Kettering, als sie mit einem Tablett nach draußen kam. Zuerst reichte sie Annie ein großes Glas, dann nahm sie das andere, stellte das Tablett zur Seite und setzte sich. Die Liegestühle standen sich fast gegenüber, so dass man sich nicht den Hals verrenken musste, um miteinander zu reden.

»Hobb's End«, sagte Mrs. Kettering. »Das ist lange her.

Ich muss ehrlich sagen, ich habe seit Jahren nicht mehr an das Dorf gedacht, obwohl ich es jetzt natürlich unten vom Garten aus sehen kann. Was möchten Sie denn wissen?«

»Alles, was Sie mir erzählen können«, sagte Annie. Dann berichtete sie Mrs. Kettering von dem Skelett.

»Ja, ich habe darüber etwas in den Nachrichten gehört. Hab mich schon gewundert, was das alles für Leute sind, die da kommen und gehen.« Mrs. Kettering dachte kurz nach. Annie beobachtete sie und nippte an ihrer Limonade. Ein Rotkehlchen ließ sich einen Moment lang auf dem Rasen nieder, legte den Kopf schräg, schiss aufs Gras und flog wieder davon.

»Eine junge Frau, ungefähr eins fünfundfünfzig, mit einem Baby?«, wiederholte Mrs. Kettering, die Stirn vor Konzentration gerunzelt. »Hm, da gab es das Mädchen von den McSorleys, aber das war, als wir dort hinzogen. Ich meine, als wir wegzogen, war sie weit über dreißig und hatte schon drei Kinder. Nein, meine Liebe, da fällt mir niemand ein, ehrlich nicht. Das Cottage am Ende, sagen Sie, das bei der Feenbrücke?«

»Die Feenbrücke?«

»So haben wir sie immer genannt. Weil sie so klein war, dass nur Feen hinübergehen konnten.«

»Verstehe. Stimmt. Das Skelett lag unter dem Schuppen.«

Mrs. Kettering verzog das Gesicht. »Reg und ich wohnten am hinteren Ende, genau unterhalb der Mühle. Trotzdem, ich muss bestimmt hundert Mal oder öfter daran vorbeigegangen sein. Tut mir Leid, meine Liebe, da herrscht bei mir völlige Leere. Ich kann mich auf jeden Fall an keine junge Frau erinnern, die dort wohnte.«

»Macht nichts«, sagte Annie. »Was können Sie mir über das Dorf selbst sagen?«

»Nun, obwohl es nicht weit entfernt von Harkside war, hatte es einen eigenen Charakter, das schon mal vorweg. Die Leute aus Harkside blickten auf die aus Hobb's End herab, weil es ein Mühlendorf war. Hielten sich für was Besseres.« Sie zuckte mit den Schultern. »Na ja, wahrscheinlich braucht jeder einen, auf den er herabsehen kann, oder?«

»Können Sie sich an Ärzte erinnern, die dort praktizierten?«

»O ja. Dr. Granville war der Zahnarzt im Ort. Ein schrecklicher Mann. Er trank. Und wenn ich mich richtig erinnere, gab es zwei Ärzte. Unser war Dr. Nuttall. Er hatte sehr zarte Hände.«

»Wissen Sie, was mit seiner Praxis passiert ist? Er ist wahrscheinlich inzwischen tot, oder?«

»Ach, schon lange, nehme ich an. Und Granville ging auch schon auf die sechzig zu, als der Krieg ausbrach. Sie sind wohl auf der Suche nach ärztlichen Unterlagen, ja?«

»Genau.«

»Da werden Sie, glaube ich, nicht mehr viel Glück haben, meine Liebe, nicht nach so langer Zeit.«

»Wahrscheinlich nicht. Was wohnten denn sonst noch für Leute im Dorf?«

»Eigentlich alle möglichen. Warten Sie mal. Wir hatten Ladenbesitzer, Milchmänner, Gastwirte – es gab drei Pubs im Ort –, Landarbeiter, Maurer, Lastwagenfahrer, den einen oder anderen Handlungsreisenden, eine Reihe Pensionäre vom Militär und so. Lehrer natürlich. Wir hatten sogar unseren eigenen Maler. Na ja, nicht so berühmt wie Constable oder Turner, verstehen Sie, inzwischen ist er auch aus der Mode gekommen. Kommen Sie doch mal mit!«

Sie erhob sich mühsam aus dem Liegestuhl und Annie folgte ihr ins Haus. Drinnen war es heiß; Annie fühlte, wie ihr der Schweiß hinter den Ohren herunterlief. Es juckte. Sie war froh, keine Strumpfhose angezogen zu haben.

Durch den plötzlichen Wechsel vom grellen Sonnenlicht zum Halbdunkel des Hauses konnte sie die Möbel zuerst nicht erkennen, sah nur, dass sie altmodisch waren: ein Schaukelstuhl, eine Standuhr, eine Vitrine voller Kristallglas. Das Zimmer, in das Mrs. Kettering sie führte, roch nach Möbelpolitur mit Zitronenduft.

Sie blieben vor einer Kaminumfassung aus dunklem Holz stehen, und Mrs. Kettering wies auf ein großes Aquarell, das darüber hing. »Das ist von ihm«, sagte sie. »Er schenkte es mir zum Abschied. Fragen Sie mich nicht, warum, aber er hatte eine Schwäche für mich. Vielleicht weil ich zu meiner Zeit ein ganz hübsches Ding war. Ein ziemlicher Schwerenöter, dieser Michael Stanhope, um ehrlich zu sein. Wie die meisten Künstler. Aber ein hervorragender Maler. Sehen Sie selbst!«

Annies Augen hatten sich an die Dunkelheit gewöhnt, sodass sie Stanhopes Gemälde auf sich wirken lassen konnte. Die Malerei war ihre große Schwäche, das hatte sie von ihrem Vater geerbt. Sie musste innerlich über Mrs. Ketterings Bemerkung lächeln. »Ein ziemlicher Schwerenöter.« Ja, das traf wohl auch auf ihren Vater zu. Annie malte ebenfalls in ihrer Freizeit, deshalb fand sie es faszinierend, die Arbeit des verkannten Genies von Hobb's End zu betrachten.

»Ist das Hobb's End vor dem Krieg?«

»Ja«, antwortete Mrs. Kettering. »Genauer gesagt, kurz nach Ausbruch des Krieges. Es ist von der Feenbrücke aus gemalt mit Blick auf die Mühle.«

Annie trat einen Schritt zurück und untersuchte das Bild sorgfältig. Was ihr als Erstes ins Auge fiel, war Stanhopes eigentümliche Verwendung von Farbe. Es handelte sich um eine Herbstszene. Sie vermittelte den Eindruck, als habe Stanhope die tief in den Steinen, Feldern, Hügeln und im Wasser versteckten Farbtöne und Schattierungen herausgeholt, sie ans Licht gezwungen und dadurch ein Zusammenspiel von purpurroten, blauen, braunen und grünen Tönen geschaffen, das man in Wirklichkeit nie in einem Dorf in Yorkshire sah. Aber dem Auge kam es natürlich vor. Nichts besaß seine wahre Farbe, trotzdem schien alles irgendwie seine Richtigkeit zu haben. Das Bild war unheimlich, fast surreal in der Wirkung.

Als Nächstes bemerkte sie die leicht verzerrte Perspektive, wahrscheinlich das Ergebnis kubistischer Einflüsse. Die Mühle war vorhanden, sie thronte auf der Anhöhe in der oberen linken Ecke, und obwohl es aussah, als solle sie die Szene beherrschen, tat sie es durch irgendeinen perspektivischen Trick nicht. Sie war einfach nur da. Die Kirche auf der rechten Seite des Flusses rückte durch ihren dunklen, unterschwellig bedrohlich wirkenden, viereckigen Kirchturm, um den Krähen oder Raben zu kreisen schienen, viel stärker in den Vordergrund.

Die übrige Bildgestaltung wirkte schlicht und relativ realistisch: eine dörfliche Szene auf der High Street, die sie an Brueghel erinnerte. Es gab eine Vielzahl von Details; ein Kunstlehrer hätte die Arbeit wohl als überladenes Bild bezeichnet.

Die Dorfbewohner gingen ihren Alltagsbeschäftigungen nach: einkaufen, plaudern, Kinderwagen schieben. Jemand strich eine Haustür; ein Mann saß rittlings auf einem Dach und besserte mit hochgerollten Hemdsärmeln den Schornstein aus, ein großes Mädchen stand vor einem Zeitungsladen und rückte die Zeitungen im Ständer zurecht; ein Schlachterjunge radelte neben dem Fluss die High Street hinunter, sein Korb war voll mit Paketen aus braunem Einschlagpapier, seine blutbefleckte Schürze flatterte im Wind.

Die Häuser an beiden Straßenseiten unterschieden sich in Größe und Aussehen. Es gab Doppelhaushälften und Reihenhäuser, deren Türen direkt auf den Bürgersteig führten, während ein paar größere, allein stehende Häuser hinter niedrigen Steinmauern standen und von gepflegten Gärten umgeben waren. Auf der High Street wurden die Häuserreihen hier und dort durch mehrere Geschäfte unterbrochen. Auch einen Pub konnte man sehen, das Shoulder of Mutton. Das Schild hing schief, als schwinge es im Wind.

Alltagsleben. Aber das Ganze hatte etwas Unheilvolles. Teilweise waren es die Gesichter. Annie entdeckte in den Gesichtern vieler Menschen das selbstgefällige, herablassende Lächeln moralischer Rechtschaffenheit oder das bösartige Grinsen der Sadisten. Stanhope hatte so viele Kleinigkeiten hinzugefügt, dass diese Wirkung beabsichtigt zu sein schien. Wie er sie gehasst haben musste!

Wenn man das Bild lange genug betrachtete, glaubte man beinahe, dass der Mann auf dem Dach jeden Moment einen Dachziegel auf einen Passanten fallen lassen würde oder dass der Schlachterjunge ein Hackebeil schwang, um jemandem den Kopf abzuschlagen.

Die einzigen Wesen, die anziehend wirkten, waren die

Kinder. Der Fluss war auf seinem Weg durchs Dorf weder sehr breit noch sehr tief. Die Kinder spielten im seichten Wasser, spritzten sich nass, paddelten herum, die Mädchen mit bis zu den Oberschenkeln hochgezogenen Röcken, die Jungen in kurzen Hosen. Manche sahen aus wie Engel; alle machten einen unschuldigen Eindruck.

Je länger Annie das Bild betrachtete, desto überzeugter war sie, dass die Kinder etwas Religiöses, Ekstatisches an sich hatten, und in Verbindung mit dem Wasser erinnerte sie die Szene an das Motiv der Taufe. Es war eine Art von religiösem Symbolismus, der an Stanley Spencer erinnerte, aber nicht ganz so platt wirkte. Über allem lastete die Kirche mit ihrer bedrohlichen, bösen Ausstrahlung. Die Mühle war nur eine leere Hülse.

Annie wandte den Blick ab. Als sie wieder zum Bild sah, kam ihr die Szene normaler vor, so dass ihr wieder vorrangig die sonderbare Farbgebung auffiel. Es war eine großartige Arbeit. Warum hatte sie noch nie etwas von Stanhope gehört?

Unten rechts in der Ecke, genau über der Signatur des Malers, befand sich der Schuppen, in dem das Skelett gefunden worden war. Daneben stand ein kleines Cottage. Neben der Tür verkündete ein Holzschild seinen Namen: BRIDGE COTTAGE.

»Was meinen Sie?«, fragte Mrs. Kettering.

»Ist Ihnen aufgefallen, wie die alle aussehen? Als ob …«

»Als ob alle Heuchler oder Sadisten wären? Ja, habe ich. So wirkten sie halt auf Stanhope. Ich muss sagen, dass mir Hobb's End ganz anders vorkam. Natürlich gab es auch dort unangenehme Menschen, aber ich würde nicht behaupten, dass sie das Dorf prägten. Michael Stanhope war in gewisser Hinsicht ein stark gestörter Mann. Wollen wir wieder zurück in den Garten gehen?«

Annie warf noch einen Blick auf das Gemälde, aber da ihr nichts auffiel, das sie bisher übersehen hatte, folgte sie Mrs. Kettering nach draußen.

Das Sonnenlicht traf sie unvorbereitet. Annie legte die Hand über die Augen, bis sie sich wieder auf den Liegestuhl setzte. In ihrem Glas war noch ein kleiner Rest Limonade, sie trank es leer. Warm und süß. Aus irgendeinem Grund hatte sie das Bild ebenso aus dem Gleichgewicht gebracht wie eins der eher verstörenden Gemälde ihres Vaters; sie wollte mehr darüber erfahren, mehr über Michael Stanhopes Sicht von Hobb's End.

»Wie alt war Stanhope damals?«

»Als ich ihn kannte, muss er so Ende vierzig gewesen sein.«

»Was wurde aus ihm?«

»Ich glaube, er blieb bis zum bitteren Ende im Dorf, und dann hörte ich irgendwann, er sei in ein kleines Atelier in London gezogen. Aber er tat nicht mehr viel danach. War nicht mehr sonderlich produktiv, sagt man da wohl. Ein- oder zweimal habe ich seinen Namen in der Zeitung gelesen, aber ich glaube, er war wie ein Fisch auf dem Trockenen, nachdem er Hobb's End verlassen hatte. Ich glaube, er schaffte es nicht, in der Künstlerszene der Hauptstadt Fuß zu fassen. In den Fünfzigern hörte ich immer wieder, er sei in die Nervenheilanstalt eingeliefert worden, und als letztes sah ich 1968 seine Todesanzeige. Er starb an Lungenkrebs. Dem Mann hing ständig eine Zigarette im Mundwinkel. Er musste die Augen immer zukneifen, damit ihm der Rauch beim Malen nicht hereinstieg. Ich bin überzeugt, dass das seine Perspektive veränderte.«

»Wahrscheinlich ja«, sagte Annie. »Was geschah mit seinen Bildern?«

»Das weiß ich nicht, meine Liebe. Die sind in alle Himmelsrichtungen verstreut, nehme ich an. Private Kunstsammlungen, kleine Galerien.«

Annie blieb eine Weile schweigend sitzen und ließ sich alles durch den Kopf gehen. »Bridge Cottage«, sagte sie, »wo wir das Skelett gefunden haben. Auf Ihrem Bild sah es vernachlässigt aus.«

»Das hab ich auch schon gemerkt«, bestätigte Mrs. Kettering, »und dadurch ist mir noch etwas eingefallen. Also, ich bin mir zwar nicht vollkommen sicher, nicht nach so langer Zeit, aber ich glaube, dass dort eine alte Frau wohnte. Eine Art Einsiedlerin.«

»Eine *alte* Frau, sagten Sie?«

»Ja, ich glaube schon. Obwohl ich Ihnen nichts über sie sagen kann. Nur fiel mir wieder ein, als ich das Bild betrachtete, dass einige Kinder sie für eine Hexe hielten. Sie hatte eine lange Hakennase. Sie hat die Kinder immer verscheucht. Jedenfalls glaube ich, dass sie es war. Tut mir Leid, dass ich keine größere Hilfe bin.«

Annie beugte sich vor und berührte Mrs. Ketterings Arm. »Sie waren mir eine Hilfe. Glauben Sie mir.«

»Gibt es sonst noch etwas, das Sie wissen möchten?«

Annie erhob sich. »Nicht, dass ich wüsste. Im Moment nicht.«

»Kommen Sie doch wieder vorbei, wenn Ihnen noch etwas einfällt. Es ist so schön, Gäste zu haben.«

Annie lächelte. »Das tue ich. Danke sehr.«

Zurück im Auto, trommelte Annie mit den Fingern aufs Lenkrad und betrachtete die Spiegelbilder der Möwen auf der Wasseroberfläche. Sie hatte herausbekommen, dass das Haus früher Bridge Cottage hieß und dass dort im Herbst 1939 vielleicht eine alte Frau gewohnt hatte. Natürlich wusste sie noch immer nicht, *wie lange* die Leiche unter dem Boden des Schuppens gelegen hatte, daher konnte sie auch nicht einschätzen, ob ihr diese Information nutzte oder nicht.

Wichtiger war vielleicht, dass sie durch das Gemälde von Stanhope zum ersten Mal ein richtiges Gefühl für Hobb's End bekommen hatte, und das konnte sich im späteren Verlauf noch als hilfreich erweisen. Annie hatte es schon immer wichtig gefunden, ein Gefühl für den Fall zu entwickeln, obwohl sie diese Theorie nie vor ihren männlichen Kollegen vertreten hatte. Wie kam es, dass die Worte *weibliche Intuition* in ihren Ohren genauso beleidigend klangen wie *hysterisch* und *Unpässlichkeit*?

Sie wendete und fuhr zurück zur Wache. Ein langer Tag am Telefon lag vor ihr.

* * *

Als Matthew Gloria zum ersten Mal sah, konnte ich ihre gegenseitige Anziehungskraft wie die unheimliche elektrische Spannung vor einem Gewitter spüren, wenn man ohne ersichtlichen Grund unruhig und nervös ist. Das machte mir Angst; ich weiß nicht, warum.

Irgendetwas an Gloria veränderte sich, wenn ein Mann das Zimmer betrat. Es war, als ob sie plötzlich *an* war, so wie ich mich fühle, wenn sich der Vorhang bei unseren Amateurvorstellungen hebt und endlich das richtige Publikum da ist, um uns zuzusehen. Damit will ich nicht sagen, dass das bei ihr mit Absicht geschah, sondern nur, dass sich etwas in ihr veränderte, so dass sie sich ein klein wenig anders bewegte und anders sprach, wenn ein Mann in der Nähe war. Das merkte ich sogar bei Michael Stanhope. Er muss auch etwas gespürt haben, sonst hätte er ihr keine Zigaretten geschenkt.

Aber die Sache mit Matthew war ernst. Nach ihrer ersten Begegnung im April ging es schnell bei ihnen. Schon am selben Nachmittag zeigte Matthew ihr das Dorf, auch wenn es wenig zu sehen gab. Einige Tage später gingen sie nach Harkside ins Kino und dann dort zum Maitanz ins Mechanics Institute. Ich half an der Erfrischungstheke aus und konnte daher sehen, wie eng sie zusammen tanzten, wie sie sich anguckten.

Ich war überhaupt nicht überrascht, als Matthew ankündigte, er habe Gloria am Sonntag zum Tee eingeladen. Es war der elfte Mai, Mutter ging es wieder schlecht, so dass die Vorbereitung an mir hängen blieb. Ich hätte es bestimmt bei einem Teller mit Sandwiches belassen können, aber ich war eine gute Köchin, und, was wichtiger war, ich war gut darin, das Beste aus dem wenigen zu machen, was zur Verfügung stand. Außerdem wollte ich wahrscheinlich meine Fertigkeiten zur Schau stellen.

Den ganzen Tag über hatten wir beunruhigende Gerüchte über einen Luftangriff auf London gehört. Einige behaupteten, das House of Commons und Westminster Abbey seien vollständig zerstört und Tausende getötet worden. Ich hatte schon gelernt, diese Gerüchte mit Vorsicht zu genießen. Schließlich war die Wahrheit eins der ersten Opfer des Krieges, um mit Hiram Johnson zu sprechen.

Ich lauschte der BBC-Serie *Brains Trust* und hatte den Kaninchenschmortopf bereits zum Köcheln auf den Herd gestellt. Joad und Huxley stritten sich gerade, warum man andere kitzeln könne, sich selbst aber nicht, als Gloria den Kopf zur Tür hereinsteckte. Matthew stand hinter ihr. Sie waren ein wenig früh; Mutter machte sich noch im Schlafzimmer zurecht.

Glorias goldenes Haar war links gescheitelt und fiel ihr in langen Korkenzieherlocken bis auf die Schultern. Sie war kaum geschminkt, nur ein Tupfer Gesichtspuder und ein Hauch Lippenstift. Sie trug eine blaue Bluse mit wattierten Schultern und Puffärmeln, die in einen schlichten schwarzen Rock mit seitlichen silbernen Knöpfen geschoben war. Ich muss zugeben, dass mich ihre Zurückhaltung überraschte; ich hatte etwas weitaus Aufdringlicheres von ihr erwartet. Doch schon so fühlte ich mich schäbig in meinem schlichten alten Schürzenkleid.

»Sieh mal, was Gloria uns mitgebracht hat«, sagte Matthew und hielt mir einen Liter Milch und ein halbes Dutzend Eier hin. Ich nahm sie entgegen und dankte ihr. Sobald Mutter die Eier sähe, das wusste ich, würden ihre Augen aufleuchten. Sie würde die Eier einlegen, so wie sie es immer tat. Wenn sie dann in dem durchsichtigen Gelee hingen, hielten sie sich monatelang. Dieser Anblick bereitete mir immer Unbehagen. Wie sie da so im transparenten Raum schwebten, sahen sie unheimlich aus, wie Leiber, die in alle Ewigkeit auf der Schwelle zur Geburt standen, sie aber nie überschritten, sondern stattdessen dort gefangen waren, für immer eingefroren im totgeborenen Werden.

Auch wenn sie unheimlich wirkten, das Glas mit den Kalkeiern bedeutete, dass wir frische Eier und Eipulver haben würden, aus dem man jedoch nur Rührei machen konnte.

»Hallo, Gwen«, sagte Gloria, »hätte ich mir denken können, dass du dir gerne *Brains Trust* anhörst. Sag mal, wen magst du lieber? Joad oder Campbell? Bestimmt nicht Huxley, oder?«

»Joad.«

»Warum?«

»Er ist am intelligentesten, am belesensten und er kann sich am besten ausdrücken.«

»Hm, stimmt schon«, meinte Gloria, setzte sich aufs Sofa und breitete sorgfältig den Rock aus, nachdem sie die Beine übereinandergeschlagen hatte. Matthew saß neben ihr und sah aus wie ein stolzer Besitzer, wovon auch immer. »Ich selbst mag Campbell am liebsten«, fügte sie hinzu. »Ich finde ihn am unterhaltsamsten.«

»Ich hätte gar nicht angenommen, dass du dir so etwas anhörst«, sagte ich und bereute meine Unhöflichkeit im selben Moment, als mir die Worte über die Lippen kamen. Schließlich war dies die Frau, die mein geliebter Bruder offenkundig anbetete.

Gloria zuckte nur mit den Achseln. »Ich hab's mir einoder zweimal angehört.« Dann leuchteten ihre Augen in der ihr eigenen Art auf. »Aber du hast Recht. Wenn ich ein Rundfunkgerät hätte, würde ich den ganzen Tag lang nichts anderes als Musik hören.«

»Du hast kein Rundfunkgerät?« Ich konnte es nicht glauben. Sicherlich, Lebensmittel waren rar, aber es musste doch jeder ein Rundfunkgerät haben!

»Mr. Kilnsey kommt keins ins Haus. Er ist ein ziemlich strenger Methodist, weißt du. Er meint, sie wären das Sprachrohr des Teufels.«

Ich hielt mir die Hand vor den Mund und kicherte, dann errötete ich. »Oh je. 'tschuldigung.«

»Aber es ist wirklich lustig, nicht? Na ja, eigentlich ist es mir egal. Ich arbeite und schlafe ja nur da. Aber wegen Mrs. Kilnsey ist es traurig. Ich glaube, sie hätte hin und wieder nichts gegen ein bisschen Musik zur Aufmunterung, aber wenn das Rundfunkgerät das Sprachrohr des Teufels ist, dann ist Musik natürlich seine verführerischste Stimme.«

»Ach du liebe Güte«, sagte Matthew kopfschüttelnd.

Gloria stieß ihn an. »Aber es stimmt! So redet er wirklich!«

»Ich muss mal nach dem Essen sehen«, sagte ich.

Zuerst stellte ich den Kessel auf, um Tee zu kochen, dann schälte ich einige Kartoffeln und putzte die Möhren und Pastinaken. Wenn ich das selbst sagen darf: Es war ein schönes Essen, das ich an jenem Sonntag auf den Tisch zauberte. Matthew hatte bei seinen Übungen für die Bürgerwehr am Wochenende im Wald ein Kaninchen gefangen, an dem genügend Fleisch war, um uns vier zu sättigen. Außerdem hatten wir ein paar Zwiebeln aus dem Garten und Rhabarber für einen Kuchen. So fleißig pflanzten wir unser eigenes Gemüse an!

Das Wasser im Kessel kochte. Ich bereitete den Tee zu und brachte ihn hinein, dazu einen Teller mit Plätzchen. Durch die Rationierung musste man sparsam haushalten, deshalb war der Tee viel schwächer als sonst bei uns üblich. Da der Zucker auf nur ein Pfund für zwei Wochen rationiert war und sich der Großteil davon im Rhabarberkuchen befand, hatten wir drei aufgehört, den Tee damit zu süßen. Doch bei Gloria war ich mir nicht sicher, also bot ich ihn ihr an.

»Das mach ich nicht mehr«, sagte sie. »Ich habe nämlich eine viel bessere Verwendung für meine Zuckerration gefunden.«

»Ach ja?«, fragte ich.

»Ja.« Sie schüttelte ihre Locken. »Wenn man ihn mit warmem Wasser verrührt, kann man ihn als Haarfestiger benutzen.«

Darüber hatte ich noch nie nachgedacht, denn mein dünnes, unscheinbares Haar war damals kurz und zu einem Pagenkopf geschnitten. »Da muss sich dein Kopf aber furchtbar klebrig anfühlen«, bemerkte ich.

Sie lachte. »Tja, manchmal habe ich Schwierigkeiten, den Hut abzunehmen, das kann ich dir sagen. Aber bei dem Wind, der manchmal oben auf dem Hof bläst, kann das auch ein richtiger Segen sein.«

In dem Moment hatte Mutter ihren großen Auftritt. Wegen ihrer Arthritis ging sie langsam, und ihr Stock klopfte auf den Holzboden, so dass man sie lange hörte, bevor man sie sah. Sie trug eines ihrer alten Kleider mit Blumenmuster und hatte sich die Mühe gemacht, das Haar in Locken zu legen, obwohl ich bezweifelte, dass sie Zucker und warmes Wasser benutzt hatte. Mutter war nie geschminkt. Sie hatte eine schmale, ziemlich zerbrechlich wirkende Gestalt, ein wenig vornübergebeugt, dazu ein rundes, gerötetes, angenehmes Gesicht. Es war ein freundliches Gesicht und sie war eine freundliche Frau. Doch wie ich neigte auch sie dazu, sich manchmal überdeutlich auszudrücken. Was die Arthritis auch aus ihrem Körper gemacht hatte – ihre Zunge hatte sie nicht gebändigt. Als sie Gloria kennen lernte, erwartete ich, dass die Fetzen flogen, aber ich hatte mich in letzter Zeit ja schon bei so manchen Dingen geirrt.

»Was für eine hübsche Bluse, meine Liebe«, sagte Mutter nach der gegenseitigen Vorstellung. »Haben Sie die selbst gemacht?«

Ich bekam fast keine Luft mehr.

»Ja«, antwortete Gloria, »ich konnte ein wenig Fallschirmseide organisieren, die habe ich gefärbt. Es freut mich, dass sie Ihnen gefällt. Ich kann Ihnen auch eine nähen, wenn Sie mögen. Ich habe mir auf dem Hof ein wenig Stoff zur Seite gelegt.«

Mutter legte sich die Hand auf die Brust. »Du lieber Himmel, mein Kind, Sie wollen doch Ihre Zeit nicht damit verschwenden, für eine alte verkrüppelte Frau wie mich modische Kleidung zu machen. Nein, was ich habe, wird schon bis zu meinem Ende reichen.« Das war typisch Mutter, dieser lebensmüde Ton, als ob ihr Ende in den nächsten Minuten bevorstünde.

The Brains Trust war vorbei, und eine Extrasendung über Jerome Kern folgte. Gloria gefiel sie besser, denn die ganzen Lieder kannte sie aus ihren geliebten Hollywood-Musicals. Sie summte die Melodien von »A Fine Romance«, »You Couldn't Be Cuter« und »The Way You Look Tonight« mit.

Als Mutter und Gloria anfingen, sich darüber zu unterhalten, wie wunderbar sie Fred Astaire und Ginger Rogers in *Swing Time* fanden, war ich vollkommen baff. Es war Zeit für das Abendessen, doch inzwischen war mir richtig übel geworden.

Jerome Kern war vorbei, und wir stellten das Rundfunkgerät ab, während wir aßen. »So, mein Kind«, sagte Mutter, als der Eintopf serviert wurde, »jetzt erzählen Sie uns mal von sich!«

»Da ist eigentlich nicht viel zu erzählen«, erwiderte Gloria.

»Ach, kommen Sie. Woher stammen Sie?«

»Aus London.«

»Ach, Sie armes Ding. Was ist mit Ihren Eltern?«

»Die wurden beide bei der Bombardierung getötet.«

»Oh je, das tut mir wirklich Leid.«

»Viele Menschen sind dabei gestorben.«

»Wann war das?«

»Letztes Jahr im September. Jetzt bin ich ganz allein.«

»Dummes Geschwätz, mein Mädchen«, sagte Mutter, »wir sind doch auch noch da.«

Ich erstickte fast an meinem Kaninchen. »Aber wir adoptieren sie doch nicht oder so, Mutter«, brachte ich heraus.

»Sei nicht so unfreundlich, Gwen. Es ist Krieg, falls du das noch nicht gemerkt hast. Da müssen die Menschen zusammenhalten.«

»Egal«, meinte Matthew, »jetzt hat Gloria das alles ja hinter sich, stimmt's, Liebling?«

Sie sah ihn mit ihren schönen großen Augen an, die Bewunderung triefte aus ihnen wie Sirup. »Ja«, sagte sie. »Das stimmt. Und egal, was passiert, ich geh nicht mehr zurück.«

»Ist denn niemand übrig geblieben?«

»Niemand. Ich war gerade bei einer Freundin ein paar Straßen weiter, als der Luftangriff begann. Es gab keine Warnung. Meine Freundin hatte einen Anderson-Bunker hinten im Garten, da gingen wir rein. Ich machte mir noch nicht einmal Sorgen. Ich dachte, meine Familie würde zur U-Bahn oder zur Kirche an der Ecke gehen, so wie wir es immer bei Luftangriffen taten, aber sie schafften es nicht rechtzeitig. Unser Haus wurde getroffen und auch die beiden daneben. Meine Großeltern wohnten nebenan, deshalb kamen sie ebenfalls ums Leben.«

Eine Weile schwiegen wir alle und verdauten den Schreckensbericht, den Gloria uns gerade so sachlich erstattet hatte. Irgendwie machte es unsere kleinen Rationierungsprobleme bedeutungslos.

»Wieso haben Sie sich für so einen gottverlassenen Ort wie Hobb's End entschieden?«, wollte Mutter wissen.

»Das konnte ich mir nicht aussuchen. Sie haben mich hergeschickt, die Frauenlandarmee. Meine Ausbildung erhielt ich in Askham Bryan, das liegt ja nicht weit weg von hier. Seit sein Sohn Soldat ist, braucht Mr. Kilnsey viel Hilfe, und er wird ja auch nicht jünger. Ich war schon froh, dass ich überhaupt aufs Land durfte. Ich fand die Vorstellung ganz schrecklich, in einer schmutzigen, stinkenden Munitionsfabrik arbeiten zu müssen.«

»Trotzdem«, widersprach Mutter, »das Leben auf dem Bauernhof ist nicht einfach.«

Gloria lachte. »Das können Sie wohl laut sagen. Da ist es schmutzig und stinkig. Aber damit komme ich zurecht. Harte Arbeit hat mir nie etwas ausgemacht. Eigentlich gefällt es mir sogar.« Sie warf mir einen Seitenblick zu. »Dieser Eintopf ist vorzüglich, Gwen. Das meine ich ehrlich. Das ist das leckerste Essen, das ich seit langer Zeit hatte. Vielen Dank dafür.«

Paradoxerweise fühlte ich mich geschmeichelt und bemühte mich, nicht rot anzulaufen, aber das geht genauso wenig, wie sich selbst zu kitzeln. Ich errötete. »Keine Ursache«, sagte ich.

Nach dem Rhabarberkuchen, den Gloria freundlicherweise ebenfalls lobte, machte Matthew noch einen Tee, und wir stellten das Rundfunkgerät für *The Happidrome* wieder an.

Ich hörte gerade noch das Ende der Nachrichtensendung, in der bestätigt wurde, dass Westminster Abbey, das British Museum und das House of Parliament bombardiert, jedoch nicht zerstört, sondern nur beschädigt worden seien. Dennoch konnte man nie wissen, ob man den Nachrichtensprechern glauben durfte, auch wenn sie jetzt vor jeder Sendung ihren Namen nennen mussten, damit wir sicher sein konnten, dass die Deutschen die BBC nicht übernommen hatten. Immerhin konnten auch die Deutschen die Übertragungen hören, und wir wollten nicht, dass sie dachten, wir seien schlimm getroffen oder in irgendeiner Hinsicht demoralisiert. Dafür hatten die Deutschen ja schon Lord Haw-Haw. Gerade letzte Woche noch hatte er gesagt, die Deutschen würden die Flachsmühle in Hobb's End bombardieren. Unseren Luftschutzwart hätte fast der Schlag getroffen.

Zum Tee zündeten sich Matthew und Gloria Zigaretten an. Ich wusste, dass rauchende Frauen bei Mutter wenig Anklang fanden, aber sie sagte nichts. Dann räusperte sich Matthew und sagte: »Mutter, ich habe Gloria heute Abend aus einem besonderen Grund eingeladen, weil wir, ähm, dir etwas sagen möchten.«

Mutter zog die Augenbrauen hoch; mein Herz begann wild zu klopfen.

»Wir möchten heiraten.«

Ich glotzte Matthew ungläubig an: groß, schneidig, hübsch, die reizende dunkelbraune Haarlocke, die ihm immer ins Auge fiel, die Grübchen in den Mundwinkeln, wenn er lächelte, die klaren Augen, das kantige Kinn. Und dann sah ich Gloria an, bemerkte ihr Strahlen.

Irgendwie war es alles unvermeidlich.

In dem Moment hasste ich sie.

»Aha«, sagte Mutter nach einem beruhigenden Schluck Tee. »Ganz im Ernst, ja?«

»Ja.«

»Und Sie, junge Dame?«

»Ganz bestimmt«, sagte Gloria, beugte sich vor und griff nach Matthews Hand. »Ich weiß, dass wir uns noch nicht lange kennen, aber es ist Krieg und ...«

Mutter winkte ab. »Ja, ja, meine Liebe, das weiß ich alles. Habt ihr aber auch daran gedacht, dass Matthew vielleicht bald weit weg muss?«

»Darüber haben wir nachgedacht, Mutter«, antwortete er. »Ich habe die ärztliche Untersuchung zwar schon hinter mir, aber nach meinem Abschluss muss ich noch die Grundausbildung machen, und da besteht schon die Chance, dass ich mindestens bis nach Weihnachten wahrscheinlich jedes Wochenende nach Hause fahren darf.«

»Und den Rest der Woche?«

»Da arbeite ich auf dem Hof, wie immer«, erwiderte Gloria, »und Matt ist bis Juli an der Universität in Leeds, danach muss er halt dahin, wo er zur Ausbildung hingeschickt wird. Ich weiß, es ist nicht perfekt. Uns wäre nichts lieber, als die ganze Zeit zusammen zu sein.« Sie hielten Händchen, sie sah ihn an. »Aber wir wissen, dass das nicht möglich ist. Jedenfalls im Moment noch nicht.«

Ich konnte es nicht glauben; sie nannte ihn *Matt*. Wie konnte sie nur! Für Mutter und mich war er immer Matthew gewesen.

»Was ist mit deinem Studium?«, fragte Mutter ihn.

»Ich werde genauso hart weiterarbeiten.«

»Hm. Viele Paare warten noch mit dem Heiraten«, bemerkte sie, »bis die Zeiten ein wenig sicherer sind.«

»Aber es gibt auch viele Leute, die heiraten«, argumentierte Matthew, »und das Beste aus ihrem Leben machen. Ja, wir wissen, dass das Leben im Moment sehr unsicher ist. Aber wenn mir als Soldat etwas zustoßen sollte, dann sterbe ich weitaus glücklicher, weil ich mit Gloria verheiratet gewesen bin. Auch wenn es nur ein Tag war.«

»Red nicht so, Matthew«, sagte Mutter und legte wieder die Hand auf die Brust. Dann sah sie mich an. »Was hältst du denn davon, Gwen?«

Ich schluckte. »Ich? Tja, ich schätze, wenn sie es sich wirklich in den Kopf gesetzt haben, dann können wir nichts sagen, was sie davon abhalten würde.«

»Gute alte Gwen«, sagte Matthew. »Ich wusste, dass ich mich auf dich verlassen kann.«

»Wo wollt ihr denn wohnen?«, erkundigte sich Mutter. »Habt ihr auch daran gedacht? Es ist ja nicht so, dass wir euch nicht haben möchten, aber wir haben hier nicht genug Platz, wisst ihr, selbst wenn ihr bei Gwen und mir wohnen wolltet. Wir haben ja noch nicht mal genug Platz, um Evakuierte aufzunehmen. Und ihr könnt ganz bestimmt nicht auf dem Hof wohnen.«

»Ja«, entgegnete Matthew, »darüber haben wir auch nachgedacht. Deshalb wollen wir auch so früh wie möglich heiraten.«

Mutter runzelte die Stirn. »Hm?«

»Wir wollen im Bridge Cottage wohnen.«

»Was? In dem heruntergekommenen Schuppen bei der Feenbrücke?«

»Ja. Für uns ist es groß genug. Und es gehört uns. Na ja, wir mieten es zwar nur, aber du weißt, wie ich das meine. Seit die alte Miss Croft tot ist, wird es ja zur Unterbringung von Evakuierten benutzt. Jedenfalls habe ich schon mit dem Verwalter von Lord Clifford in Leeds geredet, und er meinte, dass die Leute nächste Woche ausziehen. Es ist eine Frau mit zwei Kindern, Evakuierte aus Birmingham. Sie haben scheinbar Heimweh und gehen jetzt zurück. Ich weiß, dass es eine Menge zu renovieren gibt, aber ich bin geschickt darin. Und es kostet nur fünf Shilling die Woche.«

»Was ist mit Kindern? Habt ihr daran auch schon gedacht?«

»Ich erwarte kein Kind, Mrs. Shackleton, wenn Sie das meinen«, sagte Gloria.

»Natürlich nicht, meine Liebe. Das meinte ich ganz und gar nicht. So etwas würde ich nie annehmen. Aber wenn ihr nach der Hochzeit ein Kind haben würdet, dann wäre der Vater des Kindes höchstwahrscheinlich nicht da und Sie hätten eine Menge am Hals.«

Wie so manchmal legte sich ein trauriger Schatten über Glorias Gesicht, als würde die Sonne von einer Wolke verdunkelt. »Wir haben keine Kinder geplant«, sagte sie, »noch nicht jedenfalls. So wie es momentan aussieht, möchte ich kein Kind in die Welt setzen, nicht nach dem, was ich durchgemacht habe.« Dann verzog sich die Wolke und sie lächelte wieder. »Nach dem Krieg werden wir weitersehen. Dann ist alles ganz anders.«

Mutter schwieg eine Weile, dann machte sie ein Gesicht, als habe sie Schmerzen, was wahrscheinlich auch der Fall war. Sie sagte: »Ihr habt wirklich an alles gedacht, wie?«

Matthew strahlte. »An alles, Mutter. Am nächsten Sonntag möchten wir das Aufgebot bestellen. Sag doch bitte, dass du uns deinen Segen gibst. Bitte!«

Mutter hielt mir ihre Tasse hin und ich goss Tee nach.

Ihre Hand zitterte, die Tasse klapperte auf dem Unterteller. Wieder sah sie Gloria an. »Und Sie sind eine Waise, meine Liebe? Sie haben keine Verwandten mehr?«

»Nein. Aber haben Sie nicht gesagt, ich hätte ja Sie?«

Mutter lächelte. Ein klein wenig. Mehr erlaubte sie sich damals nicht. Nur ein kleines Lächeln. »Das habe ich wohl.«

»Oh, bitte, Mrs. Shackleton, *bitte* geben Sie uns Ihre Erlaubnis!«

»Es sieht nicht so aus, als ob ich eine große Wahl hätte, oder? Na, dann habt ihr meinen Segen.« Sie seufzte und sah mich an. »Ich schätze, jetzt müssen wir anfangen, unsere Lebensmittelkarten aufzusparen, stimmt's, Gwen, mein Schatz?«

* * *

Manchmal ging Vivian Elmsley morgens gern Rosslyn Hill bis zur High Street hoch, besonders wenn das Wetter gut war. Dort setzte sie sich vor eins der Cafés an einen Tisch und genoss ihren morgendlichen Kaffee. Sie spazierte langsam, in letzter Zeit bekam sie schlechter Luft.

Wie üblich, wurde sie auf der Straße von ein oder zwei Leuten erkannt, die sie im Fernsehen oder auf Zeitschriften gesehen hatten, aber die Menschen in Hampstead behandelten Berühmtheiten ganz normal, besonders die aus der Welt der Literatur, so dass sie niemand mit Autogrammwünschen belästigte oder ihr einfach sagen musste, wie gut oder schlecht ihr jüngstes Buch sei.

Ohne große Mühe fand sie einen leeren Tisch, bestellte einen Kaffee und schlug die *Times* auf. Sie hatte keinen festen Tagesablauf. An manchen Tagen verlor sie sich auf ihrem Spaziergang in Gedanken über das Buch, an dem sie gerade arbeitete. Dann bemerkte sie kaum die Menschen auf der Straße, vergaß sogar die Jahreszeit. An solchen Tagen setzte sie sich mit ihrem Notizbuch hin und schrieb beim Kaffee ein paar Einfälle nieder. Heute jedoch hatte sie etwas ganz anderes im Kopf als das Buch, und das gefiel ihr gar nicht.

Sie schlug die Zeitung auf. Die kurze Meldung, nach der sie suchte, fand sich in einer Spalte auf der Innenseite, die normalerweise für Neuigkeiten aus der Provinz reserviert war:

> **SKELETT IM STAUSEE OPFER EINES GEWALTVERBRECHENS?**
> In einer gestern vor Lokalreportern abgegebenen überraschenden Stellungnahme gab die Polizei von North Yorkshire bekannt, dass es sich bei den im Thornfield-Stausee gefundenen Gebeinen um die eines weiblichen Mordopfers handelt. Der mit dem Fall betraute Beamte, Detective Chief Inspector Alan Banks, sagte, die Polizei habe das Opfer zwar noch nicht identifizieren können, doch stehe bereits fest, dass es sich um die Leiche einer Frau von Anfang zwanzig handelt. Alles weise darauf hin, dass sie erstochen wurde. Wie lange die Leiche dort gelegen habe, sei erheblich schwerer zu bestimmen, fügte Chief Inspector Banks hinzu, erste Hinweise ließen jedoch darauf schließen, dass das Verbrechen in diesem Jahrhundert verübt worden sei. Der Thornfield-Stausee wurde anstelle eines Dorfes namens Hobb's End gebaut, dessen Ruinen nun zum ersten Mal seit 1953 zum Vorschein gekommen sind. Das Skelett wurde von dem dreizehnjährigen Adam Kelly im Boden eines Schuppens entdeckt, als er auf dem Gelände spielte. Wer Informationen zu diesem Fall hat, wird gebeten, sich unverzüglich mit der Polizei in North Yorkshire in Verbindung zu setzen.

Das wussten sie also bereits. Mit leicht zitternder Hand legte Vivian die Zeitung beiseite und schlürfte die Haube aus Milchschaum vom Kaffee. Jetzt konnte sie sich nicht mehr auf die übrigen Nachrichten konzentrieren oder sich am Kreuzworträtsel versuchen. Die kleine Meldung hatte ihr ziemlich den Tag verdorben.

Es war schon komisch, dachte sie, wie die Zeit einen narrte. Im Laufe der Jahre hatte sie sich von der Vergangenheit lösen können: die Jahre mit Ronald in Afrika, Hongkong,

Südamerika und Malaysia; die ersten Versuche als Schriftstellerin nach seinem Tod; die Absagen und Demütigungen; das Hochgefühl der ersten Veröffentlichung; der langsame Aufstieg zum Erfolg; die Fernsehserie. Vor Ronald hatte sie immer gedacht, ihr Leben sei verflucht. Doch im Laufe der Jahre entdeckte sie stattdessen, dass es zwar in gewisser Hinsicht beeinträchtigt gewesen war, aber auch viel erfüllter, als sie sich je erträumt hatte. Die Zeit heilte vielleicht nicht alle Wunden, aber manches starb einfach ab, vertrocknete, blätterte ab.

Nach Ronalds Tod hatte sie sich auf keinen Mann mehr eingelassen. (Man könnte behaupten, dass sie sich nicht einmal auf Ronald eingelassen hatte.) Aber einen kleinen Preis zahlte man immer, und es war ein verhältnismäßig kleiner gewesen, viel geringer als die Alpträume und die tiefsitzende, nagende Schuld, die zwar ihre kreative Flucht in die Welt der Phantasie beflügelten, sie aber gleichzeitig in jeder anderen Hinsicht verkrüppelten und ihr so tiefe Verzweiflung und schlaflose Nächte bescherten, dass sie fürchtete, es würde nie ein Ende haben.

Und nun das. Sie sah den unschuldigen Passanten zu, die auf dem Bürgersteig vorbeigingen: Eine junge Frau in einem schicken grauen Kostüm sprach in ihr Handy; ein junges blondes Pärchen mit Rucksäcken, nach dem Aussehen zu urteilen skandinavische Touristen, hielt Händchen; ein Mann mit einem grauen Bart trug einen farbverschmierten Kittel; zwei Mädchen mit grünem und orangefarbenem Haar und Ringen in der Nase liefen vorbei. Vivian seufzte. Die Straßen von Hampstead. »All human life is here«, wie früher der Slogan der Nachrichten lautete. Na ja, vielleicht nicht das ganze menschliche Leben – jedenfalls nicht in Hampstead –, aber sicherlich das der privilegierten Bevölkerungsschichten.

Waren sie wirklich alle unschuldig? Vielleicht nicht. Zweifelsohne lief durch die Straßen von Hampstead der eine oder andere Mörder.

Vivian erschauderte bei dem Gedanken. Ihr fiel wieder ein, dass sie in den letzten Wochen immer öfter das Gefühl gehabt hatte, sie würde verfolgt. Sie hatte es auf ihre überreizte Phantasie geschoben. Schließlich verdiente sie ihren Lebensunterhalt mit der Beschreibung von Verbrechen, und die morbide Phantasie, die ihr das angenehme Leben ermöglichte, löste auch gelegentlich Panikattacken und Depressionsschübe aus. Es waren die beiden Seiten einer Medaille; sie profitierte von ihren Ängsten, aber sie musste auch mit ihnen leben. Also hatte sie es sich vielleicht wirklich nur eingebildet. Wer sollte sie überhaupt verfolgen wollen? Die Polizei? Bestimmt nicht. Wenn sie mit ihr reden wollte, würde sie direkt auf sie zukommen.

Vivian warf noch einen kurzen Blick auf die Zeitung, die auf der Seite mit der Meldung über Hobb's End aufgeschlagen war, und seufzte. Nun, jetzt würden sie ja nicht mehr lange brauchen, oder? Und was würde dann aus ihrem schwerverdienten Seelenfrieden werden?

Banks begann mit dem Studentensekretariat an Brians Universität und hatte nach zehn Minuten die Assistentin überzeugt, ihren »strengen Verschwiegenheitskodex« zu brechen, nachdem er ihr mehrere Lügen über die Wichtigkeit der verlangten Information aufgetischt hatte. Auf dem Block vor ihm stand die Londoner Telefonnummer eines Andrew Jones.

Unsicher hielt er inne, bevor er wählte, er wusste nicht, was er zu Brian sagen sollte, wenn er durchkam. Er wusste nur, dass sie den Streit beilegen, ein Verhältnis finden mussten, um wieder wie vernünftige Menschen miteinander reden zu können. Zum Glück hatten sowohl er als auch Brian immer schnell vergessen können. Wann immer sie sich in der Vergangenheit auch gestritten hatten, schon nach wenigen Minuten machte einer von beiden einen Schritt auf den anderen zu und alles war vorbei. Sandra war diejenige gewesen, die lange vor sich hin schmollte; manchmal hielt sie eine Woche lang kühl Abstand und schwieg mürrisch, bis sie irgendwann mitteilte, warum sie sich überhaupt aufgeregt hatte.

Ob Banks diesmal eine Versöhnung herbeiführen konnte,

ohne wieder in die Rolle des erzürnten Vaters zu verfallen, wusste er nicht genau. Er hatte ja einen verdammt guten Grund, wütend zu sein. Brian hatte drei Jahre Hochschulausbildung vermasselt – das war für Banks und Sandra finanziell nicht einfach gewesen –, und dann hatte er sich wochenlang davor gedrückt, es seinen Eltern zu beichten, war praktisch von der Erdoberfläche verschwunden.

Wie sich herausstellte, hätte sich Banks keine Gedanken machen müssen. Er wählte die Nummer, aber es nahm niemand ab, auch sprang kein Anrufbeantworter an.

Als Nächstes rief er Annie an, sie klang aufgeregt, hatte ein Gemälde von Hobb's End gesehen, das ein Künstler namens Michael Stanhope angefertigt hatte. Banks konnte ihre Begeisterung nicht teilen, obwohl es ihn freute, dass sie herausgefunden hatte, wie das Cottage neben dem Schuppen hieß.

Während er auf den Anruf von John Webb wartete, der ihm eine Auflistung der am Tatort gefundenen Gegenstände durchgeben wollte, blätterte er in seinem Posteingangskorb. Auf einer Konferenz des Verbandes der Chief Police Officer waren Entwürfe für neue Uniformen abgesegnet worden. Äußerst interessant. Hatten die nichts Besseres zu tun? Was stellten sich die hohen Tiere eigentlich vor, das man als Bulle im Alltag zu tun hatte? Modisch auf der Höhe der Zeit zu sein? Bald würden männliche und weibliche Constables in durchsichtigen Uniformen und Federboas über die Laufstege wackeln.

Darunter lag eine Kopie des jüngsten Berichts von Ms. Millicent Cummings, Assistant Chief Constable oder Leiterin der Abteilung Personalwesen, so ihre offizielle Bezeichnung. North Yorkshire war in letzter Zeit wegen der ausufernden Zahl von Klagen über sexuelle Belästigung unter Beschuss geraten – Anzeigen wegen Mobbing, sexueller Übergriffe, Diskriminierung und bizarrer Initiationsrituale – und Millie war als neuer Besen geholt worden. Und zwar auf einem Besenstiel, behaupteten manche Kerle. Doch Banks mochte Millie; sie war eine kluge, gerechte Frau und hatte eine schwere Aufgabe. Seine Meinung war:

Je mehr Randalierer und Radaubrüder hinausgeworfen wurden, umso besser.

Banks widmete sich einem Bericht über den eingeschränkten Verkauf von Spirituosen. Er enthielt die Fallstudie eines Zehnjährigen, der sich mit leichten alkoholischen Mischgetränken besoffen hatte und mit dem Fahrrad durch das Schaufenster eines Schuhgeschäfts gefahren war. Kleinere Verletzungen. Hatte Schwein gehabt. Das konnte man jedoch nicht von dem armen Verkäufer sagen, der sich in dem Augenblick gerade mit einem Schuhlöffel in der Hand über den Fuß einer potenziellen Kundin gebeugt hatte. Rektale Notoperation.

Banks zeichnete die Berichte und Memos ab – unter anderem wurde ihm mitgeteilt, die Kriminalpolizei ändere ihren Namen in »Verbrechensmanagement« –, dann arbeitete er an einem Artikel über das Polizeiwesen in den Neunzigern. Einer der Vorteile seines neuen Schreibtischjobs am Computer war, dass er in den letzten Monaten zwei Artikel verfasst und ihm die Arbeit daran Spaß gemacht hatte. Auch hatte er einige Diskussionsrunden und Vorträge gehalten und gemerkt, dass er das ebenfalls gut konnte. Er hatte schon einmal darüber nachgedacht, dass es vielleicht gar keine schlechte Idee wäre, einen mit der Polizei verbundenen Lehrberuf zu ergreifen, aber da hatte er das Schicksal in Form seiner Ausbildung gegen sich – oder besser: in Form mangelnder Ausbildung. Banks verfügte über keinen Universitätsabschluss, woran Brian ihn vor kurzem schmerzlich erinnert hatte. Er hatte das Polytechnikum mit einem »Higher National Diploma« in Betriebswirtschaft verlassen. Das sollte als Äquivalent zu einem »Pass Degree«, einem ohne Auszeichnung bestandenen Universitätsabschluss, gelten, aber mehr eben auch nicht. Und es lag fast schon ein Vierteljahrhundert zurück. Soweit er wusste, gab es diese Art von Diplom gar nicht mehr. Ein potenzieller Arbeitgeber würde einen Blick darauf werfen und in Lachen ausbrechen. Diese Vorstellung ließ Banks vor Scham und Wut erröten.

Wenigstens hatte Brian einen akademischen Abschluss dritter Klasse, was besser war, als ohne Auszeichnung bestanden zu haben oder nur ein Äquivalent zu besitzen. Oh Mann, das klang ja wie ein Pokerspiel. Befand er sich plötzlich im Wettstreit mit seinem eigenen Sohn?

Glücklicherweise klingelte das Telefon, bevor er sich eine Antwort überlegen konnte. Es war John Webb.

»Ich habe gerade den Kram abgeholt, den wir mit dem Skelett in Hobb's End ausgegraben haben«, sagte er. »Die Jungs von Dr. Williams haben alles schön sauber gemacht.«

»Was habt ihr gefunden? Nach so langer Zeit wohl nicht mehr viel, nehme ich an.«

»Du würdest dich wundern, was tatsächlich so alles die Zeit überdauert. Das ist vorher schwer zu sagen. Ich habe ein paar Knöpfe und Metallspangen gefunden, die aussehen, als ob sie von einem Büstenhalter oder Hüftgürtel stammen. Außerdem waren zwei kleine Lederschuhe dabei, die könnten der Leiche gehört haben.«

»Das heißt also, dass sie in ihren Kleidern vergraben wurde?«

»Sieht so aus.«

»Sonst noch was?«

»Ja, ein anderer Stoff, schwer und schwarz. Auf keinen Fall ein Kleidungsstück.«

»Vorschläge?«

»Vielleicht eine Art Vorhang?«

»Hast du einen Ehering gefunden oder irgendwas, das aussieht, als wäre es mal einer gewesen?«, fragte er.

»Glaub schon. Zuerst war ich mir nicht sicher wegen der Korrosion, aber es sieht doch so aus.«

»Ich nehme nicht an, dass Name und Hochzeitsdatum eingraviert sind, oder?«

Webb lachte. »Selbst wenn, könnte man es nach so langer Zeit nicht mehr lesen.«

»Hab ich auch nicht erwartet. Irgendein Hinweis auf die Mordwaffe? Höchstwahrscheinlich eine Art Messer.«

»Nichts dergleichen.«

»Handtasche oder Portemonnaie? Irgendeine Art Ausweis?«

»Tut mir Leid, nein. Nur das, was ich dir gesagt habe. Und

ein Medaillon ohne Gravur und Inhalt. Falls noch etwas anderes bei ihr lag, hat es die Jahre unter der Erde nicht überstanden. Wenn ein Foto oder Ähnliches darin war, ist es wahrscheinlich zerfallen.«

»Gut, vielen Dank, John.«

»Keine Ursache. Ich lass es dir später rüberschicken.«

Banks ging zum Fenster hinüber. Die Hitze machte ihm noch immer zu schaffen; er fühlte sich schläfrig und benommen, als hätte er einen über den Durst getrunken, was nicht der Fall war. Der Marktplatz war vollgestopft mit Touristen, Bussen aus Leeds, Wigan und Scunthorpe, Autos parkten in jedem erdenklichen Winkel, ein Taumel von Primärfarben. Den ganzen Sommer über waren Touristenhorden in die Dales eingefallen. Pub, Hotels, Geschäfte und Bed & Breakfasts hatten Rekordumsätze erzielt. Sicher, es hatte seit zwei Monaten nicht geregnet, und schon vorher hatte es seit April höchstens mal einen kurzen Schauer gegeben.

Obwohl es die Gesundheitsfanatiker endlich geschafft hatten, das Rauchen auf jeder Polizeidienststelle des Landes zu verbieten, zündete sich Banks eine Zigarette an. Schon seit einiger Zeit ignorierte er stillschweigend das Rauchverbot. In den Großraumbüros musste man es sicherlich befolgen; da blieb einem nichts anderes übrig, als nach draußen zu gehen. Aber hier, in diesem alten Kasten mit der Tudorfront, hatte er sein eigenes Büro. Bei geschlossener Tür und geöffnetem Fenster merkte es eh keiner. Was scherte es ihn überhaupt? Was wollten sie denn tun? Ihn in Gewahrsam nehmen?

Banks beobachte zwei hübsche junge Touristinnen in T-Shirts und kurzen Hosen, die auf dem erhöhten Sockel des Marktkreuzes saßen und Eis am Stiel schleckten, und verlor sich in vergnüglichen Phantasien, die mit Annie Cabbot und ihren roten Gummistiefeln zu tun hatten. In letzter Zeit hatte er ziemlich viel herumphantasiert, und er wusste nicht, ob das ein gutes Zeichen war oder nicht.

Offiziell schliefen Kollegen bei der Polizei natürlich nicht miteinander. Ein Chief Inspector und ein weiblicher Sergeant schon gar nicht. Das war absolut verpönt. Aus Sicht der Frau konnte man es sexuelle Belästigung nennen, aus der des Mannes »sich hochschlafen«.

In Wirklichkeit passierte es ständig. Im ganzen Land trieben es die Bullen miteinander wie die Karnickel, bumsten herum wie Hamster, ohne Rücksicht auf ihren Rang. Insbesondere Mordfälle turnten sie an: Sex und Tod, die alte aphrodisierende Kombination.

Träum weiter, sagte er zu sich und knipste den Traum aus. Die Wahrheit lautete, dass Annie Cabbot ihn nicht nehmen würde, und er würde es auch nicht versuchen. Jegliche Fähigkeit der Anmache, die er als Jugendlicher besessen hatte, war inzwischen verkümmert. Wie fing man eine solche Sache überhaupt an? Er war zu alt, um sich mit jemandem zu verabreden und sich zu fragen, ob ein Gute-Nacht-Kuss angebracht sei. Oder ein Schlummertrunk. Oder eine Einladung zur Übernachtung. Oder wer sich um Kondome kümmerte. Die ganze Angelegenheit machte ihn nervös und unsicher. Er würde gar nicht wissen, wie er anfangen sollte.

Seit Sandras Auszug hatte er nur ein sexuelles Abenteuer gehabt, und das war ein völliger Reinfall gewesen. Nachdem er auf Susan Gays Abschiedsparty im Queen's Arms zu tief ins Glas geschaut hatte, hatte er eine Frau namens Karen Soundso aufgegabelt. Aber vielleicht hatte auch Karen ihn aufgegabelt. Egal, das Bier machte ihn wagemutig, und Karen war beschwipst und richtig ausgelassen. Aufflammende Begierde. Ohne großes Federlesen fuhren sie zu ihm, wo sie nach nur kurzem Zögern übereinander herfielen und auf dem Sofa landeten, die Klamotten überall verstreut. Trotz des Alkohols klappte alles gut.

Irgendwann mussten sie dann ins Bett gekrabbelt sein, denn gegen vier Uhr morgens wachte Banks mit pochenden Kopfschmerzen auf, an ihn klammerte sich eine nackte Frau. Er verspürte den brennenden Wunsch, allein zu sein. Er hatte Karen benutzt – sie ihn vielleicht auch –, und jetzt wollte er nichts anderes, als sich ihrer zu entledigen. Stattdessen lag er wach neben ihr und sinnierte trübselig vor sich hin, bis sie sich im frühen Morgengrauen regte und sagte, sie müsse nach Hause gehen. Er widersprach nicht, sie tauschten beim Abschied keine Zärtlichkeiten aus und sahen sich nie wieder.

Das Telefon riss ihn aus seinen deprimierenden Erinnerungen zurück in die Gegenwart. Es war Geoff Turner, der Zahnheilkundler der Gerichtsmedizin. Banks fiel ein, dass ihm selbst ein Termin beim Zahnarzt bevorstand, und er hasste Zahnärzte seit seiner Schulzeit. Wenn sich dieser Fall dementsprechend entwickelte, hatte er vielleicht einen Grund, den Termin aufzuschieben.

»Alan?«

»Geoff. Du bist aber schnell. Gibt's was Neues?«

»Nichts Weltbewegendes. Dafür ist es noch zu früh. Aber ich wollte unbedingt anfangen. Skelette haben mich immer schon fasziniert.«

Banks dachte daran, wie Dr. Williams das Becken des Skeletts gestreichelt hatte. »Du Perverso!«

Turner lachte. »Wissenschaftlich gesehen, meine ich.«

»Erzähl!«

»Ich rufe vom Labor aus an. Als allererstes wollte ich Dr. Williams' Altersbestimmung zum Zeitpunkt des Todes bestätigen. Er hat Recht. Die dritten Molare sind draußen – für euch Laien die Weisheitszähne –, aber die Zahnwurzelspitzen haben sich noch nicht vollständig geschlossen, ebenso wenig die medialen Seiten der Zwischenkiefernähte. Die dritten Molare kommen normalerweise nicht vor Anfang Zwanzig heraus, das ist unser erster Anhaltspunkt. Die Spitzen schließen sich normalerweise bis zum fünfundzwanzigsten Lebensjahr, die Mediane bis zum dreißigsten. Das würde bedeuten, sie müsste Mitte zwanzig gewesen sein, plus oder minus ein oder zwei Jahre.«

»Danke, Geoff. Hast du eine Vorstellung, wie lange sie da unten gelegen hat?«

»Mal nicht so voreilig! Ich hab doch gesagt, dass ich bisher nur einen kurzen Blick drauf werfen konnte. Die wenigen vorhandenen Füllungen scheinen auf relativ aktuelle Sanierungsarbeit hinzuweisen, wenn das für dich interessant sein sollte. Und mit aktuell meine ich das zwanzigste Jahrhundert.«

»Geht's nicht genauer? Grob geschätzt?«

»Angesichts von Materialien und Technik wahrscheinlich nicht später als fünfziger Jahre, wenn dir das hilft.«

»Könnte es nicht noch jünger sein, aus den Neunzigern vielleicht?«

»Auf keinen Fall. Du glaubst es vielleicht nicht, wenn du im Sessel sitzt, aber die Zahnheilkunde hat sich höllisch weiterentwickelt in den letzten dreißig Jahren, aber davon ist in diesem Gebiss nichts zu sehen. Keine modernen Techniken oder Materialien. Und mehrere Zähne fehlen.«

»Könnte das nach dem Tod geschehen sein?«

»Du meinst, ob der Mörder ihr die Zähne gezogen haben könnte?«

»Ja.«

»Möglich ist es, aber unwahrscheinlich. In meinen Augen sieht es nach ziemlich sauberen Extraktionen aus.«

»Sie kann nicht zwischen 1953 und diesem Sommer vergraben worden sein, wenn dir das hilft.«

»Dann würde ich auf jeden Fall sagen, vor 1953.«

»Könnte es nicht einfach jemand sein, der seine Zähne nicht gut gepflegt hat?«

»Hierbei geht es nicht um Zahnpflege, Alan, obwohl ich gleich noch mal darauf zurückkommen werde. Es geht um Materialien und Verfahren.«

»Erzähl!«

»Viel mehr gibt es eigentlich nicht zu erzählen. Nur ein paar vage Vermutungen.«

»Wo wären wir in unserem Job ohne vage Vermutungen?«

Turner lachte. »Das darfst du aber zu keinem Wissenschaftler sagen. Das ist Ketzerei. Ich muss jedenfalls noch auf die Röntgenbilder warten, aber wir haben es hier sicherlich nicht mit Zahnmedizin erster Güte zu tun und auch nicht mit regelmäßigen Kontrolluntersuchungen. Wenn ich schätzen müsste, würde ich sagen, dieses Mädchen ging nur zum Zahnarzt, wenn es Schmerzen hatte.«

»Was meinst du damit?«, fragte Banks, der sich langsam immer besser in das Opfer einfühlen konnte. Er ging genauso ungern zum Zahnarzt.

»Die Füllungen hätten vielleicht noch ein paar Jahre gehalten, wenn sie weitergelebt hätte, aber bei einem Zahn wäre der Verfaulungsprozess nicht mehr aufzuhalten gewesen. Das meine ich. Alles etwas schlampig. Außerdem gibt es Anzeichen von Vernachlässigung, wie ich schon sagte, was vielleicht darauf hinweist, dass wir es mit jemandem aus armen Verhältnissen zu tun haben, der sich nicht die beste Behandlung leisten konnte. Weißt du, oft ließen sich die Mädchen schon mit zwanzig Jahren alle Zähne ziehen und trugen den Rest ihres Lebens ein Gebiss.«

»Hm. Danke, Geoff.« Banks war immer der Ansicht gewesen, dass es der Gipfel des Masochismus war, für diese Quälerei auch noch zahlen zu müssen.

»Eine andere Möglichkeit ist Krieg.«

»Ja? Wie meinst du das?«

»Denk doch mal nach! Die meisten guten jungen Zahnärzte und Ärzte waren bei den Streitkräften, es waren nur noch alte Tattergreise übrig. Mit schlechtem Werkzeug. Es war kaum etwas zu machen. Das Militär hatte oberste Priorität.«

»Stimmt. Daran hab ich gar nicht gedacht.«

»Und dann gibt es noch was.«

»Das wäre?«

»Wir bekamen erst 1948 den Nationalen Gesundheitsdienst. Davor musste man Zahnarztleistungen selbst bezahlen. Da hatte es die Arbeiterklasse natürlich am schwersten.«

»Wie immer«, sagte Banks und dachte an seinen Vater, der nach einer langen Schicht in der Stahlfabrik immer schweigend und erschöpft nach Hause kam, und an seine Mutter, die abends einschlief, nachdem sie den ganzen Tag lang die Häuser anderer Leute geputzt hatte. »Also möglicherweise Krieg und arm?«

»Genau.«

»Danke noch mal. Ich schulde dir was, Geoff.«

»Das treibe ich gerne wieder ein. Wenn du natürlich ihren Zahnarzt finden könntest, wenn es noch Unterlagen geben sollte …«

»Wir bemühen uns«, sagte Banks. »Aber das ist alles

schon lange her. Selbst wenn er noch leben sollte, wie lange bewahrt ein Zahnarzt seine alten Unterlagen auf?«

»Stimmt schon. Viel Glück, Alan. Wir sprechen uns.«

Banks legte den Hörer auf und lehnte sich auf seinem Stuhl zurück, um über das nachzudenken, was er gerade erfahren hatte. Ioan Williams und Geoff Turner waren sich einig, dass das Skelett nicht nach dem Austrocknen des Thornfield-Stausees Mitte des Sommers dort deponiert worden war, und Dr. Williams hatte geschätzt, dass dies frühestens Ende der dreißiger Jahre geschehen war. Also hatte das Skelett seit weniger als hundert Jahren dort gelegen, nämlich eher seit fünfzig oder sechzig. Das bedeutete, dass das Opfer zum Zeitpunkt des Todes zwischen zweiundzwanzig und achtundzwanzig Jahren gewesen sein musste. Hätte sie überlebt, wäre sie jetzt wahrscheinlich zwischen siebzig und achtzig. Dann konnte aber auch ihr Mörder noch am Leben sein, ebenso ein Zeuge oder wenigstens jemand, der sich an sie erinnerte.

Die Sache entwickelte sich zu einem richtigen Fall. Was sie aus dem Thornfield-Stausee geborgen hatten, war nun keine Ansammlung dreckiger alter Knochen mehr; in Banks Phantasie nahm die Frau langsam Gestalt an. Er hatte keine Vorstellung, wie sie wirklich ausgesehen hatte, aber vor seinem inneren Auge entstand bereits eine Collage aus den Filmstars der Kriegszeit, gekleidet nach der damaligen Mode: Greer Garson, Deanna Durbin, Merle Oberon. Als Nächstes musste er ihren Namen herausfinden; dadurch würde sie für ihn noch wirklicher werden.

Er warf einen Blick auf seine Uhr. Genau vier Uhr. Wenn er jetzt losfuhr, wäre er in ungefähr einer Stunde in Harkside. Genug Zeit, um seine Aufzeichnungen mit Annie zu vergleichen.

5

* * *

Im Vergleich zu anderen Hochzeiten war die von Matthew und Gloria verhältnismäßig bescheiden. Einige Familienangehörige kamen aus Eastvale und Richmond angereist, darunter entfernt verwandte Onkel, Tanten, Cousinen und Cousins, die ich seit Jahren nicht mehr gesehen hatte. Gloria hatte ja keine Familie, daher waren die übrigen Gäste Leute aus dem Ort. Mr. und Mrs. Kilnsey vom Hof waren da, obwohl Mr. Kilnsey so aussah, als fürchte er um sein Seelenheil, weil er sich in der Church of England befand, der Brutstätte der Götzenverehrung.

Gloria hatte darauf bestanden, Michael Stanhope einzuladen, denn sie hatte Freundschaft mit ihm geschlossen. Er wirkte fast so untröstlich wie Mr. Kilnsey, sich in einer derart geheiligten Umgebung zu befinden. Doch war er nüchtern und hatte sich immerhin die Mühe gemacht, sich zu rasieren, das Haar zu kämmen und einen anständigen, wenn auch ziemlich fadenscheinigen und speckigen Anzug anzuziehen. Auch vergaß er nicht, während des Gottesdienstes seinen Hut abzunehmen.

Ich muss sagen, dass Gloria strahlend schön war. Mit ihrem Engelsgesicht und ihrem irdischen Körper hatte sie natürlich die besten Voraussetzungen. Obwohl sie so geschickt im Anfertigen von Kleidern war, hatte sie entschieden, es sei weitaus praktischer, ein Hochzeitskleid zu kaufen. Sie hatte eins im Ausverkauf bei Foster's in Harkside für nur zwei Pfund zehn Shilling erstanden. Es war weiß und von schlichter Machart, weder bauschig noch besaß es eine mehrere Meter lange Schleppe. Es war elegant und geschmackvoll. Doch hatte sich Gloria ihren eigenen Schleier aus Spitze genäht, denn Spitze war nicht rationiert. Ich weiß zwar nicht, ob sie ihr Haar mit Zuckerwasser gelegt hatte, aber ihre glänzenden blonden Korkenzieherlocken fielen ihr in noch umwerfenderer Aufmachung als sonst auf die Schultern.

Sobald Mutter ihren Segen gegeben hatte, hatte Gloria das Hochzeitskleid gekauft, und sie hatte Glück gehabt, denn als ob man es geahnt hätte, trat am Sonntag vor der Hochzeit eine Kleidungsrationierung in Kraft. Zum Glück hatten wir uns bereits ans Ausbessern und Flicken gewöhnt. Matthew kramte seinen einzigen Anzug hervor, wir ließen ihn reinigen und plätten. Für eine neue Garderobe hätte er die Kleidungszuweisung eines halben Jahres aufbrauchen müssen. Mutter zog ihr bestes geblümtes Kleid an, trug dazu einen Gürtel und ein bisschen Spitze, damit es neu wirkte; außerdem kaufte sie sich zu dem Anlass einen neuen Hut, da Hüte wie Spitze und Borte zu den wenigen Textilien gehörten, die *nicht* rationiert waren.

Cynthia Garmen und ich waren die Brautjungfern. Wir trugen aus alten Vorhängen genähte Taftkleider. Als i-Tüpfelchen zerschnitt ich Spitze, mit der wir unsere Schlüpfer schmückten. Wie es Cynthia erging, weiß ich nicht – sie sagte jedenfalls keinen Ton –, aber mir juckte es wegen der Dinger die gesamte Messe hindurch an den Oberschenkeln.

Es war der 7. Juni 1941, ein wunderbarer Tag, wie Spuren verschütteter Milch schrieben die Wolken arabische Schriftzeichen in den Himmel.

Die Trauung verlief glatt. Reverend Graham führte mit seiner bekannten rhetorischen Fertigkeit feierlich durch den Gottesdienst. Barry Naylor, Matthews Trauzeuge, hatte an den Ring gedacht und keiner vergaß seinen Text. Niemand wurde ohnmächtig obwohl es unerträglich heiß in der Kirche war. Mutter vergoss ein paar Tränen. Natürlich gab es kein Konfetti, es herrschte ja Papierknappheit. Noch etwas stimmte nicht, es nagte in meinem Hinterkopf, doch merkte ich erst ganz spät am Abend, um was es sich handelte.

Wir stellten uns draußen für die Bilder auf. Filme waren teuer und schwer zu beschaffen, aber wir wollten Matthews Hochzeitstag nicht ganz ohne Erinnerungsfotos verstreichen lassen. Einer seiner Freunde von der Bürgerwehr, Jack Cheswick, fühlte sich ein bisschen als Hobby-Fotograf und Mr. Truewell, der Apotheker, tat uns einen Gefallen und überließ uns den Film für nur zwanzig Passing-Cloud-Zigaretten. Wir hatten Glück: Die Bilder wurden schön, nur leider ging das Album später bei einem der vielen Umzüge verloren.

Der Empfang fand im Gemeindehaus statt. Selbstverständlich hatte ich mich um Speisen und Getränke gekümmert, die letzten Vorbereitungen konnte ich jedoch meinen Helferinnen Sue und Olive überlassen. Wir hatten in Leeds eine Rationszuweisung beantragen müssen, und Sue, die selbst ein paar Monate zuvor geheiratet hatte, hatte mir geraten, die geschätzte Zahl der erwarteten Gäste zu verdoppeln. Ich gab also an, wir würden hundert Personen erwarten. Doch auch so wurden uns nur zwei Unzen Tee bewilligt, den wir mit unseren eigenen Rationen verlängern mussten, um ihn überhaupt trinkbar zu machen.

Glücklicherweise waren über Lend-Lease gerade die ersten amerikanischen Lebensmittel bei uns im Laden eingetroffen, deshalb hatten wir Dosenfleisch für Sandwiches und Wurstfleisch in Dosen, aus dem man ganz wunderbare Würstchen im Schlafrock machen konnte, denn das verbliebene Fett in der Dose konnte man als Zutat für den Teig verwenden. Zu trinken gab es nicht viel, aber wir bekamen ein Fass wässriges Bier vom Shoulder of Mutton und hatten noch ein wenig süßen Sherry im Schrank aufbewahrt. Mr. Stanhope stellte eine Flasche Gin und etwas Wein zur Verfügung. Der Hochzeitskuchen war die größte Enttäuschung. Schon seit fast einem Jahr war Zuckerguss verboten, daher mussten wir uns mit einer Attrappe aus Pappe und Krepp behelfen. Auf den Fotografien sah er trotzdem nett aus.

Der Höhepunkt des Empfangs war die Band. Matthews Freund Richard Bright spielte Trompete in der Victor Pearson Dance Band, deshalb trat fast die Hälfte der Gruppe auf und verdiente sich ihre Mahlzeit.

Natürlich eröffneten Gloria und Matthew den Tanz, und als ich ihnen zusah, bekam ich einen Kloß im Hals. Danach durften alle mittanzen. Die Musik war in Ordnung, wenn man etwas dafür übrig hatte, für meinen Geschmack war sie entweder zu laut und wild oder zu rührselig und sentimental.

Ich unterhielt mich eine Weile mit Michael Stanhope, und er sagte, wie schön Gloria seiner Meinung nach aussah und welch ein Glück Matthew habe. Ausnahmsweise äußerte er sich mal nicht abfällig über den Krieg. Betty Warden, die sich irgendwie eine Einladung erschlichen haben musste, rümpfte den halben Abend die Nase über alles und jeden, aber ich muss sagen, dass sie mir wie ein anderer Mensch vorkam, als sie mit William Goodall tanzte. Er übrigens auch. Beinahe menschlich, die beiden.

Alice Hill war so lustig und gesprächig wie immer, und ich glaube, an dem Abend verguckte sie sich in Eric Poole. Jedenfalls tanzten die beiden ziemlich oft sehr eng zusammen.

Irgendwann kam Gloria zu mir – sie hatte sich inzwischen umgezogen und trug nun einen langen ausgestellten Rock und eine rosafarbene Bluse –, vom wilden Tanzen hatte sie kleine Schweißperlen auf Stirn und Oberlippe. Ihre Augen glänzten. Ich glaube, sie hatte ein oder zwei Gläser getrunken.

Sie legte mir ihre weiche, zarte Hand auf den Arm. »Dies ist der glücklichste Tag in meinem Leben, Gwen«, sagte sie. »Weißt du, noch vor sechs Monaten dachte ich, ich würde nie wieder lachen oder tanzen können. Aber dank dir, deiner Mutter und natürlich dank Matt … Vielen Dank, Gwen, dafür danke ich dir.« Dann beugte sie sich vor, drückte mich an ihre Brust und gab mir einen kleinen Schmatzer auf die Wange. Es war komisch, und da sie so klein war, musste ich mich hinunterbeugen. Ich konnte den Gin riechen. Mit Sicherheit lief ich rot an, doch sie machte keine Bemerkung darüber.

»Ich hab dich noch gar nicht tanzen sehen«, sagte sie.

Ich schüttelte den Kopf. »Hab ich auch nicht. Ich meine, ich kann es nicht.«

»Dann zeige ich's dir«, sagte sie. »Natürlich nicht jetzt … aber ich bringe es dir bei. Darf ich?«

Ich nickte dümmlich. »Ja. Wenn du willst.«

»Das ist das Mindeste, was ich tun kann.«

Dann entschuldigte sie sich und ging zu Mutter und Cynthia hinüber, wobei sie alle, an denen sie vorbeiging, mit ihren Thomas-Hardy-Augen anstrahlte.

Ich machte meine Runde, ging von Tisch zu Tisch, plauderte höflich mit den entfernten Verwandten, schob Onkel Geralds Hand unauffällig von meinem Knie, damit niemand bemerkte, dass sie dort gelegen hatte.

Die Dorfbewohner machten sich bei Sonnenuntergang auf den Heimweg, da sie sich um ihre Verdunkelungsvorhänge kümmern mussten. Unsere Verwandten übernachteten bei Freunden in Harkside, so dass sie ebenfalls aufbrachen, bevor es zu dunkel wurde, um den Weg durch die Felder zu finden.

Matthew und Gloria gingen zum ersten Mal zusammen als Mann und Frau ins Bridge Cottage. Ob es auch ihr *erstes Mal* war, kann ich nicht sagen. Vielleicht ist das heute, wo alle so aufgeklärt über Sexualität sind, schwer zu glauben, aber ich wusste damals nur sehr wenig über diese Dinge. Beispielsweise hatte ich keine Vorstellung davon, was Mann und Frau genau tun mussten, wenn sie Kinder haben wollten.

Am nächsten Tag brachen sie zu dreitägigen Flitterwochen nach Scarborough auf. Matthew hatte schon vorher ein Zimmer im einer Pension in St. Mary's gebucht, in der Nähe des Schlosses. Danach hieß es für Matthew: zurück zur Universität, denn seine Abschlussprüfungen standen kurz bevor, und Gloria musste zurück zur Top Hill Farm, auch wenn sie zukünftig im Bridge Cottage wohnte und zur Arbeit ging oder radelte.

Mutter unterhielt sich noch an der Tür mit Sue und Olive, doch ich verabschiedete mich, weil ich müde war, und machte mich allein auf den Heimweg. Es war ein langer, schwerer Tag gewesen.

Obwohl es spät war, glühte der Himmel im Westen hinter der dunklen Mühle noch in tiefem Violett und Zinnoberrot. Die Straßen waren verlassen, ich konnte jedoch noch die Musik aus dem Gemeindesaal hinter mir hören. Zu Hause versicherte ich mich, dass die Verdunkelungsvorhänge ordentlich zugezogen waren, dann ging ich vollkommen erschöpft zu Bett.

Erst als ich kurz vor dem Einschlafen war und das Tosen und Brummen der Bomber hörte, die vom Luftwaffenstützpunkt Rowan Woods aus starteten, fiel mir wieder ein, was mich nach der Trauung vor der Kirche so verwirrt hatte.

Nicht nur das Konfetti hatte gefehlt, auch die Hochzeitsglocken hatten nicht geläutet. Seit 1940 hatten keine Kirchenglocken mehr geläutet, dies durfte nur im Fall einer Invasion geschehen. Es war mir gar nicht aufgefallen, weil ich mich schon so an die Stille gewöhnt hatte.

Ich fand das sehr traurig und weinte mich an dem Abend in den Schlaf.

* * *

Als Annie Schritte auf der Treppe hörte, blieb sie mit dem staubigen Aktenordner in der Hand stehen. Sie hoffte, es sei Constable Gould mit einer Tasse Tee, deshalb war sie überrascht, als sie statt seiner Chief Inspector Banks erblickte.

»Inspector Harmond sagte mir, Sie wären hier unten«, erklärte Banks.

Annie hob den Kopf und machte eine ausladende Handbewegung, um ihm den modrig riechenden, schlecht beleuchteten Raum vorzustellen. »Willkommen im Archiv«, sagte sie. »Sie sehen, wie oft wir hier in unsere Vergangenheit abtauchen.«

»Keine Sorge. Eines Tages wird das alles im Computer sein.«

»Dann bin ich aber längst unter der Erde.«

Lächelnd bückte sich Banks unter einem Rohr hindurch und ging zu ihr hinüber. »Schon was gefunden?«

»Eine ganze Menge, ehrlich gesagt. Ich habe fast den ganzen Tag am Telefon gehangen, jetzt wollte ich gerade die Vermisstenakten durchgehen.«

»Und?«

»Der fragliche Zeitraum ist in dieser Hinsicht ziemlich verwirrend. Direkt nach dem Krieg. Damals änderte sich ständig etwas, die Menschen kamen und gingen. Die meisten von denen, die vermisst wurden, tauchten irgendwann wieder auf, tot oder lebendig oder in den Kolonien. Ein paar junge Frauen, auf die die Beschreibung passt, sind nicht weiter belegt. Dem gehe ich noch nach.«

»Lust auf ein Bier? Im Black Swan?«

Annie grinste. »Sie sprechen mir aus der Seele.« Das war eine Erleichterung! Wenn sie auf eine Tasse Tee gehofft hatte, so war die Aussicht auf ein Pint Swan's Down noch viel verlockender. Sie hatte fast den ganzen Nachmittag in dem stickigen Keller verbracht, ihr Mund war voller Staub, die Kontaktlinsen wurden langsam trocken. Und immerhin war es Freitagnachmittag und schon nach fünf Uhr.

Wenige Minuten später gemütlich auf einer gepolsterten Bank sitzend, die Beine ausgestreckt und die Knöchel verschränkt, das Bier bereits halb leer getrunken, leckte sich Annie die Lippen. Wäre sie eine Katze, hätte sie geschnurrt.

»Zuerst habe ich das Wahlregister durchgesehen«, sagte sie, »aber der Beamte im Gemeindebüro meinte, dass man es seit Kriegsausbruch nicht mehr aktualisiert hatte. Die letzte dort eingetragene Bewohnerin von Bridge Cottage ist eine Miss Violet Croft. Beim Grundbuchamt hatte ich etwas mehr Glück. Violet Croft mietete das Cottage von Lord Clifford und dessen Verwalter führte seine Bücher tadellos. Sie wohnte dort vom 14. September 1919 bis zum 3. Juli 1940, also muss das die alte Frau sein, an die sich Ruby Kettering erinnert – die Frau, die die Kinder im Dorf für eine Hexe hielten. Bis Juni 1941 stand das Haus leer, dann ließen sich dort Mr. und Mrs. Shackleton nieder. Eventuell wurde es in der Zwischenzeit zur Einquartierung von Evakuierten oder

Armeeangehörigen beschlagnahmt, darüber gibt es aber keine Unterlagen, das war nicht herauszufinden.«

»Ich glaube nicht, dass es viele Häuser gab, die während des Krieges längere Zeit leer standen«, meinte Banks. »Vielleicht wurden dort ein paar Soldaten einquartiert, die bei einer Sauforgie eine Nutte umbrachten und dann ihre Spuren verwischten?«

»Möglich ist das.« Annie erschauderte leicht.

»Wir haben es hier mit dem Krieg zu tun«, fuhr Banks fort. »Feldlager und Fliegerhorste schossen wie Pilze aus dem Boden. Evakuierte kamen und gingen. Es war leicht unterzutauchen, eine andere Identität anzunehmen, sich durch die Lücken zu drücken.«

»Aber es gab Personalausweise und Lebensmittelkarten. Das hat mir der Mann von der Gemeindeverwaltung erzählt. Er meinte, zu Beginn des Krieges existierte eine Stelle, die an alle Ausweise verteilte.«

»Aber ich kann mir vorstellen, dass es häufig zu Manipulationen kam. Wer weiß, vielleicht haben wir es mit einer Nazispionin zu tun, die vom Geheimdienst um die Ecke gebracht wurde.«

Annie lachte. »Mata Hari?«

»Möglich. Egal, was passierte mit Miss Violet Croft?«

Annie blätterte eine Seite in ihrem Spiralblock um. »Als Nächstes bin ich zu Saint Jude gegangen. Der junge Vikar dort war sehr hilfsbereit. Alle alten Unterlagen des Gemeindearchivs und die Gemeindeblättchen aus Saint Bart werden dort in der Sakristei aufbewahrt. Massenweise Kartons. Violet Croft, eine der Kirchengemeinde angehörende unverheiratete Frau, starb im Juli 1940 an Lungenentzündung. Sie wurde 77.«

»Dann scheidet sie aus. Was ist mit den Shackletons?«

»Sehr viel interessanter. Der Mann hieß Matthew Stephen Shackleton, der Mädchenname der Frau war Gloria Kathleen Stringer. Brautjungfern waren Gwynneth Shackleton und Cynthia Garmen.«

»Waren sie in Hobb's End ansässig?«

»Matthew Shackleton schon. Seine Eltern wohnten High

Street 38. Sie hatten den Zeitungsladen. Die Braut stammt laut Angaben aus London, Eltern verstorben.«

»London ist groß«, murmelte Banks. »Wie alt war sie?«

»Neunzehn. Geboren am 17. September 1921.«

»Interessant. Dann wäre sie zu Kriegsende im passenden Alter gewesen.«

»Stimmt.«

»Kinder?«

»Nein. Ich habe die Taufeinträge durchgesehen, aber da steht nichts. War er sich denn bezüglich der Geburten sicher, was meinen Sie?«

»Das Gefühl hatte ich schon. Sie haben die Kerben doch selbst gesehen.«

»Ich könnte eine Geburtsfurche nicht von einem Loch im Boden unterscheiden. Es könnte aber auch eine Verletzung sein, die ihr post mortem zugefügt wurde, oder nicht? Ich meine, so etwas ist doch oft gar nicht genau zu sagen.«

»Könnte schon sein. Wir werden Dr. Glendenning fragen, wenn er die Autopsie vorgenommen hat. Wissen Sie was? Langsam dämmert vor meinem inneren Auge eine Vision des Londoner Standesamts – wie wär's damit?«

Annie stöhnte. Geburts-, Heirats- und Todesurkunden prüfen war eine der langweiligsten Aufgaben, die man einem Beamten übertragen konnte. Das einzig Positive daran war, dass man nach London fahren musste, doch wurde die Freude darüber von der Weigerung der Dienststelle getrübt, die Kosten für eine Übernachtung zu übernehmen. Also keine Zeit zum Einkaufen.

»Hatten Sie Glück bei der Schulbehörde?«, erkundigte sich Banks.

»Nein. Die behaupten, sie hätten die Unterlagen von Hobb's End verloren oder verlegt. Genauso wenig Glück bei den Ärzten. Die in Hobb's End eine Praxis hatten, sind alle tot, und die Praxen wurden nicht weitergeführt. Die Unterlagen wohl auch nicht Ich schätze, wir können uns von dieser Spur verabschieden.«

»Schade. Was sagt Ihr Instinkt dazu, Annie?«

Annie wies mit dem Daumen auf sich. »*Moi*?«

»Ja, Ihr Instinkt. Ich wüsste gern, was Sie bisher in Bezug auf den Fall für ein Gefühl haben.«

Annie war überrascht. Kein Vorgesetzter hatte sie je nach ihren *Gefühlen*, ihrer *weiblichen Intuition* gefragt. Banks war tatsächlich anders. »Hm, Sir«, sagte sie, »zuerst mal glaube ich nicht, dass da eine Fremde umgebracht wurde.«

»Warum nicht?«

»Sie haben nach meinen Gefühlen gefragt, nicht nach einem begründeten Verdacht.«

»Gut.«

»Es *wirkt* wie eine familiäre Angelegenheit. Wie dieser Kerl, der seine Frau abmurkste und sich nach Kanada absetzte.«

»Dr. Crippen?«

»Ja, der. Ich hab mal gesehen, wie Donald Pleasence ihn im Fernsehen gespielt hat. Gruselig.«

»Crippen vergrub seine Frau unterm Kellerboden.«

»Keller, Schuppen, alles das Gleiche.«

»Gut, ich verstehe, was Sie meinen. Folgerung?«

»Opfer ist Gloria Shackleton.«

»Mörder?«

»Ehemann oder jemand anders, der sie kannte.«

»Motiv?«

»Das weiß der Himmel. Eifersucht, Sex, Geld. Suchen Sie sich eins aus. Ist das wichtig?«

»Haben Sie Mrs. Kettering gefragt, ob sie noch mit jemandem zu tun hat, der früher in Hobb's End wohnte?«

»Tut mir Leid, das habe ich vergessen.«

»Fragen Sie sie. Vielleicht können wir ein paar Leute auftreiben, die die Shackletons tatsächlich kannten. Wer weiß, wo die früheren Einwohner jetzt leben? Vielleicht beschert es uns ja ein Wochenende in Paris oder New York?«

Annie merkte, dass Banks den Blick abwandte. Flirtete er? »Das wäre toll«, sagte sie und versuchte, so neutral wie möglich zu klingen. »Wie dem auch sei, ich glaube eher, dass es die Art von Verbrechen ist, die jemand verübt, der am Ort oder in der Nähe lebt. Es war ein gutes Versteck. Ich glaube nicht, dass jemand den Stausee oder die Dürre hätte vorhersehen können. Obwohl das eigentlich egal ist. Ich meine, hätte Adam Kelly nicht die Schule geschwänzt und auf dem Dach da herumgehampelt, wären wir nie drauf gestoßen. So eine Laune des Schicksals kann man nicht vorhersehen.«

»*Verdunkelungsvorhänge.*« Banks schlug mit der Hand auf den Tisch.

»Wie bitte?«

»Verdunkelungsvorhänge. John Webb hat doch so was gesagt. Er sagte, bei der Leiche hätten sie ein schweres, schwarzes Material gefunden. Das sagte mir in dem Moment nichts, aber jetzt ergibt es Sinn. Die Leiche war in einen Verdunkelungsvorhang gewickelt, Annie. Und Geoff Turner sprach von Zahnsanierung aus der Kriegszeit. Wann war die Verdunkelung vorbei?«

»Bei Sonnenaufgang, schätze ich.«

Banks lächelte. »Quatsch. Ich meine, wann wurde sie wieder abgeschafft?«

»Das weiß ich nicht.«

»Das herauszufinden dürfte nicht zu schwer sein. Entweder war Verdunkelungsstoff übrig – was eher unwahrscheinlich ist, denn wenn man den Erzählungen meiner Mutter glauben darf, war im Krieg gar nichts übrig –, oder es bestand keine Verwendung mehr dafür, was uns helfen würde, den Todeszeitpunkt noch genauer zu bestimmen. Aber ich bin mir ziemlich sicher, dass wir es hier mit einem Opfer aus dem Krieg zu tun haben, und die Beschreibung passt auf Gloria Shackleton als Opfer.«

»Brillant, Holmes.«

»Elementar, mein lieber Watson. Bevor wir weitermachen, sollten wir so viel wie möglich über sie herausfinden. Wie war noch mal ihr Mädchenname?«

»Stringer. Gloria Stringer.«

»Gut. Wir wissen bereits, dass sie ungefähr das richtige Alter hatte, wir wissen, dass sie während des Krieges in Bridge Cottage lebte. Wurde sie nicht vermisst gemeldet?«

»Nicht in den Dokumenten, die ich eingesehen habe. Und nach ihrem Namen habe ich als Erstes gesucht.«

»Okay. Wenn Sie in den Archiven nach, sagen wir, 1946

keinen Hinweis auf ihre Existenz finden, könnten wir den Zeitraum ein wenig einschränken.« Banks sah auf seine Uhr. »Wie wäre es mit was zu essen? Ich bekomme langsam Hunger. Aber hier möchte ich nicht essen. Gibt es ein anständiges Restaurant in Harkside?«

Annie dachte kurz nach, ging im Geiste jedes Restaurant durch, in dem sie nie etwas anderes bestellt hatte als einen Salat oder ein Fleischgericht mit zweierlei Gemüse, aber das Fleisch bitte weglassen, und gab dann dem erregenden Gefühl von Leichtsinn nach, das in ihr kribbelte, und sagte, »Tja, es geht natürlich auch bei mir.«

* * *

Nach den Flitterwochen fand sich Gloria wieder jeden Morgen um acht Uhr auf dem Bauernhof ein und kehrte nicht vor fünf Uhr nach Hause zurück. Am Wochenende blieb sie im Bridge Cottage und erwartete frisch und gepflegt Matthews Ankunft. Matthew bestand seine Prüfung zum Ingenieur, graduierte mit besten Noten, wie ich erwartet hatte, und trat seine Grundausbildung in Catterick an, was nicht allzu weit entfernt lag.

Wie ich eines Tages entdeckte, war es Gloria gelungen, ihre Nähkünste gegen einen halben freien Tag einzutauschen, so dass sie das ganze Wochenende frei hatte. Der Aufseher würde es nicht erfahren, solange die Kilnseys den Mund hielten. Und solange Gloria ihnen die Kleidung flickte, konnte man sich auf sie verlassen.

Meistens hatte ich im Laden zu tun. In meiner Freizeit studierte ich mit der Laienspieltruppe von Harkside ein neues Stück von J. B. Priestley ein, *Man müsste verheiratet sein,* und war daher oft bei den Proben.

Trotz allem schafften wir es ein paarmal, gemeinsam in Harkside ins Kino zu gehen. Gloria war verrückt nach Filmen, und manchmal fand sie noch nicht einmal die Zeit zum Umziehen, so dass sie in ihrer Uniform mit halsbrecherischer Geschwindigkeit losstrampelte, um sich mit mir vor dem Lyceum oder dem Lyric zu treffen. Immer gelang es ihr, ihr Äußeres durch eine ausgefallene Kleinigkeit zu verändern, mal trug sie ein hellrosa Band oder eine gelbe Bluse statt der vorgeschriebenen grünen.

In dem Sommer hatten wir zum ersten Mal die doppelte Sommerzeit, was bedeutete, dass es viel länger hell blieb. Doch im Herbst oder Winter war es immer schon dunkel, wenn wir zurück nach Hause gingen. Obwohl Harkside und Hobb's End querfeldein nur ungefähr eine Meile auseinander lagen, gab es keinen ausgewiesenen Pfad oder Weg, so dass man in einer bewölkten, mondlosen Nacht stundenlang in der Schwärze herumtappen konnte, ohne das Dorf zu finden. Wenn der Mond nicht schien, mussten wir den langen Heimweg nehmen: Long Hill hinauf und dann The Edge entlang, wobei wir aufpassen mussten, nicht in den Harksmere-Stausee zu fallen.

Weil Harkside viel größer war, wirkte es bei Verdunkelung viel schauriger als Hobb's End. Erstens gab es dort, anders als bei uns, Straßenlaternen, und obwohl die natürlich nicht brannten, war jede mit einem weißen Strich bemalt worden, damit man sich im Dunkeln besser zurechtfand, dazu dienten auch die weißen Streifen entlang der Bürgersteige. Die Leute setzten kleine Tupfer Leuchtfarbe auf ihre Türklingeln, so dass sie entlang der Straßen blinkten wie Glühwürmchen.

Manchmal ließen wir uns von den in Rowan Woods stationierten Angehörigen der Luftwaffe mitnehmen, wir freundeten uns mit ein paar kanadischen Fliegern an, die an die RAF angeschlossen waren: Mark aus Toronto und Stephen aus Winnipeg. Mark sah umwerfend aus, ich hätte seinem weichen, sanften Akzent den ganzen Abend zuhören können. Durch die Art, wie er Gloria ansah, wusste ich, dass sie ihm gefiel. Er schaffte es sogar, sie hin und wieder zu berühren, nahm beispielsweise ihre Hand, um ihr aus dem Jeep zu helfen, oder legte sie ihr auf den Rücken, wenn er die Beifahrertür öffnete und sie hineinschob. Gloria schien das zu gefallen.

Stephen hatte eine hohe, quietschende Stimme, abstehende Ohren und Haar, das wie Stroh am Kopf zu kleben schien, aber er war trotzdem ganz nett. Manchmal durften sie mit uns ins Kino gehen, sie waren beide sehr wohlerzogen.

An Glorias zwanzigstem Geburtstag im September lud ich sie in Brunton's Café auf Long Hill ein, wo wir uns vollfraßen: Grillwurst mit Kartoffelpüree, geschmorte Butterbohnen, gefolgt von Biskuitrolle mit Vanillesoße. Da es ein Wochentag war, konnte Matthew nicht dabei sein, aber Gloria zeigte mir das Medaillon, das er ihr bereits vorher geschenkt hatte. Es war wunderschön: aus dunklem Gold, ihrer beider Namen verschlungen zu einem Herz, darin eine Fotografie der beiden, die aus einem Hochzeitsfoto geschnitten worden war. Nach dem Essen liefen wir mit vollen Bäuchen zum Lyceum, wo wir uns *Mädchen im Rampenlicht* mit Jimmy Stewart und Lana Turner ansahen. Der Film war so eindrucksvoll, dass ich mich am nächsten Tag an keine einzige Melodie erinnern konnte.

Er war natürlich Glorias Wahl gewesen. Leider hätten unsere Geschmäcker unterschiedlicher nicht sein können. Gloria gefielen hohle Hollywood-Musicals und romantische Komödien mit hübschen Stars und gut aussehenden Hauptdarstellern, während ich Filme mit etwas mehr Substanz bevorzugte, beispielsweise die Verfilmung von Klassikern. Oft blieb ich lieber zu Hause und lauschte den Dramen im Home Service, besonders gut gefielen mir Elizabeth Gaskells *Cranford* und William Thackerays *Jahrmarkt der Eitelkeiten.*

Aber Gloria hatte ja Geburtstag. Sie bevorzugte das Lyceum mit den roten Plüschsesseln und der Orgel, die langsam und majestätisch durch eine Tür im Boden hochgefahren wurde. Dahinter saß dann der berühmte Teddy Marston und spielte »The White Cliffs of Dover«, »Shine On Victory Moon« oder ein ähnlich patriotisches Stück. Wenn sie diesen Melodien lauschte, standen Gloria Tränen in den Augen. Dann erloschen langsam die Lichter und der schwere rote Samtvorhang teilte sich.

Manchmal begleiteten Alice, Cynthia und Betty uns ins

Kino, gelegentlich sogar Michael Stanhope. Auf dem Heimweg erfreute er uns oft mit seinen boshaften kritischen Kommentaren, doch enttäuschte er mich, weil er eher Glorias Filme bevorzugte als solche, die etwas gehaltvoller waren. Immerhin besaß er den Anspruch, ein ernsthafter Künstler sein.

Oft fragte ich mich, was für Gesprächsthemen er und Gloria hatten, wenn sie zusammen im Shoulder of Mutton trinken gingen. Ich war selbstverständlich noch zu jung, um sie zu begleiten (nicht dass sie mich je einluden). Ich schätze, sie führten lange, anspruchsvolle Unterhaltungen über die tiefere Bedeutung von Hollywood-Musicals.

Matthew und Gloria versuchten, Bridge Cottage so gut wie möglich einzurichten. Zu der Zeit hatte die Regierung die Herstellung von Möbeln noch nicht verboten, aber dennoch waren die guten Stücke entweder teuer oder nicht zu bekommen. Die einfachsten Dinge musste man sich organisieren: Gardinenstangen oder Kleiderhaken. Manchmal gingen die beiden am Wochenende zu Versteigerungen, kauften ein altes Sideboard oder einen Kleiderschrank hier, eine Kommode da, und so richteten sie ihr Haus nach und nach geschmackvoll, wenn auch nicht übermäßig elegant ein. Sie machten Bridge Cottage zu ihrem Heim.

Glorias ganzer Stolz war die Musiktruhe, die sie den Coopers abgekauft hatten, nachdem ihr Sohn John kurz vor Weihnachten beim Untergang der *Prince of Wales* ums Leben gekommen war. Sie war Johns ganzer Stolz gewesen, und seine Eltern konnten sie nicht im Haus herumstehen sehen, nachdem er nicht mehr da war.

Gloria löste ihr Versprechen ein, mir Tanzstunden zu geben. So verbrachte ich jedes Wochenende eine gute Stunde im Bridge Cottage, während Matthew nach dem Essen die Zeitung las. Es war ein komisches Gefühl, wenn sie die Arme um mich legte. Ihr Körper fühlte sich weich an und ich konnte ihr Parfüm riechen, *Evening in Paris*. Sie war eine gute Lehrerin, doch weil sie so viel kleiner war als ich, war es anfangs schwierig, wenn sie mich führte. Bald hatte ich mich daran gewöhnt. Außerdem war ich eine gute Schülerin. Im Laufe der nächsten Wochen lernte ich Walzer, Quickstep und Foxtrott. Schließlich erprobte ich mein Können beim Tanz zur Guy Fawks Night im Mechanics Institute in Harkside. Zwar durften wir während des Krieges keine Freudenfeuer entzünden, aber wir ließen es uns nicht nehmen, den Tag zu feiern. Ich tanzte jedenfalls sehr gut und das gab meinem Selbstvertrauen einen Schub.

Weihnachten hatte Matthew seine Grundausbildung fast abgeschlossen; von einer Abkommandierung war die Rede. Ich fragte ihn, ob er ein Offizierspatent bekommen würde, aber er rechnete nicht damit. Er war zu einem Vorstellungsgespräch gegangen und hatte sich darüber geärgert, dass der Ausschuss wissen wollte, womit seine Eltern ihr Geld verdienten und wie oft er im Dorf mit auf die Jagd reiten würde. Er meinte, es bestünde nicht viel Hoffnung, dass der Sohn eines Ladenbesitzers zum Offizier ernannt würde.

Ebenfalls zu Weihnachten, auf einer Feier von Gloria und Matthew, bekam ich zum ersten Mal eine vage Ahnung von Glorias wirklichen Problemen mit Männern.

* * *

Annies Haus entpuppte sich als gedrungenes, schmales Landhaus mitten in einem Labyrinth. Banks ließ sein Auto an der Dorfwiese stehen und lief durch unzählige enge, krumme Straßen, Gassen und Hinterhöfe, in denen in der Abendsonne Wäsche an der Leine hing, Kinder spielten und Hunde hinter stabilen Toren bellten, dass er innerhalb weniger Minuten die Orientierung verloren hatte.

»Warum geht mir die ganze Zeit durch den Kopf, dass ich besser einen Faden am Black Swan befestigt hätte?«, fragte er, als er ihr durch einen Gang folgte, der so schmal war, dass sie hintereinander gehen mussten.

Annie warf einen Blick über die Schulter und grinste. »Wie Theseus, meinen Sie? Hoffentlich glauben Sie nicht, dass ich der Minotaurus bin, nur weil ich in der Mitte dieses Labyrinths wohne.«

Banks' Kenntnisse in Mythologie waren ein wenig eingerostet, aber er wusste noch, wie sehr ihn eine antike Vase beeindruckt hatte, die er auf einem Schulausflug im British Museum gesehen hatte. Sie zeigte Ariadne vor dem Labyrinth mit einem Faden in der Hand und Theseus in der Mitte, der den Minotaurus tötete.

Er hatte sich sogar die Überreste des Labyrinths beim Palast von Knossos auf Kreta in Begleitung eines peniblen Fremdenführers angesehen, der an einer schlimmen Synonymitis litt. Sandra und er hatten Mühe gehabt, ihr Kichern zu unterdrücken. »Und dies ist der Thron von König Minos, der Platz seiner Majestät, sein königlicher Sitz ... Und sie trugen ihre Leiche zu diesem Hügel, dieser Böschung, der Erhebung, dem Berg.« Er erinnerte sich an die Olivenbäume mit ihren silbergrünen Blättern und die Orangenbäume an der Straße nach Heraklion.

Aber jetzt war nicht der Moment, an Sandra zu denken.

Ihm lag auf der Zunge zu sagen, dass er in Annie eher Ariadne sähe, da sie ja offenbar die einzige wäre, die ihn wieder herausbringen könne, aber dann verkniff er es sich. In Anbetracht dessen, was sich auf Naxos zwischen Theseus und Ariadne ereignete, schien ihm das keine besonders gute Idee zu sein.

Er folgte Annie tiefer ins Labyrinth.

Sie klimperte mit den Schlüsseln in ihrer Hand. »Wir sind sofort da«, sagte sie und sah sich nach ihm um. Dann öffnete sie ein hohes Holztor in einer Steinmauer und führte ihn über einen kleinen, gepflasterten Hof zu einer Hintertür.

»Wo parken Sie Ihr Auto?«, fragte Banks.

Annie ließ die Schlüssel auf den Küchentisch fallen und lachte. »Ganz weit draußen. Also, es ist zwar winzig, hat keine tolle Aussicht und ist ziemlich dunkel. Aber wissen Sie was? Es ist billig und es gehört mir. Na ja, jedenfalls wenn ich die Hypothek abbezahlt habe. Sie sind doch bestimmt auch mal Sergeant gewesen, oder?«

»Sogar Constable.« Banks erinnerte sich an die Anfangszeit, als sie alles Geld zusammenkratzen mussten, um zurechtzukommen, besonders als Tracy und Brian klein waren und Sandra über längere Zeit nicht zur Arbeit gehen konnte. Damals gab es noch keinen Mutterschutz. Jedenfalls nicht für Zahnarzthelferinnen. Selbst jetzt als Chief Inspector hatte er noch Schwierigkeiten, die Raten für das Cottage zu zahlen. Einrichten konnte er es nur, indem er zu kleinen Versteigerungen und Flohmärkten fuhr. In diesem Jahr gab es keinen Urlaub in Griechenland. »Wenigstens bekommt ihr die Überstunden bezahlt«, sagte er. »Wahrscheinlich haben Sie mehr in der Tüte als ich.«

»In Harkside? Das soll wohl ein Witz sein.« Annie führte ihn durch das Wohnzimmer. Es war klein, aber gemütlich. Sie hatte es größtenteils in Weiß, Gelb und Creme eingerichtet, da von draußen nicht viel Licht hereinfiel. Das Zimmer machte einen luftigen, freundlichen Eindruck. Der Platz reichte gerade für eine kleine dreiteilige Couchgarnitur, wobei der Zweisitzer nur zwei äußerst dünnen Menschen Platz bot, dazu ein Fernseher, eine Minianlage und ein kleines Bücherregal unter dem Fenster. An den Wänden hingen mehrere kleine Aquarelle. Hauptsächlich Ansichten der Umgebung. Banks erkannte Semerwater, Aysgarth Falls und Richmond Castle. Dort hing auch das Ölporträt einer jungen Frau mit wallendem präraffaelitischem Haar und lachenden Augen.

»Wer hat die gemalt?«, erkundigte er sich.

»Ich. Die meisten wenigstens.«

»Die sind sehr gut.«

Angie wirkte beschämt. »Finde ich nicht. Eigentlich nicht. Ich meine, sie sind technisch in Ordnung, aber …« Sie hob die Hand und warf das Haar nach hinten. »Egal, also, nach der Arbeit im Keller fühle ich mich so richtig schmierig. Ich gehe zuerst nach oben und dusche kurz, dann mache ich Abendessen. Es dauert nicht lange. Machen Sie es sich bequem. Wenn Ihnen zu warm ist, machen Sie das Fenster auf. Im Kühlschrank ist massenweise Bier. Bedienen Sie sich!« Sie ging nach oben. Banks hörte die Treppe knarren.

Diese Frau ist ein Rätsel, dachte er. Ihr Chef, ein Chief Inspector, ist als Gast in ihrem Haus, doch ist das ihrem Verhalten nicht im Geringsten anzumerken. Sie verändert sich nicht, bleibt immer gleich, bei jedem, passt sich nicht den verschiedenen Rollen an, die Menschen so spielen. Er nahm an, sie würde sich Jimmy Riddle gegenüber genauso verhalten. Aber das Schwein würde sie bestimmt nicht zu sich nach Hause einladen, hoffte Banks. Er hörte die Dusche laufen. Obwohl das Haus klein war, war es nicht besonders alt – nicht so wie seins –, es hatte ein Bad und eine Toilette im ersten Stock. Dennoch nahm er an, dass Annie die Dusche hatte einbauen lassen, sie war unter Garantie vorher nicht dringewesen.

Zuerst tat er das, was er immer tat, wenn er in einem unbekannten Zimmer allein gelassen wurde: Er sah sich um. Er konnte nichts dagegen tun. Neugier war Teil seines Charakters. Zwar zog er keine Schubladen auf und las keine Post, höchstens wenn er dachte, er hätte es mit einem Kriminellen zu tun, aber er warf gern einen Blick auf Bücher, Musikauswahl und die allgemeine Lage der Dinge.

Annies Wohnzimmer war ziemlich spartanisch eingerichtet. Zwar besaß sie Bücher und CDs, aber von beidem nicht sonderlich viel. Er hatte den Eindruck, dass sie vielleicht irgendwann einmal ihr Hab und Gut hatte einschränken müssen, so dass nur das ihr Wichtige übrig geblieben war. Es schien nichts Wertloses zu geben. Anders als bei seiner CD-Sammlung, wo sich die Fehlkäufe neben den versteckten Juwelen stapelten. Scheiben, die er sich nie anhörte, teilten sich den Platz mit anderen, die fast schon nicht mehr abzuspielen waren.

Zuerst bückte er sich und prüfte die CD-Titel im Schrank unter der Anlage. Eine seltsame Zusammenstellung: Gregorianische Gesänge, Don Cherrys *Eternal Now* und verschiedene Scheiben mit Ambient-Musik von Brian Eno. Außerdem hatte sie eine umfangreiche Blues-Sammlung, von Mississippi John Hurt bis John Mayall. Daneben standen ein paar Pop- und Folkscheiben: *The Wrecking Ball* von Emmylou Harris, Kate und Anna McGarrigle, einiges von k.d. lang.

Die Bücher kreisten hauptsächlich um östliche Philosophie; es war eine richtige Schatztruhe der sechziger Jahre, obwohl Annie eine Frau der Neunziger war. Banks erinnerte sich an einige der Bücher. Zum ersten Mal hatte er sie bei Jem gesehen, damals in Notting Hill, er hatte sich sogar einige bei ihm ausgeliehen und gelesen: *Auf dem Weg zum Herzen* von Baba Ram Dass, *Begegnungen mit bemerkenswerten Menschen* von Gurdijeff, dazu Ouspensky, Carlos Castaneda, Thomas Merton, Alan Watts und die blauen Taschenbücher von Pelican über Yoga, Zen und Meditation.

Sie hier wieder zu sehen, erinnerte ihn an das schwach von Kerzen beleuchtete Zimmer mit den in einem zarten Butterton gestrichenen Wänden und den Jasminräucherstäbchen, an das erste Mal, als er Hasch geraucht hatte, an *Alice's Restaurant* von Arlo Guthrie auf dem Plattenteller, an ernste, nächtelange Diskussionen über Marx und Marcuse, über die Veränderung des Systems, über Liebe und Revolution, bei denen Banks meistens den Geradlinigen, den Advocatus Diaboli gespielt hatte. Er erinnerte sich an den zarten, sanftmütigen Jem mit seinem stets umschatteten hageren Gesicht, dem dunklen Haar, das ihm bis auf die schmalen Schultern fiel, an seine weiche, raue Stimme und seine Weigerung, die Mäuse zu töten, die manchmal direkt vor ihren Augen quer durchs Zimmer marschierten. An seine Plattensammlung: *Rainbow Bridge, Bitches Brew, Live Dead, Joy of a Toy.*

Seltsame Zeiten. Vergangene Zeiten.

Damals hatte Banks die Hälfte seiner Zeit mit dem Studium von Industriepsychologie und Rechnungswesen verbracht, die andere Hälfte damit, Miles Davis, Jimi Hendrix, Roland Kirk und The Soft Machine zu hören. Der eine Weg führte in die Sicherheit und entsprach den Vorstellungen seiner Eltern; der andere führte in Unsicherheit und – Gott weiß, wohin. In Armut und Drogenabhängigkeit. Kaum zu glauben, dass es mal eine Zeit gegeben hatte, als alles auf des Messers Schneide stand, als er sich für das eine wie für das andere hätte entscheiden können.

Dann starb Jem, und Banks ging zur Polizei, die dritte Möglichkeit, die er vorher nie in Erwägung gezogen hatte, nicht einmal in seinen kühnsten Träumen.

Das Wasser wurde abgedreht und wenig später hörte Banks das Summen eines Föns. Er schüttelte die Erinnerungen ab, die wie Spinnweben an seinem Hirn zu kleben schienen, und schlenderte in die Küche. Wie das Wohnzimmer war sie hell eingerichtet, fast überall weiße Fliesen, nur um den Arbeitsbereich herum braun abgesetzt. Abgesehen von dem kleinen Herd, dem Kühlschrank, der Spüle und der Arbeitsfläche stand dort nur ein Esstisch. Daran konnte man bequem zu viert sitzen.

Banks öffnete den Kühlschrank und holte eine Flasche Black Sheep heraus. Er fand den Flaschenöffner in einer der Schubladen und ein Bierglas im Schrank. Vorsichtig goss er das Bier ein, so dass sich nur ein klein wenig Schaum bildete. Dann trank er einen Schluck und ging zurück ins Wohnzimmer. Der Fön wurde ausgeschaltet, er hörte Annie oben herumlaufen. Er holte *Eternal Now* aus ihrer Hülle und legte sie in den CD-Spieler. Von Don Cherry hatte er schon gehört, einem Jazz-Trompeter, der früher mit Ornette Coleman gespielt hatte, aber er kannte dessen Musik nicht genauer.

Die Musik begann mit geklimperten Akkorden auf seltsam gestimmten Instrumenten, dann kam ein tiefes, widerhallendes, flötenähnliches Instrument hinzu. Banks stellte leiser, nahm das Büchlein aus der Hülle und setzte sich zum Lesen hin, wartete auf Annie, verlor sich in der ungewöhnlichen Kombination von hölzernen Saxophonen, indischem Harmonium und polynesischen Gamelans.

Vor dem Ende des ersten Stücks schwebte Annie in einer warmen, frisch geschrubbten Wolke ins Zimmer.

»Hätte nie gedacht, dass Sie Don Cherry mögen«, sagte sie mit einem spöttischen Grinsen.

»Das Leben ist voller Überraschungen. Gefällt mir.«

»Ich dachte, Sie wären ein Opernfan?«

»Ah, Sie haben sich ein bisschen umgehört, wie?«

»Was man sich so auf der Dienststelle erzählt. Ich mach jetzt das Essen, in Ordnung?«

Banks lächelte. »Nichts dagegen.«

Sie verschwand in der Küche. »Sie können mir Gesellschaft leisten«, rief sie über die Schulter.

Banks legte die CD-Hülle zurück ins Regal und ging mit seinem Bier in die Küche. Er setzte sich an den Küchentisch. Annie hockte vor dem Kühlschrank und holte Gemüse heraus. Die Jeans stand ihr gut.

»Ist Pasta okay?«, fragte sie, den Kopf leicht nach hinten gewandt.

»Toll. Ist schon lange her, dass ich was Selbstgekochtes gegessen hab. Momentan ess ich entweder Pubfraß oder was Schnelles, Einfaches von Marks & Spencer.«

»Ah, die kleinen Freunde des einsamen Essers.«

Banks lachte. Es war komisch und ziemlich traurig – er hatte oft bemerkt, wie viele junge Singlemänner und -frauen kurz nach fünf an einem Wochenabend durch die Lebensmittelabteilung von Marks & Spencer liefen, hier nach einem Shrimps Vindaloo griffen, es sich wieder anders überlegten, stattdessen eine Singleportion Hühnchen auf Kiew-Art mit einer Packung gemischtem Gemüse wählten. War bestimmt ein guter Ort, um eine Frau aufzugabeln.

Annie ließ Wasser in einen großen Topf laufen, fügte etwas Salz und Olivenöl hinzu und setzte ihn auf den Gasring. Beim Putzen und Schneiden von Pilzen, Schalotten, Knoblauch und Zucchini machte sie nicht eine überflüssige Handbewegung. Ihre Bewegungen besaßen eine gewisse ökonomische Eleganz, die Banks ziemlich hypnotisch fand; Annie hatte etwas Natürliches, in sich Ruhendes an sich, das ihn entspannte.

Sie ging zum Küchenschrank, holte eine Flasche Rotwein heraus und entkorkte sie.

»Sie auch?«

Banks hob sein Bier. »Zuerst trink ich das hier aus.«

Annie schenkte sich großzügig ein. Bald war das Öl in der Bratpfanne heiß, so dass sie das Gemüse hineintat. Als es fertig war, gab sie Dosentomaten und eine Handvoll Kräuter hinzu. Banks nahm sich vor, Kochen zu seinem nächsten Projekt zu machen, wenn er die Reparatur des Cottage abgeschlossen hatte. Auch damit konnte man sich Depressionen vom Hals halten. Er aß gerne, also war es doch sinnvoll, richtig kochen zu lernen, wo er nun allein war.

Als Banks das Bier fast ausgetrunken hatte, verkündete Annie, das Essen sei fertig, und stellte zwei dampfende Teller auf den Tisch. Don Cherry war zu Ende, und sie legte Emmylou Harris auf, deren Stimme im Hals immer an scharfen Kanten entlangzuschrammen schien, bevor sie herauskam. Sie sang von Einsamkeit, Verlust, Schmerz. Alles Dinge, unter denen sich Banks etwas vorstellen konnte. Er mahlte frischen Pfeffer und rieb Parmesan über seine Pasta und mischte alles. Nachdem er probiert hatte, lobte er Annie.

»Sehen Sie«, erwiderte sie, »nicht immer nur Salat und Tofu. Wenn man Vegetarier ist, lässt man sich in der Küche etwas mehr einfallen.«

»Merk ich schon.«

»Wein?«

»Ja, bitte.«

Annie holte die Flasche bulgarischen Merlot von Sainsbury's, goss sich nach und schenkte Banks ein Glas ein. »Davon ist noch eine Menge da«, sagte sie. »Wissen Sie, ich würde wirklich gerne mehr über diesen Künstler aus Hobb's End herausfinden, über diesen Michael Stanhope.«

»Warum? Glauben Sie, er hat was mit dem Fall zu tun?«

»Könnte schon sein, oder? Er lebte schließlich während des Krieges in Hobb's End. Vielleicht kannte er diese Shackleton. Möglicherweise gibt es noch andere Bilder. Sie könnten uns etwas verraten.«

»Könnten sie«, stimmte Banks zu. »Obwohl ich mir nicht sicher bin, inwiefern man sich auf Kunst als Beweisstück verlassen kann, selbst wenn er den Mord gemalt hätte.«

Annie lächelte. »Vielleicht nicht. Aber Künstler verzerren oft die Realität, um so die Wahrheit aufzudecken.«

»Glauben Sie das?«

Annies Augen mit den schokoladenbraunen Pupillen glänzten im schwächer werdenden Licht. »Ja«, erwiderte sie. »Das glaube ich. Nicht was meine Bilder betrifft. Wie gesagt, ich bin technisch versiert, aber mir fehlt das, was einen großen Künstler ausmacht. Die Vision. Leidenschaft. Intensität. Wahnsinn. Keine Ahnung. Wahrscheinlich das, was die meisten ›Genie‹ nennen. Dabei ist die Weltsicht des wahren Künstlers genauso zulässig wie jede andere. Vielleicht in mancherlei Hinsicht noch viel treffender, weil er sich bemüht, tiefer zu sehen, erleuchtet zu werden.«

»Eine Menge Kunst ist alles andere als erhellend.«

»Ja, aber das liegt oft daran, dass das Thema oder die Wahrheit, die der Künstler zu ergründen sucht, so schwer fassbar ist, dass er sich ihr nur mit Symbolen oder vagen Bildern nähern kann. Verstehen Sie mich nicht falsch. Ich will nicht sagen, dass Künstler immer eine besonders tiefe Botschaft rüberbringen wollen. Sind ja keine Priester. Ich will sagen, dass Stanhope offensichtlich etwas Seltsames an Hobb's End auffiel, etwas, das unter der Oberfläche lag, hinter den oberflächlichen Vorstellungen von Dorfleben. Er erkannte dort etwas Böses und in den Kindern sah er vielleicht etwas Erlösendes.«

»Ist das nicht etwas weit hergeholt? Kann doch auch nur daran gelegen haben, dass ein Krieg bevorstand, oder?«

»Ich will ja keinen Schamanen aus ihm machen. Er sah nur etwas, das viele entweder nicht erkennen oder falsch deuten würden. Er sah richtig hin und entdeckte dabei vielleicht etwas, das uns helfen könnte. Scheiße!«

»Was ist?«

»Ach, ich hab gerade Tomatensauce auf mein T-Shirt gekleckert, das ist alles.« Sie grinste und rieb über den roten Fleck auf ihrer Brust. Dadurch wurde es noch schlimmer. »Ich konnte noch nie ordentlich essen.«

»Ich erzähl's nicht weiter.«

»Danke. Wo war ich gerade?«

»Bei der Vision des Künstlers.«

»Stimmt. Das hat nichts mit dem Charakter zu tun. Im richtigen Leben kann Stanhope ohne weiteres ein gemeiner, notgeiler, ordinärer Säufer gewesen sein. Glauben Sie mir, ich kenne eine Menge Künstler und viele davon sind so. Als wollten sie die Vorurteile gegen ihren Berufsstand bestätigen.«

Banks trank einen kleinen Schluck Wein. Emmylou Harris sang von etwas Schönem, Weißem. Banks glaubte, das hohe Geträller von Neil Young im Hintergrund ausmachen zu können. »Sie wissen ja offenbar eine Menge über dieses Thema«, sagte er. »Wie kommt's?«

Annie schwieg einen Moment, blickte auf ihren leeren Teller hinunter, hantierte mit der Gabel herum. Schließlich sagte sie ruhig: »Mein Vater ist ein Künstler.«

»Ein bekannter?«

»Eigentlich nicht. In manchen Kreisen vielleicht.« Sie sah auf und lächelte schief. »Er wird nie als einer der Großen in die Geschichte eingehen, wenn Sie das meinen.«

»Ich nehme an, er lebt noch?«

»Ray? Ja, klar. Er ist gerade 52 geworden. Er war erst zwanzig, als ich zur Welt kam.«

»Hat er das, was einen großen Künstler ausmacht?«

»In gewissem Maße schon. Aber man darf nicht vergessen, dass es einen riesengroßen Unterschied zwischen Malern wie meinem Vater und van Gogh oder Picasso gibt. Ist alles relativ.«

»Was ist mit Ihrer Mutter?«

Wieder war Annie eine Weile still. »Sie ist tot«, sagte sie schließlich. »Damals war ich sechs. Ich kann mich nicht besonders gut an sie erinnern. Würde ich gerne, kann ich aber nicht.«

»Das ist traurig. Tut mir Leid.«

»Noch etwas Wein?«

»Bitte.«

Annie schenkte ein.

»Dieses Ölporträt im Wohnzimmer, ist das Ihre Mutter?«

Annie nickte.

»Gemalt von Ihrem Vater?«

»Ja.«

»Das ist sehr gut. Sie war eine schöne Frau. Sie haben viel Ähnlichkeit mit ihr.«

Jetzt war es draußen fast dunkel. Annie hatte noch kein Licht angeschaltet, daher konnte Banks ihren Gesichtsausdruck nicht erkennen.

»Woher kommen Sie?«, fragte er.

»Aus St. Ives.«

»Nette Ecke.«

»Kennen Sie sie?«

»Hab ein paarmal dort Urlaub gemacht. Schon lange her, als ich in London bei der Polizei war. Von hier ist es ein bisschen weit.«

»Ich schaffe es auch nicht so oft runter. Vielleicht wissen Sie noch, dass es in den Sechzigern ein richtiger Anlaufpunkt für Hippies war? Wurde zu so einer Art Künstlerkolonie.«

»Ja, ich weiß.«

»Mein Vater lebte schon vorher dort. Im Laufe der Jahre hat er alle möglichen Jobs angenommen, um das Malen bezahlen zu können. Vielleicht hat er Ihnen sogar mal einen Liegestuhl am Strand vermietet. Inzwischen malt er Landschaftsbilder der Gegend und verkauft sie an Touristen. Er graviert auch Glas. Damit hat er einigen Erfolg.«

»Also verdient er damit jetzt genug?«

»Ja. Er braucht keine Liegestühle mehr zu vermieten.«

»Hat er Sie allein großgezogen?«

Annie schob das Haar nach hinten. »Na ja, eigentlich nicht. Ich meine, sicher, meine Mutter war tot, aber wir wohnten in einer Art Künstlerkolonie auf einem alten Bauernhof außerhalb der Stadt, deshalb waren immer eine Menge Leute da. Meine Großfamilie, könnte man sagen. Ray lebt schon seit fast zwanzig Jahren mit seiner Freundin Jasmine zusammen.«

»Hört sich nach einer komischen Konstellation an.«

»Nur für den, der es nicht erlebt hat. Mir kam das völlig normal vor. Die anderen Kinder kamen mir komisch vor. Die mit den Müttern und Vätern.«

»Wurden Sie in der Schule oft geärgert?«

»Gequält. Manche Leute dort waren sehr intolerant. Die meinten, wir veranstalteten jede Nacht Orgien, nähmen Drogen, beteten den Teufel an, das Übliche. Es war zwar immer ein bisschen was zu rauchen da, aber ansonsten hätten sie nicht schiefer liegen können. Es gab ein paar Ausgeflippte – so eine freie, experimentelle Lebensweise zieht immer ein paar labile Typen an –, aber im Großen und Ganzen war es eine ziemlich schöne Umgebung zum Aufwachsen. Und in Kunst bekam ich natürlich super Unterricht – nicht wie in der Schule.«

»Warum sind Sie zur Polizei gegangen?«

»Der Dorfbobby hat mich entjungfert.«

»*Im Ernst?*«

Annie lachte und goss Wein nach. »Ja. Wirklich. Er hieß Rob. Er kam bei uns vorbei, weil er jemanden suchte, der untergetaucht war, einen von diesen unerwünschten Gästen. Er sah gut aus. Ich war siebzehn. Er nahm mich wahr. Es schien mir eine angemessene Form der Rebellion zu sein.«

»Gegen Ihre Elt... Ihren Vater?«

»Gegen alle. Oh, nicht dass Sie mich falsch verstehen: Ich hasste sie nicht oder so. Ich hatte damals nur einfach genug von diesem Lebensstil. Es waren ständig so viele Leute da, man konnte sich nicht zurückziehen. So viel Gerede, so wenig Taten. Nie hatte man mal seine Ruhe. Deshalb ist sie mir jetzt so wichtig. Ich meine, wie oft kann sich ein Erwachsener ›White Rabbit‹ anhören?«

Banks lachte. »Das geht mir genauso bei ›Nessun Dorma‹.«

»Na ja, Rob war solide, zuverlässig und glaubte stärker an sich und seine Ideale.«

»Wirklich?«

»Ja. Wir waren zusammen, bis ich nach Exeter auf die Uni ging. Ungefähr ein Jahr später tauchte er dann als Constable in Exeter auf. Er stellte mich ein paar von seinen Freunden vor und wir waren wieder so locker zusammen. Ich schätze, sie fanden mich ein wenig seltsam. Schließlich hatte ich nicht das Kind mit dem Bade ausgeschüttet. Ich stand noch immer hinter vielen Überzeugungen meines Vaters, beschäftigte mich damals quasi als einzige mit Yoga und Meditation. So richtig passte ich nirgendwohin. Keine Ahnung warum, aber zur Polizei zu gehen klang aufregend. *Anders*. Wenn man's mal genau nimmt, sind die meisten Berufe stinklangweilig. Erst hatte ich vor, Lehrerin zu werden, aber dann überlegte ich's mir anders und ging zur Polizei. War eine spontane Entscheidung, das gebe ich zu.«

Banks wollte sie fragen, warum sie in so einem verschlafenen Nest wie Harkside gelandet war, aber er spürte, dass es nicht der richtige Augenblick war. Er konnte aber eine allgemeinere Frage stellen und abwarten, ob sie bereit war, darauf einzugehen. »Und was denken Sie heute?«

»Es ist hart für eine Frau. Aber es kommt darauf an, was man daraus macht. Ich bin Feministin, aber eine von der Sorte, die die Sache voranbringen will, anstatt sich darüber zu beklagen, was an unserem System nicht stimmt. Vielleicht hab ich das von meinem Vater. Er geht seinen eigenen Weg. Na ja, Sie wissen ja, wie das ist, wie wenig aufregend es die meiste Zeit ist. Und wie stinklangweilig das sein kann.«

»Stimmt. Was wurde aus Rob?«

»Er wurde drei Jahre später bei einer bewaffneten Drogenrazzia getötet. Der arme Kerl. Seine Pistole hatte Ladehemmung.«

»Das tut mir Leid.«

Annie legte sich die Hand auf die Stirn und fächerte sich frische Luft zu. »Oh, ist mir heiß. Da bin ich hier am Erzählen ... Hab schon ewig lange nicht mehr so mit jemandem geredet.«

»Ich hätte nichts gegen eine Zigarette. Möchten Sie sich mit mir vor die Tür stellen? Sich etwas abkühlen, wenn das denn geht?«

»Gut.«

Sie traten in den Hinterhof. Es war eine warme Nacht, obwohl eine leichte Brise die Luft bewegte. Annie stand neben ihm. Er konnte ihren Duft riechen. Er zündete eine Zigarette an, zog daran und blies eine Wolke dunklen Rauch aus.

»Das ist ja wie Zähne ziehen«, meinte er, »bis Sie mal über Ihr Privatleben reden.«

»Ich mach das nicht oft. Da bin ich in vielerlei Hinsicht wie Sie.«

»Wie meinen Sie das?«

»Na, was haben Sie mir über Ihre Vergangenheit erzählt?«

»Was wollen Sie denn wissen?«

»Das meine ich nicht. Sie kämen nur nicht auf die Idee, anderen von sich zu erzählen, andere an sich heranzulassen, oder? Das ist nicht Ihre Art. Sie sind ein Einzelgänger, wie ich. Ich meine nicht nur jetzt, weil Sie …«

»Weil meine Frau mich verlassen hat?«

»Ja. Nicht nur weil sie niemanden bei sich haben und allein leben. Ich meine, von Natur aus, tief drinnen. Schon als Sie verheiratet waren. Ich glaube, Sie besitzen ein einzelgängerisches, isoliertes Wesen. Das färbt sich auf die Art und Weise ab, wie Sie die Welt sehen, auf Ihre Distanz zu anderen. Ich kann das nicht besonders gut erklären. Ich glaube, ich bin genauso. In einem Zimmer voller Menschen kann ich allein sein. Ich wette, Sie auch.«

Rauchend dachte Banks über Annies Worte nach. Es war genau das, was Sandra ihm bei ihrem letzten Streit vorgeworfen hatte, was er nicht hatte zugeben wollen. Etwas in ihm stand immer abseits, war unerreichbar für sie, immer schottete er sich ein wenig von ihr ab. Es war nicht nur der Beruf mit seinen Anforderungen, sondern etwas Tieferes: eine grundlegende Einsamkeit. So war er sogar schon als Kind gewesen. Ein Beobachter. Immer abseits, selbst wenn er mit den anderen spielte. Wie Annie gesagt hatte, gehörte das zu seinem Wesen, das nicht zu ändern war, auch wenn er es versuchte.

»Vielleicht haben Sie Recht«, sagte er. »Aber es ist komisch. Ich dachte immer, ich wär ein normaler Familienvater.«

»Und jetzt?«

»Jetzt bin ich nicht mehr sicher, ob ich je einer war.«

Eine Katze miaute in einem Hof in der Nähe. Weiter die Straße hinunter wurde eine Tür geöffnet und geschlossen, jemand stellte den Fernseher an. Emmylous Gesang wehte durch das geöffnete Küchenfenster. Banks ließ die Zigarette fallen und trat die rote Glut aus. Eine kühle Windböe ließ die fernen Bäume rauschen und wehte durch den Hof. Annie fröstelte. Banks legte den Arm um sie und zog sie sanft an sich heran. Sie lehnte ihren Kopf an seine Schulter.

»Oh je«, meinte sie. »Ich weiß nicht, ob das eine gute Idee ist.«

»Warum nicht?«

Annie schwieg. Banks spürte ihre warme Schulter und den BH-Träger unter dem dünnen T-Shirt.

»Hm, wir haben beide, glaube ich, schon zu viel getrunken.«

»Wenn dich das mit dem Dienstgrad stört …«

»Nein, nein. Das nicht. Das ist mir scheißegal, um ehrlich zu sein. Wie gesagt, der Beruf ist nicht mein Ein und Alles. Ich bin immer noch ein kleiner Lebenskünstler. Nein, es ist nur … ich hab ein paar schlechte Sachen mit Männern erlebt. Ich bin … ich meine, ich habe nicht … Oh, verdammt, warum ist das so kompliziert?« Sie rieb sich die Stirn. Banks sagte nichts. Annie seufzte tief. »Ich hab schon lange keinen Mann mehr gehabt«, sagte sie. »Absichtlich. Seit fast zwei Jahren nicht mehr.«

»Ich möchte keinen Druck auf dich ausüben«, sagte Banks.

»Keine Sorge. Das würde ich nicht zulassen. Ich treffe meine eigenen Entscheidungen.«

»Ich finde niemals wieder allein aus diesem Labyrinth.«

»Ich würde dich rausführen«, sagte Annie, sah ihn an und lächelte. »Wenn ich denn wirklich wollte, dass du gehst. Aber irgendwie bezweifle ich, dass du in deinem Zustand noch fahren kannst. Ich bin bestimmt dazu verpflichtet, dich zu verhaften. Verbrechensvorbeugung.« Sie hielt inne und runzelte die Stirn, dann legte sie ihm die Hand auf die Brust. Sein Herz klopfte lauter. Das musste sie bestimmt hören und fühlen. »Es gibt eine Menge Gründe, jetzt aufzuhören, weißt du«, fuhr sie fort, »ich hab gehört, du wärst ein ganz Schlimmer.«

»Stimmt nicht.«

»Ein Weiberheld.«

»Stimmt nicht.«

Sie blickten sich eine Weile schweigend an. Annie biss sich auf die Lippe, fröstelte wieder und sagte: »Ach, scheiß drauf.«

Banks ärgerte sich, dass er gerade eine Zigarette geraucht hatte. Er beugte sich vor und küsste sie. Ihre Lippen gaben nach, ihr Körper schmiegte sich an ihn. Dann vergaß er die Zigaretten.

6

* * *

Matthew und Gloria beschlossen, am Heiligabend eine Party zu geben, aber zuerst gingen wir alle Eislaufen auf dem Stausee. Es waren schon eine Menge Leute da, Feuer brannten auf großen Rosten, die entlang des Ufers aufgestellt worden waren. Es war schon dunkel, und das Eis hatte zusammen mit dem Feuer in der Dämmerung eine hypnotische Wirkung – für mein Empfinden jedenfalls –, so dass ich wie in Trance dahinglitt. Wenn ich die Augen schloss, konnte ich die Flammen hinter den Augenlidern tanzen sehen, und wenn ich am Ufer entlangfuhr, spürte ich die Wärme in Wellen an mir vorbeiziehen.

Gegen sieben Uhr kehrten die Leute zum Bridge Cottage zurück, dann trafen auch die übrigen Gäste ein, darunter weitere Flieger vom Stützpunkt, einige mit ihren Freundinnen. Alices Eric war damals schon in Nordafrika, aber Bettys William hatte die Tauglichkeitsprüfung nicht bestanden, was mich überhaupt nicht überraschte, deswegen wurde er nur für die Bürgerwehr zugelassen.

Michael Stanhope kam in seinem üblichen »Künstlerkostüm«, dazu Hut und Stock, aber er brachte zwei Flaschen Gin und etwas Wein mit und war damit äußerst willkommen. Er musste einen ganzen Keller voller Alkohol haben. Spirituosen waren damals nicht immer einfach zu beschaffen, da die meisten Destillerien geschlossen hatten. Und wenn man etwas auftrieb, war es sehr teuer. Ich stellte mir vor, wie Michael Stanhope in Anbetracht des nahenden Krieges sein Vorratslager Flasche um Flasche vergrößert hatte. Ich hoffte, er würde nicht irgendwann auf dem Trocknen sitzen.

Matthew und Gloria hatten das kleine Vorderzimmer, so gut sie konnten, mit bunten Lichtern über dem Kaminsims, Luftballons und Girlanden geschmückt. Zusammen mit den Verdunkelungsvorhängen wirkte es warm und gemütlich, besonders wenn man an die Eiszapfen und gefrorenen Pfützen draußen dachte. Außerdem gab es viele Mistelzweige und einen künstlichen Weihnachtsbaum mit Kerzen und Lametta.

Die einzigen Zigaretten bei uns im Lager waren Pasha, von denen Gloria sagte, sie schmeckten wie der Kehricht vom Fabrikboden – wahrscheinlich bestanden sie auch daraus. Die Kanadier hatten jedoch Players und so erfüllte bald Rauch das Zimmer. Mark und Stephen hatten eine Flasche Canadian Club Whisky spendiert.

Zu Glorias Leidwesen hatte sich der Musikgeschmack von John Cooper größtenteils auf Operetten beschränkt, so dass ihr die Plattensammlung, die sie zusammen mit der Musiktruhe erstanden hatte, wenig nützte. Sie besaß damals selbst noch nicht viele Schallplatten, also hörten wir Radio. Glücklicherweise lief an dem Abend ein Konzert von Victor Sylvester und schon bald tanzten alle eng auf dem beschränkten Raum.

Den ganzen Tag hatte Matthew Gloria kaum einen Moment aus den Augen gelassen, aber je voller und lauter es in dem kleinen Cottage wurde, desto schwerer fiel es beiden, in der Nähe des anderen zu bleiben.

Pärchen tanzten und plauderten. Cynthia und Johnny Marsden nahmen das Sofa in Beschlag und küssten sich. Einmal merkte ich sogar, wie er versuchte, seine Hand unter ihr Kleid zu schieben, aber sie hinderte ihn daran. Gloria trank zu viel Whiskey und ging dann zu Gin über. Sie wurde nicht laut, fiel auch nicht hin oder Ähnliches, aber ihre Augen glänzten irgendwie und sie hatte einen etwas wackeligen Gang. Je später es wurde, desto augenfälliger wurde es, beispielsweise hielt sie die Zigarette leicht schräg, wenn sie sich zur Musik wiegte.

Ich wurde von einem Funker der Royal Air Force abgelenkt, der mich zuerst unter den Mistelzweig zog, mir einen nach Büchsensardinen schmeckenden Kuss gab und mir dann die Schwierigkeiten der Funkortung erklären wollte. Ich hätte ihm sagen sollen, ich sei eine deutsche Spionin. Hatte er nicht überall die Plakate gesehen, auf denen stand: »Wände haben Ohren«?

Es musste inzwischen schon gegen zehn Uhr sein und es ging noch immer hoch her. Ich nehme an, einige hatten schon einen in der Krone. Ich hatte nur Ginger Ale getrunken – na ja, und einen kleinen Tropfen Whisky –, aber der ganze Frohsinn machte mich ganz schwindelig. Wenn man im Krieg eine Party feierte, gerade an einem so besonderen Tag wie Weihnachten, war der Spaß ein wenig lauter, ein wenig ausgelassener und verzweifelter als auf Partys zu Friedenszeiten.

Michael Stanhope ließ sich gegenüber einem jungen Unteroffizier darüber aus, dass die Künstler die Pflicht hätten, der Propaganda auf der Suche nach der Wahrheit aus dem Weg zu gehen. »Wenn eine Regierung auf die Künstler hörte«, sagte er, »dann gäbe es keinen Krieg.« Der Unteroffizier wäre sicherlich schon längst weitergegangen, wenn Mr. Stanhope ihm nicht in einem fort Gin nachgeschenkt hätte.

Ich sah, dass Matthew an der Wand lehnte und in eine Unterhaltung mit zwei Männern in Armeeuniformen vertieft war; zweifelsohne versuchte er herauszufinden, wie das Soldatenleben nach der Grundausbildung denn nun tatsächlich aussah.

Mir fiel auf, dass ich Gloria schon länger nicht gesehen hatte, und fragte mich, ob ihr wohl schlecht geworden sei. Schließlich hatte sie ziemlich viel getrunken. Außerdem musste ich eh zur Toilette, daher entzog ich mich so behutsam und höflich wie möglich dem Vortrag über Funkortung. Draußen war es kalt und dunkel, deshalb legte ich mir den Mantel über die Schultern, griff zur Taschenlampe mit ihrem gedämpften Licht und ging nach draußen in den Hinterhof.

Zum Bridge Cottage gehörten zwei Nebengebäude: In

dem einen war die Toilette untergebracht, das andere wurde zur Lagerung von Lebensmitteln benutzt. Aus dem Haus hörte ich die Musiktruhe »In the Dark« spielen, während ich den Steinweg zur Toilette hinunterging.

Plötzlich hörte ich Geräusche in der Nähe. Ich hielt inne, vernahm sie wieder, ein Grunzen und ein unterdrücktes, rufendes Stimmchen. Zuerst konnte ich nicht ausmachen, woher sie kamen, dann merkte ich, dass sie hinter dem Lagerschuppen hervordrangen. Verwundert trippelte ich dorthin und leuchtete mit der Lampe auf die Mauer.

Was ich sah, ließ meine Haut kribbeln. Selbst im schwachen, gedämpften Licht konnte ich erkennen, dass Gloria von Mark, dem kanadischen Flieger, gegen die Wand gedrückt wurde. Ihr Rücken bedeckte das große V, das jemand während der Victory-Kampagne im Sommer mit Kreide an die Schuppenwand gemalt hatte. Ihr Kleid bauschte sich um ihre Taille, die blasse weiße Haut ihrer nackten Oberschenkel über den Strümpfen leuchtete in der Dunkelheit. Ich weiß noch, dass ich dachte, ihr muss ja eisig kalt sein. Mark drängte sich an sie, eine Hand über ihren Mund gelegt, mit der anderen fummelte er an seinem Schritt herum.

Gloria rief mit gedämpfter Stimme immer wieder: »Nein, bitte nicht!« Sie versuchte, sich gegen ihn zu wehren, er beschimpfte sie mit dreckigen Wörtern. Als er das Licht meiner Lampe sah, fluchte er und machte sich am Haus vorbei davon.

Gloria lehnte sich gegen die Mauer, keuchte und schluchzte, sah mich nicht an, Haar und Kleidung waren durcheinander. Dann strich sie ihr Kleid glatt, beugte sich vor, die Hände auf die Knie gestützt, und erbrach sich in den Garten. Das Erbrochene war warm und ließ das Eis springen. Ich konnte den Kreidestaub des V auf der Rückseite ihres Kleides sehen.

Ich war unsicher, was ich tun sollte. Damals wusste ich nichts über solche Sachen, ich war mir nicht mal sicher, was da gerade vor meinen Augen stattgefunden hatte – nur dass damit etwas ganz und gar nicht stimmte.

Ich wusste nur, dass Gloria verletzt und bestürzt aussah und offenbar Schmerzen hatte. Ich handelte, ohne nachzudenken; ich breitete die Arme aus und sie fiel hinein. Ich hielt sie fest und streichelte ihr Haar und sagte ihr, sie solle sich nicht grämen, alles würde gut werden.

* * *

Die Vögel stimmten den Chor zum Morgengrauen an, dann ratterte der Lieferwagen des Milchmannes vorbei und bald lauschte Banks durch das halb geöffnete Fenster von Annies Schlafzimmer den unzähligen ungewohnten Tönen einer fremden Straße. Ein Säugling schrie nach der Brust; eine Tür wurde zugeschlagen, ein Hund begann zu bellen; ein Briefkasten klappte zu, ein Motorrad heulte auf. Alles klang umso fremder, als Banks sich gerade an die Stille seines neuen Hauses gewöhnt hatte.

Annie lag leise atmend neben ihm; kurzzeitig gab sie keinen Laut von sich, dann stieß sie, halb schnaufend, halb seufzend, den Atem sanft aus. Es fiel gerade so viel Licht durch die dünnen Gardinen, dass Banks sie betrachten konnte. Sie lag gekrümmt auf der Seite, den Rücken ihm zugewandt, die Hände konnte er nicht sehen, sie hatte sie vor sich verschränkt. Das weiße Betttuch war so weit heruntergerutscht, dass ihre Taille zum Vorschein kam, er folgte ihren Kurven mit den Augen bis hoch zu den Schultern. Ungefähr auf der Hälfte hatte sie einen kleinen Leberfleck. Zart berührte Banks ihn. Annie bewegte sich ein wenig, wachte aber nicht auf.

Banks legte sich auf den Rücken und schloss die Augen. Seine einzige Befürchtung gestern Abend, die ihn bis zu jenem Augenblick im Hof zurückgehalten hatte, als sich sein Arm aus eigenem Antrieb bewegte, war die Sorge, er würde sich anschließend so fühlen wie nach dem Sex mit Karen. Er hätte es besser wissen müssen; er hätte wissen müssen, dass es etwas anderes war. Er wusste es auch. Aber die Angst war trotzdem da gewesen.

Ihr Liebesspiel hatte etwas verhalten begonnen, aber das war nur zu erwarten. Im wirklichen Leben war es nie wie im Kino, wo das Paar gemeinsam einen Höhepunkt wagnerianischer Ausmaße erreichte, während ein Feuerwerk explodierte, ein Orchester immer lauter spielte und ein Zug in einen Tunnel rauschte. Das war Monty Python pur. Beim echten Liebesspiel, besonders wenn man den Körper des anderen noch nicht kannte, gab es Enttäuschungen, Fehler, Zögern. Wenn man darüber lachen konnte, so wie Banks und Annie es getan hatten, war man auf dem richtigen Weg. Wenn man merkte, dass man sich auf die Übungsstunden freute, in denen man lernen würde, sich besser zu befriedigen, so wie Banks, dann war man auf diesem Weg schon ein gutes Stück weiter.

Danach kuschelte sie sich mit ihrer warmen, feuchten, nach Schweiß schmeckenden Haut in seine Armbeuge, und da wusste er, dass er nicht mit dem brennenden Wunsch erwachen würde, allein zu sein.

Für einen ganz kurzen Moment gab er einem Paranoiaschub nach und fragte sich, ob Riddle ihm eine neue Falle gestellt hatte. Eine neue Methode. Ihn sein eigenes Grab schaufeln lassen. Waren Kameras in der Schlafzimmerwand versteckt? War Annie Riddles heimliche Geliebte? Arbeiteten die beiden zusammen auf Banks endgültigen Sturz hin? Die Gedanken huschten durch seinen Kopf wie Wolken über die Dales. Dann verging die Paranoia so schnell, wie sie gekommen war. Jimmy Riddle konnte nicht wissen, wer Sergeant Cabbot war oder wie sie aussah. Mit Sicherheit kannte er nicht ihren Vornamen, sonst hätte er Banks nämlich nicht mal auf zwanzig Meilen an sie herangelassen.

Banks schlug die Augen wieder auf und betrachtete das tibetische Mandala an der Wand, einen Feuerkreis aus grellbunten, kunstvoll verwobenen Symbolen und mythologischen Figuren, einige furchteinflößend und bewaffnet, andere in erkennbar friedlicher Absicht. Jem hatte ein ähnliches Poster an der Wand gehabt, fiel Banks ein. Er hatte erklärt, es sei eine Karte der Stufen, die man auf dem Weg zur Ganzheit zu durchschreiten habe. Nach Jungs Lehre sähen Menschen, die auf dem Weg zur Selbstfindung waren, in ihren Träumen solche Mandalas, ohne auch nur das Geringste über tantrischen Buddhismus zu wissen.

Überzeugungen dieser Art waren es gewesen, die Banks ein großes Problem mit den sechziger Jahren beschert hatten; er hielt sie für die Auswüchse eines durch zu viel Marihuana und LSD aufgeweichten Hirns. Bei ihren langen Diskussionen über die Veränderung des Systems hatte Jem den Standpunkt vertreten, man könne das System nicht von innen verändern; wenn man drin sei, würde man ein Teil davon; man würde aufgesogen und von ihm korrumpiert. Am Ende habe man selbst seine Aktien darin. Vielleicht war genau das mit Banks geschehen, aber selbst damals hatte er sich nie so richtig in der Lage gesehen, mitzumachen, besonders nicht bei dem aufgesetzten Wir-lieben-uns-alle-Getue. Annie hatte Recht; er war ein Einzelgänger. Er hatte immer Distanz gehalten, selbst zu Jem. Vielleicht wäre Jem sonst noch am Leben.

Annie rührte sich, und Banks fuhr ihr mit der Hand langsam von der Hüfte zur Schulter.

»Hmmm …«, murmelte sie. »Guten Morgen.«

»Guten Morgen.«

»Du bist ja schon wach.«

»Schon seit Stunden.«

»Du Ärmster! Du hättest aufstehen können, dir einen Tee machen.«

»Ich beschwere mich doch gar nicht.« Banks legte den Arm um sie, ließ die Hand auf ihrem Bauch ruhen, zog sie an sich. Er küsste die weiche Haut zwischen Schulter und Nacken und schob dann die Hand hoch zu ihrer kleinen Brust. Am Abend zuvor hatte er entdeckt, dass sie eine winzige rote Rose direkt über der linken Brust tätowiert hatte, was er unglaublich sexy fand. Er hatte noch nie zuvor mit einer tätowierten Frau geschlafen. Annie seufzte und schob sich stärker gegen ihn; ihre gekrümmten Körper schmiegten sich aneinander, so viel Haut an Haut wie möglich.

Banks vergaß Jem vollkommen. Er berührte Annie sanft an der Schulter, damit sie sich zu ihm umdrehte.

»Nein«, flüsterte sie. »So ist genau richtig.«

Und das war es.

* * *

»Wegen des Abends letztens«, sagte Gloria, als ich sie das nächste Mal allein traf. »Auf der Weihnachtsfeier. Ich möchte mich bei dir bedanken. Wenn du nicht vorbeigekommen wärst, weiß ich nicht, was passiert wäre. Ich will bloß nicht, dass du es für etwas hältst, was es nicht war.«

»Ich weiß nicht, für was ich es halte«, entgegnete ich. Es war mir peinlich, dass sie so mit mir redete. Und mir war kalt. Wir standen auf der High Street, und der eisige Wind pfiff durch meinen alten Mantel, als sei er voller Löcher. War er wahrscheinlich auch. Ich zog den Kragen bis ans Kinn hoch und spürte, wie meine nackten Hände, die die Griffe der Einkaufstasche umfasst hielten, froren. Dummerweise hatte ich meine Handschuhe vergessen.

»Ich wollte nur zur Toilette gehen«, fuhr Gloria fort, »er kam mir hinterher. Mark. Ich weiß, dass ich ein bisschen zu viel getrunken hatte. Ich wollte es gar nicht, aber ich muss ihm wohl irgendwie Hoffnung gemacht haben. Er sagte, ich hätte ihn gereizt, hätte ihm den ganzen Abend schöne Augen gemacht. Es ist einfach nur etwas ausgeartet, das ist alles.«

»Was meinst du damit?« Ich verlagerte mein Gewicht von einem Fuß auf den anderen in der Hoffnung, dass mir dadurch warm bleiben würde. Gloria schien die Kälte gar nicht zu spüren. Die Landmädchen bekamen ja auch warme grüne Mäntel.

»Am Anfang des Abends«, erklärte sie, »zog er mich unter den Mistelzweig. Alle machten das. Ich hab mir überhaupt nichts dabei gedacht … Gwen?« Sie kaute auf ihrer Unterlippe.

»Was?«

»Ach, ich weiß nicht. Männer. Manchmal ist es einfach … ich weiß nicht, was es ist, man will nur nett zu ihnen sein, aber sie verstehen es falsch.«

»Falsch?«

»Ja. Ich wollte nur freundlich sein. So wie ich es zu allen bin. Ich hab mich nicht so verhalten, dass er glauben konnte, ich wäre eins von diesen Mädchen. Manche Männer haben einen falschen Eindruck von mir. Ich weiß nicht, warum. Es kommt mir vor, als könnten sie sich nicht zusammenreißen. Sie sind so stark. Und manchmal ist es wirklich einfacher nachzugeben, auch wenn du's nicht glaubst.«

»Und das hast du gemacht? Nachgegeben?«

»Nein. Ich wehrte mich. Ich versuchte, Matt oder jemand anderen zu rufen, damit man mir half, aber Mark hielt mir den Mund zu. Früher hätte ich vielleicht nachgegeben. Weiß nicht. Aber jetzt habe ich Matt. Ich liebe ihn, Gwen, ich will keinen Wirbel verursachen, so dass Matt wütend wird und Ärger anfängt. Ich hasse Gewalt. Ich weiß nicht, was passiert wäre, wenn du nicht vorbeigekommen wärst. Ich hätte mich nicht mehr lange wehren können. Verstehst du, was ich meine?«

»Ich glaub schon«, erwiderte ich. Inzwischen hatte ich die Hoffnung aufgegeben, dass mir noch wärmer würde. Glücklicherweise war ich schon so taub, dass ich die Kälte nicht mehr spürte.

»Können wir es nicht einfach vergessen?«, bat Gloria.

Ich nickte. »Das ist wahrscheinlich das Beste.«

Sie umarmte mich. »Gut. Und wir bleiben Freundinnen, Gwen?«

»Ja, sicher.«

* * *

Als Banks gegangen war, absolvierte Annie ihre üblichen zwanzig Minuten Meditation, gefolgt von ein paar Yogaübungen. Anschließend duschte sie. Beim Abtrocknen kitzelte die Haut, und sie merkte, wie gut sie sich fühlte. Die vergangene Nacht war es wert gewesen. Und der Morgen. Die Sache mit der Enthaltsamkeit war doch nicht so toll wie gedacht.

Sie mussten auf jeden Fall noch öfter üben. Banks war ein wenig zurückhaltend, ein bisschen konservativ. Das war nicht anders zu erwarten gewesen, dachte Annie, nach zwanzig oder mehr Jahren mit derselben Frau. Sie dachte zurück an den Sex mit Rob, wie eingespielt sie aufeinander gewesen waren. Selbst als sie ein oder zwei Jahre lang getrennt waren, hatten sie, als es in Exeter weiterging, sofort ohne Probleme den Rhythmus wiedergefunden.

Wie konnten sich so viele in Banks geirrt haben, fragte sie sich. Tratsch verzerrt die Wahrheit, ja sicher, aber in so einem Ausmaß? Vielleicht war er eine nackte Leinwand, auf die die anderen ihre Phantasien projizierten. Sie hoffte jedenfalls, dass er nicht zu der Sorte gehörte, die sich moralisch verpflichtet fühlte, sich in eine Frau zu verlieben, nur weil sie mit ihr geschlafen hatten. Ehrlich gesagt, hatte sie nicht die geringste Ahnung, was sie von dieser Beziehung erwartete, wenn es denn eine werden sollte. Sie wollte ihn öfter sehen, ja; sie wollte wieder mit ihm schlafen, ja; aber darüber hinaus war sie sich nicht sicher. Trotzdem, vielleicht wäre es ja ganz nett, wenn er sich ein wenig in sie verlieben würde. Nur ein ganz klein wenig.

Sie hoffte inbrünstig, dass er das Geschehene nicht um ihretwillen bereuen würde, dass er nicht das Gefühl bekäme, ihre Verletzlichkeit und ihren Schwips ausgenutzt zu haben, oder ähnlichen Männerblödsinn. Was die Karriere betraf, konnte er ja wohl nicht annehmen, dass sie mit ihm geschlafen hatte, weil er ihr Vorgesetzter war oder weil sie befördert werden wollte. Annie lachte, als sie sich die Jeans anzog. Mit Chief Inspector Banks zu schlafen, brachte einen momentan nicht unbedingt weiter nach vorn. Wahrscheinlich bewirkte es eher das Gegenteil.

Doch jetzt winkte ihr ein weiterer schöner Sommertag, und sie genoss den großen Luxus, jetzt nichts weiter tun zu müssen, als zu überlegen, ob sie ihre Wäsche machen oder zum Einkaufen nach Harrogate fahren sollte. Die Innenstadt von Harrogate gefiel ihr gut; sie war kompakt und übersichtlich. Sicher, das Cottage hätte aufgeräumt werden müssen. Aber das hatte Zeit. Annie störte sich nicht an ein bisschen Unordnung; wie immer gab es weitaus Interessanteres zu erledigen als die Hausarbeit. Sie konnte vorher noch die Waschmaschine anstellen; viel Wäsche hatte sie nicht.

Doch als Allerersten ging sie zum Telefon und wählte eine Nummer, die sie auswendig wusste.

Es klingelte sechsmal, bis sich ein Mann meldete.

»Ray?«

»Annie? Bist du das?«

»Ja.«

»Wie geht's dir, mein Schatz? Was ist los? Geht's dir gut?«

»Du klingst jedenfalls, als ob's dir gut geht.«

»Wir haben hier eine kleine Fete für Julie.«

Annie konnte Lachen und Musik im Hintergrund hören. Retro-Rock aus den Sechzigern wie Grateful Dead oder Jefferson Airplane. »Aber es ist erst zehn Uhr vormittags«, sagte sie.

»Ja? Ach, du weißt ja, wie das ist, mein Schatz. Carpe diem und so.«

»Dad, wann wirst du endlich erwachsen? Meine Güte noch mal, du bist 52 Jahre alt. Hast du noch immer nicht gemerkt, dass die Sechziger vorbei sind?«

»Oh-oh. Ich merk schon, du bist böse auf mich. Du sagst nur Dad zu mir, wenn du böse auf mich bist. Was hab ich jetzt wieder falsch gemacht?«

Annie lachte. »Nichts«, sagte sie, »ehrlich. Du bist unverbesserlich. Ich gebe es auf. Aber eines Tages kommt die Polizei und nimmt euch alle fest. Denk an meine Worte. Das wird superpeinlich für mich. Wie soll ich das bitte meinem Chef erklären? Das ist nur mein Vater, der kiffende alte Hippie?«

»Polizei? Die interessiert sich doch nicht für ein paar klitzekleine Joints, oder? Wär jedenfalls komisch. Die müsste Besseres zu tun haben. Und red nicht so oft von alt, bitte sehr. Egal, wie geht's meiner kleinen Frau Wachtmeister? In letzter Zeit mal gebumst?«

»Dad! Hör mit diesem Thema auf, bitte, ja? Ich dachte, wir hätten uns geeinigt, dass mein Liebesleben nur mich was angeht.«

»Also doch! Ja! Das höre ich an deiner Stimme. Ach, das ist ja herrlich, mein Schatz. Wie heißt er denn? Auch ein Bulle?«

»Dad!«, Annie merkte, dass sie rot anlief.

»Schon gut. 'tschuldigung. Will doch nur ein bisschen den Daddy raushängen lassen, mehr nicht.«

»Kommt ganz toll an.« Annie seufzte. Es war, als spräche sie mit einem Kind. »Mir geht's jedenfalls gut«, sagte sie. »Was hat Julie denn zu feiern? Etwas, das ich wissen sollte?«

»Hab ich's dir noch nicht erzählt? Sie hat endlich einen Verleger für ihren Roman gefunden. Hat Jahre gedauert.«

»Hast du nichts von erzählt. Das ist ja toll! Sag ihr, dass ich mich wirklich für sie freue. Wie geht's Ian und Jo?«

»Sie sind in Amerika.«

»Schön. Und Jasmine?«

»Jasmine geht's gut.« Annie hörte jemanden im Hintergrund. »Liebe Grüße von ihr«, sagte ihr Vater. »Obwohl es schön ist, mit dir zu sprechen, sieht es dir nicht besonders ähnlich, vor dem Abendtarif anzurufen. Besonders nicht, seit du in Yorkshire wohnst. Kann ich dir irgendwie helfen? Soll ich ein paar Verdächtige für dich zusammenschlagen? Mir das eine oder andere Geständnis ausdenken?«

Annie klemmte sich den Hörer zwischen Ohr und Schulter und winkelte die Beine auf dem Sofa an. »Nein. Aber es gibt da tatsächlich was«, sagte sie, »wobei du mir vielleicht helfen könntest.«

»Schieß los!«

»Michael Stanhope.«

»Stanhope ... Stanhope ... Kommt mir bekannt vor. Wart mal kurz ... Ja, jetzt weiß ich wieder. Der Künstler. Michael Stanhope. Was ist mit ihm?«

»Was weißt du über ihn?«

»Eigentlich nicht viel. Mal sehen. Konnte die in ihn gesetzten Erwartungen nicht erfüllen. Starb irgendwann in den Sechzigern, glaub ich. War am Schluss nicht mehr sonderlich produktiv. Warum willst du das wissen?«

»In Zusammenhang mit einem Fall, an dem ich arbeite, habe ich ein Bild von ihm gesehen.«

»Und du glaubst, das könnte ein Anhaltspunkt sein?«

»Keine Ahnung. Aber deshalb wollte ich mehr über ihn wissen.«

»Wie war es, das Bild, meine ich?«

Annie beschrieb es ihm. »Ja, das ist Stanhope. Er war bekannt für seine Brueghel-ähnlichen Dorfszenen. Dazu eine Prise Lowry. Verstehst du, das war sein Problem: ein Epigone, hat nie einen eigenen erkennbaren Stil entwickelt. Von allem was dabei. Auch ein bisschen Stanley Spencer. Ganz komplizierter Symbolismus. Heutzutage alles andere als in. Egal, was kann Michael Stanhope mit einem Fall zu tun haben, an dem du gerade arbeitest?«

»Vielleicht gar nichts. Wie ich schon sagte, er hat mich einfach neugierig gemacht. Weißt du, wo ich mehr über ihn herausfinden könnte? Gibt es ein Buch über ihn?«

»Glaube ich nicht. So wichtig war er nicht. Das meiste von ihm wird in Privatsammlungen hängen, vielleicht ist es auch auf ein paar Galerien verteilt. Warum versuchst du es nicht in Leeds? Da haben sie eine halbwegs anständige Sammlung, wenn dich der ätzende Atkinson Grimshaw nicht stört. Ich würde sagen, dort müssten sie ein paar Stanhopes haben, weil er ja von da kommt und so.«

»Gute Idee«, meinte Annie und hätte sich ärgern können, nicht selbst darauf gekommen zu sein. »Das mach ich. Ach, Ray?«

»Ja?«

»Treib's nicht so wild.«

»Tu ich nicht. Versprochen, mein Schatz. Komm uns bald mal besuchen. Tschüss!«

»Tschüss.«

Annie sah auf die Uhr. Kurz nach zehn. In einer Stunde könnte sie in Leeds sein und, statt in Harrogate ihre Einkäufe dort erledigen, zu Mittag essen und sich ein wenig in der Kunstgalerie umsehen. Sie nahm ihren Autoschlüssel und die Umhängetasche vom Sideboard und ging durch das Labyrinth zu ihrem Auto, das noch immer vor der Wache stand. Sie fragte sich, ob Inspector Harmond wohl etwas daraus folgerte. Wohl nur, wenn er auch wusste, dass Banks' Wagen die ganze Nacht an der Dorfwiese gestanden hatte. Es war ihr sowieso egal.

* * *

Und Freundinnen blieben wir. Wir feierten zusammen ins neue Jahr, hakten uns unter und sagen »Auld Lang Syne«. Weihnachten war Hongkong an die Japaner gefallen und die Kämpfe in Nordafrika und Russland gingen unverändert hart weiter. Als der Winter bis in den Januar hinein kalt blieb, zogen sich die britischen Truppen auf der malayischen Halbinsel bis nach Singapur zurück.

Obwohl ich oft über das Gesehene nachdachte, begann ich erst sehr viel später zu verstehen, was an jenem Heiligabend an der Wand des Lagerschuppens vor sich gegangen war, und selbst da wusste ich nicht, wie viel Schuld Gloria gehabt hatte. Was hatte Mark mit ihr anstellen wollen? Mir war es damals so vorgekommen, als wehre und sträube sich Gloria, aber als ich den Geschlechtsverkehr nicht viel später für mich selbst entdeckte, fand ich, dass er oft in dieser Hinsicht irreführend sein konnte; oft schien man sich zu sträuben und zu wehren, ganz besonders in unbeherrschten Augenblicken. Zurückblickend würde ich es jetzt als versuchte Vergewaltigung bezeichnen, aber die Erinnerung neigt dazu, ihren Gehalt mit der Zeit zu verklären.

Also mühte ich mich, so gut ich konnte, den ganzen Zwischenfall aus meinem Kopf zu verbannen. Ich stimmte mit Gloria überein, dass man Matthew besser nicht einweihte. Das hätte nur eine Auseinandersetzung hervorgerufen und alle aufgebracht. Dass er in Kürze in den Krieg ziehen musste, machte es noch schlimmer; er würde sich auch so schon genug Sorgen machen, sie allein zurückzulassen.

Doch manchmal, wenn ich nachts im Bett die Bomber über Rowan Woods dröhnen hörte, kam mir die Szene wieder ins Gedächtnis, Glorias nackte weiße Oberschenkel über den Strümpfen, ihre seltsamen, gedämpften Geräusche irgendwo zwischen Schmerz und Hingabe, und dann verspürte ich in mir eine seltsame, zitternde Erregung, als ob ich auf der Schwelle zu einer großen Entdeckung stand, die jedoch nie überschritten wurde.

Am 15. Januar 1942 ging der Feldwebel Matthew Shackleton an Bord. Er wusste nicht, wohin ihn die Reise führte, aber wir nahmen alle an, er reise nach Nordafrika, um dort mit der Achten Armee zu kämpfen.

Man stelle sich unsere Überraschung vor, als Gloria drei Wochen später einen Brief von Matthew aus Kapstadt in *Süd*afrika erhielt. Natürlich konnten sie nicht durchs Mittelmeer segeln, aber dennoch schien Kapstadt auf dem Weg nach Nordafrika ein ziemlicher Umweg zu sein. Dann bekamen wir einen weiteren Brief aus Colombo auf Ceylon, dann aus Kalkutta in Indien. Wie dumm war ich gewesen! Ich hätte mich schwarz ärgern können, es nicht früher geahnt zu haben. Natürlich brauchten sie keine Brücken und Straßen in der Wüste, sondern in der Dschungelwelt des Fernen Ostens.

* * *

Die Fahrt nach Leeds war kürzer, als Annie erwartet hatte. Sie parkte nördlich des Zentrums und ging zu Fuß New Briggate bis zu The Headrow hinunter. Die Stadt war voll, Passanten schoben sich über die Bürgersteige, alle waren leicht und locker gekleidet, um die knisternde Hitze besser zu ertragen, die in der Stadt noch drückender wirkte als draußen in Harkside. Auf dem Dortmund Square gab ein Jongleur eine Kindervorstellung. Die Sonne blendete Annie, spiegelte sich in den Schaufenstern, so dass die Auslage nur schwer zu erkennen war. Annie setzte ihre Sonnenbrille auf und machte sich durch das Gedränge zur Cookridge Street auf. Nach ihrem Gespräch mit Ray hatte eine kurze Recherche ergeben, dass die Leeds City Art Gallery mehrere Werke von Michael Stanhope in ihrer Sammlung hatte, die sich Annie nun ansehen wollte.

Im Gebäude angekommen, nahm sie sich am Empfang den Katalog. Die Stanhopes hingen im zweiten Stock. Vier Bilder. Sie ging die breite Steintreppe hinauf.

Annie hatte Kunstgalerien mit ihrer vergeistigten Atmosphäre, den uniformierten Wachleuten und der erstickenden Aura des Schweigens noch nie gemocht. Zweifelsohne war diese Abneigung in erster Linie auf den Einfluss ihres Vaters zurückzuführen. Obwohl er die großen Künstler verehrte, war ihm die schmucklose Art und Weise verhasst, wie ihre Arbeiten zur Schau gestellt wurden. Er war der Meinung, große Kunst solle auf wechselnden Ausstellungen in Pubs, Büros, Trattorien, Cafés, Kirchen und Bingohallen gezeigt werden.

Ihm gefielen die Plastiken von Henry Moore mitten in der Moorlandschaft von Yorkshire; ebenso die Faxe von David Hockney, seine Fotocollagen und Bühnenbilder. Annie war mit einer respektlosen Meinung über die etablierte Kunstwelt mit ihren stickigen Galerien, sonoren Stimmen und inflationären Preisen aufgewachsen. Aus diesem Grunde fühlte sie sich auf Ausstellungen immer beobachtet, so als hätte sie sich eingeschlichen. Möglicherweise litt sie ja unter Verfolgungswahn, aber sie hatte immer das Gefühl, die Aufseher beobachteten in jedem Raum nur sie, warteten darauf, dass sie die Hand ausstreckte, etwas berührte und den Alarm auslöste.

Als sie die Stanhopes fand, war sie anfangs enttäuscht. Zwei waren ziemlich öde Landschaftsbilder, aber nicht Hobb's End, sondern andere Gegenden der Dales. Das dritte war etwas interessanter, eine Fernansicht von Hobb's End in seiner Senke, Rauch stieg aus den Schornsteinen, in Purpur und Violett ergoss sich die untergehende Sonne über den Himmel. Ein schöner Anblick, doch zeigte er Annie nichts, was sie nicht schon wusste.

Das vierte Bild jedoch war eine Offenbarung.

Dem Katalog zufolge *Ruhender Akt* betitelt, erinnerte Annie das Gemälde an Goyas *Die nackte Maja*, das sie sich mit Ray angesehen hatte, als es 1990 kurz in der National Gallery gezeigt wurde. Auch wenn er keine hohe Meinung von Museen hatte, ließ Ray doch keine Gelegenheit verstreichen, ein großes Kunstwerk zu betrachten.

Eine Frau ruhte auf einem Bett in ungefähr derselben Pose wie Goyas Original, abgestützt mit einem Kissen, Hände hinter dem Kopf. Sie blickte dem Betrachter mit einer Aura erotischer Hochspannung direkt in die Augen. Das Bett unter ihr war zerwühlt. Wie bei *Maja* standen ihre runden Brüste weit auseinander und waren die Beine leicht angewinkelt, sie lagen in einem seltsamen Winkel, da die untere Hälfte ihres Körpers dem Betrachter leicht zugewandt war. Sie hatte eine dünne Taille und perfekt proportionierte Hüften. Zwischen ihren verschränkten Beinen war ein kleines dunkles Dreieck zu sehen, das mit dem Bauchnabel über eine kaum wahrnehmbare Linie feiner Härchen verbunden war.

Doch es gab auch Unterschiede zu Goyas *Maja*. Stanhopes Modell hatte kein schwarzes, sondern goldblondes Haar, ihre Nase war kürzer, die großen Augen von einem strahlenden Blau, die Lippen voller und roter. Dennoch war die Ähnlichkeit zu augenscheinlich, um zufällig entstanden zu sein, besonders die unverhüllte Erotik im Blick und die auf kürzlich genossene Freuden anspielende zerwühlte Bettdecke. Stanhope hatte sich von Goyas Original offenbar stark angesprochen gefühlt, und als er ein Modell mit derselben Sinnlichkeit entdeckte, erinnerte er sich an das Bild und malte es nach.

Aber Stanhopes Vision war noch mehr: Wie sich Annie erinnerte, war der Hintergrund der *Nackten Maja* dunkel und undurchdringlich; es wirkte, als schwebe das Bett im Raum, das einzig Wichtige auf der Welt.

Stanhope hatte seinem Modell auch keinen realistischen Hintergrund gegönnt. Wenn man ganz genau hinsah, entdeckte man Panzer, Flugzeuge, marschierende Soldaten, Explosionen und Hakenkreuze. In anderen Worten: Er hatte den Krieg in den Hintergrund gemalt. Es war subtil; weder sprangen die Bilder den Betrachter an, noch dominierten sie die Szene, aber sie waren da, und wer genau hinsah, konnte sie nicht ignorieren: Erotik und Massenvernichtungswaffen. Wie auch immer man das deuten wollte.

Annie warf einen kurzen Blick auf die Angaben neben dem Gemälde an der Wand, dann trat sie keuchend zurück, so dass einer der Wächter vom Lesen aufsah.

»Alles in Ordnung, Miss?«, rief er.

Annie legte die Hand auf die Brust. »Was? Ja. O ja. Entschuldigung.«

Er beäugte sie argwöhnisch und widmete sich wieder seiner Zeitung.

Annie sah noch einmal hin. Im Katalog war es nicht erwähnt, aber da stand es, schwarz auf weiß unter *Liegender Akt*. Der Untertitel: *Gloria, Herbst 1944*

7

Am Montagmorgen sah sich Banks zum wiederholten Male die Postkarte mit dem Druck von *Liegender Akt: Gloria, Herbst 1944* an, die auf seinem Schreibtisch lag. Es war eine unheimliche, beunruhigende Erfahrung, die künstlerische Interpretation eines Körpers zu betrachten, der aller Wahrscheinlichkeit nach einmal die letzte Woche gefundenen schmutzbedeckten Knochen umhüllt hatte, und von diesem Anblick erregt zu werden. Banks verspürte ein prickelndes Schuldgefühl, so wie damals, als er auf die ersten Bilder nackter Frauen in *Swank* oder *Mayfair* starrte.

Annie hatte mehrere Postkarten des Gemäldes aus der Kunstgalerie mitgebracht und ihn, begeistert von ihrer Entdeckung, am späten Samstagnachmittag angerufen. Sie hatten sich zum Abendessen in Cockett's Hotel in Hawes mit der festen Absicht getroffen, anschließend getrennte Wege zu gehen, da sie sich einig waren, nichts überstürzen zu wollen und Zeit für sich selbst zu brauchen. Doch nach der zweiten Flasche Wein hatten sie sich, anstatt zu gehen, ein Zimmer genommen und waren am Sonntagmorgen von Glockengeläut geweckt worden. Nach einem gemächlichen Frühstück reisten sie ab, denn sie waren übereingekommen, ihre Schäferstündchen aufs Wochenende zu beschränken.

Das ganze Wochenende hatte Banks zu Hause versucht, Brian zu erreichen, erfolglos. Er wusste, dass er eigentlich Sandra anrufen und fragen musste, was sie von der ganzen Sache hielt, aber ihm war nicht danach. Vielleicht lag es daran, dass er mit Annie geschlafen hatte, vielleicht auch nicht, aber er war überzeugt, nicht mit Sandra sprechen zu können. Den Rest des Sonntags verbrachte er mit Zeitunglesen und kleineren Hausarbeiten.

Er stellte sich in das geöffnete Fenster. Die goldenen Zeiger auf dem blauen Zifferblatt der Kirchturmuhr standen auf Viertel vor elf. Hupen lärmten in den Straßen und der Geruch frischen Brots aus der Bäckerei vermischte sich mit den Abgasen. Der erboste Fahrer eines Lieferwagens beschimpfte einen Touristen. Der Tourist schrie zurück und verschwand in der Menge. Noch ein Bus hielt auf dem Marktplatz und spuckte eine Ladung alter Damen aus. Sie kamen aus Worthing, wie Banks der seitlichen Beschriftung entnehmen konnte. *Worthing*. Warum konnten die alten Tratschtanten nicht da unten bleiben, die Röcke lupfen, im Wasser herumplantschen und sich den Seewind um die Nase wehen lassen? Warum mussten diese Horden alle in die Dales einfallen? Im Grunde genommen war James Herriot Schuld daran. Wenn es nicht diese Serie im Fernsehen gegeben hätte, wäre es hier menschenleer.

Banks zündete sich eine verbotene Zigarette an und fragte sich nicht zum ersten Mal in diesem Jahr, warum er sich noch mit seiner Arbeit herumschlug. Oft genug war ihm danach gewesen, das Handtuch zu werfen. Zuerst hatte er es nicht getan, weil es ihm einfach egal gewesen war. Solange man ihn in Ruhe ließ, juckte es ihn nicht. Er wusste, dass er nicht seinen Fähigkeiten entsprechend eingesetzt wurde, nicht mal am Schreibtisch, aber es kratzte ihn nicht die Bohne. Es war doch so einfach, zur Arbeit zu erscheinen und angeödet Papier herumzuschieben oder auf dem Computer zu spielen. Die Wahrheit lautete: Sandras Auszug hatte ihn so verletzt, dass ihm alles sinnlos erschien.

Als er dann das Cottage kaufte und sich zunehmend mehr zusammenriss oder wenigstens etwas Abstand zu seinem Schmerz gewann, zog er einen Berufswechsel ernsthaft in Erwägung, aber ihm fiel nichts ein, wozu er geeignet gewesen wäre oder was ihm überhaupt Spaß gemacht hätte. Um in Pension zu gehen, war er zu jung, und er verspürte nicht das geringste Bedürfnis, für eine Sicherheitsfirma oder Detektei zu arbeiten. Die meisten anderen Möglichkeiten blieben ihm verschlossen, weil es ihm an entsprechenden akademischen Abschlüssen mangelte.

So blieb er dabei. Jetzt jedoch bekam Banks endlich wieder langsam eine gewisse Vorstellung davon, warum er damals überhaupt zur Kripo gegangen war, und das lag teilweise an diesem in Jimmy Riddles Augen hässlichen, sinnlosen, ausweglosen Fall. Wenn eine Beschäftigung zur Routine wird, wenn man sie nur noch mechanisch ausführt, muss man in sich gehen und sich zu erinnern versuchen, was einem anfänglich so gut daran gefiel. Was zog einen an? Was fand man daran fesselnd? Dementsprechend musste man handeln, alles andere war für die Katz.

In den letzten Monaten hatte Banks oft die Gedanken schweifen lassen und über diese Fragen nachgedacht. Dabei ging es nicht einfach darum, warum er damals ins Rekrutierungszentrum gegangen war, um Informationen gebeten und sich eine Woche später wieder gemeldet hatte. Teilweise hatte er das getan, weil ihm die Künstlerszene nach Jems Tod enttäuscht hatte, teilweise, weil er Betriebswirtschaftslehre verabscheute, und teilweise, um seine Eltern zu ärgern. Sandra und er wussten damals bereits, dass es ihnen ernst miteinander war; sie wollten heiraten und eine Familie gründen, da brauchte er einen sicheren Posten.

Für Banks ging es nicht um ein abstraktes Verständnis von Gerechtigkeit oder darum, auf der Seite der Guten zu stehen und die Bösen einzulochen. Er war auch nicht so naiv zu glauben, alle Polizisten seien gut und alle Verbrecher böse. Manche Menschen gerieten durch Verzweiflung unterschiedlichster Art auf die schiefe Bahn; andere waren innerlich so kaputt, dass sie zu einer freien Entscheidung gar nicht fähig waren. Wenn man es auf einen einfachen Nenner brachte, vertrat Banks die Auffassung, die meisten gewalttätigen Verbrecher seien Menschenschinder, und die hatte er schon als Kind verabscheut. In der Schule hatte er sich immer für die Schwachen eingesetzt, auch wenn er nicht besonders groß und robust war. Dafür hatte er sich des Öfteren ein blaues Auge oder eine blutige Nase eingehandelt.

Aus irgendeinem Grund gab Mick Slack den Ausschlag, ein Schülerschinder aus der elften Klasse, der zwei Jahre älter und fünfzehn Zentimeter größer war als Banks. Eines Tages fing Slack ohne ersichtlichen Grund an, einen Schüler namens Graham Marshall auf dem Schulhof herumzustoßen und zu schubsen. Marshall war in Banks' Klasse – ein intelligenter, stiller, schüchterner Junge, den die anderen mit Schimpfwörtern wie »Waschlappen« und »Schwuli« hänselten –, meistens aber in Ruhe ließen. Als Banks sich einmischte, stürzte sich Slack auf ihn und es entstand eine Rangelei. Auf seine wendige, verstohlene Art gelang es Banks, Slack herumzudrehen und zu Boden werfen, bevor der Lehrer herauskam und ihnen Einhalt gebot. Slack schwor Rache, bekam aber keine Gelegenheit dazu. Zwei Tage später kam er auf dem Weg zu einem Spiel für seine Rugbymannschaft ums Leben, weil sein Motorrad direkt in eine Backsteinmauer raste.

Das Seltsamste war aber, dass Graham Marshall ungefähr sechs Monate später verschwand und nie wieder gesehen wurde. Kriminalbeamte befragten die gesamte Klasse, wollten wissen, ob jemand Fremde in der Nähe der Schule gesehen habe oder ob Graham von einem verdächtigen Menschen erzählt habe, der ihn vielleicht belästigte. Keiner wusste etwas. Banks kam sich unglaublich machtlos vor, weil er der Polizei so wenig nutzen konnte, und Jahre später erinnerte er sich an das Gefühl, als er auf der anderen Seite des Vernehmungstisches saß und zusah, wie sich Zeugen bei dem Versuch, sich an Einzelheiten zu erinnern, das Gehirn zermarterten.

Man nahm an, dass Graham von einem Kinderschänder entführt und seine Leiche weiter entfernt in einem Wald vergraben worden sei. Zusammen mit Phil Simpkins, der auf ein spitzes Eisengitter gestürzt war, waren das drei Todesfälle, die Banks in seiner Jugend erlebt hatte, doch war es das geheimnisvolle, unwiederbringliche Verschwinden von Graham Marshall gewesen, das ihm bis zu Jems Tod einige Jahre später am stärksten zu schaffen gemacht hatte. Auf gewisse Weise waren es seine Neugier und seine unerklärlichen Schuldgefühle, die Jahre später zu dem Entschluss führten, zur Polizei zu gehen.

Abgesehen von den geringfügigen Aufgaben und Nebensächlichkeiten der Polizeiarbeit, war Banks davon besessen, so viele Schinder wie möglich zu Fall zu bringen. Waren die Opfer tot, konnte er sie natürlich nicht mehr beschützen, aber er konnte schon noch herausfinden, was ihnen zugestoßen war, und die Verantwortlichen vor Gericht bringen. Das war nicht narrensicher; es funktionierte nicht immer; aber mehr konnte er nicht tun. Diese Einstellung musste er wiedererlangen, sonst konnte er genauso gut seine sieben Sachen packen und bei einem dieser privaten Sicherheitsdienste anheuern.

Er ging wieder an seinen Schreibtisch und setzte sich. Als er Gloria in ihrer Pose erneut betrachtete – schön, erotisch, sinnlich und verspielt, aber gleichzeitig herausfordernd und spöttisch, als wisse sie etwas über den Maler oder teile ein Geheimnis mit ihm –, hatte er das Gefühl, in diesem Fall wieder gefordert zu sein. Er war überzeugt, dass Gloria Shackleton das Opfer war, das sie in Hobb's End gefunden hatten, und er wollte wissen, wie sie gewesen war, was mit ihr passiert war und warum sie niemand vermisst gemeldet hatte. Glaubten die anderen einfach, sie habe sich in Luft aufgelöst, sei von Aliens entführt worden oder so? Der Schinder, der sie umgebracht hatte, mochte inzwischen tot sein, aber das war Banks schnurzegal. *Er musste es wissen.*

Dr. Glendennings Anruf riss ihn aus seinen Gedanken.

»Ah, Banks«, sagte er. »Gut, dass ich Sie erwische. Sie können von Glück sagen, dass ich gerade in Leeds bin, ja? Sonst hätten Sie lange auf ihre Autopsie warten können. Eine Menge frischer Leichen buhlen um meine Aufmerksamkeit.«

»Da bin ich mir sicher. Ich entschuldige mich. In Zukunft werde ich mich bessern.«

»Das kann ich nur hoffen.«

»Was haben Sie gefunden?«

»Leider nicht viel mehr, als Ihnen schon Dr. Williams gesagt hat.«

»Also wurde sie erstochen.«

»Oh ja. Und zwar richtig bösartig.«

»Wie oft?«

»Vierzehn-, fünfzehnmal, soweit ich sehen konnte. Aber das möchte ich natürlich nicht beschwören, denn man muss den Zustand des Skeletts und die seit dem Tod verstrichene Zeit berücksichtigen.«

»War das die Todesursache?«

»Was glauben Sie eigentlich, wer ich bin, junger Mann? Ein Zauberer? Man kann nicht sagen, wodurch sie starb, auch wenn die Stichwunden ausgereicht hätten. Nach Einstichwinkel und Anordnung der Kerben zu urteilen, muss die Schneide mit Sicherheit verschiedene lebenswichtige Organe durchbohrt haben.«

»Gibt es Indizien für weitere Verletzungen?«

»Geduld, junger Mann. Ich komme schon noch darauf zu sprechen, wenn Sie sich gedulden und mich ausreden lassen. Das ist das ganze Koffein, verstehen Sie? Zu viel Kaffee. Versuchen Sie's zur Abwechslung mal mit einem netten Kräutertee.«

»Werde ich tun. Morgen. Aber sagen Sie's mir doch bitte.«

»Ich habe mögliche, und das möchte ich betonen, mögliche Anzeichen für eine manuelle Erdrosselung gefunden.«

»Erdrosselung?«

»Das sagte ich. Plappern Sie mir nicht alles nach! Wenn ich einen Papagei haben wollte, würde ich mir einen kaufen. Ich gehe vom Zungenbein im Hals aus. Nun, das ist ein sehr zerbrechlicher Knochen, der bei einer manuellen Erdrosselung fast immer bricht, aber ich habe ›möglich‹ gesagt, weil er auch im Laufe der Zeit aus anderen Gründen gebrochen sein kann. Durch das Gewicht der Erde und des Wassers beispielsweise. Obwohl ich sagen muss, dass das Skelett in einem bemerkenswert guten Zustand war, wenn man bedenkt, wo es so lange gelegen hat.«

»Wäre es eher möglich oder wahrscheinlich?«

»Was ist der Unterschied?«

»›Eliminiert man das Unmögliche, muss das, was übrig bleibt, wie *unwahrscheinlich* es auch ist, die Wahrheit sein.‹ Sir Arthur Conan Doyle.«

Glendenning seufzte übertrieben. »Man stelle sich vor, dass der Kerl Arzt war! Nun gut, sagen wir also, dass es sicherlich nicht unmöglich, sondern sogar ziemlich wahrscheinlich ist, dass die arme Frau erdrosselt wurde. Ist Ihnen das deutlich genug?«

»Bevor sie erstochen wurde.«

»Woher soll ich denn das wissen? Ehrlich, Banks, entweder haben Sie eine übermäßig gesteigerte Meinung vom Arztberuf oder Sie sind schlichtweg stur. Da ich Sie kenne, tippe ich auf Letzteres. Können wir nicht einmal ernsthaft über die Angelegenheit sprechen und unseren Verstand einschalten?«

»Auf jeden Fall. Meine Güte, Sie sind heute Morgen aber mürrisch, Doc, oder?«

»Ja. Das kommt davon, dass mir mein Arzt empfohlen hat, ich solle die Finger vom Kaffee lassen. Und ich hab Ihnen schon mal gesagt, dass sie mich nicht Doc nennen sollen! Das ist respektlos. Also, hören Sie zu! Wer diese arme Frau erstochen hat, der hat sie beinahe in Einzelteile zerhackt. Es scheint mir schwer vorstellbar – nicht *unmöglich*, aber sehr unwahrscheinlich, wenn Sie so wollen –, dass der Mörder danach noch das Bedürfnis verspürte, sie zu erwürgen. Durch das Maß an Aggression war er zum einen anschließend wohl ziemlich erschöpft, von dem freigesetzten Zorn gar nicht zu reden, die schon fast postkoitale Entspannung, die manche Täter nach dem Begehen extrem brutaler Verbrechen verspüren. Deshalb würde ich sagen, zuerst kam die Erdrosselung, dann, aus welchem Grund auch immer, die Stichwunden. Im Übrigen kommt diese Reihenfolge auch statistisch häufiger vor.«

»Aber warum die Stichverletzungen? Um sicherzustellen, dass sie wirklich tot war?«

»Das bezweifle ich. Auch wenn es möglich ist, dass sie nach der Erdrosselung noch lebte und vielleicht nur vorübergehend das Bewusstsein verlor. Wie schon gesagt, wir haben es hier mit Zorn, mit Aggression zu tun. Das ist die einzige Erklärung. Einfach ausgedrückt: Der Täter verlor beim Morden die Kontrolle über sich. Er sah buchstäblich rot. Entweder das, oder er wusste genau, was er tat, und es machte ihm Spaß.«

»Er?«

»Auch das ist statistisch gesehen häufiger. Obwohl ich eine starke Frau nicht ausschließen würde. Aber Sie wissen so gut wie ich, Banks, dass solche Sachen oft mit Wollust zu tun haben. Oder sie entwickeln sich aus sehr starken Gefühlen wie Eifersucht, Rachsucht, Besessenheit, Gier und Ähnliches. Es ist denkbar, dass es eine betrogene Ehefrau oder eine abgewiesene Geliebte war, eine missglückte lesbische Beziehung. Aber statistisch gesehen sind es Männer, die so was tun. Ich möchte Ihnen nicht in die Arbeit hereinreden, aber ich glaube nicht, dass Sie es mit einem ganz normalen Mord zu tun haben. Er sieht nicht nach einem Täter aus, der bei einem Einbruch ertappt wurde oder ein Geheimnis vertuschen wollte. Aber natürlich können Verbrecher manchmal auch verflucht geschickt sein und ihre Tat so tarnen, dass sie in eine andere Richtung weist. Das haben wir diesen ganzen Krimis zu verdanken, wenn Sie's genau wissen wollen.«

»Gut«, meinte Banks und kritzelte auf den Block vor sich. Das war der Nachteil von Computern: Wenn man telefonierte, konnte man sich schlecht Gesprächsnotizen machen. »Was ist mit den Geburtsfurchen?«

»Meiner Ansicht nach sind es welche.«

»Es besteht also nicht die Möglichkeit, dass sie ebenfalls durch ein Messer verursacht wurden oder im Laufe der Zeit entstanden?«

»Nun, es besteht natürlich immer die Möglichkeit, dass sie durch etwas anderes hervorgerufen wurden, durch ein Tier, durch Reibung eines kleinen Steins oder Kiesels oder Ähnliches, doch in Anbetracht des Fundorts können wir Aktivitäten von Aasfressern eigentlich ausschließen. Nach so langer Zeit ist es eigentlich unmöglich, irgendetwas mit hundertprozentiger Sicherheit zu sagen. Doch nach Anordnung und Erscheinungsbild der Kerben zu urteilen, würde ich sagen, es sind Geburtsfurchen. Die Frau hatte ein Kind, Banks. Wann, ist natürlich nicht zu sagen.«

»Okay«, sagte Banks. »Vielen Dank, Doc.«

Glendenning schnaubte und legte auf.

* * *

Tag für Tag verfolgte ich im Februar und März 1942 die Nachrichten. Selbstverständlich waren sie zensiert und gekürzt, aber ich las von den geschätzten sechzigtausend Briten, die in Singapur gefangen genommen worden waren, und von den Kämpfen am Sittang, von wo Matthew Gloria ebenfalls einen Brief schrieb, in dem er berichtete, es sei dort sehr langweilig, aber wirklich sicher, sie solle sich keine Sorgen machen. Es liegt auf der Hand, dass im Krieg nicht nur die Regierung lügt.

Am 8. März dann hörten wir, dass Rangun gefallen war. Die Stimmung im Lande war ziemlich gedämpft. Im April gaben die Deutschen gar nicht mehr vor, nur militärische und industrielle Ziele bombardieren zu wollen, sondern warfen ihre Bomben auf Städte von großer architektonischer Schönheit wie Bath, Norwich und York. Damit kamen sie uns schon ziemlich nahe.

Ich erinnere mich noch an den schlimmsten Angriff auf das nur fünfzig Kilometer entfernte Leeds, ungefähr einen Monat vor Glorias Ankunft. Matthew und ich fuhren am nächsten Tag mit dem Zug in die Stadt, um die Schäden zu begutachten. Das City Museum an der Ecke von Park Row und Bond Street hatte einen Treffer kassiert, so dass die ganzen ausgestopften Löwen und Tiger, die uns als Kinder immer so erschreckt hatten, in den Oberleitungen der Straßenbahnen hingen, als hätte ein verrückt gewordenes Karussell seine Tiere durch die Gegend geschleudert. Ich wollte mir auch den Schaden in York ansehen, aber Mrs. Shipley, die Stationsvorsteherin, sagte mir, der Bahnhof von York sei ebenfalls bombardiert worden, man dürfe nicht mit dem

Zug hineinfahren. Immerhin konnte sie mir versichern, dass die Kathedrale nicht zerstört worden sei.

Der Frühling war erbärmlich, obwohl wir den sonnigsten April seit vierzig Jahren hatten. Ab und zu wurden wieder Waren knapp. Wochenlang verschwanden Artikel einfach aus den Regalen. In einer Woche war einfach kein Fisch aufzutreiben, nicht für Geld und gute Worte; in der nächsten fehlte Geflügel. Im Februar wurde Seife auf sechzehn Unzen alle vier Wochen rationiert; das Benzin für Privatleute wurde im März vollständig gestrichen, also war auch Schluss mit den Spazierfahrten. Uns gelang es, ein klein wenig Benzin aufzusparen, damit wir mit dem Lieferwagen zu den Großhändlern einkaufen fahren konnten.

Ich verfolgte die Nachrichten nun viel sorgfältiger als zuvor, verschlang alle Zeitungen, von der *Times* über den *News Chronicle* bis zum *Daily Mirror*, sobald sie mit dem ersten Zug geliefert wurden. Ich schnitt Artikel aus und klebte sie in ein Sammelalbum, zog mit dem Finger im Atlas stundenlang gewundene Flussläufe und zackige Küstenlinien nach. Doch auch so konnte ich mir nie ein richtiges Bild davon machen, wie das Leben für Matthew dort war. Durch die Lektüre von Rudyard Kipling und Somerset Maugham hatte ich gewisse Vorstellungen, aber das war auch alles.

Ich schrieb ihm jeden Tag, wahrscheinlich öfter als Gloria. Sie war nie groß im Briefeschreiben. Matthew antwortete nicht besonders oft, aber wenn, versicherte er uns immer, es ginge ihm gut. Meistens beschwerte er sich über den Monsun und die feuchte Dschungelhitze, die Insekten und das fürchterliche Gelände. Nie sprach er direkt übers Kämpfen und Töten, so dass wir lange Zeit nicht einmal wussten, ob er an einer Schlacht beteiligt gewesen war. Einmal jedoch schrieb er, die Langeweile sei der größte Feind: »Gähnende Langeweile wird nur hin und wieder von einem kurzen Scharmützel abgelöst«, so drückte er sich aus. Irgendwie hatte ich so eine Ahnung, dass diese »kurzen Scharmützel« wesentlich gefährlicher und schrecklicher waren als die Langeweile.

Mit der Zeit gewöhnten wir uns an Matthews Abwesenheit und erfreuten uns, so gut es ging, an seinen Briefen. Gloria las mir Teile aus seinen vor (wobei sie den peinlichen Turteltäubchen-Kram zweifelsohne wegließ) und ich zeigte ihr seine Brief an mich. Manchmal merkte ich, dass sie eifersüchtig war, weil er mir eher von Gedanken, Büchern und Philosophie schrieb, ihr hingegen größtenteils Alltägliches wie Essen, Mücken und Blasen.

Im September kam *Stolz und Vorurteil* mit Laurence Olivier und Greer Garson endlich ins Lyceum. Der alte Granville hatte Gloria gerade einen Zahn gezogen, nachdem sie mehrere Tage lang Zahnschmerzen gehabt hatte. Ich sagte ihr, ich hielte seine Preise, die er für so einen Murks nahm, für verboten, aber sie gab zurück, Brenchley in Harkside, ein berüchtigter Schlachter, sei noch teurer. Wie immer richtete Granville mehr Schaden an als zu helfen; der zerrissene Gaumen der armen Gloria blutete über einen Tag lang. Als sie sich langsam ein wenig besser fühlte, überredete ich sie, mit mir ins Kino zu gehen. Wie sich herausstellte, mochte sie den Film sogar. Es hätte mich nicht wundern sollen. Es war nicht ganz die spitzzüngige, ironische Jane Austen, die ich aus den Büchern kannte, sondern weitaus romantischer. Dennoch stellte es eine nette Abwechslung zu all den albernen Komödien und Musicals dar, in die sie mich in letzter Zeit geschleppt hatte.

Die doppelte Sommerzeit erleichterte es uns, im Dunkeln den Weg durch die Felder zu finden. Es war ein wunderschöner Herbstabend, getaucht in rauchgrünes und goldenes Licht. Vor dem Krieg war ich an solchen Abenden immer herausgegangen und hatte nach Sonnenuntergang das Abbrennen der Stoppelfelder genossen, an solchen Abenden konnte man den beißenden süßen Rauch über den Feldern riechen und die kleinen Feuer kilometerweit entlang des Horizonts sehen. Während des Krieges gab es leider keine abgebrannten Stoppelfelder; wir wollten ja nicht, dass die Deutschen wussten, wo sich unsere leeren Felder befanden.

Der besagte Abend war fast ebenso schön, auch ohne den

Qualm und die kleinen Feuer. Ich konnte das rosafarbene Heidekraut auf den fernen Anhöhen im Westen dunkler werden sehen, konnte die Nachtvögel rufen hören, die saubere, nach Heu duftende Luft riechen und spüren, wie das trockene Gras beim Gehen an meinen nackten Beine raschelte.

Trotz der verheerenden Auswirkungen des Krieges und der Entfernung zu Matthew fühlte ich mich in dem Moment so zufrieden wie vor dem ganzen Elend. Doch als wir in der zunehmenden Dunkelheit zur Feenbrücke hinunterliefen, empfand ich einen eisigen Schauer der Vorahnung, als sei jemand über mein Grab gelaufen, wie Mutter gesagt hätte. Gloria hatte sich bei mir untergehakt und plapperte ohne Unterlass, wie schön Laurence Olivier sei, und da sie offenbar nichts gemerkt hatte, ging ich darüber hinweg.

In den nächsten Wochen versuchte ich, das Gefühl zu verdrängen, doch kehrte es hartnäckig immer wieder zurück. Es gab reichlich Grund zum Jubeln, sagte ich mir: Matthew schrieb weiterhin regelmäßig und versicherte uns, es ginge ihm gut; die Rote Armee schien in Stalingrad an Boden zu gewinnen, und in Nordafrika wendete sich das Blatt.

Doch als ich im November nach dem Sieg in El Alamein im Bett lag und die Kirchenglocken zum ersten Mal seit Jahren wieder läuten hörte, konnte ich nicht anders als weinen, weil Matthew zu seiner Hochzeit keine Glocken gehabt hatte.

* * *

»Erstens«, sagte Annie später am Tag zu Banks am Telefon. »Nach der Eheschließung 1941 kann ich keinen einzigen offiziellen Eintrag zu Gloria Shackleton finden. Keine Vermisstenanzeige in unseren Akten, nirgends eine Todesanzeige. Der *Harkside Chronicle* stellte übrigens wegen Papierknappheit von 1942 bis 1946 sein Erscheinen ein, der nützt uns also gar nichts. Es gibt natürlich noch die *Yorkshire Post,* wenn die sich denn für die Gegend um

Harkside interessierte. Nun, es sieht ganz so aus, als sei Gloria wie vom Erdboden verschluckt.«

»Hast du bei der Einwanderungsbehörde nachgefragt?«

»Ja. Nichts.«

»Gut. Weiter?«

»Hm, ich hab ein bisschen mehr über ihr Leben in Hobb's End herausfinden können, das meiste habe ich mir mit Hilfe des Gemeindeblatts zusammengereimt. Zum ersten Mal wird sie in der Ausgabe von Mai 1941 erwähnt, da begrüßt man sie in der Gemeinde als Mitglied der Women's Land Army. Ihr wird eine Stelle auf einem Hof namens Top Hill Farm zugewiesen, der ein wenig außerhalb des Dorfes liegt.«

»Top Hill Farm? Hast du herausgefunden, wer der Besitzer des Hofes war?«

»Allerdings. Er gehörte einem Mr. Frederick Kilnsey und seiner Frau Edith. Sie hatten einen Sohn namens Joseph, der einberufen wurde. Deswegen bekamen sie Gloria. Es war offenbar kein besonders großer Hof, nur ein paar Kühe, Federvieh, Schafe und ein Paar Hektar Land. Na ja, Joseph kam jedenfalls nicht zurück. Starb in El Alamein. Zu dem Zeitpunkt lebte Gloria schon im Bridge Cottage.

»Und arbeitete noch für die Kilnseys?«

»Ja. Ich nehme an, diese Übereinkunft kam allen gelegen. Sie brauchten sie, besonders da Joseph tot war, und sie konnte im Bridge Cottage wohnen und war in der Nähe der wenigen Familienangehörigen, die sie in Hobb's End noch hatte.«

»Und das hast du alles aus dem Gemeindeblatt?«

»Na ja, ich schmücke es ein bisschen aus. Aber es ist bemerkenswert informativ, findest du nicht? Ich meine, man macht ja schnell Witze über die popeligen Nachrichten, die da veröffentlicht werden – zum Beispiel: ›Bauer Jones verliert Schaf im Schneesturm‹ –, aber wenn man Einblick in so eine Sache erhalten möchte, dann ist es eine richtige Schatztruhe. Leider wurde der Druck ebenfalls Anfang 1942 eingestellt. Papiermangel.«

»Schade. Weiter?«

»Das ist eigentlich alles. Gloria heiratete den ältesten Sohn der Shackletons, Matthew. Er war einundzwanzig, sie neunzehn. Er hatte eine jüngere Schwester namens Gwyneth. Ich nehme an, sie war auch die Trauzeugin.«

»Was ist aus ihr geworden?«

»Soweit ich weiß, war sie im März 1942, als die letzte Ausgabe erschien, noch im Dorf. Hat sogar einen kleinen Artikel über den Anbau von Gartenzwiebeln verfasst.«

»Faszinierend. Was ist mit Matthew?«

»Das letzte Mal wird er erwähnt, als er nach Übersee verschifft wird.«

»Wohin?«

»Steht da nicht. Wahrscheinlich geheim.«

»Hast du eine Ahnung, wo die ganzen Leute hinzogen, als Hobb's End geräumt wurde?«

»Nein. Aber ich habe Ruby Kettering angerufen. Sie kennt noch zwei Frauen, die während des Krieges in Hobb's End lebten. Die eine heißt Betty Goodall, sie wohnt jetzt in Edinburgh, und die andere ist eine Alice Poole aus Scarborough. Sie meint, die beiden würden entzückt sein, mit uns zu sprechen.«

»Gut. Hör zu, ich hab mir überlegt, Sergeant Hatchley morgen zum Standesamt nach London zu schicken. Was ist dir lieber: Edinburgh oder Scarborough?«

»Ist mir egal. Hauptsache, ich muss keine Geburts-, Todes- und Heiratsanzeigen durchsehen.«

»Ich werfe eine Münze. Kopf oder Zahl?«

»Wie soll ich dir denn am Telefon glauben?«

»Glaub mir einfach. Kopf oder Zahl?«

»Das ist doch verrückt. Kopf.«

Annie wartete einen Moment und hörte das Geräusch einer auf einen Metalltisch klimpernden Münze. Sie grinste in sich hinein. Abgefahren. Banks kam zurück ans Telefon. »Es war Kopf. Such's dir aus.«

»Ich hab dir ja gesagt, eigentlich ist es mir egal. Dann nehme ich Scarborough, wenn du unbedingt willst. Ich mag die Küste da und ich muss nicht so lange fahren.«

»Gut. Wenn ich früh genug loskomme, bin ich am frühen

Abend aus Edinburgh zurück. Dann haben wir noch genug Zeit, um uns auszutauschen. Aber zuerst möchte ich heute Abend was in die Nachrichten setzen.«

»Und was?«

»Ich will Glorias Namen ausstrahlen lassen, mal sehen, ob jemand reagiert. Ich weiß, das könnte ein wenig voreilig sein, aber man weiß ja nie. Wir haben nicht die geringste Ahnung, was aus den Shackletons geworden ist, und Gloria hatte vielleicht Familie in London, von der noch jemand lebt. Möglicherweise weiß jemand, was mit ihr passiert ist. Und wenn wir vollkommen daneben liegen, kommt sie vielleicht auf der Dienststelle vorbei, damit wir wissen, dass sie noch lebt.«

Annie lachte. »Gut.«

»Also, ich wollte es mal mit dem Lokalfernsehen versuchen. Da kann ich sie überreden, die Postkarte zu zeigen.«

»Wie? Eine Nackte im Lokalfernsehen?«

»Können sie ja schwärzen.«

»Sag mir Bescheid, um wie viel Uhr es läuft.«

»Warum?«

»Damit ich den Videorekorder programmieren kann. Tschüss.«

»Jimmy Riddle glaubt also, er hätte Ihnen hiermit so richtig einen reingewürgt?«, fragte Sergeant Hatchley und schluckte den ersten Bissen getoasteten Teekuchen herunter.

»Wenn man es so drastisch ausdrücken will: ja«, antwortete Banks. »Außerdem glaube ich, war er sich ziemlich sicher, dass dieser Fall nichts mit Rassenproblematik oder seinen einflussreichen Bonzenfreunden aus der Loge zu tun hat.«

»Hm, da würde ich nicht drauf wetten«, sagte Hatchley. »Ich könnte mir durchaus vorstellen, dass ein paar von denen so ihre Leichen im Keller haben.«

»Ups.«

Sie saßen im Golden Grill auf der anderen Straßenseite des Reviers von Eastvale. Die Market Street war voller Touristen, die sich Jacken oder Strickjacken um die Schultern geschlungen hatten und Fotoapparate um den Hals trugen. Wie die Schafe oben auf den ungezäunten Wegen im Moor schoben sie sich über die enge Straße. Die hupenden Lieferwagen kamen nur schrittweise voran. Die meisten Tische waren bereits besetzt, aber sie hatten noch einen weiter hinten gefunden. Sobald die beiden Platz genommen und bei der geschäftigen Kellnerin ihre Bestellung aufgegeben hatten, erzählte Banks Hatchley von dem Skelett. Als er fertig war, wurde das Essen aufgetischt.

Banks wusste, dass sein Sergeant als Faulenzer und Rowdy bekannt war. Sein Aussehen machte es nicht gerade besser. Hatchley war groß, langsam und massig, wie ein in die Jahre gekommener Rugby-Stürmer. Er hatte strähniges Haar, einen rosa Teint mit Sommersprossen und eine Schweinsnase. Seine Anzüge glänzten speckig, die Krawatten waren fleckig – normalerweise sah er aus, als sei er gerade durch den Dreck gezogen worden. Aber Banks hatte immer wieder die Erfahrung gemacht, dass Hatchley ein sturer, hartnäckiger, schwer abzuschüttelnder Bursche war, sobald er sich in etwas verbissen hatte. Er musste nur erst motiviert werden.

»Jedenfalls glauben wir zu wissen, wer das Opfer war, aber wir möchten alle anderen Möglichkeiten ausschließen. Ich möchte gerne, dass Sie sich morgen Constable Bridges schnappen und mit ihm nach London fahren. Hier ist eine Liste von Punkten, die geklärt werden sollen.« Banks reichte ihm ein Blatt.

Hatchley warf einen kurzen Blick darauf. »Kann ich nicht lieber Constable Sexton mitnehmen?«

Banks grinste. »Ellie Sexton? Sie sind ein verheirateter Mann. Ich schäme mich für Sie, Jim.«

Hatchley zwinkerte ihm zu. »Spielverderber.«

Banks sah auf die Uhr. »Bevor Sie losfahren, könnten Sie noch eine landesweite Anfrage starten, ob es in dem Zeitraum ähnliche Verbrechen gegeben hat. Ist ein bisschen kompliziert, weil es so lange zurückliegt. Da werden sie sich Zeit lassen. Aber es besteht ja die Möglichkeit, dass einer einen ungeklärten Fall mit ähnlichem Modus Operandi in den

Akten hat. Ich schicke auch noch einen los, der unser Archiv hier prüfen soll.«

»Meinen Sie, der Mord war Teil einer ganzen Serie?«

»Weiß ich nicht, Jim, aber als mir Dr. Glendenning von der Vorgehensweise des Mörders erzählte, dachte ich, ich sollte auch diese Möglichkeit in Betracht ziehen. Ich hab die Spurensicherung schon gebeten, die Suche auf ganz Hobb's End auszudehnen. Nach dem, was ich gerade von Dr. Glendenning über die Todesursache gehört habe, möchte ich vermeiden, dass wir wieder auf einem Massengrab wie in der Cromwell Street 25 stehen, ohne es zu merken.«

»Das wäre bestimmt ein Jubeltag für die Presse«, sagte Hatchley. »Wie wäre es mit ›Das Horrorhaus von Hobb's End‹? Hört sich gut an.«

»Hoffen wir, dass es nicht so weit kommt.«

»Ja.« Hatchley schwieg und aß seinen letzten Bissen Teekuchen. »Dieser Sergeant Cabbot, mit dem Sie unten in Harkside zu tun haben«, sagte er dann wieder, »den hab ich, glaube ich, noch nicht kennen gelernt. Was ist das für einer?«

»*Sie* ist ziemlich neu in der Gegend«, erwiderte Banks. »Aber sieht aus, als klappte es ganz gut mit ihr.«

»Eine Frau?« Hatchley zog die Augenbrauen hoch. »Ist also nicht schlecht, was?«

»Kommt auf den Geschmack an. Aber für einen verheirateten Mann mit Kind zeigen Sie gefährlich viel Interesse an solchen Sachen. Wie geht's Carol und April überhaupt?«

»Gut.«

»Zahnt die Kleine noch?«

»Ist schon längst vorbei. Aber danke der Nachfrage.«

Banks aß seinen letzten Bissen Teekuchen. »Wissen Sie, Jim«, begann er, »wenn ich in letzter Zeit ein bisschen abwesend war, ja, wenn ich mich nicht groß für Sie und Ihre Familie interessiert habe, dann ist das nur … hm, ich hatte eine Menge Probleme. Hat sich einiges geändert. Muss man sich erst dran gewöhnen.«

»Ja.«

Verdammt noch mal, dachte Banks. Immer nur »ja«. Das konnte alles bedeuten. Er mühte sich weiter. »Jedenfalls, wenn Sie meinen, ich hätte Sie übergangen oder Sie irgendwie ausgeschlossen, dann entschuldige ich mich dafür.«

Hatchley schwieg einen Moment, den Blick von Banks abgewandt. Schließlich klammerte er sich mit seinen Fleischerhänden an die rotweiß karierte Tischdecke, vermied aber immer noch den Blickkontakt. »Vergessen wir die Sache einfach, ja? Das ist vergangen und vergessen. Wir hatten in den letzten Monaten alle unser Päckchen zu tragen, Sie vielleicht mehr als andere. Aber wo wir schon davon reden: Sie haben wahrscheinlich schon gehört, dass sie uns in ›Verbrechensmanagement‹ umbenennen wollen, oder?«

Banks nickte. »Ja.«

Hatchley tat, als ginge er ans Telefon. »Guten Morgen, hier Verbrechensmanagement. Wie kann ich Ihnen helfen? Hm, nicht genug Verbrechen in Ihrer Gegend? Ojeoje. Hm, tja, ich glaube, in der East-Side-Siedlung ist etwas übrig. Ja, ich kümmer mich sofort darum. Mal sehen, ob ich Ihnen bis zum Nachmittag was rüberschicken kann. Auf Wiederhören.«

Banks lachte.

»Mensch, also wirklich«, ereiferte sich Hatchley. »Wenn das so weitergeht, dann sind Sie demnächst ein leitender Verbrechensberater.«

Die Eingangstür ging auf und Constable Sexton steuerte auf die Männer zu. Hatchley stieß Banks an. »Da ist sie. Die Königin vom Revier Eastvale.«

»Halt's Maul, Mann«, sagte sie und wandte sich an Banks. »Sir, wir haben gerade eine dringende Mitteilung von einer Sergeant Cabbot aus Harkside erhalten. Sie bittet Sie, so schnell wie möglich zu kommen. Sie meinte, ein Junge namens Adam Kelly hätte Ihnen etwas zu sagen.«

* * *

Das Telegramm in seinem unverkennbaren orangefarbenen Umschlag wurde aus irgendeinem Grund im Laden abgegeben. Ich erinnere mich an den Tag: Es war Palmsonntag, der

18. April 1943, Mutter und ich waren gerade von der Kirche zurückgekehrt. Gloria arbeitete an dem Tag, so dass ich Mutter mit ihren Tränen schweren Herzens allein lassen und zur Top Hill Farm hinauflaufen musste. Obwohl es ein kühler Nachmittag war, lief mir der Schweiß aus allen Poren, als ich dort ankam.

Ich fand Gloria im Hühnerstall, wo sie Eier zusammensuchte. Sie hielt eins in der Hand und streckte sie aus, um es mir zu zeigen. »Das ist noch ganz warm«, sagte sie, »frisch gelegt. Aber was machst du hier, Gwen? Du bist ja ganz außer Atem. Und deine Augen. Hast du geweint?«

Keuchend reichte ich ihr das Telegramm. Sie las es, ihr Gesicht wurde grau, und sie sank rückwärts gegen die dünne Holzwand. Ein Nagel im Holz quietschte, die Hühner gackerten. Das Blatt schwebte aus ihrer zarten Hand auf den schmutzigen Boden. Sie weinte nicht sofort, nur ein leises Stöhnen kam aus ihrem Mund. »Oh nein«, sagte sie. »Nein.« Fast so, als hätte sie es erwartet. Dann begann ihr ganzer Körper zu zittern. Ich wollte zu ihr gehen, aber irgendwie spürte ich, dass ich nicht durfte. Ich musste warten, bis sie die erste Erschütterung des Schmerzes durch sich hatte beben lassen.

Sie ballte die Hand zur Faust und das Ei zerbrach. Hellgelber Dotter verschmierte ihre zierlichen Finger, das Eiweiß zog sich in langen Fäden zähflüssig hinunter zur strohbedeckten Erde.

* * *

Das Haus der Kellys stand in der Mitte einer Häuserreihe an der Landstraße östlich von Harkside. Auf der gegenüberliegenden Straßenseite war ein Kindergarten, daneben ein gebührenpflichtiger Parkplatz, der die Touristen ermuntern sollte, das Ortszentrum nicht mit ihren Fahrzeugen zu verstopfen. Hinter dem Parkplatz erstreckte sich eine Wiese mit Butterblumen und Klee hinunter bis zur Grenze von West Yorkshire und zum Ufer des Linwood-Stausees.

Mrs. Kelly öffnete die Tür und bat die Beamten herein. Banks spürte die Spannung auf der Stelle. Das Nachbeben einer Standpauke; es war ein Gefühl, das er aus seiner Kindheit kannte, als meistens seine Mutter das Schelten übernommen hatte. Obwohl das nie offen angesprochen wurde, wusste Banks, dass sein Vater der Ansicht war, die alltägliche Erziehung sei Frauensache. Nur wenn Banks frech zu ihr wurde oder sich wehrte, griff sein Vater ein und regelte die Angelegenheit mit seinem Gürtel.

»Er macht den Mund nicht auf«, sagte Mrs. Kelly. Sie war eine schlichte, gequält aussehende Frau Anfang dreißig, wirkte aber älter mit dem schlaffen, müden Haar und dem verhärmten Gesicht. »Als er zum Mittagessen von der Schule nach Hause kam, hab ich ihn zur Rede gestellt, da ist er hoch in sein Zimmer gelaufen. Er wollte nicht zurück zur Schule gehen und will nicht runterkommen.«

»Weswegen haben Sie ihn zur Rede gestellt, Mrs. Kelly?«, fragte Banks.

»Weil er was geklaut hat.«

»Geklaut?«

»Ja. Das hab ich beim Aufräumen in seinem Zimmer gefunden. Von diesem … diesem Skelett da. Ich hab's an der Stelle liegen gelassen. Wollte es nicht anfassen. Jetzt sagen bestimmt alle, dass ich ihn nicht richtig erzogen hab. Ist nicht einfach, wenn man allein ist.«

»Beruhigen Sie sich, Mrs. Kelly«, sagte Annie und legte der Frau die Hand auf den Arm. »Keiner gibt Ihnen die Schuld an irgendwas. Oder Adam. Wir möchten einfach nur der Lösung auf die Spur kommen, das ist alles.«

Es war warm im Zimmer, im Fernsehen erklärte eine Frau, wie man ein perfektes Soufflé zubereitete. Da es schon später Nachmittag war und das Zimmer nach Osten ging, fiel nur sehr wenig Licht herein. Banks fühlte Platzangst in sich aufsteigen.

»Kann ich hochgehen und mit ihm reden?«, fragte er.

»Aus dem bekommen Sie nix raus. Der sagt keinen Ton.«

»Darf ich's versuchen?«

»Wenn Sie wollen. Oben an der Treppe links.«

Banks warf Annie einen Blick zu, die versuchte, Mrs. Kelly in einen Sessel zu bugsieren, dann stieg er die teppichbezogenen Stufen der engen Treppe hinauf. Er klopfte an Adams Tür, doch als er keine Antwort bekam, öffnete er sie einen Spalt und sah um die Ecke. »Adam?«, fragte er. »Ich bin's, Mr. Banks. Kennst du mich noch?«

Adam lag im Bett und hatte ihm den Rücken zugewandt. Langsam drehte er sich um, wischte sich mit dem Unterarm über die Augen und sagte: »Wollen Sie mich etwa festnehmen? Ich will nicht ins Gefängnis.«

»Es bringt dich doch keiner ins Gefängnis, Adam.«

»Ich hab's doch nicht böse gemeint, ehrlich nicht.«

»Beruhige dich erst mal und erzähl mir dann, was passiert ist. Wir kriegen das schon hin. Darf ich reinkommen?«

Adam setzte sich auf. Er hatte helle Haare, eine dicke Brille, Sommersprossen und abstehende Ohren, er war genau die Art von Kind, das in der Schule oft gehänselt wird und zum eigenen Schutz eine lebhafte Phantasie entwickelt. Vielleicht die Art von Kind, die Banks früher vor den Raufbolden verteidigt hatte. Die Augen des Jungen waren vom Weinen gerötet. »Denk schon«, sagte er.

Banks betrat das kleine Kinderzimmer. Da keine Stühle vorhanden waren, setzte er sich auf das Fußende des Bettes. Poster von muskelbepackten, schwertschwingenden Phantasy-Helden hingen an der Wand. Ein kleiner Computer stand auf dem Schreibtisch, neben dem Bett lag ein Stapel alter Comics. Für mehr gab es eigentlich keinen Platz. Banks ließ die Tür offen.

»Erzähl doch einfach mal!«, schlug er vor.

»Ich dachte, es wär verzaubert«, sagte Adam. »Der Talisman. Deswegen bin ich dahin gegangen.«

»Wohin?«

»Nach Hobb's End. Das ist ein verzauberter Ort. Er wurde im Kampf zwischen Gut und Böse zerstört, aber da liegen immer noch Zaubersachen im Boden. Ich dachte, damit würde ich unsichtbar.«

»Der hat zu viel von diesen Comics gelesen«, sagte eine anklagende Stimme. Banks drehte sich um und sah

Mrs. Kelly auf der Schwelle stehen. Annie trat neben sie. »Den Kopf in den Wolken hat der«, fuhr Adams Mutter fort. »*Dungeons and Dragons, Conan der Barbar. Myst, Riven*. Stephen King und Clive Barker. Aber diesmal ist er zu weit gegangen.«

»Mrs. Kelly«, sagte Banks, »würden Sie mich bitte ein paar Minuten allein mit Adam sprechen lassen?«

Sie blieb mit verschränkten Armen stehen, schnaubte dann verächtlich und ging.

»Sorry«, artikulierte Annie lautlos und folgte ihr.

Banks wandte sich wieder Adam zu. »Also, Adam«, sagte er. »Du bist also ein Zauberer, ja?«

Adam sah ihn argwöhnisch an. »Ich weiß ein bisschen Bescheid.«

»Erzählst du mir, was an dem Tag in Hobb's End passiert ist, als du eingestürzt bist?«

»Hab ich Ihnen schon erzählt.«

»Die ganze Geschichte.«

Adam kaute auf seiner Unterlippe.

»Du hast was gefunden, oder?«

Adam nickte.

»Zeigst du's mir?«

Der Junge zögerte und griff dann unter sein Kopfkissen, um etwas Kleines, Rundes hervorzuholen. Widerstrebend reichte er es Banks. Es sah nach einem Metallknopf aus. Angelaufen und noch schmutzverkrustet – aber deutlich erkennbar ein Knopf.

»Wo hast du den gefunden, Adam?«

»Der ist mir in die Hand gefallen, ehrlich.«

Banks wandte sich ab, um sein Lächeln zu verbergen. Hätte er jedesmal einen Penny bekommen, wenn er diesen Satz von einem beschuldigten Dieb hörte, wäre er inzwischen ein reicher Mann. »Also gut«, meinte er. »Was hast du gerade gemacht, als er dir in die Hand fiel?«

»Ich hab die Hand rausgezogen.«

»Er war also in der Hand des Skeletts?«

»Muss er eigentlich, oder?«

»Als ob das Opfer ihn umklammert gehalten hatte?«

»Was?«

»Schon gut. Warum hast du uns nichts davon erzählt?«

»Ich dachte, es wär das, weshalb ich hingegangen war. Der Talisman. Der ist nicht leicht zu kriegen. Man muss an dem Schleier zur Stufe 7 vorbei. Man muss Opfer bringen und die Angst überwinden.«

Banks hatte nicht die geringste Ahnung, wovon der Junge sprach. In Adams Phantasie hatte der alte Knopf durch die Art und Weise, wie er an ihn geraten war, offenbar eine magische Bedeutung erhalten. Nicht dass das einen Unterschied machte. Wichtig war, dass Adam den Knopf aus Gloria Shackletons Hand genommen hatte.

»Das hast du gut gemacht«, sagte Banks. »Aber du hättest mir Bescheid sagen sollen, als ich das erste Mal mit dir gesprochen habe. Es ist nicht das, was du denkst.«

Adam schien enttäuscht. »Nein?«

»Nein. Das ist kein Talisman, sondern nur ein alter Knopf.«

»Ist er wichtig?«

»Das weiß ich noch nicht. Vielleicht schon.«

»Wer war es? Wissen Sie das? Das Skelett?«

»Eine junge Frau.«

Adam dachte schweigend darüber nach. »War sie schön?«

»Ich glaube schon.«

»Hat sie lange da gelegen?«

»Seit dem Krieg.«

»Wurde sie von den Deutschen ermordet?«

»Das glauben wir nicht. Wir wissen noch nicht, wer sie umgebracht hat.« Er hielt ihm die Hand mit dem Knopf hin. »Er könnte uns helfen, das herauszufinden. Du könntest uns dabei helfen.«

»Aber wer das getan hat, ist doch jetzt schon tot, oder?«

»Wahrscheinlich«, bestätigte Banks.

»Mein Opa ist im Krieg gestorben.«

»Das tut mir Leid, Adam.« Banks erhob sich. »Du kannst jetzt mit runterkommen, wenn du willst. Es tut dir keiner was.«

»Aber meine Mum ...«

»Sie war nur durcheinander, mehr nicht.« Banks hielt auf der Schwelle inne. »Als ich in deinem Alter war, hab ich einmal bei Woolworth einen Ring geklaut. War nur ein Plastikring, nicht viel wert, aber ich wurde geschnappt.« Banks kam es vor, als wäre es gestern gewesen: der Geruch von Zigarettenrauch im Atem der Kaufhausdetektive; ihre imposante Größe in dem vollgestopften, spitz zulaufenden Büro, das sich unter der Rolltreppe befand; die grobe Art, mit der sie ihn behandelten, und seine Angst, dass sie ihn zusammenschlagen oder anderweitig belästigen würden und dass alle denken würden, er hätte es verdient, weil er ein Dieb war. Alles für einen Plastikring. Eigentlich noch nicht einmal das. Nur zum Angeben.

»Und was passierte dann?«, fragte Adam.

»Ich musste ihnen meinen Namen und meine Adresse sagen und meine Mutter musste hingehen und mit ihnen sprechen. Einen Monat lang bekam ich kein Taschengeld und durfte nicht zum Spielen raus.« Er war unsanft durchsucht worden, alles hatten sie ihm aus den Taschen gezogen: Schnur, Taschenmesser, Cricketkarten, Bleistiftstummel, Bonbon, Busfahrkarte für den Rückweg und seine Zigaretten. Deshalb hatte ihm seine Mutter kein Taschengeld mehr gegeben: Weil die Kaufhausdetektive von Woolworth ihr von den Zigaretten erzählt hatten. Die sie zweifellos selbst geraucht hatte. Das war ihm immer ungerecht vorgekommen, die Zigaretten hatten doch nichts damit zu tun gehabt. Ihn zu bestrafen, weil er den Ring gestohlen hatte, ja, aber die Zigaretten hätten sie ihm lassen können. Im Laufe der folgenden Jahre war er natürlich auf weitere Beispiele für die Ungerechtigkeit des Lebens gestoßen, nicht wenige davon hatte er selbst begangen. Er musste zugeben, dass es Fälle gegeben hatte, wo er jemanden wegen eines Verstoßes gegen die Straßenverkehrsordnung festgenommen hatte, in dessen Taschen er außerdem ein paar Gramm Koks oder Hasch gefunden und das auf dem Anzeigenformular vermerkt hatte.

»Egal«, fuhr er fort, »ich hab lange dafür gebraucht, bis ich herausbekam, warum sie sich über so was Unwichtiges wie einen Plastikring so aufgeregte.«

»Und warum?«

»Weil sie sich schämte. Sie fühlte sich gedemütigt, weil sie dahin gehen und sich von diesen Männern anhören musste, ihr Sohn sei ein Dieb. Weil sie sich gefallen lassen musste, dass sie herablassend mit ihr sprachen, als sei es ihre Schuld, und weil sie noch dankbar sein musste, dass sie nicht die Polizei riefen. Es war unwichtig, dass ich nichts Schlimmes getan hatte. Sie schämte sich, dass ihr Sohn so etwas getan hatte. Sie machte sich Sorgen, es könne bedeuten, dass ich auf die schiefe Bahn gerate.«

»Aber Sie sind ein Bulle, kein Dieb.«

Banks lächelte. »Ja, ich bin ein Bulle. Und jetzt komm mit nach unten, dann werden wir sehen, ob wir deine Mutter ein bisschen milder stimmen können als meine damals.«

Adams zögerte, aber schließlich sprang er aus dem Bett. Banks trat zur Seite und ließ ihn die schmale Treppe zuerst hinuntergehen.

Adams Mutter machte in der Küche Tee, Annie lehnte an der Theke und sprach mit ihr.

»Aha, du kommst also wieder zu uns, du kleiner Teufel, ja?«, sagte Mrs. Kelly.

»'tschuldigung, Mum.«

Sie raufte ihm durchs Haar. »Ist schon in Ordnung. Mach so was bloß nicht noch mal.«

»Kann ich eine Cola?«

»Ist im Kühlschrank.«

Adam ging zum Kühlschrank, und Banks zwinkerte ihm zu. Adam errötete und grinste.

8

Vivian Elmsley machte es sich zu den Abendnachrichten mit einem Gin Tonic bequem. Seitdem sie von ihren Erinnerungen gequält wurde, trank sie häufiger, hatte sie festgestellt. Obwohl sie über eine eiserne Disziplin verfügte und das ihre einzige Schwäche war, der sie nur am Ende des Tages frönte, betrachtete sie es doch als ein beunruhigendes Zeichen.

Die Nachrichten zu sehen, war inzwischen eine Art grausamer Pflicht, eine morbide Faszination, geworden. Doch was sie an diesem Abend zu Gesicht bekam, erschütterte sie bis ins Mark.

Gegen Ende der Sendung, nachdem die wichtigsten weltweiten Nachrichten und Regierungsskandale abgehandelt worden waren, erschien plötzlich ein bekanntes Bild. Eine junge blonde Frau hatte ein Mikrophon in der Hand. Sie stand in Hobb's End, wo die Beamten der Spurensicherung noch immer in weißen Overalls und Gummistiefeln in den Ruinen herumwühlten.

»Eine Geschichte aus dem Norden Englands, über die wir bereits berichteten«, begann die Reporterin, »hat heute eine neue, bizarre Wendung genommen. Nach der Untersuchung von Knochenfunden, die ein ortsansässiges Schulkind entdeckt hatte, ist sich die Polizei der Identität des Opfers ziemlich sicher. Vor knapp einer Stunde sprach unsere Redaktion Nord mit Detective Chief Inspector Alan Banks, der die Untersuchungen leitet.«

Jetzt war ein Fernsehstudio zu sehen, die Kamera ruhte auf einem schlanken, dunkelhaarigen Mann mit durchdringenden blauen Augen.

»Können Sie uns sagen, wie Sie zu diesem Schluss kamen?«, fragte die Journalistin.

»Ja.« Banks blickte beim Sprechen direkt in die Kamera, registrierte Vivian, er ließ die Augen nicht nach links oder rechts schweifen, wie es so viele Amateure bei ihrem ersten Auftritt taten. Er war nicht zum ersten Mal im Fernsehen. »Als wir die Personen überprüften, die während des Zweiten Weltkriegs in dem Cottage wohnten«, begann er, »stellten wir fest, dass der Name einer Frau, sie heißt Gloria Shackleton, nach 1945 in keinen Unterlagen mehr auftaucht.«

»Und das fanden Sie auffällig?«

Der Kommissar lächelte. »Sicher. Dafür kann es natürlich verschiedene Gründe geben, wir prüfen auch noch andere Möglichkeiten, aber wir müssen ebenfalls in Betracht ziehen, dass sie nicht mehr erwähnt wird, weil sie tot war.«

»Wie lange befanden sich die Überreste der Frau unter der Erde?«

»Das kann man nicht präzise sagen, aber wir schätzen, seit Anfang oder Mitte der vierziger Jahre.«

»Das ist eine lange Zeit, nicht wahr?«

»Allerdings.«

»Verblassen da nicht die Spuren?«

»Auf jeden Fall. Aber ich bin sehr zufrieden mit dem bisherigen Fortgang der Ermittlungen, und ich bin zuversichtlich, dass wir noch mehr herausfinden. Die sterblichen Überreste wurden erst am vergangenen Mittwoch entdeckt, und nach weniger als einer Woche können wir schon ziemlich sicher sagen, um wen es sich bei dem Opfer handelt. Für so einen Fall läuft das gar nicht schlecht, würde ich behaupten.«

»Und wie sieht Ihr nächster Schritt aus?«

»Den Täter finden.«

»Auch wenn er oder sie eventuell nicht mehr lebt?«

»Bevor das nicht klar ist, haben wir es mit einem ungelösten Mordfall zu tun. Wie man in Amerika sagt, Mord verjährt nicht.«

»Können unsere Zuschauer irgendwie behilflich sein?«

»Allerdings.« Banks rutschte auf dem Stuhl herum. Dann wurde der Bildschirm von Kopf und Schultern einer Frau gefüllt. Das war doch nicht möglich! Aber auch wenn keine fotografisch exakte Ähnlichkeit bestand, gab es keinen Zweifel, um wen es sich handelte: *Gloria.*

Vivian schnappte nach Luft und griff sich ans Herz.

Gloria.

Nach all den Jahren.

Es sah aus wie ein Bildausschnitt. Dem Neigungswinkel des Kopfes nach zu urteilen, vermutete Vivian, dass Gloria liegend als Modell posiert hatte. Wem? Michael Stanhope? Es konnte durchaus sein Stil sein. Weiterhin war Banks' Stimme zu hören: »Wenn jemand diese Frau kennt, die unseres Wissens nach zwischen 1921 und '41 in London und danach in Hobb's End lebte, wenn es noch Verwandte gibt, die etwas über sie wissen, möchte er oder sie sich bitte mit der Polizei von North Yorkshire in Verbindung setzen.« Er nannte eine Telefonnummer. »Es gibt immer noch sehr viel, das wir nicht wissen«, fuhr er fort, »und da diese Ereignisse so lange zurückliegen, ist es für uns umso schwieriger.«

Vivian stellte den Ton ab. Sie sah nur noch Glorias Gesicht: Stanhopes Vision von Glorias Gesicht, diese geschickte Mischung aus Naivität und Laszivität, dieses einladende Lächeln mit seinem Versprechen geheimer Gelüste. Es war Gloria und sie war es wieder nicht.

Dann überlief sie ein ängstlicher Schauer: Wenn sie Gloria bereits entdeckt hatten, wie lange dauerte es dann noch, bis *sie* gefunden wurde?

* * *

»Da stand nur, dass er *vermisst* wird«, beharrte Gloria mehr als zwei Monate später im Hochsommer 1943. Wir standen an eine Trockensteinmauer von Mr. Kilnsey gelehnt, tranken Limonade und blickten über die goldgrünen Hügel nach Nordwesten. Sie hielt mir den jüngsten Brief des Ministeriums unter die Nase und wies auf den Text. »Hier: ›Vermisst während schwerer Gefechte östlich des Irrawaddy River in Burma.‹ Wo auch immer das sein soll. Als der Sohn von Mr. Kilnsey in El Alamein getötet wurde, stand da schwarz auf weiß, er wäre tot, nicht nur vermisst.«

Seit wir die Nachricht von Matthews Verschwinden erhalten hatten, bestand unser wichtigster Lebensinhalt in dem Bemühen, so viel Informationen wie irgend möglich über das zu bekommen, was ihm zugestoßen war. Zuerst hatten wir Briefe geschrieben, dann hatten wir sogar im Ministerium angerufen. Aber dort wollte man sich auf nichts festlegen. Man konnte uns nur sagen, dass er *vermisst* wurde, und niemand schien Näheres über die genauen Umstände seines Verschwindens zu wissen oder über seinen möglichen Aufenthaltsort, sollte er noch leben. Wenn doch, so sagte es uns keiner.

Das Einzige, was wir am Telefon aus dem Mann herausbekommen konnten, war, dass sich die Gegend, in der Matthew verschwunden war, nun in der Hand der Japaner befand, so dass es unmöglich war, dort nach Leichen zu suchen. Ja, gab er zu, es sei eine nicht näher genannte Zahl Gefallener bestätigt worden, aber Matthew sei nicht darunter. Es sei zwar wahrscheinlich, dass er getötet wurde, schloss der Mann, aber es bestünde ebenfalls die Möglichkeit, dass er gefangen genommen worden sei. Mehr war nicht aus ihm herauszuquetschen. Seit dem Telefongespräch hatte Gloria gegrübelt, was als Nächstes zu tun war.

»Ich finde, wir sollten hinfahren«, sagte sie und zerknüllte den Brief.

»Wohin? Nach *Burma*?«

»Nein, Dummerchen. Nach London. Wir sollten hinfahren und sie in die Mangel nehmen. Wir wollen Antworten.«

»Aber die werden nicht mit uns reden«, wandte ich ein. »Außerdem glaube ich nicht, dass sie noch in London sind. Alle von der Regierung sind irgendwo aufs Land gezogen.«

»Irgendeiner muss doch da sein«, argumentierte Gloria. »Ist doch logisch. Und wenn es nur die Notbesetzung ist. So eine Regierung kann nicht einfach abhauen und alles da liegen lassen. Schon gar nicht das Kriegsministerium. Und immerhin reden wir hier von London. Das ist immer noch die Hauptstadt von England, ja? Wenn es irgendwo eine Antwort gibt, dann wette ich, dass wir sie da finden.«

Glorias leidenschaftlicher Rede war nichts entgegenzusetzen. »Ich weiß nicht«, sagte ich. »Ich hätte nicht die geringste Ahnung, wo ich anfangen sollte.«

»Whitehall«, entgegnete sie nickend. »Da fangen wir an. In Whitehall.«

Sie klang so überzeugt, dass ich keine Erwiderung fand.

Den Rest des Monats versuchte ich, Gloria die Reise nach London auszureden, aber sie war unnachgiebig. Wenn sie sich etwas in den Kopf gesetzt hatte, wusste ich, dass sie durch nichts mehr davon abzubringen war. Selbst Cynthia, Alice und Michael Stanhope meinten, es sei reine Zeitverschwendung. Mr. Stanhope hatte für Regierungsangestellte überhaupt nichts übrig und versicherte uns, niemand würde uns etwas sagen.

Gloria beteuerte mehrmals, wenn ich sie nicht begleiten würde, wäre das auch gut, dann würde sie allein fahren. Ich brachte nicht den Mut auf, ihr zu sagen, dass ich noch nie in London gewesen war, nicht einmal zu Friedenszeiten, und dass mir dieses Vorhaben eine Heidenangst bereitete. London schien mir so weit entfernt wie der Mond.

Schließlich wurde die Fahrt für September geplant. Gloria entschied, es sei am besten, mit dem Nachtzug hin- und zurückzufahren. So brauchte sie ihre eineinhalb freien Tage lediglich auf die Wochenmitte zu verschieben und Mr. Kilnsey nicht um mehr zu bitten, wenn viel zu tun war. Zu ihrer Überraschung sagte Mr. Kilnsey, sie könne auch länger bleiben, wenn sie wolle. Seit er Joseph in El Alamein verloren hatte, war er ein verständnisvollerer, mitfühlender Mensch geworden, er konnte ihre Trauer nachempfinden. Wir blieben dennoch bei unserem ursprünglichen Zeitplan, da ich Mutter nicht für längere Zeit allein lassen wollte.

Cynthia Garmen versicherte mir, sie würde nach Mutter und dem Laden sehen, solange wir fort waren. Sie sagte, Norma Prentice schulde ihr noch einen Arbeitstag bei der Truppenbetreuung, da sie in der vergangenen Woche einmal auf deren Kind aufgepasst habe, deshalb sei das wohl kein Problem. Mutter erbot sich, unsere Fahrkarten zu bezahlen, und gab Gloria einige ihrer Bezugsscheine für Kleidung, falls wir Zeit haben sollten, uns in den großen Geschäften umzusehen. Obwohl Gloria sie dankbar entgegennahm, waren Kleider das Letzte, was sie im Kopf hatte.

* * *

Es war ungefähr zehn Uhr, als Banks mit seinem Auto die Hügelkuppe überwand und Edinburgh in seiner verschwommenen Herrlichkeit in der Ferne erblickte: die stufenförmig angelegten Mietblöcke, der dunkle gotische Spitzturm des Sir-Walter-Scott-Denkmals, das wie eine Rakete von einem fremden Stern aussah, der Buckel von Arthur's Seat, das Schloss auf dem Fels, das schimmernde Meer dahinter.

Abgesehen von ein oder zwei dienstlichen Besuchen war Banks schon seit Jahren nicht mehr dort gewesen, fiel ihm auf, als er zu »Tupelo Honey« von Van Morrison abwärts rollte. Als Student war er ziemlich oft am Wochenende oder in den Ferien hochgefahren, um Freunde zu besuchen. Einmal hatte er sogar eine Freundin gehabt, eine junge Schönheit mit kohlrabenschwarzem Haar namens Alison, die unten in der St. Stephen Street wohnte. Aber wie es bei solchen Beziehungen auf Distanz häufig vorkommt, siegt »Aus den Augen, aus dem Sinn« an den Wochentagen über »Abstand hält die Liebe jung«; und bei einem seiner Besuche tauchte sie einfach mit jemand anderem im Pub auf. Wie gewonnen, so zerronnen. Aber zu der Zeit hatte er eh bereits einen Blick auf eine andere Frau namens Jo geworfen.

Banks versuchte sich zu erinnern, ob er Jem jemals mit nach Edinburgh genommen hatte, doch wollte ihm einfach keine Situation einfallen, in der er Jem außerhalb seines Zimmers gesehen hatte, obschon er aus dem Haus gegangen sein musste, um Essen, Platten und Dope zu kaufen und sich die Stütze abzuholen. Banks hatte ihn noch nicht einmal draußen im Flur gesichtet. Von Zeit zu Zeit sah er Menschen vorbeikommen, Fremde, manchmal zu nachtschlafender Zeit, doch hatte Jem nie von irgendwelchen Freunden gesprochen.

Banks' Tage in Edinburgh lagen in der Ära vor *Trainspotting,* und als er vom Hügel in die geschlossene Ortschaft mit ihren dunklen Steinen, Kreisverkehren und Ampeln, Einkaufsparadiesen und Zebrastreifen herunterkam, wirkte die Stadt nicht sonderlich romantisch. Ohne große Probleme kam er durch Dalkeith, aber kurz danach machte er einen kleinen Fehler und landete auf einer Schnellstraße nach Glasgow, von der er erst nach fünf Kilometern abbiegen konnte.

Elizabeth Goodall lebte in einer Nebenstraße der Dalkeith Road, nicht weit vom Stadtzentrum entfernt. Am vergangenen Abend hatte sie ihm am Telefon eine präzise Anfahrtsbeschreibung durchgegeben, so dass er sich nur wenige Male verfuhr, bis er die schmale Straße mit den hohen Mietshäusern fand.

Mrs. Goodall wohnte im Erdgeschoss. Sie öffnete unverzüglich auf Banks' Klingeln und führte ihn in ein Wohnzimmer mit hoher Decke, das nach Lavendel und Minze roch. Alle Fenster waren fest geschlossen, nicht der geringste Hauch bewegte die warme, parfümierte Luft. Nur ein wenig Tageslicht stahl sich ins Zimmer. Die Tapete hatte ein Muster aus Rosmarin- und Thymianzweigen. Dazu Petersilie und Salbei, soweit Banks erkennen konnte. Mrs. Goodall bot ihm an, in einem stattlichen Damastsessel Platz zu nehmen. Wie alle Sessel im Zimmer waren seine Arm- und Rückenlehnen mit weißen Sesselschonern aus Spitze bezogen.

»Sie haben also gut hergefunden?«, fragte sie.

»Ja«, log Banks. »Ohne Probleme.«

»Ich selbst fahre ja kein Automobil«, sagte sie mit einer Spur ihres alten Yorkshire-Akzents. »Ich bin auf Bus und Bahn angewiesen, wenn ich vor die Tür gehe, was heutzutage nicht mehr allzu oft vorkommt.« Sie rieb ihre kleinen, runzligen Hände. »Nun, schön, jetzt sind Sie da. Tee?«

»Gerne.«

Sie verschwand in der Küche. Banks sah sich um. Der Raum war irgendwie nichtssagend: sauber und aufgeräumt, aber ohne jede Atmosphäre. Einige gerahmte Bilder standen auf dem Sideboard, aber keines zeigte Hobb's End. In einer Glasvitrine befand sich allerlei Nippes, darunter auch Pokale, Silber und Kristall. Eine große Versuchung für Einbrecher, dachte Banks: eine alte Frau in einer Erdgeschosswohnung mit einem netten Schrank voll Silber, direkt zum Mitnehmen. Er hatte nirgends eine Alarmanlage gesehen.

Mrs. Goodall kam mit einem Porzellanservice auf einem Tablett langsam ins Zimmer zurück. Sie stellte es auf dem mit einem Zierdeckchen geschmückten niedrigen Tisch vor dem Sofa ab, setzte sich dann mit aneinander gepressten Knien hin und strich ihren Rock glatt.

Sie war eine kleine, gedrungene Frau, die trotz der Hitze einen grauen Tweedrock, eine weiße Bluse und eine dunkelblaue Strickjacke trug. Ihr frisch dauergewelltes Haar war fast weiß, die Locken wirkten so betonhart wie die von Margaret Thatcher. Sie besaß eine hohe Stirn und ihre graugrünen, wässrigen Augen hatten einen rosa Rand. Ihr Mund war ein verkniffener Schlitz, der aussah wie mit Lippenstift aufgemalt.

»Wir lassen ihn ein paar Minuten ziehen, ja?«, schlug sie vor. »Dann gießen wir ihn ein.«

»Schön«, meinte Banks und versuchte, sich nicht vorzustellen, wie sie gemeinsam den dünnen Henkel der Teekanne hielten und die Tassen einschenkten.

»Nun«, sagte sie, die Hände im Schoß gefaltet, »fangen wir an! Am Telefon erwähnten Sie Hobb's End, aber mehr zu sagen, hielten Sie nicht für angebracht. Was wünschen Sie zu wissen?«

Banks beugte sich vor und stützte die Ellenbogen auf die Oberschenkel. Ihm fielen mehrere allgemeine Fragen ein, aber er brauchte etwas Konkretes, eine Frage, die sie gedanklich augenblicklich in die Vergangenheit versetzen würde, wenn das möglich war. »Erinnern Sie sich an Gloria Shackleton?«, fragte er. »Während des Krieges wohnte sie im Bridge Cottage.«

Mrs. Goodall sah aus, als hätte sie gerade Essig verschluckt. »Sicher erinnere ich mich an sie«, antwortete sie. »Ein furchtbares Mädchen.«

»Ja? In welcher Hinsicht?«

»Um mich ganz gewöhnlich auszudrücken, Chief Inspector: Das Mädchen war ein freches Flittchen. Das war wirklich offensichtlich. Die schamlose Art, der Blick von unten herauf, das anzügliche Lächeln. Das wusste ich von dem Moment an, als ich sie zum ersten Mal erblickte.«

»Wo war das?«

»Wo? Na, in der Kirche natürlich. Mein Vater war der Küster von St. Bartholomew. Obwohl es mir nicht in den Kopf geht, wie es so eine … so eine angepinselte Dirne wagen konnte, so vor Gott zu treten.«

»Also lernten Sie sie in der Kirche kennen?«

»Ich sagte nicht, dass ich sie kennen lernte, sondern dass ich sie dort zum ersten Mal sah. Damals hieß sie noch Gloria Stringer.«

»War sie gläubig?«

»Keine wahre Christin würde sich so zur Schau stellen, wie sie es tat.«

»Warum ging sie dann zur Kirche?«

»Weil die Shackletons gingen, natürlich. Bei denen hatte sie sich schon so richtig eingenistet.«

»Ursprünglich war sie doch aus London, oder?«

»Sagte sie jedenfalls.«

»Hat sie je etwas über ihre Vergangenheit erzählt, über ihre Familie?«

»Mir nicht, obwohl ich im Hinterkopf habe, dass mir jemand berichtete, ihre Eltern seien beim Blitzkrieg ums Leben gekommen.«

»Sie kam mit der Women's Land Army nach Hobb's End, oder?«

»Ja. Ein *Landmädchen*. Tee?«

»Gerne.«

Mrs. Goodall richtete sich kerzengerade auf und schenkte

ein. Die Teetassen bestanden, so wie die dazu passenden Untertassen, aus zartem, zerbrechlichem Knochenporzellan, auf das innen und außen rosa Rosen gemalt waren. Sie hatten einen Goldrand und einen schmalen Henkel, durch den er unmöglich seinen Finger schieben konnte. Nicht ein Tropfen verunzierte das weiße Spitzendeckchen. »Milch? Zucker?«

»Nein, danke, einfach so.«

Sie runzelte die Stirn, als ob sie das nicht guthieß. Alles andere als Milch mit zwei Zuckerstückchen war ihrer Ansicht nach wahrscheinlich unpatriotisch. »Sicherlich hoffte man«, fuhr sie fort, »dass sie sich mit der Zeit bemühen würde, sich unterzuordnen, ihr Verhalten und ihr Auftreten den dörflichen Gepflogenheiten anzupassen, aber ...«

»Sie bemühte sich nicht?«

»Nein. Nicht im Geringsten.«

»Kannten Sie sie gut?«

»Chief Inspector, klingt es so, als sei sie ein Mensch gewesen, auf dessen Gesellschaft ich Wert gelegt hätte?«

»Es war ein kleines Dorf. Sie müssen ungefähr im selben Alter gewesen sein.«

»Ich war ein Jahr älter.«

»Trotzdem.«

»Alice – ich meine Alice Poole – verbrachte manchmal etwas Zeit mit ihr. Gegen meinen Rat, wenn ich das hinzufügen darf. Aber Alice war ja immer ein bisschen zu unbefangen und leichtsinnig.«

»Hatten Sie überhaupt Umgang mit Gloria?«

Mrs. Goodall schwieg kurz, als müsse sie sich einen unangenehmen Umstand in Erinnerung rufen. Dann nickte sie. »Ja, das hatte ich. Es oblag mir, ihr mitzuteilen, dass ihr Verhalten inakzeptabel war, genauso wie ihr Auftreten.«

»Ihr Auftreten?«

»Ja. Was für Kleidung sie trug, wie sie herumscharwenzelte, wie sie ihr Haar frisierte, als wäre sie eine von diesen billigen amerikanischen Filmschauspielerinnen. Das war nicht damenhaft. Ganz und gar nicht. Und als ob das nicht schon schlimm genug war, *rauchte sie auch noch auf der Straße*.«

»Sie sagten, es habe Ihnen oblegen? In welcher Funktion? War man allgemein schlecht auf sie zu sprechen?«

»In meiner Eigenschaft als Mitglied der Kirche von England.«

»Verstehe. Benahm sich sonst jeder in Hobb's End damenhaft?«

Sie spitzte wieder die Lippen und ließ ihn mit einem kurzen, stechenden Blick spüren, dass ihr die Anzüglichkeit in seinem Ton nicht entgangen war. »Ich will nicht sagen, dass es ansonsten keine niederen Elemente im Dorf gab, Chief Inspector. Verstehen Sie mich nicht falsch. Die gab es natürlich. So wie in jeder dörflichen Gemeinschaft. Aber selbst die durch ihre Geburt Benachteiligten können wenigstens nach einem gewissen Niveau und einem anständigen Benehmen streben. Meinen Sie nicht?«

»Wie reagierte Gloria auf Ihren Tadel?«

Mrs. Goodall lief noch in Erinnerung daran rot an. »Sie lachte. Ich wies sie darauf hin, dass es ihr moralisch und gesellschaftlich sehr zugute kommen könne, wenn sie ein aktives Mitglied der Frauengemeinschaft und der Missionarsgesellschaft würde.«

»Wie lautete ihre Antwort darauf?«

»Sie schimpfte mich eine wichtigtuerische Meckerziege und deutete an, dass es nur eine Missionarsstellung gebe, an der sie interessiert sei, und das sei *nicht* die der Kirche. Ist das nicht unglaublich? Und sie warf mit Ausdrücken um sich, die ich nicht einmal aus dem Mund des gewöhnlichsten Bauerntrampels erwartet hätte. Ich denke, dass sie damals ihr wahres Gesicht zeigte, auch wenn sie sonst so aufgesetzt redete.«

»Wie redete sie denn?«

»Ach, sie hatte so ein affektiertes Getue. Sie sprach wie jemand aus dem Rundfunkgerät. Nicht so wie heutzutage natürlich, sondern so wie damals, als man im Rundfunk noch ordentlich sprach. Aber man merkte, dass es aufgesetzt war. Sie hatte sich erkennbar in der Kunst der Täuschung und Verstellung geschult.«

»Sie heiratete Matthew Shackleton, stimmt's?«

Mrs. Goodall sog laut zischend die Luft ein. »Ja. Ich war auf der Hochzeit. Und ich muss sagen: Obwohl Matthew nur der Sohn eines Krämers war, heiratete er deutlich unter Stand, als er diese Stringer vor den Traualtar führte. Matthew war ein außergewöhnlicher Mann. Ich hatte weit mehr von ihm erwartet.«

»Wissen Sie etwas über die Beziehung der beiden?«

»Nicht lange nach ihrer Hochzeit wurde er ins Ausland geschickt. Er wurde an der Front vermisst gemeldet, der arme Matthew. Vermisst, beziehungsweise verschollen.«

Banks runzelte die Stirn. »Wann war das?«

»Wann er vermisst gemeldet wurde?«

»Ja.«

»Irgendwann 1943. Er war im Fernen Osten. Wurde von den Japanern gefangen genommen.« Sie erschauderte.

»Was geschah mit ihm?«

»Keine Ahnung. Ich nehme an, er starb.«

»Sie hatten keinen Kontakt mehr?«

Sie drehte an ihrem Ehering. »Nein. Mein Mann, William, war an der Heimatfront an streng geheimen Aktionen beteiligt und wurde Anfang '44 nach Schottland geschickt. Ich begleitete ihn. Meine Eltern zogen mit uns fort, so hatten wir nichts mehr mit Hobb's End zu tun. Ich halte immer noch Verbindung zu Ruby Kettering und Alice Poole, aber das sind die Einzigen. Das ist alles so lange her. Wir Frauen schwelgen nicht in Kriegserinnerungen wie die Männer mit ihren Kampfverbänden und Regimentstreffen.«

»Wissen Sie, ob Gloria mit anderen Männern außer Matthew zu tun hatte?«

Mrs. Goodall rümpfte die Nase. »Mit ziemlicher Sicherheit.«

»Mit wem?«

Sie hielt kurz inne, als wolle sie ihn wissen lassen, dass sie nun eigentlich nicht weitersprechen durfte. Dann stieß sie nur ein Wort aus: »Soldaten.«

»Was für Soldaten?«

»Es herrschte Krieg, Chief Inspector. Auch wenn Sie es sich vielleicht anders vorstellen: Es war nicht jedes Mitglied der Streitkräfte unterwegs, um gegen die Hunnen oder die Japsen zu kämpfen. Leider. Soldaten waren überall. Aber nicht nur britische.«

»Was für Soldaten waren hier?«

Zum ersten Mal während des Gesprächs entschlüpfte Mrs. Goodall ein kleines Lächeln. Das machte sie Banks ein ganzes Stück sympathischer. »Die hier waren, waren sexbesessen«, erwiderte sie, »überbezahlt und fern der Heimat.«

»Amerikaner?«

»Ja. Die Royal Air Force übergab Rowan Woods der amerikanischen Luftwaffe.«

»Bekamen Sie die Amerikaner oft zu Gesicht?«

»O ja. Sie kamen oft zum Trinken in die Pubs im Dorf oder sie besuchten die Tanzveranstaltungen im Gemeindesaal. Manche gingen sogar sonntags zum Gottesdienst. In der Kaserne war zwar auch eine Kirche, aber St. Bartholomew ist so eine schöne alte Kirche. Eine Schande, dass sie abgerissen werden musste.«

»Also hatte Gloria amerikanische Freunde?«

»Mehrere. Und ich brauche Ihnen wohl nichts über die Gelegenheiten zu Unzucht und Verdorbenheit zu erzählen, die ein weitläufiges Waldgebiet wie Rowan Woods zu bieten hat, oder?«

Banks fragte sich, ob sie eine Verneinung als Hinweis auf persönliche Erfahrungen verstehen würde. Er entschied, es nicht zu riskieren. »Gab es jemand Besonderes?«, fragte er.

»Das hätte ich nicht mitbekommen. Ich hielt mich von ihnen fern. Glaubt man Cynthia Garmen, hatte sie mehr als einen. Nicht dass Cynthia geschwätzig gewesen wäre. Nicht mehr jedenfalls, als ihr zustand.«

»Warum?«

»Nun, sie hat doch selbst einen von denen geheiratet, oder? Ist nach Pennsylvania gezogen oder so ähnlich.«

»Also interessierte sich niemand ernsthaft für Gloria?«

»Oh, ich bezweifle nicht, dass diese Liebschaften nur ebenso ernsthaft waren, wie eine Frau wie Gloria Shackleton es ernst meinen konnte. Eine *verheiratete* Frau.«

»Aber Sie sagten doch, sie dachte, ihr Mann sei tot.«

»Vermisst oder verschollen. Das ist nicht ganz dasselbe. Außerdem ist das keine Entschuldigung.« Mrs. Goodall schwieg eine Weile, dann sagte sie: »Darf ich Ihnen eine Frage stellen, Chief Inspector?«

»Bitte sehr.«

»Warum fragen Sie mich nach so vielen Jahren nach dieser Shackleton?«

»Sehen Sie keine Nachrichten?«

»Ich lese lieber historische Biographien.«

»Keine Zeitung?«

»Gelegentlich. Aber nur die Todesanzeigen. Was möchten Sie andeuten, Chief Inspector. Habe ich etwas verpasst?«

Banks erzählte ihr von dem ausgetrockneten Stausee und der Entdeckung der Gebeine, die man für Glorias Überreste hielt. Mrs. Goodall erbleichte und umklammerte das silberne Kreuz an ihrem Hals. »Ich möchte nicht schlecht über die Toten sprechen«, stammelte sie. »Das hätten Sie mir früher erzählen sollen.«

»Hätte das etwas an Ihrer Aussage geändert?«

Sie überlegte kurz, seufzte dann und antwortete: »Wahrscheinlich nicht. Ich habe es immer für eine wichtige Tugend gehalten, die Wahrheit zu sagen. Ich kann Ihnen jedoch nicht mehr mitteilen, als dass Gloria Shackleton noch gesund und munter war, als William und ich Hobb's End im Mai 1944 verließen.«

»Vielen Dank«, erwiderte Banks, »das hilft uns, den Zeitraum einzuschränken. Wissen Sie, ob sie Feinde hatte?«

»Das würde man nicht Feinde nennen. Keiner, der das tun würde, was Sie gerade geschildert haben. So wie ich auch, lehnten viele Menschen sie ab. Aber das ist ja etwas anderes. Man bringt ja wohl niemanden um, nur weil er sich nicht der Frauengemeinschaft anschließt. Dürfte ich Ihnen einen Hinweis geben?«

»Ja, bitte?«

»Glauben Sie nicht, dass Sie diesen Fall angesichts Glorias eigensinnigen Charakters als *crime passionel* betrachten sollten?«

»Möglich.« Banks rutschte im Sessel herum und schlug

die Beine in die andere Richtung übereinander. Mrs. Goodall schenkte Tee nach. Er war lauwarm. »Was ist mit Michael Stanhope?«, fragte er.

Sie zog die Augenbrauen hoch. »Noch so einer.«

»Was für einer?«

»Liederlich, pervers. Sie verstehen schon. Vom gleichen Schlag, er und Gloria Shackleton. Haben Sie eines seiner so genannten Gemälde gesehen?«

Banks nickte. »Es scheint sogar einen Akt von Gloria zu geben. Wussten Sie etwas darüber?«

»Es überrascht mich zwar in keinster Weise, aber nein, davon wusste ich nichts. Glauben Sie mir, wenn so ein Bild existiert, dann war das in Hobb's End *nicht* allgemein bekannt. Jedenfalls nicht, als ich noch dort wohnte.«

»Können Sie sich vorstellen, dass Gloria eine Affäre mit Michael Stanhope hatte?«

»Das weiß ich nicht. Da die beiden ähnliche Ansichten und Charaktere hatten, würde ich es nicht ausschließen. Immerhin verbrachten sie sehr viel Zeit miteinander. Sie *tranken*. Doch wenn ich mich recht erinnere, ging Glorias schlechter Geschmack nicht ganz so weit, als dass sie sich mit einem gequälten, versoffenen, verkommenen Künstler eingelassen hätte.«

»Hatten Gloria und Matthew Kinder?«

»Nicht, dass ich wüsste.«

»Und Sie hätten es gewusst.«

»Das glaube ich schon. So etwas ist in einem kleinen Dorf schwer zu verbergen. Warum fragen Sie?«

»Bei der Autopsie gab es gewisse Indizien dafür, das ist alles.« Banks kratzte an der kleinen Narbe neben seinem rechten Auge. »Aber darüber scheint niemand etwas zu wissen.«

»Sie kann ein Kind bekommen haben, nachdem wir 1944 fortzogen.«

»Ja, möglich. Oder aber sie gebar ein Kind, *bevor* sie nach Hobb's End kam und Matthew Shackleton heiratete. Immerhin war sie schon neunzehn bei ihrer Ankunft im Dorf. Vielleicht ließ sie in London einen Säugling mit seinem Vater zurück.«

»Aber … aber das würde ja bedeuten …«

»Was würde das bedeuten, Mrs. Goodall?«

»Nun ja, ich habe ja nie angenommen, dass Matthew ihre erste Eroberung war, bei so einer Frau. Aber ein Kind …? Das würde ja bedeuten, dass sie schon einmal verheiratet und ihre Ehe mit Matthew Bigamie war!«

»Nur eine Sünde mehr auf ihrer Liste«, sagte Banks. »Aber das muss nicht unbedingt so sein. Ich kann mir vorstellen, dass selbst damals, in der guten alten Zeit, das eine oder andere Kind auf der falschen Seite des Bettes geboren wurde.«

Mrs. Goodalls Lippen verzogen sich kurz zu einem schmalen roten Strich, dann sagte sie: »Ich habe keinen Sinn für Ihren Sarkasmus, Chief Inspector, auch nicht für Ihre grobe Ausdrucksweise. Damals war es *tatsächlich* besser. Einfacher, klarer, geordneter. Und die Kriegszeit brachte die Menschen enger zusammen. Menschen aller Klassen. Egal, was Sie sagen.«

»Es tut mir Leid, Mrs. Goodall. Ich wollte nicht sarkastisch sein, wirklich nicht, ich möchte hier nur einem besonders gemeinen Mord auf die Spur kommen, den zu lösen ich wahrscheinlich kaum eine Chance habe, da er vor so langer Zeit begangen wurde. Ich bin der Meinung, dass das Opfer jede Anstrengung wert ist, egal was Sie von ihr hielten.«

»Aber ganz bestimmt. Ich gebe meinen Fehler zu: Gloria Shackleton hat auf gar keinen Fall das verdient, was ihr ihren Angaben nach zugestoßen ist. Aber es tut mir Leid, ich glaube, ich kann Ihnen nicht weiterhelfen.«

»Kannten Sie Matthews Schwester Gwynneth?«

»Gwen? Oh ja. Gwen war immer ein ziemlich stilles Mädchen, immer den Kopf in den Büchern. Ich ging davon aus, sie würde Lehrerin oder so etwas werden. Vielleicht sogar eine Professorin an der Universität. Aber sie arbeitete während des Krieges im Laden, passte auf ihre Mutter auf und ging abends zur Brandwache. Sie war kein Drückeberger, Gwen nicht.«

»Wissen Sie, was aus ihr geworden ist? Lebt sie noch?«

»Leider verloren wir uns aus den Augen, als William und ich nach Schottland zogen. So nah waren wir uns auch nicht, obwohl sie regelmäßig zur Kirche ging und für das Gemeindeblatt schrieb.«

»War sie eng mit Gloria befreundet?«

»Nun, das mussten sie ja irgendwie, war ja eine Familie. Aber sie waren grundverschieden. Es wurde gemunkelt, Gloria würde Gwen auf die falsche Bahn bringen. Sie gingen immer zusammen zum Tanzen nach Harkside, auch mal ins Kino. Bis Gloria die Bildfläche betrat, hatte Gwen eigentlich keinen gesellschaftlichen Umgang, sie war gerne allein mit ihren Büchern. Gwen war immer empfänglich für Eindrücke. Obwohl sie Gloria anfangs sozusagen unter ihre Fittiche nahm, lag schnell auf der Hand, wer da wen unter seine Fittiche genommen hatte.«

»Wie weit lagen sie vom Alter her auseinander?«

»Gwen war vielleicht zwei oder drei Jahre jünger. Aber glauben Sie mir, in dem Alter ist das ein großer Unterschied.«

»Wie sah sie aus?«

»Gwen? Sie war ein ziemlich unauffälliges Mädchen, abgesehen von ihren Augen. Eindrucksvolle Augen hatte sie, fast schon orientalisch schräg. Und sie war groß. Groß und plump. Ein ungelenkes Mädchen.«

»Und Matthew?«

»Ein flotter, fescher Kerl. Sehr vernünftig. Erfahrener, als sein Alter vermuten ließ.« Wieder huschte ein kleines Lächeln über ihre strengen Züge. »Wenn ich nicht meinen William kennen gelernt hätte und diese Stringer nicht auf der Bildfläche erschienen wäre … tja, wer weiß? Egal, sie bekam ihn in die Finger, und das war es dann.«

Banks ließ das Schweigen wirken. Irgendwo hörte er eine Uhr ticken.

»Wenn Sie mich entschuldigen, Chief Inspector«, sagte sie nach einer Weile. »Ich bin unglaublich erschöpft. All diese Erinnerungen.«

Banks erhob sich. »Aber sicher. Es tut mir Leid, dass ich Ihre Zeit so lange in Anspruch genommen habe.«

»Aber ganz und gar nicht. Es scheint, als wären Sie ganz umsonst so lange gefahren, jedenfalls fast.«

Banks zuckte mit den Achseln. »Das gehört zum Beruf. Aber Sie sind mir eine große Hilfe gewesen.«

»Wenn ich Ihnen sonst noch irgendwie helfen kann, zögern Sie bitte nicht, sich bei mir zu melden.«

»Vielen Dank.« Banks sah auf die Uhr. Kurz vor eins. Zeit für ein kleines Häppchen, bevor er sich auf die lange Heimfahrt machte.

* * *

Wir nahmen den Nachtzug vom Bahnhof Leeds, dessen Bahnsteig mit jungen Soldaten überfüllt war. Der Zug rasselte und keuchte mit nur einer Stunde Verspätung in den Bahnhof und wir wurden von der Menschenmenge wie Korken in einem schnell fließenden Fluss angerempelt und vorwärts gedrückt. Ich hatte Angst, dass wir zwischen die Waggons fallen und von den riesigen Eisenrädern überfahren werden würden, aber wir klammerten uns inmitten des Gedränges und Stampfens und zischenden Dampfes aneinander, als ob es um unser Leben ginge, und schließlich wurden wir mehr oder weniger auf Sitze in einem beengten Abteil geschoben, das bald noch viel voller werden sollte.

Eine weitere Stunde verstrich, bevor die Lok aufstöhnte und sich zitternd in Bewegung setzte.

Seitdem ich ein kleines Mädchen war, liebte ich Zugfahrten, liebte die leicht wiegende Bewegung, das hypnotische Rattern der Räder auf den Schienen und die Art und Weise, wie die Landschaft wie Bilder aus einem Traum vorbeizog.

Aber nicht bei dieser Fahrt.

Viele Züge waren inzwischen beschädigt, und die meisten Eisenbahnwerkstätten wurden zur Munitionsherstellung benutzt. Dementsprechend waren viele der noch verwendeten Lokomotiven eigentlich schrottreif, wenn nicht Krieg gewesen wäre. Sie bewegten sich ruckartig und gewannen nie genug Fahrt, um das rhythmische Rattern zu erzeugen.

Man saß viel zu eng zusammengepfercht, als dass man hätte schlafen können. Ich jedenfalls konnte es nicht. Ich konnte nicht einmal lesen. Die Vorhänge waren zugezogen, das Abteil wurde lediglich von einer geisterhaften, blauen schmalen Lampe beleuchtet, die so schwach war, dass man kaum das Gesicht des Mitreisenden gegenüber erkennen konnte. Es gab nicht einmal einen Speisewagen.

Eine Zeit lang unterhielten wir uns mit zwei jungen Soldaten, die uns eine Woodbine nach der anderen anboten. Ich glaube, damals fing ich an zu rauchen, aus purer Langeweile. Auch als mir nach den ersten Zügen schlecht und schwindelig wurde, rauchte ich beharrlich weiter. Besser als Nichtstun.

Als Gloria den Soldaten von Matthew erzählte, nahmen sie Anteil und wünschten uns alles Gute. Dann wurde es langsam leise, jeder verlor sich in seinen Gedanken. Für mich bedeutete es, die Zähne zusammenzubeißen und die lange Reise, die ständigen unerklärten Verspätungen, das ruckelnde Abbremsen und Anfahren durchzustehen.

Nach einer Weile schlief Gloria ein. Langsam rutschte ihr Kopf zur Seite, bis ihre Wange auf meiner Schulter ruhte, so dass ich ihren warmen Atem am Hals spüren konnte. Mir gelang es immer noch nicht zu schlafen. Ich war allein mit meinen düsteren Gedanken und dem rasselnden Schnarchen der Soldaten. Irgendwann hielten wir fast zwei Stunden lang einfach an. Ohne jede Erklärung.

Wegen der doppelten Sommerzeit wurde es später hell als sonst, aber dennoch waren wir kaum sechs oder sieben Stunden unterwegs, als wir die Vorhänge wieder öffnen konnten und die gedämpften frühmorgendlichen Sonnenstrahlen auf den Feldern sahen. Hin und wieder hatten die Menschen seltsame Gegenstände wie alte Wäschemangeln oder kaputte Autos als Hindernisse auf leere Wiesen gestellt, damit dort keine feindlichen Flugzeuge landen konnten.

Auf einem Feld waren Wegweiser in den Boden gerammt, die in die unterschiedlichsten Richtungen zeigten. Zu Beginn des Krieges waren die Schilder abmontiert worden, ebenso die Namen der Bahnhöfe, um den Feind im Falle einer Invasion zu verwirren. Dennoch erstaunte es mich, wo einige der Schilder gelandet waren.

Insgesamt dauerte die Fahrt zehn Stunden, wovon wir die letzten ein oder zwei Stunden offenbar nur durch nicht enden wollende Londoner Vororte zockelten. Hier sah ich zum ersten Mal endlose Straßen ausgebombter Häuserreihen, zerknickte Laternenpfähle, abgebröckelten Putz, verdrehte Stahlträger und zerstörte Mauern. Im Schutt wuchsen Weidenröschen und Greiskraut, sie schoben sich durch die Risse im zerbombten Mauerwerk.

Kinderbanden streiften durch die Straßen und spielten zwischen den Ruinen. Eine findige Gruppe hatte an einem Laternenpfahl, der sich wie der schiefe Turm von Pisa in einem bedenklichen Winkel neigte, ein Seil befestigt und schwang sich nun wie Tarzan, der Affenmensch, hin und her.

Einige Häuser waren nur zur Hälfte zerstört, aufgerissen wie ein Querschnitt. Man konnte die Tapete erkennen, gerahmte Bilder und Fotografien an den Wänden, ein Bett hing halb an den gezackten Resten des Fußbodens fest. Hier und dort waren stark beschädigte Gegenstände oder Möbel auf die Straße gestellt worden: ein Kleiderschrank ohne Türen, ein zerbrochenes Sideboard, ein Kinderwagen mit krummen Rädern. Ich fühlte mich wie ein Gaffer an einer Unglücksstätte, was ich ja wohl auch war, aber ich konnte einfach nicht wegsehen. Ich weiß nicht, ob ich zu dem Zeitpunkt die Ausmaße der Verwüstung wirklich erfasste, auch wenn ich Leeds nach dem Luftangriff gesehen hatte.

Es schien, als sei an jedem Fleck, wo kein Grünzeug spross, ein Sperrballon zur Abschreckung tieffliegender feindlicher Flugzeuge aufgestellt worden. Die dicken silbernen Ballons funkelten in der Sonne. Sie wirkten wie Wale, die zu fliegen versuchten. Auf Rasenflächen gab es manchmal Flakgeschütze zu sehen, die wie stählerne Pfeile gen Himmel wiesen.

Natürlich waren auch viele Häuser verschont geblieben, einige davon hatte man mit Sandsäcken umstellt, oft bis zu einer Höhe von drei Metern oder mehr. Auch fielen mir die unzähligen Plakate auf, die an jeder verfügbaren Bretterwand klebten; sie forderten uns auf, unser eigenes Gemüse anzubauen, Kohlen zu sparen, Kriegsanleihen zu kaufen, so oft wie möglich zu Fuß zu gehen und so weiter.

Ich verlor mich so in all den Eindrücken, dass ich bis zur Ankunft in King's Cross gar nicht merkte, wie die Zeit verging. Da war es bereits nach zehn Uhr morgens und ich hatte einen Bärenhunger. Gloria wollte direkt nach Whitehall fahren, aber ich konnte sie überreden, erst etwas zu essen. Wir fanden ein Lyons, wo wir eine Scheibe dünnen Frühstückspeck und ein Ei bekamen.

Nach dem Frühstück traten wir wieder auf die Straße, und ich konnte endlich richtig in mir aufnehmen, wo ich mich befand. Mein erster Eindruck war, ich sei ein ganz kleines, winziges, unbedeutendes Wesen inmitten einer gewaltigen, wuchernden Stadt. Von allen Seiten drängten Menschen auf mich zu, hohe Gebäude ragten über mir auf.

Die ganze Gegend machte einen schäbigen, heruntergekommenen, besiegten Eindruck. Die Menschen sahen abgehärmt und blass aus, so wie man nach jahrelanger Lebensmittelrationierung, Bombardierung und Unsicherheit eben aussieht. Ich als Mädchen aus dem hohen Norden hätte ebensogut auf einem anderen Planeten gelandet sein können. Bisher war ich noch nie in einer größeren Stadt als Leeds gewesen und London hätte mich sicherlich auch in Friedenszeiten überwältigt.

Es hatte angefangen zu nieseln, obwohl die Luft noch immer warm war, und die feuchten Sandsäcke gaben einen moschusartigen Geruch ab. Es wimmelten so viele Menschen herum, die meisten in Uniform, dass ich übernervös wurde und mich ein wenig schwindelig fühlte. Während mich Gloria zielstrebig zu einer Bushaltestelle führte, klammerte ich mich an ihren Arm. Oft lächelte uns jemand an oder grüßte uns im Vorbeigehen. Ich sah die ersten verwundeten Soldaten, traurig blickende Männer mit bandagierten Köpfen, fehlenden Gliedmaßen und Augenklappen, manche auf Krücken oder mit einem Arm in der Schlinge. Alle hatten Glück gehabt: Sie lebten noch.

Gloria war in ihrem Element. Nach einer nur kurzen anfänglichen Orientierungslosigkeit schien etwas in ihr einzurasten, als ob die Stadt für sie auf einmal einen Sinn ergab, wovon bei mir nicht die Rede sein konnte. Sie schien nur einen ganz kleinen Zweifel zu haben, welchen Bus wir nehmen mussten, doch ein kurzes Wort mit der Schaffnerin, die sich sichtlich um Ähnlichkeit mit Joan Crawford bemühte, bestätigte Glorias Vermutung. Wir gingen nach oben, wo man rauchen durfte, und dann fuhren wir los.

Es war eine rasante Fahrt. Mehr als einmal fürchtete ich, der Bus würde in der Kurve umkippen. Im Osten glaubte ich durch die schmutzigen, verregneten Fenster die riesige Kuppel von St. Paul im grauen Licht zu erkennen. Die Größe der Gebäude rings um mich überwältigte mich: weiße und graue, vom Regen geschwärzte Mauern, fünf oder sechs Stockwerke hohe, geschwungene georgianische oder edwardianische Fassaden mit Ziergiebeln und Wasserspeiern. Gewaltige ionische Säulen. Diese Stadt musste von Riesen erbaut worden sein, dachte ich.

Einmal klopfte mir das Herz bis zum Hals. Ich sah Glasscherben und Schutt auf dem Bürgersteig liegen und verstreut dazwischen menschliche Körperteile: ein Kopf, ein Bein, ein Rumpf. Aber als ich genauer hinsah, war kein Blut zu sehen, und die Gliedmaßen wirkten hart und unnatürlich. Dann ging mir auf, dass ein Bekleidungsgeschäft von einer Bombe getroffen worden sein musste und alle Schaufensterpuppen auf die Straße geschleudert worden waren.

Wir gingen an der Säule auf dem Trafalgar Square vorbei, die in Wirklichkeit viel höher war, als ich sie mir vorgestellt hatte. Man konnte den armen Lord Nelson obenauf kaum erkennen. Der Sockel der Säule war durch Reklamewände verstellt, die für den Ankauf von Kriegsanleihen warben. Auf der anderen Seite des Platzes stand neben dem Insurance Office und dem Gebäude der Canadian Pacific eine große Tafel mit Werbung für Famel-Hustensirup.

Viele Soldaten irrten umher. Ich kannte die ganzen Kappen und Uniformen nicht, die es in fast allen vorstellbaren Farben zu geben schien, von Schwarz über Stahlblau bis

Kirschrot. Aus dem Bus heraus sah ich am Trafalgar Square den ersten Schwarzen meines Lebens. Ich wusste natürlich, dass es sie gab – ich hatte über sie gelesen –, aber ich hatte noch nie zuvor einen Farbigen erblickt. Ich weiß noch, dass ich ziemlich enttäuscht war, weil er, abgesehen von seiner Hautfarbe, gar nicht so anders aussah als andere Menschen.

Gloria stieß mich sanft an, und wir stiegen an einer breiten Straße aus, die ebenfalls von hohen Gebäuden gesäumt wurde.

Und da fing unsere Suche erst richtig an. Während Gloria mit mir von einem Haus zum nächsten ging, fühlte ich mich wie ein kleines Kind, das die Mutter hinter sich herzerrt. Wir erkundigten uns bei Polizisten, klopften an Türen, fragten Soldaten und Fremde auf der Straße, klopften an noch mehr Türen.

Als ich schließlich durchnässt und müde war und kapitulieren wollte, gab es Grund zur Freude, denn Gloria hatte schließlich einen niederen Beamten gefunden, der Mitleid mit uns hatte. Ich glaube nicht ernsthaft, dass er etwas über Matthew oder sein Schicksal wusste, aber er schien sich ein wenig besser mit dem Krieg im Fernen Osten auszukennen, als alle anderen zugeben wollten. Und er schien Gloria ins Herz geschlossen zu haben.

Es war ein ordentlicher kleiner Mann in einem Nadelstreifenanzug. Er hatte graues, in der Mitte gescheiteltes Haar und einen säuberlich gestutzten Schnauzer. Er warf einen kurzen Blick auf seine Uhr, spitzte die Lippen und runzelte die Stirn. Dann schlug er vor, er hätte vielleicht zehn Minuten für uns Zeit, wenn wir ihn zum Teehaus an der Ecke begleiten wollten. Er besaß eine hohe, piepsige Stimme und sprach mit einem affektierten, gelehrten Akzent. Inzwischen war ich durchaus bereit, für eine Tasse Tee zu töten. Wir schleppten uns ins Teehaus, bezahlten den Tee an der Theke, und noch bevor wir den ersten Schluck getrunken hatten, begann Gloria, den armen Kerl mit Fragen zu löchern.

»Wie stehen die Chancen, dass Matthew noch lebt?«, wollte sie wissen.

Das war offenbar nicht die Art von Frage, die der Mann, der sich uns als Arthur Winchester vorgestellt hatte, zu beantworten gelernt hatte. Er stutzte und räusperte sich ein wenig, dann wog er seine Worte so sorgfältig ab wie die uns zugeteilten Zuckerwürfel in der Schüssel. »Diese Frage kann ich leider nicht richtig beantworten«, erwiderte er. »Wie ich Ihnen schon sagte, besitze ich keine Informationen über den von Ihnen angesprochenen Fall, sondern nur ein wenig Allgemeinwissen über die Situation im Osten.«

»Schon gut«, fuhr Gloria unerschrocken fort, »erzählen Sie mir, was am Irridaddy passiert ist, oder wie das da heißt. Ich meine, falls es nicht der Geheimhaltung unterliegt.«

Arthur Winchester rümpfte die Nase und gewährte uns ein schmales Lächeln. »Irrawaddy. Das war vor sechs Monaten, unterliegt also kaum noch der Geheimhaltung«, sagte er. Dann hielt er inne, trank noch einen Schluck Tee und rieb mit seinem Handrücken an der Unterkante seines Schnauzers entlang. Ich blickte aus dem Fenster und sah den Regen dagegenprasseln, er verzerrte die Umrisse der Menschen, die auf der Victoria Street vorbeiliefen.

»Wie Sie wahrscheinlich wissen«, fuhr er fort, »liegt Burma zwischen Indien und China, und es wäre von unschätzbarem Wert, wenn unsere Streitkräfte die Burma-Straße wieder öffnen könnten, damit ihnen der Weg nach China frei steht, was dann als Ausgangspunkt für Operationen gegen Japan genutzt werden könnte. Das ist allgemein bekannt, wie ich schon sagte.«

»Mir nicht.« Gloria zündete sich eine Zigarette an. »Und weiter?«, drängte sie ihn und atmete den Qualm aus.

Arthur Winchester räusperte sich. »Einfach ausgedrückt: Seit Burma gefallen ist, versuchen wir, es zurückzuerobern. Eine der Offensiven zu diesem Zweck war die Operation Chindit, mit der im Februar begonnen wurde. Sie setzte östlich des Irrawaddy, eines Flusses in Zentralburma, ein. Als wir dort standen, lancierten die Japaner einen Großangriff an der Arakan-Front, so dass sich die Briten zurückziehen mussten. Können Sie mir folgen?«

Wir nickten beide.

»Gut.« Arthur Winchester trank seinen Tee aus. »Also, die Chindits gerieten hinter die feindlichen Linien, wurden abgeschnitten, so dass sie sich nicht mehr geordnet zurückziehen konnten.« Er sah Gloria an. »Das ist zweifelsohne der Grund, warum Ihnen niemand Genaueres über Ihren Mann sagen konnte. Er ist Ingenieur, sagten Sie?«

»Ja.«

»Hmm.«

»Was geschah dann?«

»Dann? Nun, die Chindits litten große Not. Sehr große Not. Kurz darauf erhielten sie den Befehl, Burma zu verlassen.«

»Aber wir versuchen immer noch, Burma zurückzuerobern?«

»Oh ja. Es ist von großer strategischer Bedeutung.«

»Also besteht noch Hoffnung?«

»Hoffnung worauf?«

»Dass Matthew noch gefunden wird. Wenn die Briten Burma zurückerobern.«

Arthur Winchester blickte aus dem Fenster. »Ich möchte Ihnen keine Hoffnung machen, meine Liebe. Das kann noch sehr lange dauern.«

»Gab es schwere Verluste?«, fragte ich.

Arthur Winchester starrte mich einen Moment an, als sähe er mich gar nicht. »Was? O ja. Schlimmer, als wir erwartet hatten.«

»Woher wissen Sie das alles?«, fragte Gloria.

Arthur Winchester neigte bescheiden den Kopf. »Sehr viel weiß ich leider nicht. Aber vor dem Krieg, also bevor ich für die Regierung arbeitete, war ich Geschichtslehrer. Der Ferne Osten hat mich immer interessiert.«

»Also können Sie uns eigentlich nichts Genaues sagen?«, fragte Gloria.

»Nun, mir kommt jeder Grund gelegen, um mit einer hübschen Dame Tee trinken zu können, wenn ich das sagen darf.«

Wütend sprang Gloria auf und wollte hinausstürmen und sogar mich zurücklassen, doch Arthur Winchester lief rot an und hielt sie beschämt am Ärmel fest. »Es tut mir Leid, meine Liebe. Das war ungehörig. Ich wollte Sie wirklich nicht beleidigen. Das war nur ein Kompliment. Das war in keinster Weise als laszive Anspielung gemeint.«

Falls Gloria nicht wusste, was *lasziv* bedeutete, so ließ sie sich nichts anmerken.

Vorsichtig nahm sie wieder Platz, einen harten, argwöhnischen Ausdruck in den Augen, und fragte: »Können Sie uns überhaupt etwas sagen, Mr. Winchester?«

»Ich kann Ihnen nur sagen, meine Liebe«, fuhr er feierlich fort, »dass viele der Verwundeten beim Rückzug hinter den feindlichen Linien zurückgelassen werden mussten. Man konnte sie einfach nicht transportieren. Man gab ihnen ein wenig Geld und natürlich eine Waffe, aber was aus ihnen wurde, kann ich nicht sagen.«

Gloria war blass geworden. Ich merkte, dass ich den Stoff meines Kleides mit der Faust im Schoß zerknüllte, bis meine Fingerknöchel weiß wurden. »Wollen Sie damit sagen, dass das auch mit Matthew passiert ist?«, fragte ich, meine Stimme nicht mehr als ein Flüstern.

»Ich will damit sagen, dass es möglicherweise so war, wenn Sie nur die Auskunft erhalten haben, er sei vermisst oder verschollen.«

»Und wenn es so war?«

Arthur Winchester zögerte und bürstete einen nicht vorhandenen Flusen vom Revers. »Tja«, meinte er, »die Japaner nehmen nicht gerne Verwundete gefangen. Das hängt natürlich davon ab, wie schwer er verwundet war, ob er arbeiten konnte und so weiter.«

»Sie wollen also sagen, dass sie ihn einfach umgebracht haben, als er verwundet und wehrlos dalag?«

»Ich will sagen, dass das möglich ist. Oder …«

»Oder was?«

Er wandte den Blick ab. »Wie schon gesagt, man ließ den Verwundeten eine Waffe da.«

Es brauchte ein paar Augenblicke, bis wir verstanden, was er meinte. Ich glaube, ich antwortete als Erste. »Sie meinen, Matthew könnte Selbstmord begangen haben?«

»Wenn eine Gefangennahme unausweichlich und er stark verwundet war, dann würde ich sagen, ist das eine Möglichkeit.« Seine Stimme hellte sich ein wenig auf. »Aber das ist alles nur reine Vermutung, verstehen Sie? Ich weiß überhaupt nichts über die genaueren Umstände. Vielleicht wurde er einfach vom Feind gefangen genommen und bringt den Rest des Krieges in einem relativ sicheren Gefangenenlager hinter sich. Ich meine, Sie haben doch gesehen, wie gut wir für die Deutschen und Italiener hier sorgen, oder?«

Das stimmte. Die Italiener in Yorkshire arbeiteten sogar zur Saat- und Erntezeit auf den Höfen. Gloria und ich unterhielten uns gelegentlich mit ihnen, und für Kriegsgefangene machten sie einen ganz fröhlichen Eindruck. Sie sangen beim Arbeiten mit Vorliebe Opernarien, und einige von ihnen hatten wunderbare Stimmen.

»Aber Sie sagten eben, die Japaner nähmen nicht gerne Kriegsgefangene.«

»Sie haben nichts übrig für Schwache und Besiegte. Aber wenn sie gesunde Männer gefangen nehmen, können sie sie an Eisenbahnen, Brücken und so weiter arbeiten lassen. Sie sind ja nicht dumm. Sie sagten doch eben, ihr Mann sei Ingenieur, er könnte ihnen also von Nutzen sein.«

»Wenn er sich darauf einließ.«

»Ja. Das Hauptproblem ist, dass wir nicht viel über die Japaner wissen, unsere Informationskanäle sind sehr dürftig, praktisch fast inexistent. Selbst das Rote Kreuz hat große Schwierigkeiten, seine Pakete auszuliefern und Auskünfte zu erhalten. Es ist bekannt, wie schwer der Umgang mit den Japanern ist.«

»Er ist also vielleicht Kriegsgefangener, und keiner hat es für nötig gehalten, Bescheid zu geben. Wollen Sie das damit sagen?«

»Das ist durchaus eine Möglichkeit. Ja. Es gibt bestimmt Hunderte, wenn nicht Tausende, die in der gleichen Lage sind.«

»Aber Sie sagten, Sie seien Lehrer. Sie kennen sich doch mit den Japanern aus, oder?«

Arthur Winchester lachte nervös. »Ich weiß ein wenig über ihre Geographie und Geschichte, aber die Japaner sind immer sehr eigenwillig gewesen. Wohl weil sie auf einer Insel leben.«

»Aber wir leben auch auf einer Insel«, erinnerte ich ihn.

»Ja, schon, aber ich meine ›eigenwillig‹ eher in dem Sinn, dass sie sich vom Rest der Welt abschotten und den Kontakt mit dem Westen bewusst vermeiden. Bis zur Jahrhundertwende wussten wir praktisch nichts über sie, über ihre Gebräuche, ihren Glauben, und selbst heute wissen wir nicht viel.«

»Was wissen wir denn? Was können Sie uns sagen?«, fragte Gloria.

Er hielt wieder inne. »Tja«, sagte er. »Ich möchte Sie nicht beunruhigen, aber Sie haben mich gebeten, ehrlich zu sein. Ich würde sagen, Sie sollten hoffen, dass er tot ist. Das wäre am besten.« Er schwieg. »Sehen Sie, es ist Krieg. Alles ist anders. Sie müssen die Vergangenheit hinter sich lassen. Ihr Mann ist wahrscheinlich tot. Und wenn nicht, ändert sich auch nichts. Danach wird nichts mehr so sein wie vorher. In der ganzen Stadt leben die Menschen, als ob es kein Morgen gibt. Wie lange bleiben Sie in London?«

Gloria beäugte ihn misstrauisch. »Bis heute Abend. Warum?«

»Ich kenne da ein Haus. Sehr nett. Sehr diskret. Vielleicht könnte ich ...«

Gloria sprang so schnell auf, dass sie mit den Oberschenkeln gegen den Tisch stieß und der Rest ihres Tees auf den Schoß von Arthur Winchester lief. Doch erhob er sich nicht, um ihn aufzuwischen. Stattdessen stürzte er mit den Worten zur Tür: »Du liebe Güte, so spät schon? Ich muss mich beeilen.«

Und damit war er aus der Tür, bevor Gloria etwas ergreifen und hinter ihm herwerfen konnte. Böse blickte sie ihm nach, schob dann ihre Locken zurück und setzte sich wieder. Die Bedienung sah uns mit gerunzelter Stirn an und wandte sich ab. Ich dachte, wir konnten von Glück reden, nicht hinausgeworfen zu werden.

Wir trödelten mit unserem Tee herum, Gloria beruhigte sich allmählich, rauchte noch eine Zigarette und starrte durch die beschlagenen Fensterscheiben auf die draußen vorbeischwebenden Geister. Im Café kamen und gingen Soldaten mit ihren Mädchen. Ich konnte den Regen auf ihrer Uniform riechen.

»Was meinte er damit, es wäre besser so?«, fragte Gloria.

»Weiß ich nicht«, erwiderte ich. »Ich schätze, er wollte damit sagen, dass die Japaner ihre Gefangenen nicht so gut behandeln wie wir unsere.«

»Was machen sie denn mit ihnen? Foltern? Schlagen? Hungern lassen?«

»Ich weiß es nicht, Gloria«, sagte ich und legte die Hand auf ihre. »Ich weiß es wirklich nicht. Ich kann nur sagen, dass es sich in meinen Ohren anhörte, als wollte er sagen, Matthew wäre besser tot.«

* * *

9

Annie parkte in einer der steil ansteigenden Straßen um St. Mary hinter dem Schloss und suchte Alice Pooles Haus. Der Himmel war strahlend blau, nur ein paar fedrige weiße Wolken waren von der Seeluft herangetragen worden. Schade, dass sie arbeiten musste. Sie hätte sich Schaufel und Eimer mitbringen können. Als Kind hatte sie sich stundenlang allein am Strand beschäftigt. Einige der wenigen Erinnerungen an ihre Mutter spielten am Strand von St. Ives: Sie bauten zusammen Sandschlösser, begruben einander im Sand, so dass nur noch der Kopf herausschaute oder vielleicht der Kopf und ein Fuß, sie liefen in die großen Wellen und wurden umgeworfen. In Annies Erinnerung war ihre Mutter ein lebhafter, heiterer Mensch, schelmisch, draufgängerisch, immer am Lachen. Obwohl ihr Vater nach außen hin unbeschwert, heiter, lustig und liebevoll wirkte, lag eine Düsterkeit in seiner Kunst, von der Annie sich ausgeschlossen fühlte; sie wusste nicht, woher sie kam und wie er sie mit dem Rest seines Lebens in Einklang brachte. Litt er im Stillen vor sich hin und setzte vor anderen eine Maske auf, selbst vor seiner eigenen Tochter? Eigentlich kannte sie ihn gar nicht.

Ohne Probleme fand sie das Cottage, indem sie den Anweisungen folgte, die man ihr am Telefon gegeben hatte. Es befand sich in einem ruhigen, höher gelegenen Stadtteil, fern der Pubs und Einkaufszentren voller Urlauber aus Leeds und Bradford. Vom Garten aus konnte sie weit unten, hinter dem Marine Drive, einen Streifen Nordsee erkennen, die heute stahlgrau-blau war, gesprenkelt mit kleinen Booten. Möwen zogen über einem Fischschwarm kreischend ihre Kreise.

Die Frau, die die Tür öffnete, war groß und hatte dünnes, strähniges Haar wie Zuckerwatte. Sie trug ein langes, weites purpurrotes Kleid mit goldenen Stickereien an Hals, Saum und Ärmeln, dazu goldenen Ohrschmuck aus ineinander verschlungenen Ringen, die ihr fast bis auf die Schulter reichten. Sie erinnerten Annie an den Schmuck der Hippies. Eine schwarze Hornbrille hing an einer Kette um ihren Hals.

»Kommen Sie herein, meine Liebe.« Sie führte sie in ein helles, vollgestopftes Zimmer. Staubkörnchen wirbelten in den Sonnenstrahlen, die durch die Scheiben des Fensters fielen. »Darf ich Ihnen etwas anbieten?«, fragte sie, nachdem sie Annie in einen Sessel bugsiert hatte, der so weich und tief war, dass sie nicht wusste, wie sie sich jemals wieder daraus erheben sollte. »Ich nehme um diese Zeit normalerweise mein zweites Frühstück zu mir. Kaffee und Kitkat. Instantkaffee allerdings.«

Annie lächelte. »Das ist schon gut. Danke, Mrs. Poole.«

»Alice. Sagen Sie doch Alice zu mir. Und warum blättern Sie nicht mal hierin herum, solange ich in der Küche bin. Ihr Anruf hat mich an die alten Zeiten erinnert, da fiel mir auf, dass ich es seit Jahren nicht mehr herausgeholt habe.«

Sie reichte Annie ein dickes, in Leder gebundenes Fotoalbum und steuerte auf die Küche zu. Die meisten der ungeschnittenen Schwarzweißfotos waren Familienaufnahmen. Annie nahm an, dass es sich um Alice und ihre Eltern, Tanten und Geschwister handelte, aber es waren auch mehrere Dorfansichten darunter: auf der Straße plaudernde Frauen mit Einkaufskorb über dem Arm und unter dem Kinn verknoteten Kopftüchern; am Ufer angelnde Kinder. Es gab auch ein paar Bilder der Kirche mit ihrem gedrungenen, viereckigen Turm. Sie war kleiner und hübscher, als Annie sie sich nach Stanhopes Gemälde vorgestellt hatte. Dann Fotos der dunklen, bedrohlichen Flachsmühle, die wie ein Schädel auf einem Grabhügel lag.

Alice Poole kam mit zwei Tassen Kaffee zurück, ein noch verpacktes Kitkat hielt sie zwischen den Zähnen. Als sie die Hände wieder frei hatte, nahm sie den Schokoriegel aus dem

Mund und legte ihn auf einen kleinen Beistelltisch neben ihrem Sessel. »Eine kleine Schwäche von mir«, sagte sie. »Möchten Sie auch einen? Ich hätte Sie fragen sollen.«

»Nein«, erwiderte Annie. »So ist es gut.« Sie nahm die Kaffeetasse. Es war viel Milch und Zucker darin, so wie sie es gern mochte.

»Was halten Sie von den Fotos?«

»Sehr interessant.«

»Sie sind also wegen Gloria gekommen?«

»Haben Sie davon gehört?«

»Oh ja. Ihr Chef war gestern Abend im Fernsehen. Ich sehe nicht mehr sehr gut, aber hören kann ich noch einwandfrei. Ich gucke nicht oft fern, aber die Lokalnachrichten bekomme ich noch mit. Besonders so etwas. Wie furchtbar! Gibt es schon einen Verdächtigen?«

»Eigentlich nicht«, sagte Annie. »Wir versuchen immer noch, so viel wie möglich über Gloria herauszufinden. Es ist sehr schwer, weil alles so lange her ist.«

»Das können Sie wohl sagen. Ich bin schon 75. Können Sie das glauben?«

»Ehrlich gesagt, Mrs. – ähm, Alice –, kann ich das nicht glauben.« Für eine Frau ihres Alters sah sie wirklich bemerkenswert munter aus. Abgesehen von ein paar Altersflecken auf den Händen und Falten im Gesicht wies nur das dürftige, fisselige Haar auf die Spuren der Zeit hin, doch gelangte Annie langsam zu der Überzeugung, dass es sich dabei um die Folgen einer Chemotherapie handeln musste.

»Hier«, sagte Alice, »das ist Gloria.« Sie zeigte auf eine Aufnahme von vier Mädchen, die vor einen Jeep standen, und tippte auf eine zierliche Blondine mit langen Locken, schmaler Taille und provozierendem Lächeln. Es war ohne Zweifel das Mädchen auf dem Gemälde von Stanhope. Darunter stand mit kleinen weißen Buchstaben geschrieben: »Juli 1944«. »Das hier ist Gwen, ihre Schwägerin.« Gwen war die Größte. Sie lächelte nicht und hatte sich vom Betrachter abgewandt, als schäme sie sich ihres Aussehens. »Und das hier ist Cynthia Garmen. Die vier Musketiere, so hießen wir. Oh, und das da bin ich.« Alice war offenbar eine grazile Blondine gewesen. Im Jeep hinter den Mädchen standen vier junge Männer in Uniform.

»Wer ist das?«, fragte Annie.

»Amerikaner. Das ist Charlie und der hieß Brad. Wir trafen uns ziemlich oft. Wie die anderen beiden hießen, weiß ich nicht mehr. Die sind nur zufällig mit drauf.«

»Ich würde gerne eine Kopie davon machen, wenn ich darf. Wir schicken es Ihnen zurück.«

»Kein Problem.« Alice löste das Foto aus den Ecken. »Aber gehen Sie bitte vorsichtig damit um.«

»Versprochen.« Annie schob es in ihre Tasche. »Kannten Sie Gloria gut?«, fragte sie weiter.

»Ziemlich gut. Sie heiratete Matthew Shackleton, wie Sie wahrscheinlich schon wissen, und als er im Krieg war, wurden Gloria und Gwen, Matthews Schwester, unzertrennlich. Aber sehr oft unternahmen wir auch gemeinsam etwas. Nun ja, ich würde nicht sagen, dass wir die besten Freundinnen waren, aber ich kannte sie gut. Und ich mochte sie.«

»Wie war sie so?«

»Gloria?« Alice wickelte das Kitkat aus und biss hinein. Nachdem sie den Bissen heruntergeschluckt hatte, sagte sie: »Hm, ich würde sagen, sie war ein anständiger Mensch. Lustig. Es machte Spaß mit ihr. Lieb. Großzügig. Sie hätte einem ihr letztes Hemd gegeben. Oder eins gemacht.«

»Wie bitte?«

»Zauberhände hatte sie. Gloria war eine so vorzügliche Schneiderin, dass man ihr Lumpen geben konnte, und sie machte ein Ballkleid daraus. Nun ja, vielleicht übertreibe ich ein bisschen, aber Sie verstehen bestimmt, was ich meine. Das war damals eine sehr gefragte Eigenschaft, das können Sie mir glauben. In den Geschäften gab es nicht besonders viel zu kaufen und auf die Kleiderscheine bekam man nicht sehr viel.«

»Sie arbeitete auf der Top Hill Farm, nicht wahr?«

»Ja. Für Kilnsey. Den alten Lüstling.«

»Glauben Sie, dass da etwas zwischen ihm und Gloria vorging?«

Alice lachte. »Kilnsey und Gloria? Vielleicht in seinen

wildesten Träumen. Nellie, seine Frau, hätte ihm den Hals umgedreht, wenn er eine andere Frau auch nur angesehen hätte. Und Gloria ... nun, die war wohl in vielerlei Hinsicht großzügig, aber *so* großzügig nun auch wieder nicht. Mit dem alten Kilnsey? Nein. Da sind Sie auf der falschen Fährte, meine Liebe. Er gehörte zu diesen strenggläubigen Menschen, die mir immer ein bisschen pervers vorkommen. Wahrscheinlich müssen sie gläubiger sein als andere, um ihre anormalen Triebe im Zaum zu halten.«

Annie merkte sich, was sie gehört hatte. Ihrer Erfahrung nach neigten gehemmte Menschen oft mehr als andere dazu, die Kontrolle zu verlieren und zu töten. »Was unternahmen Sie so zusammen?«

»Das Übliche. Gloria war impulsiv. Mal schlug sie spontan ein Picknick am Ufer des Stausees vor. Oder einen Film im Lyceum in Harkside. Als ich Harkside das letzte Mal besuchte, befand sich an der Stelle ein Supermarkt, aber damals war es ein beliebter Treffpunkt für junge Leute. Mal schlug sie bei Verdunkelung einen Nachtspaziergang durch die Felder vor. Oder schwimmen zu gehen.« Sie senkte die Stimme und beugte sich vor. »Auch wenn Sie es nicht glauben, meine Liebe, wir sind einmal nach Einbruch der Dunkelheit ohne Badeanzüge im Stausee schwimmen gegangen. War das herrlich! Das war auch Glorias Idee. Sie war spontan. Sie mochte es nicht, wenn alles durchgeplant war, sie hatte immer gerne etwas zu tun oder etwas, auf das sie sich freuen konnte.«

»Erzählte sie Ihnen von ihrer Vergangenheit?«

»Darüber sprach Sie nie sehr viel. Nach dem Wenigen zu urteilen, was ich aufschnappte, muss sie sehr schmerzhaft für sie gewesen sein, deshalb dachte ich, wenn sie nicht darüber sprechen wollte, wäre das schon in Ordnung. Sie sagte nur, sie hätte ihre Familie bei den deutschen Luftangriffen verloren. Manchmal machte Gloria einen sehr abwesenden Eindruck. Gelegentlich bekam sie so eine tiefe, stille Traurigkeit, die kam einfach so angeflogen, mitten bei einem Picknick, beim Tanzen oder so. Aber nicht oft.«

»Wie passte sie sich dem Dorfleben an?«

»Tja«, meinte Alice. »Das hängt wahrscheinlich vom Standpunkt ab. Anfangs sah man sie nicht oft. Landmädchen arbeiteten sehr lang. Nachdem sie Matthew heiratete und ins Bridge Cottage zog, war sie öfter unterwegs.«

»Hatte sie Feinde? Hatte jemand Grund, sie zu hassen?«

»Es gab so einige, die über sie die Nase rümpften. Purer Neid, wenn Sie mich fragen. Gloria war egal, was die Leute über sie dachten. Sie ging alleine in den Pub und sie rauchte auf der Straße. Ich weiß, das ist heute nichts Besonderes mehr, meine Liebe, manchmal *kann* man ja nur noch auf der Straße rauchen, aber damals war es … hm, für manche war es dasselbe, als wäre man ein Freudenmädchen. Gab schon komische Ansichten damals.« Sie schüttelte langsam den Kopf. »Da sprechen sie immer von der guten alten Zeit, aber ich glaube das nicht ganz. Es gab viel Heuchelei und Intoleranz. Und Hochnäsigkeit. Und einigen war Gloria einfach zu frech und flatterhaft.«

»Haben Sie jemanden im Kopf?«

»Betty Goodall hatte nie viel für sie übrig. Betty war immer schon ein bisschen hochnäsig, wenn Sie mich fragen, auch immer zu streng in ihren religiösen Ansichten, hat aber trotzdem ein gutes Herz, verstehen Sie mich nicht falsch. Eigentlich ist sie eine liebe Seele. Sie fällte ihre Urteile immer ein bisschen zu schnell. Ich glaube, sie hatte selbst ein Auge auf Matthew Shackleton geworfen und fühlte sich hinterher an den Karren gefahren, als Matthew Gloria heiratete. Wie ich schon sagte, Gloria hatte ein offenes, ungezähmtes Wesen, und dazu war sie noch ein richtiger ›Feger‹, wie heute immer in der Zeitung steht. Ich glaube, viele Frauen waren einfach schlichtweg neidisch auf sie.«

Annie lächelte. Nach Alice' Beschreibung konnte sie sich gut vorstellen, was Banks oben in Edinburgh durchmachte. »Betty Goodall war nicht auf dem Foto«, warf sie ein.

»Nein. Da waren Betty und William schon weg. Er war irgend so ein Kuli bei der Bürgerwehr, wurde von einer Gemeinde zur anderen geschickt. War für richtigen Kriegsdienst offenbar nicht geeignet, scheinbar wusste keiner, was man mit ihm machen sollte.«

»Wissen Sie, ob Gloria irgendetwas tat, was diese Missbilligung rechtfertigte, oder ging es nur um ihr Wesen, ihren Charakter?«

»Ojemine. Sie möchten, dass ich aus dem Nähkästchen plaudere?«

Annie lachte. »Nur wenn Sie wollen. Aber es ist schon so lange her, es könnte uns helfen, den Mörder zu finden.«

»Hm, ich weiß, meine Liebe. Ich weiß.« Alice wedelte mit der Hand. »Ich hole nur eben meine Zigaretten. Nach dem zweiten Frühstück rauche ich normalerweise eine, dann eine nach dem Mittagessen und eine nach dem Abendbrot. Manchmal auch noch eine zum Schlummertrunk vor dem Zubettgehen. Aber nie mehr als fünf am Tag.« Sie stand auf und brachte ihre Handtasche herüber, holte eine Packung Dunhill heraus und zündete sich eine Zigarette mit einem schmalen goldenen Feuerzeug an. »Also gut, meine Liebe, wo war ich?«

»Ich wollte wissen, ob Gloria Affären hatte, mit verschiedenen Männern ins Bett ging.«

»Mit Sicherheit nicht mehr als andere damals auch, und zwar solche, die allgemein als ›nette‹ Mädchen galten. Aber über Gloria wurde geredet, weil sie sich nichts vorschreiben ließ und kein Blatt vor den Mund nahm. Sicherlich flirtete sie herum, das ist nicht zu leugnen. Aber das heißt doch nichts, oder? Das war doch nur Spaß.«

»Kommt drauf an, mit wem man flirtet.«

»Das stimmt wohl. Vielleicht war ich ja naiv, aber ich glaube, da war mehr Rauch als Feuer. Meistens jedenfalls.«

»Was hielten Sie von Matthew?«

»Nicht sonderlich viel, um ehrlich zu sein. Für meinen Geschmack war er immer ein bisschen zu kriecherisch und großspurig. Oh, auf den ersten Blick war er gut aussehend und charmant, und natürlich tat es einem Leid, was hinterher mit ihm passierte.«

»Was passierte denn?«

»Er wurde von den Japanern getötet. Drüben in Burma. Jedenfalls hatte Matthew eine große Klappe. Hab auch gehört, dass er mehr als ein Mädchen in andere Umstände gebracht haben soll, bevor Gloria auf der Bildfläche erschien, als er noch in Leeds studierte. War also kein Heiliger, der Matthew Shackleton, obwohl, wenn man manche so reden hörte, hätte man denken mögen, dass er kein Wässerchen trüben konnte. Manche sagten, sie hätte ihn nur geheiratet, weil er ein schlauer, gut aussehender Junge mit einer großen Zukunft war. Was ich einen sehr guten Grund finde, jemanden zu heiraten. Mit Sicherheit hat er ihr alle möglichen Sachen versprochen, wie wunderbar ihre Zukunft sein würde. Er hat ihr Flausen in den Kopf gesetzt, was er alles bauen würde und in welche fernen exotischen Länder sie fahren würden und den ganzen Blödsinn. Tief im Innern war Gloria romantisch. Ich glaube, sie verliebte sich in diese neue Welt, die Matthew ihr ausmalte. Die ganzen Brücken und Kathedralen, die er bauen würde, und sie wäre immer dabei. Sie konnte es kaum erwarten.«

»Wie reagierte Gloria auf seinen Tod?«

»Es brach ihr das Herz. Sie war am Boden zerstört. Ich machte mir Sorgen um sie und sprach mit Gwen ein- oder zweimal darüber. Gwen meinte, das würde sich schon geben, aber Gwen machte auch nicht den besten Eindruck auf mich. Standen sich sehr nahe, sie und Matthew. Nun ja, als Gloria dann wieder vor die Tür ging, war sie noch viel leichtsinniger, wissen Sie, wie manche werden, wenn sie meinen, sie hätten nichts mehr zu verlieren. Damals waren viele so.« Sie schwieg, zog noch einmal an der Zigarette und nestelte an ihrer Halskette herum.

»Also ging Gloria wieder tanzen und so?«

»Ja, einige Monate später.«

»Wann begann ihre Beziehung zu Michael Stanhope, dem Maler?«

»Ach, der war immer in der Nähe. Er war auch auf der Hochzeit. Gloria war oft mit ihm zusammen. Trank mit ihm im Shoulder of Mutton. Noch so ein Grund, weshalb die Frommen die Nase über sie rümpften.«

»Kannten Sie Stanhope?«

»Nur vom Sehen. Michael Stanhope! An den habe ich seit Jahren nicht mehr gedacht. Er war ein Exzentriker. Trug immer diesen Schlapphut. Und den Gehstock. Sehr affektiert. Es war nicht zu übersehen, dass er ein Künstler war, verstehen Sie? Ich hatte nicht besonders viel für ihn übrig, aber ich glaube, er war ein harmloser Zeitgenosse. Jedenfalls kann er mit Gloria nichts gehabt haben. Das war alles reine Inszenierung.«

»Wie meinen Sie das?«

»Er war homosexuell, meine Liebe. Vom anderen Ufer, wie wir immer sagten. Nun ja, Sie wissen wahrscheinlich, dass das damals verboten war.«

»Verstehe. Würden Sie sich wundern, wenn Sie hörten, dass ein Stanhope-Gemälde von Gloria aufgetaucht ist?«, fragte Annie.

»Gibt es eins?«

»Ja. Einen Akt. Es hängt in der Leeds Art Gallery.«

Alice hielt sich die Hand vor den Mund und lachte. »Du meine Güte! Tatsächlich? Ein Akt? Von Gloria? Trotzdem, ich kann nicht sagen, dass es mich wirklich überrascht. Gloria war nie sehr prüde. Ich habe Ihnen doch von dem nächtlichen Schwimmen erzählt, oder? Eigentlich habe ich ja nicht viel für Kunstgalerien übrig, aber wenn ich das nächste Mal in Leeds bin, muss ich es mir unbedingt ansehen.«

»Was für eine Art von Beziehung hatten die beiden?«

»Ich denke, sie mochten sich einfach gerne. Sie waren Freunde. Beide waren Außenseiter, Freigeister. Auf eine gewisse Art verstanden sie einander. Ich glaube, sie mochte ihn einfach und verehrte ihn als Künstler. Nicht dass sie intellektuell gewesen wäre oder so, aber seine Arbeiten sprachen sie an. Irgendwie rührten sie sie.«

Annie konnte das verstehen. Im Laufe der Jahre hatte ihr Vater viele Freundinnen gehabt, die seine Kunst aufrichtig bewunderten. Zweifelsohne hatte er auch mit einigen von ihnen geschlafen, aber Ray war ja auch in keinster Weise schwul, und es hieß ja nicht, dass die Frauen ihn nicht auch als Maler bewundert hätten. »Hatte sie nach dem Tod ihres Mannes noch andere Verhältnisse?«, fragte sie.

»Sie hatte da was mit einem Yankee aus Rowan Woods, der hieß Billy Joe irgendwas. Den mochte ich nie. Dem mit seinem Schlafzimmerblick habe ich nie über den Weg getraut. Man sagte ihr nach, sie würde sich mit den amerikanischen Fliegern abgeben, spät nachts im Wald verschwinden und so weiter.« Alice zwinkerte. »Aber da war sie nicht die Einzige.«

»Glauben Sie, da steckte etwas dahinter?«

»Es würde mich wundern, wenn nicht. Sie war allein. Und sie war ja hübsch. Wir haben uns oft getroffen, Betty, Cynthia, Gloria, Gwen und ich. Wir gingen tanzen, oft in der Kaserne oder in Harkside. Manchmal fand auch was in Hobb's End statt, in der Kirche, aber das waren immer ziemlich lahme Abende. Betty Goodall hatte das meistens unter sich, und da können Sie sich bestimmt vorstellen, dass es dann nicht viel zu feiern gab. Betty tanzte gerne – ja, wirklich, sie tanzte für ihr Leben gerne! –, aber immer nur Walzer und Foxtrott, den altmodischen Kram. Kein Jitterbug. Aber sie konnte es gut. Nach dem Krieg fingen Billy und sie richtig mit dem Gesellschaftstanz an. Haben Pokale gewonnen und so. Wo war ich noch mal?«

»Tanzabende. Die Amerikaner.«

»Ach, ja. Nun, seien wir mal ehrlich: Die meistens Jungen aus dem Dorf waren im Krieg, außer die Untauglichen und die zurückgestellten Berufe. Und die hockten immer nur im Shoulder of Mutton herum und jammerten die ganze Zeit. Die Amerikaner waren anders. Sie sprachen anders, erzählten von Städten, von denen wir nur träumen konnten oder die wir im Kino gesehen hatten. Sie waren exotisch. Aufregend. Sie hatten auch alle möglichen Sachen, die wir wegen der Rationierung nicht bekommen konnten. Sie wissen schon: Nylonstrümpfe, Zigaretten und so. Wir hatten uns mit PX angefreundet, so hieß der Kerl, der auf dem Stützpunkt den Laden verwaltete, mit Spitznamen, er war so eine Art Quartiermeister, nehme ich an, und er konnte uns alles Mögliche besorgen. Insbesondere Gloria. Für sie hatte er eine ganz besondere Schwäche. Jeder hatte eine Schwäche für sie. Gloria war wie ein wunderschöner, exotischer Schmetterling; sie zog jeden Mann an, den sie kennen lernte. Sie hatte etwas Besonderes. Sie funkelte und glühte. Sie strahlte.«

»Dieser PX, wie hieß der mit richtigem Namen?«

»Tut mir Leid, Liebchen, das weiß ich nicht mehr. Aber wo Sie mich fragen, könnte ich noch nicht einmal behaupten, dass ich es jemals wusste. Wir riefen ihn einfach immer PX.«

»Gab es sonst noch jemand Besonderen?«

»Nach Billy Joe gab es einen Brad, für den sie viel übrig hatte, aber nach dem, was mit Matthew passiert war, wollte sie nichts Ernstes mehr.«

»Und dieser Brad? Was wollte der?«

»Der war ein netter Junge. Und mit Haut und Haar verliebt, daran besteht kein Zweifel.«

»Können Sie sich an seinen Nachnamen erinnern?«

»Nein, tut mir Leid.«

»Schon gut«, meinte Annie. »Wie lange waren die beiden zusammen?«

»Da fragen Sie mich etwas. Ich glaube, bis 1944. Jedenfalls trafen sie sich noch, als wir Weihnachten abreisten.«

»Weihnachten 1944?«

»Ja.« Sie strahlte. »Das beste Weihnachtsfest meines Lebens. Mein Eric wurde bei der Schlacht von Bulge verwundet, das Dummerchen. Nichts Ernstes, aber dadurch wurde er frühzeitig entlassen, so dass er Weihnachten zu Hause sein konnte. Der Arzt empfahl ihm Seeluft, deshalb kamen wir her, verliebten uns in den Ort und blieben schließlich. Am 1. Weihnachtstag 1944 zogen wir aus Hobb's End fort.«

»Wo ist Ihr Mann jetzt?«

»Ach, der ist unterwegs. Macht gerne jeden Morgen seinen Verdauungsspaziergang am Meer entlang, dann geht er im Pub vorbei und spielt mit seinen Freunden Domino.«

»Hat Gloria jemals von einem Kind gesprochen?«

Alice blickte verwirrt. »Nein, mir gegenüber nicht. Hab auch nie irgendein Anzeichen dafür gesehen. Weiß noch nicht mal, ob sie überhaupt Kinder mochte. Aber warten Sie mal kurz …«

»Was denn?«

»Da war mal etwas, als ich über die Feenbrücke ging. Was Seltsames. Da tauchte ein Kerl auf – ein Mann in einer Soldatenuniform – mit einem kleinen Jungen im Schlepptau, der konnte höchstens sechs oder sieben sein, den hielt er an der Hand. Ich hatte die beiden noch nie gesehen. Sie gingen rein, um Gloria zu besuchen, redeten eine Weile, dann gingen sie wieder. Ich hörte, dass es laut wurde.«

»Wann war das?«

»Tut mir Leid, Liebchen, das weiß ich nicht mehr. Aber da war Matthew schon nicht mehr da. Das weiß ich genau.«

»Und mehr passierte da nicht?«

»Nein.«

»Konnten Sie verstehen, worum es ging?«

»Nein.«

»Wer war das denn, wissen Sie das?«

»Tut mir Leid, Liebchen, keine Ahnung.«

»Haben Sie Gloria mal nach ihm gefragt?«

»Ja. Aber ich bekam keinen Ton aus ihr heraus. Manchmal wurde sie so. Sie sagte nur, dass es Verwandte aus dem Süden wären. Ich dachte, es wär vielleicht ihr Bruder mit einem Neffen oder so. Sie glauben doch nicht …?«

»Ich weiß es nicht«, erwiderte Annie. »Kamen Sie noch einmal wieder, der Mann und der Junge?«

»Nicht dass ich wüsste.«

»Und was war mit Gwen und Gloria, nachdem Sie weggezogen?«

»Das weiß ich nicht. Ich schickte Gloria eine Postkarte, das muss März oder April '45 gewesen sein, hab ihr geschrieben, dass es Eric besser ginge und wir in Scarborough bleiben würden, dass sie uns besuchen kommen sollte.«

»Was passierte daraufhin?«

»Nichts. Sie hat nicht geantwortet.«

»Fanden Sie das nicht komisch?«

»Ja, schon, aber ich konnte ja nicht viel dagegen tun. Das Leben geht weiter. Ein paar Monate später hab ich ihr noch mal geschrieben, bekam aber wieder keine Antwort. Danach hab ich es aufgegeben. Im Laufe des Lebens verliert man den Kontakt zu vielen Leuten, habe ich gemerkt. Mit Gwen war das genauso. Ich würde nicht sagen, dass wir uns sonderlich nahe standen – dafür war sie ein bisschen zu ruhig und steckte die Nase immer nur in ihre Bücher –, aber wir hatten schon eine Menge Spaß zusammen. Aber nachdem wir hier herzogen, habe ich nie wieder von ihr gehört.«

»Sind Sie noch mal nach Hobb's End zurückgekehrt?«

»Dafür gab es keinen Grund. Nach dem Krieg war es wie ein neues Leben – von der Rationierung mal abgesehen. Man machte einfach weiter und versuchte, nicht in der Vergangenheit zu versinken. Es war schade, dass ich Gloria nicht mehr wiedergesehen habe – sie war wie eine frische Brise –, aber, wie ich schon sagte, wenn man erst mal in mein Alter kommt, dann merkt man, dass man ständig den Kontakt zu anderen verliert.«

Das hatte auch Annie in ihrem kurzen Leben bereits festgestellt. Schulfreunde, Kommilitonen, Freunde, Arbeitskollegen – es gab so viele Menschen, zu denen sie vollkommen den Kontakt verloren hatte. Die konnten inzwischen schon längst tot sein. Wie Rob.

Sie ließ die Worte eine Weile im Raum schweben, dann rutschte sie im Sessel herum. »Also, Alice«, sagte sie. »Ich glaube, das ist momentan alles. Ich sorge dafür, dass Sie das Foto in ein paar Tagen zurückerhalten. Wenn mir noch etwas einfällt, melde ich mich bei Ihnen.« Sie konnte sich tatsächlich aus dem tiefen, weichen Sessel hieven, indem sie sich mit den Händen auf den Armlehnen abstützte.

»Tun Sie das.« Alice erhob sich. »War mir eine große Freude, obwohl ich nicht glaube, dass ich Ihnen eine große Hilfe gewesen bin, so wie ich von früher dahergeredet hab.«

»Sie haben mir sehr geholfen.«

»Ist nett, dass Sie das sagen, Liebchen. Ich muss zugeben, dass ich das kleine Plauderstündchen sehr genossen habe. Ist schon Jahre her, dass ich über all das nachgedacht habe. Hobb's End, Gloria, Gwen, Matthew, der Krieg. Ich würde gern wissen, wer das getan hat. Selbst wenn er schon tot ist, wäre ich gern sicher, dass er einen langsamen, qualvollen Tod gestorben ist, denn das hat er verdient.«

* * *

Traurig und benommen verließen wir das Café, bis zu unserer Heimfahrt waren noch viele Stunden totzuschlagen. Um die Wahrheit zu sagen, glaube ich nicht, dass Gloria oder ich damals große Hoffnung hatte, dass Matthew noch am Leben war. Ich fragte Gloria, ob sie mir die Gegend zeigen wolle, wo sie früher gelebt hatte, aber sie lehnte ab. Das könnte sie nicht auch noch ertragen, sagte sie, und ich kam mir herzlos vor, überhaupt gefragt zu haben.

Es hörte auf zu regnen, und die Sonne versuchte, sich durch die ausgefransten Wolken zu kämpfen. Wir spazierten durch den St. James's Park, vorbei an den Sperrballons und Flakgeschützen Richtung Oxford Street. Wir kauften ein bisschen ein, obwohl wir uns nicht richtig darüber freuen konnten. Immerhin mussten wir so eine Weile nicht an Matthew denken. Auf der Charing Cross Road kaufte ich die neuste Lektüre von Graham Greene, *Ministerium der Angst*, und dazu die letzten beiden Ausgaben der Literaturzeitschrift *Penguin New Writing*, den neuesten *Horizon* und ein paar gebrauchte Klassiker von Trollope und Dickens für die Leihbibliothek.

Gloria erstand ein schwarz-weiß-rot kariertes Dorville-Kleid bei John Lewis. Es kostete drei Pfund fünfzehn Shilling und elf Marken. Sie überredete mich, ein Zweckkleid von Norman Hartnell in einem Geschäft in der Nähe für nur drei Pfund und neun Marken zu kaufen.

Nachdem wir Fish and Chips gegessen hatten, gingen wir ins Carlton am Haymarket, um uns Gary Cooper und Ingrid Bergman in *Wem die Stunde schlägt* anzusehen. Das war mein erster Film in Technicolor, da Farbfilme noch nicht bis nach Harkside vorgedrungen waren. Da ich den Roman von Hemingway nicht gelesen hatte, konnte ich nicht beurteilen, wie eng an der Vorlage der Film war.

Es wurde schon dunkel, als wir wieder auf die Haymarket Street traten, und Gloria schlug vor, die U-Bahn zurück nach King's Cross zu nehmen.

Die Verdunkelung in London ist schwer zu beschreiben, besonders auf einer so großen, geschäftigen Straße wie Haymarket. Da es nirgends richtig still wurde, wurde es auch niemals richtig dunkel. Man sah die scharfen Umrisse und Gesimse der Häuser in abgestuften Dunkeltönen vor dem Abendhimmel. Wenn der Halbmond hinter einer Wolke hervorkam, glänzte alles einen Augenblick lang in seinem fahlen Licht und verschwand dann wieder.

So wie Blinde ein empfindlicheres Gehör entwickeln, fiel mir der Lärm am stärksten auf. Fernes Rufen und Pfeifen, Motorengeräusch, Gelächter und Gesang aus einem Pub, ein in der Ferne heulender Hund oder eine in einer Gasse miauende Katze – alle Laute schienen in der Düsternis der Verdunkelung weiter getragen zu werden und länger nachzuhallen. Und sie klangen unheimlicher.

»Unnatürlich« wäre vielleicht das passende Wort. Aber was ist natürlicher als die Dunkelheit? Vielleicht hängt das von der Umgebung ab. In einer Stadt ist die Dunkelheit unnatürlich, besonders in einer so geschäftigen, uferlosen Stadt wie London.

Am Piccadilly Circus konnte ich die durch Sandsäcke gestützte Statue von Eros so gerade erkennen. Von irgendwoher erklang Musik, später erfuhr ich, dass es sich um »Take the ›A‹ Train« von Glenn Miller handelte. Überall liefen Soldaten herum, viele waren betrunken, und mehr als einmal kamen Männer auf uns zu, fassten uns an, boten uns Geld für Liebesdienste.

Irgendwann hörte ich Geräusche aus einer Gasse und konnte die Umrisse eines stöhnenden Mannes erkennen, der gegen eine Frau stieß, die wiederum mit dem Rücken gegen eine Mauer gelehnt stand. Das erinnerte mich an das eisigkalte Weihnachtsfest 1941, als ich Gloria und den kanadischen Flieger Mark in ebendieser Stellung überrascht hatte.

Die U-Bahn-Steige, auf denen man sich bei Luftangriffen versammelte, waren überfüllt, und ich bildete mir ein, Schweiß, ungewaschene Kleidung und Urin zusammen mit dem Ruß der Züge zu riechen. Alles war schmutzig und heruntergekommen. Bald kam die Bahn, wir mussten die ganze Fahrt über stehen. Niemand erhob sich und bot uns seinen Platz an.

Ich war froh, dass unser Zug nach Hause pünktlich abfuhr, und obwohl ich wusste, dass ich noch wochenlang von dieser Reise träumen würde, war ich doch nicht traurig, als wir nach einer siebenstündigen, langweiligen, erlebnisarmen Fahrt den Morgenzug von Leeds nach Harrogate erwischten, um von dort mit unserem kleinen Bummelzug zurück nach Hobb's End zu zuckeln.

* * *

Es war schon nach sieben Uhr abends, als sich Banks und Annie wiedersahen. Auf dem Rückweg von Edinburgh war Banks im Nachmittagsverkehr vor Newcastle stecken geblieben, dann hatte er noch bei seiner Dienststelle vorbeifahren müssen, um zu prüfen, ob sich während seiner Abwesenheit etwas getan hatte.

Als Reaktion auf seinen Fernsehauftritt am Montagabend warteten ungefähr zwanzig Nachrichten auf ihn. Eine gute Stunde lang erledigte er die Rückrufe, doch kam dabei lediglich heraus, dass jemand glaubte, die Shackletons seien nach dem Ende des Krieges nach Leeds gezogen, und ein anderer meinte sich zu erinnern, gegen Ende des Krieges mit Matthew Shackleton in Hobb's End getrunken zu haben. Die meisten Anrufer wollten ihre Kriegserinnerungen aufleben lassen, hatten aber keinerlei nützliche Informationen für ihn.

Er hatte auch eine Nachricht von John Webb erhalten, der ihm ausrichtete, er habe den Knopf gesäubert, den Adam Kelly beim Skelett gefunden hatte. Er sei höchstwahrscheinlich aus Messing, habe ungefähr 2,5 Zentimeter Durchmesser und auf der Vorderseite ein erhabenes Muster, das an Flügel erinnere. Der Fachmann, der ihn untersucht habe, sei der Ansicht, es könne sich um eine Art Vogel handeln. Angesichts des in Betracht kommenden Zeitraums waren die Streitkräfte in Erwägung zu ziehen, vielleicht die Royal Air Force, fügte er hinzu.

Als Banks auf der Dienststelle alles erledigt hatte, rief er

Annie an und fragte sie, ob es ihr etwas ausmache, nach Gratly zu kommen, da er bereits den ganzen Tag auf der Straße verbracht habe. Sie sagte, dass mache ihr überhaupt nichts. Dann fuhr er nach Hause, duschte ausgiebig und räumte auf. Es dauerte nicht lange. Als Nächstes versuchte er, Brian in Wimbledon zu erreichen. Wieder kein Glück. Was sollte er denn verdammt noch mal tun? Seit dem Streit war fast eine Woche vergangen. Er könnte ihn besuchen, aber erst wenn der Fall erledigt war. Er entschied, es am nächsten Tag erneut zu versuchen.

Er zog in Erwägung, etwas für Annie zu kochen, verwarf den Gedanken dann aber wieder. Kochen lernen mochte nach der Renovierung wohl sein nächstes Vorhaben sein, aber bis dahin lag noch viel vor ihm. Außerdem war der Kühlschrank bis auf ein paar Dosen Lager, eine halbe Tomate und ein Stück schimmeligen Cheddar vollkommen leer. Er würde mit ihr zum Essen ins Dog and Gun in Helmthorpe gehen und inbrünstig hoffen, dass dort etwas Vegetarisches auf der Speisekarte stand.

Als Annie kam, zeigte sie ihm zuerst ein Foto von Gloria und ihren Freundinnen mit amerikanischen Fliegern. Nach einer kurzen Führung durch das Haus, das sie als ›herzallerliebst‹ bezeichnete, willigte sie zu einem kleinen Abendspaziergang ein. Sie ließen die Autos auf Banks' Kieszufahrt stehen und machten sich im Dämmerlicht auf nach Helmthorpe. Dabei tauschten sie die neuesten Erkenntnisse des Tages aus.

Schafe grasten auf den Berghängen, die sich zum ausgetrockneten Wildbach hinunterzogen. Einige hatten es sogar geschafft, durch das Tor hinter dem Kirchhof zu schlüpfen, wo sie nun das Gras zwischen den mit Flechten bewachsenen Grabsteinen fraßen.

»Hattest du genug Zeit, in Scarborough am Meer entlangzugehen?«, wollte Banks wissen.

»Ja, sicher. Ich musste ja was essen, oder? Aber ich kann dir sagen, ein Vegetarier hat in Scarborough keine große Auswahl. Am Ende habe ich Pommes gekauft – wenigstens in Gemüseöl fritiert, sagte die Frau da – und mich zum Essen auf eine Bank am Hafen gesetzt, hab einem Mann zugesehen, der sein Fischerboot strich. Hat versucht, mich anzumachen.«

»Ach ja?«

»Ist aber nicht weit gekommen. Ich bin dran gewöhnt, von Fischern angemacht zu werden. Bei mir muss man schon mehr bieten als den letzten Heilbuttfang, wenn man mich ins Bett bekommen will, das kann ich dir sagen.«

Banks lachte. »Alles aus St. Ives?«

»Genau. Kenn ich schon alles. Hab so ein T-Shirt. Egal, danach bin ich jedenfalls kurz am Grab von Anne Brontë vorbeigegangen und dann zurück zur Wache, wo ich das Gespräch aufgeschrieben habe.«

»Magst du die Bücher von Anne Brontë?«

»Hab noch keins gelesen. Aber das macht man doch so, oder nicht, wenn man in der Nähe ist? Man guckt sich an, wo berühmte Menschen begraben sind. Ich hab *Die Herrin von Wildfell Hall* im Fernsehen gesehen. Wenn einem so was gefällt …«

»Was denn?«

»Gouvernanten, Mieder, enge Korsetts, diese ganze unterdrückte Sexualität der Viktorianer.«

»Dir gefällt's nicht?«

Annie legte den Kopf schräg. »Das hab ich nicht gesagt.«

Es war Anfang September, es wurde jetzt schneller dunkel. Als sie auf die High Street traten, stand die Sonne schon tief im Westen, ein roter Ball, der wie ein Funke in der Dämmerung glühte. Die Schatten wurden länger. Lachen und Musik drangen aus den offenen Türen der Pubs. Müde vom Ausflugstag und einem üppigen Abendessen, stiegen Touristen in ihre Autos und fuhren zurück in ihre Städte.

Annie und Banks durchquerten die überfüllte Kneipe und fanden einen Tisch im Biergarten hinter dem Haus. Durch die Bäume malte das ersterbende Sonnenlicht blutrote und karmesinrote Streifen auf die Flussniederungen. Annie setzte sich und Banks holte zwei Glas Bier an der Theke und bestellte das Essen. Glücklicherweise hatte Annie gesagt, sie habe keinen großen Hunger, ein Sandwich mit Käse und eingelegten Gurken wäre genau das Richtige. Sie kamen gerade noch rechtzeitig; kurz darauf wurden keine Bestellungen mehr entgegengenommen.

»Ist schön hier«, sagte Annie, als er mit den Getränken zurückkam. »Danke.«

»Prost!« Banks nahm einen Schluck. Obwohl noch ein paar andere Gäste draußen saßen, unterhielt man sich leise. »Wen hätten wir dann also?«, fragte er. »Wo wir jetzt wissen, dass Matthew vor Gloria starb?«

Annie lehnte sich zurück, streckte die langen Beine aus und legte sie auf den dritten weißen Plastikstuhl. »Wie wär's mit dem Geliebten?«, schlug sie vor. »Dem Amerikaner?«

»Brad? Als Mörder? Warum?«

»Warum nicht? Oder einer von seinen Kumpels? Sie könnte sie angemacht und gegeneinander aufgehetzt haben. Ich habe den Eindruck, dass Gloria die Art von Frau war, die einen enormen Einfluss auf Männer ausübte. Brad hoffte vielleicht auf mehr, als er letztendlich bekam. Alice sagte, er war ihrer Meinung stärker in Gloria verliebt als umgekehrt. Vielleicht versuchte sie, ihm den Laufpass zu geben, und er war nicht einverstanden. Rowan Woods ist nicht weit weg. Es wäre nicht schwer für ihn gewesen, sich hintenrum rein- und rauszuschleichen, würde ich sagen.«

»Wir müssen auf jeden Fall mehr über die Amerikaner in Hobb's End herausfinden«, sagte Banks.

»Und wie gehen wir das an?«

»Anfangen kannst du erst mal mit der amerikanischen Botschaft. Vielleicht können sie dich auf eine bestimmte Spur bringen.«

»Mir ist die subtile Verwendung des Pronomens nicht entgangen: ›du‹. Ich nehme an, du hast nicht vor, einen Tag am Telefon zu verbringen?«

Banks lachte. »Vorgesetzter zu sein, hat so seine Vorteile. Außerdem bist du so gut darin.«

Annie schnitt eine Grimasse und schnippte ihm Bier ins Gesicht.

»Wenn es dir hilft«, fügte er hinzu, »werde ich versuchen,

von unseren militärischen Einrichtungen mehr Informationen über Matthew Shackleton zu erhalten.«

Das Essen kam und eine Weile aßen beide schweigend. Der Fluss sah nun aus wie ein Ölteppich. Es standen keine Wolken am Himmel, doch war die Luft im Laufe des Tages immer feuchter geworden, und die untergehende Sonne tauchte den Himmel im Westen in scharlachrotes Licht. Summende Wolken aus winzigen Insekten, Stech- oder Kriebelmücken, schwebten über dem ruhigen, seichten Wasser.

»Was ist mit Michael Stanhope?«, schlug Banks vor.

»Was hätte er für ein Motiv haben sollen? Sie waren Freunde.«

»Unbeherrschte Lust? Alkohol? Das kann einen schon die Grenzen überschreiten lassen und Stanhope passte wahrscheinlich sowieso nicht so richtig ins Muster. Wenn er sich stark zu Gloria hingezogen fühlte, sie aber keine sexuelle Beziehung mit ihm haben wollte, dann könnte ihn das Anfertigen des Aktbildes übermäßig erregt haben. Seien wir ehrlich: Ein Mann wie Stanhope kann nicht die ganze Zeit emotional völlig unbeteiligt geblieben sein, wenn Gloria Shackleton nackt in seinem Atelier saß.«

Annie zog die Augenbrauen hoch. »Ach, nein? Vielleicht meinst du eher, dass du es nicht könntest. Du würdest dich wundern, wie unbeteiligt ein Künstler sein kann. Egal, Alice Poole sagte, sie wären ganz bestimmt kein Paar gewesen, und ich glaube ihr. Ich habe den Eindruck, dass viele Dorfbewohner – zum Beispiel die Frau, mit der du gesprochen hast – ihre negativen Gefühle auf Gloria projizierten. Meiner Meinung nach war sie eigentlich ein anständiges Mädchen und eine liebende Ehefrau, aber ihr Aussehen und ihre lockere Einstellung trugen ihr Probleme ohne Ende ein, besonders mit Männern. Irgendwann drehte halt jemand durch.«

»Du hörst dich an, als wüsstest du, wovon du sprichst.«

Annie wandte sich ab und starrte auf den dunklen Fluss. Er hatte sie lediglich mit einer lässig hingeworfenen Bemerkung aufziehen wollen, doch fühlte sich Banks, als hätte er verbotenes Terrain betreten und sie wütend gemacht. Sie mussten noch sehr vorsichtig miteinander sein, wurde ihm klar. Einige Nächte hemmungsloser Leidenschaft und das Gefühl, als Außenseiter etwas gemein zu haben, reichten noch nicht aus, den Weg durch die emotionalen Minenfelder zwischen ihnen zu finden. Sei vorsichtig, warnte er sich.

Nach einer Pause fuhr Annie fort: »Ich glaube, Gloria gehörte zu den wenigen in Hobb's End, die Michael Stanhope verstanden, die ihn ernst nahmen. Außerdem meinte Alice, er sei schwul gewesen.«

»Das konnte sie doch nicht mit Sicherheit wissen. Vielleicht war er ja auch bisexuell.«

»Ich denke nur, dass du es ein wenig übertreibst.«

»Wahrscheinlich hast du Recht. Aber die Stanhope-Theorie hat sowieso einen entscheidenden Fehler.«

»Und zwar?«

Banks schob den leeren Teller zur Seite. »Wo wurde Gloria deiner Meinung nach ermordet?«

»Im Bridge Cottage oder in der Nähe. Ich dachte, darüber waren wir uns wegen des Fundorts schon einig. Im Übrigen« – Annie warf einen Blick in ihr Notizbuch – »habe ich dir vergessen zu sagen, dass die Verdunkelung offiziell am 17. September 1944 endete. Obwohl das jetzt nicht mehr wichtig ist, wo wir wissen, dass Gloria Weihnachten noch lebte.«

»Jedes Detail kann helfen.«

»Egal, worauf wolltest du hinaus?«

»Meistens besuchte Gloria Stanhope in seinem Atelier. Mit Sicherheit tat sie das, als er sie im Herbst nackt malte. Wenn irgendwas zwischen ihnen vorgefallen sein sollte, dann doch wohl eher da, das meine ich. Da stand sie nackt vor ihm. Wenn er sie umgebracht hat, glaube ich nicht, dass er es riskiert hätte, die Leiche den ganzen Weg zurück zum Bridge Cottage zu tragen. Dann hätte er eine andere Möglichkeit gesucht, um sie loszuwerden, irgendwo in der Nähe.«

»Es sei denn, die beiden hatten eine Affäre, wie du meintest. In dem Fall hätte er sie ohne weiteres zu Hause besucht.«

»Hätte er das riskiert, wo Gwen in der Nähe war?«

»Möglich. Nach allem, was ich gehört habe, machte Gloria auf jeden Fall einen unkonventionellen, unberechenbaren Eindruck. Einfach in sein Atelier zu gehen, muss schon skandalös genug gewesen sein, bei dem Ruf, den er im Dorf genoss.«

»Stimmt. Elizabeth Goodall hielt die Beziehung der beiden ganz offensichtlich für skandalös. Willst du noch etwas trinken?«

»Besser nicht«, meinte Annie und legte die Hand auf ihr Glas. »Wenn ich fahre, trinke ich nie mehr als eins.«

Banks hielt kurz inne, hatte seine Stimme irgendwo tief in seiner Brust verloren. »Du *musst* ja nicht nach Hause fahren«, sagte er schließlich und war überzeugt, dass seine Stimme krächzte.

Annie lächelte und legte die Hand auf seinen Arm. Die Berührung ließ sein Herz schneller schlagen. »Nein, aber es wäre besser, denke ich. Ist ja schließlich ein Wochentag und so. Ich habe einen anstrengenden Tag vor mir. Außerdem hatten wir uns doch geeinigt, nicht?«

»Der Versuch ist nicht strafbar. Was dagegen, wenn ich noch was trinke?«

Sie lachte. »Natürlich nicht.«

Banks ging herein. Er hatte nicht erwartet, dass Annie auf sein Angebot einging, war aber dennoch enttäuscht. Er wusste, dass sie sich geeinigt hatten, sich aufs Wochenende zu beschränken, aber es musste doch hin und wieder ein wenig Platz für Spontaneität geben, oder nicht? Ob er diese Sache mit den Beziehungen wohl jemals verstehen würde? Wenn man verheiratet war, war es einfach; wenigstens musste man sich nicht verabreden, wenn man sich sehen wollte. Andererseits hatten Sandra und er sich nicht gerade oft gesehen, und sie waren über zwanzig Jahre lang verheiratet gewesen. Vielleicht wären sie noch immer zusammen, wenn sie mehr Zeit füreinander gehabt hätten.

Die Essensgäste waren weniger geworden, der Speisesaal war nun halb leer, im öffentlichen Bereich spielten größtenteils Einheimische Domino oder Darts. Eine Gruppe Jugendlicher saß in der Ecke, und einer wählte in der Musikbox »Concrete and Clay«. Du heiliger Bimbam, dachte Banks. *Unit 4 + 2*. Das Stück war vor ihrer Geburt aufgenommen worden.

Er bestellte ein zweites Pint und ging wieder nach draußen. Annie war jetzt nur noch eine dunkle Figur – und zwar eine schöne mit ihrem grazilen Hals und dem markanten Profil –, die auf die ihr eigene lässige, konzentrierte Art auf den Fluss blickte.

Er setzte sich und brach den Zauberbann. Annie räkelte sich träge. Sie hatte immer noch ein halb volles Glas, das sie nun einige Male schüttelte, bevor sie daran nippte.

»Was ist mit ihrer Familie?«, fragte Banks.

»Wessen Familie?«

»Die von Gloria Shackleton.«

»Die kam beim Blitzkrieg ums Leben.«

»Alle?«

»Hat sie jedenfalls Alice erzählt.«

»Und was ist mit dem geheimnisvollen Fremden und dem Kind, die nach ihr suchten? Du hast gesagt, sie hätte Alice erzählt, es wären Verwandte.«

»Ich weiß.« Langsam schüttelte Annie den Kopf. »Das verstehe ich ja einfach nicht. Kommt einem irgendwie komisch vor, oder?«

»Wenn sie abgehauen ist und ihren Mann oder Freund mit ihrem Kind sitzen gelassen hat, dann gäbe es noch einen mehr, der Grund hatte, auf sie sauer zu sein. Er könnte sie aufgespürt und getötet haben.«

»Ja, aber wer es auch war, hat sich ja nicht zwangsläufig mit dem Kind sitzen gelassen gefühlt. Vielleicht liebte er den Jungen. Außerdem machen Männer das alle Nase lang und werden dafür nicht von ihren Frauen umgebracht.«

Banks biss nicht an. »Die Frage ist«, sagte er, »ob dieser eine Mann so starke Hassgefühle hatte, dass er die Frau oder Freundin aufspürte, die sein Kind zur Welt gebracht und ihn verlassen hatte? Sie sollen sich ja gestritten haben, wenn man Alice Poole Glauben soll.«

»Aber danach war Gloria noch am Leben.«

»Vielleicht hat er es eine Zeit lang mit sich herumgetragen und ist erst Wochen, Monate später zurückgekommen?«

»Möglich ist das«, gab Annie zu. »Ich wüsste auch gerne, was aus ihrer Schwägerin Gwynneth geworden ist. Selbst nach deinem Aufruf im Fernsehen hat keiner einen ordentlichen Anhaltspunkt geben können.«

»Vielleicht ist sie tot.«

»Vielleicht.«

»Hältst du sie für verdächtig?«

Annie runzelte die Stirn. »Auf dem Foto sah sie wie eine große, starke Frau aus. Könnte ja etwas zwischen ihnen vorgefallen sein.«

»Vielleicht hat Sergeant Hatchley in London etwas Interessantes gefunden. Morgen wissen wir mehr. War ein langer Tag.«

Auf der anderen Seite des Flusses rief ein Nachtvogel in der Stille. Die Musikbox spielte ein Lied von Oasis. »Die Art des Verbrechens sollte uns etwas verraten«, bemerkte Annie nach einer kleinen Pause.

»Was verrät es dir, das wir bisher noch nicht bedacht hätten?«

»Nun, es war offenbar aggressiv, leidenschaftlich. Jemand reagierte so stark auf Gloria Shackleton, dass er viele Male auf sie einstach. Nachdem er sie bereits erdrosselt hatte.«

»Du hast es selbst gesagt: Gloria war die Sorte Frau, auf die Männer mit Leidenschaft reagierten, eine Frau, die in Männern heftige Gefühle hervorruft. Aber es gibt wohl noch eine Menge Dinge, die wir nicht über den Ablauf des Geschehens wissen.«

»Sorry, aber da komme ich nicht mit.«

»Der Tatort ist uralt, Annie. Wir haben nicht mehr als diese Knochen und ein paar verrostete Schmuckstücke. Wir wissen nicht, ob sie vorher vergewaltigt oder auf irgendeine Weise sexuell missbraucht wurde. Oder hinterher. Wir können nicht mehr sagen, als dass es ein Sexualverbrechen sein könnte, so einfach ist das.«

»Die Spurensicherung hat keine anderen Opfer in der Gegend gefunden.«

»Noch nicht. Aber Sexualverbrechen bedeutet ja nicht unbedingt, dass es mehrere Opfer gab.«

»Meistens schon. Du kannst mir nicht erzählen, dass jemand Gloria Shackleton auf diese Art und Weise vergewaltigte und tötete und es danach nie wieder tat.«

»Das ist die Frage«, entgegnete Banks. »Denk mal drüber nach. Die Leiche wurde im Lagerhaus von Gloria und Matthews Cottage begraben. Dass wir keine anderen Leichen in unmittelbarer Nähe gefunden haben, bedeutet doch nicht, dass woanders keine liegen könnten. Es bedeutet *nicht*, dass der Täter nicht woanders wieder in Erscheinung getreten ist, und zwar auf identische Weise.«

»Also ein Massenmörder? Der hier fremd war?«

»Möglich ist das. Sergeant Hatchley hat schon einen Rechercheantrag gestellt, ob es Verbrechen mit ähnlichen Profilen gibt. Aber das wird was dauern, und es klappt auch nur, wenn sich einer die Mühe macht nachzusehen. Menschen sind manchmal nämlich ganz schön faul, besonders wenn sie bei ihrer Recherche nicht den Computer zu Rate ziehen können. Machen wir uns nichts vor: Wir stehen mit diesem Fall bei niemandem besonders weit oben auf der Prioritätenliste. Trotzdem, irgendein neugieriger oder pflichtbewusster Beamter könnte ja ein bisschen herumwühlen und etwas entdecken. Ich sag Jim, er soll noch ein Memo hinterherschicken.«

Annie schwieg. »Dir ist doch klar, dass wir eventuell nie herausfinden, wer sie umgebracht hat, oder?«

Banks trank aus und nickte. »Wenn es so kommen sollte, fertigen wir einen Abschlussbericht mit allen Beweisen an, die wir gesammelt haben, und schließen daraus auf die wahrscheinlichste Lösung.«

»Was glaubst du, wie du damit klarkommst?«

»Wie meinst du das?«

»Es ist dir wichtig geworden, nicht? Damit will ich nicht sagen, dass es mir egal ist. Ist es nicht. Aber für dich ist es was anderes. Es geht tiefer. Bei dir ist das irgendwie zwanghaft.«

Banks zündete sich eine Zigarette an. Dabei wurde ihm

klar, wie oft er sich hinter dem Rauch einer Zigarette versteckte. »Einer muss sich doch darum kümmern.«

»Das klingt aber melodramatisch. Außerdem: Ist es wirklich so einfach?«

»Nichts ist einfach, oder?«

»Will heißen?«

Banks hielt inne und versuchte, seine verschwommenen Gedanken in Worte zu fassen. »Gloria Shackleton. Ich weiß, wie sie aussah. Ich habe eine Vorstellung von ihrem Charakter und ihren Wünschen, kenne ihre Freundinnen, weiß, wie gern sie sich vergnügte und unterhielt.« Er klopfte sich an den Kopf. »Sie ist für mich hier oben, und darauf kommt es an, schon ziemlich real. Irgendjemand hat ihr das alles genommen. Der hat sie erwürgt, fünfzehn oder sechzehn Mal auf sie eingestochen, ihre Leiche in Verdunkelungsvorhänge gewickelt und sie in einem Lagerschuppen vergraben.«

»Aber das ist schon Jahre her. Der Krieg ist schon ewig lang vorbei. Ständig wird irgendwo jemand umgebracht. Was ist an diesem Mord so besonders?«

Banks schüttelte den Kopf. »Weiß ich nicht. Eigentlich gar nichts. Zum Teil liegt es am Krieg selbst. Ich bin älter als du. Ich bin in seinem Schatten aufgewachsen, und er warf einen ziemlich langen Schatten auf alles, auch als er schon längst vorbei war. Ich wurde mit einer Lebensmittelkarte und einem Personalausweis geboren.« Er lachte. »Weißt du, es ist schon komisch, wie sich heutzutage alle dagegen wehren, registriert und gezählt zu werden, aber ich war damals als Kind stolz auf diesen Ausweis. Er verlieh mir sozusagen eine Identität, sagte mir, wer ich war. Vielleicht war das die Vorstufe für meinen Dienstausweis. Egal, in meiner Heimatstadt war alles voller Ruinen. Ich spielte dort herum – genau wie Adam Kelly. Und mein Dad besaß eine Sammlung von Kriegsmemorabilien, mit denen ich mich immer auf den Dachboden verdrückte und spielte, wenn er nicht da war – ein SS-Dolch, eine Nazi-Armbinde. Er hatte Bilder, die ich mir immer ansah, Fotos von den Kollaborateuren in Brüssel, wie sie an den Balkonen hängen. Das war eine andere Zeit, lange vor mir, aber auf gewisse Weise auch wieder nicht; eigentlich war sie mir sehr nah. Wir spielten immer ›Kommandotrupp‹. Wir gruben sogar Tunnel und taten so, als würden wir aus Gefangenenlagern flüchten. Ich kaufte jedes Buch über Soldaten und Bombenflugzeuge, das ich in die Hand bekam. Meine Kindheit und frühe Jugend waren vom Krieg geprägt. Irgendwie macht die Tatsache, dass so ein heimtückischer Mord gerade in einer Zeit verübt wurde, in der in der Welt dieses wilde Gemetzel im Gange war, das Ganze fast zu einer Art Karikatur, wenn du verstehst, was ich meine.«

»Ich denke schon. Was stört dich sonst noch daran?«

»Jetzt kommt der einfache Teil. Soweit wir wissen, wurde Gloria nie vermisst gemeldet; es gab keinen Aufschrei. Es kommt einem vor, als sei es allen egal gewesen. Ich hatte mal einen Freund … irgendwann erzähle ich dir mal von ihm. Egal, damals war es allen egal. Das finde ich furchtbar. Ich bin da wohl anders, habe immer mit jedem Mitleid, bin ein Naturtalent.« Banks lächelte. »Rede ich jetzt Blödsinn?«

Annie strich ihm mit den Fingern über den Arm. »Mir ist es auch nicht egal«, sagte sie. »Vielleicht nicht aus den gleichen Gründen und auf die gleiche Weise, aber ich meine es ehrlich.«

Banks sah ihr in die Augen. Er spürte, dass sie meinte, was sie sagte. Er nickte. »Das weiß ich. Gehen wir?«

Annie stand auf.

Sie traten auf die Straße, wo es nun viel ruhiger war, da die Nacht hereingebrochen war. Der Fish-and-Chips-Laden hatte noch geöffnet. Zwei Jugendliche, die vorher im Pub gewesen waren, standen nun gegen die Wand gelehnt und aßen in Zeitungspapier gewickelten Fisch. Ein Hauch Essig zog an ihnen vorbei.

Am Ende des Gasse, die am Kirchhof vorbeiführte, befand sich ein Schwingtor, und dahinter führte ein schmaler Fußweg aus Steinplatten um das steile Ufer von Gratly Beck ungefähr eine halbe Meile das Tal hinauf bis zum Ort selbst. Zum Glück schien der Mond, ansonsten war der Pfad nicht beleuchtet. Schafe hasteten blökend vor ihnen davon. Wieder dachte Banks an die Zeit der Verdunkelung. Seine Mutter hatte ihm die Geschichte einer Freundin erzählt, die den Weg von der Munitionsfabrik nach Hause nur fand, indem sie 176 Zaunpfähle entlang des Kanals berührte, dann links abbog und fünf Laternenmasten an der Straße abzählte. Das musste noch am Anfang gewesen sein, dachte Banks, bevor Lord Beaverbrook anordnete, alle Zaunpfähle für den Krieg einzusammeln. Seine Mutter hatte ihm auch von den Bergen aus Töpfen und Pfannen auf dem Cricketfeld erzählt, aus denen ein Flugzeug gebaut werden sollte.

Nachdem sie den schmalen Durchlass am anderen Ende passiert hatten, bogen Banks und Annie nach links ab, vorbei an den neuen Häusern. Hier war der Bürgersteig breiter und Annie schob den Arm unter seinen. Das kleine Zeichen von Intimität war schön. Sie überquerten die Steinbrücke, gingen die Straße hinunter und hielten vor der Eingangstür zu Banks' Haus.

»Kaffee?«, fragte Banks.

Annie grinste. »Nein, aber ich trinke wohl etwas Kaltes, wenn du hast. Nur keinen Alkohol.«

Sie blieb im Vorderzimmer und sah sich seine CD-Sammlung an, während er an den Kühlschrank ging. Es war komisch, dass ihm die Küche immer ein Gefühl von Ruhe und Heimat vermittelte, selbst nachts, wenn die Sonne, anders als in seinem Traum, nicht schien. Er fragte sich, ob er wohl jemals Annie davon würde erzählen können, ohne sich wie ein Idiot vorzukommen.

Er holte eine Packung Orangensaft heraus und goss zwei Gläser ein. Im Wohnzimmer lief eine alte CD von Etta James. Funkig, heiß. Die hatte er schon seit Jahren nicht mehr gehört. Annie kam herein, sichtlich erfreut über ihren Fund.

»Du hast ja eine Wahnsinns-CD-Sammlung«, bemerkte sie. »Dass du überhaupt noch weißt, was du auflegen sollst.«

»Das ist schon manchmal ein Problem. Hängt von der Stimmung ab.« Er reichte ihr ein Glas und sie gingen ins Wohnzimmer.

Bald schmetterte Etta »Jump Into My Fire« und »Shakey Ground«.

»Willst du wirklich nichts anderes trinken?«, fragte Banks, als Annie ihr Glas geleert hatte.

»Nein, ich hab doch gesagt, dass ich noch fahren muss. Ich will nicht von einem übereifrigen Landbullen angehalten werden.«

»Schade«, sagte Banks. »Ich hatte gedacht, dass du es dir eventuell noch überlegst.« Sein Mund war trocken.

Jetzt lief »Come to Mama«, die rhythmische, gemächliche Sinnlichkeit der Musik ging ihm nahe. Er musste sich immer wieder sagen, dass Annie ein weiblicher Sergeant war, eine Kollegin, mit der er an einem Fall arbeitete, und dass er nicht einmal an so etwas denken sollte. Das Problem war nur, dass Annie Cabbot so ganz anders war als alle Polizeibeamten, die er jemals kennen gelernt hatte. Und sie war die erste Frau, abgesehen von seiner Tochter Tracy, die ihn im neuen Haus besucht hatte.

»Hm«, machte Annie lächelnd. »Ich hab ja nicht gesagt, dass ich jetzt sofort fahren muss, oder? Du musst mich nicht betrunken machen, um mich ins Bett zu bekommen, verstehst du?« Dann stand sie auf, kreuzte die Arme vor sich und zog sich das T-Shirt langsam über den Kopf. Sie hielt es in der Hand, den Kopf zur Seite geneigt, und lächelte dann, streckte die Hand aus und sagte: »Komm zu Mama.«

* * *

In Kalifornien gibt es angeblich riesige Redwoodbäume, die, wenn sie bei einem Waldbrand verkohlen, eine neue Schicht um das tote, geschwärzte Holz bilden. Matthews Verschwinden versengte mein Mark auf diese Weise, und auch wenn darüber eine neue Haut wuchs, eine unnachgiebigere Rinde, so gab es in mir doch einen Teil, der schwarz und tot blieb. Dieser Kern ist immer noch da, obwohl die neue Schutzschicht im Laufe der Jahre so dick geworden ist, dass die meisten sie für die ursprüngliche Haut halten. Ich nehme an, dass es in gewisser Hinsicht stimmt, aber sie ist es nicht.

Natürlich ging das Leben weiter. Tut es immer. Irgendwann lächelten und lachten wir wieder, diskutierten auf der Feenbrücke über den Feldzug der Italiener, beklagten die Lebensmittelknappheit und beschwerten uns über Lord Woolton und den von ihm verordneten Brotlaib aus Vollkornmehl.

Gloria stürzte sich auf dem Hof in die Arbeit, damit kein Zweifel daran bestand, dass sie unentbehrlich war, denn die Regierung setzte Frauen stark unter Druck, damit sie in der Flugzeug- und Munitionsindustrie arbeiteten. Diese Vorstellung fand Gloria unerträglich. Es gab Gerüchte, dass überall Spione vom Arbeitsamt nach untätigen Frauen suchten. Wenn das stimmte, so ließen sie mich in Ruhe; ich hatte auch mehr als genug damit zu tun, eine kranke Mutter zu pflegen, ein Geschäft zu führen, darüber hinaus noch auf Brandwache zu gehen und dem Freiwilligen Frauendienst zu helfen, indem ich den Männern, die die Feldschanzen bauten, mit kleinen Imbissen versorgte.

Im Oktober ließ sich Gloria das Haar wie Veronica Lake legen: von einem Seitenscheitel fiel es mit einer Innenrolle bis auf die Schulter. Ich bekam den neuen Kurzhaarschnitt, weil der einfach zu handhaben war und weil sich mein Haar einfach nicht so benehmen wollte wie das von Gloria, nicht einmal mit Zuckerwasser.

In dem Monat kam auch endlich *Vom Winde verweht* nach Harkside und Gloria und Mr. Stanhope schleppten mich buchstäblich ins Kino. Wie sich herausstellte, gefiel mir der Film. Meiner Ansicht nach wurde er durch den Tod von Leslie Howard, der im Juni von den Nazis in seinem Flugzeug abgeschossen worden war, noch viel ergreifender. Auf dem Rückweg begeisterte sich Mr. Stanhope mit seinem zerknautschten Hut auf dem Kopf und dem Spazierstock mit dem Schlangenkopfgriff in der Hand über den Einsatz der Farbe und Gloria war – wie zu erwarten – ganz verrückt nach Clark Gable.

Die Herbstnebel legten sich über unser flaches Tal und machten den Flugzeugen manchmal tagelang das Starten und Landen unmöglich. Im September erfuhren wir, dass der Flugplatz Rowan Woods geschlossen worden und die

RAF fortgezogen sei. Damals war es schwer, auf irgendetwas eine klare Antwort zu erhalten, doch erzählte mir ein Angehöriger des Bodenpersonals, dass die zweimotorigen Bombenflugzeuge, die von dort gestartet waren, inzwischen veraltet seien und stufenweise aus dem Verkehr gezogen würden. Die Rollbahn in Rowan Woods müsse umgebaut werden, um viermotorige Flugzeuge aufnehmen zu können. Er wusste nicht, ob seine Staffel zurückkäme; alles war so unsicher, man kam und ging von einem Moment auf den anderen.

Aus welchem Grund auch immer verließ die RAF das Quartier und eine Gruppe hauptsächlich irischer Arbeiter zog ein. Im Verlauf der nächsten Monate schleppten sie tonnenweise Zement, Kies und Teer an, um die Rollbahn wieder verkehrstauglich zu machen. Und es wurden noch mehr Wellblechbaracken errichtet.

Natürlich änderte sich auch das Dorfleben in dieser Zeit: Im Shoulder of Mutton gab es hin und wieder Handgreiflichkeiten zwischen Iren und Soldaten, und wir gewöhnten uns an den Teergeruch, der durch den Wald wehte, wenn der Wind entsprechend stand.

Anfang Dezember beendeten die Iren ihre Arbeit und kurz vor Weihnachten wurde Rowan Woods die neue Heimat der 448. Bombergruppe der 8. Luftflotte der Vereinigten Staaten.

Einfach so.

Die Amis waren da.

* * *

Nachdem Annie gegangen war, konnte Banks nicht einschlafen, obwohl sie sich geliebt hatten und er tagsüber so lange im Auto gesessen hatte. Eine Zeit lang lag er mit rasendem Kopf im Dunkeln; Bilder von den alten Tagen in Edinburgh, von Alison und Jo hielten ihn wach. Und von Jem. Und Annie. Und Sandra. Und Brian. In seiner ersten Nacht im Cottage war eine Fledermaus durch ein Fenster hereingeflogen, und Banks hatte eine halbe Stunde gebraucht, um sie herauszuschaffen. Das gleiche Gefühl hatte er nun im Kopf, als ob ein unförmiger schwarzer Lumpen wild in ihm herumflatterte. Ihn überkam, ohne besonderen Grund, ein derart überwältigendes Angstgefühl, dass er zu schwitzen und sein Herz zu rasen begann.

Er zog sich seine Jeans an und ging nach unten, um sich einen kleinen Whisky einzuschenken. Seit er sich in den dunklen Monaten nach Sandras Auszug über seine Trinkerei Sorgen gemacht hatte, hatte er sich angewöhnt, seinen täglichen Konsum zu beschränken, wie er es auch mit den Zigaretten tat. In Edinburgh ein Glas Bier zum Mittagessen, zwei Glas mit Annie im Dog and Gun, und jetzt einen Fingerbreit Laphroaig kurz vor Mitternacht. Nicht schlecht. Und er hatte nur sieben Zigaretten geraucht, darauf war er besonders stolz.

Er nahm das Glas mit nach draußen auf die Mauer und setzte sich. Mit den Beinen baumelte er über den ausgetrockneten Wasserfällen. Es war eine laue Nacht, nur eine sanfte Brise ließ die Blätter rauschen und kühlte den Schweiß auf seiner Stirn ein wenig. Ein kleines Tier raschelte durch das Unterholz, wahrscheinlich ein Eichhörnchen oder Kaninchen. Banks starrte auf den dunklen Wald, und die Worte von Robert Frost kamen ihm in den Sinn, die er vor kurzem in der Anthologie gelesen hatte: »Und fahr noch weit, bevor ich ruh«. Es war die Wiederholung dieser Zeile, die sie so einprägsam machte, dachte er, die so ein Kribbeln im Rücken verursachte. Er gab nicht vor, das Gedicht verstanden zu haben – jedenfalls hätte er nicht vor der Klasse stehen und erklären können, wovon es handelte –, aber es sagte ihm etwas.

Er dachte daran zurück, was er Annie über die Sorge um andere erzählt hatte und dass er ihr nicht hatte sagen können, dass es teilweise an Jem lag. Banks hatte Jems Leiche auf dem staubigen nackten Fußboden seines möblierten Zimmers gefunden, die Nadel noch im Arm, der an einigen Stellen komisch verfärbt war, weil ihn die Mäuse angeknabbert hatten.

Er hatte sich übergeben, so wie auch damals, als Phil Simpkins in einer spiralförmigen Bewegung langsam und unvermeidlich auf die Eisenspitzen des Zauns gesegelt war. Aber Phils Tod war den Menschen nahe gegangen; in der Schule hielten sie sogar eine Schweigeminute ab und bekamen einen Vormittag für die Beerdigung frei. Doch um Jem hatte sich niemand geschert, so wie sich auch niemand um Glorias Verschwinden gekümmert zu haben schien.

Im Laufe der Jahre war Banks wie alle Kriminalbeamten, die eine stattliche Anzahl von Morden untersuchen, immun gegen den Anblick von Leichen geworden. Er legte sich eine Schutzhülle zu; er konnte am Tatort Witze reißen, während die Eingeweide eines Menschen auf seine Schuhe quollen oder die Hirnmasse unter seinen Sohlen klebte. Wie hart sein Panzer auch war, Banks hatte doch immer wenigstens *etwas* gefühlt. Unabhängig davon, wie weit unten das Opfer auf der sozialen Leiter auch gestanden haben mochte. Er fühlte immer eine Verbindung zu dem, was einmal ein lebender Mensch gewesen war.

Nach Jems Tod hatte sich Banks verpflichtet gefühlt, mehr über ihn herauszufinden: wer er war, woher er kam, warum sich keiner um ihn zu kümmern schien. Ihm wurde klar, wie wenig er wusste, obwohl Jem sein erster und bester Freund in einer neuen, überwältigenden Stadt gewesen war. Er war so arglos, dass er nicht einmal auf den Gedanken gekommen war, Jem könne heroinabhängig sein. Sie hatten gelegentlich zusammen Hasch und Gras geraucht, aber das war auch alles gewesen.

Die Vorstellung der Polizei war nicht sonderlich eindrucksvoll gewesen, kaum ein Grund für Banks, sich bei ihr zu bewerben. Banks wurde verhört, und er beschrieb einen Mann, den er am vergangenen Abend beim Betreten von Jems Wohnung gesehen hatte, aber es schien niemand weiter zu interessieren. Einer der Beamten, Constable Carter, machte auf besorgten Vater, erinnerte sich Banks, heuchelte Trauer über Jems Tod, belehrte Banks über die Drogen-Subkultur, während der andere, Sergeant Fallon, mit seinem pockennarbigen Gesicht und dem zynischen Lächeln auf den dünnen, grausamen Lippen auf der Suche nach Drogen Banks' Schubladen und Schränke durchwühlte.

Später bekam Banks heraus, dass in der gleichen Woche drei Junkies in Notting Hill gestorben waren, weil eine Lieferung ungewöhnlich reinen Heroins nicht entsprechend verschnitten worden war. Es wurde niemand festgenommen.

Enttäuscht sowohl vom Studium als auch von der Nabelschau der Sechziger, ging Banks gegen Jems Rat zur Polizei, um das System von innen zu verändern, und als er merkte, dass das nicht funktionierte, gab er sich mit den Adrenalinschüben der Ermittlungsarbeit zufrieden, dem Jagen, dem Aufdecken, seiner seltsamen Beziehung zum Mordopfer, das nicht mehr für sich selbst eintreten konnte. Und diese Beziehung war bei Gloria Shackletons gebrochenen, schmutzigen Knochen genauso gültig wie bei einer frischen Leiche, deren Wangen noch gerötet waren.

Als er schließlich des Erinnerns müde war, drückte Banks seine Zigarette aus, leerte das Whiskyglas und ging zurück ins Haus. Sein Bett roch immer noch nach Annie, und er war dankbar dafür, als er sich hin- und herwarf und einzuschlafen versuchte.

Seit Vivian Elmsley Glorias Bild im Fernsehen gesehen und ihren Namen gehört hatte, hatte sie darauf gewartet, dass die Polizei an ihrer Tür klopfte. Sie hatte ja keine großen Vorkehrungen getroffen, ihre Spuren zu vertuschen. Nie hatte sie bewusst versucht, ihre Vergangenheit und Identität zu verschleiern, obwohl sie sie sicherlich beschönigt hatte. Vielleicht deutete auch das Leben, das sie bisher geführt hatte, auf eine gewisse Art von Flucht hin. In jedem Stadium hatte sie sich neu erfinden müssen: die selbstlose Pflegerin, die Diplomatengattin, die unauffällige junge Witwe mit dem roten Sportwagen, die aufstrebende Schriftstellerin, die Prominente mit dem kleinen Eissplitter im Herz. Sollte das ihre letzte Rolle sein? Welches war die echte Vivian? Sie wusste es nicht. Sie wusste nicht einmal, ob es eine echte Vivian gab.

Obwohl seit der Fernsehübertragung Angst und Sorge an ihr nagten, versuchte Vivian ein normales Leben zu führen: Morgens spazierte sie nach Hampstead hinauf, las die Zeitung, setzte sich tagsüber in ihr Arbeitszimmer, egal ob sie etwas schrieb, das sich aufzuheben lohnte, sprach mit ihrem Agenten oder Verleger, beantwortete die Korrespondenz. Und die ganze Zeit wartete sie auf das Klopfen an der Tür, ohne zu wissen, was sie sagen würde, wie sie sie überzeugen sollte, dass sie nichts wusste; manchmal dachte sie auch, dass sie ihnen vielleicht einfach sagen sollte, was sie wusste, und den Rest dem Schicksal überlassen. Würde das nach so langer Zeit wirklich einen Unterschied machen?

Ja, überlegte sie, würde es.

Als es dann so weit war, kam der Schock in einer Form, die sie nicht im Geringsten erwartet hatte.

Am Dienstagabend klingelte das Telefon, als sie schon fast eingeschlafen war. Sie hob den Hörer ab und hörte nichts als Schweigen, soweit man am Telefon Schweigen hören kann.

»Wer ist da?«, fragte sie und umklammerte den Hörer fester. »Sprechen Sie bitte lauter!«

Schweigen.

Sie wollte gerade auflegen, als sie etwas hörte, das sie für ein zischendes Luftholen hielt. Dann flüsterte eine Stimme, die sie nicht kannte: »Gwen? Gwen Shackleton?«

»Ich heiße Vivian Elmsley. Sie müssen sich irren.«

»Ich irre mich nicht. Ich weiß, wer Sie sind. Wissen Sie, wer ich bin?«

»Ich habe keine Ahnung, wovon Sie reden.«

»Oh doch. Sehr bald.«

Dann legte der Anrufer auf.

10

* * *

Weihnachten 1943. Es war eine düstere, kalte, mondlose Nacht, als die 448. Bombergruppe den ersten Tanz in Rowan Woods veranstaltete. Gloria, Cynthia, Alice und ich gingen zusammen über den schmalen Weg durch den Wald, wir konnten unseren Atem in der Luft sehen. Wir hatten Pumps an den Füßen und trugen unsere Tanzschuhe in der Hand, weil sie viel zu kostbar und zart zum Laufen waren. Glücklicherweise war der Boden nicht zu sumpfig, denn keine von uns hätte dabei ertappt werden wollen, mit Gummistiefeln zum Tanzen zu gehen, selbst wenn wir bei einem Sturm durch Rowan Woods hätten laufen müssen.

»Was glaubst du, wie viele da sind?«, fragte Cynthia.

»Keine Ahnung«, antwortete Gloria. »Aber es ist ein großer Flugplatz. Hunderte wahrscheinlich. Vielleicht sogar Tausende.«

Alice tänzelte vor sich hin. »Ach, denkt euch bloß, die ganzen Amis, die das Geld nur so zum Fenster rauswerfen. Sie bekommen viel mehr als unsere Jungs, wisst ihr? Hat mir Ellen Bairstow erzählt. Als sie in einer Fabrik bei Liverpool arbeitete, ging sie mit einem GI, und sie hatte noch nie so viel Geld gesehen.«

»Red dir bloß nicht ein, dass sie im Gegenzug nichts dafür haben wollen, Alice Poole«, sagte Gloria. »Und vergiss bloß nicht deinen armen Eric, der für sein Land kämpft.«

Danach waren wir eine Weile still. Ich weiß nicht, was die

anderen dachten, aber ich hatte nur Matthew im Kopf. Ein Fuchs oder Dachs huschte plötzlich über den Pfad und jagte uns einen Schreck ein, aber wenigstens war es danach vorbei mit dem Schweigen. Den Rest des Weges waren wir aufgeregt und kicherten wie dumme Schulmädchen.

Die meisten Dorfbewohner hatten die Neuankömmlinge schon gesehen, auch ich hatte einige von ihnen im Laden bedient, wo sie sich über unser mageres Angebot gewundert und über die ungewöhnlichen Markennamen gelacht hatten. Einigen passte ihre Ankunft überhaupt nicht – besonders Betty Goodall –, weil sie der Meinung waren, unsere Moral litte darunter, aber die meisten akzeptierten die Amerikaner schnell als Teil der Dorfgemeinschaft. Ich half sogar dem Freiwilligen Frauendienst, für sie in Harkside einen Willkommenstreff zu organisieren. Bisher waren Amerikaner in meiner begrenzten Erfahrung immer freundlich und höflich gewesen, obwohl ich sagen muss, dass ich mich nicht damit anfreunden konnte, wie sie mich immer »Ma'am« nannten. Da fühlte ich mich so alt.

Auf jeden Fall waren sie in ihrer Art viel lockerer und selbstbewusster als unsere Jungs und ihre Uniformen waren hübscher. Sie trugen sogar Schuhe und nicht diese riesigen Knobelbecher, die unser Verteidigungsministerium meinte, an die armen Soldaten verteilen zu müssen. Sicherlich war unsere Meinung von Amerikanern immer noch größtenteils geprägt durch den Glanz von Hollywood-Filmen, Zeitschriften und Popsongs. Für manche waren sie entweder Cowboys oder Gangster; für andere waren die Männer gut aussehende Helden und die Frauen hübsche, ziemlich vulgäre Gangsterbräute.

Als wir an jenem Abend durch den Wald tapsten, hatten wir keine Vorstellung davon, was uns erwartete. Tagelang hatten wir uns verrückt gemacht, was wir anziehen sollten, und wir hatten uns besondere Mühe mit unserem Aussehen gegeben – selbst ich, die sich im Allgemeinen nicht viel um solche Oberflächlichkeiten kümmerte. Unter dem Mantel, den wir trugen, um uns vor der Kälte zu schützen, hatten wir unsere besten Kleider an. Gloria sah natürlich wieder hervorragend aus in ihrem schwarzen Samtkleid mit V-Ausschnitt, Puffärmeln und breiten Schulterpolstern. Links am Ausschnitt hatte sie eine rote Filzrose befestigt. In dem Zweckkleid, das ich in London gekauft hatte, war ich ein wenig praktischer gekleidet.

Ein großes Problem bestand darin, dass uns allen die Seidenstrümpfe ausgegangen waren. Wir hatten entweder nicht genug Marken, um uns neue zu kaufen, oder fanden in den Geschäften keine. Als Gloria nach Ladenschluss bei mir vorbeikam, sagte sie mir als Erstes, ich solle mich auf einen Stuhl stellen.

»Warum?«, fragte ich.

»Mach schon. Siehst du gleich.«

Ich hätte mich weigern können, aber ich war neugierig, also stieg ich hinauf. Als Nächstes merkte ich, dass Gloria meinen Rock hob und etwas Kaltes, Öliges auf meinen Beinen verteilte.

Ich wand mich. Als das, was sie auf meine Beine geschmiert hatte, endlich getrocknet war, musste ich mich wieder auf den Stuhl stellen. Mit einer Art Bleistift malte sie sorgfältig eine Naht auf die Rückseite meiner Beine. Es kitzelte, und sie musste mir wieder befehlen, stillzuhalten.

»Da.« Sie biss sich auf die Lippe und trat einen Schritt zurück, um ihr Kunstwerk zu bewundern. Ich kam mir vollkommen dumm vor, als ich dort auf dem Stuhl stand und den Rock hob. »Das müsste reichen«, sagte sie schließlich. »Jetzt ich.«

Als ich es bei ihr machte und die Grundierung auf die blasse, weiche Haut auftrug, begann sie zu lachen. »Ein herrlicher Kram ist das«, sagte sie. »Vorletzten Sommer war ich mit meiner Weisheit am Ende, bevor Matthew … hm, also, ich war so verzweifelt, dass ich eine Mischung aus Soßenpulver und Wasser ausprobierte.«

»Und wie ging das?«

»Die verdammten Fliegen! Die haben mich von hier bis nach Harkside verfolgt, und selbst im Ballsaal summten die Scheißdinger um meine Beine. Ich kam mir vor wie ein Stück Fleisch in der Auslage des Metzgers.« Sie hielt inne.

»Ach, Gwen, weißt du noch, wie das aussah? Die ganzen herrlichen Fleischstücke im Schaufenster vom Metzger?«

»Hör auf«, sagte ich. »Davon bekommen wir nur schlechte Laune.«

Wir trafen uns an der Feenbrücke. Cynthia Garmen war aufgemacht wie Dorothy Lamour. Sie trug ihr schwarzes Haar in einem Pagenschnitt und hatte sehr viel Schminke aufgelegt, sogar Wimperntusche, was *wirklich* seltsam aussah, weil Frauen ihre Augen damals nicht besonders stark schminkten. Die Wimperntusche war von schlechter Qualität. Als ihr später am Abend vom Tanzen warm wurde, begann die Farbe zu zerlaufen, und Cynthia sah aus, als hätte sie geweint. Sie sagte, sie hätte sie auf dem Schwarzmarkt in Leeds gekauft, deshalb könne sie sie nicht zurückbringen und sich beschweren.

Alice hatte ihre Marlene-Dietrich-Periode: Die ausgezupften Augenbrauen waren mit einem hohen Bogen nachgezogen, das wellige blonde Haar war in der Mitte gescheitelt und reichte ihr bis auf die Schultern. Sie trug ein burgunderrotes Prinzesskleid mit langen, schmalen Ärmeln, das vorn durchgeknöpft war. An der Taille war es abgenäht, damit man sehen konnte, wie dünn sie war – fast so dünn wie Marlene Dietrich.

Der Tanzabend fand im Kasino statt. Wir hörten die Musik schon von weitem. Es war das Lied, das ich mich erinnerte, einige Monate zuvor am Piccadilly Circus gehört zu haben: »Take the ›A‹ Train«. Vor dem Eintreten legten wir uns noch einmal das Haar und überprüften unser Aussehen ein letztes Mal im Taschenspiegel. Dann zogen wir die Mäntel aus – auf keinen Fall wollten wir in den schweren Wintermänteln eintreten –, stopften unsere Straßenschuhe in die Taschen und streiften die Tanzschuhe über. Endlich bereit, hatten wir unseren großen Auftritt.

Zwar wurde die Musik nicht unterbrochen, doch ich möchte schwören, dass sie einen Augenblick leierte, so wie es Schallplatten tun, wenn sie sich verzogen haben. Ein Sextett spielte auf einer improvisierten Bühne am anderen Ende gegenüber der Theke, alle gekleidet in amerikanische

Fliegeruniformen. Ich nehme an, wenn so viele grundverschiedene Menschen an einem Punkt zusammenkommen, kann man am Ende höchstwahrscheinlich immer genug Musiker für eine Band zusammentrommeln.

Der Saal war bereits überfüllt mit Fliegern und englischen Mädchen, größtenteils aus Harkside. Die Tanzfläche war gut besetzt und an der Theke stand eine lachende, trinkende Gruppe. Andere saßen rauchend und plaudernd an den klapprigen Tischen. Ich hatte erwartet, dass die große Wellblechbaracke kalt sei, doch stand in der Ecke ein seltsam aussehender, gedrungener Apparat, der Hitze ausstrahlte. Später erfuhr ich, dass es sich dabei um einen »dickbäuchigen Ofen« handelte (eine sehr zutreffende Bezeichnung, dachte ich). Offenbar hatte die Luftwaffe ihn aus Amerika importiert, da der englische Winter dem Vernehmen nach kalt und nass sein sollte, und der Sommer ebenfalls.

Doch an jenem Abend wäre er kaum gebraucht worden, da die Enge der Körper und die Bewegung des Tanzens ausreichend Hitze erzeugte. Die Männer hatten die Wände schon mit Fotos aus Zeitschriften geschmückt: Aufnahmen von weitläufigen Berglandschaften mit schneebedeckten Gipfeln, ausgedehnte Ebenen und Weizenfelder, riesige krumme Kakteen in der Wüste und Straßenaufnahmen, die wie Szenenbilder aus Hollywoodfilmen wirkten. Bruchstücke von Amerika hatten sie sich mitgebracht, damit sie sich nicht so fern der Heimat fühlten. In einer Ecke stand ein Weihnachtsbaum, der mit Lametta und einer Lichterkette behängt war, und unter der Decke hingen Papierschlangen.

»Darf ich Ihnen die Mäntel abnehmen, die Damen?«

»Oh, danke sehr«, antwortete Gloria.

Natürlich war es Gloria gewesen, nach der sich alle umgedreht hatten. Selbst wenn sie mit Dorothy Lamour und Marlene Dietrich konkurrieren musste, war sie allen haushoch überlegen.

Wir reichten dem jungen Flieger unsere Mäntel. Es war ein großer, dünner, dunkelhäutiger Mann. Er hatte einen schleppenden Akzent und bewegte sich mit behänder ruhiger Anmut. Er besaß braune Augen, kurzes schwarzes Haar und die weißesten Zähne, die ich je gesehen hatte.

»Hier entlang!« Er führte uns zur gegenüberliegenden Seite neben die Theke, wo alle Mäntel hingen. »Hier sind sie sicher, damit sich die Damen keine Sorgen machen müssen.« Als er uns den Rücken zuwandte, sah Gloria mich mit anerkennend hochgezogenen Augenbrauen an.

Wir folgten ihm, die Handtaschen über dem Arm. Es war immer unangenehm, dass man nicht wusste, was man beim Tanzen mit der Handtasche machen sollte. Normalerweise ließen wir sie unter dem Tisch stehen, aber Cynthias war bei einem Tanzabend in Harkside einmal gestohlen worden.

»Und jetzt, Ma'am«, sagte er und wandte sich direkt an Gloria, »geben Sie mir bitte die Ehre des ersten Tanzes?«

Gloria neigte den Kopf kaum merklich, reichte ihre Tasche an mich weiter, ergriff seine Hand und verschwand. Es dauerte nicht lange, bis sich jemand Cynthia schnappte, so dass ich drei Handtaschen hielt. Aber wenn ich das sagen darf, ein ganz hübscher junger Navigator aus Hackensack, New Jersey, namens Bernard – was er auf der letzten Silbe betonte – bat mich um einen Tanz, noch bevor sein Freund Alice fragte. Also reichte ich die drei Handtaschen an sie weiter und ließ sie dumm glotzend dastehen, wie Marlene Dietrich bestimmt nie geglotzt hatte.

»Zuerst müssen Sie mir eine Frage beantworten«, sagte ich, bevor ich ihm folgte, nur um ihm zu zeigen, dass ich ziemlich viel Schneid haben konnte, wenn ich wollte, obwohl ich in Wirklichkeit eine Heidenangst vor all diesen schneidigen, gut aussehenden jungen Männern um mich herum hatte.

Bernard kratzte sich am Kopf. »Und das wäre, Ma'am?«

»Was ist ein ›A‹ Train?«

»Hä?«

»Das Lied, das gespielt wurde, als wir kamen. ›Take the ‚A' Train‹. Was ist das, ein ›A‹ Train? Das möchte ich gerne mal wissen. Ist das vielleicht was Besseres als ein ›B‹ Train?«

Er grinste. »Ähm, nein, Ma'am. Das ist doch nur eine U-Bahn-Linie.«

»U-Bahn? Meinen sie die Untergrundbahn?«

»Ja, Ma'am. In New York City. Die Linie ›A‹ ist die schnellste Verbindung nach Harlem.«

»Ach«, sagte ich, als es mir endlich dämmerte. »Nein, so was! Also gut, tanzen wir?«

Nach »Kalamazoo«, »Stardust« und »April in Paris« trafen wir uns an der Theke wieder, und der große Flieger, der uns die Mäntel abgenommen hatte, gab uns allen einen Bourbon aus, den wir mit an den Tisch nahmen. Er hieß Billy Joe Farrell. Er stammte aus Tennessee und arbeitete beim Bodenpersonal. Er stellte uns seinen Freund vor, Edgar Konig, der von allen PX genannt wurde, weil er den Post Exchange verwaltete, den Verkaufsladen mit Versorgungsgütern, der auf amerikanischen Stützpunkten die Abkürzung PX trug.

PX war ein schlaksiger junger Mann aus Iowa mit einem Kindergesicht und kurz geschorenem hellem Haar. Er war groß, hatte hohe Wangenknochen, Schmolllippen und unglaublich lange Augenwimpern über kornblumenblauen Pupillen. Und er war sehr schüchtern, zu schüchtern, um mit einer von uns zu tanzen. Nie sah er einem richtig ins Gesicht. Er war die Sorte von Mensch, die immer mit dabei ist, ohne jemals wirklich wahrgenommen zu werden. Und ich glaube, er war nur deshalb so großzügig gegenüber uns allen, damit er bemerkt wurde.

Wenn ich heute, über fünfundzwanzig Jahre später, an jenen Abend zurückdenke, und mir dabei vergegenwärtige, was alles seitdem geschehen ist, so habe ich den Eindruck, als sei er in einem Strudel aus Tanzen, Reden und Trinken vergangen und vorüber gewesen, noch ehe er so recht begonnen hatte. Ich erinnere mich noch immer an die seltsamen Akzente, die ungewohnten Ortsnamen und Ausdrücke, die uns zu Ohren kamen, an die jungen Gesichter, den überraschend weichen Stoff der Uniform unter meinen Fingern, an den beißenden und doch süßlichen Geschmack von Bourbon, an die Küsse, die geflüsterten Verabredungen zum nächsten Treffen.

Als wir vier beschwipst durch den Wald zurückgingen,

untergehakt bei unseren Verehrern, ahnten wir noch nicht, wie flüssig uns Worte wie »lousy«, »bum« und »creep« bald im Alltag über die Lippen kommen würden, von Kaugummi kauen und Luckies rauchen gar nicht zu reden. Wandernd sangen wir »Shenandoah« und kamen nach dem Gute-Nacht-Kuss überein, uns eine Woche später in Harkside wiederzusehen.

* * *

Es war das erste Mal seit Monaten, dass Banks wieder zum Mittagessen im Queen's Arms war. Er hatte versucht, übermäßiges Trinken tagsüber zu unterbinden, teilweise weil er dann oft kein Ende fand, und teilweise, weil es ihn zu sehr an sein früheres Leben erinnerte.

Es lag nicht daran, dass er früher regelmäßig mit Sandra dort gewesen war – obwohl sie dort sicherlich oft auf ein Glas eingekehrt waren, wenn sie sich zusammen in der Stadt einen Film oder ein Theaterstück angesehen hatten –, sondern eher daran, dass das Queen's Arms ihn an eine Zeit erinnerte, als sein Leben und seine Arbeit noch im Einklang miteinander standen – die Tage vor Jimmy Riddle, als er mit Gristhorpe, Hatchley, Phil Richmond und Susan Gay bei einem Steak-and-Kidney-Pie und einem Glas Theakston's Bitter lange Brainstorming-Sitzungen abhielt, als Sandra noch glücklich gewesen war mit ihrer Ehe und der Arbeit in der Galerie.

Hatte er wenigstens gedacht.

Wie so vieles, das er gedacht hatte, war auch das eine Illusion gewesen, hatte nur Gültigkeit besessen, weil er naiv genug gewesen war, daran zu glauben. In Wirklichkeit war das Glück so vergänglich und flüchtig wie eine optische Täuschung; es hing vollkommen vom eigenen Standpunkt ab. Am Kalender gemessen, war diese Zeit noch gar nicht so lange her, doch in seiner Erinnerung erschien sie ihm manchmal, als hätte sie jemand anders in einem anderen Land geträumt.

Selbst bevor er das Cottage kaufte, als er noch fast jeden Abend in Eastvale auf der Rolle gewesen war, hatte er das Queen's Arms gemieden. Stattdessen hatte er sich moderne, anonyme, in Siedlungen versteckte Pubs gesucht, wo die Stammgäste sich ihres abendlichen Quiz- und Karaokeprogramms erfreuten und der traurigen Gestalt in der Ecke keine Beachtung schenkten, die jedes Mal ein bisschen heftiger gegen den Tisch stieß, wenn sie zum Pinkeln ging.

Nur einmal wurde er in eine Schlägerei verwickelt – mit einem schmerbäuchigen Großmaul, das glaubte, Banks habe seine Freundin angeglotzt, ein teiggesichtiges Flittchen mit furchtbaren Haaren. Dass Banks sich wegen so einer Frau niemals geprügelt hätte, war egal: Ihr Freund war ganz heiß auf einen Tanz. Glücklicherweise war Banks nicht so besoffen, als dass er die Rauferei-Regeln für Kneipen vergessen hätte: zuerst loslegen, und zwar hart. Während der Typ sich noch verbal ereiferte, schlug ihm Banks in den Magen und riss dann das Knie hoch gegen dessen Nase. Blut, Rotz und Erbrochenes besudelten seine Hose. Es wurde still, keiner versuchte, ihm am Gehen zu hindern.

Banks hatte schon immer eine gewalttätige Ader gehabt; er wusste das schon, als er mit Jem über Liebe und Frieden sprach. Das war einer der Gründe, warum er sich nie vollständig den Sechzigern hatte verschreiben können, sondern sich nur an deren Rand herumtrieb. Die Musik war klasse, Pot war in Ordnung, die Mädel waren willig, aber die andere Wange hinzuhalten war für'n Arsch.

Heute hatte er Lust, sich im Queen's Arms aufzuhalten. Cyril, der Wirt, begrüßte ihn wie einen lange verschollenen Freund und verlor kein Wort über seine Abwesenheit und Cyrils Frau Glenys lächelte ihn so scheu an wie sonst auch. Er kaufte ein Pint und bestellte einen mit Roastbeef und Zwiebelsauce gefüllten Yorkshire Pudding. Der Pub war gut besucht: die übliche mittägliche Mischung aus Touristen, Büroangestellten und Verkäuferinnen in der Mittagspause, aber Banks schaffte es, sich einen kleinen Kupfertisch in der hinteren Ecke zwischen dem Kamin und den diamantförmigen Fensterscheiben in Bernstein und Grün zu sichern.

Er hatte den Schnellhefter mitgenommen, den Sergeant Hatchley ihm eben auf den Schreibtisch gelegt hatte: Auszüge aus dem Zentralarchiv für Geburten, Eheschließungen und Todesfälle. Mit ein wenig Glück würden dadurch eine Reihe von Fragen beantwortet werden. Am Morgen hatte er bereits das Armeearchiv telefonisch zu Matthew Shackletons Werdegang befragt. Man sicherte ihm zu, seine Identität zu überprüfen und ihn zurückzurufen. Aus Erfahrung wusste er, dass das Militär nicht mochte, wenn man in seinen Angelegenheiten herumschnupperte, selbst wenn es sich um die Polizei handelte – doch rechnete er in diesem Fall nicht mit großem Ärger, Matthew Shackleton war ja schon lange tot.

Hatchleys Notizen bestätigten, dass Gloria am 17. September 1921 geboren worden war, wie sie korrekterweise in St. Bartholomew hatte verzeichnen lassen. Anstatt einfach »London« als Geburtsort anzugeben, vermerkte der offizielle Eintrag das London Hospital, Mile End. Mensch, dachte Banks, das war ja tiefstes East End, heutzutage die Schnellstraße zur Kriminalität. Somit war sie mit ziemlicher Sicherheit ein Cockney gewesen, und diesen Akzent musste sie sich mühselig abgewöhnen, wenn man Elizabeth Goodall glauben durfte.

Ihr Vater war ein Jack Stringer, dessen unleserliche Unterschrift in der Zeile »Unterschrift, Wohnort und nähere Beschreibung des Gewährsmannes« zusammen mit der Adresse von Mile End erschien. Der Name ihrer Mutter war Patricia McPhee. Als Beruf des Vaters war angegeben: »Hafenarbeiter«. Das Formular sah keine Zeile für den Beruf der Mutter vor.

Als Nächstes hatte Hatchley geprüft, ob Glorias Eltern tatsächlich im Blitzkrieg umgekommen waren, und hatte beider Todesurkunden gefunden, die auf den 15. September 1940 ausgestellt waren und die Adresse in Mile End sowie »Verletzungen durch Bombardierung« als Todesursache anführten.

Eine Reihe von Schwarzweißbildern erschien vor Banks' innerem Auge: weite Flächen von Geröll und Kratern, beißender, durch die Nachtluft ziehender Rauch, Kinderschreie, an rußgeschwärzten Mauern leckende Flammen, kreischende Bomben und, kurz danach, erschütternde Explosionen, aufgerissene Häuser – in den halben Zimmern erbärmliche Möbelstücke, schief an den Wänden hängende, gerahmte Bilder, abblätternde Tapeten –, unter Decken zusammengedrängte Familien in U-Bahnhöfen, die nur ihre wertvollsten Besitztümer hatten retten können.

Die Bilder stammten in erster Linie aus Filmen und Dokumentationen über die deutschen Luftangriffe, die er gesehen hatte. Seine Eltern hatten sie tatsächlich überlebt, waren erst nach dem Krieg von Peterborough nach Hammersmith gezogen. Sie sprachen nie viel darüber, so wie die meisten, die es überstanden hatten, aber seine Mutter hatte ihm die eine oder andere komische Geschichte über die Kriegstage erzählt.

Einige Bilder kriegerischer Zerstörung entstammten Banks' eigener Vergangenheit, der Zeit, als er noch ein Kind gewesen war. Wie er Annie erzählt hatte, blieben einige Gegenden noch jahrlang Wüsten aus Schutt und teilweise zerstörten Häusern. Er konnte sich erinnern, als Kind London besucht und gestaunt zu haben, als sein Vater ihm erzählte, die platt gemachten Straßen im East End stammten aus dem Krieg.

Hatchley war es nicht gelungen, die Todesurkunde von Gloria Kathleen Shackleton zu finden, aber er entdeckte die von Matthew, und die darauf verzeichneten Informationen führten dazu, dass sich Banks beinahe an seinem Bier verschluckte.

Glaubte man der Todesurkunde, starb Matthew Shackleton am 15. März 1950 durch eigene Hand im Leeds General Infirmary. Als Todesursache waren »selbst beigebrachte Schussverletzungen« angegeben. Damals war er 31 Jahre alt, arbeitslos und wohnte in Bramley, Leeds. Als Zeuge seines Todes firmierte Gwynneth Vivian Shackleton unter derselben Anschrift. Banks überprüfte die Angaben erneut, aber Hatchley hatte keinen Fehler gemacht.

Er zündete sich eine Zigarette an und dachte kurz nach.

Matthew Shackleton war angeblich in Burma ums Leben gekommen, doch stimmte das scheinbar nicht. Von den drei Menschen aus dem alten Hobb's End, mit denen Banks und Annie in den letzten Tagen gesprochen hatten, hatte einer das Dorf 1940 verlassen, also vor Glorias Ankunft, der zweite war im Mai 1944 gegangen und der dritte Weihnachten '44. Weder Elizabeth Goodall noch Alice Poole hatte die Rückkehr von Matthew Shackleton erwähnt, er musste also später aufgetaucht sein.

Womit er des Mordes an seiner Frau äußerst verdächtig war. Wieder mal.

Und was hatte ihn zu Hause erwartet?

Und warum hatte er sich fünf Jahre später umgebracht?

Banks blätterte um und las weiter. Es existierte eine Heiratsurkunde für Gwynneth Vivian Shackleton und Ronald Maurice Bingham. Sie wurden am 21. August 1954 in der Christ Church in Hampstead getraut. Als Beruf des Bräutigams war »Beamter« angegeben. Ronald starb am 18. Juli 1967 zu Hause an Lungenkrebs.

Eine Todesurkunde für Gwynneth gab es nicht.

Hatchley hatte noch tiefer gegraben, und so hatte er herausgefunden, dass es Unterlagen über ein Kind gab, das Gloria Kathleen Stringer im Haus ihrer Eltern in Mile End, London, am 5. November 1937 geboren hatte, kurz nach ihrem sechzehnten Geburtstag.

Der 5. November. Guy Fawkes Night.

Banks stellte sich vor, wie Gloria unter der Geburt gelitten hatte, während sich Feuerräder drehten, Knallfrösche herumhüpften und Knallkörper draußen auf der Straße explodierten, während Vulkane dunkelrotes Feuer spien, das erst grün, dann weiß wurde, wie in der Dunkelheit vor dem Schlafzimmerfenster Raketen zu Schauern aus hellen Farben zerbarsten. Sah sie unter den Wehen hinaus auf das Schauspiel vor ihrem Fenster? Lenkten sie der Lärm und die Farben von dem ab, was sie durchmachte?

Der Junge wurde auf den Namen Francis Paul Henderson getauft, bekam also den Familiennamen des Vaters. Wie Jack Shackleton war auch George Henderson Hafenarbeiter.

Von einer Heiratsurkunde keine Spur.

Also hatte Gloria drei Jahre, bevor sie in Hobb's End auftauchte, ein Kind geboren. Was war aus dem Kind und seinem Vater geworden? Hatte sie den Jungen völlig in die Obhut von George Henderson übergeben? Es sah so aus. Auf jeden Fall hatte sie gegenüber keiner ihrer Freundinnen angedeutet, dass sie einen Sohn hatte. War George Henderson der Mann mit dem Jungen, der während des Krieges im Bridge Cottage aufgetaucht war? Mit dem sich Gloria gestritten hatte?

Glenys brachte Banks seinen Yorkshire Pudding. Er verdrückte die mächtige Portion und spülte jeden Bissen mit einem Schluck Theakstons herunter.

Hatchleys professioneller Suche zufolge war George Henderson vor nur fünf Monaten an einem Herzschlag gestorben. Es gab weder eine Todes- noch eine Heiratsurkunde für seinen Sohn Francis. Das waren nun schon drei Menschen ohne Todesurkunde. Aller Wahrscheinlichkeit nach war Gloria unter dem Schuppen begraben worden, aber Gwynneth Shackleton und Francis Henderson blieben noch übrig. Warum waren sie nicht auf ihn zugekommen? Eine Möglichkeit bestand darin, dass sie eventuell beide tot waren, obwohl Gwynneth Anfang siebzig sein musste und Francis auf die sechzig zuging, was heutzutage kaum als alt gelten konnte. Eine weitere Möglichkeit war, dass keiner von beiden wusste, was hier vorging, aber das hielt Banks dann doch für einen zu großen Zufall. Wieder die Frage: Vielleicht hatten sie etwas zu verbergen? Aber was?

Francis würde Banks nicht viel erzählen können. Alles was in Hobb's End passiert war, geschah vor seinem achten Geburtstag, somit war er kaum des Mordes an Gloria Shackleton verdächtig. Er musste um die sechzehn gewesen sein, als das Dorf für den Thornfield-Stausee geflutet wurde. Banks bezweifelte, dass dieses Ereignis eine Bedeutung für ihn gehabt hatte.

Nichtsdestotrotz wäre es interessant herauszufinden, was aus ihm geworden war. Selbst wenn Francis Henderson ihnen mit seiner DNA nur dabei behilflich sein sollte, mit absoluter Sicherheit nachzuweisen, dass das Skelett wirklich einmal Gloria Shackleton gehört hatte.

Da gab es noch etwas anderes: Glorias Leiche musste begraben, anständig beerdigt werden, und zwar diesmal auf einem Friedhof. Zwei Menschen, die eine sehr innige Beziehung zu ihr gehabt hatten, waren möglicherweise noch am Leben: ihre Schwägerin Gwynneth Bingham und ihr Sohn Francis Henderson. Sie wären diejenigen, denen die Pflicht zukam, die Tote zu bestatten.

Banks seufzte, schob die Unterlagen zurück in seine Aktentasche und ging durch die Menschenmassen über die Market Street. An der Anmeldung lag eine Nachricht der Militärverwaltung, der er entnahm, dass Matthew Shackleton 1943 als »vermisst oder verschollen« verzeichnet worden war, mehr wusste man nicht über ihn. Es wurde immer merkwürdiger. In seinem Büro griff Banks zum Telefon und rief Detective Inspector Ken Blackstone von der Millgarth Station in Leeds an.

»Alan«, sagte Blackstone. »Lange nicht gesehen.«

Seine Stimme klang kühl und distanziert. Im vergangenen Jahr hatten sie nicht viel miteinander zu tun gehabt, und Banks wurde klar, dass er sich von Ken wahrscheinlich genauso entfremdet hatte wie von allen anderen, die in seinen dunklen Tagen seine Freunde hatten sein wollen. Ken hatte mehrmals Nachrichten auf dem Anrufbeantworter hinterlassen, hatte ihm angeboten, sich zu treffen und mit ihm zu unterhalten, aber Banks hatte ihn nie zurückgerufen. Er hatte keine Lust zu erklären, dass er einfach nicht in der Lage gewesen war, Hilfe und Aufmunterung von Menschen anzunehmen, die Mitleid mit ihm hatten, da er sich selbst schon genug bemitleidet hatte, dabei hatte er keine Unterstützung gebraucht. Er wollte nicht erklären, dass ihm stattdessen die Anonymität in der Menge lieber gewesen war. »Du weißt ja, wie das ist«, sagte er.

»Klar. Und? Was kann ich für dich tun? Erzähl mir nicht, dass du einfach nur so anrufst, um zu hören, wie's mir geht.«

»Nicht so ganz.«

»Hab ich auch nicht gedacht.« Es gab eine kurze Pause, dann wurde Blackstones Stimme etwas freundlicher. »Gibt's was Neues von dir und Sandra?«

»Nein. Hab nur gehört, dass sie einen Neuen hat.«

»Das tut mir leid, Alan.«

»Ist doch normal.«

»Wem erzählst du das. Kenn ich selber alles.«

»Dann weißt du ja Bescheid.«

»Allerdings. Ziehen wir uns mal die Birne zu und reden drüber?«

Banks lachte. »Wär mir ein Vergnügen.«

»Gut. Also, was kann ich für dich tun?«

»Hm, wenn ich mit dieser Ahnung richtig liege, dann kommt unser Besäufnis viel eher, als du glaubst. Ich suche nach den genauen Umständen eines Selbstmords. In Leeds, Bramley. Schussverletzung. Name: Matthew Shackleton. Starb am 15. März 1950. Die Leute aus Leeds müssten eigentlich was in den Akten haben, vor allem weil eine Schusswaffe im Spiel war.«

»Gibt es auch noch eine Erklärung dazu?«

»Ist 'ne lange Geschichte, Ken. Übrigens, hast du mal irgendwas über einen Detective Sergeant namens Cabbot gehört? Annie Cabbot?«

»Nicht, dass ich wüsste. Allerdings hab ich mich in letzter Zeit nicht so für den Tratsch interessiert. Warum willst du das wissen? Schon gut, ich weiß, wieder eine lange Geschichte, stimmt's? Hier, was diesen Selbstmord angeht, das kann eine Zeitlang dauern.«

»Du meinst, es dauert eher ein paar Minuten und nicht ein paar Sekunden?«

Blackstone lachte. »Sprechen wir lieber von Stunden statt Minuten. Ich lasse Constable Collins ein bisschen herumtelefonieren – wenn ich ihn von seiner Zeitung wegbekomme. Ich melde mich wieder.«

Banks hörte ein Grunzen und das Rascheln einer Zeitung im Hintergrund. »Danke, Ken«, sagte er. »Bin dir dankbar.«

»Solltest du auch. Du schuldest mir ein Curry.«

»Ist geritzt.«

»Ach ja, Alan?«

»Was?«

»Ich weiß so ungefähr, was du durchgemacht hast, aber du kannst einfach mit mir reden.«

»Ich weiß, ich weiß. Ich hab's doch gesagt: Die Sache steht. Curry, Besäufnis und über die Weiber herziehen. Als ob wir noch mal 18 wären. Sobald du die Informationen hast.«

Blackstone schmunzelte. »Gut. Ich melde mich.«

* * *

Billy Joe und Gloria wurden bald ein Paar. Billy Joe wurde gesehen, als er allein zum Bridge Cottage ging, und schon fing das Gerede an. Schlimmer wurde es noch, als man PX am nächsten Tag sah, wie er hineinging und wieder herauskam. Auch er schien sich auf seine schüchterne Art in Gloria verguckt zu haben und war offenbar damit zufrieden, ihr Sklave zu sein und ihr alles zu beschaffen, was ihr Herz begehrte. Ich schlug Gloria vor, sie solle die Männer nur durch die Hintertür hereinlassen, damit man sie von der High Street aus nicht sah, aber sie lachte nur und zuckte mit den Schultern.

Es gab kein großes Geheimnis um seine Besuche. Gloria sagte mir, sie wolle Sex und habe Billy Joe dafür gewählt. Sie meinte, er sei gut darin. Ich wusste noch immer nicht, worum es dabei ging. Als ich sie fragte, ob man verliebt sein müsse, bevor man einen Mann an sich heranließ, verfiel sie wieder einmal in ihr geheimnisvolles Schweigen und sagte dann: »Gwen, es gibt Liebe und es gibt Sex. Das muss nicht dasselbe sein. Besonders nicht heutzutage. Solange Krieg ist. Versuch einfach, es nicht durcheinanderzubringen.« Dann lächelte sie. »Aber es ist immer nett, ein kleines bisschen verliebt zu sein.« Nun war ich noch verwirrter als zuvor, doch hakte ich nicht weiter nach.

Gloria brauchte ihre Luckies, Nylonstrümpfe, Lippenstift, Rouge und parfümierte Seife. Sie trank sehr viel, also brauchte sie ebenfalls einen Whiskylieferanten, und sie hatte angefangen, Kaugummi zu kauen, worauf sie auch in der Kirche nicht verzichten wollte, nur um Betty Goodall zu ärgern. Und natürlich besorgte ihr PX all diese Dinge, wenn sie ihn nur einmal mit den Wimpern anklimperte. Ob sie ihm dafür im Gegenzug irgendwelche Gefälligkeiten erwies, kann ich nicht mit Sicherheit sagen, bezweifle es aber. Gloria mochte so einiges sein, doch war sie keine Hure, und ich konnte mir auch nicht vorstellen, dass PX auf diese Weise mit einer Frau zusammen war. Er sah noch jünger aus als ich und schien auch schüchterner und unsicherer als ich zu sein. Aus irgendwelchen Gesundheitsgründen konnte er in der Armee nicht in einer aktiveren Abteilung dienen – obwohl er jung und stark genug für den Kampfeinsatz wirkte –, doch verriet er nie, was es wirklich war.

PX tat uns allen kleine Gefallen – mir, Cynthia, Alice, sogar Mutter –, besonders wenn es um Feinstrümpfe und Schminke ging. Schon bald wunderte ich mich, warum die amerikanischen Streitkräfte, die zweifellos in erster Linie aus Männern bestanden, über Lagerräume voller Frauenunterwäsche und Kosmetik verfügten. Entweder war die Ware dazu bestimmt, die Zuneigung der Damenwelt vor Ort zu gewinnen, oder die Amis besaßen gewisse intime Neigungen, die sie erfolgreich vor dem Rest der Welt verbargen.

Jedenfalls war PX zu unserem Glück willens und auch in der Lage, so gut wie alles zu beschaffen, was wir brauchten. Wenn wir beispielsweise den Mangel an anständigem Fleisch beklagten, zauberte er auf geheimnisvolle Weise Schinkenspeck hervor, einmal sogar ein Stück Rindfleisch. Eines Tages tauchte er sogar – Wunder über Wunder! – mit ein paar Apfelsinen auf. Ich hatte schon seit Jahren keine Apfelsinen mehr gesehen.

Auch glaube ich nicht, dass sich sein Reich auf die Waren des Ladens von Rowan Woods beschränkte. Wenn er manchmal übers Wochenende Ausgang bekam, wurde er drei Tage lang nicht gesehen. Er erzählte nie, wo er sich aufgehalten hatte oder warum, aber ich vermutete, dass er Geschäfte auf dem Schwarzmarkt in Leeds machte. Ich glaube, ich mochte ihn gern, auch wenn er so jung wirkte. Ich wäre sogar vielleicht mit ihm gegangen, wenn er mich gefragt hätte. Tat er aber nie, und ich traute mich nicht, ihn zu fragen. Wir waren immer nur in der Gruppe zusammen. Außerdem wusste ich, dass er Gloria bevorzugte.

Billy Joe hatte auch noch andere Vorzüge. Eigentlich war er ein Flugzeugmechaniker, aber er konnte alles reparieren, was Räder hatte. Das war sehr nützlich, als unser kleiner Lieferwagen eines Tages seinen Geist aufgab. Billy Joe kam abends vorbei, PX und ein paar andere im Schlepptau, reparierte das Auto in null Komma nichts, und anschließend holte die ganze Bagage Gloria ab und ging auf ein Glas ins Shoulder of Mutton. An jenem Abend geschah etwas Denkwürdiges, das mein Bild von Billy Joe eine ganze Weile trübte.

Sie waren die einzigen Amerikaner im Pub und wir die einzigen Frauen. Das sorgte nicht nur für viele argwöhnische, missbilligende Blicke, selbst von Leuten, die ich schon seit Jahren kannte und im Laden bediente, sondern auch für ein paar laute spitze Bemerkungen. Die meisten Männer dort waren entweder zu alt für den Krieg oder aus Gesundheitsgründen untauglich. Einige arbeiteten auch in zurückgestellten Berufen.

»Das stell man sich mal vor, Bert«, sagte ein Dorfbewohner, als wir die ersten Getränke kauften. »Unsere Jungs kämpfen drüben gegen die Nazis und die verfluchten Amis hier scharwenzeln um unsere Frauen herum wie notgeile Kater.«

Wir ignorierten sie, suchten einen ruhigen Tisch in der Ecke und blieben unter uns.

Als die nächste Runde fällig war, ging Billy Joe zur Theke. Er trank das wässrige Bier, deshalb hatte ich ihm schon vorher gesagt, er solle auf sein Glas achten, denn Gläser waren knapp. Viele Dorfbewohner brachten ihr eigenes Glas mit, manche nahmen sogar Marmeladengläser, und wenn man am frühen Abend eins ergatterte, durfte man es den Rest der Nacht nicht mehr aus den Augen lassen. Als Billy Joe an unseren Tisch zurückkam, rief ein strammer Bauernbursche, der nicht einberufen worden war – was, glaube ich, mit einer Allergie gegen Dosennahrung zu tun hatte –, ihm hinterher: »Hey, Yankee! Du hast mein Glas genommen!«

Billy Joe wollte ihn ignorieren, aber der Mann, er hieß Seth, hatte genug getrunken, um sich stark zu fühlen. Er kam herangestolpert und baute sich hinter Billy Joe auf. Es wurde still.

»Ich hab gesagt, dass ist *mein* Glas, wo du dein Bier drin hast, Yankee!«

Billy Joe stellte das Tablett auf den Tisch, sah das Bierglas an und zuckte mit den Schultern. »Da trink ich schon den ganzen Abend draus, Sir«, sagte er mit seinem schleppenden Südstaaten-Akzent.

»Da trink ich schon den ganzen Abend draus, Sir«, versuchte ihn Seth nachzuäffen, aber es hörte sich komisch an. »Tja, das ist aber meins, Junge.«

Billy Joe nahm sein Glas in die Hand, drehte sich langsam zu Seth um und schüttelte den Kopf. »Das glaube ich nicht, Sir.«

Seth schob das Kinn vor. »Ich aber umso mehr. Los, gib's mir zurück!«

»Ganz bestimmt, Sir?«

»Klar, Yankee!«

Billy Joe nickte auf seine langsame Art, dann goss er Seth das Bier auf die Schuhe und hielt ihm das Glas hin. »Das Glas können Sie haben«, sagte er. »Aber das Bier gehört mir. Hab ich für bezahlt. Im Übrigen bin ich kein Yankee, Sir.«

Inzwischen lachten selbst schon Seths Freunde. Es war ein Moment, in dem alles in der Schwebe ist und schon die kleinste Bewegung in die falsche Richtung alles zusammenfallen lassen kann. Ich spürte, wie mein Herz raste.

Seth machte eine falsche Bewegung. Er trat einen Schritt zurück und hob die Faust. Billy Joe mochte diese übertrieben bedächtige Art haben, aber seine Schnelligkeit erstaunte mich. Bevor jemand wusste, was passiert war, hörte man Glas zerbrechen, und Seth kniete auf dem Boden, schrie, hielt sich die Hände vors Gesicht, Blut strömte zwischen seinen Fingern hervor.

»Ich bin kein Yankee, Sir«, wiederholte Billy Joe. Dann

wandte er sich ab und setzte sich. Die Stimmung war dahin, niemand wollte mehr etwas trinken, und kurz darauf verließen wir die Kneipe.

* * *

Gegen ein Uhr stand Vivian Elmsley auf, knipste die Nachttischlampe an und griff zu einer Schlaftablette. Sie nahm sie nicht gern, sie mochte es nicht, wenn ihr am Morgen danach so schummrig im Kopf war, aber es wurde langsam albern. Angeblich brauchten alte Menschen nicht mehr so viel Schlaf, aber sich die ganze Nacht herumzudrehen und zu wälzen und sich dabei vorzustellen, wie jemand am Fenster kratzte oder an der Tür klopfte, laugte sie einfach aus. Wahrscheinlich war es nur der Wind, sagte sie sich, als sie das Licht ausschaltete und den Kopf wieder aufs Kissen legte.

Aber es war nicht windig.

Langsam schlich sich der chemische Schlaf in ihre Blutbahn. Sie fühlte sich träge, die Glieder lagen schwer wie Blei auf der Matratze. Bald schwebte sie auf der Schwelle zwischen Schlafen und Wachen, wo Gedanken die Gestalt von Träumen annehmen und ein Bild, das man bewusst vor sein inneres Auge ruft, plötzlich vom Unterbewusstsein zu Improvisationszwecken entführt wird, so wie die Variation eines musikalischen Themas.

Zuerst dachte sie an Glorias geneigten Kopf, der auf dem Bildschirm erschienen war, dieser Ausschnitt von Stanhopes Gemälde, auf dem Gloria wie eine Comicfigur ausgesehen hatte.

Dann begann die Comic-Gloria über einen Abend in Rio de Janeiro zu sprechen, an dem Vivian auf einer Cocktailparty in einem großen Hotel zu viel getrunken hatte und – das einzige Mal – sexuellen Avancen nachgegeben hatte, sich eine geflüsterte Zimmernummer gemerkt und gewartet hatte, bis Ronald fest schlief, und dann aus dem Zimmer geschlichen war.

Der Monolog der Comic-Gloria wurde mit Eindrücken

jener Nacht unterlegt, die wie die Bilder in einem alten Mutoskop ruckartig vorbeihuschten.

Vivian hatte schon immer wissen wollen, wie es war. Sie machten es nur einmal. Ihre Partnerin war eine sanfte, empfindsame Frau von der französischen Botschaft, die darauf Rücksicht nahm, dass es für Vivian das erste Mal war, aber schließlich enttäuscht aufgab, weil sich Vivian nicht hingeben konnte. Es lag nicht daran, dass sie es nicht gewollt hatte, dachte Vivian. Beim Sex mit einem Mann konnte sie sich nicht fallen lassen, daher hatte sie gehofft, es gelänge ihr bei den Zärtlichkeiten einer anderen Frau, dass sie dort die Glückseligkeit erreichte, von der die Poeten schrieben und für die Menschen zu allem bereit waren.

Aber sie konnte es nicht. Nichts passierte.

Schließlich zog sie ihren Bademantel über und eilte gedemütigt zurück in ihr Zimmer. Ronald schnarchte noch immer vor sich hin. Sie lag in ihrem Bett und starrte an die dunkle Decke, Tränen in den Augen, ein dumpfer Schmerz in den Lenden.

Als die Comic-Gloria von Vivians missglücktem Versuch eines Seitensprungs erzählte, kam es ihr vor, als entfernte sich die Fernsehkamera von ihr, so dass der Rest von Gloria ins Bild kam und ihr Körper zu sehen war, und schnell merkte Vivian, dass Gloria kein rotes Kleid trug, sondern mit Blut bedeckt war, das aus tiefen Fleischwunden sickerte.

Dennoch erzählte sie weiter.

Erzählte von etwas, das Jahre nach ihrem Tod geschehen war.

Vivian wollte es nicht mehr sehen, aber sie fühlte sich, als ob sie vom Gewicht ihres eigenen Blutes niedergedrückt würde, als ziehe sie ein Anker tief in Dunkelheit und Schrecken. Zu schwer.

Sie bemühte sich aufzuwachen, und als es ihr gelang, klingelte das Telefon. Plötzlich wurden die Ketten gesprengt, und sie schoss hoch, schnappte nach Luft, als ob sie kurz vor dem Ertrinken gewesen wäre.

Ohne nachzudenken griff sie nach dem Hörer. Eine Rettungsleine.

Nach kurzer Pause flüsterte eine monotone Stimme: »Gwen. Gwen Shackleton.«

»Lassen Sie mich in Ruhe!«, murmelte sie, ihre Zunge war dick und belegt.

Die Stimme lachte. »Bald, Gwen«, sagte der Mann. »Bald.«

11

Banks und Annie fuhren vom Revier in Millgarth in die Siedlung. Als Annie Banks fragte, warum er immer fahren wolle, wusste er keine Antwort. Gefahren zu werden gehörte zu den Vorrechten seines Dienstgrades, auf die er nie großen Wert gelegt hatte. Zum Teil lag es daran, dass er lieber sein eigenes Auto fuhr als einen der Dienstwagen, denn er hatte keine Lust, sich mit den Zigarettenstummeln der Kollegen im Aschenbecher, mit Schokoladenpapier, gebrauchten Taschentüchern und sonstigem Müll auf dem Boden herumzuschlagen, von lauernden Bakterien und Gerüchen ganz zu schweigen. Doch in erster Linie wollte er die Kontrolle haben, wollte selbst die Füße auf den Pedalen und die Hände am Lenkrad haben.

Und er wollte die Macht über die Musik haben. Es hatte Sandra immer geärgert, dass er einfach eine CD auflegte, die *er* hören wollte, oder im Fernsehen die Sendung anstellte, die *er* sehen wollte. Sie behauptete, er sei egoistisch. Er entgegnete, er wisse halt immer, was er hören oder sehen wolle, sie hingegen nicht; außerdem: Warum sollte er sich Musik anhören oder Filme ansehen, die er nicht mochte? Noch eine Sackgasse.

Banks parkte vor einer Ladenreihe, die etwas abseits der Hauptstraße in der Nähe von Bramley Town End lag. Zusammen mit Annie spazierte er den Abhang hinunter zu der Straße, wo Gwen und Matthew Shackleton gewohnt hatten. Sie trugen Freizeitkleidung, sahen beide nicht wie Polizeibeamte aus. In diesen Sozialsiedlungen wurde Autorität in jeder Form nicht gern gesehen. Tatsächlich wurden Fremde von den Einwohnern, die von Natur aus argwöhnisch auf jeden Besucher in Anzug oder Kostüm reagierten, sofort erspürt. Das war kaum überraschend: Wenn man in so einer Siedlung einen Bekannten mit einem Anzug sah, nahm man an, dass er vor Gericht zu erscheinen hatte, sah man hingegen einen Fremden im Anzug, war es entweder ein Bulle oder ein Sozialarbeiter.

Banks war in einer ähnlichen Siedlung in Peterborough aufgewachsen. Moderner als diese, aber im Grunde die gleiche Mischung aus abschreckenden, schmutzigen Reihenhäusern, neueren Einliegerwohnungen aus rotem Backstein und mit Graffiti beschmierten Mietshäusern. Als er klein war, hatte die Straße noch Kopfsteinpflaster gehabt, und jedes Jahr am 5. November, in der Guy Fawkes Night, wurde dort ein Freudenfeuer abgebrannt. Alle in der Siedlung kamen vor die Tür und teilten Feuerwerkskörper und Essen. Kartoffeln wurden in Alufolie am Rande des Feuers gegrillt, Teller mit selbstgemachten Pfefferkuchen und Sahnebonbons wurden herumgereicht. Die Nachbarn nutzten die Gelegenheit und warfen ihre alten Möbel aufs Feuer – eine Angewohnheit, die Banks' Mutter für Angeberei hielt. Wenn Mrs. Green aus der 16 ihren zerschlissenen Sessel aufs Feuer warf, konnte sie genauso gut jedem erzählen, dass sie sich einen neuen leisten konnte.

Schließlich ließ die Gemeinde die Straße teeren und machte den Feiern ein Ende. Danach mussten sie das Freudenfeuer auf einem großen Feld abhalten, das eine halbe Meile entfernt war; Unbekannte aus anderen Siedlungen drängten sich rücksichtslos dazu, suchten offensichtlich Ärger, und die Alten blieben nach und nach zu Hause und verriegelten die Türen.

»Wie wollen wir es angehen?«, fragte Annie.

»Wir lassen es drauf ankommen. Ich will mir nur mal einen Überblick über die Lage verschaffen.«

Es war wieder ein heißer Tag; die Leute saßen auf den Treppenstufen oder hatten sich gestreifte Liegestühle in briefmarkengroße Vorgärten gestellt, wo das Gras aus Regenmangel blassbraun verfärbt war. Die argwöhnischen

Blicke, die ihnen folgten, waren nicht zu übersehen. Zwei spärlich bekleidete Jugendliche in einem Garten pfiffen Annie hinterher und spannten die tätowierten Oberarme an. Banks sah, dass sie die Hand hinter den Rücken hielt und ihnen den Mittelfinger zeigte. Sie lachten.

Sie gingen an zwei Mädchen vorbei, die beide nicht älter als fünfzehn Jahre sein konnten. Sie schoben mit einer Hand einen Kinderwagen und hielten in der anderen eine Zigarette. Die eine hatte kurzes rosa und weiß gefärbtes Haar, grünen Nagellack, schwarze Lippen und einen Stecker in der Nase, die andere hatte pechschwarzes Haar, ein großes Schmetterlingstattoo auf der Schulter und einen roten Punkt mitten auf der Stirn. Beide trugen hochhackige Pumps, knallenge Hosen und bauchfreie Oberteile. Die mit dem roten Punkt hatte zusätzlich einen Ring durch den Bauchnabel.

»Guck dir die an!«, höhnte eine der beiden, als Banks und Annie vorbeigingen. »Wir sind aber etepetete!«

»Langsam glaube ich, das war doch keine so gute Idee«, sagte Annie, als sie an den Mädchen vorbei waren.

»Warum nicht? Was stimmt denn nicht?«

»Du hast gut reden. Du bist ja noch nicht angemacht worden.«

»Die sind doch bloß neidisch.«

»Worauf? Auf mein Superaussehen?«

»Nein. Auf deine Markenjeans. Ah, hier ist es.«

Es stellte sich heraus, dass das Haus an einer der schmaleren Nebenstraßen lag. Die Farbe auf den meisten Türen war zerkratzt und verwittert, die gesamte Straße sah heruntergekommen aus. Alle Fenster im ehemaligen Haus der Shackletons waren geöffnet, von innen dröhnte laute Musik heraus.

Nebenan hockten zwei Männer mit fetten Bierbäuchen auf der Treppe, rauchten und tranken Carlsberg Special Brew. Eine massige Frau saß neben ihnen auf einem winzigen Stuhl, Hüften und Oberschenkel quollen über die Sitzfläche. Sie sah aus, als wäre sie die Mutter der beiden. Beide Männer waren bis zur Hüfte nackt, ihre Haut war trotz der

Sonne bleich wie Speck; die Frau trug ein Bikinioberteil und grellrosa Shorts. Alle drei verfolgten Banks und Annie mit ihren schmalen Schweinsäuglein, doch keiner sagte etwas.

Banks klopfte an die Tür. Drinnen knurrte ein Hund.

Die Nachbarn lachten. Schließlich wurde die Tür aufgerissen, und ein junger Glatzkopf in einem roten T-Shirt und zerschlissener Jeans schob seinen Kopf um die Ecke, dabei hielt er einen bellenden Hund an einem mit Nägeln beschlagenen Halsband fest. Banks glaubte, er habe es mit einem Rottweiler zu tun.

Er schluckte und machte ein paar Schritte zurück. Normalerweise hatte er keine Angst vor Hunden, aber dieser hatte ein wirklich gemein aussehendes Gebiss. Vielleicht hatte Annie doch Recht gehabt. Was sollten sie hier schon finden, nach fast fünfzig Jahren?

»Scheiße, wer seid ihr denn? Was wollt ihr hier?«, fragte der Glatzkopf. Die Sehnen an seinem Hals traten hervor. Er konnte nicht älter als achtzehn oder neunzehn sein. Banks glaubte, hinter der Musik irgendwo im Haus ein Baby schreien zu hören.

»Sind deine Eltern zu Hause?«, fragte Banks.

Er lachte. »Denke schon«, antwortete er. »Die gehen ja nie raus. Aber da hast du 'ne schön lange Fahrt vor dir. Die wohnen nämlich in Nottingham.«

»Also wohnst du hier?«

»Na klar, blöde Frage. Mensch, ich hab nicht den ganzen Tag Zeit.« Der Hund zerrte noch immer am Halsband, Geifer tropfte ihm aus der Schnauze, aber er war jetzt stiller geworden und schien sich zu beruhigen, knurrte nur noch, anstatt zu bellen und zu schnappen.

»Ich hätte ein paar Fragen«, sagte Banks.

»Worüber?«

»Können wir nicht reinkommen?«

»Das soll wohl ein Witz sein, Junge. Nur ein Schritt über die Türschwelle, und Gazza hier sorgt dafür, dass du im Kirchenchor Sopran singst.«

Banks sah Gazza an. Er glaubte es gern. Er wägte seine Möglichkeiten ab. Den Tierschutz rufen? Oder den Tierfänger? »Na gut«, sagte er. »Dann sagst du uns vielleicht hier draußen, was wir wissen wollen.«

»Kommt drauf an.«

»Ich interessiere mich für das Haus.«

Der Junge beäugte Annie von oben bis unten und sah dann wieder Banks an. »Ihr sucht ein Haus? Ich hätte gedacht, dass ihr euch ein bisschen was Schickeres leisten könnt als dieses Loch hier.«

»Nein, ein Haus wollen wir eigentlich nicht kaufen.«

»Wer ist da, Kev?«, rief eine Frauenstimme von innen.

Kev drehte sich um und schrie zurück: »Kümmer dich um deinen eigenen Dreck, dämliche Scheißkuh! Sonst kannst du dein Essen nächste Woche durch 'nen Strohhalm saugen!«

Banks merkte, wie Annie neben ihm den Rücken durchdrückte. Er berührte sie leicht am Unterarm. Das Trio nebenan grölte. Der Junge schob den Kopf noch weiter aus der Tür, damit die Nachbarn ihn sehen konnten, und grinste ihnen selbstzufrieden zu. Er hielt ihnen den ausgestreckten Daumen entgegen.

»Wie lange wohnst du schon hier?«, fragte Banks.

»Zwei Jahre. Was geht dich das an?«

»Ich interessiere mich für etwas, was hier vor fünfzig Jahren passiert ist. Ein Selbstmord.«

»Selbstmord? Vor fünfzig Jahren? Hey, das hier ist ein Geisterhaus?« Er streckte wieder den Kopf aus der Tür, um mit den Nachbarn zu sprechen. »Habt ihr das gehört, Leute? Diese Hütte hier ist ein Geisterhaus! Vielleicht nehmen wir jetzt Eintritt wie die in ihren Schlössern.«

Alle lachten, Banks auch.

Der Junge schien sich so über die Reaktion seines Publikums zu freuen, dass er seinen Spruch wiederholte. Dann ließ er den Hund los, der Banks und Annie einen kurzen uninteressierten Blick zuwarf und sich nach hinten schlich, zweifelsohne zu einem Napf mit Futter. Vielleicht war es ja doch kein Rottweiler. Banks kannte sich mit Hunden ungefähr so gut aus wie mit Wildblumen, Sternbildern und Bäumen. Mit der ganzen Natur, wenn er ehrlich war. Aber das würde jetzt besser werden, da er das Cottage am Waldrand besaß. Er hatte schon einige Vogelarten kennen gelernt – Kleiber, Heckenbraunellen und Blaumeisen – und hatte schon öfter einen Specht gegen einen Eschenstamm klopfen hören.

»Weißt du, wer hier früher gewohnt hat?«, fragte er.

»Keine Ahnung, Mann. Frag doch mal die Runzeln auf der anderen Seite. Die wohnen hier schon seit der Steinzeit.« Er wies auf das mittlere Reihenhaus direkt gegenüber. Ein Spiegelbild. Banks bemerkte schon, wie jemand hinter den mottenzerfressenen Vorhängen hervorspähte.

»Danke«, sagte er. Annie folgte ihm über die Straße.

»Ich rieche Frischfleisch«, sagte einer der drei auf der Haustreppe, als sie vorbeigingen. Die anderen lachten. Einer zog die Nase hoch und rotzte geräuschvoll.

Nachdem Banks und Annie ihre Dienstausweise zur Begutachtung vor den Briefschlitz gehalten hatten, wurde der Riegel zurückgeschoben und die Kette abgehängt und ein buckliger Mann um die siebzig öffnete die Tür. Er hatte eine eingefallene Brust, tief liegende Augen, ein schmales, zerfurchtes Gesicht und lichtes schwarzgraues Haar, das mit Massen von Pomade am Schädel klebte. Das Glitzern bösartigen Selbstmitleids, das denen eigen ist, die im Leben ein paarmal zu oft auf die Schnauze gefallen sind, war noch nicht vollständig aus seinen wässrigen Augen gewichen – einige Volt Empörung und Schmach waren noch vorhanden.

Nachdem er sich vergewissert hatte, dass er hinter sich abgesperrt hatte, schlurfte er ihnen voran. Alle Fenster waren geschlossen, die meisten Vorhänge zugezogen. Im Wohnzimmer herrschte eine Atmosphäre wie in einem warmen, vollgestopften Beerdigungsinstitut; es stank nach Zigarettenrauch und schmutzigen Socken.

»Worum geht's denn?« Der Alte ließ sich auf eine durchgesessene Cord-Couch fallen.

»Um die Vergangenheit«, antwortete Banks.

Eine Frau kam aus der Küche. Sie war ungefähr im gleichen Alter, wirkte aber, als habe sie sich besser gehalten. Jedenfalls hatte sie etwas mehr Fleisch auf den Knochen.

Der alte Mann nahm Zigaretten und Feuerzeug von der fadenscheinigen Armlehne des Sofas und zündete sich hustend eine an. Das hält die Zukunft für uns Raucher bereit, wenn wir nicht aufhören, dachte Banks düster und entschied, dem Mann im Moment keine Gesellschaft zu leisten.

»Polizei, Elsie«, sagte der Mann.

»Kommt endlich einer wegen dieser Rowdys vorbei?«, fragte sie.

»Nein«, antwortete ihr Mann und runzelte verdutzt die Stirn. »Sie meinen, es wär wegen der Vergangenheit.«

»Tja, gut, damit kennen wir uns aus«, sagte sie. »Tasse Tee?«

»Gerne«, sagte Banks. Annie nickte.

»Nehmen Sie doch Platz. Übrigens, ich bin Mrs. Patterson. Nennen Sie mich Elsie. Und das hier ist mein Stanley.«

Stanley beugte sich vor und hielt ihnen die Hand hin. »Nennen Sie mich Stan«, sagte er zwinkernd. Elsie ging in die Küche, um Tee zu kochen. »Das Gesocks von der anderen Straßenseite haben Sie schon kennengelernt?«, fragte Stanley mit einer Kopfbewegung nach draußen.

»Allerdings«, erwiderte Banks.

»Er hat angedroht, seine Frau zu schlagen«, sagte Annie. »Haben Sie schon einmal Anzeichen dafür bemerkt, Mr. Patterson? Wunden oder blaue Flecken vielleicht?«

»Nee, Mädel«, sagte Stan. »Der hat nur 'ne große Klappe, der Kev. Colleen würde ihm sofort den Hals umdrehen, wenn er sie auch nur mit dem kleinen Finger berühren würde. Und sie ist auch nich seine Frau. Obwohl das heutzutage ja eigentlich egal ist. Ist nich mal sein Kind.« Er nahm einen Zug von seiner Zigarette, die keinen Filter hatte, wie Banks bemerkte, und bekam einen Hustenanfall. Als er nachließ, hatte er ein rotes Gesicht und seine Brust hob und senkte sich. »'tschuldigung«, sagte er und klopfte sich auf die Brust. »Die jahrelange Schufterei in den schmutzigen Fabriken. Eigentlich müsste ich die Schweine verklagen.«

»Wie lange wohnen Sie schon hier?«, erkundigte sich Banks.

»Seit einer Ewigkeit. Kommt mir jedenfalls so vor«, sagte

Stan. »War immer schon eine schlimme Gegend, auch damals schon, aber als wir herzogen, war es gar nicht so schlecht hier. Hatten Glück hiermit, damals.« Er rauchte und hustete wieder.

Elsie kam mit dem Tee zurück. Etwas Kaltes wäre wohl sinnvoller gewesen, dachte Banks, aber man nahm, was angeboten wurde.

»Stan sagte gerade, Sie wohnen schon sehr lange hier«, sagte Banks zu ihr.

Sie goss den Tee in schwere weiße Tassen. »Seit unserer Hochzeit«, erwiderte sie. »Na ja, zuerst haben wir ein paar Monate bei Stans Eltern in Pontefract gewohnt, stimmt's, Schatz, aber dies war unser erstes gemeinsames Haus.« Sie setzte sich neben ihren Mann.

»Und auch das letzte, wie's gekommen ist«, sagte Stan.

»Na, wem seine Schuld war das wohl?«

»Meine bestimmt nicht, Frau.«

»Du wusstest doch, dass ich nach Raynville ziehen wollte, als die Siedlung neu gebaut wurde, oder nicht?«

»Jaja«, sagte Stan. »Und wann war das? 1963? Und was ist jetzt damit? Sie mussten die ganze Scheiße abreißen, so schlimm wurde es da.«

»Es gab auch noch andere Ecken, wo wir hätten hinziehen können. Poplars zum Beispiel. Wythers.«

»Wythers! Das ist ja noch schlimmer als hier!«

»Wann war das?«, ging Banks dazwischen. »Wann zogen sie hierher?«

Die Patterson funkelten sich noch kurz böse an, dann rührte Elsie den Tee um. Sie setzte sich gerade auf, presste die Knie zusammen, umfasste die Teetasse auf ihrem Schoß mit beiden Händen. Aus der Ferne konnte Banks die Musik aus dem Haus des Glatzkopfs hören: jaulende Gitarren, schwere Bässe, eine aggressive Stimme fauchte von Lust und Hass. O Gott, hoffentlich war Brians Band besser.

»1949«, antwortete Elsie. »Oktober 1949. Das weiß ich so genau, weil ich mit Derek im dritten Monat war. Das ist unser Ältester. Weißt du noch, Stan?«, sagte sie. »Du hattest gerade die Arbeit bei Blakey's Castings gekriegt.«

»Ja«, sagte Stan und wandte sich an Banks. »Ich war gerade zwanzig und Elsie war achtzehn.«

Banks war damals noch nicht einmal auf der Welt gewesen. Der Krieg war seit vier Jahren vorbei und das Land machte viele Veränderungen durch: Im Anschluss an den Beveridge-Report war der Wohlfahrtsstaat aufgebaut worden, das ganze System, das Banks mehr Möglichkeiten und Chancen zur Selbstentfaltung bot als je eine Generation vor ihm besessen hatte. Und zum Missfallen seiner Eltern war er Polizist geworden und kein leitender Angestellter oder Geschäftsführer, hatte also keine der Positionen eingenommen, zu denen sein Vater immer aufgeschaut hatte. Nachdem er sich im vergangenen Jahr sehr oft wie ein leitender Angestellter gefühlt hatte, freute er sich nun festzustellen, dass er immer noch der Meinung war, die richtige Wahl getroffen zu haben.

Banks versuchte, sich die Pattersons als junges Ehepaar auf der Türschwelle ihres ersten gemeinsamen Heims mit einem Herzen voller Hoffnung und einer vielversprechenden Zukunft vorzustellen. Das Bild wurde schwarzweiß, im Hintergrund ein Fabrikschornstein.

»Können Sie sich noch an Ihre Nachbarn von der anderen Straßenseite erinnern?«, fragte Annie. »Genau gegenüber, wo jetzt Kev mit seiner Familie wohnt?«

Elsie sprach zuerst. »Waren das nicht diese … du weißt schon, diese … wie hießen die noch mal … Mensch, Stanley? So 'n bisschen hochnäsig. Da gab's mal Ärger.«

»Ein Selbstmord«, half ihr Banks auf die Sprünge.

»Ja. Stimmt. Weißt du das nicht mehr, Stanley? Hat sich erschossen. Dieser große, dünne Kerl, der immer mit einem Stock herumlief und nie ein Wort sagte. Wie hieß der noch mal?«

»Matthew Shackleton.«

»Stimmt. Hier war alles voller Polizisten. Die kamen sogar zu uns rüber und befragten uns. Heiliger Strohsack, ist das lange her! Matthew Shackleton. Weißt du das nicht mehr, Stanley?«

»Doch«, sagte Stan zögernd. »Glaub schon.« Er zündete

sich die nächste Zigarette an und hustete. Dann sah er kurz auf seine Uhr. Die Pubs machten auf.

»Kannten Sie die Shackletons?«, fragte Banks.

»Eigentlich nicht«, antwortete Elsie. »Die führten sich auf, als ob sie einen richtigen Abstieg hinter sich hätten, als wär's ihnen schlimm ergangen. Sie kamen irgendwo vom Land, aber ich hab rausgefunden, dass sie auch nur eine Krämertochter war. Da war natürlich nix Schlimmes dran, bestimmt nicht. Ich bin nicht eingebildet. Ich war immer nett zu denen, ja, wie man so ist, wir waren schließlich neu hier und so. Aber um die kümmerte sich keiner. Die ein, zwei Mal, wo ich mit ihr geredet habe, hat sie nix davon erzählt, wo sie her war, meinte bloß, damals im Dorf wär alles besser gewesen. Eingebildete Zicke, hab ich nur gedacht.«

Hm, dachte Banks, von Hobb's End in diese Sozialsiedlung von Leeds musste für Gwen und Matthew wirklich ein ziemlich beängstigender Abstieg ins Fegefeuer gewesen sein, wenn sie sich nicht schon selbst ins Fegefeuer befördert hatten.

»Wie viele wohnten denn da drüben?«

»Nur die beiden«, meinte Elsie. »Ich weiß noch, dass sie sagte, ihre Mutter hätte mit ihnen dort gewohnt und so, aber sie wär so ungefähr vor einem Jahr gestorben, bevor wir herzogen.«

»Ja«, mischte sich Stan ein. »Jetzt fällt's mir wieder ein. Nur die beiden wohnten da, stimmt's? Er und seine Frau. Sie war ein großes, dürres Mädchen.«

»Nein«, widersprach Elsie, »sie war doch nicht seine Frau. Er war nicht ganz richtig im Kopf.«

»Was war sie denn dann?«

»Keine Ahnung, aber seine Frau war sie nicht.«

»Woher wissen Sie das?«, fragte Banks Elsie.

»Sie taten nicht so wie Mann und Frau. Das merkte man.«

»Führ dich nicht so dämlich auf, Frau«, sagte Stan. Dann sah er Banks an und verdrehte die Augen. »Sie war seine Frau. Glauben Sie's mir.«

»Wie hieß sie denn?«, fragte Banks.

»Es liegt mir auf der Zunge«, sagte Elsie.

»Blodwyn«, meinte Stan. »Jedenfalls was aus Wales.«

»Nee, stimmt nicht. Gwynneth, so hieß sie. Gwynneth Shackleton.«

»Wie sah sie aus?«

»Durchschnittlich, eigentlich, aber schöne Augen hatte sie«, sagte Elsie. »Wie Stanley eben meinte, sie war etwas größer als die meisten und ein bisschen schwerfällig, verstehen Sie, manche Großen sind ja so. Sie war fast genauso groß wie Matthew.«

»Und wie alt, würden Sie sagen?«

»So alt kann sie nicht gewesen sein, aber sie wirkte ziemlich mitgenommen. Weiß nicht genau, wie ich das sagen soll. Sah älter aus, als sie war. Irgendwie müde.«

»Wahrscheinlich, weil sie ihren Mann pflegen musste. War ein Invalide. Bombenneurose. Kriegsverletzung.«

»Das war nicht ihr Mann.«

Stan drehte sich zu ihr um. »Hast du mal gesehen, dass sie mit einem anderen Kerl aus dem Haus kam?«

»Jetzt wo du fragst, nein, nicht dass ich wüsste.«

»Na also, da hast du's. Das beweist es doch.«

»Beweist was?«

»Wenn sie nicht verheiratet gewesen wäre, hätte man doch erwartet, dass sie auch mal einen Freund hatte, so ein Mädchen, oder nicht? Stimmt zwar, dass sie nicht gerade eine Schönheit war, aber sie hatte gut was auf den Rippen.«

»Hatten sie oft Besuch?«, fragte Banks.

»Nicht dass ich wüsste«, antwortete Elsie. »Aber ich klebe auch nicht die ganze Zeit mit der Nase am Fenster.«

»Zum Beispiel eine gut aussehende junge Frau mit blonden Haaren?«, fragte Annie, an Stanley gewandt. »Könnte so ähnlich ausgesehen haben.« Sie reichte ihm einen Abzug von Alice Pooles Foto und zeigte auf Gloria.

»Nein«, sagte Stan. »So eine wie die hab ich hier noch nie gesehen. Und das wüsste ich bestimmt.« Er zwinkerte Annie zu. »So alt bin ich auch noch nicht, ja? Aber die andere ist auf jeden Fall Gwynneth.« Er zeigte auf die Frau, die auch Alice Poole als Gwen Shackleton identifiziert hatte.

»Ich kann mich gar nicht erinnern, ob sie überhaupt mal Besuch hatten, wenn ich drüber nachdenke.«

»Nee, das stimmt schon, Stanley«, pflichtete ihm seine Frau bei. »Die blieben für sich.«

»Was geschah nach dem Selbstmord?«, fragte Banks.

»Sie zog weg.«

»Wissen Sie, wohin?«

»Nein. Sie hat sich noch nicht mal verabschiedet. Den einen Tag war sie noch da, den nächsten war sie weg. Aber ich erzähl Ihnen mal was.«

»Was denn?«, fragte Banks.

Sie verzog das Gesicht zu einem gerissenen Grinsen. »Ich weiß, wer sie ist.«

»Wie meinen Sie das?«

»Die Frau. Diese Gwynneth Shackleton. So heißt sie jetzt nicht mehr, aber sie ist es, auf jeden Fall. Hat was aus sich gemacht, die Frau.«

»Wer ist sie?«

»Ich hab sie im Fernsehen gesehen und ihr Bild war auf *Woman's Own*.«

»So ein Schwachsinn, Frau!«, legte Stanley wieder los.

»Ich sage dir, Stanley, sie ist es. Diese Augen. Die Größe. Die Stimme. Solche Sachen vergesse ich nicht. Ich wunder mich, dass du es nicht siehst.«

Banks bemühte sich, nicht die Geduld zu verlieren, und dachte langsam, er kämpfe auf verlorenem Posten. »Mrs. Patterson, Elsie«, sagte er schließlich. »Können Sie mir vielleicht sagen, wer Gwen Shackleton Ihrer Meinung nach ist?«

»Na, diese Frau, die die Bücher schreibt! Die immer im Fernsehen interviewt wird. Und sie hat auch diesen Film über die kleine Kirche in London gemacht, wissen Sie, so wie Alan Bennett über Westminster Abbey. Er wohnte früher hier die Straße runter, der Alan Bennett. Sein Vater war Schlachter. Jedenfalls sah man sofort, dass sie es war, wie groß sie war. Und diese Augen.«

»Was für Bücher?«, fragte Banks.

»Diese Krimis. Die immer im Fernsehen kommen. Mit

dem gut aussehenden Mann, der den Inspektor spielt, wie heißt der noch mal? Gut sind die. Ich hab mir die Bücher in der Bücherei ausgeliehen. Ich les jede Woche an die zehn Bücher. Das ist sie, glauben Sie mir.«

»Sie meint diese Vivian Elmsley«, seufzte Stan. »Hat sie gleich beim ersten Mal behauptet, als die von diesem Typen interviewt wurde, der so durch die Nase spricht …«

»Melvyn Bragg.«

»Genau, der. Elsie schwor Stein und Bein, das wär Gwen Shackleton.«

»Sie glauben das nicht?«, fragte Annie.

»Nee, ich weiß nicht, Mädchen. Ich kann mir Gesichter nicht gut merken, nicht so wie Elsie. Sie sagt immer, dies Baby oder das ist ganz die Mutter oder der Vater, aber ich kann ums Verrecken nichts erkennen. Für mich sehen die alle aus wie Winston Churchill. Oder wie Edward G. Robinson. Sie sind sich schon ähnlich, aber …« Er schüttelte den Kopf. »Das ist schon so lange her. Man verändert sich. Und solche Sachen passieren nicht Leuten wie uns, oder? Leute, die aus so einer Gegend kommen? Dass einer von der anderen Straßenseite berühmt wird und Bücher schreibt, die im Fernsehen gezeigt werden und so? Ich meine, im wahren Leben geht's anders zu, oder nicht? Hier gibt's so was nicht. Nicht bei Leuten wie uns.«

»Und was ist mit Alan Bennett?«, warf Elsie ein. »Und sie war sehr belesen. Das merkte man sofort.«

In der kurzen, nun folgenden Stille hörte Banks Musik und Gelächter von der anderen Straßenseite.

»Jetzt sehen Sie, wie das ist!«, sagte Stan. »Nicht eine Minute Ruhe. Tag und Nacht, ohne Ende, dieser verfluchte Radau! Wir haben immer die Fenster zu und die Vorhänge davor. Man weiß nie, was als Nächstes passiert. Letzte Woche war hier ein Mord. So 'n Typ unten an der Straße hat mit ein paar Kanaken gezockt. Vinnie und Derek, unsere Jungen, machen sich Sorgen um uns. Sie hätten gerne, dass wir in so einer betreuten Anlage wohnen. Vielleicht machen wir das ja. Im Moment würden mir drei ordentliche Mahlzeiten am Tag und ein bisschen Ruhe und Frieden reichen.«

»Noch mal zurück zu dieser Frau«, sagte Banks, an Elsie gewandt. »Gwen Shackleton.«

»Ja?«

»Wie lange blieb sie nach dem Selbstmord noch wohnen?«

»Och, nicht lange. Ich würde sagen, gerade so lange, bis er unter der Erde lag und sie mit den Behörden alles geklärt hatte.«

»Glaubte die Polizei, was passiert war?«

»Die Polizei glaubt doch nie was, oder?«, fragte Stan. »Das ist ihr Beruf.« Er lachte und hustete. »Nee, Junge, das sollten Sie aber wissen.«

Banks lächelte. »War Gwen zum Zeitpunkt des Selbstmords im Haus?«, fragte er.

Elsie antwortete nicht sofort, sondern senkte den Kopf. »Das haben sie uns damals auch gefragt«, sagte sie. »Ich hab immer wieder drüber nachgedacht und weiß es bis heute nicht. Ich dachte, ich hätte sie vom Einkaufen zurückkommen sehen – da war sie nämlich gewesen, Einkaufen auf der Town Street –, *bevor* ich den Knall hörte.« Sie runzelte die Stirn. »Aber, sehen Sie, ich war damals schwanger mit Derek und konnte nicht immer alles richtig erkennen. Vielleicht habe ich mich also verguckt.«

»Haben Sie das der Polizei erzählt?«

»Ja. Aber es blieb dabei. Sonst hätten sie sie ja wohl ins Kittchen stecken müssen, oder?«

Nun wollte sich Banks die Akte über den Tod von Matthew Shackleton auf jeden Fall ansehen. »Wir können jetzt gehen«, sagte er zu Annie und wandte sich dann Stan und Elsie zu. »Vielen Dank. Sie haben uns sehr geholfen.«

»Können Sie mir was verraten?«, fragte Stan. »Mir ist klar, dass ich eher einen Penny aus einem Schottenarsch bekomme als eine Antwort von eurer Bagage, aber ich bin neugierig. Diese Gwen, war das seine Frau?«

Banks grinste. »Seine Schwester, nehmen wir an.«

Elsie stieß ihrem Mann in die Rippen. Er musste husten. »Siehste, Stanley. Hab ich dir doch gesagt, du alter Trottel.«

Banks beteuerte, sie würden allein hinausfinden, und

kurz darauf waren Annie und er wieder dankbar an der frischen Luft. Die Nachbarn auf der anderen Seite hatten noch immer ihren Spaß, jetzt war auch Kev mit seinem Hund dabei, der wie ein Wilder durch die mickrigen Vorgärten raste, an Türen kratzte und das letzte Unkraut ausgrub, das den Sommer bisher überlebt hatte. Eine zweite Frau mit einem Kind auf dem Arm war auch dabei, das musste Colleen sein. Sie war dünn, ungefähr siebzehn Jahre, lachte, hatte zwar keine blauen Flecken, machte aber einen resignierten Eindruck.

Als sich Banks und Annie dem Ende der Straße näherten, schepperte eine leere Bierdose hinter ihnen über den Asphalt.

»Was hältst du von dieser Sache mit Vivian Elmsley?«, fragte Annie.

»Weiß nicht. Mich wundert, dass weder Elizabeth noch Alice davon sprachen.«

»Vielleicht wussten sie es nicht? Alice meinte, sie könne nur sehr schlecht sehen, und Elizabeth Goodall wusste nicht mal, warum du gekommen warst, sie hält sich nicht auf dem Laufenden.«

»Stimmt«, sagte Banks. »Und Ruby Kettering zog 1940 aus Hobb's End fort, da war Gwen erst um die fünfzehn. Das ist auf jeden Fall einen genaueren Blick wert.«

»So«, sagte Annie im Auto. »Was jetzt?«

»Zum Revier. Ich will mir die Akte von Matthew Shackleton angucken.«

»Hab ich mir gedacht. Und dann?«

»Zurück nach Millgarth.«

»Haben wir hinterher noch Zeit, was zu trinken und einen Bissen zu essen?«

»Nein, tut mir Leid. Ich bin verabredet.«

Sie schlug ihn neckisch. »Im Ernst?«

»Im Ernst. Mit einem Detective Inspector. Einem *männlichen* Detective Inspector namens Ken Blackstone. Du hast ihn kurz gesehen. Er hat uns die Adresse gegeben.«

»Ich erinnere mich. Der so schick angezogen war. Süß.« Wenn Annie enttäuscht war, so zeigte sie es nicht. Banks erzählte ihr von seiner zerbrechlichen Freundschaft zu Ken und dass er nun in der Stimmung sei, sie neu aufzubauen. Dass sich alles für ihn zusammenzufügen schien – das Cottage, die laufende Ermittlung, Annie – und ihm klar wurde, dass er seine Freunde zu lange vernachlässigt hatte.

»Verstehe«, sagte Annie. »Also ein Männerabend?«

»Hört sich so an.«

Sie lachte. »Da würde ich gerne mal Mäuschen spielen.«

* * *

Billy Joe durfte den Stützpunkt mehrere Wochen nicht verlassen. Den anderen zufolge wäre er weitaus härter bestraft worden, wenn nicht alle Zeugen, selbst die Freunde von Seth, ausgesagt hätten, dass er den Streit nicht angefangen hatte. Zuerst dachte ich, Billy Joe hätte Seth mit dem Glas das Gesicht zerschnitten, aber es war einfach nur vom Tischrand gefallen, als er es dort abstellen wollte, um sich besser verteidigen zu können. Billy Joe hatte Seth lediglich auf die Nase geschlagen, und alle waren der Meinung, dass der das durchaus verdient hatte.

Gloria äußerte sich nicht weiter dazu, aber ich glaube, dass sie sich durch diesen Zwischenfall von Billy Joe distanzierte. Sie hasste Gewalt. Manche Mädchen mögen es, wenn man sich für sie schlägt. Ich werde nie die pure Blutrünstigkeit in den Augen von Cynthia Garmen vergessen, als sich zwei Soldaten bei einem Tanzabend in Harkside um ihre Gunst stritten. Ihr war egal, wer wen schlug, solange nur geprügelt wurde und das Blut floss. Aber Gloria war nicht so. Gewalt schreckte sie ab.

Als Billy Joe in Arrest auf dem Stützpunkt war, lernten wir Brad und Charlie kennen.

Wir kamen gerade aus dem Lyceum. Es war ein trostloser Februarabend im Jahr 1944, es schneite zwar nicht, war aber klirrend kalt, Eiszapfen hingen an der Traufe des Kinos. Wir waren seit mehreren Tagen nicht mehr vor der Tür gewesen und die Kälte und die harte Arbeit auf dem Hof machten Gloria langsam trübselig. Sie brauchte Abwechslung.

Wir hatten uns Bette Davis und Paul Henreid in *Reise aus der Vergangenheit* angesehen und summten beide die Titelmelodie, während wir uns im Foyer wieder die Mäntel anzogen, bevor wir in die bitterkalte Nachtluft hinaustraten.

Noch ehe Gloria ihre eigenen Zigaretten hervorgekramt hatte, trat ein junger Mann in einer mit Wolle gefütterten Lederjacke auf uns zu, nahm zwei Zigaretten zwischen die Lippen, zündete sie an und reichte ihr eine. Genauso hatten sie es im Film gemacht. Wir schütteten uns aus vor Lachen.

»Brad«, stellte er sich vor. »Brad Szikorski. Und das hier ist mein Kumpel Charlie Markleson.«

Gloria deutete einen Knicks an. »Höchst erfreut, muss ich sagen.«

»Wir gehören zur 448.? Drüben in Rowan Woods?« Obwohl das Feststellungen waren, klangen sie wie Fragen. Das hatte ich schon öfter bei Amerikanern und Kanadiern bemerkt. »Ich möchte ja nicht unverschämt sein«, sagte Brad, »aber würden uns die Damen die Ehre erweisen, mit uns ein Glas zu trinken?«

Wir tauschten kurze Blicke aus. Ich merkte, dass Gloria mitkommen wollte. Brad war groß und sah gut aus, er hatte den Schalk in den Augen und einen kleinen Clark-Gable-Schnurrbart. Ich begutachtete Charlie, der an diesem Abend wohl mein Begleiter sein sollte, und ich muss zugeben, dass mir der Anblick durchaus gefiel. Er war ungefähr genauso alt wie Brad, hatte intelligente Augen, wenn auch einen kleinen Dackelblick, und ein ziemlich blasses, schmales Gesicht. Seine Nase war zu groß, und mittendrauf blühte ein Pickel, aber meine war auch nicht besonders sehenswert. Außerdem machte er einen zurückhaltenden, ernsthaften Eindruck. Im Großen und Ganzen war er in Ordnung. Für ein Gläschen wenigstens.

Wir gingen zum Black Swan hinüber. Die Dorfwiese war verlassen, das Eis knirschte unter unseren Füßen. An den Zweigen und Ästen der Kastanien hingen Eiszapfen, die

Rinde war mit Reif überzogen. Wenn es nicht so kalt gewesen wäre, hätte ich mir vorstellen können, es seien Blüten im Mai. Hinter uns ging das beleuchtete Schild des Lyceums aus. Trotz der Verdunkelung durften Kinos, Geschäfte und wenige andere Einrichtungen für gewisse Zeit Licht brennen lassen, solange der Fliegeralarm nicht losging. St. Jude vor uns war teilweise beleuchtet und daneben stand der Black Swan mit seiner vertrauten Fachwerkfassade und dem durchhängenden Dach. Wir konnten von innen Gelächter und Gespräche hören, obwohl die Sprossenfenster von den schweren Verdunkelungsvorhängen verdeckt wurden.

Es war voll im Pub, wir hatten Glück, einen Tisch zu ergattern. Brad holte an der Theke die Getränke, während wir unsere Mäntel ablegten. Im Kamin brannte nur ein schwaches Feuer, doch wurde der Raum durch die Menschen ausreichend erwärmt. Brad und Charlie waren nicht die einzigen Amerikaner im Black Swan; es hatte den Anschein, als sei er ein bei den Leuten von Rowan Woods sehr beliebter Pub, sogar ein paar GIs aus der Kaserne in der Nähe von Otley waren da. Sie waren laut und gestikulierten viel herum; auch schienen sie sich auf freundschaftliche Art oft zu schubsen und zu stoßen, wie es Kinder tun.

Brad kam mit sechs Gläsern auf einem Tablett zurück. Ich fragte mich, wer sich noch zu uns setzen würde. Gloria und ich tranken beide Gin, doch als Brad und Charlie nach den Biergläsern griffen und die kleinen Whiskys hineinschütteten, wurde unsere unausgesprochene Frage beantwortet. Eine weitere amerikanische Eigenart.

Wir stießen miteinander an und tranken, dann machte Brad wieder die Sache mit den Zigaretten und Charlie tat es ihm für mich nach.

»Was macht ihr hier?«, fragte Gloria.

»Ich bin Pilot«, antwortete Brad. »Und Charlie ist mein Navigator.«

»Ein Pilot! Wie aufregend. Woher kommst du?«

»Aus Kalifornien.«

Gloria klatschte in die Hände. »Hollywood!«

»Nein, nicht ganz. Aus einem kleinen Ort, der Pasadena heißt. Habt ihr wahrscheinlich noch nicht gehört.«

»Aber Hollywood musst du doch kennen!«

Brad lächelte und entblößte strahlend weiße Zähne. In Amerika musste es herrliche Zahnärzte geben, dachte ich, und die Leuten hatten offenbar genug Geld, um sie auch bezahlen zu können. »Zufälligerweise kenne ich es tatsächlich«, sagte Brad. »Bevor ich herkam, hab ich ein wenig als Kunstflieger beim Film gearbeitet.«

»Soll das heißen, dass du im Kino zu sehen warst?«

»Na ja, man kann mich nicht erkennen, aber, ich meine, eigentlich schon.« Er zählte einige Titel auf, wir kannten jedoch keinen davon. »Das will ich auch machen, wenn die Sache hier vorbei ist«, fuhr er fort. »Zurückgehen und richtig ins Filmgeschäft einsteigen. Mein Vater macht in Öl und will, dass ich ihm helfe. Sicher, da ist eine Menge Geld zu verdienen, aber das ist nicht das, was ich mir vorstelle. Ich will versuchen, ein richtiger Kunstflieger zu werden.«

Falls Gloria enttäuscht war, dass Brad weder Ölmillionär noch Filmstar werden wollte, so zeigte sie es nicht. Während die beiden angeregt über Filme und Hollywood plauderten, begannen Charlie und ich unser zögerliches Gespräch.

Bier und Whisky mussten ihm ein wenig die Zunge gelockert haben, denn er begann das Gespräch mit der Frage, was ich beruflich machte. Während ich antwortete, sah er mich unverwandt mit ernsthaftem Gesichtsausdruck an und nickte hin und wieder. Dann erzählte er mir, sein Vater sei Professor in Harvard, und er selbst habe kurz vor dem Krieg seinen Universitätsabschluss in Englisch gemacht, und wenn er zurückkäme, wolle er nach Harvard gehen und dort Jura studieren. Er fliege gerne, sagte er, aber das sei für ihn keine berufliche Perspektive.

Je länger wir uns unterhielten, desto mehr Gemeinsamkeiten fanden wir heraus – Jane Austen und Thomas Hardy beispielsweise, dann die Lyrik von T. S. Eliot. Und Robert Frost und Edward Thomas. Viele unserer jüngeren Dichter kannte er nicht, daher bot ich ihm an, ihm einige Ausgaben von *Penguin New Writing* mit Gedichten von MacNeice,

Auden und Day Lewis auszuleihen, und er erwiderte, er würde mir die Anthologie *American Harvest* von Tate und Bishop borgen, wenn ich sie pfleglich behandelte. Ich antwortete, dass ich einem Buch genauso wenig zuleide tun würde wie einem menschlichen Lebewesen, da musste er zum ersten Mal lächeln.

»Bist du verheiratet?«, hörte ich Brad Gloria fragen. »Ich meine, ich wollte nicht … verstehst du …«

»Schon in Ordnung. Ich war verheiratet. Aber mein Mann ist tot. In Burma gefallen. Wenigstens hoffe ich das bei Gott.«

Ich unterbrach unser Gespräch. Es stimmte, wir hatten an Matthews Tod glauben wollen, aber es bestand noch immer eine schwache Hoffnung, wenigstens bei mir, deshalb hielt ich ihre Antwort für eine sehr gemeine Bemerkung. Ich sagte es ihr.

Mit blitzenden Augen antwortete sie: »Also, du, Gwen, solltest besser als alle anderen wissen, dass ich Recht habe. Du liest doch die ganzen Zeitungen und hörst dir immer die Nachrichten an, oder nicht?«

»Doch.«

»Entschuldigung, das tut mir wirklich Leid«, mischte sich Brad ein, aber Gloria ignorierte ihn und starrte mich an.

»Also musst du auch wissen, was man über die Japaner sagt, wie sie ihre Kriegsgefangenen behandeln«, fuhr sie fort.

Ich musste zugeben, dass ich ein oder zwei ziemlich grausame Geschichten darüber gelesen hatte, dass die Japaner ihre Gefangenen angeblich schlugen und verhungern ließen, und glaubte man dem Außenminister Anthony Eden, dann waren die bevorzugten Beschäftigungen in Kriegsgefangenenlagern Folter und Enthauptung. Die *Daily Mail* schimpfte die Japaner »Affenmenschen«, behauptete, sie seien »Untermenschen« und sollten geächtet werden, nachdem man sie in ihr wüstes Land zurückgedrängt hatte. Ich wusste nicht, was ich glauben sollte. Wenn diese Geschichten stimmten, dann musste ich Gloria wohl Recht geben und inständig hoffen, dass Matthew tot war.

»Ich habe Freunde, die im Pazifik stationiert sind«, sagte Charlie. »Hab gehört, dass es da draußen ziemlich hart sein soll. Viele von diesen Geschichten stimmen.«

»Na ja, er ist sowieso tot«, sagte Gloria. »Deshalb kann ihm jetzt nichts mehr wehtun. Ach, das verdirbt uns die ganze Laune. Wollen wir nicht noch eine Runde trinken?«

Brad und Charlie fuhren uns im Jeep nach Hause. Charlie schien peinlich berührt zu sein, als Brad und Gloria bei der Feenbrücke begannen, sich leidenschaftlich zu küssen, doch brachte er den Mut auf, den Arm um mich zu legen. Wir gaben uns pflichtschuldig einen Abschiedskuss und verabredeten uns, um die Bücher zu tauschen. Brad sagte zu Charlie, er solle schon vorfahren, er käme später zu Fuß zum Stützpunkt zurück, dann folgte er Gloria ins Bridge Cottage.

* * *

Das indische Restaurant, das Ken Blackstone ausgesucht hatte, war ein winziger Laden auf der Burley Road mit roten Tischdecken und einem Perlenvorhang vor der Küche. Jedesmal wenn der Kellner hindurchging, klirrten die Perlen. Sitarmusik leierte aus den Lautsprechern unter der Decke und die Luft war erfüllt von Kumin- und Korianderduft.

»Hast du in den Berichten gefunden, was du gesucht hast?«, fragte Blackstone bei Poppadums, Samosas und Pakoras.

»Ich habe nichts Bestimmtes gesucht«, sagte Banks. »Elsie Patterson war sich nicht sicher, ob sie Gwen Shackleton mit den Einkäufen zurück ins Haus gehen sah, bevor oder nachdem sie den Schuss hörte. Sie dachte sogar, der Schuss könne ein fehlgezündetes Auto gewesen sein. Und sie war die einzige Zeugin. Sonst hat keiner an dem Tag Gwen oder Matthew gesehen. Die anderen Nachbarn waren arbeiten, die Kinder in der Schule.«

»Was sagte Gwen Shackleton bei der Vernehmung?«

Banks schluckte einen Mund voll Samosas herunter. Bis

jetzt war das Essen hervorragend, ganz wie Ken versprochen hatte. Es war weder zu fettig noch zu scharf, wie es in vielen indischen Restaurants in der fälschlichen Annahme, Chilischoten und Cayennepfeffer seien einfallsreiche Gewürze, zubereitet wurde. Banks überlegte, sich vielleicht auch mal an der indischen Küche zu versuchen und Annie zu einem vegetarischen Curry einzuladen. »Sie sagte nur, sie hätte Matthew tot im Sessel vorgefunden, als sie vom Einkaufen zurückkam.«

»Wurde das irgendwie bezweifelt? War sie eine Verdächtige?«

»Den Eindruck hatte ich nicht. Matthew Shackleton war seit dem Krieg als geistesgestört bekannt. Außerdem war er Alkoholiker. Er kam so zurecht, mehr oder weniger, aber er soff halt. Im Bericht steht, er hätte schon einen Selbstmordversuch hinter sich gehabt, hätte den Kopf in den Gasofen gesteckt. Ein Nachbar roch das Gas und rettete ihn. Im Krankenhaus wurde vorgeschlagen, ihn eine Zeitlang in der Psychiatrie zu lassen, das geschah dann auch, aber anschließend wurde er wieder nach Hause geschickt.«

»Warum nahm er beim ersten Mal nicht das Gewehr?«

»Keine Ahnung.«

»Aber früher oder später hätte er es eh geschafft, oder?«

»Sieht so aus.«

»Bist du anderer Meinung?«

»Nein. Obwohl wahrscheinlich die Möglichkeit besteht, dass nachgeholfen wurde, weil er für seine Schwester zu einer unerträglichen Belastung geworden war. Vergiss nicht, Gwen hatte zuerst ihre Mutter gepflegt und dann noch den Bruder. Kein besonders tolles Leben für ein junges Mädchen, oder? Egal, wenn Elsie Patterson wirklich Gwen ins Haus gehen sah, bevor der Schuss abgegeben wurde, dann ist es möglich, dass Gwen neben ihm stand und das Ganze geschehen ließ.«

»Auch ein Verbrechen.«

»Ja, aber schon mehr als vierzig Jahre her, Ken. Und wir würden es nie beweisen können.«

»Nur wenn Gwen Shackleton gestehen würde.«

»Warum sollte sie das tun?«

»Weil sie die Schuld jahrelang mit sich herumgetragen hat? Weil sie sich erleichtern will, bevor sie endgültig vor dem Allmächtigen steht? Keine Ahnung. Wer weiß, warum man etwas gesteht? Und trotzdem tut man es.«

Der Hauptgang wurde serviert: Aloo Gobi, Rogan Josh und King Prawns mit Reis-Pilaw, Limonen-Chutney und Chapatis. Sie bestellten Bier nach.

Banks blickte Blackstone an. *Süß*, hatte Annie gesagt. Süß war das Letzte, was Banks in den Sinn kam. Elegant, ja – sogar distinguiert. Aber süß? Egal wo Blackstone war – in einem Studententreff, in einem finsteren Pub, einem Fünf-Sterne-Restaurant, auf dem Revier –, immer war er tadellos gekleidet in seinen besten Anzug von Burtons mit Nadelstreifen oder Fischgrätmuster, dazu das seidene Einstecktuch mit seinem Monogramm in der Brusttasche und so akkurate, zarte Bügelfalten, dass sie von einem japanischen Origami-Falter hätten geknickt sein können. Ein frisch gestärktes weißes Hemd, die Krawatte im gedämpften Farbton zu einem sauberen Windsorknoten geschlungen. Dünner werdendes rotblondes Haar lockte sich um die Ohren und auf seiner geraden Nase hockte die Brille mit dem Drahtgestell.

»Was ist mit der Spurensicherung?«, fragte Blackstone.

»Ein einziger Schuss in den Mund. Pustete das Gehirn an die Wand wie Pudding. Keine Anzeichen für einen Kampf. Leere Whiskeyflasche neben dem Stuhl. Der Schusswinkel bestätigte ebenfalls die Selbstmordtheorie.«

»Abschiedsbrief?«

»Ja. Auch echt, glaubt man der Spurensicherung.«

»Na, was stört dich dann?«

Banks probierte sein Curry und spülte es herunter, bevor er antwortete. Schon breitete sich von Mund und Magen eine angenehme Wärme im Rest des Körpers aus. Das Curry war genau scharf genug, um ihn leicht schwitzen zu lassen, die Geschmacksknospen jedoch nicht zu verbrennen. »Eigentlich nichts. Von einer normalen Neugier mal abgesehen, bin ich nicht sonderlich daran interessiert, ob Gwen

Shackleton ihrem Bruder beim Selbstmord half oder nicht. Aber ich würde gerne wissen, ob er Gloria Shackleton umgebracht hat.«

»Vielleicht konnte er nicht mit dem Schuldgefühl leben?«

»Dachte ich auch zuerst.«

»Und jetzt?«

»Nein, das ist immer noch die wahrscheinlichste Erklärung. Gwen Shackleton ist die Einzige, die uns das sagen kann.«

»Was ist aus ihr geworden? Lebt sie noch?«

»Das ist auch interessant. Elsie Patterson ist überzeugt, dass sie Vivian Elmsley ist.«

Blackstone pfiff und zog die schmalen, gebogenen Augenbrauen hoch. »Die Schriftstellerin?«

»Genau die.«

»Und, was meinst du?«

»Ich weiß es nicht. Möglich ist es, nehme ich an. Die Pattersons meinten, ihnen wäre aufgefallen, dass Gwen sehr belesen war, und alle, die sich an sie erinnern, sagen, sie wär ein richtiger Bücherwurm gewesen. Annie will sich noch erkundigen, aber eigentlich gibt es nur eine Möglichkeit, das herauszufinden, oder? Wir müssen mit ihr reden. So wie Glorias Sohn – wenn er noch lebt – hat sie sich bis jetzt jedenfalls nicht mit uns in Verbindung gesetzt, und wir haben landesweit Appelle ausgestrahlt. Schwer vorzustellen, dass es viele gibt, die noch nichts von der Geschichte gehört haben.

»Wenn es sie denn ist, könnte das bedeuten, dass sie einen Grund dafür hat, nicht an die Öffentlichkeit zu treten.«

»Genau. Schuldige Geheimnisse.«

»Hieß nicht eins von ihren Büchern so?«

Banks lachte. »Ja? Keine Ahnung, ich hab keins davon gelesen.«

»Ich aber«, sagte Blackstone. »Und ich hab sie im Fernsehen gesehen. Sie ist wirklich eine sehr begabte Schriftstellerin. Hat natürlich keine Ahnung, wie es bei uns wirklich zugeht, aber das hat ja keiner.«

»Sonst wären die Bücher auch ziemlich langweilig.«

»Wohl wahr.«

Blackstone bestellte noch zwei Lager. Er blickte auf die Uhr. »Sollen wir danach die Stadt unsicher machen?«, fragte er.

»Gut.«

»Wie geht's den Kindern?«

»Gut, glaube ich. Na ja, Tracy wenigstens.«

»Und Brian?«

»Der dumme Kerl hat grad sein Examen verbockt, hat nur einen Abschluss dritter Klasse geschafft.«

Blackstone, der einen Abschluss in Kunstgeschichte hatte, runzelte die Stirn. »Gibt's dafür einen besonderen Grund? Du gibt's dir doch nicht selbst die Schuld daran, oder? Die Trennung? Stress?«

Banks schüttelte den Kopf. »Nein, eigentlich nicht. Ich glaube, er hat einfach irgendwie das Interesse am Thema verloren und was gefunden, das ihn mehr fesselt.«

»Musik?«

»Hm. Er spielt in einer Band. Sie wollen was Richtiges draus machen.«

»Schön für ihn«, sagte Blackstone. »Ich hätte gedacht, du fändest das gut.«

»Das ist ja die Scheiße, Ken, ich finde es gut. Nur, als er mir das erzählt hat, da hab ich ein paar Sachen gesagt, die mir jetzt Leid tun. Und jetzt erwische ich ihn einfach nicht, um ihm das zu erklären. Die sind irgendwo auf Tour.«

»Versuch's weiter. Mehr kannst du nicht machen.«

»Ich hab geredet wie meine eigenen Eltern. Da sind mir eine Menge Sachen wieder hochgekommen, worüber ich jahrelang nicht richtig nachgedacht habe, zum Beispiel warum ich mich so entschieden habe und nicht anders.«

»Möchtest du Antworten?«

Banks lächelte. »Wenn's schnell geht …«

»Jede größere Veränderung im Leben lässt einen nach innen schauen. Das ist eine Phase, die man durchmacht.«

»Hast wohl wieder eine Menge Selbsthilfebücher gelesen, was?«

Blackstone grinste. »Die Früchte der Erfahrung, Junge. Dieser Sergeant, nach der du mich gefragt hast, mit der du zusammen in Millgarth warst? Wie hieß sie noch mal?«

»Annie. Annie Cabbot.«

»Sieht gut aus, die Frau.«

»Glaub schon.«

»Hast du was mit ihr?«

Banks schwieg. Wenn er Ken Blackstone die Wahrheit sagte, wäre es genau einer zu viel, der von ihnen wusste. Aber warum sollte er es geheim halten? Warum lügen? Ken war ein Freund. Er nickte unmerklich.

»Ist es ernst?«

»Jetzt mach mal 'nen Punkt, Ken, ich kenne sie erst seit einer Woche.«

Blackstone hielt die Hände hoch. »Schon gut, schon gut. Ist sie die Erste seit Sandra?«

»Ja. Na, abgesehen von einem Fehler zwischendurch. Ja, warum?«

»Sei einfach vorsichtig, sonst nichts.«

»Wie bitte?«

Blackstone lehnte sich auf dem Stuhl zurück. »Du bist noch verletzlich, das will ich sagen. Es dauert eine Weile, bis man eine so lange, tiefgehende Beziehung wie zwischen dir und Sandra überwunden hat.«

»Ich weiß gar nicht, ob die wirklich so tief ging, Ken. Langsam denke ich, dass ich es nur glaubte, weil ich es glauben wollte, und dabei die großen Warnschilder übersehen hab.«

»Egal. Ich will nur sagen, wenn jemand so etwas wie du durchmacht, dann ist er am Ende entweder lange Zeit sauer auf Frauen oder sehnt sich nach dem zurück, was er mal hatte. Oder beides. Wenn er sauer ist, vögelt er wahrscheinlich eine nach der anderen. Aber wenn er sich nach dem Vergangenen zurücksehnt, dann sucht er eine neue Frau als Ersatz für die alte und dann ist sein Urteilsvermögen nicht unbedingt auf der Höhe. Wenn er beides fühlt, dann fängt er sofort eine neue Beziehung an und setzt sie so richtig in den Sand, und anschließend fragt er sich, warum das alles so traurig enden musste.«

Banks schob seinen Stuhl nach hinten und stand auf. »Gut, vielen Dank, Herr Amateurpsychologe, aber wenn ich einen fachmännischen Rat vom Seelenklempner brauche …«

Blackstone griff nach Banks' Arm. »Alan! Setz dich wieder hin. Bitte. Ich sag doch nichts anderes, als dass du auf die Fußangeln achten sollst.« Er grinste. »Außerdem hast du einen so dicken Kopf, dass du sowieso immer tust, was du willst, das weiß ich doch. Ich sag doch nur, dass du dir überlegen sollst, was du willst und warum. Pass auf, was passiert. Mehr Weisheiten hab ich nicht zu bieten. Du bist mir immer so vorgekommen, als wärst du tief im Innern ein bisschen romantisch.«

Banks zögerte, unschlüssig, ob er gehen oder Blackstone eine scheuern sollte. »Was meinst du damit?«

»Du bist die Sorte Polizist, die sich um jedes Opfer immer ein bisschen zu sehr sorgt. Die Sorte Mann, die sich ein klein bisschen in jede Frau verliebt, mit der er ins Bett steigt.«

Banks kniff die Augen zusammen. »Ich habe nicht mit besonders viel Frauen geschlafen«, sagte er. »Und was …«

»Setz dich wieder, Alan. Bitte.«

Banks zögerte noch einen Moment. Als er spürte, dass sich die Wut verflüchtigte, nahm er wieder Platz.

»Was hält sie denn von der ganzen Sache?«

Banks griff nach seinen Zigaretten. Er fühlte sich unwohl, so als säße er auf dem Stuhl eines Zahnarztes und Blackstone bohrte an einem besonders empfindlichen Nerv herum. Er hatte nie besonders gut über seine Gefühle sprechen können, nicht mal mit Jenny Fuller, und die war schließlich Psychologin. Eine Eigenschaft, die er mit den meisten seiner Freunde gemein hatte und ihn auf besondere Weise mit den Männern in Yorkshire verband. Er hätte nicht vergessen sollen, dass Ken Blackstone sich gern ein bisschen intellektuell gab, Freud und Ähnliches las. »Weiß ich nicht«, antwortete er. »Hab sie nicht gefragt. Darüber haben wir noch nicht richtig gesprochen.«

Blackstone machte eine Pause. Banks zündete sich eine Zigarette an. Ein Abend, wie dieser Form anzunehmen schien, mochte ihn wohl sein Limit überschreiten lassen. »Alan«, fuhr Blackstone fort, »vor zehn Monaten dachtest du noch, du hättest eine stabile Beziehung von mehr als zwanzig Jahren Dauer, ein Haus, Kinder, alles was dazugehört. Dann wird dir plötzlich der Boden unter den Füßen weggezogen, und du merkst, dass du nichts dergleichen hast. Die emotionalen Auswirkungen einer solchen Erschütterung verschwinden nicht einfach über Nacht, Mann, das kann ich dir sagen. Und glaub mir, ich spreche aus Erfahrung. Es dauert Jahre, bis man das überwunden hat. Genieß dein Leben. Interpretier nicht mehr hinein, als da ist. Dafür bist du noch nicht reif. Verwechsle Sex nicht mit Liebe.« Er schlug auf den Tisch. »Scheiße, jetzt höre ich mich wirklich wie ein Hobbypsychologe an. Eigentlich wollte ich gar nicht darüber reden.«

»Warum hast du dann damit angefangen?«

Blackstone lachte. »Keine Ahnung. Vielleicht, weil ich das alles schon selbst mitgemacht habe? Ein bisschen Selbsttherapie? Wahrscheinlich habe ich mehr über mich als über dich geredet, wie immer. Vielleicht bin ich nur neidisch. Vielleicht hätte ich auch nichts dagegen, mit einem attraktiven jungen Sergeant zu pennen. Weiß Gott, das ist schon verdammt lang her. Hör einfach nicht auf mich.«

Banks leerte sein Glas und stellte es langsam ab. »Hör mal, Ken, ich verstehe, was du meinst, wirklich, aber wenn ich ehrlich bin, ist sie die erste Frau seit Sandra, bei der ich mich wohl fühle. Nein, wohl fühlen ist nicht der richtige Ausdruck. Annie ist nicht unbedingt eine Frau, bei der man sich wohl fühlen muss. Sie ist ein bisschen komisch. Irgendwie frei. Sehr zurückhaltend. Scheißegal, es ist das erste Mal, dass ich mich frei genug fühle, mich auf etwas einzulassen, egal was kommt.«

Blackstone lachte und schüttelte langsam den Kopf. »Hört sich an, als hätte es dich schwer erwischt.« Er sah auf die Uhr. »Was meinst du, stürzen wir uns ins Nachtleben von Leeds und lassen uns so richtig volllaufen?«

Banks grinste. »Das ist der beste Vorschlag, den du heute Abend gemacht hast. Also los!«

»Und zu Hause habe ich für hinterher noch einen schönen Single Malt versteckt.«

»Noch besser. Los geht's!«

* * *

Endlich wich der Winter einem langsamen Frühling mit Schneeglöckchen in Rowan Woods und schließlich Glockenblumen, Krokussen und Narzissen. Brad und Charlie waren nun unsere ständigen »Kavaliere«, und Billy Joe, der schmollte, als er merkte, dass er Gloria an einen Piloten verloren hatte, sahen wir nur noch selten.

Anders als die Engländer schienen die Amerikaner ihre Dienstgrade lockerer zu sehen. Ich nehme an, der Grund dafür liegt in unserem Klassensystem, das uns von Geburt an eingetrichtert wird, während alle Amerikaner gleich sind, sagen sie wenigstens. Das muss schön sein für sie; für uns wäre es wahrscheinlich verwirrend. Wenn Offiziere und einfache Soldaten zusammen essen, trinken und untergebracht sind, ist das eine Sache, aber es ist ganz etwas anderes, wenn ein Leutnant einem einfachen Feldwebel das Mädchen ausspannt.

Ich hatte Angst, dass Billy Joe sich wieder schlagen würde, er war ja aggressiv veranlagt, aber er fand bald ein neues Mädchen und sprach sogar wieder mit uns, wenn wir uns beim Tanzen oder im Pub trafen. Einmal belästigte er Gloria, sie solle zu ihm zurückkehren oder wenigstens noch einmal mit ihm schlafen, aber sie konnte ihn auf Abstand halten, obwohl sie etwas getrunken hatte.

PX blieb für uns natürlich lebenswichtig, deshalb bemühten wir uns, ihn uns weiterhin warm zu halten. Da keine von uns mit ihm gegangen war, gab es für uns keinen Anlass zu glauben, unsere neue Beziehung zu Brad und Charlie könne sich auf die alte Freundschaft auswirken, und es sah auch nicht danach aus.

Ich will nicht behaupten, dass meine Affäre mit Charlie eine leidenschaftliche Angelegenheit war, aber wir wurden mit der Zeit weniger unbeholfen, was die körperliche Seite anging, und so wurde er der erste Mann, mit dem ich schlief. Er war zärtlich, geduldig und feinfühlig, genau das, was ich brauchte, und so freute ich mich mit der Zeit auf die Stunden, die wir mit freundlicher Genehmigung von Gloria zusammen im Bett von Bridge Cottage verbrachten.

Unsere Beziehung blieb auf intellektueller Ebene wichtiger; mit Hingabe tauschten wir Bücher aus: Forster, Proust, Dostojewski. Aber Charlie war gar kein trockener Langeweiler; er tanzte gern und war ein riesiger Fan von Humphrey Bogart. Er nahm mich mit in *Casablanca* und *Der Malteser Falke*, obwohl er beide Filme schon gesehen hatte. Auch begeisterte er sich viel mehr für klassische Musik als ich und manchmal besuchten wir Konzerte. Einmal, das weiß ich noch, gingen wir die ganze Strecke nach Huddersfield zu Fuß, um uns Benjamin Britten anzusehen, der seine *Hymn to St. Cecilia* persönlich dirigierte.

Bei all der Abwechslung machten wir uns wahrscheinlich an den Menschen schuldig, die in den schlimmsten Tagen nach Matthews Verschwinden zu uns gestanden hatten, insbesondere Michael Stanhope. Wir machten es ein wenig gut bei ihm, als er eine Ausstellung in Leeds hatte. Charlie und ich dehnten den Besuch übers Wochenende aus und übernachteten im Metropole Hotel.

Charlie, der viel mehr von Malerei verstand als ich, lobte die Ausstellung in den Himmel, und ich glaube, Mr. Stanhope war ziemlich von ihm eingenommen. Selbst Gloria besuchte Mr. Stanhope im Sommer und Herbst in seinem Atelier weitaus häufiger als zuvor.

Ich versuchte, mir die Gefahren nicht vor Augen zu führen, die Charlies Beruf mit sich brachte, und er für seinen Teil schien auch nie darüber sprechen zu wollen. In den Stunden, wenn wir zusammen lasen oder uns liebten, rückte der Krieg in weite Ferne, obwohl er sonst schwer zu ignorieren war. Die Amerikaner flogen tagsüber gezielte Bombenangriffe auf Deutschland, oft ohne Jagdschutz, ihre Verluste waren entsetzlich hoch. Jetzt hörte ich das Dröhnen der startenden Flugzeuge nicht mehr nach Einbruch der

Dunkelheit, sondern am Morgen. Die Fliegenden Festungen waren viel lauter als die Flugzeuge der RAF vorher. Gegen fünf Uhr morgens, wenn ich normalerweise sowieso aufwachte, ließen sie die Motoren warm laufen. Dann lag ich im Bett, genoss noch ein paar Minuten Wärme und stellte mir vor, wie Charlie seine Karten prüfte und sich auf den nächsten Angriff vorbereitete.

Charlie erzählte mir, dass sie in zwanzigtausend Fuß Höhe bei Temperaturen zwischen minus 30 und 45 Grad Celsius flogen. So eine Kälte konnte ich mir gar nicht vorstellen. Er musste lange Wollunterwäsche und einen elektrisch beheizten Fliegeranzug unter seiner mit Wolle gefütterten Lederjacke tragen. Ich musste lachen, als er sagte, er brauche eine halbe Stunde, um sich auszuziehen und zu mir ins Bett zu kommen.

Und so ging das Leben weiter. Bücher. Bett. Bilder. Tanz. Konzerte. Gespräche. In dem Jahr begann die doppelte Sommerzeit am zweiten April und schenkte uns lange Frühlingsabende, an denen wir spazieren gingen und in Rowan Woods Wildblumen pflückten oder unten am Fluss faulenzten. Im Mai, als es wärmer wurde, saßen wir oft am Ufer des Harksmere-Stausees und lasen uns gegenseitig Coleridge und Wordsworth vor. Wir machten Picknick mit Sandwiches aus Dosenfleisch und eingelegten Krabben an der Uferböschung vor The Edge.

Mutter mochte Charlie, das merkte ich, obwohl sie nicht viel sagte. Tat sie nie. Matthews Verschwinden hatte ihr den Wind aus den Segeln genommen. Aber Charlie schenkte ihr Fruchtbonbons und Schokoladenriegel von Hershey und sie bedankte sich und aß alles auf.

Nach der Aufregung um die Landung in der Normandie kehrte bald die Wirklichkeit zurück: der Sommer der V1-Raketen. In Hobb's End machten wir nur einmal Bekanntschaft mit einer V1, die sich völlig verirrt hatte.

Ich unterhielt mich gerade mit Cynthia Garmen auf der Feenbrücke. Es war ein typischer schwüler Julitag, die schweren bleiernen Wolken kündigten ein Gewitter an. Wir redeten gerade über die Niederlage der Japaner bei Imphal und bedauerten, dass Matthew das nicht hatte miterleben können, da hörten wir ein fürchterliches Geräusch am Himmel, es klang wie ein Motorrad ohne Schalldämpfer. Plötzlich begann es zu stottern. Dann herrschte eine schreckliche Stille. Nun konnten wir sie schon sehen, eine dunkle spitze Form, die sich still in einem Bogen der Erde entgegenneigte.

Glücklicherweise schlug sie in eins der Felder zwischen Hobb's End und Harkside ein, ohne zu explodieren, und als wir herbeigelaufen kamen, um zu sehen, was passiert war, hatten die lokalen Mitarbeiter des Luftschutzes das Gebiet bereits abgesperrt und warteten auf die Ankunft des Bombenräumkommandos.

Wir waren weiterhin auf dem Vormarsch, langsam wurde die Lage besser. Statt einer Verdunkelung gab es ab September nur noch zeitweilige Verdunkelung, aber die meisten ließen die Vorhänge dennoch an Ort und Stelle und kamen erst im folgenden Jahr dazu, sie abzunehmen. Zum Herbst hin versetzte uns die Aussicht auf den Sieg in ein Hochgefühl, doch hatten wir keine Ahnung, was für ein bitterer Winter uns bevorstand.

* * *

Um zehn Uhr abends war Annie so aufgewühlt, dass nicht einmal ein großes Glas Wein sie beruhigen konnte.

Sie kannte einen Teil ihres Problems: Banks. Als er ihr gesagt hatte, er würde mit einem Kumpel auf Sauftour gehen und nicht mit ihr zu Abend essen, hatte sie sich tatsächlich darüber aufgeregt. Sie war enttäuscht, dass er lieber mit jemand anderem trinken ging, als mit ihr zusammen zu sein, und das in dieser frühen und so heiklen Phase ihrer Beziehung. Sicher, sie selbst hatte vorgeschlagen, ihre Treffen auf das Wochenende zu beschränken, aber es war ebenfalls sie gewesen, die diese Regel am Abend zuvor verletzt hatte. Warum konnte er das heute nicht ebenfalls tun?

Aber immerhin hatte sie ihre Zeit nicht vergeudet.

Die lange Fährte, die sie am Mittwoch am Telefon ausgelegt hatte, brachte jetzt endlich etwas.

Zuerst hatte sie die Erkenntnis gewonnen, dass man eher eine vollständig bekleidete Frau in der *Sunday Sport* fand, als eine Information von der amerikanischen Botschaft zu bekommen. Die Angestellten waren höflich – unerträglich höflich –, aber sie wurde fast eine geschlagene Stunde lang von einem Bürohengst zum nächsten verwiesen, bis ihr schließlich die Ohren schmerzten und sie eine Abneigung gegen herablassende, argwöhnischen Amerikaner entwickelt hatte, die sie »Ma'am« nannten.

Am Ende des Tages hatte sie herausgefunden, dass die stationierten Soldaten in Rowan Woods Ende 1943 Angehörige der 8. Luftflotte der Vereinigten Staaten gewesen sein mussten und dass keine große Wahrscheinlichkeit bestand, dass es vor Ort Aufzeichnungen darüber gab, wer dazugehört hatte. Einer der hilfsbereiteren Angestellten schlug ihr vor, sie sollte es doch einmal bei der US Air Force in Ramstein versuchen, und gab ihr die Nummer.

Nach der Rückkehr von der Sozialbausiedlung in Leeds rief sie, obwohl es schon später Nachmittag war, in Ramstein an und erfuhr, dass sich sämtliche Unterlagen über das Personal der Air Force im Zentralen Personalarchiv in St. Louis, Missouri, befanden. In St. Louis war es durch die Zeitverschiebung sechs Stunden früher als in Harkside. Also musste es dort jetzt Mittag sein.

Nachdem sie noch mehrmals vertröstet und abrupt gebeten worden war, »bitte nicht aufzulegen«, wurde sie zu einer Frau namens Mattie durchgestellt, die ihren Akzent einfach »entzückend« fand. Sie unterhielten sich eine Zeit lang über das Wetter – in St. Louis regnete es in Strömen – und andere Dinge, dann nahm Annie allen Mut zusammen und fragte nach dem, was sie wissen wollte.

Da sie eine Art militärisches Tarnmanöver erwartete, war sie angenehm überrascht, als Mattie ihr sagte, das wäre kein Problem, das Archiv sei generell für die Öffentlichkeit zugänglich, sie würde sehen, was sie tun könne. Als Annie die Anfangsbuchstaben »PX« erwähnte, lachte Mattie und erklärte, dass das der Mann mit dem Laden gewesen sein dürfte. Auch warnte sie Annie, einige Unterlagen könnten vor einigen Jahren bei einem Feuer verbrannt worden sein, aber falls sie Rowan Woods noch hätte, würde sie ein Fax vorbereiten, das über Nacht an sie rausgehen würde. Dann hätte es Annie am nächsten Morgen. Annie dankte ihr überschwänglich und war auf dem Heimweg seltsamerweise zufrieden mit sich.

Aber es dauerte nicht an.

Wenn sie so nervös und unruhig war wie jetzt, machte sie manchmal eine Spritztour mit dem Auto – und genau das tat sie jetzt auch. Ohne sich etwas überlegt zu haben, nahm sie die Straße, die aus Harksmere in westliche Richtung hinausführte, und bog rechts ab, als sie die Kreuzung nahe des Thornfield-Stausees erreichte.

Da war ihr aber schon klar geworden, dass Banks nicht das Problem war – *sie* war es. Sie selbst kotzte sich an, weil sie sich über ihn aufregte. Sie benahm sich wie ein dummes verknalltes Schulmädchen. Verletzlich. Verletzt. Mach dir nichts vor, Annie, sagte sie zu sich, eine ganze Zeit ist das Leben für dich ziemlich einfach gewesen, lief ziemlich systematisch ab. Kein richtiges Hoch, kein richtiges Tief. Nur an dich selbst musstest du denken. Unkompliziert, aber auch langweilig.

Sie hatte sich in einer abgelegenen Ecke von Yorkshire vor dem Leben versteckt, hatte ihre Gefühle vor der harten Welt geschützt, die sie »draußen« kennen gelernt hatte. Wenn man sich diesem Leben wieder öffnete, konnte es manchmal verwirrend und schmerzhaft sein, so als öffne man die Augen bei grellem Licht. Die Gefühle sind zart und ungeschützt, man reagierte empfindsamer als sonst auf all die Nuancen des Lebens, auf seine kleinen Verletzungen und Demütigungen. Und genau das ging hier vor sich. Gut, immerhin das war ihr klar. So viel zum Coolsein, Annie, so viel zur Distanz.

Ein unförmiger Mond hing tief im Westen am Himmel, durch den zunehmenden Dunst aufgebläht und platt gedrückt zu einer roten Wurst. Sonst fiel kein Licht auf die

Straße, die auf beiden Seiten von hohen dunklen Bäumen gesäumt wurde. In ihren Scheinwerfern sah sie Dutzende von Kaninchen.

Sie hielt auf dem Parkplatz und stellte den Motor ab. Stille. Als sie ausstieg und in der warmen Nachtluft stand, kehrte langsam der Frieden in sie zurück. Ihre Probleme schienen sich zu verflüchtigen; so oder so – sie wusste, dass sie sich klären würden.

Annie war gern nachts allein mitten in der Natur, wenn man höchstens in der Ferne ein Auto fahren hörte, das Geraschel eines kleinen Tieres vernahm und nur die dunklen Umrisse von Bäumen und Hügeln sah, vielleicht einige kleine Lichter von Bauernhäusern auf Hügeln in der Ferne. Noch lieber mochte sie das Meer bei Nacht – den unbarmherzigen Rhythmus der Wellen, das Zischen und Saugen, die Reflektion des Mondlichts, das auf dem anschwellenden Wasser schaukelte und verzerrt wurde und sich in den Wellenkämmen fing. Aber das Meer war fünfzig Meilen entfernt. Im Moment musste sie sich mit dem Wald begnügen. Es wirkte immer noch auf den instinktiven, ursprünglichen Teil von ihr.

Sie schlug den kleinen Pfad nach Hobb's End ein, trat vorsichtig auf wegen der knorrigen Baumwurzeln, die ihn hier und da kreuzten, und wegen der Steine, die sich durch den Boden schoben. Es fiel kaum Mondlicht durch den Baldachin aus Ästen über ihr, nur hin und wieder entdeckte sie einen rotsilbernen Streifen Licht zwischen den Zweigen. Sie roch den lehmigen, erdigen Geruch von Bäumen und Büschen. Eine leichte Brise strich durch das obere Blattwerk.

Als Annie den Abhang erreichte, blieb sie stehen und sah auf die Ruinen von Hobb's End hinunter. Es war nicht schwer, die dunkle Skelettform mit der Wirbelsäule und den Rippen zu erkennen, doch irgendwie wirkten die Ruinen mit der leicht gekrümmten High Street und dem ausgetrockneten Flussbett eher wie verfallene Zahnstummel in einem feixenden Gesicht.

Annie rutschte die Böschung hinunter und näherte sich der Feenbrücke. Von dort sah sie den Fluss entlang, und das blutrote Mondlicht spiegelte sich in den wenigen Pfützen, die noch im schlammigen Flussbett standen. Sie ging an den Überresten von Bridge Cottage und dem Schuppen vorbei, in dem Glorias Skelett gefunden worden war. Die gesamte Umgebung war umgegraben und aus Sicherheitsgründen abgesperrt worden. Die Spurensicherung vom Präsidium in Eastvale hatte ihr eigenes Absperrband mitgebracht. Sie ging die ehemalige High Street hinunter.

Dabei versuchte sich Annie die Szene von Michael Stanhopes Gemälde vorzustellen: Lachende Kinder planschten im seichten Fluss, eine Gruppe Frauen tratschte vor einem Laden, der Schlachterjunge fuhr blitzschnell mit seiner blutverschmierten Schürze, die große junge Frau rückte die Zeitungen im Ständer zurecht. *Gwynneth Shackleton.* Das war sie also. Warum war ihr das nicht früher aufgefallen? Irgendwie versetzte sie die Erkenntnis, dass Stanhope auch Gwen Shackleton in seinem Bild verewigt hatte, in Erregung.

Sie blickte auf die Ruinen rechts von sich hinunter und sah, wo einmal ein alleinstehendes Cottage mit einem kleinen Garten gewesen war, wo einst eine Häuserreihe direkt an den Bürgersteig gegrenzt hatte. Hier führte ein Durchgang zum Hof des Gerbers; hier war der Zeitschriftenladen der Shackletons, da der Schlachter, und ein bisschen weiter unten an der Straße stand das Shoulder of Mutton, dessen Schild im Winde ächzte und schwang.

Während sie auf die Flachsmühle zumarschierte, kam ihr das alles so wirklich vor, dass sie sich des Eindrucks nicht erwehren konnte, schon lange leise Stimmen zu hören, die flüsternd Geheimnisse austauschten. Sie überquerte die Straße, die zur alten Kirche führte und befand sich dann am westlichen Rand des Dorfes, wo die Häuser aufhörten und die Landschaft zur Mühle hin anstieg.

Sie blieb stehen, sog die Luft tief ein und merkte, dass sie unbedingt wissen wollte, was hier passiert war, und zwar genauso sehr wie Banks. Ohne dass sie es gewollt oder gewünscht hätte, hatten Hobb's End und seine Vergangenheit sie eingenommen, hatten sich in ihr Bewusstsein gedrängt und waren Teil ihres Lebens geworden. Das war in der gleichen Zeit geschehen, in der auch Banks zu einem Teil ihres Lebens geworden war. Sie wusste, dass diese beiden Ereignisse für immer in ihrem Kopf miteinander verbunden sein würden, wie auch immer es weiterging.

Als sie ihn letztens auf sein Verhältnis zu dem Fall angesprochen hatte, hatte sie nicht einmal den Versuch gemacht, ihres zu erklären. Es lag nicht am Krieg, sondern weil sie sich mit Gloria identifizierte. Diese Frau hatte gekämpft und es gewagt, zu einer Zeit ein bisschen anders zu sein, als so ein Verhalten nicht gebilligt wurde. Sie hatte ihre Eltern verloren, hatte dann den Vater ihres Kindes entweder verlassen oder war von ihm verstoßen worden, sie war an diesen abgelegenen Ort gekommen, hatte eine schwere Arbeit angenommen und sich verliebt. Dann hatte sie ihren Mann im Krieg verloren, musste jedenfalls davon ausgehen. Falls Gloria noch gelebt haben sollte, als Matthew zurückkam, musste sie einem Fremden gegenübergestanden haben. Was auch immer dann passierte – jemand erdrosselte sie, stach fast zwanzig Mal auf sie ein und vergrub sie unter einem Schuppen. Und niemand versuchte herauszufinden, was ihr zugestoßen war.

Plötzlich nahm Annie eine Bewegung wahr und sah jemanden über die Feenbrücke in Richtung Parkplatz huschen. Ihr wurde eiskalt. In dem Moment wurde sie wieder ein kleines Mädchen, das Angst im Dunkeln hatte und bereit war zu glauben, dass Hexen, Dämonen und Kobolde in Hobb's End ihr Unwesen trieben. Sie stand am anderen Ende des Dorfes, daher konnte sie nicht mehr erkennen als einen flüchtenden Umriss.

Sie fand ihre Stimme wieder und rief laut. Keine Antwort. Die Person lief den Abhang hinauf und verschwand im Wald. Annie nahm die Verfolgung auf. Mit jedem Schritt gewann die Polizistin in ihr wieder Oberhand über das verängstigte, abergläubische Mädchen.

Als sie die Böschung hinaufgekraxelt war und auf den Wald zulief, hörte sie die Zündung eines Autos hinter sich. Es gab zwei kleine Parkplätze, die durch eine hohe Hecke voneinander getrennt waren, die Person musste ihren Wagen also auf dem anderen abgestellt haben, sonst hätte Annie sie früher bemerkt.

Sie steigerte ihre Geschwindigkeit noch einmal, doch als sie die Straße erreichte, sah sie nur noch die Rücklichter in der Ferne. Trotz des Mondlichts konnte sie nur erkennen, dass das Auto eine dunkle Farbe hatte. Sie beugte sich vor, die Hände auf die Knie gestützt, kam wieder zu Atem und fragte sich, wer um alles in der Welt sich so bemühte, nicht erkannt zu werden.

12

* * *

»Er hat um meine Hand angehalten«, wiederholte Gloria.

»Das glaube ich dir nicht«, erwiderte ich.

»Na, du kannst ihn ja selbst fragen. Es stimmt.«

Das neue Jahr, 1945, war noch nicht alt, und ich war eines Abends ins Bridge Cottage gegangen, um zu sehen, wie es Gloria ging. Über Weihnachten hatte sie eine schlimme Erkältung gehabt – sie hatte nicht einmal zu Alice Pooles Abschiedsparty kommen können –, und der Arzt sagte, sie hätte sich beinahe eine Lungenentzündung geholt. Obwohl sie schwach und blass war und etwas abgenommen hatte, schien sie auf dem Weg der Besserung zu sein.

»Du hättest mal meine Nase sehen sollen, als er seinen Antrag machte. Die war rot und wund.«

Ich lachte. Es war schön, über etwas lachen zu können. Weihnachten war eine trübe Angelegenheit gewesen, nicht nur weil es das kälteste Fest war, an das ich mich erinnern konnte, sondern weil der Vormarsch unserer Truppen, für die es bisher so gut gelaufen zu sein schien, in den Ardennen ins Stocken geraten war. Alice konnte sich nicht beklagen. Ihr Eric war dort verwundet und nach Hause geschickt worden. Aber wie lange wollte sich dieser erbärmliche Krieg noch hinziehen? Merkte denn keiner, dass wir alle längst genug hatten? Manchmal überkam mich das Gefühl, dass es nie ein Leben zu Friedenszeiten gegeben hatte.

»Was hast du geantwortet?«, fragte ich.

»Ich hab ihm gesagt, ich würde drüber nachdenken, aber

dass er warten müsse, bis der Krieg vorbei ist, bis wir genau wissen, was mit Matt ist.«

»Liebst du ihn denn?«

»Irgendwie schon. Nicht … ähm, ich meine, ich glaube eigentlich nicht, dass ich jemanden so lieben könnte, wie ich Matt geliebt habe, aber Brad und ich kommen gut miteinander zurecht, im Bett und auch sonst. Ich bin gern mit ihm zusammen. Und er behandelt mich gut. Wenn der Krieg vorbei ist, will er mich mit nach Hollywood nehmen.«

»Da fängst du ein ganz neues Leben an, was?«

»Ja.«

»Und ich hab dann jemanden, den ich da besuchen kann.«

»Genau.«

»Aber?«

»Wie meinst du das?«

»Ich spüre noch ein ›Aber‹. Du hast ihm nur gesagt, du würdest drüber nachdenken.«

»Ach, ich weiß nicht, Gwen. Du weißt ja, dass ich erstens mal gar nicht daran denken darf, wieder zu heiraten, bevor der Krieg vorbei ist. Aber ich werd's mir überlegen. Hier, sieh mal, was mir PX gebracht hat, als ich krank war. Ist er nicht süß?«

Es war eine Schachtel Pralinen. Eine ganze *Schachtel* voller Pralinen! Ich hatte seit Jahren keine einzige Praline mehr gesehen. Gloria hielt sie mir hin. »Hier, nimm eine. Ach, nimm sie alle. Die machen mich nur dick.«

»Und ich?«, fragte ich und griff nach dem Karamel.

»Du könntest auch ein bisschen Fleisch auf den Rippen vertragen.«

Ich warf mit dem zerknüllten Einwickelpapier nach ihr. »Frechdachs!«

»Stimmt doch. Was ist mit Charlie?«

»Och, der ist noch immer traurig, weil Glenn Miller verschwunden ist.«

»Das meine ich nicht, das weißt du ganz genau. Hat er dir schon einen Antrag gemacht?«

Ich bin sicher, dass ich rot anlief. »Nein«, antwortete ich. »Wir haben noch nicht übers Heiraten gesprochen.«

»Bücher, das ist alles, worüber ihr beiden reden könnt.«

»Das stimmt nicht.«

Sie lächelte. »Ich ziehe dich nur auf, Gwen. Es freut mich, dass du glücklich bist. Ehrlich.«

»Trotzdem haben wir noch nicht übers Heiraten gesprochen.«

»Na, es eilt ja auch nicht, oder? Aber er ist wirklich nicht schlecht. Ein Anwalt! Der wird mal reich, wart's nur ab!«

»Geld ist nicht alles.«

»Aber es hilft. Egal, dann kannst du auch nach Amerika ziehen und wirst die Frau eines reichen Anwalts. Wir können uns ständig treffen. Zusammen essen gehen.«

»Gloria, Boston ist meilenweit entfernt von Los Angeles.«

»Ja? Na ja, wenigstens sind wir im selben Land.«

Und so plapperten wir über Liebe und Hochzeit und was die Zukunft uns bringen würde. Gloria war schon bald wieder bei voller Gesundheit und die bunte Folge von Tanz, Kino und Abenden im Pub begann von neuem. Der Februar brachte die Aussicht auf den Sieg näher, und langsam glaubte auch ich, dass wir den letzten Kriegsfrühling vor uns hatten.

Alles änderte sich an einem grauen Nachmittag im März, als ein großer, hagerer Fremder auf der High Street auf mich zukam, gegen den Wind ankämpfend.

* * *

Banks musste letzte Nacht wirklich herumgesumpft haben, dachte Annie, schürzte die Lippen und klopfte sich mit dem Stift auf den Oberschenkel. Es war neun Uhr durch und er war noch nicht in seinem Büro. War er immer noch in Leeds? Hatte er mit seinem Freund vielleicht Frauen aufgerissen?

Sie kämpfte gegen die brennende Eifersucht an, die sich in ihrem Magen zusammenballte. Eifersucht und Argwohn hatten schon früher ihre Beziehungen zerstört. Kurz bevor

Rob starb, hatte sie ihn verdächtigt, eine Affäre zu haben, und ihn deshalb schlecht behandelt. Sie war der Meinung, ihre Gefühle mittlerweile im Griff zu haben, innere Distanz gelernt zu haben, aber vielleicht hatte sie ihre Unsicherheit nur für eine Weile auf Eis gelegt, so wie alles andere auch, seit sie nach North Yorkshire gezogen war. Das war eine beängstigende Vorstellung. Bis sie Banks kennen lernte, hatte sie sich eingebildet, alles unter Kontrolle zu haben und gut zurechtzukommen.

Annie fiel wieder ein, dass sie die Verbindung von Gwen Shackleton zu Vivian Elmsley prüfen sollte. Als Erstes rief sie Ruby Kettering an, die ihr – wie erwartet – sagte, es sei so lange her, dass sie sich nicht mal mehr erinnern könne, wie Gwen ausgesehen und gesprochen hätte. Außerdem sei Gwen damals erst fünfzehn gewesen. Elizabeth Goodall sagte Annie, sie wisse überhaupt nicht, wer Vivian Elmsley sein solle, und Alice Poole sagte, bei ihren schlechten Augen könne man ihr noch nicht einmal glauben, wenn sie Königin Elizabeth und Prinz Charles auseinander halten solle.

Als Nächstes rief Annie in Millgarth an und ließ sich mit Inspector Blackstone verbinden. Er sagte ihr, Banks sei auf dem Heimweg nach Eastvale. Sie hätte schwören können, dass er sich das Lachen verkniff, als er das sagte. Bestimmt hatten die beiden Männer über sie geredet; die Vorstellung, wie Banks seinem Kumpel nach ein paar Bieren alles bis ins kleinste Detail schilderte, ließ sie rot anlaufen, ihre Kehle schnürte sich zu. Plötzlich war ihre Vorfreude verflogen, ihm von ihrem Erfolg bei der amerikanischen Luftwaffe in Ramstein zu berichten.

Männer, dachte Annie. Nichts als große Jungen, wenn man es sich genau überlegte. Und das war noch eine sehr höfliche Umschreibung.

Das Fax sprang summend an. Annie eilte hinüber, um zu sehen, ob es sich um die Nachricht von Mattie aus St. Louis handelte. So war es: eine Aufstellung des Personals der 448. Bombergruppe auf dem amerikanischen Fliegerhorst in Rowan Woods zwischen dem 19. Dezember 1943 und dem

17. Mai 1945, dem Tag der Abreise. Es waren viele Namen. Zu viele.

Während sie die Liste überflog, dachte Annie wieder an den Vorfall in Hobb's End in der vergangenen Nacht. Er hatte sie mehr beschäftigt, als ihr anfangs klar gewesen war. Sie hatte Schwierigkeiten gehabt einzuschlafen. Sie wusste nicht, warum sie sich davon so mitgenommen fühlte, abgesehen von dem verzerrten roten Mond, der gruseligen Stimmung und den Ruinen, die sie verführt hatten, wieder an Geister, Kobolde und andere Wesen zu glauben, die nachts zum Leben erwachten. Aber Geister und Kobolde liefen nicht davon und flüchteten nicht mit Autos. Jetzt, bei Tageslicht, grübelte sie am meisten darüber, *warum* sich jemand überhaupt vor ihr verstecken und dann, als sie die Verfolgung aufnahm, weglaufen sollte, als sei der Leibhaftige hinter ihm her.

Sicher mochte es eine einfache Erklärung geben. Wer es auch gewesen war, hatte möglicherweise mehr Angst vor ihr als umgekehrt – vielleicht ein schelmischer Jugendlicher. Doch angesichts all der anderen Dinge, die sie herausgefunden hatten, seit Adam Kelly das Skelett von Hobb's End entdeckt hatte, schien Annie mehr Argwohn angeraten zu sein.

Aber ihr wollte keine Antwort einfallen. Am Tatort war nichts zurückgeblieben, die Spurensicherung hatte sehr gründlich gearbeitet. Vielleicht glaubte jemand, dass sie etwas übersehen hatte. Dennoch, wie sollte etwas dort Vergrabenes jemanden belasten, der noch lebte? Soviel Annie am vergangenen Abend von der Person gesehen hatte, war der Betreffende nicht alt genug, um Gloria Shackleton vor über fünfzig Jahren ermordet zu haben. Menschen von siebzig, achtzig Jahren bewegen sich in der Regel nicht so schnell.

Es blieb also ein Geheimnis. Sie wollte mit Banks darüber sprechen, aber der war ja auf der Rolle gewesen und hatte sich wie ein dummer Junge mit seinen Kumpels volllaufen lassen und Geschichten über ihre Begierde und seine Fähigkeiten zur Befriedigung derselben verbreitet. Sie wünschte ihm den schlimmsten Kater seines Lebens an den Hals.

Debussys Kammermusik für Harfe und Blasinstrumente brachte Banks über langsame Nebenstraßen sicher nach Gratly zurück. Er erwägte kurz, einen Zwischenstopp in Harkside einzulegen, um zu sehen, wie Annie vorankam, entschied sich dann aber dagegen. Er wollte nicht, dass sie ihn sah, solange er sich nicht wenigstens umgezogen hatte. Seine Kleidung stank nach Rauch und abgestandenem Bier.

Sein Kopf tat weh, obwohl er am Morgen bei Ken eine Paracetamol geschluckt hatte. Außerdem hatte er einen Geschmack im Mund wie Vogeldreck. Als er sich nach dem Aufwachen in Kens Wohnzimmer umgesehen hatte, hatte er beim Anblick der Relikte eines wilden, ausgelassenen Abends aufgestöhnt: eine leere Flasche Glenmorangie auf dem Couchtisch, daneben eine leere Flasche Rotwein und ein überquellender Aschenbecher. Er glaubte, die Whiskyflasche sei nicht ganz voll gewesen, als sie sie sich vornahmen, aber selbst ein Fünfzehnjähriger wäre klüger gewesen, als Bier, Wein und Whisky durcheinander zu trinken.

Dennoch, soweit er sich erinnern konnte, hatte ihm das Reden Spaß gemacht, wenn sie von Frauen, Ehe, Scheidung, Sex und Einsamkeit gesprochen hatten. Und die Musik war herrlich. Ken war ein großer Anhänger weiblicher Jazzmusiker – dazu noch ein Vinyl-Freak –, das bezeugten die überall auf dem Boden verteilten Plattenhüllen: Ella Fitzgerald, June Christy, Dinah Washington, Helen Forrest, Anita O'Day, Keely Smith, Peggy Lee.

Das Letzte, woran sich Banks erinnern konnte, war die späte Billie Holiday mit »Ill Wind«, deren rauchige, honigsüße Stimme sich wunderschön mit Ben Websters Tenorsaxophon vereinte. Dann kam das Vergessen.

Er stöhnte und rieb sich über das stoppelige Gesicht. All die Standardsätze für den Morgen nach einer durchzechten Nacht gingen ihm durch den Kopf: *Du wirst zu alt für so was; Werd mal langsam erwachsen;* und natürlich: *Nie mehr im Leben rühre ich einen einzigen Tropfen Alkohol an.* Es war die vertraute Litanei der Schuld und des Selbstekels. Die vergangene Nacht würde eine Ausnahme bleiben müssen, eine kleine Verirrung, ein notwendiger Freundschaftsdienst.

Als Banks seine Taschen leerte, bevor er die Jeans in den Wäschekorb warf und dabei registrierte, wie voll er schon wieder war, fand er einen kleinen Zettel. Darauf stand der Name »Maria«, gefolgt von einer Telefonnummer in Leeds.

Er zermarterte sich den Kopf, aber ihm wollte nicht mehr einfallen, welches der beiden Mädchen, mit denen sie im Adelphi geredet hatten, Maria war. Die zierliche Blonde oder die schlanke Rothaarige mit den Sommersprossen und der Lücke zwischen den Vorderzähnen? Er meinte, die Blondine habe sich eher für Ken interessiert, schwach erinnerte er sich, dass sie über die Präraffaeliten gesprochen hatten. Wenn Maria die mit den roten Haaren war – sie sah schon ein bisschen präraffaelitisch aus. Möglicherweise waren sie so auf das Thema gekommen. Keine Chance. Es fiel ihm nicht mehr ein. So schlimm war es gewesen. Er zerknüllte den Zettel, zielte auf den Papierkorb, doch dann überlegte er es sich anders, glättete ihn wieder und legte ihn in die oberste Schublade seines Nachtschränkchens. Man konnte nie wissen.

Nachdem er sich rasiert, geduscht und umgezogen hatte, fuhr Banks nach Eastvale, wo er um kurz nach zehn in seinem Büro eintraf. Er hatte kaum Zeit, seinen Computer hochzufahren, da ging die Tür auf und herein trat Chief Constable Jeremiah »Jimmy« Riddle persönlich, offenbar auf einem seiner seltenen Ausflüge nach Eastvale. Banks fluchte leise vor sich hin. Das hatte ihm gerade noch gefehlt in seinem angeschlagenen Zustand.

Banks sah auf. »Sir?«

»Banks, Sie sehen ja grässlich aus«, sagte Riddle. »Was haben Sie gemacht, Mann? Sich um den Verstand gesoffen?«

»Ein Anflug von Grippe, Sir.«

»Grippe? Von wegen! Egal, das ist Ihr Problem, wenn Sie Ihre Leber vergiften wollen.«

»Was kann ich für Sie tun, Sir?«

»Es geht um den Skelettfall, den ich Ihnen übertragen habe. War ja in letzter Zeit ständig in den Nachrichten. Macht eine Menge Schlagzeilen. Ich hoffe, Sie sind Herr der Lage?«

»Auf jeden Fall, Sir.«

»Gut. Ich möchte, dass Sie mich ins Bild setzen. Ich muss heute noch nach London und ein Interview für ›Panorama‹ aufnehmen. ›Panorama‹ bringt eine spezielle Reportage über Ermittlungen in alten Fällen, wie DNA alles ändert und so.« Er bürstete eine nicht vorhandene Fluse von seiner Uniformjacke und warf einen kurzen Blick auf die Uhr. »Ich brauche eine Meinung. Aber fassen Sie sich besser kurz. In eineinhalb Stunden geht mein Zug.«

Puh, sei dankbar auch für kleine Dinge, dachte Banks. »Wo soll ich denn anfangen, Sir?«, fragte er.

»Am Anfang natürlich, Mann. Was glauben Sie denn?«

Banks erzählte ihm, was er und Annie bisher von der Spurensicherung, durch die Gespräche mit Elizabeth Goodall und Alice Poole und durch die Fahrt nach Leeds erfahren hatten. Als er fertig war, fuhr sich Riddle mit der Hand über die glänzende Glatze und sagte: »Das sind keine großen Anhaltspunkte, was? Die Erinnerungen von ein paar alten Klatschweibern?«

»Es sieht nicht so aus, als würden wir noch was Besseres finden«, sagte Banks. »Nicht zu diesem Zeitpunkt. Es ist zu viel Zeit vergangen. Ich denke, Sie könnten darauf hinweisen, wie unzuverlässig das menschliche Gedächtnis im Laufe der Jahre wird.«

Riddle nickte und notierte etwas.

»Nun, es gibt aber noch einige Ergebnisse, auf die wir warten. Wir haben einen Bericht von Dr. Williams über die Untersuchung der Knochen vorliegen, aber wir warten noch auf seine übrigen Testergebnisse und auf den Bericht des Zahnheilkundlers aus der Gerichtsmedizin. So was braucht seine Zeit.«

»Und kostet. Hoffen wir, dass es sich lohnt, Banks. Sie können einen drauf lassen, dass ich die Zahlen bei diesem Fall nicht aus den Augen verliere.«

»Wir haben in der Nähe der Leiche auch einen Knopf gefunden, wahrscheinlich der eines Soldaten. Vielleicht hatte sie ihn in der Hand, als sie getötet wurde. Es gibt immer noch eine Menge, das wir nicht wissen.«

Riddle rieb sich das Kinn. »Egal«, sagte er, »in dem, was Sie mir bis jetzt erzählt haben, stecken ein paar gute Aspekte. Aktbilder. Skandal im Dorf. Frauen, die sich mit Amis rumtreiben. Ja. Das ist gute Substanz. Das haut hin. Und geben Sie mir eine Kopie vom Bericht des forensischen Anthropologen, damit ich ihn auf der Fahrt lesen kann. Ich möchte mich so anhören, als wüsste ich, wovon ich rede.«

Das versuchst du schon seit Jahren ziemlich erfolglos, wollte Banks sagen, biss sich aber auf die Zunge und rief die Sekretärin an, sie solle ihm eine Kopie machen. Riddle würde sie beim Rausgehen mitnehmen können, wenn er es so eilig hatte. »Sie sprachen von DNA, Sir«, sagte er. »Sie könnten vielleicht erwähnen, dass wir glauben, dass ihr Sohn noch lebt und dass es eine große Hilfe wäre, wenn er sich mit uns in Verbindung setzen würde. Auf die Weise könnten wir die Identität der Knochen ein für alle Mal verifizieren.«

Riddle erhob sich. »Wenn ich dazu komme, Banks. Wenn ich dazu komme.« Die Hand auf dem Türgriff, hielt er inne und wandte sich halb um. »Übrigens«, sagte er. »Sergeant Cabbot. Wie klappt's mit der?«

Mit der. Er wusste es also. »Gut«, antwortete Banks. »Sie ist gut. Reine Verschwendung in einem Ort wie Harkside.«

Ein bösartiges Grinsen zuckte über Riddles Gesicht. »Ah, ja. Wirklich schade. Ich hab gehört, sie hatte Ärger an ihrer vorigen Stelle. Aber sieht gut aus, das Mädchen, was man so hört?«

»Ärger, Sir?«

»Das sollten Sie doch kennen, Banks. Gehorsamsverweigerung, fehlender Respekt vor Vorgesetzten.«

»Ich respektiere Vorgesetzte«, sagte Banks, »nur nicht immer den Menschen dahinter.«

Riddle versteifte sich. »Nun, ich hoffe, Sie haben Ihren Spaß, das hoffe ich wirklich für Sie, Banks, denn viel besser werden Sie es nicht mehr treffen.«

Damit ging er und schlug die Tür hinter sich zu.

Banks dachte darüber nach, was er gerade gehört hatte. Jimmy Riddle wusste also, wer Annie Cabbot war, und er hatte sie ihm dennoch zugeteilt. Warum? Riddle hatte doch immer gedacht, Banks sei ein wilder Stecher, der sich während seiner Arbeitszeit in Leeds mit exotischen Asiatinnen vergnügte und alles vögelte, was nicht schnell genug auf die Bäume kam. Außerdem hatte Riddle von Ärger gesprochen. Was konnte er damit gemeint haben?

Doch warum um alles in der Welt war Riddle der Ansicht, die Zusammenarbeit mit Annie Cabbot sei für Banks die Hölle? Denn eines war sicher: Wenn Riddle Banks etwas wünschte, dann höchstens die Pest an den Hals.

Auf dem Weg zum Kaffeeautomaten traf Banks Sergeant Hatchley und bat ihn, so viel wie möglich über Francis Henderson, Glorias unehelichen Sohn, herauszufinden. Wahrscheinlich ein sinnloses Unterfangen, aber ausstehende Kleinigkeiten nervten ihn.

Banks versuchte noch immer, den Dreh mit dem neuen Voicemail-System der Dienststelle herauszubekommen, oft vergaß er es einfach oder löschte alle für ihn aufgelaufenen Nachrichten, aber am heutigen Morgen erreichte ihn Annies Nachricht laut und klar. Ihr eisiger Ton traf sein empfindliches Trommelfell. Eine weitere Nachricht stammte von Major Gargrave von der Truppenverwaltung. Banks rief ihn zuerst zurück, sammelte noch den Mut für den Anruf bei Annie.

»Es geht um Ihre Anfrage vor ein paar Tagen«, sagte Major Gargrave. »Matthew Shackleton.«

»Ja?«

»Ähm, das ist uns ein bisschen peinlich.«

»Er ist zurückgekommen, stimmt's? Wir haben eine Sterbeurkunde von 1950 gefunden. Ich wollte Sie noch danach fragen.«

»Ja, ähm, so was kommt manchmal vor, wissen Sie. Als mein Mitarbeiter die Akte zurückbrachte, fand er ein paar Blätter, die zwischen zwei Akten geklemmt waren. Das liegt an der ganzen Unordnung damals, verstehen Sie.«

»Und die Meldung wurde falsch abgelegt.«

»Ja.«

»Wann kam er zurück?«, fragte Banks.

»Es war seine Schwester, die seine Rückkehr meldete. März 1945. Der Ort heißt Hobb's End. Ergibt das einen Sinn für Sie?«

»Ja«, erwiderte Banks. »Und weiter?«

»Tut mir Leid, viel mehr haben wir leider nicht. Sergeant Shackleton entließ sich sozusagen selbst aus einem Londoner Krankenhaus und ging nach Hause. Das Krankenhaus schrieb, er sei aus einem japanischen Kriegsgefangenenlager auf den Philippinen befreit worden und in einem ziemlich schlechten Zustand nach Hause gebracht worden. Keine Identifizierung.«

»Und das ist alles?«

»Ja. Es sieht so aus. Sehr seltsam.«

»Gut«, sagte Banks. »Vielen Dank für Ihren Anruf, Major.«

»Kein Problem.«

Nachdem er aufgelegt hatte, öffnete Banks das Fenster und ließ die Sonne herein. Er überlegte sich, eine Zigarette anzuzünden, merkte dann aber, dass er eigentlich keine Lust darauf hatte. Gestern waren es zu viele gewesen. Hals und Lunge fühlten sich noch immer rau an. Etwas, das Major Gargrave ihm gerade erzählt hatte, ergab keinen Sinn; es lag ihm auf der Zunge, aber es wollte nicht richtig herauskommen. Zu viele tote graue Zellen im Weg.

Zurück an seinem Schreibtisch, riss er sich zusammen und griff zum Telefon. Jetzt oder nie – später würde der Anruf bei Annie auch nicht angenehmer werden. Sie hob nach dem dritten Klingeln ab.

»Du bist also zurück«, sagte sie nur.

»Ja.«

»War's lustig?«

»Ja, doch, danke.«

»Schön. Das freut mich.«

»Aber heute Morgen ging's mir gar nicht gut.«

»Du hast es wahrscheinlich verdient.«

»Wahrscheinlich.«

»Ich hab die Informationen über die Mannschaft von Rowan Woods bekommen.«

»Toll.«

»Ist aber eine lange Liste. Wird eine Weile dauern, die durchzuarbeiten. Zum Beispiel gibt es mehrere, die im PX arbeiteten.«

Banks spürte, dass ihr Tonfall etwas freundlicher wurde. Sollte er ihr sagen, dass er sie gestern Abend vermisst hatte? Oder sie fragen, ob etwas nicht stimmte? Besser noch ein bisschen abwarten. Er machte einen zögerlichen Versuch: »Gibt es sonst noch was?«

Annie erzählte ihm, was in Hobb's End geschehen war.

»Und was hast du da gemacht?«, wollte er wissen.

»Ist doch egal! Vielleicht wollte ich nur sehen, wie es im Dunkeln aussieht.«

»Und?«

»Ist gruselig.«

»War bestimmt nur ein Jugendlicher.«

»Hab ich drüber nachgedacht. Er sah nicht wie ein Jugendlicher aus. Und er ist weggefahren.«

»Das machen manchmal sogar Zehnjährige. Aber ich verstehe, was du meinst. Bloß können wir jetzt im Moment nicht viel damit anfangen, oder?«

»Ich dachte nur, ich sag dir Bescheid. Für die Akten. Es war interessant, sonst nichts.«

»Hört sich so an. Sonst noch was?«

Annie erzählte ihm, dass Ruby, Betty und Alice in Vivian Elmsley nicht Gwen Shackleton erkannt hatten.

»Wir müssen sie sowieso ausfindig machen«, sagte Banks.

»Hab ich schon.«

»Jetzt bin ich aber wirklich beeindruckt.«

»Gehört sich auch so. Während du dich von deinem selbstzugefügten Schaden erholt hast, habe ich herumtelefoniert.« Lag da eine Spur Vergebung in ihrer Stimme? Jetzt kam es auf seine Reaktion an: Er musste die richtige Mischung von Reue und Lob, Schuldgefühl und Komplimenten finden.

»Und?«

»Nun, in dem Fall war es leicht. Sie steht im Londoner Telefonbuch.«

»Du hast sie doch nicht angerufen, oder?«

»Also, bitte! Das traust du mir doch wohl nicht zu! So bescheuert bin ich auch nicht. Aber ich hab ihre Adresse. Was willst du damit machen?«

»Wir sollten so schnell wie möglich mit ihr sprechen. Wenn sie wirklich diejenige ist, die wir suchen, dann verheimlicht sie uns etwas. Möglicherweise kennt sie sogar die Namen, die wir brauchen. Eben gab es noch was, das mich gestört hat, und jetzt ist mir gerade eingefallen, was es war.«

»Außer deinem Kater?«

»Ja.

»Gut. Was war es denn?«

Banks erklärte ihr, was Major Gargrave am Telefon gesagt hatte. »Es hat mit der Waffe zu tun«, meinte er.

»Welche Waffe?«

»Die, mit der sich Matthew Shackleton angeblich erschossen hat.«

»Was ist damit? Handfeuerwaffen müssen direkt nach dem Krieg doch gang und gäbe gewesen sein. Kurz vorher liefen noch Hunderttausende von Männern herum, die bis an die Zähne bewaffnet waren, schon vergessen?«

»Ja, aber warum hatte Matthew eine Waffe?«

»Was … warte mal, ich glaube, jetzt verstehe ich, was du meinst.«

»Wenn er ein befreiter Kriegsgefangener war, wird er seine Dienstwaffe wohl kaum noch gehabt haben. Ich denke doch, dass die Japaner denen, die sie gefangen nahmen, die Waffen abknöpften, nicht?«

»Es sei denn, die Befreier haben sie ihm gegeben?«

»Das liegt wohl im Rahmen des Möglichen. Besonders, wenn es die Amerikaner waren. Ohne Knarren fühlen sich Amis nackt.«

»Aber du glaubst das nicht?«

»Ich halte es für höchst unwahrscheinlich«, entgegnete Banks. »Warum sollten sie? Und warum sollte er sie noch gehabt haben, als er vom Krankenhaus nach Hobb's End ging? Na, ist nur eine Nebensache, hat bestimmt nichts zu bedeuten.«

»Aber wenn er eine Waffe hatte, warum hat er die nicht bei Gloria benutzt, anstatt sie zu erdrosseln und zu erstechen?«

»Wenn es Matthew denn gewesen ist.«

»Hast du Gwen als Verdächtige schon in Erwägung gezogen?«, fragte Annie.

»Sicher. Nach allem, was wir gehört haben, stand sie ihrem Bruder sehr nahe. Wenn Gloria ihm wehtat, weil sie mit anderen Männern herumlief, könnte Gwen sich für ihn gewehrt haben. Sie müsste uns zumindest mehr über Matthews Beziehung zu Gloria sagen können, nachdem er zurückkam, falls Gloria da noch am Leben war. Hast du Lust, morgen nach London zu fahren?«

»Wer fährt?«

»Wir nehmen den Zug. Der ist erstens schneller, und zweitens ist der Verkehr in London mörderisch. Wenn ich mich richtig erinnere, gibt es einen Zug, der um Viertel vor neun in York abfährt und um zwanzig vor elf in King's Cross ankommt. Schaffst du das?«

»Ja, sicher. In der Zwischenzeit sehe ich mal, ob ich noch mehr über die Flieger herausbekomme.«

Nachdem Annie aufgelegt hatte, ging Banks ans Fenster und blickte auf den Marktplatz mit dem alten Marktkreuz und die Kirche mit dem viereckigen Turm, die graugold in der Sonne leuchtete. Er dachte an Vivian Elmsley. Konnte sie wirklich Gwen Shackleton sein? Es schien eine widersinnige Vorstellung zu sein, aber es waren schon merkwürdigere Dinge passiert. Er kam zu dem Schluss, dass es keine schlechte Idee wäre, ein oder zwei von Vivian Elmsleys Büchern quer zu lesen, bevor er sie befragte. Ihre Geschichten konnten ihm vielleicht ein wenig Aufschluss über ihren Charakter geben.

Er versuchte es wieder mit Brians Nummer in Wimbledon. Immer noch nichts. Aber Ken Blackstone hatte Recht; er konnte im Moment nichts anderes tun, als es weiter zu versuchen. Wenn er morgen nach London fuhr, konnte er Brian hoffentlich treffen, mit ihm sprechen, die Probleme aus der Welt schaffen. Er wollte nicht, dass Brian dachte, sein Vater sei wegen seiner Entscheidung von ihm enttäuscht, so wie Banks' eigener Vater ihm immer sein Missfallen über Banks' Berufswahl kundtat, selbst heute noch, wenn sie sich trafen.

Banks ging zurück an seinen Schreibtisch. Zum dritten Mal seit Aufnahme des Falles breitete er die Gegenstände, die man bei Gloria Shackletons Gebeinen gefunden hatte, vor sich aus. Nicht viel als Erinnerung an ein Leben oder Bodensatz eines Todes: ein Medaillon, dessen frühere Herzform zerdrückt und verbogen war, ein angelaufener Ehering, die Verschlüsse eines Büsten- oder Strumpfhalters, ein Paar kleiner, verformter Lederschühchen, die ihn an die Schuhe erinnerte, die er einmal im Pfarrhaus der Brontës gesehen hatte, einige Fetzen Verdunkelungsstoff und der mit Grünspan angelaufene Knopf von Adam Kelly. Superintendant Gristhorpe konnte ihm vielleicht etwas über den Knopf sagen, dachte er. Gristhorpe war ein kleiner Experte in Militärgeschichte, spezialisiert auf den Zweiten Weltkrieg.

Banks griff nach seiner Jacke und wollte gerade das Büro verlassen, als das Telefon klingelte.

»Hallo, Alan.«

Eine Frauenstimme.

»Ja?«

»Ich bin's. Jenny. Jenny Fuller. Kennst du mich nicht mehr?«

»Jenny! Das ist schon lange her. Wo bist du?«

»Zu Hause. Bin gestern erst zurückgekommen. Hör mal ...«

»Früher als geplant, oder nicht?«

»Das ist eine lange Geschichte.«

»Schön, dass du anrufst. Ich brauche einen Rat.«

»Wenn es was Persönliches ist, bin ich die Letzte, die dir helfen kann, glaub mir.«

»Und beruflich?«

»Das bekomme ich vielleicht noch hin. Ich rufe nur an, weil, ich weiß, ich soll dich nicht bei der Arbeit stören und so, aber ich bin in der Stadt und dachte, dass du vielleicht Zeit zum Mittagessen hast.«

Banks hatte vorgehabt, nach Lyndgarth zu fahren und Gristhorpe zu besuchen, der seinen Jahresurlaub zu Hause verbrachte, aber das konnte er auf später verschieben. »Um halb eins im Queen's Arms?«

»Klasse. Bis dann.«

Lächelnd legte Banks den Hörer auf. Er hatte Jenny seit fast einem Jahr nicht mehr gesehen, seitdem sie sich entschlossen hatte, sich für ein Jahr von der Universität York beurlauben zu lassen, um in Kalifornien zu unterrichten. Zu der Zeit hatten Sandra und er sich gerade getrennt. Er hatte mehrere Postkarten erhalten, auf denen sie sich erkundigte, wie es ihm ging, aber das war alles.

Jenny war eine von zwei Frauen, von denen seine Kollegen annahmen, dass er mit ihnen schlafen würde, nachdem Sandra ihn verlassen hatte. Vielleicht hätte er es tatsächlich getan, wenn Jenny da gewesen wäre. Aber Timing ist alles. Jenny verbrachte nun den Großteil ihrer Zeit in Kalifornien, der Grund dafür war ein Mann. Die andere Freundin von ihm, Pamela Jeffries, war, weil sie sich rastlos und eingeengt fühlte, ausgerechnet nach Australien geflogen und spielte dort in einem Orchester, so dass er sie schon seit Monaten nicht mehr gesehen hatte. Auch von ihr bekam er hin und wieder eine Karte aus so exotischen Orten wie Sydney, Melbourne, Adelaide und Perth. Das machte ihm Lust aufs Reisen.

Jetzt würde er in ungefähr einer Stunde mit Jenny Mittag essen. Gerade noch genug Zeit, um seine Fragen zu Matthew Shackleton vorzubereiten und drüben bei Waterstone's ein paar Bücher von Vivian Elmsley zu kaufen.

* * *

Aus irgendeinem Grund stand ich gerade auf der Straße und begutachtete die Schaufensterdekoration (die ziemlich mager war), als ich nach links guckte und ihn über die Feenbrücke kommen sah. Kurz davor hatte ich den Zug eintreffen hören, daher nahm ich an, dass er vom Bahnhof kam.

Der Wind heulte um die Schornsteine, und Wolken, so schwarz wie das Herz eines Nazis, verunzierten den Himmel. Es war niemand sonst auf der Straße. Deshalb bemerkte ich ihn. Und weil er einen überdimensionierten, schlotternden braunen Anzug trug, aber kein Gepäck.

Er war groß, aber ging mit krummem Rücken und einem kräftigen Stock, als habe er es im Kreuz. Er bewegte sich langsam, fast wie eine Erscheinung im Traum, als wüsste er, wohin er gehe, aber habe keine Eile. Er war so dünn, dass er beinahe unterernährt wirkte. Als er näher kam, merkte ich, dass er nicht so alt war, wie ich anfangs vermutet hatte, obwohl sein glattes, glanzloses Haar hier und dort mit grauen oder weißen Strähnen durchzogen war.

Der Wind riss mir an Haar und Kleidern und fuhr mir bis ins Mark, aber irgendwas an ihm zwang mich, stehen zu bleiben und ihn zu beobachten. Ich fühlte mich, als sei ich in Trance. Als er nur noch wenige Schritte vom Laden entfernt war, sah ich seine Augen. Tiefe, leere, gehetzte Augen, vollständig nach innen gerichtet, als unterzöge er sich selbst einer genauen, gewissenhaften Prüfung.

Doch erblickte er mich und blieb stehen.

Ich weiß nicht, wann es mir dämmerte; es können Sekunden oder Minuten gewesen sein. Aber ich begann, wie Espenlaub zu zittern, und das hatte nichts mit der Kälte zu tun. Ich lief auf ihn zu und legte die Arme um ihn, aber er fühlte sich steif und starr an wie ein Baum. Ich strich ihm über die Wangen und sah die gekräuselte weiße Narbe, die sich als hässliche Parodie eines Grinsens vom Mundwinkel hochzog. Tränen liefen mir über die Wangen.

»Matthew!«, rief ich. »Oh, mein Gott. Matthew!« Und ich ergriff seinen Arm und führte ihn hinein zu Mutter.

* * *

Banks betrat das Queen's Arms einige Minuten vor halb eins, zwei Krimis von Vivian Elmsley als Taschenbücher in der Tüte von Waterstone's. Er holte sich ein Pint Bier und setzte sich an einen Tisch in der Nähe des leeren Kamins. Jenny kam immer zu spät, fiel ihm wieder ein, als er die Tüte öffnete und sich die Bücher ansah.

Das eine war ein Thriller namens *Schuldige Geheimnisse* – aus Banks' Sicht ein durchaus interessanter Titel –, auf dessen Buchrücken Ausschnitte aus Kritiken der *Sunday Times*, der *Scotland on Sunday*, der *Yorkshire Post* und der *Manchester Evening News* aufgeführt waren, sämtlich in dem Tenor, dass es sich hierbei um die »beachtliche«, »beunruhigende« Leistung einer der besten Krimiautorinnen dieses Landes handelte, die in einem Atemzug mit P. D. James und Ruth Rendell genannt werden konnte.

Das andere Buch hieß *Der Schatten des Todes* und handelte von einem weiteren Fall ihres Serienhelden, Detective Inspector Niven. Hier wurde er beauftragt, im Mordfall eines exklusiven Restaurantinhabers aus Shepherd's Bush zu ermitteln. Banks hatte nicht einmal geahnt, dass es so etwas überhaupt gab. Soweit er sich erinnern konnte, gab es keine exklusiven Restaurants in Shepherd's Bush. Aber er war ja auch schon lange nicht mehr dort gewesen, deshalb beließ er es bei seinem Vorbehalt. Der Roman wurde jedenfalls gelobt für seine »verständnisvoll-realistische Darstellung normaler Bürger« und für die »glaubwürdige Beschreibung von Polizeialltag und Ermittlungsmethoden«. Banks grinste in sich hinein. Das würde er ja sehen. Auf dem Umschlag prangte das Foto eines gut aussehenden jungen Schauspielers mit kantigen Zügen, der den Inspector in der Fernsehserie mimte, wie Banks dem Klappentext entnahm. Und der dabei viel mehr verdiente als ein richtiger Bulle.

Er war auf Seite 10, als Jenny atemlos hereingestürzt kam, das Gesicht vom zerzausten roten Haar flammenartig umgeben, und sich suchend nach ihm umsah. Als sie ihn entdeckte, winkte sie ihm zu, klopfte sich auf die Brust und kam herübergeeilt. Sie beugte sich vor und gab ihm einen kleinen Kuss auf die Wange. »Tut mir Leid, dass ich zu spät bin. Meine Güte, du siehst ja schlimm aus.«

Banks lächelte und hob das Glas. »Man soll mit dem anfangen, womit man aufgehört hat.«

Jenny nahm das Taschenbuch in die Hand, das er auf den Tisch gelegt hatte, und rümpfte die Nase. »Hätte nicht gedacht, dass das hier dein Fall ist.«

»Rein beruflich.«

»Aha.« Sie hob die Augenbrauen. Die kalifornische Bräune stand ihr gut, dachte Banks. Die Sonne hatte sie nicht verbrannt, wie sie es bei vielen Rothaarigen tat, sondern hatte ihren natürlichen cremefarbenen Teint verdunkelt und ihre Sommersprossen zum Vorschein gebracht, besonders auf der Nase. Ihre Figur sah in der engen schwarzen Jeans und dem lockeren jadegrünen Seidentop wie immer umwerfend aus.

»Und?«, sagte Banks, als sich Jenny gesetzt und ihre überdimensionierte Umhängetasche neben sich abgestellt hatte. »Was möchtest du trinken?«

»Campari Soda, bitte.«

»Essen?«

»Scampi mit Pommes frites. Seit ungefähr einem Monat freue ich mich auf Scampi mit Pommes frites.«

»Also Scampi mit Pommes.« Banks begab sich zur Bar, holte für beide etwas zu trinken und bestellte das Essen. Inzwischen hatten einige andere exotische Gerichte ihren Weg auf die Karte gefunden, beispielsweise Fajitas und gebratene Thai-Nudeln, doch am Ende entschied sich Banks für Scholle mit Pommes frites. Er hatte nichts gegen exotisches Essen, aber aus Erfahrung misstraute er den Pub-Versionen solcher Gerichte. Außerdem schmeckte er noch immer das Curry nach, das er am vergangenen Abend in Leeds gegessen hatte.

Er trug die Getränke zum Tisch, wo Jenny über *Der Schatten des Todes* brütete, mit einer Hand das Haar aus dem Gesicht haltend. Als er sich näherte, lächelte sie ihn kurz an und schlug das Buch zu. »Ich glaub, das habe ich drüben mal im Fernsehen gesehen«, sagte sie und strich über den Umschlag. »Auf PBS. Hinterher wurde sie interviewt. Vivian Elmsley. Sie ist sehr beliebt in den Staaten. Eine ganz schön eindrucksvolle Frau.«

Banks berichtete kurz vom bisherigen Verlauf des Falles, auch von der Möglichkeit, dass Vivian Elmsey darin eine Rolle spielen könnte. Als er geendet hatte, kam das Essen.

»Und, ist es so gut, wie du dachtest?«, fragte er, nachdem sie ein paar Bissen probiert hatte.

»Ist es nie«, antwortete Jenny. Er bemerkte eine ungewohnte Traurigkeit und Müdigkeit in ihren Augen. »Aber es ist gut.«

»Was ist da drüben passiert?«

»Wie meinst du das?« Sie warf ihm einen kurzen Blick zu, wandte ihn dann schnell wieder ab. Zu schnell. Er sah die Angst in ihren Augen.

Er dachte daran, wie er sie zum ersten Mal in Gristhorpes Büro gesehen hatte, kurz nachdem er in Eastvale eingetroffen war, wie ihn ihr scharfer Verstand und ihr Humor beeindruckt hatten, genau wie ihre natürliche Schönheit, ihr flammendrotes Haar, die vollen Lippen und grünen Augen mit den attraktiven Lachfalten.

Damals war Jenny Fuller 31 gewesen, jetzt war sie fast 38. Die Falten waren tiefer geworden und es schien jetzt noch andere Ursachen für sie zu geben. Sein erster Eindruck von ihr war: Ist das eine Granate! Genau das Gleiche dachte er heute. Sie hatten kurz vor einer Affäre gestanden, aber Banks hatte einen Rückzieher gemacht, wollte nicht untreu werden. Damals war er anders gewesen, selbstsicherer und überzeugter davon, worum es im Leben ging und in welche Richtung es verlief. Damals war das Leben einfacher gewesen, aber vielleicht hatte er auch nur eine absolute Sichtweise gehabt. Immerhin war es ihm einfach *vorgekommen*: Er liebte Sandra und glaubte, dass sie ihn liebte; daher ging er allem aus dem Weg, das diese Eintracht hätte gefährden können, wie groß die Versuchung auch sein mochte. Sie waren gerade von London, wo Banks sich ausgebrannt gefühlt hatte, in diese weniger hektische Gegend gezogen, auch um ihre Ehe zu retten. Bis zu einem bestimmten Punkt hatte es funktioniert. Sieben Jahre lang.

Trotz allem waren Banks und Jenny befreundet geblieben. Jenny war sogar Sandras Freundin geworden, auch wenn Banks den Eindruck hatte, dass sie sich in den letzten zwei oder drei Jahren entfremdet hatten.

»Los, komm, Jenny«, sagte er. »So plötzlich zurückzukommen stand doch nicht auf dem Plan. Ich dachte, du wärst jetzt ein kalifornischer Strandhüpfer geworden.«

»Ein Strandhüpfer?« Jenny lachte. »Ich schätze, das habe ich so gerade verpasst, oder?«

»Wie meinst du das?«

Sie seufzte, wandte den Blick ab, suchte nach Worten, seufzte wieder und lachte dann. Sie hatte Tränen in den Augen. Sie wirkte viel zappeliger, als er sie in Erinnerung hatte. Ihre Hände waren ständig in Bewegung. »Es ist alles aus, Alan. Das will ich damit sagen.«

»Was ist aus?«

»Alles. Der Job. Randy. Mein Leben.« Sie legte den Kopf schräg. »Ich hatte noch nie Glück mit Männern, oder? Ich hätte schon früher auf dich hören sollen.«

Da gab es nichts zu diskutieren. Banks erinnerte sich noch an einen oder zwei von Jennys Fehlgriffen, um deren Folgen er sich anschließend hatte kümmern müssen.

Jenny schob den Teller zur Seite, Scampi und Pommes frites waren kaum angerührt, und trank noch einen langen Schluck Campari Soda. Ihr Glas war fast leer, Banks hatte sein Bier kaum angerührt. Er wollte keins mehr. »Noch eins?«, fragte er.

»Werde ich jetzt auch noch Alkoholikerin? Nein, darauf brauchst du nicht zu antworten. Ich hol mir selbst eins.« Bevor er etwas sagen konnte, war sie aufgestanden und in Richtung Damentoilette gegangen.

Banks vertilgte Scholle und Pommes frites und betrachtete den Buchrücken von *Der Schatten des Todes* neben sich auf dem Tisch. »Ein Meisterwerk«, »Ein Werk erster Güte«, »Ein Muss im Regal«. So sehr liebten die Kritiker Vivian Elmsley. Oder waren diese kurzen Zitate geschickt aus weniger schmeichelhaften Sätzen geschnitten? »Während Dostojewski ein *Meisterwerk* schrieb, gelang Vivian Elmsley nicht mehr als ein dahingeschludertes Machwerk der untersten Kategorie.« Oder: »Hätte dieses Buch auch nur das kleinste Anzeichen von literarischer Qualität oder kreativer Phantasie aufgewiesen, so hätte ich nicht gezögert, es zu einem *Muss im Regal* oder zu einem *Werk erster Güte* zu erklären, aber da es diese Eigenschaften in keinster Weise besitzt, muss ich sagen, es ist eine Niete.«

Jenny kam zurück. Sie hatte den geringen Schaden beseitigt, den die Tränen ihrem Make-up zugefügt hatten. Sie brachte einen neuen Campari Soda mit.

»Weißt du«, sagte sie, »die ganze Zeit im Flugzeug habe ich mir vorgestellt, wie ich hier sitze und mit dir über alles rede. Ich hab mir vorgestellt, wie das sein würde, nur du und ich hier im Queen's Arms, so wie früher. Ich weiß nicht, warum es mir so schwer fällt. Vielleicht liegt es noch an der Zeitverschiebung.«

»Mach dir nichts draus«, erwiderte Banks. »Erzähl mir einfach, was du willst, und lass dir Zeit.«

Sie lächelte und tätschelte seinen Arm. »Danke. Du bist lieb.« Sie nahm sich eine von seinen Zigaretten und zündete sie an.

»Du rauchst doch gar nicht«, sagte Banks.

»Jetzt schon.« Jenny blies eine große Wolke aus. »Ich hatte es einfach satt mit den Nikotin-Faschos da drüben. Man darf nirgendwo rauchen. Wenn man sich vorstellt, dass Kalifornien in den Sechzigern eine richtige Brutstätte von Protest und Erneuerung war! Jetzt ist es ein lächerlicher Kindergarten, der von Faschisten regiert wird.«

Er hatte Jenny noch nie so reden hören. Noch etwas Neues. Rauchen, trinken, schimpfen. Er bemerkte, dass sie nicht auf Lunge rauchte und die Zigarette nach der Hälfte ausdrückte. »Wie du sicherlich inzwischen gefolgert hast«, fuhr sie fort, »ist Randy, mein Obermacker, mein Geliebter, mein zweites Ich, mein Grund, es da drüben überhaupt so lange ausgehalten zu haben, nicht mehr Teil meines Lebens. Das kleine Arschloch.«

»Was ist passiert?«

»Studentinnen. Oder um es deutlicher auszudrücken: blonde, zwanzigjährige Tittenmonster, die das Gehirn zwischen den Beinen haben.«

»Das tut mir Leid, Jenny.«

Sie winkte ab. »Ich hätte es kommen sehen müssen. Jede andere hätte es gemerkt. Na ja, als ich herausgefunden hatte, was er so alles trieb, hielt mich nicht mehr viel. Nachdem ich ihn mit dem Beweis konfrontiert hatte, sorgte mein lieber Randy dafür, dass mir kein zweites Jahr als Gastdozentin angeboten wurde.«

»Was hast du jetzt vor?«

»Na, Gott sei Dank sind nicht alle so. Ich kriege meine alte Stelle in York wieder. Nächsten Monat fange ich an. Wenn das nicht klappt, mache ich direkt neben der Bullerei meine eigene Praxis auf. Ich habe ziemlich viel Erfahrung mit Gestörten und Kriminalpsychologie, wenn ihr also mal zufällig einen Serienmörder in der Gegend herumlaufen habt. Ich hab sogar Seminare bei den Profilern vom FBI gemacht.«

»Soll ja alles ausgemachter Blödsinn sein«, sagte Banks. »Aber ich bin beeindruckt. Tut mir Leid, dass wir im Moment nichts im Angebot haben.«

»Ich weiß ... ›Wir melden uns bei Ihnen‹ ... das hör ich schon mein Leben lang.«

»Ich bin mir sicher, dass du problemlos immer wieder Arbeit bekommst, Jenny, aber wenn mal irgendwas sein sollte, wenn ich was für dich tun kann ...«

»Danke. Du bist ein Kumpel.« Sie tätschelte seine Hand.

»Ich möchte dich allerdings um Rat fragen.«

»Dann mal los! Ich hör jetzt auf zu quatschen und zu klagen. Und ich hab noch nicht mal nach dir gefragt. Seit Sandra weg ist, hab ich dich noch gar nicht gesehen. Wie geht's *dir* denn?«

»Mir geht's gut, danke.«

»Was Neues?«

Banks schwieg kurz. »So ungefähr.«

»Was Ernstes?«

»Was ist das denn für eine Frage?«

»Also was Ernstes. Was ist mit Sandra?«

»Willst du wissen, ob *sie* was Neues hat? Ja.«

»Oh.«

»Das ist in Ordnung, Jenny. Kein Problem.«

»Wenn du das sagst. Was wolltest du mich denn fragen?«

»Es geht um Matthew Shackleton. Gwens Bruder – also

womöglich der Bruder von Vivian Elmsley. Er wurde allem Anschein nach von den Japanern gefangen genommen und verbrachte mehrere Jahre in einem Gefangenenlager. Als er nach Hause kam, war er offenbar ziemlich gestört. Fünf Jahre nach dem Krieg beging er schließlich Selbstmord. Die Sache ist, als psychiatrische Diagnose finde ich nichts Besseres als so vage Umschreibungen wie ›Frontkoller‹.«

»Ich dachte, der wäre nach dem Ersten Weltkrieg ausgestorben?«

»Scheinbar nicht, er heißt jetzt bloß ›Kriegsneurose‹. Ich möchte wissen, wie die Diagnose heutzutage lauten würde.«

»Nicht schlecht, Alan.« Jenny wies mit dem Daumen auf sich. »Du willst, dass ich, eine *Psychologin*, eine *psychiatrische* Diagnose über die seelischen Probleme eines Toten abgebe? Das find ich gut, ehrlich. Das schießt den Vogel ab.«

Banks grinste. »Ach, stell dich nicht so an, Jenny.«

»Das bleibt aber unter uns.«

»Versprochen.«

Jenny spielte mit dem Bierdeckel herum, riss kleine Fetzen von der feuchten Pappe. »Hm«, machte sie, »das sind nur Vermutungen, ist ja klar, aber wenn dieser Mann tatsächlich ein Kriegsgefangener unter solchen furchtbaren Bedingungen war, dann litt er wahrscheinlich an einer Art posttraumatischem Stress-Syndrom.«

Banks holte seinen Notizblock aus der Innentasche und schrieb etwas auf.

»Zitier mich damit auf gar keinen Fall!«, warnte Jenny ihn. »Ich hab dir gesagt, das bleibt unter uns.«

»Keine Sorge, du wirst nicht zu einer Zeugenaussage ins Gericht bestellt. Mir ist klar, dass es sich um reine Spekulation handelt. Ist ja eh alles schon lange her. Dieses Syndrom wäre also von seinen Erlebnissen im Krieg und im Lager hervorgerufen worden, oder?«

»Ja. Grundsätzlich wird ein Stress-Syndrom durch ein Ereignis oder eine Reihe von Ereignissen hervorgerufen, die weit über das übliche Spektrum menschlicher Erfahrungen hinausgehen. Angesichts des Zustands unserer so genannten Normalität müsste man heute eigentlich neu definieren, was damit gemeint ist, aber im Allgemeinen geht es dabei um Extremsituationen. Also deutlich schlimmer als das Scheitern einer Ehe, eine kaputte Beziehung, schlichte Trauer, chronische Krankheit oder Bankrott. Worunter fast jeder halt täglich so leidet.«

»So schlimm?«

Jenny nickte. »Ja, eher so was wie Vergewaltigung, tätlicher Angriff, Entführung, Militäreinsatz, Überflutung, Erdbeben, Feuer, Autounfall, Bombardierung, Folter, Todeslager. Die Liste göttlicher und menschlicher Gräueltaten ließe sich weiterführen, aber du hast bestimmt verstanden, was ich meine.«

»Hab ich. Was sind das für Symptome?«

»Vielfältig und verschieden. Wiederkehrende Albträume vom Ereignis kommen häufig vor. Ebenso das Gefühl, dass das Ereignis selbst wiederkehrt – also Rückblenden und Wahnvorstellungen. Alles, was denjenigen an das Ereignis erinnert, ist ebenfalls schmerzhaft, zum Beispiel der Jahrestag. Und alles, was dazugehörte. Wenn jemand beispielsweise längere Zeit in einem kleinen Käfig gefangen gehalten wird, leidet er sehr wahrscheinlich an unerträglicher Klaustrophobie, wann immer sich eine ähnliche Situation ergibt. In einem Fahrstuhl zum Beispiel.«

»Was ist mit Amnesie?«

»Ja, manchmal kommt auch psychologischer Gedächtnisverlust vor. Glaub mir, die meisten, die unter diesem Syndrom leiden, würden lieber ihr Gedächtnis verlieren als die ständigen Albträume haben. Aber das Problem ist, dass Amnesie Distanz, Entfremdung und Absonderung mit sich bringt. Sie können sich nicht einmal über die fehlende Erinnerung an den Schrecken freuen. Menschen, die am Stress-Syndrom leiden, haben oft Schwierigkeiten, Liebe zu empfinden oder anzunehmen, sie entfremden sich von der Gesellschaft, von ihrer Familie und ihren Freunden, darüber hinaus haben sie eine extrem verminderte Vorstellung von Zukunft. Nicht zu vergessen Schlafstörungen, Konzentrationsschwierigkeiten, Hypervigilität, depressive oder panische Störungen.«

»Kommt mir bekannt vor.«

»Es ist viel schlimmer. Selbstmord ist nicht ungewöhnlich. Ist Matthew Shackleton tatverdächtig?«

»Ja. Das wollte ich dich auch fragen. Kann so jemand gewalttätig werden?«

»Das ist schwer zu beantworten. Bei dem richtigen Stimulus kann jeder gewalttätig werden. Mit Sicherheit neigte er zu Reizbarkeit und Wutausbrüchen, aber ich bin mir nicht sicher, ob ihn das unbedingt zum Mord treiben würde.«

»Ich dachte eher, er hat vielleicht seine Frau umgebracht, weil er herausbekam, dass sie ein Affäre hatte.«

»Möglich ist es wahrscheinlich schon, dass er deshalb einen Tick bekam«, sagte Jenny.

»Aber du glaubst es eigentlich nicht?«

»Das hab ich nicht gesagt. Sagen wir einfach, ich hab so meine Vorbehalte. Vergiss nicht, unter welchen Umständen ich hier arbeiten soll.«

»Nein, nein. Was für Vorbehalte hast du?«

»Wutausbrüche beim Stress-Syndrom sind normalerweise ziemlich irrational. Wenn du eine Verbindung zum Verhalten seiner Frau herstellst, wird alles viel logischer, verstehst du? Ursache und Wirkung.«

»Ja.«

»Die andere Sache ist: Wenn er distanziert war und nicht mehr lieben konnte, woher sollte dann der Hass kommen? Oder die Eifersucht?«

»Also: Ja oder nein?«

»Oh nein, so einfach kriegst du mich nicht. Natürlich hätte er einen Mord begehen *können.* Das passiert alle Nase lang, oft ganz ohne Grund. Ja, er könnte davon gehört haben, dass es seine Frau mit einem anderen treibt, und er könnte sie deswegen billigerweise gehasst haben und sie loswerden wollen. Er könnte es aber auch einfach bei einem irrationalen Wutausbruch getan haben, ohne bestimmten Grund.«

»Der Täter hat die Frau wohl zuerst erdrosselt, bis sie zumindest bewusstlos war, dann hat er ungefähr fünfzehn oder sechzehn Mal zugestochen.«

»Starke Wut. Ich weiß nicht, Alan. Von dem, was du mir über diesen Mann erzählt hast und was ich über das posttraumatische Stress-Syndrom weiß, würde ich sagen, dass sein Schmerz und seine Wut nach innen gerichtet waren, nicht nach außen auf die Welt. Obwohl ich es nicht ausschließen möchte, gehe ich vielleicht auf Nummer sicher, wenn ich sage, dass es sehr unwahrscheinlich ist, dass er aus diesem Grund auf diese Weise mordete. Aber es ist schwer, über jemanden zu urteilen, den man noch nie gesehen hat, mit dem man nie hat sprechen können. Außerdem ist es oft sehr einfach, sich einen Geistesgestörten als wahrscheinlichsten Mörder auszusuchen. Die meisten Geisteskranken täten keiner Fliege was zuleide. Nicht alle, das will ich nicht sagen – es gibt ein paar wirklich kranke Jungs da draußen, die das sehr gut verstecken können –, aber die klaren Fälle sind meistens harmlos. Traurig und jämmerlich vielleicht, manchmal sogar ein bisschen angsteinflößend, aber kaum gefährlich.«

»Danke. Da hab ich eine Menge zum Nachdenken.«

»Hm, ich bin froh, dass ich überhaupt noch jemandem helfen kann.«

Beide saßen schweigend da und tranken bedächtig den Rest aus ihren Gläsern. Banks dachte über das Leiden Matthew Shackletons nach und darüber, was Jenny über seine Entfremdung, seine Distanzierung zur Welt normaler zwischenmenschlicher Beziehungen gesagt hatte. Vielleicht hatte ihn das zum Mörder gemacht, vielleicht aber auch nicht. Wenn man keine Liebe empfinden konnte, warum sollte man dann Hass fühlen? Als Banks von Sandra und Sean erfuhr, hatte er beide gehasst, weil er Sandra noch liebte. Wenn sie ihm egal gewesen wäre, hätte er nicht so leidenschaftlich reagiert. Jetzt wurden die Gefühle schwächer. Er war sich nicht mehr sicher, ob er Sandra noch liebte. Wenigstens versuchte er, sich ein Leben ohne sie aufzubauen, entdeckte und erfand sich neu. Wenn sie morgen ankommen und ihn bitten würde, sie zurückzunehmen, wüsste er ehrlich gesagt nicht, was er tun würde.

»Ich bin zusammengebrochen, verstehst du?«, sagte Jenny unvermittelt und riss ihn aus seinen Gedanken.

»Du bist was?«

Sie spielte mit ihrem Haar. Mehrere Ausdrücke kämpften um die Vorherrschaft in ihrem Gesicht. Ein schiefes Grinsen gewann. »Ich hatte einen Nervenzusammenbruch. Nach dem ganzen Kram mit Randy. Plötzlich war ich ganz allein da hinten, völlig abgeschnitten von allen Dingen und Menschen, mit denen ich aufgewachsen war, allein in einem fremden Land. Das ist eins der beängstigendsten Gefühle, das ich je erlebt habe. Ich meine, die sprechen da ungefähr dieselbe Sprache und so, aber dadurch wird alles nur schlimmer, es ist wie eine Verarschung von allem, was man kennt. Ich drücke mich nicht deutlich aus … Ich kam mir vor wie auf einem anderen Planeten, auf einem feindseligen, und ich konnte nicht nach Hause. Ich bin zusammengebrochen.« Sie lachte. »Kennst du das Lied? ›I Fell to Pieces‹?«

»Schon mal gehört«, sagte Banks, der Country & Western mied wie der Teufel das Weihwasser.

»Na ja, so war das.« Sie schüttelte langsam den Kopf. »Ich bin sogar zu einem Psychologen gegangen.«

»Hat's geholfen?«

»Ein bisschen. Dabei ist mir unter anderem klar geworden, dass ich zurück nach Hause wollte. Ich meine, deshalb war ich nicht krank. Dieser Wunsch war echt und vollkommen logisch. Es ging nicht nur um Randy oder um die Erneuerung des Vertrags – ich hätte mir irgendwo anders eine Stelle besorgen können, wenn ich gewollt hätte. Aber dieses Land hat mir so gefehlt. Glaubst du das? Ich hab tatsächlich zähe Scampi und Pommes vermisst. Und ob du's glaubst oder nicht, ich hab sogar den Winter vermisst, Scheiße noch mal. Das zieht dich runter, immer diese Sonne, tagein, tagaus, zwischendurch mal eine kleine Flut, ein Feuer oder Erdbeben zur Abwechslung. Ziemlich schnell bekommst du das Gefühl, so was wie scheintot zu sein, als wäre alles in der Schwebe. Oder vielleicht lebst du gar nicht mehr, sondern bist im Fegefeuer. Du redest dir ein, eines Tages wird es schneien, tut es aber nicht. Na ja, sobald mir klar wurde, was ich wirklich wollte, hab ich die beste Therapie gemacht, die mir einfiel. Ich hab die Beruhigungsmittel ins Klo geworfen, weggespült und den nächsten Flug nach Hause genommen. Na ja, fast den nächsten. Zuerst hatte ich noch ein paar Sachen zu erledigen – darunter, ist mir fast peinlich, einen kleinen Racheakt am armen lieben Randy.«

»Was hast du gemacht?«

Jenny hielt kurz inne, leckte sich über die Lippen und grinste ihn listig an. »Ich hab so ein kleines Aufnahmegerät, das auf Stimmen reagiert, in seinem Büro versteckt und eine von seinen Nummern auf Band aufgenommen. Dann hab ich das Gerät wieder rausgeholt und das Band an den Dekan geschickt.«

»In seinem *Büro?*«

»Ja. Auf dem Schreibtisch. Stell dich doch nicht so an, Alan. Das ist da drüben gang und gäbe. Wozu braucht man sonst ein Büro? Ah, du hättest sie mal hören sollen: ›Gib's mir, großer Junge. Fick mich. Mach weiter. Oh ja. Steck mir deinen großen harten Schwanz rein. Ganz tief. Fick mich. Schneller!«

Sie war lauter geworden, und ein oder zwei Touristenfamilien sahen sich peinlich berührt zu ihr um. »Ups, 'tschuldigung«, sagte sie und legte die Hand auf den Mund. »Wasch deinen Mund aus, Jenny Fuller. Na ja, es war jedenfalls klar, wessen Stimmen das waren.«

»Was passierte dann?«

»Weiß ich nicht. Ich war weg, bevor die Kacke anfing zu dampfen. Wenn ich also umgebracht werde, weißt du, wo du zuerst nachsehen musst. Ich denke, er wurde suspendiert. Vielleicht entlassen. Es war natürlich kein Beweis, der vor Gericht hätte verwendet werden können, aber da drüben können sie sich wegen solcher Sachen ziemlich anstellen. Studentinnen ficken ist fast so schlimm, wie in einem Restaurant beim Rauchen erwischt zu werden.« Sie trank ihr Glas aus und sah auf die Uhr. »Ach, tut mir Leid, aber ich muss los. Die Universität war bis jetzt sehr gut zu mir, aber wenn ich meine Kurse nicht vorbereite, ist irgendwann Schluss damit. War schön, dich wiederzusehen.«

Sie griff nach ihrer Tasche, hielt inne und legte sie sich auf den Schoß. Dann sah sie Banks in die Augen, berührte sanft seine Hand und sagte: »Warum meldest du dich nicht mal bei mir? Wir könnten, keine Ahnung, zusammen essen gehen oder so, wie wär das?«

Banks schluckte. »Mach ich. Wär toll. Und du musst mal vorbeikommen und dir das Cottage ansehen.«

»Gerne.« Sie tätschelte seine Hand, blies ihm einen Kuss zu, und schon war sie in einem Wirbel von Rot, Grün und Schwarz verschwunden, nur ein Hauch Miss Dior hing noch in der verrauchten Luft. Banks sah auf seine Hand. Wo sie ihn berührt hatte, kribbelte sie noch immer. Jetzt, wo er den Mut gefunden hatte und sich wünschte, eine Beziehung mit Annie zu beginnen, war Jenny eine unerwünschte Komplikation. Aber sie war eine Freundin; er konnte sie nicht im Stich lassen. Und es gab überhaupt keinen Grund, warum Annie etwas dagegen haben sollte, wenn er mir ihr essen ging. Dennoch war er jetzt verwirrter als noch vor einer halben Stunde. Er griff nach der Büchertüte und verließ den Pub.

13

* * *

Es dauerte ein bisschen, aber nachdem ich losgelaufen und Gloria vom Hof geholt hatte, konnte ich mir endlich zusammenreimen, was passiert war. Matthew selbst sagte kein Wort. Er sah uns an, als könnte er sich erinnern, uns einmal gekannt zu haben, als hätte ihn ein tief sitzendes Heimkehrvermögen hergeführt, doch ergäbe unser ganzer Wirbel für ihn keinen Sinn.

Während Gloria und Mutter ihn trösteten, ging ich zum Telefon hinunter und begann mit einer langen Reihe von Anrufen. Das Ministerium war so wenig hilfreich wie immer, das Rote Kreuz etwas entgegenkommender, doch schließlich war es ein Arzt aus einem der großen Londoner Krankenhäuser (denn es lag auf der Hand, dass Matthew krank und offenbar auf eigene Faust gegangen war), der mir das meiste erzählte.

Zuerst wusste er nicht, von wem ich sprach, weil der Name des Mannes, der gestern das Krankenhaus verlassen hatte, nicht bekannt war. Doch als ich ihm Matthew beschrieb, war er überzeugt, dass wir von derselben Person redeten.

Matthew war mit mehreren anderen britischen und indischen Soldaten aus einem japanischen Gefangenenlager in der Nähe von Luzon auf den Philippinen befreit worden. Wer er war, war nicht mit Sicherheit festzustellen, nur die letzten Fetzen seiner Uniform wiesen darauf hin, dass er Engländer war. Er hatte mit keinem der Soldaten gesprochen und keiner war am gleichen Ort oder zur gleichen Zeit wie Matthew gefangen genommen worden. Dementsprechend wusste niemand, woher er kam und wer er war.

Als ich den Arzt fragte, warum Matthew nicht redete und sich sogar weigerte, etwas aufzuschreiben, wenn ihm Papier und Stift angeboten wurden, machte er eine Pause und sagte dann: »Er leidet wahrscheinlich unter einer Form von Kriegsneurose. Deswegen teilt er sich nicht mit. Es gibt möglicherweise noch andere Probleme, aber genauer kann ich das leider nicht sagen.«

»Und deshalb will er nicht sprechen?«

Er hielt wieder inne, diesmal länger, und fuhr dann langsam fort: »Es tut mir Leid, Ihnen das zu sagen, aber als wir ihn einer gründlichen Untersuchung unterzogen, stellten wir unter anderem fest, dass seine Zunge herausgeschnitten wurde.«

Mir fiel nichts ein, das ich sagen konnte. Ich stand da, in meinem Kopf drehte sich alles, ich klammerte mich am Telefon fest, als sei es das Einzige, was mich noch auf der Erde hielt.

»Miss Shackleton? Miss Shackleton? Sind Sie noch da?«

»Ja … Entschuldigung … Fahren Sie bitte fort.«

»Ich bin derjenige, der sich entschuldigen muss. Ich muss Ihnen sehr kurz angebunden und grob vorkommen. Ich wusste nicht, wie ich es Ihnen sagen sollte. Wenn Sie wüssten … was wir hier für Männer haben. Also … ich entschuldige mich.«

»Schon gut, Doktor. Also ist Matthew körperlich unfähig zu sprechen.«

»Ja.«

»Aber schreiben könnte er, wenn er wollte?«

»Es spricht nichts dagegen. Die Finger der linken Hand sind leicht beschädigt, so als wären sie gebrochen gewesen und schlecht verheilt, aber seine rechte Hand ist gesund, und soweit ich sagen kann, scheint er Rechtshänder zu sein. Stimmt das?«

»Ja, Matthew ist Rechtshänder.«

»Dann kann ich nur vermuten, dass er es vorzieht, sich nicht mitzuteilen.«

»Was sollen wir tun?«

»Wie meinen Sie das?«

»Nun, er ist doch fortgelaufen, oder? Sollen wir ihn zurückschicken?«

»Darin sehe ich nicht viel Sinn«, antwortete der Arzt. »Und ehrlich gesagt brauchen wir hier jedes Bett. Nein, medizinisch können wir nichts mehr für ihn tun. Seine Wirbelsäule ist leicht gekrümmt, wohl zurückzuführen auf einen erzwungenen Aufenthalt in beengten Räumlichkeiten, beispielsweise in einer Kiste oder einem Käfig, hervorgerufen durch eine unsachgemäß gerichtete Fraktur. Außerdem wurde er in Arm und Magen geschossen. Die Wunden sind verheilt, aber nach dem Aussehen der Narben zu urteilen, war die Operation von schlechter Qualität.«

Ich schluckte, versuchte nicht an all das Leid zu denken, das der arme Matthew durchgemacht haben musste. »Und geistig?«

»Wie gesagt, wir wissen nicht genau, was nicht stimmt. Er verweigert sich der Kommunikation. Aber es ist ein gutes Zeichen, dass er nach Hause gekommen ist. Er kannte den Weg und brachte die Heimfahrt mit dem bisschen Geld zustande, das er mitnahm.«

»Mitnahm?«

»Ähm, ja. Aber machen Sie sich darüber keine Sorgen. Wir hatten ihn noch nicht mit Kleidung und Geld ausgestattet. Er nahm den Anzug eines anderen Patienten.«

»Wird es …«

»Keine Sorge. Der andere Patient hat vollstes Verständnis. Er weiß selbst, was Ihr Bruder durchgemacht hat. Bitte machen Sie sich darüber keine Gedanken.«

»Aber das Geld!«

»Es war nicht viel. Reichte gerade für die Zugfahrkarte und vielleicht ein bisschen zu essen.«

»Er sieht aus, als hätte er seit Monaten nichts gegessen. Kann er behandelt werden? Wird es ihm besser gehen?«

»Das ist unmöglich zu sagen. Es gibt Behandlungsmöglichkeiten.«

»Und die wären?«

»Am häufigsten ist die Narkosynthese.«

»Und was ist das?«

»Ein durch Drogen hervorgerufenes Wiedererleben des traumatischen Ereignisses oder der Ereignisse. Sie wird benutzt, um dem Ich zu helfen, das Geschehene zu akzeptieren.«

»Aber wenn Sie nicht wissen, was das traumatische Ereignis war …«

»Es gibt Möglichkeiten, sich dem zu nähern. Aber ich möchte Ihnen keine Hoffnungen machen. Das Problem ist natürlich, dass Matthew sich nicht sprachlich äußern kann, und das könnte den Erfolg der Narkosynthese erheblich beeinträchtigen.«

»Was schlagen Sie vor?«

»Ich schlage vor, dass Sie mir sagen, wo Sie wohnen, dann werde ich mich bemühen, einen Arzt für Sie zu suchen, der sich mit diesen Dingen auskennt.«

Ich nannte ihm meine Adresse.

»Das könnte bedeuten, nach Leeds zu fahren«, sagte er.

»Das wäre kein Problem.«

»Ich verspreche Ihnen, dass ich mich darum kümmere. Passen Sie in der Zwischenzeit einfach gut auf ihn auf. Ich denke, ich muss Ihnen nicht erzählen, dass er Entsetzliches durchgemacht hat.«

»Nein. Vielen Dank, Doktor.« Ich legte auf und ging wieder nach oben.

Matthew saß vor dem Fenster und starrte es an, nicht hindurch; Mutter und Gloria schienen mit ihrer Weisheit am Ende zu sein.

»Ich hab versucht, mit ihm zu reden, Gwen«, sagte Gloria mit zitternder Stimme. »Ich glaube, er kennt mich nicht mal. Ich glaube, er weiß nicht mal, wo er ist.«

Ich berichtete ihr, was der Arzt gesagt hatte, ließ aber einiges aus. »Er ist doch zurückgekommen, oder?«, fragte ich, um sie zu trösten. »Er hat allein hergefunden. Es war der einzige Ort, den er kannte. Sein Zuhause. Keine Sorge, es wird ihm bald besser gehen, wo er jetzt bei den Menschen ist, die ihn lieben.«

Gloria nickte, aber sie wirkte nicht überzeugt. Ich konnte es ihr nicht verübeln; auch ich war nicht überzeugt.

* * *

Es war schon lange her, seit Banks zum letzten Mal die gefurchte Zufahrt zum gedrungenen Steinhaus von Detective Superintendent Gristhorpe in einem Flusstal über Lyndgarth hinaufgefahren war.

Wie erwartet, fand er Gristhorpe draußen bei der Arbeit an seiner Trockenmauer. Das Trockenmauern war ein Hobby, das sich der Superintendent vor Jahren zugelegt hatte. Es war der Inbegriff eines sinnlosen Zeitvertreibs: Seine Mauer führte nirgends hin und fasste nichts ein. Er behauptete, es sei für ihn entspannend, eine Form von Meditation. Der Kopf würde ganz leer und er befinde sich im Einklang mit der Natur. Sagte er. Vielleicht hatten der Superintendent und Annie eine Menge Gemeinsamkeiten.

Gristhorpe trug eine schlabberige braune Kordhose, die nur von ausgeleierten roten Hosenträgern gehalten wurde, dazu ein kariertes Hemd, das vielleicht mal eine weiße Grundfarbe gehabt hatte. Er hielt einen dreieckigen Kalkstein in der Hand und blinzelte die Mauer an. Als Banks näher kam, drehte er sich um. Sein vernarbtes Gesicht war durch die Sonne und die körperliche Anstrengung roter als sonst. Auch schwitzte er und sein unbändiger Haarschopf klebte ihm am Schädel. Lag das am Licht oder sah Gristhorpe plötzlich alt aus, fragte sich Banks.

»Alan«, sagte er. Es war keine Begrüßung und keine Frage. Eine reine Feststellung. Mehr war aus der ausdruckslosen Stimme nicht herauszuhören.

»Hallo.«

Gristhorpe zeigte auf die Wand. »Man sagt, ein guter Mauerbauer legt den Stein nicht mehr zur Seite, den er einmal in die Hand genommen hat«, meinte er und sah dann auf den Brocken in seiner Hand hinunter. »Wenn ich nur wüsste, wo ich diesen Schweinehund hinstecken soll.« Er hielt kurz inne und warf ihn dann zurück auf den Haufen, klopfte sich die verstaubten Hände an der Hose ab und kam hinüber. »Was zu trinken?«

»Etwas Kaltes.«

»Also Cola. Ich hab welche im Kühlschrank. Wir setzen uns hier nach draußen.« Gristhorpe wies auf zwei Klappstühle, die hinter dem alten Bauernhaus im Schatten standen.

Banks nahm Platz. Er glaubte ein paar winzige Figuren ausmachen zu können, die über den Kalksteinbruch kraxelten, der sich an Fremlington Hill entlangzog.

Gristhorpe kam mit zwei Glas Cola nach draußen, gab Banks das eine und setzte sich neben ihn. Zuerst sprach keiner von beiden.

Schließlich brach Gristhorpe das Schweigen. »Hab gehört, Jimmy Riddle hat dir einen richtigen Fall zu knacken gegeben.«

»Na ja. Ich glaube, er hält es eher für eine Sackgasse.«

Gristhorpe zog die buschigen Augenbrauen hoch. »Stimmt das denn?«

»Glaube ich nicht.« Banks erzählte Gristhorpe, was Annie Cabbot und er bisher ermittelt hatten, und reichte ihm den Knopf, den Adam Kelly der Hand des Skeletts entwendet hatte. »Es ist nicht mehr mit Sicherheit zu sagen«, fuhr er fort, »aber möglicherweise hat das Opfer ihn in der Hand gehalten. Jedenfalls wurde sie damit vergraben und von alleine ist er ja nicht dahin gekommen. Sie könnte ihn dem Angreifer abgerissen haben, als sie erwürgt wurde.«

Gristhorpe untersuchte den Knopf und trank einen Schluck Cola. »Sieht aus wie ein Knopf von der amerikanischen Luftwaffe«, sagte er. »Ich kann mich irren – der ist so alt und korrodiert, da ist es schwer zu sagen –, aber das Muster hier sieht aus wie der amerikanische Adler. Ihr Mann hätte den nicht an seiner Uniform gehabt. So wie du ihn beschrieben hast. Und es ist höchst unwahrscheinlich, dass er eine Uniform trug, wenn er aus einem japanischen Kriegsgefangenenlager befreit und in die Heimat zurückgeschickt wurde.«

»Du meinst also, der ist amerikanisch?«

Gristhorpe wog das Metall in seiner Hand. »Ich würd's nicht vor Gericht schwören«, sagte er. »Verglichen mit unseren kleideten sich die amerikanischen Streitkräfte sehr leger. Meistens trugen sie diese Eisenhower-Jacken mit verdeckter Knopfleiste, aber der hier könnte am Kragen gesessen haben. Normalerweise wurde er rechts getragen. Offiziere trugen ihn links oder rechts, darunter ihre Truppengattung. GIs, die keiner besonderen Waffengruppe angehörten, trugen den Adler auf beiden Seiten.«

»Wenn sie erwürgt wurde«, sagte Banks, »ist es durchaus möglich, dass sie versuchte, das Gesicht des Angreifers zu zerkratzen oder ihn am Kragen zu packen. Gloria und ihre Freundinnen verkehrte mit einer Gruppe amerikanischer Flieger aus Rowan Woods.«

Gristhorpe gab ihm den Knopf zurück. »Klingt vernünftig, die Theorie.«

»Es gibt noch was, das mir Kopfzerbrechen bereitet. Matthew Shackleton beging 1950 Selbstmord. Erschoss sich. Ich frage mich, woher er die Waffe hatte.«

»Jeder kann sich eine Waffe besorgen, wenn er alles daransetzt. Auch heutzutage.«

»Er war nicht in der Verfassung, loszugehen und eine auf dem Schwarzmarkt zu kaufen, selbst wenn er gewusst hätte, wo er suchen musste.«

»Du meinst also, er hatte sie bereits?«

»Ja, aber im Gefangenenlager kann er keine gehabt haben, oder?«

»Er kann sie auf dem Heimweg irgendwo bekommen haben. Lange Reise, viele Gelegenheiten.«

»Schon möglich. Wir wissen nur, dass er 1943 in Burma als vermisst gemeldet wurde, im März '45 wieder in Hobb's End auftauchte und 1950 in Leeds Selbstmord beging. Dazwischen ist eine große Lücke.«

»Was war das für eine Waffe?«

»Ein .45er Colt Automatic.«

»Wirklich?«

»Ja. Warum?«

»Das war der Revolver, den das amerikanische Militär an seine Soldaten ausgab. Das eröffnet interessante Möglichkeiten, nicht wahr? Amerikanischer Knopf in der Hand der Frau. Amerikanischer Revolver im Mund des Mannes.«

Banks nickte. Aber was für Möglichkeiten das sein sollten, wusste er nicht. Die zwei Vorfälle lagen fünf Jahre auseinander und ereigneten sich an unterschiedlichen Orten. Er nippte an seiner Cola.

»Wie geht's Sandra?«, fragte Gristhorpe.

»Gut, soweit ich weiß.«

»Tut mir Leid, was passiert ist, Alan.«

»Mir auch.«

Gristhorpe starrte ins Leere, in die Richtung von Fremlington Edge. »Diese Annie Cabbot«, sagte er. »Wie ist die so?«

Banks merkte, dass er errötete. »Sie ist gut«, sagte er.

»Zu gut für so ein gottverlassenes Nest wie Harksmere?«

»Find ich schon.«

»Was macht sie dann da?«

»Keine Ahnung.« Banks warf Gristhorpe einen Seitenblick zu. »Vielleicht hat sie einem ans Bein gepinkelt, so wie ich.«

Gristhorpe kniff die Augen zusammen. »Alan«, sagte er, »ich finde nicht gut, was du letztes Jahr gemacht hast, dass du, ohne ein Wort zu sagen, einfach abgehauen bist. Du hast mich richtig reingeritten. Ich verstehe, warum du das getan hast. An deiner Stelle hätte ich es vielleicht auch getan. Aber ich kann nicht darüber hinweggehen. Zwar hast du so in gewisser Hinsicht die Kastanien aus dem Feuer geholt, aber gleichzeitig sind sie sozusagen auf der anderen Seite wieder reingefallen.«

»Wie meinst du das?«

»Jimmy Riddle konnte dich schon vorher nicht leiden. Außerdem kann er es nicht ertragen, wenn er eines Besseren belehrt wird, insbesondere nachdem er sich vor der Presse aufgeplustert hat. Deine Aktionen auf eigene Faust haben zwar zur Lösung des Falles beigetragen, aber jetzt hasst er dich nur noch mehr. Ich kann nichts für dich tun. Du musst dir darüber im Klaren sein, dass dein Einfluss in Eastvale ziemlich gering ist, um mich mal vorsichtig auszudrücken.«

Banks erhob sich. »Ich habe nicht um einen Gefallen gebeten.«

»Setz dich, Alan. Lass mich ausreden.«

Banks nahm wieder Platz und suchte nach einer Zigarette. »Ich hätte mich wohl schon längst um eine Versetzung bemüht«, sagte er, »aber ich hatte andere Sachen im Kopf.«

»Ja, ich weiß. Und ich weiß auch, dass du nicht um Hilfe bittest. Das ist nicht deine Art. Vielleicht habe ich sogar gute Nachrichten für dich, wenn du versprichst, es für dich zu behalten.«

»Gute Nachrichten? Das wär ja mal was Neues.«

»Nur zwischen uns: Jimmy Riddle ist vielleicht nicht mehr lange da.«

Banks traute seinen Ohren kaum. »*Was*? Riddle geht in Ruhestand? In seinem Alter?«

»Ein kleines Vögelchen hat mir geträllert, dass der krumme Finger der Politik lockt. Wie du weißt, ist das für Polizisten nicht möglich, also verrat mir mal, wie die Lösung aussehen soll.«

»Politik?«

»Genau. Der Abgeordnete der Konservativen in Riddles Wahlkreis ist praktisch durchgeknallt. Nicht dass man das in der Hütte groß merken würde. Hochwertige Echolote melden, dass Riddle schon mehrere Gespräche mit dem Wahlausschuss geführt hat und der mit ihm zufrieden war. Wie schon gesagt, Alan, das bleibt unter uns.«

»Natürlich.«

»Das ist keine Garantie, dass er geht. Oder dass er überhaupt gewählt wird. Obwohl dieser Wahlkreis hier eine Bank für die Konservativen ist – die könnten sogar Saddam Hussein aufstellen, der würde auch gewinnen. Selbst wenn Riddle geht – er hinterlässt auf jeden Fall einen üblen Geruch, und er wird behaupten, der käme von dir. Ich sag also nicht, dass alles in Butter ist. Zum Beispiel hängt viel davon ab, ob wir einen neuen Polizeipräsidenten bekommen, der nicht auf der Leitung steht.«

Banks fühlte ein warmes Gefühl in sich aufkommen. Ein interessanter Fall. Annie Cabbot. Und jetzt das. Vielleicht gab es doch einen Gott. Vielleicht neigte sich seine Trockenperiode tatsächlich dem Ende zu.

»Wissen Sie«, bemerkte er, »da könnte man sich glatt vorstellen, die Konservativen zu wählen, nur damit der Hund auch wirklich gewinnt.«

* * *

Charlie starb am 19. März während eines Großangriffs auf Berlin. Die Fliegenden Festungen wurden von einer Messerschmidt zusammengeschossen. Brad gelang es, das brennende Flugzeug über den Ärmelkanal zurückzusteuern und auf einem Flugplatz in Sussex zu landen, musste dann aber feststellen, dass Charlie und zwei weitere Besatzungsmitglieder tot waren. Brad kam mit Schnittwunden und blauen Flecken davon und kehrte, nachdem er einige Tage im Krankenhaus zur Beobachtung gewesen war, nach Rowan Woods zurück.

Diese Nachricht, kurz nach Matthews Rückkehr, war fast mehr, als ich ertragen konnte. Der arme, liebe Charlie mit seiner Lyrik und dem Dackelblick. Fort.

Als Brad aus Sussex zurückkam, besuchte er mich mit einer Flasche Bourbon im Laden und erzählte mir persönlich, was passiert war. Obwohl er Charlie nur einige Jahre gekannt hatte, waren sie enge Freunde geworden. Er versuchte, die Art von Bindung zu erklären, die zwischen Pilot und Navigator bestand. Ich sah, dass es ihn erschütterte. Er gab sich die Schuld und schämte sich, weil er überlebt hatte.

Gloria war vollauf damit beschäftigt, Matthew zu pflegen. Sie hatte Brad gesagt, sie könne ihn nicht mehr treffen, es würde sie durcheinander bringen und ihnen nicht gut tun. Brad ärgerte sich über ihre Zurückweisung, aber er konnte nichts anderes tun, als zu mir zu kommen und mir sein Herz auszuschütten.

Wir saßen im kleinen Zimmer über dem Laden. Mutter

war schon zu Bett gegangen, wir tranken Bourbon und rauchten Luckies. Im Rundfunk hörten wir den BBC-Home Service, und Vivien Leigh las Gedichte von Christina Rossetti und Elizabeth Barrett Browning. Keiner sagte viel, es gab nicht viel zu sagen. Charlie war nicht mehr da, es hatte ein Ende. Gedichte füllten die Minuten des Schweigens.

Nicht weit entfernt widmete sich Gloria – die Vivien Leigh anbetete, wie ich mich von unserem ersten Treffen erinnerte – der Pflege eines Mannes, der nicht sprechen konnte, sich nicht mitteilen wollte und wahrscheinlich nicht einmal wusste, wer sie war. Sie fütterte ihn mit dem Löffel, badete ihn, ohne dass ein Ende in Sicht war, soweit ich wusste. Das hatte der Krieg aus unserem Leben gemacht: den Inbegriff von Elend und Hoffnungslosigkeit.

Die Flasche war leer, in meinem Kopf drehte sich alles, das Zimmer stank nach Zigarettenqualm. »›Wie ich dich liebe? Lass mich zählen wie‹, rezitierte Vivien Leigh. Wie Charlie solche gefühlsduseligen Gedichte gehasst hatte. Ich lehnte den Kopf an Brads Schulter und weinte.

* * *

Am Donnerstagabend ging Banks früh nach Hause. Er musste nicht im Büro sitzen, um eine Liste von Fragen an Vivian Elmsley vorzubereiten, viel gemütlicher war es am Kiefertisch in seiner Küche: einen Becher starken Tee neben sich, *Stabat Mater* von Arvo Pärt in der Anlage und durch das Fenster hinter ihm flutete das Licht des frühen Abends herein, golden wie Herbstlaub.

Nachdem er eine Liste mit den wichtigsten Fragen zusammengestellt hatte, ging er ins Wohnzimmer und versuchte es wieder bei Brian.

Beim fünften Klingeln hob jemand ab.

»Ja?«

»Brian?«

»Nein, Andy. Wer ist da?«

»Brians Vater.«

Stille. »Sekunde.«

Banks hörte gedämpfte Stimmen, kurz darauf kam Brian an den Apparat. »Dad?«

»Wo hast du gesteckt? Ich versuch schon die ganze Woche, dich zu erreichen.«

»Wir sind durch Urlaubsorte in Südwales getourt. Wir hatten ein paar Gigs mit den Dancing Pigs. Hier, Dad, ich hab dir gesagt, wir werden mit Auftritten nur so zugeschmissen. Wir haben viel zu tun. Hat dich nicht interessiert.«

Banks schwieg. Diesmal wollte er es nicht vermasseln, aber er wollte verdammt sein, würde er vor seinem Sohn zu Kreuze kriechen. »Darum geht es nicht«, sagte er. »Ich glaub nicht, dass es völlig unangebracht ist, wenn man als Vater seine Bedenken ausdrückt, weil der Sohn plötzlich seine Absichten ändert, oder?«

»Du weißt genau, dass ich in der Band spiele. Du wusstest schon immer, dass ich Musik liebe. Dad, du selbst hast mir doch die Gitarre zum sechzehnten Geburtstag geschenkt. Weißt du das nicht mehr?«

»Doch, natürlich. Ich meine ja auch nur, dass du mir ein bisschen Zeit zum Verdauen geben sollst. Es war ein Schock. Wir haben alle damit gerechnet, dass du mit einer guten Note abschließt und irgendwo in einer guten Firma anfängst. Musik ist ein tolles Hobby, aber davon zu leben ist schwer.«

»Sagst du immer. Aber wir kommen gut zurecht. Hast du denn immer getan, was deine Eltern von dir wollten?«

Tiefschlag, dachte Banks. *Fast nie* wäre die Wahrheit gewesen, aber das wollte er nicht zugeben. »Nicht immer«, sagte er. »Guck, ich meine ja nicht, dass du nicht alt genug bist, deine eigenen Entscheidungen zu fällen. Überleg es dir einfach, mehr nicht.«

»Ich *hab* es mir überlegt. Ich stehe dahinter.«

»Hast du schon mit deiner Mutter gesprochen?«

Banks hätte schwören können, dass Brians Schweigen voller Schuldbewusstsein war. »Sie ist nie da, wenn ich anrufe«, sagte er schließlich.

Quatsch, dachte Banks. »Na, dann versuch es weiter.«

»Ich glaube trotzdem, dass es besser wäre, wenn du es ihr sagst.«

»Brian, wenn das deine Entscheidung ist, dann musst du auch die Verantwortung dafür übernehmen. Glaub mir, es ist *nicht* besser, wenn ich es ihr sage.«

»Ja, ja. Gut. In Ordnung. Ich versuch's noch mal.«

»Ja, schön. Warum ich eigentlich anrufe, ist, dass ich morgen bei dir in der Gegend bin, da dachte ich, wir könnten uns vielleicht treffen und mal was reden. Ich geb dir einen aus.«

»Weiß nicht, Dad, wir haben momentan so viel zu tun.«

»Du kannst doch nicht die *ganze* Zeit beschäftigt sein.«

»Die Proben, weißt du ...«

»Nicht eine halbe Stunde?«

Wieder Schweigen. Banks hörte, wie Brian mit Andrew sprach, verstand aber nichts. Dann kam Brian wieder ans Telefon. »Hör mal«, sagte er, »morgen und Samstag spielen wir in einem Pub in Bethnal Green. Wenn du Lust hast zu kommen und zuzuhören, können wir in der Pause einen trinken.«

Banks ließ sich den Pub und die Uhrzeit nennen und sagte, er würde es versuchen.

»Schon gut«, meinte Brian. »Ich verstehe es schon, wenn was anderes dazwischenkommt. Wär nicht das erste Mal. Eine der Freuden, wenn man der Sohn eines Bullen ist.«

»Ich komme«, sagte Banks. »Bis dann!«

Inzwischen war es schon fast dunkel. Er nahm seine Zigaretten und einen kleinen Whisky und setzte sich draußen auf das Mäuerchen. Die letzten karmesin- und purpurroten Streifen durchzogen den Himmel im Westen und der abnehmende Mond schien über dem Tal wie ein polierter Knochen. Die Vorboten eines Gewitters hatten sich verzogen, die Luft war wieder klar und trocken.

Wenigstens hatte er mit Brian gesprochen und würde ihn bald treffen, dachte Banks. Er freute sich auf den Auftritt der Band. Er hatte Brian natürlich auf der Gitarre üben gehört, als er noch zu Hause wohnte, und war beeindruckt gewesen, wie leichthändig er es lernte. Ganz anders als Banks.

Damals, in den Tagen der Beatles, als jedes Kind versuchte, Gitarre zu spielen, hatte er mehr schlecht als recht gerade drei Akkorde hinbekommen und es wieder aufgegeben. Er beneidete Brian um sein Talent, vielleicht genauso, wie er ihn um seine Freiheit beneidete. Auch Banks hatte sich einmal ein Leben als Künstler vorstellen können. Wovon genau er dann gelebt hätte, wusste er nicht; er besaß kein Talent für Musik, Literatur oder Malerei. Er hätte sich an jemanden hängen können, wäre vielleicht ein Roadie geworden oder einfach nur ein cooler Typ. Damals schien das egal zu sein. Aber Jems Tod hatte ihm den Geschmack daran verdorben und so landete er bei der Polizei. Auch wohnte er damals schon mit Sandra zusammen, war über alle Maßen verliebt und dachte zum ersten Mal in seinem Leben ernsthaft über eine gemeinsame Zukunft nach. Über Kinder. Ein Haus. Das ganze Brimborium. Außerdem wusste er tief im Innern, dass er einen Beruf mit einer gewissen Disziplin brauchte, sonst konnte Gott weiß was mit ihm passieren. Auf die Streitkräfte hatte er keine besondere Lust und mit den Bildern des nie gefundenen Graham Marshall im Hinterkopf blieb nur die Polizei. Geheimnisse mussten gelöst, Schinder eingebuchtet werden.

Vielleicht hätte er seinem ersten Impuls folgen und einfach aufhören sollen, dachte er, als er die Geschehnisse der letzten Zeit Revue passieren ließ. Nein. In diese Falle würde er nicht tappen. Das wäre viel zu einfach. Sein Leben und Beruf waren genau das, was er gewollt hatte, er hatte zwei tolle Kinder und ein etwas angeschlagenes Arbeitsleben vorzuweisen, und er konnte sich nicht vorstellen, etwas anderes zu tun.

Niemand hatte ihm versprochen, dass es ein Spaziergang sein würde. Die Depressionen, die ihn anflogen wie ein Krähenschwarm, würden irgendwann aufhören, und auch das Gefühl der Sinnlosigkeit, der Eindruck, dass seine tiefe Verzweiflung wirklich kein Ende hatte, würde sich ebenfalls im Laufe der Zeit verflüchtigen. Wie Brian gesagt hatte, als

Banks ihm von der Trennung berichtet hatte, er würde einfach durchhalten müssen, durchhalten und das Beste daraus machen, mit dem Cottage, mit Annie und dem schwierigen Fall.

Ein aufgeregter Brachvogel kreischte und schrie oben auf dem Hügel. Vielleicht wurde sein Nest von einem Tier bedroht. Banks hörte sein Telefon klingeln. Schnell drückte er die Zigarette aus und ging hinein.

»Entschuldigen Sie bitte die späte Störung«, sagte Sergeant Hatchley, »aber ich weiß, dass Sie morgen früh nach London fahren.«

»Worum geht's?« Banks sah auf die Uhr. Halb zehn. »Sonst arbeiten Sie doch nicht so lange, Jim.«

»Nee, stimmt. Ich meine, hab ich nicht. Ich war mit ein paar Leuten aus dem Rugby-Club im Queen's Arms, und da dachte ich, ich guck mal kurz auf der Dienststelle vorbei, ob ich schon irgendwelche Antworten auf meine Anfragen bekommen habe.«

»Und?«

»Francis Henderson. Wie schon gesagt, ich weiß ja, dass Sie morgen runterfahren, deswegen rufe ich an. Ich hab seine Adresse.«

»Wohnt er in London?«

»In Dulwich.« Hatchley las die Adresse vor. »Interessant ist, warum die Antwort so schnell gekommen ist: Er ist vorbestraft.«

Banks wurde aufmerksam. »Ja?«

»Die Zentrale schreibt, Francis Henderson hat in den Sechzigern angefangen, für eine der Banden im East End zu arbeiten. Nicht gerade für die Krays, aber so ähnlich. In erster Linie hat er ihnen Informationen beschafft, Leute aufgespürt, die gesucht wurden, andere beschattet, die beobachtet werden sollten. Er wurde drogenabhängig und fing in den Siebzigern an, sein Geld mit Dealen zu verdienen. Hier steht, er hat sich vor Jahren zurückgezogen und ist clean, jedenfalls so weit bekannt ist.«

»Ist es auf jeden Fall *unser* Francis Henderson?«

»Ja, Sir.«

»Gut. Vielen Dank für den Anruf, Jim. Jetzt gehen Sie aber nach Hause.«

»Ja, ja, sicher.«

»Und geben Sie morgen noch mal die landesweite Anfrage raus, wenn Sie Zeit haben.«

»Mach ich. *Bon voyage.*«

14

Annie wartete auf dem Bahnsteig in York. Sie sah sehr geschäftsmäßig aus in einem dunkelblauen, knielangen Rock, einem Blazer mit silbernen Knöpfen und einer weißen Bluse. Sie hatte das Haar so streng zurückgebunden, dass es auf ihrer Stirn spitz zulief und die dunklen Augenbrauen nach oben zog. Doch fühlte sich Banks diesmal nicht schlechter gekleidet. Er trug einen leichten sommerlichen Anzug aus Baumwolle mit einer rot-grauen Krawatte. Der oberste Hemdknopf war geöffnet.

»Guter Gott«, sagte sie lächelnd, »ich hab das Gefühl, als ob wir uns zu einem verbotenen Wochenende treffen.«

Banks lachte. »Wer weiß, wenn du's richtig angehst …«

Der Bahnhof roch nach Diesel und altem Ruß aus den Tagen der Dampflok. Mit ohrenbetäubendem Zischen schoss Pressluft unter den Zügen hervor, unter der hohen Decke flatterten Tauben. Ansagen über verspätet eintreffende oder abfahrende Züge echoten aus den Lautsprechern.

Der Zug nach London verließ den Bahnhof lediglich elf Minuten nach der veranschlagten Abfahrtszeit. Banks und Annie unterhielten sich eine Weile, der ratternde, wiegende Rhythmus beruhigte sie, und Banks stellte fest, dass, was auch immer Annie gestern am Telefon gestört hatte, jetzt nicht mehr von Bedeutung war. Ihm war verziehen worden.

Annie vertiefte sich in den *Guardian*, den sie im Bahnhof gekauft hatte, und Banks machte sich wieder an die *Schuldigen Geheimnisse*. In der letzten Nacht im Bett hatte er *Der Schatten des Todes* zugeklappt, als Detective Inspector Niven den ersten Verdächtigen verhaftete und sagte: »Sie haben das Recht zu schweigen. Wenn Sie keinen Anwalt haben, wird Ihnen einer gestellt.« So viel zur glaubwürdigen Beschreibung von Ermittlungsmethoden. Aber da es eins ihrer frühen Inspector-Niven-Bücher war und er fand, dass sie eine zweite Chance verdient hatte, fing er mit *Schuldige Geheimnisse* an, ihr jüngstes Buch ohne Niven, und hatte es kaum wieder aus der Hand legen können.

Im Grunde hatte man das Handlungsmuster schon ein Dutzend Mal im Fernsehen gesehen. Ein Mann, der im Ausland Urlaub macht, gerät in einer überfüllten Bar in eine heftige Auseinandersetzung. Er versucht, Ruhe zu bewahren, und verlässt schließlich das Lokal, doch der andere folgt ihm nach draußen und greift ihn an. Ein Fremder eilt ihm zu Hilfe und zusammen lassen sie sich hinreißen und prügeln den Angreifer zu Tode. Sie verstecken die Leiche und gehen danach getrennte Wege – der Vorfall ist vergessen.

Wieder in England, wird der Täter ein erfolgreicher Geschäftsmann und steht auf der Schwelle zu einer offenbar gleichermaßen erfolgreichen politischen Karriere. Bis der unvermeidliche Erpresser auftaucht. Was soll er tun? Zahlen oder wieder töten?

Trotz der dürftigen Handlung entpuppte sich *Schuldige Geheimnisse* als eine faszinierende Studie über Gewissen und Charakter. Aufgrund der Situation, in der sie sich befindet, ist die Hauptfigur gezwungen, ihr gesamtes Leben in Bezug auf das unentdeckte Verbrechen zu prüfen, während sie sich gleichzeitig damit quält, wie sie ihre Zukunft absichern soll.

Um es weiter zu verkomplizieren, geht das Töten diesem Mann nicht leicht von der Hand; er ist ein Menschenfreund und vertritt christliche Werte, ohne sie anderen aufzudrücken. Irgendwann kommt er zu dem Schluss, alles zu gestehen, um die Konsequenzen zu tragen, die er seiner Ansicht schon vor Jahren hätte akzeptieren müssen. Andererseits genießt er sein Leben. Er besitzt einen gesunden Egoismus, ist ehrgeizig, genießt seine Macht und glaubt aufrichtig, dem Land etwas Gutes tun zu können, hätte er die Möglichkeit dazu. Auch muss er an andere denken: Familie und Angestellte hängen von ihm ab und vertrauen ihm.

Unbarmherzig, aber voller Verständnis legt Vivian Elmsley Seite um Seite die Seele des Mannes bloß, deckt seine moralischen und seelischen Dilemmata auf und zieht das Netz um ihn enger. In seinen besten Tagen hatte Banks viele Männer verhaftet, die zum Schutz ihres unrechtmäßig erworbenen Ruhms oder Vermögens gemordet hatten, aber selten war er auf eine so komplexe Persönlichkeit getroffen, wie Vivian Elmsley sie hier geschaffen hatte. Vielleicht hatte er den damaligen Tätern nur nicht tief genug ins Herz geblickt. Das Vernehmungszimmer der Polizei war nicht der beste Ort, um jemanden kennen zu lernen, und Banks hatte sich eher um ein Geständnis bemüht als um den Aufbau einer persönlichen Beziehung. An dem Punkt klafften das wahre Leben und das fiktive auseinander, dachte er; das erste ist unordentlich und unvollständig, das andere geordnet und abgeschlossen.

Kurz vor Peterborough hatte Banks das Buch ausgelesen. Annie hatte die Augen geschlossen, hielt ein Nickerchen oder meditierte. Durch die Scheibe betrachtete er die wenig anregende Landschaft seiner Kindheit: eine Ziegelei, eine Schule aus rotem Backstein, unbebaute Abschnitte voller Unkraut und Schutt. Selbst der Turm der wunderschönen normannischen Kathedrale hinter dem Einkaufszentrum konnte ihn nicht inspirieren. Kreischend kam der Zug zum Stehen.

Damals war die Stadt natürlich nicht so inspirationslos gewesen; seine Phantasie hatte auch noch dem trübseligsten Winkel eine magische Bedeutung verliehen. Die Schutthalden waren Schlachtfelder, auf denen die Jungen die großen Schlachten der zwei Weltkriege nachspielten, als Gewehre dienten Äste oder Stöcke, voller Wonne stachen sie den Gegner mit dem Bajonett nieder. Selbst wenn Banks alleine spielte oder im Fluss Nene angelte, konnte er sich ohne weiteres vorstellen, dass er ein Ritter aus Arthurs Tafelrunde war. Das hatte auch Adam Kelly in Hobb's End getan, als seine Phantasiewelt plötzlich Wirklichkeit wurde.

Der Zug verließ den Bahnhof von Peterborough, und Banks dachte an seine Eltern, die weniger als zwei Kilometer entfernt wohnten. Er sah auf die Uhr. Um diese Zeit trank seine Mutter wohl ihren milchigen Instantkaffee und las die neueste Ausgabe einer Frauenzeitschrift, sein Vater hielt bestimmt leise schnarchend sein morgendliches Nickerchen, die Füße auf dem grünen Velours-Polster, die Zeitung auf dem Schoß ausgebreitet. Jeden Tag dasselbe. So war es, seit sein Vater 1982 seine Stelle als Stahlarbeiter verloren hatte und seine Mutter zu alt und müde wurde, um weiter die Häuser anderer Leute zu putzen. Banks dachte an die Enttäuschung und Bitterkeit, die ihr Leben getrübt hatten, an die Probleme, zu denen er sicherlich ebenso beigetragen hatte wie Margaret Thatcher. Aber ihre Enttäuschung hatte auch ihn zeitweise befallen. Wie gut er etwas auch machte, es war nie gut genug.

Obwohl Banks sich »verbessert« hatte – er hatte eine sichere Stelle, eine verlässliche Einkommensquelle und gute Aufstiegschancen –, missfiel seinen Eltern, dass er zur Polizei gegangen war. Sein Vater wurde nie müde, auf der traditionellen Feindseligkeit zwischen Arbeiterklasse und Polizei herumzureiten. Als das Überfallkommando der Polizei im Streik von '84 Überstunden machte und die streikenden Bergarbeiter verhöhnte, indem es ihnen mit zusammengerollten Fünf-Pfund-Noten winkte, hatte er Banks beschuldigt, »der Feind« zu sein, und ihn zur Kündigung zu überreden versucht. Ihm war vollkommen egal, dass Banks bei der Londoner Polizei im Rauschgiftdezernat arbeitete und mit dem Ärger oben im Norden nichts zu tun hatte. Für seinen Vater war das einfach: Die Polizisten waren nichts anderes als Maggies Schlägertruppe, die Vollstrecker der ungeliebten Regierungspolitik, die Unterdrücker der Arbeiter.

Banks' Mutter für ihren Teil sah das Ganze viel praktischer und gab Geschichten über geschiedene Polizistenehen zum Besten, die sie irgendwo aufgeschnappt hatte. Polizist zu werden sei keine gute Entscheidung für einen Familienvater, wurde sie nie müde, ihm zu sagen. Und obwohl er und Sandra sich erst nach mehr als zwanzig Jahren trennten –

und eine an modernen Verhältnissen gemessen relativ problemlose Ehe geführt hatten –, fühlte seine Mutter eine große Genugtuung, letztendlich bestätigt worden zu sein.

Und das war das große Problem, dachte Banks, während die Stadt hinter ihm kleiner wurde. Er hatte nie irgendetwas richtig machen können. Wenn anderen Kindern etwas Schlimmes zustieß, ergriffen deren Eltern normalerweise Partei für sie, aber wenn Banks etwas passierte, war er selbst schuld. So war es schon immer gewesen, seit seinen ersten Schnittwunden und blauen Flecken von Raufereien auf dem Schulhof, immer war er es gewesen, der angefangen haben musste, auch wenn es nicht stimmte. Wenn er in Ausübung seines Berufs ums Leben käme, dachte Banks, wäre das in den Augen seiner Eltern wahrscheinlich auch noch seine Schuld. Wenn es um die Schuldfrage ging, kannten sie keine Nachsicht mit der Familie.

Doch war das andererseits auch der Grund, warum er in seinem Job gut war. Als er noch nicht so weit oben stand, gab er seinen Vorgesetzten nie die Schuld, wenn etwas schief ging, und nun, da er Chief Inspector war, übernahm er die Verantwortung für seine Mannschaft, ob die nun aus Hatchley und Susan Gay bestand oder nur aus Annie Cabbot. Wenn das Team einen Fehler machte, so war das *sein* Fehler. Das war eine Belastung, ja, aber auch eine Stärke.

King's Cross war so chaotisch wie immer. Banks und Annie bahnten sich ihren Weg durch die Menge und durch das Labyrinth aus gekachelten, hallenden Gängen, die zur Northern Line führten. Sie konnten sich in den ersten Zug Richtung Edgeware quetschen.

Wenige Minuten später traten sie aus der U-Bahn-Station Belsize Park, gingen Rosslyn Hill hinauf und bogen in die Seitenstraße ab, in der Vivian Elmsley wohnte. Banks kannte die Gegend ein wenig aus seiner Zeit in London, obwohl er und Sandra, nachdem sie aus Notting Hill weggezogen waren, größtenteils südlich des Flusses in Kennington gewohnt hatten. Keats hatte hier in der Nähe gelebt, fiel Banks wieder ein; in einer dieser Straßen hatte sich der arme Tropf in seine Nachbarin Fanny Brawne verliebt.

Eine Frauenstimme kam aus der Gegensprechanlage.

Nachdem Banks Dienstgrad und Anliegen mitgeteilt hatte, gab es eine lange Pause, dann sagte die Stimme resigniert: »Sie kommen besser herauf.« Der Summer ertönte und Banks drückte die Tür auf.

Sie stiegen drei dick mit Teppich belegte Treppen in den zweiten Stock hinauf. Dass es sich um ein gepflegtes Haus handelte, verrieten der frische Zitrusduft, das glänzende Holz und die vor kurzem gestrichenen Wände, hier und da mit einem gerahmten Stillleben oder Seestück geschmückt. Kostete bestimmt ein Vermögen, aber das konnte sich Vivian Elmsley zweifellos leisten.

Die Frau, die ihnen die Tür öffnete, war groß und schlank. Sie stand kerzengerade da, das graue Haar zu einem Knoten geschlungen. Sie hatte hohe Wangenknochen, eine leicht gekrümmte Nase und kleine, schmale Lippen. Um ihre auffälligen dunkelblauen Augen, die fast schon orientalisch schräg standen, zogen sich Krähenfüße. Banks verstand, was Elsie Patterson gemeint hatte: Wenn man nur ein klein wenig darauf achtete, konnte man diese Augen nicht übersehen. Sie war sportlich gekleidet: eine weite schwarze Trainingshose und ein weißes Sweatshirt. Na ja, dachte Banks, wenn man den ganzen Tag nichts anderes tat, als herumzusitzen und zu schreiben, dann war es wohl egal, was man trug. Manche hatten halt Glück.

Sie sah müde aus. Ihre Augen waren geschwollen und geplatzte rote Äderchen durchzogen das Weiße der Pupillen. Sie wirkte erschöpft und nervös, so als liefe sie auf Notstrom.

Die Wohnung war schlicht und modern eingerichtet, Chrom und Glas verliehen dem kleinen Wohnzimmer ein großzügiges Raumgefühl. Ein gerahmter Druck von einer der großen gelben Blumen von Georgia O'Keeffe hing über dem Kamin an der Wand.

»Bitte, nehmen Sie Platz!« Sie wies auf zwei passende Sessel aus Chrom und schwarzem Leder und setzte sich dann selbst, die Hände im Schoß gefaltet. Skelettartig und altersfleckig, wirkten sie älter als ihr Gesicht. Für Frauenhände waren sie ungewöhnlich groß.

»Ich muss zugeben, dass ich daran gewöhnt bin, mit der Polizei zu sprechen«, sagte sie, »nur dass ich sonst immer die Fragende bin. Was kann ich für Sie tun?«

Banks fiel wieder der Polizeialltag in *Der Schatten des Todes* ein und biss sich auf die Zunge. Vielleicht hatte sie noch keine Polizeibeamten gekannt, als sie das Buch schrieb. »Zuerst einmal«, begann er, »sind Sie Gwynneth Shackleton?«

»Das war ich, obwohl ich von den meisten Gwen genannt wurde. Vivian ist mein zweiter Name. Elmsley ist ein Pseudonym. Es war der Mädchenname meiner Mutter. Alles vollkommen rechtmäßig.«

»Das bezweifle ich nicht. Sind Sie in Hobb's End aufgewachsen?«

»Ja.«

»Haben Sie Gloria Shackleton umgebracht?«

Sie legte die Hand auf die Brust. »Gloria? Ich? Was für eine Vorstellung! Ganz bestimmt nicht.«

»Könnte Ihr Bruder Matthew sie umgebracht haben?«

»Nein. Matthew liebte sie. Sie sorgte für ihn. Er *brauchte* sie. Entschuldigen Sie, Chief Inspector, aber das kommt für mich alles sehr überraschend.«

»Ohne Zweifel.« Banks warf Annie einen kurzen Blick zu, die mit dem Notizblock auf dem Schoß keine Miene verzog. »Darf ich fragen, warum Sie sich auf unsere Aufrufe hin nicht gemeldet haben?«, fragte er.

Vivian Elmsley machte eine Pause, bevor sie antwortete, als müsse sie ihre Gedanken sorgfältig ordnen, so wie sie vielleicht eine Manuskriptseite redigierte. »Chief Inspector«, sagte sie, »ich gebe zu, dass ich die Entwicklung des Falles sowohl in der Zeitung als auch im Fernsehen verfolgt habe, aber ich glaube wirklich nicht, dass ich Ihnen irgendetwas von Wert erzählen kann. Außerdem habe ich das alles als sehr peinigend empfunden. Deshalb habe ich mich nicht gemeldet.«

»Ach, das kann ich nicht glauben«, entgegnete Banks. »Sie haben nicht nur während des Krieges in Hobb's End gelebt, sondern Sie waren sogar ihre Schwägerin. Sie können doch nicht erwarten, dass ich glaube, dass Sie nicht wissen, was mit ihr geschah.«

»Glauben Sie, was Sie möchten.«

»Standen Sie ihr nahe?«

»Das würde ich nicht behaupten, nein.«

»Mochten Sie sie?«

»Ich kann wirklich nicht sagen, dass ich sie gut gekannt habe.«

»Sie waren ungefähr gleichaltrig. Sie müssen mehr gemeinsam gehabt haben als die Verwandtschaft zu ihrem Bruder.«

»Sie war älter als ich. In dem Alter macht das schon einen Unterschied. Ich würde nicht sagen, dass wir viele Gemeinsamkeiten hatten. Ich hatte meinen Kopf immer schon in den Büchern, Gloria war ein eher überschwänglicher Mensch. Wie so viele Extrovertierte war sie aber auch verschlossen, sehr schwer zugänglich.«

»Haben Sie sich oft gesehen?«

»Ziemlich oft. Mal kam ich bei ihr, mal sie bei uns vorbei. Bridge Cottage war nicht weit vom Laden entfernt.«

»Und trotzdem behaupten Sie, sie nicht gut gekannt zu haben?«

»Ja. Auch Sie haben möglicherweise Cousins oder Schwager, die Sie kaum kennen, Chief Inspector.«

»Unternahmen Sie denn nichts gemeinsam?«

»Was denn?«

»Keine Ahnung. Mädchensachen.«

Annie warf ihm einen kurzen Blick zu, den er fühlte, bevor er ihn aus dem Augenwinkel wahrnahm. Herrgott noch mal, dachte er, das *waren* damals Mädchen. Er war mal ein Junge gewesen, da hatte er Jungensachen gemacht, und es störte ihn nicht, wenn sich jemand so ausdrückte.

Vivian schürzte die Lippen und zuckte dann mit den Achseln. »Mädchensachen? Wahrscheinlich ja. Was alle während des Krieges taten: ins Kino gehen, tanzen gehen.«

»Mit amerikanischen Soldaten?«

»Manchmal schon.«

»Gab es jemand Bestimmten?«

»Wir freundeten uns im letzten Kriegsjahr wohl mit mehreren an.«

»Können Sie sich an die Namen erinnern?«

»Ich denke schon. Warum?«

»Brad, zum Beispiel? Klingelt's da bei Ihnen?«

»Brad? Ja, ich glaube, so hieß einer.«

»Wie war sein Nachname?«

»Szikorski. Brad Szikorski.«

Banks suchte den Namen auf der Liste der in Rowan Woods stationierten Soldaten, die er mitgenommen hatte. *Bradford J. Szikorski, Jr.* Das musste er sein.

»Und PX? Billy Joe?«

»Edgar Konig und Billy Joe Farrell.«

Auch sie standen auf der Liste.

»Wie steht's mit einem Charlie?«

Vivian Elmsley wurde blass; ein Kiefermuskel begann zu zucken. »Markleson«, flüsterte sie. »Charlie Markleson.«

Banks prüfte es nach. »Charles Christopher Markleson? Ist er das?«

»*Charlie*. Alle nannten ihn *Charlie*.«

»Schon gut.«

»Wie sind Sie an die Namen gekommen? Ich habe sie schon so lange nicht mehr gehört.«

»Es ist nicht von Belang, wie wir daran gekommen sind. Wir haben ebenfalls herausgefunden, dass Gloria ein Verhältnis mit Brad Szikorski hatte. Traf sie sich noch mit ihm, als Matthew wieder zurück war? Steckt das dahinter?«

»Nicht dass ich wüsste. Ich weiß nicht, worauf Sie hinauswollen. Chief Inspector. Sie sind falsch informiert. Gloria war mit Matthew verheiratet, ob er da war oder nicht. Ja, wir gingen gelegentlich mit den Jungen ins Kino, manchmal auch tanzen, aber mehr war da nicht. Ein Liebesverhältnis stand außer Frage.«

»Sind Sie da sicher?«

»Ganz bestimmt.«

»Wie benahm sich Gloria in der Abwesenheit ihres Mannes?«

»Wie meinen Sie das?«

»Als sie ihn für tot hielt. Das änderte doch wohl so einiges, oder? War ja nicht so, dass sie da noch auf ihn gewartet hätte. Sie war der Meinung, sie würde ihn nie wiedersehen. Nach einer angemessenen Zeit der Trauer konnte sie am Geist der Zeit teilhaben, oder nicht? Eine attraktive Frau wie sie hatte doch mit Sicherheit Verehrer?«

Vivian machte wieder eine Pause. »Gloria war ein sehr geselliger Mensch. Sie mochte Partys, Gruppenausflüge, solche Sachen. Es musste oberflächlich bleiben. Unpersönlich. Außerdem haben wir Matthew nie vollständig abgeschrieben. Das müssen Sie wissen, Chief Inspector: Wir haben die Hoffnung nie aufgegeben. Wir hatten immer die Hoffnung, dass er zurückkommen würde. Und die erwies sich als wohl begründet.«

»Sie haben meine Frage noch nicht beantwortet. Hatte Gloria eine Liebesbeziehung zu Brad Szikorski und zu jemand anderem?«

Sie wandte den Blick ab. »Nicht dass ich wüsste.«

»Also lebte sie wie eine Nonne, obwohl sie ihren Mann für tot hielt?«

»Das habe ich nicht gesagt. Ich hab ihr nicht nachspioniert. Was sie hinter verschlossener Tür tat, ging mich nichts an.«

»Also tat sie da etwas?«

»Ich hab es Ihnen schon gesagt: Ich hab ihr nicht nachspioniert. Sie drehen mir die Worte im Mund um.«

»Wie nahm Brad es auf, dass Matthew lebend zurückkehrte?«

»Woher soll ich das wissen? Warum sollte es ihm etwas ausmachen?«

»Könnte es doch. Wenn er sich in Gloria verliebt hatte und sie ihm wegen ihres Mannes den Laufpass gab. Könnte er doch sauer geworden sein.«

»Wollen Sie damit sagen, dass *Brad* Gloria getötet hat?« Vivian Elmsley rümpfte die Nase. »Jetzt klammern Sie sich aber an jeden Strohhalm.«

Banks beugte sich vor. »Irgendjemand hat es getan, Ms. Elmsley, und die ersten Verdächtigen, die einem da sofort einfallen, sind Matthew, einer von den Amerikanern, Michael Stanhope oder Sie.«

»Lächerlich. Es muss ein Fremder gewesen sein. Es waren eine Menge im Dorf, müssen Sie wissen.«

»Was ist mit Michael Stanhope?«

»Den Namen habe ich seit Jahren nicht mehr gehört. Sie waren Freunde, mehr nicht.«

»Würde es Sie überraschen, dass Gloria 1944 nackt für ein Stanhope-Bild Modell stand?«

»Ja, würde es. Und zwar sehr. Ich weiß, dass Gloria mit ihrem Körper nicht so schamhaft umging, wie es manche gerne gesehen hätten, aber dafür habe ich nie auch nur ein Anzeichen gesehen.«

»Wenn Sie das nächste Mal in Leeds sind, schauen Sie mal in der Kunstgalerie vorbei«, schlug Banks vor. »Sind Sie sicher, dass sie nie davon erzählt hat?«

»Daran würde ich mich erinnern.«

»Hatte Gloria ein Verhältnis mit Michael Stanhope?«

»Das glaube ich nicht. Er war zu alt für sie.«

»Und homosexuell?«

»Das hätte ich nicht gewusst. Wie schon gesagt: Ich war sehr jung. Mit so etwas wären die Leute damals bestimmt nicht hausieren gegangen.«

»Hat Sie Ihnen von ihrer Familie in London erzählt? Von ihrem Sohn Francis?«

»Sie hat ihn einmal erwähnt, ja. Aber sie sagte, sie hätte alle Brücken zu ihm und seinem Vater abgebrochen.«

»Aber es hätte sein können, dass die beiden sie zurückholen wollten. Vielleicht haben sie sich gestritten und er brachte sie um?«

Vivian schüttelte den Kopf. »Das hätte ich auf jeden Fall erfahren.«

»War Matthew ihr gegenüber jemals aggressiv?«

»Nein, nie. Matthew war immer ein sanfter Mensch, selbst seine Erlebnisse im Krieg konnten das nicht ändern.« Ihre Stimme war angespannter geworden, zitterte.

Banks hielt kurz inne und sprach dann vorsichtiger weiter: »Es gibt noch eine Sache, die mir wirklich Kopfzerbrechen bereitet«, sagte er, »und zwar, was *Ihrer* Meinung nach mit Gloria geschah. Sie können doch nicht geglaubt haben, dass sie einfach von der Bildfläche verschwand!«

»Das war damals kein Geheimnis. Eigentlich nicht. Sie lief fort. Das hatte ich immer geglaubt, bis ihre Gebeine gefunden wurden. Sie sind sich doch sicher, dass es sich um Gloria handelt, oder?«

Banks hatte eine Spur des Zweifels, aber er versuchte, sich nichts anmerken zu lassen. Es gab noch keinen definitiven Beweis für die Identität des Skeletts. Sie bräuchten Francis Henderson, um eine DNA-Überprüfung durchzuführen. »Wir sind uns sicher«, antwortete er. »Warum sollte sie fortlaufen?«

»Weil sie es nicht mehr aushielt, Matthew zu pflegen, so wie er war. Sie wäre ja schließlich nicht das erste Mal weggelaufen. Sie hatte zweifellos jeglichen Kontakt zu ihrem wie auch immer gearteten früheren Londoner Leben abgebrochen, bevor sie nach Hobb's End kam. Ich glaube, Gloria war nicht besonders stark, wenn es ums Durchhalten ging.«

Wohl möglich, dachte Banks. Wenn man sich einmal von seinem Leben verabschiedet hatte, war es wahrscheinlich nicht sonderlich schwer, das noch einmal zu tun. Aber Gloria Shackleton hatte sich nicht von Hobb's End verabschiedet, rief er sich in Erinnerung; sie war dort ermordet und verscharrt worden.

»Wann verschwand sie?«, fragte er.

»Kurz nach der deutschen Kapitulation. Ungefähr eine Woche darauf.«

»Ihnen muss klar sein, dass der Fundort den Verdacht in erster Linie auf Ihren Bruder fallen lässt. Gloria wurde im Schuppen neben Bridge Cottage vergraben. Damals wohnte Matthew dort mit ihr.«

»Aber er war nie gewalttätig. Ich habe ihn nie als gewalttätig erlebt. Nie.«

»Der Krieg kann einen Menschen ändern.«

»Trotzdem.«

»Ging er oft aus?«

»Wie meinen Sie das?«

»Nach seiner Rückkehr. Ging er oft aus? War Gloria oft allein zu Haus?«

»Manchmal ging er abends in den Pub. Ins Shoulder of Mutton. Ja, manchmal war sie allein.«

»Sprach Gloria Ihnen gegenüber jemals übers Weggehen?«

»Sie deutete es ein- oder zweimal an, aber ich nahm es nicht ernst.«

»Warum nicht?«

»Das war so ihre Art. Sie tat so, als mache sie Witze. So in der Art: ›Eines Tages wird mein Prinz kommen. Ich werde dies alles hinter mir lassen und ungeahnten Reichtum erlangen.‹ Gloria träumte gerne, Chief Inspector. Ich hingegen war schon immer sehr realistisch.«

»Das könnte man bestreiten«, sagte Banks. »Wenn man bedenkt, womit Sie Ihr Geld verdienen.«

»Vielleicht sind meine Träume sehr realistisch.«

»Vielleicht. Aber obwohl sie es andeutete, glaubten sie nicht, dass Gloria gehen würde?«

»Nein.«

»Wie waren die genauen Umstände, als sie verschwand?«, fragte Banks. »Bekamen Sie es mit?«

»Nein. Es war an einem der Tage, als ich mit Matthew zu seinem Arzt nach Leeds fuhr. Als wir abends zurückkamen, war sie fort.«

»*Sie* begleiteten ihn? Warum nicht Gloria? Sie war immerhin seine Frau.«

»Und er war immerhin mein Bruder. Nun ja, sie bat mich gelegentlich darum. Es war die einzige Ruhepause, die sie sich gönnte. Sonst pflegte sie ihn rund um die Uhr. Ich fand es nur gerecht, dass sie hin und wieder etwas Zeit für sich hatte.«

»Nahm sie etwas mit, als sie ging?«

»Einige Kleidungsstücke, persönliche Dinge. Sie besaß nicht viel.«

»Aber ihre Kleidung nahm sie mit?«

»Ja, einige Stücke.«

»Das ist ja interessant. Wie transportierte sie die?«

»In einem alten Pappkoffer. Den sie auch bei ihrer Ankunft dabeihatte.«

»Hinterließ sie eine Nachricht?«

»Nicht, dass ich wüsste. Wenn Matthew etwas fand, so wies er mich nie darauf hin.«

»Hätte er es denn getan?«

»Wahrscheinlich nicht. Er war nicht sonderlich mitteilsam. In seinem Zustand ist es unmöglich zu sagen, was er getan hätte.«

»Mord?«

»Nein. Nicht Matthew. Ich habe Ihnen schon gesagt, dass er von sanfter Natur war. Selbst die furchtbaren Erlebnisse des Krieges und seine Krankheit konnten das nicht ändern, auch wenn sie alles andere umkrempelten.«

»Aber Glorias Habseligkeiten fehlten definitiv?«

»Ja.«

»Und Sie und Matthew waren in Leeds, während sie sich davonmachte?«

»Ja.«

»Sie hat sich also nicht verabschiedet?«

»Manchmal ist das besser so.«

»Das stimmt.« Banks erinnerte sich, dass Sandra ihm nur wenig Zeit für einen langwierigen Abschied gegeben hatte, nachdem sie sich einmal dazu entschlossen hatte. Er hielt kurz inne. »Ms. Elmsley«, sagte er, »angesichts dessen, was Sie nun wissen, warum glauben Sie, dass Kleidung und Koffer fehlten? Was, glauben Sie, passierte damit?«

»Ich habe keine Ahnung. Ich erzähle Ihnen nur, was ich damals bemerkt habe. Was meiner Meinung nach geschehen ist. Vielleicht hat sie jemand gestohlen? Vielleicht überraschte Gloria einen Einbrecher und er brachte sie um?«

»Waren das besonders schöne Sachen? Vielleicht Nerze, ein paar Diamantketten? Die eine oder andere Tiara?«

»Machen Sie sich nicht lächerlich!«

»Nicht ich mache mich hier lächerlich. Sehen Sie, es kommt nicht oft vor, dass jemand wegen seiner Kleidung ermordet wird, besonders wenn es sich um normale Sachen handelt.«

»Vielleicht nahm sie jemand aus einem anderen Grund mit.«

»Zum Beispiel?«

»Damit es so *aussah*, als sei sie gegangen.«

»Aha. Na, das wäre aber geschickt gewesen, was? Wer, glauben Sie, hielte es wohl für nötig, sich die Zeit zu nehmen, die Leiche so aufwendig unter dem Boden des Schuppens zu vergraben?«

»Ich weiß es nicht.«

»Doch kein zufälliger Einbrecher, oder?«

»Wie schon gesagt, vielleicht wollte jemand, dass es so aussah, als sei sie gegangen.«

»Aber wer sollte das wollen? Und, was vielleicht noch wichtiger ist: Warum?«

»Um keinen Verdacht zu erregen.«

»Ganz genau. Was uns wieder zurück an den Anfang bringt, nicht wahr? Warum sollte man versuchen, keinen Verdacht zu erregen, wenn es keinen Grund zu der Annahme gibt, dass man als Verdächtiger gilt?«

»Ihre Rhetorik entzieht sich mir, Chief Inspector.«

»Sie schreiben doch Detektivromane. Ich hab einen gelesen. Spielen Sie mir nicht das Dummerchen. Sie wissen genau, wovon ich rede.«

»Ich fühle mich sehr geschmeichelt, dass Sie Bücher von mir gelesen haben, Chief Inspector, aber leider trauen Sie mir mehr logisches Denkvermögen zu, als ich tatsächlich besitze.«

Banks seufzte. »Wenn jemand sich so große Mühe gab, es aussehen zu lassen, als sei Gloria davongelaufen, würde ich sagen, dass dieser jemand wohl kaum ein zufällig vorbeikommender Fremder oder ein Einbrecher war. Es musste jemand sein, der glaubte, er würde als Verdächtiger gelten: Matthew, Brad Szikorski oder *Sie*.«

»Nun, ich war es nicht. Und wie ich Ihnen schon sagte, erhob Matthew nicht einmal den kleinen Finger gegen Gloria.«

»Bleibt noch Brad Szikorski.«

»Vielleicht. Aber ich bezweifle es. Außerdem ist es eh egal.«

»Warum?«

Sie gestattete sich ein dünnes Lächeln. »Weil Brad Szikorski 1952 in der Wüste vor Los Angeles bei einem Flugkunststück ums Leben kam. Ironie des Schicksals, nicht wahr? Im Krieg flog Brad überall in Europa Bombenangriffe und übelebte, nur um sieben oder acht Jahre später bei einem Flug für einen Kriegsfilm getötet zu werden.«

»Was ist mit Charles Markleson?«

»*Charlie*. Er hätte überhaupt keinen Grund gehabt, Gloria etwas anzutun. Außerdem starb er im Krieg.«

»Edgar Konig? Billy Joe Farrell?«

»Ich weiß nicht, was aus ihnen geworden ist, Chief Inspector. Das ist alles so lange her. Ich weiß nur über Brad Bescheid, weil es damals in der Zeitung stand. Ich nehme an, die werden Sie persönlich fragen müssen, nicht wahr? Das heißt, wenn Sie sie finden.«

»Oh, die werde ich finden, wenn sie noch leben. Hatte einer von ihnen Grund, Gloria zu töten?«

»Nicht, dass ich wüsste. Sie gehörten einfach zu einer Gruppe Menschen, mit denen wir uns trafen. Obwohl Billy Joe schon einen aggressiven Zug hatte und PX Gloria schlicht anhimmelte.«

»Hatte sie ein Verhältnis mit ihm?«

»Meines Wissens nicht. Man konnte nicht … er war nicht … ich meine, er wirkte einfach so *jung* und schüchtern.«

»Sahen Sie nach Glorias Verschwinden irgendwo im Bridge Cottage Blut?«

»Nein. Wenn es so gewesen wäre, hätte ich bestimmt Verdacht geschöpft und die Polizei gerufen. Aber ich kann nicht sagen, dass ich wirklich nach Blut *suchte*.«

»Nicht mal ein winziger Fleck? Nichts, das jetzt, aus der Erinnerung, Blut hätte sein können?«

»Nichts. Wie kommen Sie denn zu der Annahme, sie sei im Bridge Cottage getötet worden?«

»Logische Schlussfolgerung.«

»Sie könnte auch draußen, im Hinterhof oder sogar im

Schuppen, wo ihre Überreste gefunden wurden, umgebracht worden sein.«

»Möglich«, gab Banks zu. »Nun, wer auch immer es tat, war sehr gründlich. Was geschah dann?«

»Nichts. Wir machten einfach weiter. Genau genommen blieben wir nur noch wenige Wochen im Dorf, dann bekamen wir ein gemeindeeigenes Haus in Leeds.«

»Ich weiß. Ich hab's mir angesehen.«

»Ich kann mir nicht vorstellen, aus welchem Grund Sie das getan haben.«

»Sie behaupten also, Sie hätten nicht die geringste Ahnung, was Gloria zugestoßen sein könnte?«

»Ja. Wie ich schon sagte, ich dachte mir einfach, sie habe das Leben mit Matthew nicht mehr ausgehalten – bei seinem Zustand –, deshalb sei sie fortgelaufen und habe woanders von vorn angefangen.«

»Dachten Sie, sie wäre vielleicht mit Brad Szikorski durchgebrannt, habe mit ihm verabredet, sich in Amerika zu treffen oder Ähnliches? Schließlich wurde auch die 448. Bombergruppe ungefähr zu der Zeit abgezogen, oder nicht?«

»Ich nehme schon an, dass ich daran dachte. Es war immerhin möglich, dass sie irgendwann nach Amerika gehen würde.«

»Wunderte es Sie nicht, dass sie sich nicht mehr meldete?«

»Doch. Aber ich konnte nichts dagegen tun, wenn sie unbedingt verschwinden und alle Brücken hinter sich abbrechen wollte. Wie gesagt, das hatte sie schon einmal getan.«

»Haben Sie versucht, sie ausfindig zu machen?«

»Nein.«

»Sonst jemand?«

»Nicht, dass ich wüsste.«

»Was war mit Matthew?«

»Was soll mit ihm sein?«

»Haben Sie ihn getötet?«

»Habe ich nicht. Er beging Selbstmord.«

»Warum?«

»Es hatte nichts mit Glorias Verschwinden zu tun. Er war krank, durcheinander, depressiv, hatte Schmerzen. Ich tat mein Bestes, aber letztendlich war es sinnlos.«

»Er hat sich erschossen, nicht wahr?«

»Ja.«

»Mit einer .45 Colt Automatic.«

»Ja? Ich kenne mich leider überhaupt nicht mit Waffen aus.«

»Woher hatte er den Revolver?«

»Den Revolver? Entschuldigen Sie, ich kann Ihnen nicht folgen.«

»Eine einfache Frage, Ms. Elmsley. Woher hatte Matthew den Revolver, mit dem er sich erschoss?«

»Den hatte er schon immer.«

»Immer? Seit wann?«

»Weiß ich nicht. Seit er aus dem Krieg zurückkam, nehme ich an. Ich kann mich nicht erinnern, wann ich ihn zum ersten Mal sah.«

»Also aus dem japanischen Kriegsgefangenenlager?«

»Ja.«

Banks erhob sich kopfschüttelnd.

»Stimmt etwas nicht, Chief Inspector?«, fragte Vivian und zupfte an der lockeren Haut unter ihrem Kinn herum.

»Nichts«, antwortete Banks. »Das Ganze ergibt überhaupt keinen Sinn. Denken Sie bitte darüber nach, was Sie uns erzählt haben, ja? Sie erzählen uns, Sie hätten geglaubt, Gloria habe einfach ihr Säcklein geschnürt und sei gegangen, ohne ein Wort zu sagen, habe ihre Kleider und ein paar persönliche Gegenstände in ihrem Pappkoffer mitgenommen. Wenn Sie die Wahrheit sagen, dann muss derjenige, der Gloria tötete, den Koffer gepackt und ihn entweder mitgenommen oder woanders vergraben haben, damit es aussah, als sei sie davongelaufen. Dann erschießt sich Ihr Bruder Matthew fünf Jahre später mit einem amerikanischen Dienstrevolver, den er als Souvenir aus einem japanischen Kriegsgefangenenlager mitbrachte. Sie schreiben Detektivgeschichten. Fragen Sie sich, ob Ihr Inspector Niven das glauben würde. Fragen Sie sich, ob Ihre Leser das schlucken würden.« Er griff in seine Tasche. »Hier ist meine Karte. Ich möchte, dass Sie ernsthaft über unser kleines Gespräch nachdenken. Wir kommen wieder. Bald. Machen Sie sich keine Mühe, wir finden hinaus.«

Als sie wieder draußen in der Hitze standen, pfiff Annie und sagte: »Was sollte das denn?«

»Was?«

»Sie hat gelogen. Hast du das nicht gemerkt?«

»Natürlich.« Banks sah auf die Uhr. »Lust auf eine Kleinigkeit zu essen?«

»Ja. Ich hab Hunger.«

Sie fanden ein kleines Café und setzten sich nach draußen. Annie wählte einen griechischen Salat und Banks entschied sich für ein Sandwich mit Prosciutto, Provolone und roten Zwiebelringen.

»Aber warum hat sie gelogen?«, fragte Annie, als sie mit den Tellern wieder Platz genommen hatten. »Das will mir nicht in den Kopf.«

Banks verjagte eine Fliege von seinem Sandwich. »Sie schützt sich. Oder jemand anderen.«

»Jetzt, wo ich sie gesehen habe, würde ich sagen, sie war bestimmt groß und stark genug, um Gloria zu töten und zu vergraben. Jedenfalls vor fünfzig Jahren. Sind dir ihre Hände aufgefallen?«

»Ja. Und Gloria Shackleton war zierlich.«

»Und, was machen wir jetzt?«

»Nichts«, erwiderte Banks. »Wir lassen sie über Nacht schmoren und versuchen es morgen noch einmal. Ich habe den Eindruck, dass ihr Gewissen sehr belastet ist. Sie kämpfte die ganze Zeit mit sich selbst. Wenn ich mich nicht irre, ist sie mit ihren Kräften am Ende. Es ist erstaunlich, wie das Schuldbewusstsein in den frühen Morgenstunden an einem nagen kann. Sie will die Wahrheit sagen, aber sie muss noch einiges gegeneinander abwägen, mit sich ins Reine kommen. Sie weiß noch nicht genau, wie sie es angehen soll. Das ist wie bei der Figur in ihrem Buch.«

»Das du im Zug gelesen hast?«

»*Schuldige Geheimnisse*, ja.«

»Und wie geht es aus?«

Banks grinste und legte den Finger auf die Lippen. »Dann würde ich alles verraten. Ich möchte dir nicht das Ende verderben.«

Annie boxte ihn gegen den Arm. »Eine Gemeinheit! Und bis dahin?«

»Vivian Elmsley wird sich nicht verdrücken. Dazu ist sie zu alt und zu müde. Außerdem hat sie nichts, wo sie hingehen könnte. Zuerst sehen wir mal, ob wir Francis Henderson finden.«

»Und dann?«

»Wenn es dir recht ist, würde ich gerne nach Bethnal Green fahren und mich mit meinem Sohn treffen. Seine Band spielt da. Wir müssen ein paar Sachen besprechen.«

»Kein Problem. Verstehe schon. Vielleicht geh ich ins Kino. Was machst du danach?«

»Weißt du noch, dass du von einem verbotenen Wochenende gesprochen hast?«

Annie nickte.

»Ich weiß nicht, ob du noch daran interessiert bist, aber Richtung Bloomsbury gibt es ein verschwiegenes kleines Hotel. Und schließlich haben wir Freitag. Manchmal darf auch die Kripo pünktlich Feierabend machen. Wir lassen Vivian Elmsley drüber schlafen. Wenn sie kann.«

Annie errötete. »Aber ich hab keine Zahnbürste dabei.«

Banks lachte. »Ich kauf dir eine.«

»Hey, Big Spender ...« Sie sah ihn an, im Mundwinkel zuckte ein Lächeln. »Ich hab auch kein Nachthemd dabei.«

»Keine Sorge«, entgegnete Banks. »Du wirst keins brauchen.«

15

* * *

In den nächsten Wochen trauerte ich um Charlie; an Matthews Zustand bemerkte ich keinerlei Veränderung. Er blieb mit Gloria im Bridge Cottage. Ich glaube eigentlich nicht, dass es ihm zu dem Zeitpunkt etwas ausmachte, *wo* er sich befand, wenn er es denn überhaupt *wusste*, solange seine grundlegenden Bedürfnisse befriedigt wurden. Es verging kein Tag, an dem ich nicht eine Zeit lang bei ihm saß und mit ihm sprach, obwohl er nie antwortete und kaum erkennen ließ, dass er zuhörte; er starrte einfach nur mit seinem durchdringenden, nach innen gerichteten Blick ins Leere, als betrachte er die Schrecken und Qualen, die wir uns nicht einmal in unseren schlimmsten Albträumen vorstellen konnten.

Der Arzt aus London hielt Wort, so dass wir mit Matthew bald einen Termin bei Dr. Jennings vereinbaren konnten, einem Psychiater, der an der Universität Leeds arbeitete. Seine Praxis befand sich in einem der großen alten Häuser in den Straßen hinter dem Campus, wo vor dem Ersten Weltkrieg große Familien mit ihrem Personal gewohnt hatten. Einmal pro Woche brachten Gloria oder ich Matthew zu seinem Termin, sahen uns eine gute Stunde lang in den Geschäften um, holten ihn wieder ab und brachten ihn zurück nach Hause. Beim dritten Besuch gab Dr. Jennings mir gegenüber zu, dass er wenig Erfolg mit den gängigen Methoden habe und nun Narkosynthese trotz aller Einwände in Erwägung ziehe.

Matthew machte keinen Ärger; er war geistig einfach nicht anwesend. Allerdings gewöhnte er sich an, jeden

Abend ins Shoulder of Mutton zu gehen und dort allein in einer Ecke vor sich hin zu trinken, bis geschlossen wurde. Freunde und Nachbarn, die ihn kannten, kamen anfangs auf ihn zu und fragten ihn, wie es ihm ginge, aber bald mieden ihn selbst die, die sich seiner besonders warmherzig erinnerten. Von Zeit zu Zeit hatte er einen Wutanfall und zerschlug ein Glas oder trat gegen einen Stuhl. Aber das kam selten vor und war schnell vorbei.

Gloria gab mir einen Schlüssel, damit ich ins Bridge Cottage schlüpfen konnte, wann immer ich Zeit hatte. Sie nahm sich natürlich so oft wie möglich auf dem Hof frei, aber sie brauchte das Geld, und ich glaube, sie hätte den Schmerz und den Gram nicht ertragen, vierundzwanzig Stunden am Tag bei Matthew zu sein.

Es war schwer zu glauben, dass der Krieg nach so langer Zeit in Kürze vorbei sein sollte, auch wenn der Sieg schon in der Luft lag. Die Amerikaner hatten den Rhein überquert, Montys Leute ebenfalls. Die Russen hatten Berlin umzingelt. Im April und Mai hörten wir zum ersten Mal Gerüchte über Konzentrationslager und menschliche Gräueltaten in einem Ausmaß, wie sie in den Berichten über Lublin im vergangenen Jahr nur angedeutet worden waren. Die Zeitungen schienen kaum Worte zu finden, um zu beschreiben, was die Befreiungsarmeen in Orten wie Belsen und Buchenwald vorgefunden hatten. Ich las nicht nur von japanischem Kannibalismus und den entsetzlichen Folterungen, die Gefangene wie Matthew hatten erleiden müssen, sondern auch von den deutschen Lagern, wo Hunderttausende – dachten wir damals – erschossen, ausgehungert, geschlagen oder zum Gegenstand medizinischer Experimente gemacht worden waren.

Bei unseren persönlichen Schicksalen wie Charlies Tod und Matthews ruinierter Gesundheit war es uns unmöglich, das alles zu verarbeiten. Ich glaube, wir versuchten es nicht einmal. Fünf Jahre Angst und Elend hatten wir durchlitten, und wir wollten verdammt sein, wenn wir um die riesige Abschlussparty betrogen werden sollten.

* * *

Banks betrat den höhlenartigen viktorianischen Pub mit seinem geschwärzten oder geätzten Glas, dem Messing und den Spiegeln. Irgendwie hatte er, anders als der große Rest des Londoner Ostens, die Luftangriffe überlebt. Zigarettenqualm hatte die hohe Decke und die Wände im Laufe von Jahrzehnten braun verfärbt.

Der Pub lag nicht weit entfernt von Mile End, wo Gloria Shackleton geboren worden war. Vielleicht war sie sogar einmal hier gewesen, stellte sich Banks vor, bezweifelte es dann aber. Normalerweise entfernten sich die Menschen nicht weit von ihrer Wohnung; außer bei Notfällen oder besonderen Gelegenheiten bewegten sie sich kaum mehr als ein oder zwei Straßen von ihrem Heim fort.

Er war mit Annie in Dulwich gewesen, um Francis Henderson zu sprechen, doch war er nicht zu Hause gewesen. Eine Nachbarin erzählte ihnen, er sei aller Wahrscheinlichkeit nach in den Urlaub gefahren, denn er hätte Zeitung und Milch abbestellt. Banks kritzelte eine Nachricht auf seine Karte, warf sie in den Briefkasten und beließ es dabei. Was sollte er sonst noch tun? Soweit er wusste, hatte Francis Henderson kein Verbrechen begangen – und wenn doch, so hatte es nichts mit dem Gloria-Shackleton-Fall zu tun. Er wollte Francis kennen lernen, größtenteils aus Neugierde, er wollte sehen, was für ein Mensch er war, und herausfinden, was er möglicherweise wusste, aber das reichte nicht aus, um eine kostspielige Fahndung zu rechtfertigen. Die DNA-Analyse wäre hilfreich, aber nicht ausschlaggebend.

Es war halb sechs, der Auftritt der Band begann um sechs; sie sollte die Feierabendtrinker hereinlocken, obwohl Banks niemand im Publikum entdeckte, der aussah, als hätte er gearbeitet, es sei denn, es handelte sich sämtlich um Studenten und Fahrradkuriere. Brian stand mit den anderen auf einer niedrigen Holzbühne und baute das Equipment auf. Möglicherweise verdienten sie ihren Lebensunterhalt mit der Musik, aber Roadies konnten sie sich offensichtlich noch nicht leisten. Die vielen Boxen machten Banks ein wenig nervös. Er liebte Musik, und er wusste, dass Rock manchmal von der Lautstärke profitierte, aber er fürchtete Taubheit vielleicht noch mehr als Blindheit. Damals, zu seiner Zeit in Notting Hill, hatte er sich fast alle großen Gruppen live angesehen – The Who, Led Zeppelin, Pink Floyd, Jimi Hendrix, The Doors – und mehr als einmal war er am nächsten Tag mit einem Summen in den Ohren aufgewacht.

Brian winkte ihn heran. Er wirkte ein bisschen nervös, aber das war nur verständlich; schließlich war er unter seinen Leuten und sein Alter kam sich seine Musik anhören. Die anderen würden ihn mit Sicherheit deswegen aufziehen. Er stellte Banks Andy, den Mann am Keyboard, Jamisse, den Bassisten aus Mosambik, und den Schlagzeuger Ali vor. Banks wusste nicht, ob Brian seinen Freunden erzählt hatte, dass er bei der Polizei war. Wahrscheinlich nicht. Falls jemand Pot dabei hatte, hätte sich Brian mit dieser Information nicht gerade beliebt gemacht.

»Ich muss nur noch die Gitarre stimmen«, sagte Brian, »dann komme ich runter. Okay?«

»Klar. Bier?«

»Gern.«

Banks holte an der Theke zwei Bier und fand einen leeren Tisch ungefähr in der Mitte des Raumes. Zwischendurch kreischte die Rückkopplung in den Verstärkern, Ali schlug einen kleinen Trommelwirbel und Jamisse zupfte an einer Saite. Es war Viertel vor sechs, als sich Brian, sichtlich zufrieden mit dem Sound, von den anderen löste und zu Banks gesellte. Bisher war Banks gar nicht aufgefallen, wie sehr sich sein Sohn verändert hatte. Brian trug eine fadenscheinige Jeans, Turnschuhe und ein einfaches rotes T-Shirt. Sein dunkles Haar war lang und glatt, dazu trug er einen Dreitagebart. Er war groß, ein paar Zentimeter größer als Banks mit seinen eins siebenundsiebzig, und da er dünn war, wirkte er noch länger.

Er setzte sich, kratzte sich an der Wange und vermied es, Banks anzusehen. Banks wollte nicht sofort in medias res gehen. Bloß nicht noch ein Streit. »Ich bin schon ganz gespannt«, sagte er und nickte in Richtung Bühne. »Ich hab dich nicht mehr spielen gehört, seit du früher zu Hause geübt hast.«

Brian war überrascht. »Das ist schon lange her, Dad. Ich hoffe, ich bin etwas besser geworden.«

»Ich auch.« Banks grinste. »Prost!« Sie stießen an, dann zündete sich Banks eine Zigarette an.

»Hast du dir das immer noch nicht abgewöhnt?«, fragte Brian.

Banks schüttelte den Kopf. »Leider nicht. Aber ich rauche viel weniger. Was für Musik macht ihr?«

»Musst du dir anhören und selbst ein Bild von machen. Kann ich nicht beschreiben.«

»Blues?«

»Nein, kein normaler Blues. Das war die Band, in der ich vor ein paar Jahren gespielt habe. Wir haben uns aufgelöst. Der Sänger bildete sich ein, er wär Robert Plant.«

»Robert Plant? Hätte gar nicht gedacht, dass du den kennst.«

»Warum denn nicht? Du hast doch ständig ›Stairway to Heaven‹ aufgelegt, wenn du nicht deine Opern gehört hast. Und zwar die lange Version.« Er grinste.

»Daran kann ich mich gar nicht erinnern«, klagte Banks. »Na ja. Wer schreibt eure Lieder?«

»Eigentlich wir alle. Ich mach meistens die Texte, Jamisse die Musik. Andy kann Noten lesen, deshalb macht er die Arrangements und so. Wir spielen auch ein paar Cover-Versionen.«

»Auch Sachen, die ein alter Knacker wie ich kennt?«

Brian grinste breit. »Du wirst dich wundern. Ich muss jetzt los. Bist du nachher noch da?«

»Wie lange dauert es?«

»Ungefähr 'ne Dreiviertelstunde.«

Banks warf einen Blick auf die Uhr. Sechs. Genug Zeit. Bis zur Central Line waren es nur wenige Minuten zu gehen, er würde weniger als eine Stunde brauchen, um zum Leicester Square zu gelangen. »Ich muss erst so gegen acht los«, sagte er.

»Super.«

Brian ging zurück zur Bühne, wo die anderen offenbar loslegen wollten. Jetzt füllte sich der Pub schnell mit Gästen und ein junges Pärchen gesellte sich zu Banks an den Tisch. Das Mädchen hatte pechschwarzes Haar, war blass geschminkt und trug einen Stecker in der Oberlippe. War sie ein Gothic? Aber ihr Freund mit seiner Baskenmütze und dem Ziegenbärtchen sah aus wie ein Beatnik und Brians Gruppe spielte keinen Gothic.

Früher war es einfach, die passende Mode zur Musik zu kennen: Parkas und Motorroller zu The Who und The Kinks; Pomade, Leder und Motorräder zu Eddie Cochran und Elvis; Pilzkopf und schwarze Poloshirts bei den Beatles. Später dann Batik und lange Haare zu Pink Floyd und The Nice; Glatze, Hosenträger und Springerstiefel zu The Specials; zerrissene Klamotten und Punkschnitt zu Sex Pistols und The Clash. Heutzutage dagegen schienen alle Moderichtungen nebeneinander zu existieren. Banks hatte Jugendliche mit Batiktüchern *und* Glatzen gesehen, andere mit Lederjacken *und* langen Haaren. In seinem Anzug war er auf jeden Fall zu schick angezogen, auch wenn er die Krawatte vorher schon in die Tasche gestopft hatte, aber er hatte keine Sachen zum Wechseln mitgenommen. Vielleicht wurde er einfach nur alt.

Und schon hatte die Band angefangen zu spielen. Brian hatte Recht: Sie spielten einen Musikstil, der schwer zu definieren war. Als Grundlage diente auf jeden Fall ein Blues, das war unverkennbar, Variationen über das alte Zwölftaktschema mit einem jazzigen Kick. Andys geisterhaftes Keyboard schwebte darunter und darüber, und Brians Gitarre durchschnitt die Rhythmen glockenklar. Sein Solo, das sehr gut war, erinnerte Banks an eine Mischung aus frühem Jerry Garcia und Eric Clapton. Technisch war er zwar nicht so ausgereift, aber man konnte die Ähnlichkeit in Klang und Phrasierung erkennen, auch entlockte er seiner Gitarre die gleichen süßen, gequälten Töne. In jedem Stück wurde eine Kleinigkeit verändert. Die Rhythmusgruppe war klasse; die Band hielt den Takt, das konnte man erwarten, aber Jamisse und Ali als kreative Musiker gingen beim Spielen aufeinander ein und überraschten sich gegenseitig mit kleinen Einfällen. Die Musik besaß eine improvisierte, jazzige Qualität, aber sie war zugänglich, *populär*. Einige Lieder wurden von einem Sopransaxophon begleitet. Banks fand den Klang ein bisschen zu hart und den Stil etwas zu abgehackt, aber das Instrument mit einzubeziehen, hielt er für eine gute Idee – sie mussten nur einen besseren Saxophonisten finden.

Zwischen zwei Songs machten sie eine Pause und Brian beugte sich zum Mikro vor. »Jetzt kommt ein Stück für einen alten Kauz, der uns heute Abend zuhört«, sagte er und sah Banks an. Das Mädchen mit dem Stecker in der Lippe runzelte die Stirn, und er merkte, dass er rot wurde. Er war ja wohl der einzige alte Kauz hier.

Banks brauchte einige Augenblicke, bis er das Lied erkannte, so drastisch hatten sie Rhythmus und Tempo verändert und so stark unterschied sich Brians klagende, quäkende Stimme vom Original – doch nach anfänglicher Verwirrung genoss er die Cover-Version von einem seiner liebsten Dylan-Stücke: »Love Minus Zero/No Limit«. Die eingeflochtenen Afrorhythmen und die Prise Reggae machten die neue Version geschmeidiger. Andy an der Orgel durchdrang das Ganze, und Brians Gitarrensolo war gedämpft und lyrisch, spann kleine Riffs und Schnörkel um die Melodie herum.

Dylans kryptischer Text bildete einen Kontrast zu Brians eigenen Liedern, größtenteils leicht zugängliche Stücke über Angst, Gelüste und Entfremdung Heranwachsender und die Übel der Gesellschaft, doch erzeugte der Text in Banks dieselbe Resonanz wie vor vielen Jahren, als er ihn zum ersten Mal zu Hause im Radio gehört hatte.

Bevor das Lied verklungen war, hatte Banks einen Kloß im Hals und Tränen in den Augen. Er zündete sich noch eine Zigarette an, die vierte des Tages. Er wurde nicht nur sentimental, weil sein Sohn dort auf der Bühne stand und ihm etwas schenkte, sondern auch weil das Stück Erinnerungen an Jem heraufbeschwor.

Nach Jems Tod kam niemand in das möblierte Zimmer, um seine Hinterlassenschaft abzuholen. Der Vermieter, dessen Musikgeschmack wohl eher bei Skiffle als bei Rockmusik angesiedelt war, überließ Banks die kleine Schallplattensammlung. Da er eher Harold Robbins las als Baba Ram Dass, durfte Banks auch die Bücher nehmen.

Oft hatten sich Banks und Jem *Bringing It All Back Home* angehört, und als er die Platte zu Hause wieder herausholte, um sie zu Jems Erinnerung zu spielen, fand er einen in die Hülle geschobenen Brief. Er war an Jeremy Hylton in einem Ort in Cambridgeshire adressiert. Zuerst wollte er ihn mit Rücksicht auf Jems Privatsphäre nicht lesen, aber dann siegte, wie üblich, die Neugierde. Dem Stempel zufolge war der Brief vor fünf Jahren abgeschickt worden. Er hatte gewusst, dass Jem älter war als er, aber nicht wie viel. Der Brief war sehr kurz.

Lieber Jeremy,
ich schreibe an die Adresse deiner Eltern, weil ich weiß, dass du Pfingsten nach Hause fährst, und wenn du zurückkommst, werde ich nicht mehr da sein. Es tut mir Leid, ich habe dir versucht zu sagen, dass es einfach nicht klappt mit uns, aber du hörst mir nicht zu. Ich weiß, dass so ein Brief eine feige Lösung ist, und ich weiß, dass ich dir wehtue, aber ich will das Kind nicht, und es ist mein Körper, meine lebenslange Last. Ich habe einen Termin bei einem guten Arzt, du brauchst dir keine Sorgen um mich zu machen. Das Geld habe ich auch, ich brauche also nichts von dir. Danach werde ich lange weit fort sein, such mich bitte nicht. Es tut mir Leid, Jeremy, wirklich, aber es lief schon vor der Schwangerschaft nicht gut mit uns, das hast du doch gemerkt. Ich verstehe nicht, wie du glauben konntest, dass uns ein Kind enger zusammenbringt. Tut mir Leid.

Clara

Banks wusste noch, dass ihn der Brief verwirrt und bestürzt hatte. Jem hatte nie von einer Clara gesprochen, auch hatte er nie erwähnt, wo seine Eltern wohnten oder wer sie waren. Er sah wieder auf die Anschrift: Croft Wynde. Klang piekfein. Er hatte nicht die geringste Ahnung, aus welchem Umfeld Jem stammte; er hatte keinen erkennbaren Akzent gehabt und nie von der Welt erzählt, in der er aufgewachsen war. Sicherlich hatte er eine gute Erziehung genossen, er war belesen und führte Banks in die Welt der Literatur ein: von Kerouac und Ginsberg zu Hesse und Sartre, aber er sprach nie darüber, die Universität besucht zu haben. Damals verschlang jeder diesen Kram; man brauchte kein Seminar, um *Unterwegs* oder *Das Geheul* zu lesen.

Banks dachte über das nach, was er in dem Brief erfahren hatte, und notierte sich die Adresse. Das Mindeste, was er tun konnte, war, sein Beileid auszusprechen. Er hatte sich einsam gefühlt in London, und es wäre noch schlimmer gewesen, wenn es nicht die Gespräche, die Musik und die Wärme von Jems kleinem Zimmer gegeben hätte.

Das Lied war zu Ende und das Klatschen des Publikums riss Banks aus seinen Träumen.

»Das war seltsam«, meinte der junge Mann neben ihm.

Die Schwarzhaarige nickte und warf Banks einen verwirrten Blick zu. »Glaub nicht, dass sie das selbst geschrieben haben.«

Banks lächelte sie an. »Bob Dylan«, sagte er.

»Ah, ja. Stimmt. Hab ich mir gedacht.«

Danach stimmte die Band eins von Brians Liedern an, mitreißender Rock über Rassenprobleme. Dann war der erste Teil vorbei. Die Musiker verbeugten sich, und Brian kam zu Banks an den Tisch. Banks holte noch zwei Bier. Das Pärchen bat Banks, ihren Platz freizuhalten, dann gingen die beiden zu Freunden auf der anderen Seite des Raumes.

»Das war super«, sagte Banks. »Ich wusste gar nicht, dass du Dylan magst.«

»Tu ich eigentlich auch nicht. Ich hör lieber die Wallflowers. Als Kind bin ich immer wahnsinnig geworden, weil du ihn ständig gespielt hast. Diese weinerliche Stimme und diese ätzende Mundharmonika. Das Lied hat eine schön einfache Struktur, kann man gut auseinander nehmen.«

Banks war enttäuscht, zeigte es aber nicht. »Deine Sachen haben mir auch gut gefallen«, sagte er.

Brian sah zur Seite. »Danke.«

Es gab keinen Grund, es noch länger vor sich herzuschieben, dachte Banks und holte tief Luft. Gleich würde die Band wieder loslegen, und er wusste nicht, wann sich die nächste Möglichkeit ergeben würde, mit seinem Sohn zu sprechen. »Hör mal«, sagte er, »was ich letztens am Telefon gesagt habe. Ich bin enttäuscht, sicher, aber es ist dein Leben. Wenn du glaubst, dass du es ernsthaft hiermit versuchen willst, stehe ich dir dabei bestimmt nicht im Weg.«

Brian blickte auf, und Banks glaubte, in den Augen seines Sohnes Erleichterung zu sehen. Also war seine Zustimmung doch wichtig. Er fühlte sich seltsam beschwingt.

»Meinst du das ehrlich?«

Banks nickte.

»Es war einfach so langweilig, Dad. Du hast Recht: Ich hab's verbockt, und es tut mir Leid, wenn ich dir Kummer gemacht habe. Aber es lag nur teilweise an der Musik. Ich hab im letzten Jahr nicht mehr genug getan, weil ich die ganze Angelegenheit so scheißlangweilig fand. Ich kann von Glück sagen, noch einen Abschluss dritter Klasse bekommen zu haben.«

Genauso hatte sich Banks damals bei der Betriebswirtschaftslehre gefühlt – gelangweilt –, er konnte sich wohl kaum aufs hohe Ross der Moral setzen. Doch, könnte er schon, aber es gelang ihm gerade noch rechtzeitig, die Stimme seiner Eltern zu unterdrücken. »Hast du's deiner Mutter schon gesagt?«

Brian sah zur Seite und schüttelte den Kopf.

»Du musst es ihr sagen.«

»Ich hab ihr auf Band gesprochen. Sie ist nie da.«

»Sie muss arbeiten. Warum gehst du nicht bei ihr vorbei? Sie wohnt doch nicht weit weg.«

Brian sagte eine Weile gar nichts. Er schwenkte das Bier im Glas und schob das Haar nach hinten. Der Pub war laut und überfüllt. Banks gelang es, sich zu konzentrieren und Gelächter und laute Unterhaltungen auszublenden. Nur sie beide im Flutlicht auf einer Insel, der Rest der Welt ein Summen in der Ferne.

»Brian, stimmt irgendwas nicht?«

»Nee, eigentlich nicht.«

»Los, sag schon.«

Brian nahm einen Schluck Bier und zuckte mit den Achseln. »Ist nichts. Nur Sean, sonst nichts.«

Banks fühlte ein Kribbeln im Nacken. »Was ist mit dem?«

»Das ist ein Scheißkerl. Behandelt mich wie ein Kind. Wenn ich mal vorbeigehe, kann er es gar nicht erwarten, mich wieder los zu sein. Und er kann einfach nicht die Hände von Mum lassen. Dad, warum könnt ihr beiden nicht wieder zusammenkommen? Warum kann es nicht mehr so sein wie früher?« Er sah Banks mit gerunzelter Stirn an, Tränen der Wut und des Schmerzes in den Augen. Nicht mehr der coole, selbstsichere junge Mann, sondern einen Moment lang das verängstigte kleine Kind, das seine Eltern und den einzig sicheren, verlässlichen Zufluchtsort verloren hatte.

Banks schluckte und griff wieder zu den Zigaretten. »So einfach ist das nicht«, sagte er. »Glaubst du etwa, ich hätte das nicht versucht?«

»Und jetzt?«

»Es hat sich viel geändert.«

»Soll das heißen, du hast eine neue Freundin?«

Giftiger konnte man das Wort nicht aussprechen, dachte Banks. »Darum geht es nicht«, sagte er. »Deine Mutter hat mir immer wieder ziemlich deutlich zu verstehen gegeben, dass sie nicht wieder mit mir zusammen sein will. Ich hab's versucht. Zuerst hatte ich noch Hoffnung, aber … Was soll ich da noch tun?«

»Es wieder versuchen.«

Banks schüttelte den Kopf. »Ich weiß nicht. Dazu braucht man zwei und von ihrer Seite kommt überhaupt kein positives Zeichen. Ich hab irgendwie aufgegeben. Das mit Sean tut mir Leid. Schade, dass ihr nicht miteinander auskommt.«

»Er ist ein Wichser.«

»Hm, tja … Hör mal, wenn du mal ein bisschen Zeit hast, warum kommst du dann nicht mal in Gratly vorbei? Du kannst mir am Cottage helfen. Du hast es noch gar nicht gesehen. Wir können zusammen lange Spaziergänge machen. Weißt du noch, früher? Semerwater? Langstrothdale? Hardraw Force?«

»Weiß nicht«, sagte Brian und schob sein Haar nach hinten. »In der nächsten Zeit haben wir echt eine Menge zu tun.«

»Egal wann. Du musst ja jetzt kein Datum nennen. Ist eine unbegrenzte Einladung. Okay?«

Brian sah von seinem Bier auf und verzog seinen Mund zu einem schiefen Lächeln, das Banks immer so sehr an seinen eigenen Vater erinnerte. »Gut«, antwortete er. »Würd ich gern machen. Abgemacht. Sobald wir ein paar Tage Ruhe haben, steh ich bei dir auf der Matte.«

Wie um Brians Worte zu unterstreichen, durchschnitten ein Basston und ein Trommelwirbel das Gebrummel der Gespräche. Er sah auf. »Ich muss, Dad«, sagte er. »Bist du gleich noch da?«

»Glaub nicht«, erwiderte Banks. »Ich muss noch was erledigen. Ich bleib noch für ein paar Stücke, gehe aber vielleicht, bevor ihr Schluss macht. War toll, dich zu sehen. Und fühl dich eingeladen. Denk an mein Angebot. Ich hab immer ein Bett für dich frei, solange du willst.«

»Danke, Dad. Wie sagt man noch mal? Zu Hause ist der Ort, wo man dich aufnehmen muss. Wenn ich nur wüsste, wo meins ist. Mach's gut!«

Banks streckte die Hand aus und Brian ergriff sie. Schuldbewusst sah er auf die Uhr. Ein paar Lieder konnte er noch hören, bevor er sich davonstahl, um pünktlich bei Annie zu sein.

* * *

Eines Tages kam Gloria zu mir und fragte, ob es mir etwas ausmachen würde, das Geschäft für eine Stunde zu schließen und mit ihr zu kommen. Sie sah blass aus und hatte sich nicht die sonst übliche Mühe mit ihrem Aussehen gegeben.

Es war Anfang Mai, das weiß ich noch, die Sache war so gut wie gelaufen. Hitler war tot, die Russen hatten Berlin eingenommen und die deutschen Truppen in Italien hatten sich ergeben. Jetzt waren die Tage bis zum Ende gezählt.

Ich schloss das Geschäft, wie sie mich gebeten hatte, und wir machten einen Spaziergang nach Rowan Woods, verließen die Straße und wanderten durch das von den jungen Blättern gefilterte grüne Licht. Die Waldblumen standen in Blüte, hier und da Glockenblumenpolster, Wildrosen, Veilchen und Schlüsselblumen. Die Vögel sangen, die Luft war erfüllt vom Geruch wilden Knoblauchs. Hin und wieder konnte ich einen Kuckuck in der Ferne rufen hören.

»Ich weiß nicht, was ich mit ihm machen soll, Gwen«, sagte sie und rang, den Tränen nahe, mit den Händen. »Egal, wie ich auch versuche, an ihn heranzukommen, es nützt nichts.«

»Ich weiß«, sagte ich. »Wir müssen einfach Geduld haben. Lass den Arzt seine Arbeit tun. Die Zeit heilt alle Wunden.« Doch noch während ich das sagte, spürte ich die Abgedroschenheit und Unangemessenheit meiner Worte.

»Dir kann es ja egal sein. Du bist nicht mit ihm verheiratet.«

»Gloria! Er ist mein Bruder!«

Sie legte mir die Hand auf den Arm. »Oh, es tut mir Leid, Gwen, so habe ich das nicht gemeint. Ich bin einfach zu verwirrt. Aber es ist nicht dasselbe. Er schläft jetzt immer auf dem Sofa, wenn er aus dem Pub nach Hause kommt.«

»Du meinst doch nicht … ich meine, er schläft nicht …?«

»Seit er wieder da ist, nicht mehr. Gwen, das ist ungerecht! Ich weiß, ich bin egoistisch, aber das ist nicht der Mann, den ich geheiratet habe. Ich lebe mit einem Fremden. Es wird langsam unerträglich.«

»Willst du ihn verlassen?«

»Ich weiß nicht, was ich tun soll. Ich glaube, ich kann es nicht. Brad bedrängt mich immer noch, ich soll mit ihm nach Amerika kommen, sobald er den neuen Einsatzbefehl bekommt. Er meint, er muss vielleicht zuerst raus in den Pazifik – da ist der Krieg noch nicht vorbei –, aber er sagt, er lässt mich nachkommen. Stell dir das vor, Gwen: Hollywood! Ein neues Leben in der Sonne unter Palmen in einem fernen, magischen Land. Ein junger, gesunder, hübscher, kräftiger Mann, der mich abgöttisch liebt. Reichtum und Wohlstand ohne Ende! Vielleicht werde ich sogar Filmstar. Da drüben geht das auch bei normalen Leuten wie dir und mir, weißt du.«

»Aber?«

Sie wandte sich mit niedergeschlagenem Blick ab. »Ein Traum. Mehr nicht. Ich kann nicht gehen. Ist das nicht dumm? Vor ein paar Jahren habe ich genau das getan. Habe ein Leben hinter mir gelassen, das ich nicht wollte, und bin hier gelandet.«

»Aber damals hattest du deine ganze Familie verloren. Es gab keinen Grund zu bleiben. Das kann doch jeder verstehen, dass du das getan hast.«

»Habe ich Matt jetzt nicht auch verloren?«

»Das ist nicht dasselbe.«

»Du hast Recht, ist es nicht. Aber ich bin schon fortgelaufen, bevor ich sie verloren hatte.«

»Wie meinst du das?«

Sie hielt inne und strich mir leicht über den Arm. »Einiges über mich weißt du nicht, Gwen. Ich bin kein guter Mensch gewesen. Ich habe furchtbare Dinge getan. Ich war egoistisch. Ich habe anderen furchtbar wehgetan. Aber ich möchte, dass du eins weißt. Es ist wichtig.«

»Was denn?«

»Matt ist der einzige Mann, den ich jemals aufrichtig geliebt habe.«

»Nicht Brad?«

»Nein, nicht Brad, nicht … schon gut.«

»Was wolltest du sagen?«

Gloria hielt inne und sah zur Seite. »Ich hab dir ja gesagt, dass ich furchtbare Sachen gemacht habe. Wenn ich es dir sage, musst du mir versprechen, dass du es nie weitererzählst.«

»Versprochen.«

Sie sah mich mit ihren blauen Augen an. Ich war erschüttert, vorher nie das Tragische in ihnen bemerkt zu haben. »Ich werde dich nicht um Verständnis bitten«, sagte sie.

»Das wird dir vielleicht nicht möglich sein. Aber lass mich wenigstens erklären.«

Ich nickte. Sie lehnte sich gegen einen Baum.

»Als ich sechzehn war«, hob sie an, »bekam ich ein Kind. Den Vater liebte ich nicht, nicht wirklich. Ach, ich denke, ich war verknallt. George war ein paar Jahre älter als ich, sah gut aus, war bei den Mädchen beliebt. Ich war frühreif für mein Alter und fühlte mich durch seine Aufmerksamkeiten geschmeichelt. Wir … na, du kennst es ja. Wir machten es nur einmal, aber ich wusste nichts über … du weißt schon … damals, und so wurde ich schwanger. Unsere Familien wollten, dass wir heirateten. George hätte es auf der Stelle getan – er sagte, er würde mich lieben –, aber … ich *wusste*, ich wusste ganz tief drinnen, dass es der schlimmste Fehler meines Lebens sein würde. Ich wusste, dass ich unglücklich sein würde, wenn ich George heiratete. Damals liebte er mich, aber wie lange würde das halten? Er trank, wie alle unten in den Docks, und ich war mir sicher, dass es nur eine Frage der Zeit sein würde, bis er mich verprügelte und mich als seine Sklavin betrachtete. Das hatte ich schon zu Hause erlebt. Bei meinem eigenen Vater. Ich hasste ihn. Deshalb wollte ich so unbedingt fort von da. Ich hörte stundenlang Rundfunk, um zu lernen, wie die ordentlichen Leute meiner Meinung nach redeten. Wenn Dad mich erwischte, lachte er mich aus oder verprügelte mich, das hing davon ab, wie viel er getrunken hatte. Ich hab sie alle verlassen.«

»Wo bist du hingegangen?«

»Zu einer Freundin. Nicht weit weg. Ich kannte keinen, der nicht aus dem East End war, außer meinen Onkel Jack in Southend, und der hätte mich postwendend wieder nach Hause geschickt.«

»Und als deine Eltern starben, warst du bei deiner Freundin?«

»Ja. Dass Joe, mein kleiner Bruder, sterben musste, brach mir das Herz, aber von mir aus kann mein Vater in der Hölle schmoren. Und meine Mutter … die war unschuldig, denke ich, aber sie hat ihn auch nicht aufgehalten. Irgendwie war sie tot besser dran. Sie hatte kein besonders tolles Leben. Ich kann mich nicht erinnern, sie mal lächeln gesehen zu haben.«

»Und was war mit dem Baby?«

Wieder hielt Gloria inne, als suche sie nach Worten. »Schwanger zu sein war furchtbar. Mir war die ganze Zeit schlecht. Als ich Francis bekam, war ich sehr niedergeschlagen, und ich … ich fühlte nicht, was eine normale Mutter fühlen sollte. Ich schäme mich dafür, aber ich hielt ihn nicht gerne im Arm. Es ekelte mich an, dass so ein Ding aus mir gekommen war. Ich hasste mein eigenes Kind, Gwen. Deshalb konnte ich ihm oder einem anderen Kind nie eine gute Mutter sein.«

Sie schluchzte und fiel mir in die Arme. Ich hielt sie fest und tröstete sie, so gut ich konnte. Ich verstand es nicht; es wäre mir nie eingefallen, dass eine Mutter ihr Kind *nicht* lieben könnte; damals wusste ich noch nichts von postnataler Depression. Wahrscheinlich niemand. Mein Herz brannte und fühlte sich zu groß an. Gloria schniefte, tupfte sich mit ihrem Taschentuch die Augen und fuhr fort: »Francis lebt. Georges Schwester Ivy konnte selbst keine Kinder bekommen. Sie wohnen am Kanal. Ihr Mann John ist Schleusenwärter. Ich weiß, dass er nichts trinkt, und Ivy hab ich ein- oder zweimal getroffen. Es sind anständige Leute, nicht so wie die anderen. Sie haben's geschafft, sie haben sich verbessert. Sie meinten, sie würden sich um Francis kümmern. Ich wusste, dass er es bei ihnen besser haben würde.«

»Was sagte George dazu?«

»Er wusste schon, dass das, was zwischen uns gewesen war, vorbei war – auch wenn er es immer wieder versuchte –, aber er konnte nicht verstehen, dass ich nichts dagegen hatte, Francis zu Ivy und John zu geben. George ist ein einfacher Mann. Altmodisch. Er glaubt an die Familie. Er glaubt, dass eine Mutter ihr Kind lieben muss. Schlicht und einfach. Sicher, er war einverstanden. Er konnte Francis ja nicht allein großziehen. Er meinte, ich würde trotzdem seine Mutter bleiben, egal was passierte, ein Junge bräuchte eine echte

Mutter, die er liebte. Als ich ohne weiteres einverstanden war und sagte, ich hätte nichts dagegen, wenn sie ihn für immer behielten, weigerte sich George, mir zu glauben. Das machte er immer, wenn ich eine von meinen ›komischen Anwandlungen‹ hatte, wie er es nannte. Glaubte mir einfach nicht. Er war kein schlechter Mensch, Gwen, das will ich damit nicht sagen. Ich bin schlecht. Ich glaube, er liebte seinen Sohn mehr als ich. Er wollte so gerne Vater sein. Er wurde natürlich eingezogen, wie alle. Aber er dachte immer, ich würde es mir irgendwann anders überlegen. Er ist störrisch, manche Männer sind so. Er war sogar schon mit Francis hier bei mir. Er sagte, er würde mich immer noch lieben, und wollte, dass ich zurückkäme. Ich sagte ihm, ich wäre verheiratet, da stritten wir uns. Er ging wieder. Aber er kommt zurück, Gwen. Er gibt nicht so einfach auf.«

»Hast du Angst vor ihm?«

»Weiß nicht. Vielleicht ein bisschen. Er ist etwas hitzig, so wie sein Vater. Besonders wenn er was getrunken hat.«

Ich wusste nicht, was ich sagen sollte.

»Bitte, Gwen, sag, dass du mich nicht hasst! Ich könnte es nicht ertragen, wenn du mich hassen würdest! Du bist meine einzige richtige Freundin.«

»Natürlich hasse ich dich nicht. Ich verstehe es nur einfach nicht, das ist alles.«

»Ich weiß nicht mal, ob ich's selber verstehe, aber verstehst du, dass es der Grund ist, warum ich gar nicht gehen kann, auch wenn das Leben mit Matt noch so schlimm ist? Wegen dem, was ich vorher getan habe. Sicher, es gibt viele Ausreden: Ich war zu jung, es war ein Fehler, ich war nicht verliebt, ich dachte, ich wäre zu was Besserem bestimmt. Aber genau das sind es: Ausreden. Als es drauf ankam, war ich selbstsüchtig; ich war feige. Ich werde nicht noch einmal feige sein. Das ist meine Strafe, Gwen. Verstehst du das nicht? Matt ist meine Sühne.«

»Ich glaube, ja«, sagte ich.

Sie lächelte durch die Tränen. »Liebe alte Gwen. Ich schätze, es gibt nicht viele in Hobb's End, die so viel Vertrauen in mich haben, nicht? Ich hab schon gehört, wie sie sich das

Maul zerreißen.« Sie ahmte unseren Akzent nach. »›Die ist bald weg‹, sagen sie. ›Die haut mit einem von den Amis ab, so schnell kann man gar nicht gucken, pass auf.‹ Aber, Gwen, das tue ich nicht. Die sollen reden. Aber ich gehe *nicht*.«

»Du und Brad, macht ihr noch …«

»Manchmal. Sei nicht böse. Ich hab versucht, ihn nicht mehr zu treffen, als Matt zurückkam, wirklich, aber als ich merkte, dass er nicht … ich meine … jetzt tröstet mich Brad von Zeit zu Zeit, und solange Matt es nicht weiß … Aber um ehrlich zu sein, macht Brad im Moment mehr Ärger, als dass er nützt. Er fängt einfach immer wieder davon an, dass er mit mir durchbrennen will. Das wird alles eine zu große Belastung. Ich hab ihm gesagt, wenn er nicht mit der Drängelei aufhört, dann haue ich ab und lass alle im Stich, ihn eingeschlossen.«

Ich kann nicht behaupten, dass ich es guthieß, dass Gloria sich nach Matthews Rückkehr weiterhin mit Brad traf, aber ich sagte nichts. Ich fand es nicht gut, weil mir Matthew am Herzen lag, aber ich war keine Moralwächterin wie Betty Goodall. Wir lebten in ungewöhnlichen Zeiten und Gloria war eine ungewöhnliche Frau.

Sie lachte. »Ehrlich gesagt, ich wüsste gar nicht, was ich ohne PX täte. Es ist komisch, aber in solchen Zeiten, wenn alles so düster ist, heitern einen die kleinen Dinge zwischendurch auf. Ein Stück Rindfleisch, eine neue Lippenstiftfarbe, ein kleiner Whisky, eine Schachtel Zigaretten. Neue Strümpfe. Er ist ein Schatz.«

»Was ist mit Billy Joe? Hat er dir noch mal Ärger gemacht?«

»Nein, eigentlich nicht. Ich hab ihn letztens getroffen. Ich hatte den Eindruck, dass er sich insgeheim freute, dass Matt zurückgekommen ist und mir und Brad alles verdorben hat. Er hatte auch so einen Blick drauf, als ob er meinte, er könnte mich noch mal ins Bett kriegen. Ich glaube, es ist ihm scheißegal, wie es *mir* bei der ganzen Sache geht.«

»Tja, sicher. Ich muss sagen, ich habe ihm nie richtig getraut. Er hat einen gehässigen, gewalttätigen Zug, weißt du?«

»Billy Joe? Ach, ich komme mit ihm zurecht. Er ist eigentlich nur ein großes Kind.« Sie lehnte sich wieder gegen den Baum. »Aber du hast recht, er kann brutal sein. Das mag ich nicht an Männern.« Sie hielt inne und wandte den Blick ab. »Hör mal, Gwen, ich weiß nicht, ob ich dir das erzählen soll, aber ich muss mit jemandem drüber sprechen. Ich hab Probleme mit Michael.«

»Mit Michael. Du liebe Güte. Du willst doch nicht sagen, dass …«

»Red kein dummes Zeug, Gwen. Der Mann interessiert sich nur für Jungen. Je jünger, desto besser. Nein. Na, jetzt muss ich es dir wohl sagen, aber du darfst keinem was davon erzählen. Versprochen?«

»Der Tag der Geständnisse. Gut, versprochen.«

»Vielleicht hast du mitbekommen, dass ich im letzten Sommer und Herbst ziemlich oft in seinem Atelier war.«

»Ja.«

»Rat mal!«

»Hat er dich gemalt?«

»Ah! Du hast es erraten!«

»Na, das war ja nicht schwer. Schließlich ist er Maler. Aber das ist ja toll, Gloria. Kann ich es sehen? Ist es fertig?«

»Ja. Und es ist sehr gut geworden.«

»Und wo ist dann das Problem?«

»Es ist ein Aktbild.«

Ich schluckte. »Du hast *nackt* für Michael Stanhope Modell gestanden?«

Sie lachte. »Warum nicht? Die Gefahr war ja nicht sonderlich groß, dass er versuchen würde, mich anzupacken, oder? Aber es geht darum, dass ich gestern bei ihm vorbeigegangen bin und ihn angefleht habe, es nicht auszustellen, noch nicht mal privat zu verkaufen, solange Matthew noch lebt. Ich weiß, es sieht aus, als ob er wie ein Toter herumsitzt, wenn er nicht in den Pub geht und sich in den Schlaf trinkt, aber ich weiß einfach nicht, wie es auf ihn wirken würde. Und ob überhaupt. Die Sache ist, ich will es nicht riskieren. Du weißt ja, wie das Dorf ist. Matthews Zustand hängt schon jetzt an einem seidenen Faden. Wer weiß, ob es ihm nicht den Rest geben würde, wenn er ein Aktgemälde von seiner Frau sähe, das gemalt wurde, während er in einem japanischen Kriegsgefangenenlager litt.«

»Das klingt einleuchtend«, bestätigte ich. »Was sagt Michael Stanhope dazu?«

»Ach, am Ende war er einverstanden. Aber er findet es nicht gut. Er hält es für eins seiner besten Werke, blablabla, es öffnet ihm den Weg in eine neue Richtung und so weiter. Er meint, er bräuchte neuen Schwung für seine Arbeit und den bekäme er durch den Akt. Außerdem meint er, Matthew würde es eh nicht mitbekommen, und selbst wenn er es sähe, würde er nicht erkennen, wer darauf zu sehen ist. Wahrscheinlich hat er Recht. Ich stelle mich an.«

»Aber er war einverstanden?«

»Er hat sich in einem fort beklagt, aber ja, am Ende war er einverstanden. Er spielt gerne den bärbeißigen Spötter, aber tief im Innern ist er sehr anständig. Er hat ein gutes Herz.«

Und das war alles. Wir gingen zurück nach Hobb's End, erfreuten uns am Gesäusel des Windes in den Blättern und an den Liedern der Vögel oben im Laubwerk.

Ich sah Gloria erst einige Tage später wieder, am Nachmittag des 7. Mai, da war bereits bekannt, dass Deutschland kapituliert hatte. Der Krieg war vorbei, überall hängten die Leute Fahnen auf und schlossen die Geschäfte.

Die letzte Party hatte begonnen.

* * *

»Und? Wie war der Film?«, fragte Banks, als er Annie um neun Uhr vor dem Odeon am Leicester Square traf. Sie hatte sich das jüngste überteuerte, mit Spezialeffekten vollgestopfte Machwerk von einem der hoch gehandelten Regisseure angesehen, die früher nicht über Fernsehwerbung hinausgekommen waren.

»Nicht besonders«, sagte Annie. »Es gab wohl ein paar gute Stellen.«

»Welche?«

»Das Ende, zum Beispiel.«

Banks lachte. Leicester Square war überfüllt mit Touristen, wie immer. Straßenkinder, Gaukler, Jongleure, Clowns und Schwertschlucker mühten sich ab, den Börsianern das eine oder andere Pfund zu entlocken, während die Taschendiebe es sich leichter machten. Auch die Hare Krishnas waren wieder da. Banks hatte schon seit Jahren keine mehr gesehen.

»Wie lief's mit deinem Sohn?«, fragte Annie.

»Wir konnten das eine oder andere klären.«

»Und die Band?«

»Ziemlich gut, obwohl ich bestimmt voreingenommen bin. Wir können sie uns ansehen, wenn sie mal im Norden spielen, dann kannst du dir selbst ein Bild machen.«

»Machen wir.«

Banks ging mit Annie in ein kleines bistroähnliches Restaurant in einer Seitenstraße der Shaftesbury Avenue. Es war voll, aber nach kurzem Warten an der Theke bekamen sie einen Tisch.

»Hab ich Hunger!«, sagte Annie, während sie sich auf den Stuhl zwischen Tisch und Wand quetschte, sich noch einmal umdrehte und ihre Einkaufstaschen hinter sich abstellte. »Aber ich sehe schon, dass das Essengehen mit dir zu einem ernstlichen Problem wird.«

»Wie meinst du das?«

»So ein Laden hat einem Vegetarier wohl kaum was zu bieten«, flüsterte sie. »Sieh dir mal die Speisekarte an!«

Banks warf einen Blick darauf. Sie hatte Recht: Lamm, Rindfleisch, Huhn, Fisch, Meeresfrüchte, aber nur wenige interessante vegetarische Gerichte außer Salaten. Doch was Banks anging, war ›interessantes vegetarisches Gericht‹ genauso ein Widerspruch in sich wie ›Wirtschaftsethik‹.

»Tut mir Leid«, sagte er. »Sollen wir's woanders versuchen?«

Sie legte ihm die Hand auf den Arm. »Nein, ist egal. Aber beim nächsten Mal suche *ich* aus.«

»Vor meinem inneren Auge tanzen schon Bilder von Tofu mit Algen.«

»Blödmann! So muss es doch nicht sein. Beim Inder gibt es super vegetarisches Essen. Beim Italiener auch. Über das Essen letzte Woche bei mir hast du dich auch nicht beschwert, oder?«

»Das wäre auch riskant gewesen. Ich wollte dich nicht beleidigen, kurz bevor ich es bei dir versuchte.«

Annie lachte. »Na, wenigstens bist du ehrlich.«

»Das war nicht ehrlich. Das war ein Witz. Das Essen war klasse. Der Nachtisch war auch nicht schlecht.«

»Da geht's schon wieder los!«

»Schon gut, du hast Recht. Beim nächsten Mal suchst du was aus, okay?«

»Abgemacht?«

»Wie wär's mit Wein?«

Sie wählten einen relativ preiswerten Roten – man konnte ihn auch als relativ teuer bezeichnen –, und Banks nahm den Lammkeulenbraten mit Rosmarin, während Annie mit gequältem Gesichtsausdruck sich für einen großen grünen Salat und Brot mit Käse entschied. Der Kellner, der zusammen mit der Einrichtung und der Speisekarte offenbar aus Frankreich eingeflogen worden war, grunzte missbilligend und verschwand.

Das Essen kam schneller, als Banks gedacht hatte, und sie warteten, bis der Kellner gegangen war. Das Lamm war zart und saftig, noch rosa in der Mitte; Annie rümpfte darüber die Nase, meinte aber, ihr Salat wäre in Ordnung. In Hintergrund säuselte romantische Dinnermusik. Trotz der herumhuschenden Kellner, des Gemurmels der Gespräche, des klappernden Bestecks und der klirrenden Gläser konnte Banks Teile des *Andante cantabile* aus Tschaikowskis »Streichquartett Nr. 1« erkennen.

Nach seinem Gespräch mit Brian fühlte er sich, als sei ihm eine große Last von der Seele genommen. Probleme gab es immer noch – beispielsweise Sean –, aber Brian würde einfach lernen müssen, mit der neuen Lage der Dinge umzugehen. Banks musste zugeben, dass dieser Sean ein richtiges Arschloch zu sein schien. Nicht zum ersten Mal malte er sich aus, bei ihnen vorbeizugehen und ihn zu Brei zu schlagen.

Eine äußerst reife Art des Umgangs mit dem Problem, sagte er sich. Würde allen Beteiligten ganz bestimmt nützen. Im Moment war wichtig, dass er und sein Sohn wieder miteinander sprachen. Und soweit er gehört hatte, war der Junge begabt; vielleicht konnte er sich in der Branche durchsetzen. Banks versuchte sich vorzustellen, er sei der Vater eines berühmten Rockstars. Würde Brian ihm eine Villa und einen Mercedes kaufen, wenn Banks alt und grau war?

Das Kerzenlicht unterstrich die leichte Röte auf Annies Wangen und legte geheimnisvolle Schatten und Reflexe in ihre dunklen Augen. Sie trug noch immer das Kostüm vom Vormittag, hatte aber ihre Haare gelöst, so dass sie ihr in hübschen Wellen bis auf die Schultern fielen. Wahrscheinlich reichten sie genau bis an das sexy Tattoo über ihrer Brust.

»Woran denkst du gerade?«, fragte sie, sah auf und schob eine Strähne hinters Ohr.

Vielleicht war das der Moment, dachte Banks, ermutigt von seiner guten Laune, es einfach zu versuchen. »Annie, kann ich dich was Persönliches fragen?«

Sie zog die Brauen hoch, und Banks spürte, wie sich ein Teil von ihr wieder im Dunkeln verkroch. Jetzt war es zu spät. »Sicher«, sagte sie. »Aber ich kann dir nicht versprechen zu antworten.«

»Schon gut. Was machst du in Harkside?«

»Wie meinst du das?«

»Du weißt, wie ich das meine. Du hast eine Stelle im Niemandsland. Das ist ein Ort, wo ungezogene Jungen und Mädchen hingeschickt werden. Du bist clever. Du hast Verstand. Du hast eine große Zukunft vor dir, wenn du willst, aber in Harkside bekommst du nicht die Berufserfahrung, die du dafür brauchst.«

»Das finde ich ziemlich beleidigend gegenüber Inspector Harmond und den anderen, du nicht?«

»Ach, komm, Annie. Du weißt so gut wie ich, dass sie damit zufrieden sind. Die haben sich das so ausgesucht. Es ist doch keine Beleidigung zu sagen, dass sie ein leichtes Leben gewählt haben.«

»Tja, vielleicht hab ich mir das ja auch so ausgesucht.«

»Ja?«

»Ich hab nicht versprochen, deine Frage zu beantworten.« Ihre Lippen verzogen sich zu einem Schmollmund, den Banks noch nicht an ihr gesehen hatte. Die Mundwinkel wiesen nach unten, mit den Fingern trommelte sie auf das Tischtuch.

»Nein, hast du nicht«, sagte Banks, sich vorbeugend. »Aber ich will dir eins sagen: Jimmy Riddle hasst mich wie die Pest. Er käme nicht im Traum auf die Idee, mir eine Situation aufzutischen, die ich auch nur im Entferntesten angenehm finden würde. Da er weiß, wer du bist, und da das, was inzwischen mit uns passiert ist, nie und nimmer den Höllenqualen entspricht, die er sich für mich ausgedacht hat, frage ich mich jetzt, warum.«

»Und wartest auf den Haken?«

»Hm?«

»Willst du das nicht damit sagen? Du glaubst, es stimmt was nicht. Du glaubst, es gibt eine Verschwörung gegen dich und dass ich dazugehöre.«

»Das habe ich nicht gesagt«, erwiderte Banks, dem schuldbewusst einfiel, dass er diesen Gedanken tatsächlich gehabt hatte.

Annie wandte den Blick ab. Ihr Profil wirkte streng. »Annie«, sagte er nach einem kurzen Schweigen. »Ich behaupte nicht, dass ich keinen Verdacht gehabt habe. Aber glaub mir, der einzige Grund, dich danach zu fragen, ist, dass ich inzwischen ... Weil ich Angst habe, dass auch du benutzt wirst.«

Sie sah ihn kurz mit zusammengekniffenen Augen an, ohne den Kopf zu bewegen. »Und wie?«

»Keine Ahnung. Was soll ich sonst noch sagen? Riddle muss einen Grund gehabt haben, uns zusammenzustecken, irgendwas, das seiner Meinung nach unangenehm für mich würde. Hoffentlich bist du mit mir einer Meinung, dass es ganz anders gekommen ist. Findest du es falsch von mir, mich zu fragen, was hier los ist?«

Ihre Züge wurden ein wenig weicher. Sie neigte den Kopf

zur Seite. »Vielleicht ist es das ja«, schlug sie vor. »Was er sich ausgerechnet hat.«

»In welcher Hinsicht?«

»Dass wir irgendwie zusammenkommen würden, die Vorschriften verletzen und erwischt werden. So könnte er uns beide loswerden.«

»Nein, das reicht nicht. Das ist zu simpel. Was wir machen, ist ja nicht ... ich meine, das ist genau das, was er vorher auch von mir vermutet hat. Er ist aber viel sadistischer. Und um ehrlich zu sein, glaube ich auch nicht, dass er so clever ist. Wie heißt das noch mal bei Agenten, eine süße Falle? Jimmy Riddle hat keinerlei Absicht, mir Süßes zu geben, höchstens Arsen.«

»Jimmy Riddle hat dir *gar* nichts gegeben.«

»Schon gut. 'tschuldigung, du weißt, was ich meine.«

Annie schüttelte langsam den Kopf, die dunklen Schatten tanzten durch ihr Haar. Der Nachtisch kam, aber sie ließ ihn vor sich stehen, dann schien sie eine Art Entschluss gefasst zu haben. Sie griff zum Löffel, probierte einmal und sah Banks an. »Gut«, sagte sie. »Ich erzähl's dir, aber nur, wenn du mir auch was erzählst.«

* * *

Das Wetter in Yorkshire hat ein sehr ironisches Verständnis von besonderen Anlässen. Am 8. Mai 1945 goss es den ganzen Morgen in Strömen, obwohl es der große Tag des Sieges war. Am frühen Nachmittag hörte er allmählich auf, uns blieben Wolken und leichte Schauer. Über Mittag machte ich den Laden zu, Gloria kam vom Hof herunter. Am Nachmittag ließen wir Mutter und Matthew allein und radelten zu zweit nach Harkside, wo wir uns im Lyric eine Matinee von *Das Phantom der Oper* ansahen.

Überall in Harkside hörten wir die Leute aufgeregt von Feiern und Tänzen sprechen; auf den Straßen hängten sie Papierschlangen auf und rollten die Fahnen aus. Überall läuteten die Kirchenglocken. Auf der Dorfwiese stießen wir auf

Bekannte, die uns vorschlugen, abends zum Tanz ins Mechanics Institute zu kommen, auf den eine große Straßenparty folgen würde. Die Amerikaner aus Rowan Woods seien auch da, versicherte man uns. Wir antworteten, wir würden versuchen, so schnell wie möglich zu kommen, wir müssten nur vorher ein wenig in Hobb's End feiern.

Nach dem Abendessen kam die Sonne durch die zerrissenen schwarzen Wolken und schickte ihre Strahlen in den Wald. Bald waren alle Wolken verschwunden, und es wurde ein wunderschöner, warmer Maiabend, wie man ihn sich nur wünschen konnte, das Gras grün und feucht vom Regen.

Gloria schenkte mir ein Paar Seidenstrümpfe, das sie von PX bekommen hatte, und half mir beim Schminken. Zuerst verbrachten wir eine gute Stunde auf dem Straßenfest in Hobb's End. Man hatte kleine Tische herausgeholt und sie zu einer langen Reihe auf der High Street gruppiert. Aber es war langweilig, denn es lebten nur noch wenige im Dorf. Die Veranstaltung glich eher einer Totenwache als einer Siegesfeier.

Mutter saß mit einer ihrer Freundinnen, Joyce Maddingley, an einem der Tische und mahnte uns, wir sollten uns benehmen, als wir mit Cynthia Garmen nach Harkside aufbrachen. Matthew hatte nicht aus dem Cottage kommen wollen; er rührte sich nicht von der Stelle. Mutter sagte, wir sollten uns keine Sorgen machen, sie würde von Zeit zu Zeit nach ihm sehen und darauf achten, dass es ihm gut ginge.

Wir drei machten uns auf, wir nahmen den langen Weg über die Straße, damit wir vom Gras keine nassen Stöckelschuhe und Füße bekamen.

In Harkside ging es viel ausgelassener zu als in Hobb's End. Die meisten Soldaten und Flieger der nahe gelegenen Stützpunkte waren gekommen, überall schwirrten Menschen in Uniformen herum. Von dem Augenblick an, als wir die Dorfwiese erreichten, wurden wir von dem verrückten Treiben mitgerissen. Gloria brauchte nicht lange, um Brad zu finden. Billy Joe war mit seiner neuen Freundin da und auch PX zockelte herum. Mit plötzlicher Heftigkeit vermisste ich Charlie, dann versuchte ich, das Hochgefühl des Sieges auszukosten.

Zuerst gingen wir zum Tanz. Eine Bigband spielte Melodien von Glenn Miller, Duke Ellington und Benny Goodman und die Leute warfen immer wieder bunte Papierschlangen aufs Parkett.

Draußen auf den Straßen hörte man Feuerwerk und vor Glück jauchzende Menschen. Als ich irgendwann mit Billy Joe Walzer tanzte und zu erklären versuchte, wie sehr uns Matthews Pflege in Beschlag nahm, bemerkte ich, wie sich Gloria und Brad verdrückten. Es dauerte über eine Stunde, bis ich sie das nächste Mal sah, Gloria hatte sich nachgeschminkt. Die Laufmasche in einem Strumpf konnte sie jedoch nicht verbergen. Ich beschloss, nichts zu sagen. Seit unserem Gespräch vor ein paar Tagen hatte ich viel über Gloria nachgedacht und was sie opferte, um Matthew zu pflegen, und war zu dem Entschluss gekommen, dass sie ihre kleinen Freuden verdient hatte, solange sie diskret damit umging.

Die Band spielte noch immer, als wir uns auf die Straße schoben. Auf der Dorfwiese brannte ein gewaltiges Freudenfeuer, drum herum sangen und tanzten die Menschen und schossen Feuerwerkskörper ab, als wäre Guy Fawkes Night. Die Luft war erfüllt von beißendem Rauch, und der Himmel leuchtete in bunten Farben. Jemand hatte ein Bild von Hitler gemalt, das nun oben auf das Feuer gehoben wurde. Alle waren betrunken. Ich weiß nicht, wo Cynthia geblieben war. Ich stand bei einer Gruppe und konnte durch die Flammen sehen, dass sich Gloria und Brad stritten. Jedenfalls sah es so aus, als würden sie sich anschreien, aber bei dem Gesang und den Explosionen konnte ich nichts verstehen.

Irgendwann gingen wir in ein Haus und tranken dort Whisky. Es war eine ausgelassene Party. Die Gäste standen wie Sardinen gedrängt, und als ich mich durch die Massen zur Toilette kämpfte, wurde ich am ganzen Körper angefasst. Das Haus war von Qualm erfüllt, er brannte mir in den Augen. Gloria tanzte, Brad konnte ich nicht sehen. Einer fiel die Treppe herunter. Irgendwann sah ich einen Schwarzen auf dem Klavier tanzen. PX war betrunken, seine Augen nur noch schmale Schlitze, er küsste eine Frau. Sie schob ihn fort und er wurde rot im Gesicht. Dann stürmte er davon. Cynthia kam mit einem Matrosen im Schlepptau zurück. Ich weiß nicht, wo sie ihn aufgegabelt hatte, wir waren mindestens fünfzig Meilen von der Küste entfernt. Es war fast ein Uhr, und als wir wieder draußen auf der Straße standen, sagte ich Cynthia und Gloria, wir müssten gehen.

Wir drei waren ein bisschen beschwipst. Ich glaube, es waren genauso sehr die Gefühlswallungen und die Aufregung wie der Alkohol. Wir bemühten uns noch nicht einmal, eine Mitfahrgelegenheit zu bekommen, sondern tanzten stattdessen kichernd zu Fuß nach Hause. In Hobb's End herrschte Grabesstille.

Bridge Cottage war dunkel. Ich ging mit Gloria hinein, um mich zu vergewissern, dass alles in Ordnung war. Sobald wir die Tür öffneten, hörten wir Matthew auf dem Sofa schnarchen. Gloria legte den Finger auf die Lippen und schob mich in Richtung Küche. Bei geschlossener Tür goss sie uns beiden noch einen Whisky ein, der wahrscheinlich das letzte war, was wir brauchen konnten. Gloria legte ihre Handtasche auf den Schrank, doch sie blieb nicht liegen, sondern fiel zu Boden. Ich bückte mich, um sie aufzuheben, und merkte, wie schwer sie war. Neugierig öffnete ich den Bügel und fiel fast in Ohnmacht, als ich den Revolver erblickte. Gloria drehte sich mit Flasche und Gläsern zu mir um.

»Das solltest du nicht sehen«, sagte sie.

»Aber Gloria, wo hast du den denn her?«

»Von einem Amerikaner auf der Party, er war so betrunken, dass er es nicht merken wird.«

»Nicht von Brad.«

»Nein, nicht von Brad. Keiner, den wir kennen.«

»Aber er wird großen Ärger bekommen.«

»Das glaube ich nicht. Ist mir auch egal. Geschieht ihm recht, wenn er nicht aufpasst, oder? Er hat die ganze Zeit versucht, mir die Hand unter den Rock zu schieben.«

»Wofür brauchst du die Waffe?«

Sie zuckte mit den Achseln. »Als Erinnerung.«

»Gloria!«

»Schon gut!« Sie flüsterte, um Matthew nicht zu wecken. »Vielleicht fühle ich mich ein klein wenig sicherer, wenn ich weiß, dass er da ist, mehr nicht.«

»Aber Matthew ist harmlos. Er tut dir nichts.«

Sie sah mich an, als sei ich der größte Narr, der ihr je begegnet war. »Wer redet denn hier von Matthew?«, fragte sie und machte sich nicht einmal mehr die Mühe zu flüstern. Dann nahm sie mir den Revolver ab und legte ihn in einen Küchenschrank hinter die mageren Vorräte an Tee und Kakao. »Nimmst du jetzt endlich das Glas?«

* * *

Vivian Elmsley ging es nicht gut. Kurz vor Mitternacht saß sie in ihrem nüchtern eingerichteten Wohnzimmer, den dritten Gin Tonic in der Hand, im Fernsehen lief irgendein furchtbarer Mist. Der Schlaf wollte nicht kommen. Der geheimnisvolle Anrufer hatte sich nicht wieder gemeldet, aber sie betrachtete das Telefon weiterhin als Instrument des Terrors, das immer kurz davor war, den letzten Rest von Seelenruhe zu zerstören, den sie noch besaß. Sie fragte sich, ob sie der Polizei von ihm hätte erzählen sollen. Aber was wollten die schon unternehmen? Es war alles so unklar.

Sie hatte gewusst, dass die Polizei herausfinden würde, wer sie war, und dass sie irgendwann zu ihr kommen würde – das hatte sie in der Minute gewusst, als sie hörte, dass Glorias Leiche ausgegraben worden war –, aber sie war nicht auf die Wirkung vorbereitet gewesen, die dieser Besuch auf sie haben würde. Sie hatten gemerkt, dass sie log; das war sonnenklar. Chief Inspector Banks war nicht dumm; ihm war klar, dass niemand, der den Betroffenen so nah gewesen war wie Vivian, so ahnungslos sein konnte, wie sie vorgegeben hatte. Und sie konnte nicht gut lügen.

Warum hatte sie ihnen nicht die Wahrheit gesagt? Aus

Angst um ihr eigenes Wohlergehen? Teilweise. Sie wollte nicht ins Gefängnis. Nicht in ihrem Alter. Aber würde sie wirklich nach so langer Zeit strafrechtlich verfolgt werden, auch wenn die Gesetze es vorschrieben? Wenn sie die ganze Geschichte hörten, würden sie dann wirklich weitermachen und ihr den Schmerz und die Demütigung einer Gerichtsverhandlung und eines Gefängnisaufenthalts aufbürden? Gab es nicht so was wie mildernde Umstände?

Sie wusste nicht, was die Polizei machen würde, und das war das Problem. Wenn wir es uns richtig überlegen, fürchten wir das Unbekannte mehr als alles andere.

Andererseits würde niemand herausfinden, was in jener Nacht geschehen war, wenn sie es nicht verriet. Niemand sonst wusste es. Kein Lebender. Wenn sie sich vorsah, konnte sie ihr Geheimnis mit ins Grab nehmen.

Nur eines war sicher: Die Polizei würde zurückkommen; das hatte sie im Blick des Chief Inspectors gesehen. Heute Abend musste sie eine Entscheidung fällen.

»In einem Punkt hast du Recht«, begann Annie. »Ich bin in Harkside, weil ich ungezogen gewesen bin.«

»Was ist passiert?«

»Hängt von deinem Standpunkt ab. Sie nannten es Initiationsritual. Ich nenne es versuchte Gruppenvergewaltigung. Pass auf, ich werde nicht sagen, wo es war und wer beteiligt war. Ich sage nur, dass es eine große Stadt war, aber nicht in Yorkshire. In Ordnung?«

»Ja. Erzähl weiter!«

»Es ist schwer.« Annie aß ein paar Löffel Mousse au chocolat. »Schwerer, als ich dachte.«

»Du musst nicht.«

Sie hob die Hand. »Doch. Jetzt hab ich damit angefangen.« Der Kellner schwebte vorbei, sie bestellten Kaffee. Er ließ sich nicht anmerken, ob er die Bestellung entgegengenommen hatte, doch innerhalb kürzester Zeit stand der Kaffee auf dem Tisch. Annie schob das Nachtischschälchen zur Seite, es war leer. Sie spielte mit dem Löffel.

»Ich war gerade Sergeant geworden«, sagte sie. »Ist jetzt

fast zwei Jahre her. Ich hatte da meinen Dienst in Uniform absolviert und wusste nicht, wo sie mich als Nächstes hinschicken würden. War mir aber egal. Ich war einfach froh, wieder bei der Kripo zu sein nach dem … na ja, du weißt ja, wie das ist.«

»Streife gehen? Schichtdienst?«

»Genau. Egal, wir hatten eine Feier im Stammpub der Polizei. Oben in den ›Gesellschaftsräumen‹. Ich glaub, ich war stolz wie Oskar. Ich hatte schon immer zu den Jungs gehören wollen. Natürlich waren wir die Letzten. Am Ende waren wir nur noch zu viert. Einer schlug vor, wir könnten bei ihm noch was trinken, und wir anderen waren einverstanden.«

Sie sprach sehr leise, damit sie niemand hörte. Die Gefahr bestand eigentlich nicht. Das Restaurant war gerammelt voll, überall Gelächter und laute Stimmen. Banks musste sich bemühen, sie zu verstehen, doch die Tatsache, dass sie es ihm beinahe flüsternd erzählte, machte das, was er hörte, noch viel ergreifender. Er trank den schwarzen Kaffee. Wenn die Geräusche der Umgebung zeitweilig schwächer wurden, konnte er die schwelgenden romantischen Takte von Liszts »Liebestraum« erkennen.

»Wir waren schon alle sternhagelvoll«, fuhr Annie fort, »und ich war die einzige Frau. Ich kannte die anderen nicht besonders gut. Es ging ziemlich wild zu. Ich schätze, durch die Art der Gespräche im Taxi hätte ich wissen müssen, was kommen würde. Du weißt schon: Anmache, sexuelle Anspielungen, zufällige Berührungen, solche Sachen. Meinetwegen kannst du sagen, ich sei naiv gewesen. Die drei machten ständig Anspielungen auf ein Aufnahmeritual, und ständig stießen sie sich an und zwinkerten sich zu, aber ich war betrunken und dachte mir nicht viel dabei, bis wir eine Zeit lang in der Wohnung waren und noch mehr getrunken hatten. Einer zog mich am Arm und fragte, ob ich mit ins Schlafzimmer käme, er meinte, er hätte gemerkt, dass ich es die ganze Zeit gewollt hätte. Ich lachte und schob ihn beiseite. Ich dachte, es wäre ein schlechter Witz. Er wurde sauer. Das Ganze geriet außer Kontrolle. Die anderen beiden hielten mich fest und drückten mich gegen die Rückenlehne der Couch, und er zog meinen Rock hoch, riss meine Unterhose herunter und vergewaltigte mich.«

Banks bemerkte, dass Annie den Löffel fest mit der Faust umklammert hielt. Ihre Knöchel waren weiß. Sie atmete tief ein und fuhr fort: »Als er fertig war, tauschten sie ihre Positionen, und ich wusste, was kommen würde. Es war, als gäbe es in dem Zimmer keine Individuen mehr; sie waren von diesem blinden männlichen Trieb beherrscht und ich war das Objekt. Der Trieb war stärker als alles, als Gewissen und Anstand. Das ist schwer zu beschreiben. Ich hatte furchtbare Angst, aber in den paar Minuten war ich verdammt schnell nüchtern geworden. Sobald ich eine Gelegenheit sah, entwand ich mich ihrem Griff, trat dem, der mich vergewaltigt hatte, so fest ich konnte in die Eier und traf einen mit dem Ellenbogen am Kinn. Ich hab mal Kampfsport gemacht. Ich weiß nicht, wenn ich nicht betrunken gewesen wäre, wären meine Reflexe vielleicht schneller oder meine Bewegungsabläufe glatter gewesen. Egal, ich konnte zwei von ihnen lange genug außer Gefecht setzen, um bis zur Tür zu kommen. Der dritte holte mich ein, und da war der, den ich mit dem Ellenbogen getroffen hatte, auch schon wieder auf den Beinen. Sie schwitzten, hatten rote Gesichter und waren fuchsteufelswild. Einer schlug mich in den Magen, der andere traf mich hart an der Brust. Ich sackte zusammen. Ich glaube, ich übergab mich. Ich dachte, jetzt ginge es wieder los, jetzt würden sie da weitermachen, wo sie aufgehört hatten, aber die Luft war raus. Es war alles zu real geworden. Plötzlich waren sie wieder Menschen, jeder dachte an sich selbst, ihnen wurde bewusst, was sie getan hatten. Zeit, die Reihen zu schließen. Sie sagten, ich wäre eine alte Lesbe, ich solle bloß abhauen, und wenn ich wüsste, was gut für mich ist, dann würde ich kein Wort sagen. Ich ging.«

»Hast du sie angezeigt? Annie, um Himmels willen, du bist vergewaltigt worden!«

Sie lachte harsch. »Das ist ja so einfach zu sagen für einen Mann! Darüber zu urteilen, was ein Mensch in der Lage tun sollte oder nicht? Wir sind ja sooo verständnisvoll!« Sie schüttelte den Kopf. »Weißt du, was ich gemacht habe? Ich bin fast die ganze Nacht vollkommen betäubt durch die Stadt gelaufen. Die Leute müssen mich für verrückt gehalten haben. Ich war nicht mehr betrunken, ich war stocknüchtern, aber ich war ausgelaugt, taub, ich konnte nichts fühlen. Ich weiß noch, dass ich versuchte, irgendein Gefühl zu empfinden, dass ich dachte, ich müsste doch Schmerz oder Wut spüren. Ich war richtig wütend auf mich, weil ich keine Wut empfand. Ich weiß, das hört sich unwahrscheinlich an, aber anders kann ich es nicht beschreiben. Ich spürte nichts. Nur eine tiefe, kalte Taubheit. Als ich schließlich irgendwann wieder in meiner Wohnung war, nahm ich ein langes, heißes Bad. Stundenlang muss ich da gelegen haben, hörte einfach nur Radio. Nachrichten. Wetterbericht. Normales Leben. Irgendwie beruhigte das. Und weißt du was? Ich verstehe jedes einzelne Vergewaltigungsopfer, das nicht vortritt und das Verbrechen anzeigt.«

Banks sah in ihren Augenwinkeln Tränen glänzen, aber als ihr auffiel, dass er es bemerkt hatte, schien sie sie wieder einzuziehen.

»Was geschah dann?«, fragte er.

»Am nächsten Morgen hatte ich mich etwas beruhigt. Als Erstes ging ich zum Chief Superintendent, um ihm zu sagen, was sie getan hatten. Und weißt du was?«

»Was denn?«

»Zwei von denen waren schon vor mir da gewesen und hatten mir einen Strich durch die Rechnung gemacht. Präventivschlag. Sie hatten dem Chef erzählt, es hätte am Abend zuvor auf einer Party eine kleine Meinungsverschiedenheit gegeben, nur ein außer Kontrolle geratenes Aufnahmeritual, nichts Ernstes, aber ich würde wahrscheinlich vorbeikommen und mich beschweren und die wildesten Anschuldigungen erheben. Ihnen zufolge war ich stockbesoffen und hätte es total übertrieben, hätte geprahlt, ich würde es mit jedem aufnehmen, und als es so weit war, hätte ich einen Rückzieher gemacht.«

»Und er glaubte ihnen?«

»Ihr Wort gegen meins. Außerdem waren das alles Freunde. Die Leute auf der Dienststelle fanden mich sowieso ein bisschen komisch. Ein paar nannten mich hinter meinem Rücken sogar »Hippie-Bulle«, wenigstens glaubten sie, dass ich es nicht mitbekam. Weißt du, ich machte Yoga und meditierte, ich aß kein Fleisch, guckte mir keinen Sport im Fernsehen an und quatschte nicht den ganzen Tag über Sex. Das reicht schon aus, um verdächtig zu sein. Außerdem sagte man mir nach, ich sei nicht sonderlich an Männern interessiert, nur weil ich keinen von den Kerlen, mit denen ich arbeitete, besonders attraktiv fand. Ich bin mir sicher, dass sie mich alle für lesbisch hielten. Manche Männer bekommen so was in den falschen Hals. Sie glauben, eine Lesbe muss nur mal einen richtig harten Schwanz reingesteckt bekommen, dann gelangt sie schon zur Besinnung. Zufälligerweise hatte ich damals einen Freund, nichts Ernstes, aber ich hielt Beruf und Privatleben nun mal streng getrennt.«

»Hast du deinem Chef erzählt, was wirklich passiert war?«

»Ja. Bis ins kleinste Detail.«

»Und wie reagierte er?«

»Er sah sehr beschämt aus.«

»Hat er keine Untersuchung eingeleitet?«

»Wie schon gesagt, ihr Wort stand gegen meins. Und abgesehen von einer zerrissenen Unterhose hatte ich die Beweise ja so gut wie vernichtet, nicht wahr?«

»Aber trotzdem … heutzutage …«

»Was ist heutzutage?«

»Annie, es gibt doch Verfahren, um sich gegen so etwas abzusichern.«

»Verfahren? Ha! Erzähl das mal dem Chief Superintendent! Er gab mir ganz nebenbei zu verstehen, dass niemand so eine interne Ermittlung haben wolle. Das schade allen, ganz besonders der Polizei. Er meinte, die beteiligten Beamten würden für ihr überschäumendes Temperament bestraft werden, aber es wäre am besten für alle Beteiligten, wenn es nicht aus seinem Büro nach draußen dringen würde. Er sagte mir, ich solle das Wohl der Polizei als Ganzes über meine eigenen selbstsüchtigen Interessen stellen.«

»Und dem hast du zugestimmt?«

»Welche Wahl hatte ich denn?«

»Der hätte entlassen werden müssen.«

»Schön, dass du meiner Meinung bist.«

»Die haben also nur einen Klaps auf die Finger bekommen und du wurdest mitten ins Nichts versetzt?«

»Nicht ganz. Nicht sofort.« Annie blickte in ihre Kaffeetasse. »Es war komplizierter.«

»Wie?«

Sie wickelte sich eine Haarsträhne um den Zeigefinger und starrte noch länger in ihre Tasse, bevor sie Banks wieder ansah. »Ich hab doch gesagt, dass ich einen von denen in die Eier getreten hab, nicht?«

»Ja. Was war damit?«

»Da lief was schief. Er musste operiert werden. Er verlor sie. Alle beide. Der Teufel wollte es, dass er der Jüngste von den dreien und der Rangniedrigste war. Selbst nur ein Sergeant und seit einem Jahr verheiratet. Wollte eine Familie gründen.«

»Scheiße! Ich kann mir vorstellen, wie beliebt du danach auf der Dienststelle warst.«

»Ganz genau. Eine Zeit lang dachte ich darüber nach, die Brocken hinzuschmeißen. Aber ich bin stur. Der Chief Superintendent schlug vor, es wäre vielleicht besser für alle Beteiligten, wenn ich versetzt würde. Er meinte, er würde die Möglichkeiten prüfen, und schlug mir dann Harkside vor. Millicent Cummings war natürlich sofort dafür, und ich glaube, unser Assistant Chief Constable hat früher mal mit Chief Constable Riddle zusammengearbeitet.«

»Also weiß Riddle genau, was passiert ist?«

»Er kannte die Seite der Geschichte von meinem Chief Superintendent, ja.«

»Das heißt, du bist für ihn eine Unruhestifterin? Eine eierquetschende Lesbe?«

Annie musterte ihn mit schiefem Grinsen. »Na, ich bin schon übler beschimpft worden, aber danke für das Kompliment.«

»Kein Wunder, dass er uns zusammengesteckt hat. Hatte

aber noch nie sonderlich viel Menschenkenntnis, der Jimmy Riddle. Mich wundert, dass er es so weit gebracht hat. Es tut mir Leid, was dir passiert ist, Annie. Ich kann gar nicht sagen, wie sehr.«

»Alles längst vergangen.«

»Ich wundere mich auch, dass du überhaupt in Betracht gezogen hast, dich mit mir einzulassen, einem Chief Inspector. Ich hätte gedacht, nach dem, was dir passiert ist, würdest du dich den Rest deines Lebens von Kollegen fernhalten, besonders von vorgesetzten Kripobeamten.«

»Ach, komm, Alan. Da erweist du dir aber einen schlechten Dienst. Glaubst du wirklich, dass ich so dumm bin? Das ist eine Beleidigung für uns beide. Ich habe niemals, nicht einen Moment, irgendeine Ähnlichkeit zwischen dir und den Männern gesehen, die mich misshandelten. Als ich dich zum ersten Mal sah, wusste ich noch nicht mal, dass du Chief Inspector bist, und ich fand dich von Anfang an sympathisch. Die Sache ist, ich dachte, ich hätte mich damit abgefunden und könnte weiter mein Leben leben.«

»Ja, und? Du scheinst mir doch ganz gut zurechtzukommen.«

»Ich hab mich versteckt. Ich hab mich eingeschlossen. Ich hab mir eingebildet, ich wär drüber hinweg und wollte jetzt einfach ein ruhigeres Leben führen. Ein enthaltsames Leben voller Reflexion und Kontemplation. Dass ich nicht lache! Ich hielt es für meinen freien Entschluss, aber in Wirklichkeit kam es dazu, weil ich mich mit dem Geschehen nicht auseinandergesetzt hatte. Aber ich hatte ja bereits Erfahrung mit Meditation und Yoga, schon seit Jahren, und ich komme aus einem kleinen Nest an der Küste, da schien es mir vollkommen normal, mich in Harkside zu verschanzen.«

»Bist du hier nicht glücklich?«

»Was heißt schon glücklich? Ist das der Gegensatz von unglücklich? Ich komme zurecht. Ich habe mein nettes sicheres kleines Heim in der Mitte des Labyrinths, wie du so scharfsinnig bemerkt hast. Ich besitze nur wenig. Ich gehe zur Arbeit, mache meinen Job, dann gehe ich nach Hause.

Keine Verabredungen, keine Freunde. Sicher, ich habe mich nicht in dem verloren, was passiert ist. Ich habe keine wiederkehrenden Albträume. Ich schätze, in dieser Hinsicht hatte ich Glück. Und ich habe keine Schuldgefühle, was den jungen Beamten angeht. Das klingt vielleicht gefühllos, aber ich habe mein Gewissen tief genug erforscht, ich weiß, dass es stimmt. Er wurde von seinen Kollegen angestachelt, sicher, hat sich mitreißen lassen vom Alkoholrausch. Ich nehme an, manche würden als Ausrede gelten lassen, dass er zu schwach war, um sich zu weigern, oder dass er einfach den Verstand verlor – vorübergehende Unzurechnungsfähigkeit. Aber ich war die, die vergewaltigt wurde. Und ich habe sein Gesicht gesehen, als er es tat. Er hat es *verdient*, alles. Eine Schande ist nur, dass ich nicht die Möglichkeit hatte, den anderen ebenfalls in die Eier zu treten.« Sie hielt inne. »Aber seien wir ehrlich, ich hab in Harkside noch keine richtige Kripo-Arbeit gemacht. Ich weiß, dass ich gut bin – ich bin schnell, ich bin clever und ich arbeite hart –, aber bis zu diesem Fall hatte ich nichts als Einbrüche, Vandalismus und hin und wieder einen Ausreißer.«

»Und jetzt?«

Sie zuckte mit den Achseln. »Jetzt weiß ich nicht. Du bist der Erste, dem ich das erzählt habe.«

»Hast du's deinem Vater nicht erzählt?«

»Ray? Nein. Er würde zu mir halten, aber er würde es nicht verstehen. Er wollte von Anfang an nicht, dass ich zur Polizei gehe.«

»Ein malender Hippie? Das hätte mich auch gewundert.«

»Er hätte wahrscheinlich einen Demonstrationszug angeführt, dessen Ziel New Scotland Yard gewesen wäre.« Sie hielt inne und spielte wieder mit dem Haar. »Jetzt bist du dran. Du weißt ja, du hast versprochen, mir auch was zu verraten.«

»Ja?«

Sie nickte.

»Was möchtest du wissen?«

»Hast du Jimmy Riddle wirklich geschlagen?«

Banks drückte seine Zigarette aus und legte seine Kreditkarte auf das kleine Tablett, das der Kellner auf dem Tisch gelassen hatte. Fast umgehend wurde es mitgenommen. Die Theater waren jetzt aus, die Leute standen vor der Eingangstür Schlange.

»Ja«, sagte er. »Hab ich.«

Sie lachte. »Heilige Scheiße! Das hätte ich gern miterlebt!«

In null Komma nichts war der Kellner mit der Karte zurück. Banks unterschrieb die Rechnung, Annie suchte ihre Einkaufstaschen zusammen, dann gingen sie nach draußen in das abendliche Treiben im West End. Die Straßen waren voller Menschen, die vor den Pubs standen und tranken. Vier Männer versperrten ihnen den Bürgersteig, zusammen sprachen sie lachend in ein Mobiltelefon. Banks und Annie machten einen Bogen um sie. Auf der anderen Straßenseite sah Banks eine betrunkene Frau in einem karierten Schulmädchenmini, schwarzen Strapsen und hochhackigen Schlampenschuhen, die versuchte, sich mit ihrem Freund zu streiten und gleichzeitig zu gehen. Es gelang ihr nicht, sie stolperte über den Rand des Bürgersteigs und lag dann mit gespreizten Beinen im Bordstein, ohne Unterlass fluchend. In der Ferne plärrten Sirenen.

»Jetzt nicht lachen«, sagte Annie, »aber damals ... du weißt schon, im Hinterhof, als du den Arm um mich gelegt hast, ja?«

»Ja.«

»Also, ich hatte so eine Ahnung, dass es so weit kommen würde, und ich wusste nicht, ob ich schon dazu bereit war. Ich wollte dir sagen, dass ich lesbisch wär. Damit die Abfuhr nicht so schlimm war, damit du nicht dachtest, es wäre persönlich gemeint, verstehst du, dass es nicht darum ging, dass ich dich nicht mochte, sondern dass ich mich einfach nicht für Männer interessierte. Ich hatte es mir schon genau zurechtgelegt.«

»Und warum hast du's nicht getan?«

»Als es so weit war, wollte ich nicht. Glaub mir, ich war von dem, was passierte, bestimmt genauso überrascht wie du. Genauso ängstlich. Ich weiß, ich hab dich zu mir eingeladen und dir Alkohol gegeben, aber ich hatte wirklich nicht vor, dich zu verführen.«

»Das habe ich auch nicht gedacht.«

»Ich wollte dir anbieten, auf der Couch zu schlafen.«

»Das hätte ich auch dankend angenommen.«

»Aber als es so weit war, da wollte ich dich. Ich hatte furchtbare Angst. Es war das erste Mal seit der Nacht, von der ich dir gerade erzählt habe. Aber ich wollte es tun. Ich schätze, ich wollte meine Angst überwinden. Manchmal geht das nur so.«

Sie gingen die Charing Cross Road entlang, vorbei an den geschlossenen Buchhandlungen, und überquerten dann Oxford Street. Als sie in die Great Russell Street abbogen, schob Annie ihm ihren Arm unter. Es war erst das zweite Mal, dass sie sich in der Öffentlichkeit mit einer kleinen Vertraulichkeit zeigten, und es fühlte sich gut an: die Wärme, der leichte Druck. Annie neigte den Kopf ein wenig zur Seite, so dass er an seiner Schulter lag; ihr Haar kitzelte ihn an der Wange.

Sie waren beide noch nicht im Hotel gewesen; Banks hatte einfach vorher angerufen, ein Zimmer reserviert und dabei gesagt, sie würden spät abends eintreffen. Es war nur ein kleines Haus. Er war dort schon zweimal untergekommen, als er beruflich in London zu tun hatte – immer allein –, und die Sauberkeit und der gute Service hatten ihn beeindruckt – und das alles zu gemäßigten Preisen.

Sie gingen am Gitter vor dem Vorplatz des dunklen, klotzigen British Museum vorbei und überquerten den Russell Square. Von einem Pub um die Ecke wurden Unterhaltungen und Gelächter herangetragen. Ein Pärchen kam ihnen entgegen, es hielt sich eng umschlungen.

»Da wären wir«, sagte Banks. »Hast du eine Zahnbürste gekauft?«

»Ja.« Annie hob eine Tasche an. »Und eine neue Jeans, neue Schuhe, einen Rock, eine Bluse, Unterwäsche.«

»Da bist du aber so richtig einkaufen gewesen, hm?«

»Und wie! Ich komme ja nicht oft in die Großstadt. Hab mir auch ein Nachthemd gekauft.«

»Ich dachte, ich hätte gesagt, du würdest keins brauchen.«

Sie lachte und drückte sich an ihn. »Oh, keine Sorge. Ist nur ein ganz kleines Nachthemd. Wird dir bestimmt gefallen.« Und sie stiegen die Steinstufen zum Hotel hinauf.

* * *

Ich musste immer wieder an den Revolver denken. In meinem Kopf lief es meistens so ab, dass Gloria zuerst Matthew erschoss und dann sich selbst. Die Bilder waren so echt, dass ich sogar das Blut aus den Einschusslöchern strömen sah. Schließlich kam ich zu dem Entschluss, dass ich etwas tun musste.

Wie schon gesagt, ich besaß einen Schlüssel für Bridge Cottage. Nicht weil Matthew sich einschloss, aber manchmal hatte er keine Lust aufzustehen und die Tür zu öffnen. Meistens befand er sich durch den Alkohol sowieso in einer Art Wachkoma. Wenn er nicht im Pub war, trank er zu Hause Whisky. Den bekam Gloria von PX.

Als Gloria das nächste Mal an der Reihe war, mit Matthew zu Dr. Jennings nach Leeds zu fahren, ging ich hinüber. Selbst wenn mich jemand sah, war das nichts Ungewöhnliches, weil ich im Bridge Cottage sowieso ständig ein und aus ging und jeder im Dorf von Matthews Zustand wusste.

Ich fand die Waffe an der Stelle, wo Gloria sie versteckt hatte: hinter dem Kakao und dem Tee im Küchenschrank. Ich legte sie in die Einkaufstasche, die ich mitgebracht hatte, räumte im Schrank wieder alles an seinen Platz und ging. Ich wusste nicht, wie lange sie brauchen würde, um den Verlust zu bemerken, konnte aber nur hoffen, dass sie bei der Entdeckung günstigenfalls nicht mehr das Bedürfnis nach einer Waffe verspüren und einsehen würde, welch einen Gefallen ich ihr getan hatte.

Wir begehen aus Liebe manchmal solche Dummheiten, nicht wahr?

* * *

16

Es war gegen elf am Samstagmorgen, als Banks und Annie wieder vor Vivian Elmsleys Haustür standen. Noch bevor Banks auf den Klingelknopf drücken konnte, ging die Tür auf und Vivian lief fast in sie hinein.

»Haben Sie was vor, Ms. Elmsley?«, fragte Banks.

»Sie?« Sie legte die Hand aufs Herz. »Ich dachte ... nicht so schnell ... ich wollte nur ... kommen Sie doch herein.«

Sie folgten ihr nach oben in die Wohnung. Vivian Elmsley hielt einen großen wattierten Umschlag in der Hand, den sie auf einem Tisch im Flur ablegte, bevor sie ins Wohnzimmer ging. Banks warf einen Blick darauf und las seinen Namen mit der Adresse des Reviers von Eastvale.

Sie drehte sich zu ihnen um, als sie das Wohnzimmer betraten. »Ich sollte Ihnen wohl danken, dass Sie wiedergekommen sind«, sagte sie. »So kann ich mir das Porto sparen.«

»Was wollten Sie mir schicken?«, fragte Banks. »Ein Geständnis?«

»So ähnlich, ja. Ich denke, so kann man es wohl nennen.«

»Also haben Sie gestern *tatsächlich* gelogen?«

»Geschichten sind mein täglich Brot. Manchmal kann ich mich nicht bremsen.«

»Sie sollten aber den Unterschied kennen!«

»Welchen Unterschied?«

»Zwischen Dichtung und Wahrheit.«

»Ich habe gelernt, das den Moralwächtern zu überlassen. Das sind die Einzigen, die glauben, alles zu wissen.« Sie wandte sich ab, ging in den Flur und holte den Umschlag.

»Egal«, fuhr sie fort und reichte ihn Banks, »es tut mir Leid, so leichtfertig gewesen zu sein. Die ganze Angelegenheit war äußerst schwierig für mich. Ich neige dazu, mich hinter der Sprache zu verstecken, wenn ich Angst habe. Ich hätte gern, dass Sie mir einen Gefallen tun und dies hier mitnehmen und lesen. Ich habe es heute Morgen kopieren lassen. Sollten Sie Sorge haben, dass ich mich der Gerechtigkeit entziehe – sie ist unbegründet. Ich laufe nirgendwo hin, das verspreche ich Ihnen.«

»Woher dieser Gesinnungswandel?«

»Das Gewissen, ob Sie's glauben oder nicht. Ich dachte, ich könnte damit leben, aber es geht nicht. Die Anrufe waren auch nicht gerade hilfreich. In den frühen Morgenstunden ging ein langer Kampf zu Ende, und ich entschloss mich, die Wahrheit zu sagen. Was Sie tun, wenn Sie sie kennen, ist Ihre Sache. Ich würde es im Moment lieber so handhaben, als eine Unmenge von Fragen zu beantworten. Ich glaube, das Manuskript hilft Ihnen, alles zu verstehen. Sicherlich werden Sie hinterher Fragen haben. In der nächsten Woche werde ich zum Signieren in Leeds sein, dann haben Sie dazu reichlich Gelegenheit. Würden Sie mir diesen kleinen Gefallen tun?«

Es war ein ungewöhnliches Ansinnen, und wenn sich Banks korrekt an die Vorschriften hielt, würde er kein geschriebenes »Geständnis« von einem Mordverdächtigen entgegennehmen, dann gehen und ihn sich selbst überlassen. Aber wenn er es nüchtern betrachtete, war es von Anfang an ein ungewöhnlicher Fall gewesen, und er war überzeugt, dass Vivian Elmsley nicht fliehen würde. Sie stand in der Öffentlichkeit, und er glaubte nicht, dass sie einen Zufluchtsort hatte, selbst wenn sie fliehen wollte. Die andere Möglichkeit war Selbstmord. Es war ein Risiko, sicherlich, aber er beschloss, es einzugehen. Wenn Vivian Elmsley sich lieber umbringen wollte, anstatt einen Gerichtsprozess durchzustehen, der den Steuerzahler Tausende kosten und die Medien anlocken würde wie Geier, wer war Banks, sie zu verurteilen? Wenn Jimmy Riddle das herausbekommen würde, war Banks' Zukunft natürlich keinen Heller mehr wert, aber wann hatte er sich jemals von Gedanken an Jimmy Riddle abhalten lassen?

»Sie sprachen eben von Anrufen«, sagte er. »Was meinten Sie damit?«

»Anonyme Anrufe. Manchmal sagt er was, manchmal legt er einfach auf.«

»Was für Sachen sagt er?«

»Eigentlich nichts. Es klingt nur ein wenig bedrohlich. Und er nennt mich Gwen Shackleton.«

»Haben Sie eine Vorstellung, wer es sein könnte?«

»Nein. Jeder könnte ohne zu große Schwierigkeiten meinen richtigen Namen herausfinden, und meine Nummer steht im Telefonbuch. Aber warum?«

»Was hat er für einen Akzent? Einen amerikanischen?«

»Nein. Aber genau ist es schwer zu sagen. Die Stimme klingt gedämpft, als ob er durch ein Taschentuch oder so spricht.«

Banks dachte kurz nach. »Da kann man eigentlich nicht viel unternehmen. Aber ich würde mir keine großen Sorgen machen. In den meisten Fällen treten Menschen, die Telefonterror betreiben, ihren Opfern nicht persönlich gegenüber. Deshalb benutzen sie ja das Telefon. Sie haben Angst vor der persönlichen Konfrontation.«

Vivian schüttelte den Kopf. »Ich weiß nicht. Er hört sich nicht an wie ein Spinner und atmet auch nicht schwer. Es klang irgendwie ... persönlicher.«

»Vielleicht zieht Ihr literarisches Genre ja den einen oder anderen verrückten Fan an?«, schlug Banks vor. »Vielleicht ist jemand der Ansicht, er könne Ihnen die Idee zu einer Geschichte liefern und Ihnen zeigen, wie es ist, Angst zu haben. Ich würde mir darüber wirklich keine zu großen Gedanken machen, aber Sie sollten sich so schnell wie möglich mit der zuständigen Dienststelle in Verbindung setzen. Dort wird man Ihnen helfen können. Kennen Sie dort jemanden?«

»Ja. Detective Superintendent Davidson. Er hilft mir immer bei der Recherche.«

»Noch besser. Sprechen Sie mit ihm.« Banks hob den

Umschlag hoch. »Wir werden es lesen«, sagte er. »Aber woher wissen wir, dass dies die Wahrheit ist und nicht eine weitere erfundene Geschichte?«

»Das können Sie nicht. Genau genommen, ist es von beidem etwas, aber die Stellen, für die Sie sich interessieren, sind wahr. Das müssen Sie mir einfach glauben, oder?«

* * *

Der Tag, als es passierte, begann wie ein ganz gewöhnlicher Tag, soweit man einen Tag in dieser außergewöhnlichen Zeit als gewöhnlich bezeichnen konnte. Ich öffnete das Geschäft, nahm Rationscoupons entgegen, entschuldigte mich für knappe Waren, bereitete Mutter Mittag- und Abendessen und machte es mir abends bei Buch und Radio gemütlich. Die Amerikaner veranstalteten oben am Stützpunkt eine Abschiedsparty, denn sie hatten gehört, dass sie innerhalb weniger Tage abgezogen würden. Wir waren eingeladen, aber weder Gloria noch ich hatten Lust gehabt hinzugehen. Irgendwie schien dieser Teil unseres Lebens vorbei zu sein. Charlie war tot, und nach ihrem letzten Stelldichein am Tag des Sieges hatte Gloria Brad deutlich gemacht, dass sie bei Matthew bleiben würde und es am besten sei, wenn sie sich nicht mehr träfen.

Ich würde gern sagen, dass ich das Unglück in der Luft liegen spürte, dass ich eine Art böse Ahnung hatte, aber es war nicht so. Meine Gedanken schweiften ab, ich konnte mich nur schwer auf Trollopes *The Last Chronicle of Barset* konzentrieren, mir lag auch viel auf der Seele: Charlies Tod, Matthews Krankheit, Glorias Probleme, Mutter.

Normalerweise wäre ich so spät am Abend nicht zum Bridge Cottage gegangen, doch hatte mir Cynthia Garmen auf dem Weg nach Harkside Fallschirmseide vorbeigebracht. Ich hatte Gloria seit zwei oder drei Tagen nicht gesehen und dachte, sie würde sich vielleicht über ein kleines Geschenk freuen; seit dem Tag des Sieges war sie abgespannt und deprimiert gewesen und hatte sich keine Mühe mehr mit ihrem Aussehen gegeben. Ich kann nicht behaupten, dass mir eine kleine Stimme sagte, ich solle gehen; auch kann ich mich an kein besonderes Gefühl der Beunruhigung erinnern, an keinen Schauder oder Klingeln in den Ohren. Ich konnte mich nicht auf das Buch konzentrieren, sondern musste an Gloria denken – mehr nicht.

Hier ist mein Tagebuch zu Ende, aber wie sehr ich mich die ganzen Jahre auch bemüht habe, die Geschehnisse aus meinem Kopf zu verbannen, es ist mir nicht gelungen.

Es war kurz nach zehn, Mutter war zu Bett gegangen. Geistesabwesend legte ich das Buch zur Seite und befühlte den seidigen Stoff. Ich dachte, die Aussicht auf ein neues Kleid könnte Gloria aufheitern. Auch fühlte ich mich wohl schuldig, den Revolver gestohlen zu haben, und ich wollte wissen, ob sie sein Fehlen schon bemerkt hatte. Wenn ja, hatte sie jedenfalls nichts gesagt.

Ich nahm an, Matthew sei noch im Shoulder of Mutton, deshalb wollte ich zuerst dort vorbeigehen und ihn überreden, mich nach Hause zu begleiten. Auch wenn er sich nicht mitteilte, glaubte ich doch, dass er wusste, wer ich war und dass ich ihn liebte. Ich glaube auch, dass er sich bei mir wohl fühlte. Wie sich herausstellte, hatte man ihn kurz zuvor gebeten zu gehen, da er einen seiner kleinen Anfälle erlitten und ein Glas zerbrochen hatte.

Ich lief die dunkle verlassene High Street hinunter zum Bridge Cottage. Von der anderen Seite des Flusses hörte ich Musik und Gelächter aus dem Duke of Wellington, wo die Feierlichkeiten zum Tag des Sieges offenbar länger als eine Woche anhielten. Mondlicht versilberte das dahinfließende Wasser, so dass es wie ein glänzendes schleichendes Tier aussah.

Durch die Vorhänge von Bridge Cottage fiel Licht. Die Vorhänge waren neu, fiel mir auf, wir mussten ja nun nicht mehr auf die Verdunkelung Rücksicht nehmen. Ich klopfte an die Tür, doch niemand antwortete. Ich klopfte erneut.

Ich glaubte nicht, dass Gloria unterwegs war. Sie ging abends nur selten aus, höchstens mit mir ins Kino. Auf keinen Fall würde sie ausgehen und das Licht anlassen. Außerdem musste Matthew da sein. Wo hätte er sonst hingehen sollen, nachdem er aus dem Shoulder of Mutton geworfen worden war?

Ich klopfte abermals.

Immer noch keine Antwort.

Ich schob meinen Schlüssel ins Schloss, drehte ihn um und betrat das Haus, Glorias Namen rufend.

Im Wohnzimmer war niemand, aber ich bemerkte einen scharfen Whiskeygeruch. Wieder rief ich Glorias Namen und glaubte dann eine Bewegung in der Küche wahrzunehmen. Verdutzt ging ich hinüber, und als ich auf der Schwelle stand, sah ich sie.

Gloria lag auf den Steinfliesen, Arme und Beine in seltsamem Winkel vom Körper abgedreht, wie eine Lumpenpuppe, die ein schmollendes Kind fortgeworfen hatte. Eine ihrer kleinen Fäuste war geballt, als wolle sie jemanden schlagen, nur der kleine Finger stand ab.

Es war nicht viel Blut zu sehen; ich weiß noch, dass ich mich darüber wunderte. Sie trug ihr königsblaues Kleid mit dem weißen Spitzenkragen, und die Flecken auf dem Stoff sahen aus wie Rost. Sie waren überall: auf Brust, Bauch, Rippen, Schoß. Überall war das königsblaue Kleid mit Blut befleckt, doch war nur sehr wenig auf den Boden geflossen.

In der Nähe der Leiche lag eine zerbrochene Whiskeyflasche, die Quelle des Geruchs, den ich vorher bemerkt hatte. Bourbon. Eine ungeöffnete Stange Lucky Strikes lag auf dem Küchenschrank. Der Hängeschrank darüber stand offen, Tee und Kakao waren auf der gesamten Arbeitsfläche und auf dem Boden davor verteilt, dazwischen Messer und Gabeln aus der Besteckschublade.

Neben ihr kniete Matthew mit einem blutverschmierten Küchenmesser in der Hand in einer kleinen Blutlache. Ich ging zu ihm hinüber, nahm ihm das Messer vorsichtig ab und brachte ihn ins Nebenzimmer zu seinem Sessel. Er folgte mir so unterwürfig wie ein müder, besiegter Soldat, der abgeführt wurde, und ließ sich in den Sessel fallen wie ein Mann, der seit Monaten nicht geschlafen hatte.

»Matthew, was ist passiert?«, fragte ich ihn. »Was hast du getan? Du musst es mir sagen. Warum hast du das gemacht?«

Ich gab ihm Stift und Papier, aber er zog sich in sich zurück, und ich merkte, dass ich nichts aus ihm herausbekommen würde. Ich legte ihm die Hände auf die Schulter und schüttelte ihn, aber er schien zusammenzuschrumpfen, den blutverschmierten Daumen im Mund. Ich entdeckte noch mehr Blut auf den Manschetten seines weißen Hemdes.

Ich weiß nicht, wie lange ich versuchte, etwas aus ihm herauszubekommen, doch schließlich gab ich auf und ging zurück in die Küche. Ich konnte nicht klar denken. Ich nehme an, wenn ich überhaupt etwas dachte, so ging ich davon aus, dass ihm jemand erzählt haben musste, welche hässlichen Gerüchte über seine Frau in Umlauf waren, was die so trieb, wenn er nicht da war. Ich wusste ja, dass er einen Wutanfall im Shoulder of Mutton gehabt hatte, und ich vermutete, dass dadurch irgendwie die Explosion ausgelöst worden war, die sich in ihm aufgestaut hatte wie der Druck in einem Kessel; jetzt war Gloria tot und Matthew hatte keine Wut mehr in sich.

Als ich auf die Leiche der armen Gloria starrte, noch immer kaum in der Lage zu glauben, was geschehen war, wusste ich, dass ich etwas tun musste. Wenn das jemand herausbekam, würde Matthew vielleicht gehenkt werden oder, was wahrscheinlicher war, für unzurechnungsfähig erklärt und für den Rest seines Lebens in ein Irrenhaus gesteckt werden. Auch wenn sein Leben jetzt noch so schwierig war, für mich stand fest, dass er das nicht würde ertragen können; das wäre das Fegefeuer für ihn. Oder schlimmer. Von jetzt an würde ich für ihn sorgen müssen.

Was Gloria betraf – ich trauerte um sie; ich liebte sie inzwischen fast so sehr wie Matthew. Aber sie war tot. Ich konnte nichts mehr für sie tun. Sie hatte keine anderen Angehörigen; ich war die Einzige, die ihre Geschichte kannte; es war jetzt egal, was ihr zugestoßen war. So redete ich mir ein.

Damals hatte ich noch einen Rest von Glauben in mir, obwohl er während des Krieges so gut wie verdorrt war, besonders nach Matthews Tod und Auferstehung, die mir wie eine besonders grausame Parodie auf Ostern erschien, aber ich verschwendete keine großartigen Gedanken an Glorias unsterbliche Seele, an eine ordentliche Beerdigung oder Ähnliches. Die Kirche kam nicht in Frage. Was ich tat, betrachtete ich nicht im Sinne von richtig oder falsch; noch machte ich mir wirklich klar, dass ich gegen ein Gesetz verstieß. Ich konnte über nichts anderes nachdenken, als was ich tun sollte, um Matthew vor den herumschnüffelnden Polizisten und Ärzten zu schützen, die ihn quälen würden, wenn das hier bekannt wurde.

Sah ich in Matthew einen Mörder? Ich glaube nicht, obwohl der unzweifelhafte Beweis dafür vor meinen Füßen lag. Auf eine verquere Weise betrachtete ich Gloria sogar als meine Verbündete in der Absicht, Matthew vor weiterer Grausamkeit und Pein zu schützen. Sie hätte nicht gewollt, dass er ins Gefängnis ging, sagte ich mir; sie hätte nicht gewollt, dass er in ein Irrenhaus gesteckt würde. Sie hatte auf so viel verzichtet, um ihn zu schützen. Sein Wohlergehen und seine Ruhe waren alles, wofür sie seit seiner Rückkehr gelebt hatte; schließlich war er ihre Sühne, und deshalb hätte sie ihn nie verlassen, deshalb war sie jetzt tot. *Gloria wollte, dass ich das tat.*

Weitere Ausreden hatte ich nicht. Der Verdunkelungsstoff lag immer noch aufgerollt unter den Fenstern im Wohnzimmer, seit ich Gloria vor ein paar Monaten geholfen hatte, ihn abzunehmen. Ich trug ihn in die Küche und schob Gloria vorsichtig darauf, dann wickelte ich ihn fest um sie, wie ein Leichentuch. Bevor ich fertig war, beugte ich mich vor, küsste sie sanft auf die Stirn und sagte: »Auf Wiedersehen, süße Gloria. Auf Wiedersehen, mein Schatz.« Sie war noch warm.

Wo konnte ich sie verstecken? Der einzige Ort, der mir einfiel, war der alte Schuppen, der nie benutzt wurde. Im Licht einer kleinen Öllampe begann ich, das Loch auszuheben. Ich wollte tiefer graben, aber ich schaffte nicht mehr als ungefähr einen Meter, bis ich erschöpft aufgab. Ich ging zurück ins Haus, Matthew hatte sich nicht von der Stelle bewegt, und irgendwie brachte ich die Kraft auf, die Rolle Verdunkelungsstoff nach draußen zu schleppen und in das Loch gleiten zu lassen. Es war niemand unterwegs. Das Cottage nebenan stand leer, hinter dem Haus war kein Licht zu sehen und kein Laut zu hören. Nur der schwarze Nachthimmel und die mitleidlosen Sterne.

Die Tränen liefen mir die Wangen hinunter, während ich das Loch wieder zuschaufelte. Ein paar schwere Steinplatten standen gegen die Wand gelehnt. Ich hievte sie auf das behelfsmäßige Grab. Mehr konnte ich nicht tun.

Blieb noch das Innere des Hauses. Zuerst fegte ich die Glasscherben, die verstreuten Teeblätter und das Kakaopulver zusammen und stellte die Dosen zurück in den Schrank. Wie schon gesagt, es war nicht viel Blut vorhanden, ich konnte die Flecken ohne Schwierigkeiten vom Boden schrubben. Vielleicht waren noch irgendwo Spuren vorhanden, aber niemand würde es als das erkennen, was es war. Wenn alles nach Plan verlief, würde nicht mal jemand danach suchen.

Jetzt schreibe ich »Plan«, aber es war nur das, was ich mir ausdachte, während ich Gloria vergrub. Ich musste eine Erklärung für ihre Abwesenheit finden.

Nachdem ich Matthew hatte nach oben führen, waschen und ausziehen können, brachte ich ihn ins Bett. Sein blutverschmiertes Hemd und die Hose steckte ich in einen kleinen Koffer und legte so viele von Glorias Lieblingskleidern dazu, wie hineinpassten. Dann suchte ich ihre persönlichen Habseligkeiten zusammen und tat sie ebenfalls in den Koffer.

Nachdem ich die Küche noch einmal gründlich kontrolliert hatte, um sicherzugehen, dass ich alles Verdächtige fortgeschafft und so gut ich konnte aufgeräumt hatte, verfasste ich eine Nachricht auf dem Papier, das ich vorher für Matthew geholt hatte. Glorias kindliche Handschrift war einfach nachzuahmen. Danach trug ich den Koffer über den hinteren Weg zum Laden. Ich wollte Matthew nicht allein lassen, weiß Gott nicht, aber was sollte ich tun? Es musste alles mehr oder weniger normal aussehen. Ihm schien das Geschehene nicht bewusst zu sein, und ich hatte keine Ahnung, wie es ihm am nächsten Tag gehen würde, ob er sich erinnern würde, was er getan hatte, ob er Schuld oder Reue empfinden würde. Würde er überhaupt merken, dass sie nicht mehr da war?

Früh am nächsten Morgen ging ich ins Bridge Cottage, Matthew lag noch im Bett, ich »fand« die Nachricht und erzählte dann allen, die ich kannte, auch Mutter, dass Gloria in der Nacht fortgelaufen war, weil sie das Leben mit Matthew nicht mehr ertragen konnte. Sie würde ihn lieben, für alle Zeiten, aber sie könne nicht für ihr Verhalten bürgen, wenn sie bliebe. Dann zeigte ich ihnen den Zettel, auf dem genau das geschrieben war. Am Ende stand, wir sollten nicht nach ihr suchen, weil wir sie nie finden würden.

Es gab keinen Grund, die Polizei zu rufen. Alle glaubten dem Zettel. Hatte mir Gloria nicht schon erzählt, sie hätte die Leute reden gehört, sie würde bei der erstbesten Gelegenheit mit einem Ami durchbrennen? Natürlich war sie nicht mit einem Ami durchgebrannt, und zumindest Brad würde das wissen, aber darum wollte ich mich kümmern, wenn es so weit war.

Ich gab Bridge Cottage auf, verkaufte die Einrichtung, darunter die Musiktruhe und die Schallplatten, die Gloria so geliebt hatte, und holte Matthew zurück zu uns, wo er über dem Laden wohnte.

Eines Abends, als Mutter bei Joyce Maddingley war, holte ich Matthews blutverschmierte Sachen und Glorias Kleider hervor und verbrannte sie im Kamin. Ich weinte, als ich zusah, wie all die schönen Stoffe Feuer fingen. Das schwarz-rot-weiß karierte Dorville-Kleid, das sie in London gekauft hatte, das schwarze Samtkleid mit dem V-Ausschnitt, den Puffärmeln, den breiten, gepolsterten Schultern und der roten Filzrose, das sie bei unserem ersten Tanzabend mit den Amerikanern in Rowan Woods getragen hatte, ihre hübsche Unterwäsche. Ich sah zu, wie alles loderte, schrumpfte und zu Asche zusammenfiel. Ihre übrigen Habseligkeiten entsorgte ich in Leeds, als ich das nächste Mal geschäftlich dort zu tun hatte. Ich stand auf der Leeds Bridge unter Briggate und warf einen Gegenstand nach dem anderen in den Aire.

Wie ich erwartet hatte, machte mir Brad die meisten Schwierigkeiten. An seinem letzten Tag in Rowan Woods kam er im Laden vorbei und belagerte mich mit Fragen. Er wollte einfach nicht glauben, dass Gloria ohne ein Wort zu sagen verschwunden war. Wenn sie hätte gehen wollen, argumentierte er, warum hatte sie ihm dann nicht Bescheid gesagt? Er hatte es ihr oft genug angeboten. Ich sagte ihm, meiner Meinung nach hatte sie vor allen fliehen wollen; sie wollte einen völligen Neuanfang. Er meinte, den hätte sie in Kalifornien haben können. Ich gab zurück, dass ihr ein Leben mit ihm in Los Angeles immer frevelhaft vorgekommen wäre, weil es unter diesen Umständen zustande gekommen wäre. Trotz allem wäre sie doch Matthews Frau geblieben.

Es traf ihn sehr, und ich tat es ungern, aber schließlich musste er akzeptieren, was ich sagte. Immerhin hatte sie ihm am Tag des Sieges mitgeteilt, ihn nicht mehr wiedersehen zu wollen. Niemand vermutete auch nur entfernt etwas, das der Wahrheit nahe kam. Die 448. Bombergruppe wurde aus Rowan Woods abgezogen und ich hörte nichts mehr von Brad. Es war vorbei.

Michael Stanhope drückte seinen Kummer aus, dass ein so wunderbarer Geist unsere Gemeinschaft verlassen hatte. Er sagte etwas in der Richtung, dass Hobb's End kurz geglänzt hätte und dann wieder in Dunkelheit versunken wäre. Er konnte sein Aktbild nun verkaufen, doch sah oder hörte ich nie wieder davon. Vielleicht war es doch nicht so gut, wie er gedacht hatte.

Was Matthew anging, so ließ er nie mit einem Zeichen erkennen, dass sich etwas geändert hatte. Er zog sich vielleicht noch mehr in sich zurück, aber er trank und starrte weiterhin ins Leere, genau wie zuvor. Ich konnte ihn natürlich nicht mehr zu Dr. Jennings gehen lassen. Wer wusste denn, was die Narkosynthese aus Matthew herausholen würde, wenn sie funktionierte. Obwohl der Arzt protestierte, glaube ich doch, dass er erleichtert war. Ärzte mögen keine Mißerfolge und Dr. Jennings war bei Matthew nicht vorangekommen.

Bald hörten wir Gerüchte, dass das Dorf verkauft und an seiner Stelle ein Stausee gebaut werden sollte, und als ich mich umsah, überraschte es mich nicht.

Hobb's End war zu einem Geisterdorf geworden.

Ich hatte die Entwicklung aus anderen Gründen nicht wahrgenommen, aber es lebte kaum noch jemand dort. Wer aus dem Krieg zurückgekommen war, hatte Geschmack an interessanteren Orten gefunden oder war in Berufen ausgebildet, die nur in Städten ausgeübt werden konnten. Selbst die Frauen, die, was das Geldverdienen anging, vielleicht den größten Schritt nach vorn gemacht hatten, zog es in die Fabriken von Leeds und Bradford. Die Mühle wurde stillgelegt. Häuser verfielen. Alte Menschen starben. Schließlich war niemand mehr übrig.

Bevor wir nach Leeds aufbrachen, geschah noch etwas Sonderbares, obwohl Gloria es auf gewisse Weise vorhergesagt hatte. Eines Tages kam ein Mann in einem ausrangierten braunen Anzug mit einem kleinen Jungen von ungefähr acht oder neun Jahren in den Laden und fragte nach Gloria. Ich wusste auf der Stelle, wer sie waren, wollte es ihnen aber nicht zeigen.

»Sind Sie ein Verwandter?«, fragte ich ihn.

»Nein«, erwiderte er. »Nichts in der Richtung. Nur ein alter Freund, mehr nicht. Ich kam gerade hier vorbei, deshalb dachte ich, ich besuche sie mal.« Er klang ziemlich traurig, und ich bemerkte den Londoner Cockney-Akzent, den auch Gloria besessen hatte, wenn sie nicht aufpasste. Und natürlich kam niemand mal einfach so in Hobb's End vorbei.

Ich stellte noch einige Fragen, um höflich und freundlich zu wirken, konnte aber nichts weiter aus ihm herausbekommen. Ich hoffte inständig, dass er sich mit meiner Erklärung zu Glorias Verschwinden zufriedengab; ich wollte auf gar keinen Fall, dass er wiederkam und Matthew und mich belästigte.

Ich hätte mir keine Sorgen machen müssen. Als sie gingen, sagte er nur: »Wenn Sie sie wiedersehen, sagen Sie ihr dann, dass George nach ihr gefragt hat, ja?« Er blickte auf den Jungen hinunter. »Sagen Sie ihr, dass George und der kleine Frankie vorbeigekommen sind und sie lieb grüßen lassen.«

Ich versprach es ihm. Der kleine Junge hatte nichts gesagt, aber ich merkte, dass er mich die ganze Zeit anstarrte, als prägte er sich meine Gesichtszüge ganz tief ins Gedächtnis ein. Spontan schenkte ich ihm eine Viertelunze Fruchtgummi, eine ziemliche Rarität, da Süßigkeiten noch rationiert waren. Er bedankte sich ernst, dann gingen sie.

In der darauf folgenden Woche zogen Matthew, Mutter und ich nach Leeds und Hobb's End war nicht mehr. Unser Leben in Leeds verlief nicht ereignislos, aber das ist eine andere Geschichte.

* * *

»Wenn wir mit Vivian Elmsleys Geschichte zur Staatsanwaltschaft gehen«, sagte Banks zu Annie, »dann lachen die sich über uns kaputt.«

Es war Sonntagmorgen, und sie faulenzten zusammen in Banks' Cottage, lasen in Vivian Elmsleys Manuskript herum und tranken Kaffee. Wider besseren Wissens war Annie auf Banks' Vorschlag eingegangen, das Wochenende gemeinsam zu verbringen. Sie hatte eigentlich vorgehabt, direkt nach Hause zu fahren und den Rest des Wochenendes in seliger, träger Langeweile zu verbringen, nachdem sie in York in ihr Auto gestiegen war. Aber ab nächsten Freitag hatte sie zwei Wochen Urlaub, und sie beabsichtigte, zu ihrem Vater in die Künstlerkolonie hinunterzufahren. Am besten genießen wir jetzt unsere gemeinsame Zeit, hatte sie sich gesagt. Wenn sie in St. Ives war, hatte sie noch genug Zeit für lange, einsame Küstenspaziergänge.

So lag sie also am Sonntagmorgen auf dem Sofa im vorderen Zimmer des Cottage, baumelte mit den nackten Füßen über die Armlehne und las Gwen Shackletons Version des Krieges.

»Warum sollten die lachen?«, fragte sie. »Es ist *schon* eine Art Geständnis, nicht? Sie gibt zu, die Leiche bewegt zu haben. Dadurch wird sie zur Mittäterin.«

»Ich bezweifle sehr stark, dass irgendein Richter das Manuskript als Beweis zulassen würde. Sie muss doch nur sagen, dass sie sich das ausgedacht hat. Das weiß die Krone. Das ist ein Haufen dummes Zeug, Annie. Die Frau schreibt Geschichten und muss keine *echten* Verbrechen lösen.«

»Aber sie verwendet real existierende Namen.«

»Unwichtig. Jeder vernünftige Anwalt würde das als Beweis für geleistete Beihilfe in der Luft zerreißen. Sieh dir doch an, was wir haben: Wir haben eine Frau von über siebzig Jahren, die uns ein Manuskript überreicht hat, das sie vor dreißig Jahren geschrieben hat und das den Anschein erweckt, dass sie einen Mord vertuschte, den ihr Bruder, wie sie meinte, mehr als zwanzig Jahre zuvor in einem Dorf verübte, das nicht mehr existiert. Und wir wollen nicht vergessen, dass sie ihren Lebensunterhalt mit dem Schreiben von Detektivromanen verdient.« Er fuhr sich mit der Hand durchs Haar. »Glaub mir, die Staatsanwaltschaft ist schon genug im Rückstand. Sie schafft es nicht einmal, die aktuellen Fälle zu verfolgen, da wird sie kaum Leute lockermachen, um vergangene Fälle auf Beweisstücke hin abzuklopfen, die so dürftig sind, dass sie bei dem kleinsten Windstoß umfallen.«

»Das war's dann also? Hören wir hier auf? Soll sie ungeschoren davonkommen?«

»Möchtest du, dass sie ins Gefängnis geht?«

»Nicht unbedingt. Ich spiele nur den Advocatus Diaboli. Um ehrlich zu sein, finde ich, die arme Frau hat genug gelitten. So ein zerstörtes Leben!«

»Ich weiß nicht. Sie hat auch einigen Erfolg gehabt.«

»Manchmal ist Erfolg viel weniger wichtig, als die Leute meinen, die keinen haben.«

»Na ja«, fuhr Banks fort, »uns war immer bewusst, dass der Fall ins Nichts führen kann. Matthew Shackleton ist tot. Ich glaube, Vivian Elmsley wollte das loswerden, was sie losgeworden ist. Sie *wollte*, dass wir Bescheid wissen. Nicht unseretwillen, nicht damit wir den Fall lösen, sondern ihretwegen, damit sie die Last nicht mehr allein tragen muss. Die Entdeckung von Gloria Shackletons Skelett war ein unglaublicher Katalysator für sie. Dadurch wurde sie zu einer Art Buße gedrängt, und als wir herausfanden, wer sie ist, war es nur noch eine Frage der Zeit. Ich könnte mir vorstellen, dass es ihr jetzt nicht mehr so wichtig wie vorher ist, Matthews Andenken zu bewahren. Er kann jetzt nicht mehr gehenkt oder in die Psychiatrie eingewiesen werden.«

»Trotzdem hat sie ein Verbrechen begangen.«

»Ja, aber sie ist nicht der Mörder.«

»Es sei denn, ihre Geschichte ist nicht wahr.«

»Das glaube ich nicht. Was sie getan hat, geschah, um ihren Bruder zu schützen, der im Krieg bereits unsäglich gelitten hatte. Und sie bewahrte das Geheimnis, um die Familienehre hochzuhalten. Wenn sie damals die Polizei gerufen hätte, wäre es so gut wie sicher gewesen, dass er wegen des Mordes an Gloria verurteilt worden wäre. Es sei denn …«

»Was?«

»Es sei denn, er war es nicht. In Gwens Version gibt es einige Sachen, die mich stören. Stell dir die Szene vor: Gwen betritt das Cottage und sieht Matthew mit einem Küchenmesser in der Hand über Glorias Körper gebeugt. So weit, so gut.«

Annie nickte.

»Außerdem bemerkt sie, dass Glorias Faust geballt ist und der kleine Finger gebrochen zu sein scheint. Richtig?«

»Ja.«

»Und Glorias Körper ist noch warm.«

»Ja.«

»Das bedeutet, dass die geballte Faust nicht von der Leichenstarre herrührte, sondern von einem Todeskrampf. Was wäre, wenn der Mörder, der *wirkliche* Mörder, versuchte, Gloria etwas aus der Hand zu entwinden, und dabei von Matthew überrascht wurde, der frühzeitig nach Hause kam, weil er aus dem Pub geworfen woren war, wo er Ärger gemacht hatte? Wenn sie etwas in der Hand hielt, das ihn belastete?«

»Einen Knopf?«

»Wäre doch logisch, oder?«

»Das ist durchaus möglich.«

Banks schüttelte den Kopf. »Aber wahrscheinlich hätten sie Matthew trotzdem festgenommen, je nachdem, welcher Beamter verantwortlich gewesen wäre. Man darf nicht vergessen, dass sich die meisten klugen jungen Beamten im Krieg befanden. Auf den verrückten Ehemann wäre der erste Verdacht gefallen und den Knopf, wäre er denn gefunden worden, hätte man schon irgendwie erklärt. Aus Vivians Sicht hätte Matthew den letzten Funken Verstand, den er vielleicht noch besaß, als das Unglück geschah, am Ende auf jeden Fall verloren. Deshalb beging sie ein Verbrechen. Und zwar ein schweres. Aber nicht nur die Staatsanwaltschaft würde die Version verwerfen; wenn der Fall irgendwann mal vor eine Jury käme, würde die auch nicht darauf anspringen. Denk mal an die Sympathielenkung. Jeder vernünftige Anwalt – und du kannst darauf wetten, dass sich Vivian Elmsley einen mehr als vernünftigen Anwalt leisten kann – würde dafür sorgen, dass der gesamte Gerichtssaal in Tränen ausbricht.«

»Was machen wir jetzt also?«

»Wir könnten Jimmy Riddle den Abschlussbericht geben und weitermachen wie bisher.«

»Oder?«

»Oder wir nehmen die ein oder zwei Ungereimtheiten unter die Lupe, von denen ich eben sprach. Zum Beispiel glaube ich nicht, dass …«

Es klingelte.

Banks ging zur Tür. Neugierig ließ Annie das Manuskript auf ihren Schoß sinken. »Vielleicht ist es dein eifriger Sergeant Hatchley?«

»Am Sonntagmorgen? Da würde er es doch ein bisschen übertreiben.«

Banks öffnete die Tür. Annie hörte eine Frauenstimme,

dann trat Banks langsam zur Seite und sie kam herein. Blondes Haar, schwarze Augenbrauen, eine gute Figur, nett angezogen mit hellem Rock und weißer Bluse.

Sie bemerkte Annie aus den Augenwinkeln und drehte sich zu ihr um. Einen Moment lang war sie sprachlos, und eine leichte Röte stieg ihr ins blasse Gesicht, dann trat sie vor und sagte: »Hallo, ich glaube, wir kennen uns noch nicht.«

Annie kam sich dumm vor, nahm das Manuskript vom Schoß und stand auf. »Annie Cabbot«, sagte sie. »Sergeant Cabbot.« Sie war sich ihrer nackten Füße und Beine nur allzu bewusst.

»Sandra Banks«, sagte die Frau. »Freut mich.«

Banks schloss die Tür und stand mit betretener Miene hinter ihnen. »Sergeant Cabbot und ich besprechen gerade den Fall mit den alten Knochen aus dem Stausee«, sagte er. »Vielleicht hast du davon gelesen.«

Sandra sah auf Annies nackte Füße hinunter und warf Banks einen vernichtenden Blick zu. »Ja, klar«, sagte sie. »Am Sonntagmorgen. Wie überaus pflichtbewusst.« Sie näherte sich wieder der Tür.

Annie merkte, dass sie bis unter die Haarwurzeln errötete.

»Egal«, säuselte Banks weiter, »wirklich schön, dass du vorbeigekommen bist. Möchtest du einen Kaffee oder so?«

Sandra schüttelte den Kopf. »Nein, glaub nicht. Ich bin nur in Eastvale, weil ich mich um ein paar Sachen im Gemeindezentrum kümmern wollte. Ich schlafe bei Harriet und David. Und weil ich schon mal in der Gegend war, dachte ich, ich komme kurz vorbei, damit du ein paar Blätter unterschreibst und wir uns mal kurz über unseren Sohn unterhalten, aber das geht auch ein andermal. Eilt nicht. Ich wollte euch nicht beim Brainstorming stören.«

Sie griff zur Klinke und öffnete die Tür. »Hat mich gefreut, Sie kennen zu lernen, Sergeant Cabbot«, sagte sie über die Schulter, und damit war sie weg.

Annie stand Banks eine Weile schweigend gegenüber, fühlte nur ihr schnell pochendes Herz und die brennende

Haut. »Ich wusste nicht, was ich sagen sollte«, bemerkte sie. »Ich komm mir dumm vor, ich schäme mich.«

»Warum denn?«, fragte Banks. »Ich hab dir doch gesagt, dass Sandra und ich jetzt schon fast ein Jahr auseinander sind.«

Aber du liebst sie noch, dachte Annie. Woher kam dieser Gedanke? Sie schob ihn beiseite. »Ja, ich weiß. Es war einfach etwas überraschend, sie so kennen zu lernen.«

Banks lachte nervös. »Das kannst du wohl laut sagen. Hör mal, trinken wir doch noch einen Kaffee und setzen uns nach draußen, ja? Vergessen wir Vivian Elmsley und ihre Probleme mal eine Weile. Heute ist so ein schöner Tag, ist doch schade, wenn wir ihn drinnen vertrödeln. Wir könnten doch heute Nachmittag einen langen Spaziergang machen! Fremington Edge?«

»Gut.« Annie folgte ihm nach draußen, noch immer benommen. Sie setzte sich auf einen gestreiften Liegestuhl und spürte die Wärme des Stoffes unter ihren nackten Oberschenkeln. Das Gefühl erinnerte sie immer an den Sommer in St. Ives. Banks las den Literaturteil der *Sunday Times,* tat so, als sei alles in Ordnung, aber sie wusste, dass auch er außer Fassung war. Vielleicht noch mehr als sie. Schließlich war er mehr als zwanzig Jahre mit der Frau verheiratet gewesen.

Annie starrte auf eine in der Ferne dahinziehende Gruppe von Wanderern, die Witch Fell bestiegen. Der wuchtige Berg in der Form eines gekappten Hexenhuts nahm fast den gesamten westlichen Horizont ein. Krähen kreisten über den Höhen.

»Alles in Ordnung?«, fragte Banks, von der Zeitung aufblickend.

»Sicher«, erwiderte sie und rang sich ein Lächeln ab. »Alles in Ordnung.«

War es aber nicht. Sie sagte sich, sie hätte wissen müssen, wie vergänglich das Glück war, wie närrisch es war, auf den großen Wurf zu hoffen, und welch großer Fehler es war, zu erlauben, das ihr jemand so nah kam. So eine Nähe weckte all die alten Dämonen – Eifersucht und Unsicherheit, alle

Gefühle, die sie für besiegt gehalten hatte. Das einzig mögliche Ergebnis war Schmerz. Ein Schatten hatte sich vor ihre Sonne geschoben, so wie Witch Fell den Himmel verdunkelte, eine Schlange war in ihren Garten Eden geschlichen. Was würde der Preis dafür sein? fragte sie sich.

17

Vivian Elmsleys Manuskript beschäftigte Banks noch lange, nachdem er es gelesen hatte. Es gab so viele Ungereimtheiten, so viele Abzweigungen auf dem Weg zum Mord an Gloria. Als sie Glorias Sohn am Mittwoch immer noch nicht gefunden hatten, dachte er über die Reise nach, die George und Francis Henderson nach dem Krieg gemacht hatten, um Gloria zu finden. Auf gewisse Weise hatte Gwen ihre Schwägerin verleugnet und das rief Banks seinen Besuch bei Jems Eltern in Erinnerung.

So real, als sei es gestern gewesen, erinnerte er sich an den Nachmittag Ende Mai, als er auf der Suche nach Jems Eltern mit seinem altersschwachen VW Käfer nach Cambridgeshire fuhr. Er wusste noch nicht einmal, warum er diese Reise unternahm; mehr als einmal erwog er umzukehren. Was sollte er sagen? Welches Recht hatte er, sie in ihrem Schmerz zu belästigen? Schließlich hatte er Jem kaum gekannt, hatte nichts über sein Leben gewusst. Andererseits waren sie Freunde gewesen und jetzt war sein Freund tot. Das Mindeste, was er tun konnte, war, ihnen sein Beileid auszusprechen und ihnen zu sagen, dass sie einen Sohn hatten, auf den sie stolz sein konnten, wie schändlich sein Tod auch gewesen sein mochte.

Außerdem war er neugierig zu sehen, aus was für einem Elternhaus Jem stammte.

Es war ein schöner Tag, und Banks fuhr mit offenem Fenster durch die nördlichen Vororte Londons und hinaus aufs weite Land, der Wind blies ihm durchs Haar, das ihm damals deutlich über den Kragen reichte. Kurz vor Cambridge bog er von der Hauptstraße ab. Verschiedene Eindrücke der Fahrt kehrten zurück: Wie Tim Buckley vor Saffron Walden im Radio »Dolphins« sang, ein weiß getünchter Pub, wie eine Herde Kühe mit schlenkernden Eutern die Straße versperrte, der lahme Bauer, der sich nicht im Mindesten um den kleinen, von ihm verursachten Stau kümmerte und sie von einem Feld zum nächsten trieb, die nach warmem Stroh und Jauche riechende Luft.

Banks hielt im Dorf beim Zeitungsladen und erkundigte sich nach dem Weg zum Haus der Hyltons. Die Zeitungsfrau blickte ihn misstrauisch an, als ob er Jems Eltern überfallen wolle, erklärte ihm aber den Weg. Das Haus – eher ein Herrenhaus – befand sich am Ende einer ungepflasterten Auffahrt ungefähr eine halbe Meile vom Dorf entfernt. So wie es aussah, stammte es aus der Tudor-Zeit, war aber im Laufe der Jahrhunderte wie die Verkrustungen am Kiel eines Bootes mit so vielen Zusätzen beladen worden – hier ein Wintergarten, dort eine Garage oder ein Dachfenster –, dass es wirkte, als breche es unter seinem eigenen Gewicht zusammen.

Banks saß in seinem Auto und starrte das Haus eine Weile an, konnte kaum glauben, dass dies der Ort war, woher Jem stammte. Er drückte seine Zigarette aus. Es war ruhig, nur ein paar Vögel zwitscherten und irgendwo tief im Innern des Hauses lief ein Radio. Sie mussten ihn doch kommen gehört haben. Bei den seltsamen Schluckaufgeräuschen, die sein Käfer damals von sich gab.

Banks stieg aus und sah sich um. Hinter dem weitläufigen, sauber gemähten Krocket-Rasen fiel das Land ab und gab den Blick frei auf eine bunt gemusterte Landschaft aus grünen und braunen Feldern unter dem Dach eines blauen Himmels, so weit das Auge reichte. Nur einige kleine Wäldchen und ein Kirchturm unterbrachen die Monotonie. Dies war das *alte* England, die Welt der Ordnung, wo sich der Bauer auf dem Feld abrackerte und der Lord auf seinem Landgut es sich gut gehen ließ. Etwas ganz anderes als Peterborough und Notting Hill. Banks war natürlich schon öfter auf dem Land gewesen, aber so ein überwältigendes

Haus hatte er noch nie besucht, er hatte noch nicht einmal jemanden *gekannt*, der aus so einem Haus kam. Die alte Klassenunsicherheit stieg in ihm auf, und wenn er einen Hut getragen hätte, hätte er ihn wahrscheinlich vor dem Anklopfen abgenommen. Noch bevor er den Mund aufmachte, war er wegen seines Akzents befangen.

Neben der alten Eichentür stand ein süß duftendes Geißblatt, und Banks hörte die in den Blüten summenden Bienen. Er ließ den schweren Türklopfer auf das Holz fallen. Das Geräusch hallte durch die Gegend und schreckte einen Schwarm Stare in der Nähe auf, die flatternd in die Luft stiegen.

Es schien wie eine Ewigkeit, bis Banks merkte, dass sich jemand der Tür näherte, vielleicht hörte er eine knarzende Bodendiele oder einen raschelnden Rock. Als die Tür einen Spaltbreit geöffnet wurde, stand ihm eine dunkelhaarige Frau mit hohen Wangenknochen und eingefallenen braunen Augen gegenüber. Damals, mit knapp zwanzig, kam sie ihm alt vor, aber ihm wurde klar, dass sie wahrscheinlich erst Anfang vierzig war, ungefähr so alt wie er jetzt.

Sie zog die Augenbrauen hoch. »Ja, bitte?«

»Mrs. Hylton?«

»Ich bin Mrs. Hylton. Was kann ich für Sie tun?«

»Ich komme wegen Jem.«

Sie runzelte die Stirn. »Wer?«

»Jem. Entschuldigung: Jeremy. Ihr Sohn.«

Ein Mann erschien hinter ihr und sie machte die Tür weiter auf. Er hatte weißes Haar, ein rotes Gesicht und wässrige blassblaue Augen. »Worum geht's, meine Liebe?«, fragte er, legte die Hand auf die Schulter seiner Frau und sah Banks mit gerunzelter Stirn an. »Wer ist das? Was will er?«

Sie drehte sich mit einem verwirrten Gesichtsausdruck zu ihrem Mann um. »Er kommt wegen Jeremy.«

Banks stellte sich vor. »Ich habe in Notting Hill gegenüber von Jeremy auf der anderen Flurseite gewohnt«, sagte er. »Wir waren Freunde. Ich wollte Ihnen nur sagen, dass mir Leid tut, was passiert ist.«

»Das verstehe ich nicht«, sagte der Mann. »Unser Sohn ist vor langer Zeit gestorben. Es ist ein bisschen spät, um uns jetzt Ihr Beileid auszusprechen, meinen Sie nicht?«

»Jem? *Jeremy* Hylton? Ich bin doch im richtigen Haus, nicht wahr?«

»O ja«, sagte die Frau. »Es ist nur – unser Jeremy starb vor *fünf Jahren.*«

»Aber … aber das ist doch erst einen Monat her. Ich meine, ich kannte ihn doch. Ich habe ihn *gefunden.* Wir sprechen doch über dieselbe Person, oder? Hatte Jeremy vielleicht einen Bruder?«

»Wir hatten nur einen Sohn«, sagte der Mann. »Und der starb vor fünf Jahren. Nun, wenn es Ihnen nichts ausmacht, glaube ich, meine Frau wurde jetzt genug gestört, nicht wahr? Auf Wiedersehen.«

Er wollte die Tür schließen.

Banks machte einen letzten Versuch. Er schob den Fuß in die Tür und sagte: »Bitte, Sie verstehen mich nicht. Jem ist letzten Monat gestorben. Ich möchte Sie nicht beunruhigen, aber …«

Mr. Hylton öffnete die Tür ein klein wenig weiter, und Banks zog seinen Fuß zurück. »Wenn Sie jetzt nicht gehen und unser Grundstück auf der Stelle verlassen, werde ich die Polizei rufen«, sagte er. »Haben Sie das verstanden?« Und diesmal schlug er die Tür zu, bevor Banks sich bewegen konnte.

Eine Weile starrte Banks auf das verwitterte Eichenholz, in seinem Kopf drehte sich alles. Er sah, dass sich ein Vorhang bewegte, und vermutete, dass sie ihn beobachteten, um jeden Moment die Polizei zu rufen, daher stieg er in seinen Käfer, wendete und fuhr los.

Am Ende der Auffahrt winkte ihn ein älterer Mann, der eine Stoffmütze trug, an die Seite. Banks hielt an, der Mann beugte sich zum offenen Fenster herunter. Er hatte einen Stoppelbart und roch nach Bier. »Weshalb haben Sie die da belästigt, hä?«, fragte er.

»Ich hab sie nicht belästigt«, sagte Banks. »Ich wollte Ihnen nur mein Beileid zum Tod ihres Sohnes aussprechen.«

Der Mann kratzte sich an der Wange. »Und was haben sie gesagt?«

Banks erzählte es ihm und blickte dabei in einem fort in den Rückspiegel, um zu sehen, ob ihm die Hyltons gefolgt waren.

»Tja« sagte der Mann, »wissen Sie, was die beiden da angeht, ist ihr Jeremy an dem Tag gestorben, als er die Universität verließ und nach London ging, um einer von diesen drogenrauchenden Hippies zu werden.« Er musterte Banks kurz, als überlegte er sich, inwiefern er dieser Beschreibung entsprach. »Ich hab gesehen, dass die Polizei vor kurzem hier war, und hab mich gefragt, worum es dabei ging. Also ist Jeremy jetzt *wirklich* tot, ja?«

»Ja«, bestätigte Banks nach einem kurzen Blick in den Spiegel.

»Drogen also?«

»Sieht so aus.«

»Das tut mir Leid. Ich kannte ihn, seit er ein kleines Baby war. War ein netter Kerl, bis er verdorben wurde. Er wollte ein Doktor werden, wie sein Vater. Er war in Cambridge, wissen Sie. Keine Ahnung, was schief gegangen ist.« Er wies mit dem Daumen auf das Haus hinter sich. »Die haben sich nie davon erholt. Reden mit keinem. Haben nie Besuch.« Er schüttelte langsam den Kopf. »Armer kleiner Jeremy. Haben noch nicht mal einen Trauergottesdienst für ihn abgehalten.« Dann ging er kopfschüttelnd und vor sich hin redend die Straße hinunter.

Banks blieb allein an der Einmündung der Einfahrt zurück, allein mit dem Vogelgezwitscher und seinen düsteren Gedanken über Entfremdung und Verleugnung. Da er Claras Brief gelesen hatte, konnte er sich ziemlich genau vorstellen, was mit Jem schief gegangen war, aber es machte den Eindruck, als interessierte sich niemand dafür.

Plärrende Hupen auf der Market Street schreckten ihn aus seinen Erinnerungen. Jetzt gab es noch eine Verleugnung, die ihn bedrückte. Jems Eltern hatten sich eingeredet, dass ihr Sohn fünf Jahre vor seinem tatsächlichen Tod gestorben war, nur weil er ihren Erwartungen nicht entsprochen hatte. Gwen Shackleton hatte George und Francis Henderson erzählt, Gloria sei fortgelaufen, obwohl sie ganz genau wusste, dass Gloria in Wirklichkeit tot und hinter ihrem Haus begraben war. Irgendwie erschienen Banks diese Verleugnungen wie zwei merkwürdige Spiegelbilder.

Ein Klopfen an der Tür unterbrach ihn in seinen Gedanken. Sergeant Hatchley kam herein. »Kaffeepause?«

Banks sah auf und kehrte aus weiter Ferne zurück. »Was? Ja, klar.«

»Alles in Ordnung, Sir? Sie sehen etwas blass aus.«

»Alles klar. Hab nur nachgedacht, sonst nichts.«

»Kann wehtun, das Nachdenken. Deshalb versuch ich's zu vermeiden.«

Sie überquerten die Market Street und gingen auf einen gerösteten Teekuchen und Kaffee in den Golden Grill. Endlich war der Regen in die Dales gekommen, der Laden war fast leer. Doris, die Wirtin, behauptete, sie wären erst der vierte und fünfte Gast, der an dem Tag durch die Tür getreten sei.

»Können wir deshalb mit was Besonderem rechnen?«, fragte Hatchley. »Bekommen wir vielleicht einen Kaffee ausgegeben?«

Sie schlug ihm auf den Arm und lachte. »Pass bloß auf, du!«

»War den Versuch wert«, sagte Hatchley zu Banks. »Wer nicht fragt, bekommt auch nichts. Ich kannte früher mal einen Typen, der hat behauptet, er würde jedes Mädchen, das er kennen lernte, fragen, ob sie mit ihm ins Bett gehen würde. Er meinte, er würde sich nur neun von zehn Mal eine Abfuhr einhandeln.«

Banks lachte, dann fragte er: »Haben Sie schon etwas gehört wegen der landesweiten Anfrage, die Sie rausgegeben haben?«

»Ja, allerdings, heute Morgen kam was rein«, sagte Hatchley. »Darüber wollte ich mit Ihnen reden. Eine Brenda Hamilton. Wie es sich anhört, eine Art Nutte. Keine professionelle, aber scheinbar war sie nicht abgeneigt, die Beine breit zu machen, wenn einer aussah, als hätte er ein oder zwei Scheinchen übrig. Egal, sie wurde jedenfalls tot in einer Scheune gefunden.«

»Todesursache?«

»Erdrosselt und erstochen. In der Reihenfolge.«

»Das hört sich vielversprechend an.«

Hatchley schüttelte den Kopf. »Machen Sie sich keine zu große Hoffnung. Da gibt's ein paar Probleme.«

»Was für Probleme?«

»Ort und Zeit. Der Tatort war in der Nähe von Hadleigh, Suffolk, und zwar im August 1952. Ich hab's nur erzählt, weil es die gleiche Todesursache war.«

Banks aß den Teekuchen und dachte darüber nach. »Verdächtige?«

»Natürlich wurde der Bauer, dem die Scheune gehörte, ganz genau überprüft, aber er hatte ein wasserdichtes Alibi. Ich hätte nach weiteren Einzelheiten gefragt, aber ... na ja, sieht doch nicht so aus, als hätte das was mit unserem Fall zu tun, oder?«

Banks zuckte mit den Schultern. »Würde auch nicht schaden, noch ein paar Fragen zu stellen.«

»Vielleicht nicht. Aber das war sieben Jahre nach dem Mord an Gloria Shackleton. Eine große Lücke für die Art von Mörder, den wir suchen. Außerdem fand das in einem anderen Landesteil statt.«

»Dafür könnte es Gründe geben.«

»Aber ich bezweifle, dass sich damals noch Leute von der amerikanischen Luftwaffe in der Gegend aufhielten, oder? Ich meine, der Krieg war schon lange vorbei. Nach dem Tag des Sieges mussten die meisten in den Pazifik und der Rest verpisste sich so schnell wie möglich nach Hause.«

»Wahrscheinlich haben Sie Recht, Jim, aber wir wollen gründlich sein. Sprechen Sie mal mit East Anglia und fragen Sie nach weiteren Einzelheiten. Ich werde Sergeant Cabbot bitten, noch einmal in Ramstein anzurufen, ob sie dort etwas herausbekommen kann.«

»Mach ich.«

In seinem Büro schob Banks den Anruf bei Annie in Harkside vor sich her, rauchte stattdessen eine Zigarette und starrte aus dem Fenster. Ein warmer, leichter Regen fiel auf den Marktplatz, verdunkelte das Kopfsteinpflaster und das alte Marktkreuz. Er brachte keine große Abkühlung; die Luft war noch immer feucht und klebrig. Aber langsam zogen sich die Wolken zusammen, die Feuchtigkeit nahm zu. In Bälde würde es losbrechen, der Himmel würde sich auftun. Nur ein paar Autos parkten auf dem Platz und die wenigen Fußgänger schlenderten unter Regenschirmen umher und blickten trübselig in die Schaufenster. Radio Three spielte englische Unterhaltungsmusik, Banks erkannte die Erkennungsmelodie von »Childrens's Favourites«.

Er schob das Gespräch mit Annie vor sich her, weil es am Sonntag nach Sandras Besuch nicht gut gelaufen war. Es ärgerte ihn, dass er sich so fühlte. Schließlich war es doch Sandra gewesen, die einen neuen Freund hatte. *Sean.* Warum musste sie gerade in dem Moment auftauchen, als alles so gut lief? Was gab ihr das Recht, hereinzuplatzen und so schockiert zu tun, nur weil *er* sich mit jemandem traf, welches Recht hatte sie, seine Gefühle so durcheinander zu bringen? Wie würde es ihr denn gefallen, wenn er einfach bei ihr und Sean vorbeikäme, ohne sich vorher telefonisch anzukündigen? Und dabei *hatte* er ja mit ihr reden wollen, besonders nach seiner kleinen Aussprache mit Brian. Nur Gott wusste, wann er jetzt noch einmal eine Möglichkeit dazu haben würde.

Außerdem hatte er gemerkt, dass Sandra sich über das, was ihr unter die Augen gekommen war, aufgeregt hatte. Ihre vernichtende Kühle und ihr sarkastischer Ton waren ihre Art, auf Unangenehmes zu reagieren. Er empfand noch immer etwas für sie. Man konnte seine Gefühle für jemanden, den man so lange geliebt hatte, nicht einfach abstellen. Verlorene oder zurückgewiesene Liebe schlug zwar zuerst in Hass um, wurde aber erst nach langer Zeit zu Gleichgültigkeit.

Schließlich nahm er allen Mut zusammen und griff zum Telefon. »Wie geht's?«, fragte er.

»Gut.«

»Du hörst dich verwirrt an.«

»Nein, bin ich nicht. Ich hab nur viel zu tun. Wirklich. Es ist alles in Ordnung.«

Banks holte tief Luft. »Hör mal, wenn es wegen Sonntag ist, dann tut es mir Leid. Ich hatte keine Ahnung, dass Sandra auftauchen würde. Ich hätte auch nicht gedacht, dass es so eine Wirkung auf dich haben würde.«

»Tja, man weiß solche Sachen oft erst dann genau, wenn sie passieren, oder? Wie gesagt, mir geht's gut. Ich hab nur eine Menge zu erledigen. Weshalb rufst du an?«

»Gut, wenn du lieber nicht darüber sprechen willst. Ruf noch mal deine Kontaktleute bei der Army an und sieh mal nach, ob du etwas über eine US-Air-Force-Basis in Suffolk 1952 rausbekommen kannst.«

»Was ist damit?«

»Versuch zuerst mal rauszufinden, ob es noch Stützpunkte gab. Wenn ja, ob es einen in der Nähe von Hadleigh gab. Wenn da einer war, hätte ich gerne eine Liste der dort stationierten Soldaten.«

»Gut.«

»Schaffst du das heute?«

»Ich versuch's. Spätestens morgen.«

»Annie?«

»Was?«

»Können wir uns treffen und über alles reden?«

»Da gibt's nichts zu reden. Wirklich. Hör mal, du weißt ja, dass ich in ein paar Tagen zu Hause Urlaub mache. Bevor ich fahre, muss ich noch eine Menge erledigen. Vielleicht, wenn ich zurück bin. Ja? Ich lasse dir die Infos zukommen, sobald ich Genaueres weiß. Wiedersehen.«

Noch deprimierter als vor diesem sinnlosen Gespräch blickte Banks auf den Papierstapel neben dem Computer auf seinem Schreibtisch: Untersuchungsergebnisse der Spurensicherung, der Autopsiebericht, der Bericht des Zahnheilkundlers. Nichts davon widersprach den Einsichten, die sie bisher gewonnen hatten; die Blätter verrieten ihm nichts Neues.

Was wäre passiert, wenn Gwen getan hätte, was sie hätte tun müssen, nämlich das Auffinden von Glorias Leiche zur

Anzeige zu bringen? Ein guter Polizist hätte sich umgehört und nicht einfach versucht, Matthew den Mord in die Schuhe zu schieben. Vielleicht auch nicht. Jetzt war es zu spät, um Fragen zu stellen, denn außer Vivian waren alle tot. Die arme Gloria! Sie sah in Matthew ihre *Sühne*. Irgendwie verriet das Banks mehr über sie als alles andere.

Und wenn Vivians Ende in Wirklichkeit erfunden war? Der Gipfel der Ironie. Was, wenn Gwen selbst den Mord begangen hatte?

Vivian Elmsley legte das Buch zur Seite, als der Zug am Donnerstag den Bahnhof von Wakefield verließ. Jetzt trennten sie nur noch wenige Minuten von Leeds, die Landschaft, an der sie vorbeirollte, war jedoch völlig zugebaut. Die typische Industrielandschaft des Nordens: verkommene Sozialbausiedlungen aus rotem Backstein, niedrige Bürogebäude, glitzernd neue Einkaufszentren, Fabrikgelände, vollgestellt mit in Polyäthylen verschweißten Paletten, im Kanal angelnde Kinder mit bloßem Oberkörper. Das einzig Untypische war das klebrige Sonnenlicht, das alles wie Zuckerwasser zu umhüllen schien.

Der Verlagsvertreter sollte Vivian am Bahnhof abholen und dann zum Metropole Hotel bringen, wo sie bis Sonntag wohnen würde. Sie hatte nicht nur Signierstunden in Leeds, sondern auch in Bradford, York und Harrogate, aber es machte nicht viel Sinn, ihre Siebensachen jeden Tag von einem Hotel zum nächsten zu schleppen. Die Städte lagen dicht zusammen. Der Verlagsvertreter würde sie herumfahren.

Nicht dass Vivian Hilfe beim Finden des Hotels benötigte; das Metropole lag nur wenige hundert Meter vom City Square entfernt, sie wusste genau, wo es war. Sie hatte dort damals mit Charlie übernachtet, als sie 1944 Michael Stanhopes Ausstellung besucht hatten. Was für einen schönen Abend hatten sie sich gemacht! Nach der Ausstellung waren sie in ein Klassikkonzert gegangen, und danach zum 21 Club, wo sie bis spät in die Nacht getanzt hatten. Deshalb hatte sie vorgeschlagen, bei dieser Reise wieder dort zu wohnen. Der Erinnerung wegen.

Sie war nervös. Es lag nicht daran, dass sie am Abend eine Lesung in der Armley Library hatte oder morgen ein Interview bei Radio Leeds gab, sondern weil sie Chief Inspector Banks und seine weibliche Begleitung wiedertreffen würde. Sie wusste, dass sie nach dem Lesen des Manuskripts mit ihr würden sprechen wollen; zweifellos besaß sie eine gewisse Schuld. Aber was sollte sie tun? Sie war zu alt und zu müde, um zu fliehen. Sie war auch zu alt, um ins Gefängnis zu gehen. Ihr blieb jetzt nichts anderes übrig, sich welcher Anklage auch immer zu stellen und zu hoffen, dass ihr Anwalt seine Sache gut machte.

Es würde wohl niemand die Presse davon abhalten können, die genauen Umstände herauszufinden, und es bestand kein Zweifel, dass der Skandal so richtig ausgewalzt werden würde. Sie wusste nicht, ob sie eine öffentliche Demütigung ertragen würde. Wenn man sie nicht verhaftete, würde sie das Land möglicherweise wieder verlassen, wie sie es so viele Male mit Ronald getan hatte. Warum nicht? Sie konnte überall arbeiten, und sie hatte genug Geld, um sich in einer warmen Gegend ein kleines Haus zu kaufen: auf Bermuda vielleicht oder auf den Jungferninseln.

Noch einmal rief sich Vivian die fünfzig Jahre zurückliegenden Ereignisse in Erinnerung. Hatte sie etwas übersehen? Hatte sie alles falsch verstanden? Hatte sie Matthew so bereitwillig verdächtigt, dass ihr die Möglichkeit eines anderen Schuldigen entgangen war? Banks' Fragen zu Michael Stanhope und PX, Billy Joe, Charlie und Brad hatten sie anfangs überrascht und erschrocken. Jetzt war sie immer weniger überzeugt von ihrer damaligen Schlussfolgerung. Hätte es einer von ihnen tun können? Charlie natürlich nicht – der war da schon tot –, aber was war mit Brad? Er und Gloria hatten sich zum Ende hin oft gestritten; sie hatte sie sogar bei der Siegesfeier durch die Flammen streiten sehen. Vielleicht war er in der Nacht ihres Todes zu ihr gegangen, um ein letztes Mal sein Anliegen vorzutragen, und als sie ihn abwies, verlor er den Kopf? Vivian versuchte sich zu erinnern, ob Brad der Typ gewesen war, der manchmal den Kopf verlor, aber sie kam nur zu dem Schluss, dass es jedem unter den richtigen Umständen hätte passieren können.

Dann war da noch PX. Er hatte Gloria auf seine schüchterne Art mit Unmengen von Geschenken überhäuft. Vielleicht hatte er dafür eine Gegenleistung erwartet? Die sie ihm nicht gewähren wollte? Und obwohl sich Billy Joe recht unverdrossen der anderen Frau zuwandte, hatte Vivian seine Verbitterung, wegen eines Piloten sitzen gelassen worden zu sein, nicht vergessen, diesen schwelende Klassenhass, der sich als Hohn und Spott tarnte.

Angeblich gab es in Amerika keine Klassengesellschaft, aber Billy Joe stammte zweifellos aus der Arbeiterklasse, wie die Landarbeiter in Yorkshire. Charlie kam aus einer angesehenen Familie, verfügte über eine Ausbildung an einer Eliteuniversität, und Brads Vater war ein neureicher Ölmagnat von der Westküste. Vivian glaubte, dass es den Amerikanern nicht so sehr an Klassenunterschieden mangelte, sondern an der Tradition vererbter Adelstitel und geerbten Reichtums – deshalb waren sie wahrscheinlich so verzückt vom englischen Königshaus.

Der Zug näherte sich nun dem Hauptbahnhof von Leeds, mit quietschenden Rädern schlängelte er sich durch das zunehmend komplizierte System aus Signalen und Weichen. Die Fahrt war viel schneller und angenehmer gewesen als damals mit Gloria nach London und zurück. Vivian erinnerte sich an den blauen Lichtpunkt, an die schnarchenden Soldaten, an ihren ersten Blick auf das Elend des Krieges in der trüben Dämmerung. Auf der Rückfahrt nach Leeds, damals eine sechs- bis siebenstündige Reise, hatte sie fast nur geschlafen, und als sie wieder in Hobb's End eintraf, war ihr London im Kopf immer fremder und geheimnisvoller geworden, bis es genauso gut der Mars oder das alte Rom hätte sein können.

Im Rückblick begann sie sich zu fragen, ob es vielleicht alles doch nur eine Geschichte war. Wenn die Jahre unerbittlich vergehen und alle Menschen sterben, die wir kennen und lieben, wird dann die Vergangenheit zur Fiktion, zur Phantasiegeburt, bevölkert von Geistern, Szenen und Bildern, die für immer im Wasserglas schweben?

Müde erhob sich Vivian und griff nach ihrer Reisetasche. Es gab noch etwas, das sie sich für ihren Leeds-Aufenthalt vorgenommen hatte, dafür hatte sie sich den Freitagnachmittag nach dem Interview freigehalten. Davor jedoch würde sie sich die Zeit nehmen, in der Kunstgalerie vorbeizusehen und Michael Stanhopes Gemälde zu betrachten.

Als am Donnerstagmorgen das Telefon klingelte, riss Banks den Hörer so heftig von der Gabel, dass er ihn nicht richtig zu fassen bekam und auf den Tisch fallen ließ.

»Alan, was ist los? Was war das für ein Krach?«

»Oh, 'tschuldigung.«

»Ich bin's, Jenny.«

»Ich weiß. Ich hab deine Stimme erkannt. Wie geht's dir?«

»Hm, du klingst ja nicht gerade erfreut, mich zu hören.«

»Tut mir Leid, Jenny, wirklich. Ich erwarte nur einen wichtigen Anruf.«

»Deine Freundin?«

»Der Fall, an dem ich arbeite.«

»Von dem du mir erzählt hast? Der mit dem Krieg?«

»Einen anderen habe ich nicht. Jimmy Riddle hat dafür gesorgt, dass meine Fälle in letzter Zeit dünn gesät sind.«

»Tja, ich wollte dich nicht groß stören. Ich fand nur, dass ich bei unserem letzten Treffen ein bisschen … na, etwas rührselig war. Ich wollte mich entschuldigen, dass ich dich so zugemüllt habe, wie man so schön sagt.«

»Wofür hat man Freunde?«

»Also«, fuhr Jenny fort, »als Entschuldigung hatte ich gedacht, ich lade dich zum Essen ein. Das heißt, wenn du glaubst, mein Essen herunterzubekommen.«

»Das ist auf jeden Fall besser als meins.«

Sie lachte ein bisschen zu schnell und ein bisschen zu nervös. »Verlass dich nicht drauf. Ich dachte, wir könnten uns beim Essen und einer Flasche Wein ein bisschen unterhalten, ja? Im letzten Jahr haben wir beiden eine Menge erlebt.«

»Wann denn?«

»Wie wär's mit morgen Abend gegen sieben?«

»Hört sich gut an.«

»Sicher, dass du deshalb keine Probleme bekommst?«

»Wieso denn?«

»Weiß nicht … ich dachte nur …« Dann wurde ihre Stimme heller. »Toll. Also morgen um sieben, ja?«

»Alles klar. Ich bring Wein mit.«

Nachdem er aufgelegt hatte, lehnte sich Banks zurück und dachte über die Einladung nach. Abendessen mit Jenny. Bei ihr. Das würde interessant werden. Dann musste er an Annie denken und ein Schatten legte sich über ihn. Genau genommen hatte sie gestern am Telefon einfach aufgelegt. Nach der schnellen, überraschenden Intimität war ihre Kälte eine Erschütterung. Es war lange her, dass ihm eine Frau, die er erst seit kurzem kannte, die kalte Schulter gezeigt hatte. Die Sache rief Erinnerungen an jugendliche Tränen wach. Zeit, wieder die traurigen Lieder zu spielen. Trübsal blasen mit Leonard Cohen – Wie mache ich das Beste aus meinem Leid?

Aber er konnte es nicht erwarten, wegen der Sache mit East Anglia etwas von Annie zu hören. Schließlich hatte sie versprochen, sich spätestens heute zu melden. Er spielte mit dem Gedanken, sie anzurufen, verwarf ihn am Ende aber wieder. Auch wenn sie privat miteinander Probleme hatten, so wusste er doch, dass sie als Polizistin professionell genug war, ihm unmittelbar die von ihm erwarteten Informationen mitzuteilen. Kurz vor elf war es so weit.

»Tut mir Leid, dass es so spät geworden ist«, sagte sie. »Aber die Zeitverschiebung und dann kaputte Faxgeräte, na ja, das kennst du ja wohl …«

»Schon gut. Erzähl einfach, was du herausgefunden hast.« Seit seinem letzten Gespräch mit Annie war auch Banks zu ein oder zwei Schlüssen gekommen, und er spürte das kitzelnde Zittern der Erregung, das sich immer einstellte, wenn sich die Teile langsam zusammenfügten; dieses Gefühl hatte er schon seit einiger Zeit nicht mehr gehabt.

»Zuerst einmal«, begann Annie, »gab es 1952 in der Nähe von Hadleigh einen amerikanischen Fliegerhorst.«

»Was machten die da?«

»Nun, die amerikanischen Streitkräfte räumten England nach dem Krieg, aber viele Soldaten blieben in Europa, besonders in Berlin und Wien. Durch den Krieg war das Problem mit den Russen noch nicht gelöst. Jedenfalls kamen die Amis 1948 zurück, um von britischen Stützpunkten aus während der Blockade Berlins die Luftbrücke zu versorgen. Als Erstes wurden die B-29-Langstreckenbomber auf vier Stützpunkte in East Anglia verteilt. Das hab ich alles aus Ramstein. Offensichtlich gab es 1951 schon so viele Stützpunkte, dass die Organisationsstruktur geändert werden musste, um sie verwalten zu können.«

»Bekannte Namen?«

»Nur einer. Schätz mal, wer den PX-Laden hatte?«

»Edgar Konig.«

»Ganz genau. Du klingst nicht sehr überrascht.«

»Bin ich auch nicht. Was hast du über ihn herausgefunden?«

»Er verließ Rowan Woods im Mai '45 mit dem Rest der 448. Bombergruppe und hielt sich eine Zeitlang in Europa auf, dann kehrte er nach Amerika zurück. Im Sommer 1952 wurde er dem Stützpunkt bei Hadleigh zugeteilt.«

»Die ganze Zeit war er bei der Air Force?«

»Sieht so aus. Ich schätze, er hatte einen ziemlich guten Job. Viele Vergünstigungen. Sag mal, warum hat dich das nicht überrascht? Wieso nicht einer der anderen Amerikaner?«

»Der Whiskey und die Luckies.«

»Was?«

»In Vivian Elmsleys Manuskript steht, auf dem Boden hätte eine Flasche Whiskey gelegen und auf dem Tresen lag eine *ungeöffnete* Stange Lucky Strikes. Das beweist eigentlich nicht viel, aber ich glaube nicht, dass eine Stange Luckies im Krieg besonders lange ungeöffnet geblieben wäre, du?«

»Brad könnte sie mitgebracht haben.«

»Möglich. Aber es war PX, der am einfachsten Zugang zum Lager hatte, PX versorgte alle mit dem Notwendigen. Im Manuskript ist auch die Rede von einer Abschiedsparty in Rowan Woods an dem Abend. PX muss betrunken gewesen sein und seinen Mut zusammengenommen haben. Er schlich sich vom Gelände und brachte ihr die Geschenke. Ein letzter Versuch, sich zu erkaufen, was er sich wünschte. Gloria weigerte sich, den Rest kennen wir. Matthew kam erst danach herein, der arme Tropf. Hast du eine Ahnung, wo PX zwischen 1945 und '52 war?«

»Nein. Aber ich kann Mattie fragen, wenn es wichtig ist. Glaubst du, es gab noch andere?«

»Möglich. Wissen wir sonst noch irgendwas über ihn?«

»Nein. Mattie meinte, sie würde versuchen, so viel wie möglich herauszufinden – zum Beispiel wann und warum er entlassen wurde und ob er noch lebt, aber sie hat mir keine großen Hoffnungen gemacht. Offiziell darf sie solche Informationen nicht herausgeben, aber Mattie ist ein Krimifan und ich hab scheinbar ihre Neugier geweckt. Sie ist schon eine richtige Verbündete.«

»Gut. Sieh zu, was du herausfinden kannst. Mal sehen, ob wir ihn noch mit anderen Morden in Verbindung bringen können. Wie alt wäre er jetzt, wenn er noch lebt?«

»Nach Matties Informationen wäre er jetzt um die 75.«

»Also eine Möglichkeit.«

»Ja. Ich melde mich später.«

Als Annie aufgelegt hatte, war Banks unruhig. Das Warten war manchmal das Schwierigste an allem; dann rauchte er zu viel und lief nervös hin und her – schlechte Angewohnheiten von seinen Tagen bei der Londoner Metropolitan Police, die er noch nicht ganz abgelegt hatte. Es gab einiges, das er in der Zwischenzeit erledigen konnte. Zuerst wählte er Jenny Fullers Nummer.

»Alan«, sagte sie. »Du willst doch nicht absagen?«

»Nein, nein. Ganz was anderes. Du könntest mir nämlich einen kleinen Gefallen tun.«

»Sicher. Wenn ich kann.«

»Hast du nicht letztens beim Essen gesagt, dass du zur Fortbildung bei den Profilern des FBI warst?«

»Quantico, ja. Und du hast gesagt, deiner Meinung nach wäre das großer Blödsinn.«

»Vergessen wir das. Hast du da noch Kontakt? Kennst du jemanden näher, den du um einen Gefallen bitten könntest?«

Jenny dachte kurz nach. »Ja, einen gibt es da, doch. Warum fragst du?«

Banks klärte sie über die neuesten Entwicklungen auf. »Dieser Edgar Konig, ich hätte gerne, dass du deinen Bekannten bittest, einmal im Strafregister nach ihm zu suchen. Wenn es der ist, für den ich ihn halte, dann wette ich, dass er einen Eintrag hat. Sergeant Cabbot arbeitet mit den Streitkräften zusammen, aber dort kann man uns nur begrenzt Informationen erteilen.«

»Billy tut uns bestimmt den Gefallen, wenn er kann«, sagte Jenny. »Ich hole nur eben einen Stift, dann kannst du mir sagen, was du wissen willst.«

Nachdem Banks Jenny die genauen Einzelheiten diktiert hatte, bat er Sergeant Hatchley, in East Anglia anzurufen und herauszufinden, ob ein amerikanischer Flieger namens Edgar Konig in Zusammenhang mit dem Mord an Brenda Hamilton vernommen oder verdächtigt worden sei. Danach lehnte er sich zurück und sagte sich, er brauche sich nicht zu beeilen. Ihm lief niemand davon. Wenn Konig tatsächlich der Mörder sein sollte und noch lebte, so konnte er niemals wissen, dass die Polizei von North Yorkshire ihm nach so langer Zeit auf der Spur war.

18

Am Freitag setzte der Verlagsvertreter Vivian etwas später als vorgesehen an ihrem Hotel ab. Beim Radiosender hatte es eine Verzögerung gegeben, weil der Toningenieur mitten im Interview entdeckte, dass Vivians Mikrofon nicht ordentlich funktionierte. Sie mussten noch einmal von vorn anfangen. Es war nach vier, als sie aus dem Auto stieg, und der Himmel sah schwer und dunkel aus, aufgeladen knisterte die Luft vor dem Sturm. In der Ferne hörte sie zögerliches Donnergrollen und sah schwache Blitze. Selbst die Fassade des Metropole, die nach der liebevollen Restaurierung ihr orangefarbenes Terrakotta zurückerhalten hatte, sah so schwarz aus wie damals, als sie hier vor so vielen Jahren mit Charlie übernachtet hatte.

Nichts hätte sie lieber getan, als ein oder zwei Stunden in ihrem Zimmer auszuruhen, vielleicht ein langes Bad zu nehmen, aber bald würde es vollkommen dunkel sein. Sie konnte ihren Ausflug auf ein andermal verschieben. Morgen standen Signierstunden in York und Harrogate auf dem Proramm, aber sie konnte auch einen späteren Zug nehmen und ihren Besuch am Sonntagmorgen machen. Nein. Sie wollte es nicht weiter hinauszögern. Die Autorin in ihr fand es außerdem ironisch passend, den Ort während eines Gewitters zu besuchen.

Sie rief an der Rezeption an und bat, ihr ein Taxi zu bestellen, dann zog sie Regenmantel und wasserdichte Stiefel über. Der Wagen wartete vor der Tür. Mit eingezogenem Kopf nahm sie Platz, den Regenschirm in der Hand, und nannte dem Fahrer das Ziel. Nun begann es zu regnen, große dunkle Tropfen fielen auf den Bürgersteig. Der Fahrer, ein junger Pakistani, übte sein Englisch bei einem höflichen Gespräch über das Wetter, gab jedoch bald auf und konzentrierte sich ganz auf das Fahren.

Woodhouse Road war belebt, voller Menschen, die zum Wochenende hin frühzeitig Feierabend gemacht hatten. Wegen des Wettereinbruchs ging es nur langsam voran. Doch hinter der Stadtgrenze lief der Verkehr störungsfrei.

Während Vivian durch die verregneten Scheiben starrte, hypnotisiert vom Quietschen der Scheibenwischer, dachte sie über ihren Besuch in der Leeds City Art Gallery am Tag zuvor nach. Der Anblick des Aktbildes von Gloria hatte so eine komplexe Reaktion in ihr hervorgerufen, dass sie noch immer unfähig war, alle Nuancen zu benennen.

Sie hatte Gloria nie nackt gesehen, hatte Alice und Gloria und die anderen aus Schüchternheit oder Schamgefühl nie bei ihren Nacktbadeabenteuern begleitet, so dass der Anblick der weichen Haut und der verführerischen Kurven, so wie sie vom fachkundigen Auge und der Hand Michael Stanhopes interpretiert worden waren, eine Offenbarung dargestellt hatte.

Was Vivian am meisten verstörte, war das stechende Verlangen, das das Gemälde in ihr wachrief. Sie hatte gedacht, längst über solche Gefühle hinweg zu sein, wenn sie sie denn überhaupt jemals empfunden hatte. Es stimmte, sie hatte Gloria geliebt, hatte sich selbst aber nie eingestanden, war sich noch nicht einmal bewusst gewesen, dass sie sie vielleicht auf *diese* Art geliebt hatte. Als sie sich nun an die unschuldigen gegenseitigen körperlichen Berührungen erinnerte – sich eine Naht auf die Beine zu malen, die Tanzstunden, wenn ihr Glorias Körper ganz nah gewesen war und sie ihr Parfüm einatmete, der kleine Kuss auf die Wange nach der Hochzeit –, war sie nicht mehr so überzeugt, dass das alles so unschuldig gewesen war. Die Gefühle, das Verlangen waren vorhanden gewesen, aber Vivian hatte solche Dinge nicht gekannt und sie verdrängt. In der Kunstgalerie war sie sich wie eine Perverse vorgekommen, die sich Pornographie ansieht; dabei war an Stanhopes Gemälde nichts Anzügliches, es waren nur ihre eigenen Gedanken und die damit verbundenen Gefühle.

Sie dachte an den Moment, als sie Gloria einen Kuss auf die noch warme Stirn gegeben hatte, bevor sie sie in den Verdunkelungsstoff einwickelte. *»Auf Wiedersehen, süße Gloria. Auf Wiedersehen, mein Schatz.«*

»Wie bitte?«, fragte der Fahrer und drehte sich zu ihr um.

»Was? Ach, nichts. Nichts.«

Vivian rutschte tiefer in ihren Sitz. Hinter Otley war nur noch wenig Verkehr. Die Straßen waren schmal, und eine Zeit lang hingen sie hinter einem Laster fest, der nur 50 Stundenkilometer fuhr. Es war nach fünf, als der Fahrer auf den Parkplatz beim Thornfield-Stausee bog. Es regnete jetzt heftig, die Tropfen klatschten auf die Blätter. Wenigstens konnte sie bei so einem Wetter sicher sein, dass sie den Ort ganz für sich hatte, dachte Vivian. Sie sagte dem Fahrer, es würde nur ein Viertelstündchen dauern, und bat ihn zu warten. Er griff zur Zeitung auf dem Beifahrersitz.

Ein zweites Auto hielt auf dem anderen Parkplatz hinter der hohen Hecke, aber Vivian ging bereits durch den Wald, so dass sie es nicht bemerkte. Der Fußweg war heimtükkisch, als hätte sich die verdörrte Erde nach der Möglichkeit gesehnt, jeden Regentropfen aufzusaugen. Vivian musste aufpassen, nicht auszurutschen, als sie vorsichtig die Uferböschung heruntterglitt, den Schirm vor sich zum Abbremsen in den Boden bohrte. Nur Gott wusste, wie sie wieder hinaufkommen sollte.

Das verfallene Dorf lag ausgebreitet unter dem dunklen Himmel vor ihr. Der Regen peitschte auf die zerbröckelten Steine und alle paar Sekunden erleuchtete ein Blitz die Szene wie ein Stanhope-Gemälde.

An der Feenbrücke hielt Vivian inne, um Luft zu holen. Sie spannte den Schirm auf, ging weiter und blieb in der Mitte der Brücke stehen. Sie legte die freie Hand auf den nassen Stein und konnte kaum glauben, dass das dieselbe Brücke war, auf der sie vor so vielen Jahren mit Gloria, Matthew, Alice, Cynthia, Betty und den anderen geplaudert hatte. Als sie das letzte Mal hier gewesen war, hatte alles unter Wasser gestanden.

Der Regen fand bereits das alte Flussbett neben der High Street, ein schmales Rinnsal hatte sich gebildet und floss Richtung Harksmere. Donner polterte durch die Luft, und erschaudernd näherte sich Vivian Bridge Cottage. Nur noch Grundmauern waren übrig geblieben, ein dunkles, siebzig oder achtzig Zentimeter hohes Gebilde aus Stein, aber sie wusste noch, wo die Zimmer gewesen waren und wo die Schränke gestanden hatten, insbesondere die Küche hinten, wo sie Glorias Leiche gefunden hatte.

Der Boden in und um das Cottage war umgegraben worden. Noch immer standen dort Warnschilder der Polizei, die Gegend könne gefährlich sein. Sie hatten nach weiteren Leichen gesucht, nahm Vivian an. Das war nur zu erwarten gewesen, oder? Inspector Niven hätte dasselbe getan.

Als sie nun dastand im peitschenden Regen, der vom Regenschirm tropfte und ihr in die Stiefel lief, fragte sie sich, warum sie überhaupt hergekommen war. Hier gab es nichts mehr für sie. Als Hobb's End noch unter Wasser stand, hatte sie es sich immerhin als einen im Wasserglas bewahrten Ort vorstellen können. Jetzt war es nur noch eine Ansammlung von Geröll.

Sie schlenderte durch den Schlamm bis zu der Stelle, wo früher die High Street verlaufen war, am Shoulder of Mutton vorbei, wo sich Billy Joe mit Seth gestritten hatte und wo Matthew nach seiner Rückkehr von Luzon seine Abende verbrachte; vorbei am Schlachter Halliwell, bei dem sie Tabak gegen Talg getauscht und um ein kleines Extrastück Hammelhals gebettelt hatte, vorbei am Zeitschriftengeschäft, wo sie mit Mutter gelebt und dies und das verkauft hatte, wo sie ihre private Leihbibliothek aufgebaut hatte und an jenem stürmischen Apriltag Gloria zum ersten Mal begegnet war, als sie in ihrer neuen Landmädchenuniform hereinkam und nach Zigaretten fragte.

Es nützte nichts; von diesem Ort waren nur noch Erinnerungen übrig und die meisten ihrer Erinnerungen waren schmerzhaft. Sie hatte nicht gewusst, was sie erwarten würde, hatte nur eine schlichte Form von Wallfahrt im Sinn gehabt, eine Art Bekenntnis. Nun, das hatte sie jetzt getan. Zeit, zurück zum Hotel zu fahren, ein heißes Bad zu nehmen und die Kleider zu wechseln, sonst würde sie sich den Tod holen.

In Gedanken versunken, hatte sie nicht den hageren Mann mit dem strähnigen Haar bemerkt, der das Taxi seit Leeds verfolgt hatte. Als sie auf dem Rückweg am Bridge Cottage vorbeikam und sich der Feenbrücke zuwandte, trat er hinter dem Schuppen hervor und hielt ihr eine Pistole entgegen, dann kam er rasch auf sie zu, fasste sie um den Hals, und sie fühlte, wie das harte Metall seitlich gegen ihren Hals gedrückt wurde. Ihr Regenschirm flog davon und landete umgedreht auf der High Street wie eine große schwarze Teetasse.

Dann erschienen seine Hände vor ihr, sie hielten ein altes eselohriges Foto, das schon ganz zerknittert war. Sie brauchte einen Augenblick, um zu erkennen, dass es Gloria war. Ihr Haar war dunkler und glatter, das Bild sah aus, als sei es ein oder zwei Jahre vor ihrer Ankunft in Hobb's End aufgenommen worden. Regen tropfte auf das Bild und die es haltenden Finger. So eine kleine Hand. *Glorias Hand,* dachte sie in Erinnerung an ihre erste Begegnung, als sie sich die Hand gereicht hatten und Vivian sich plump und schwerfällig vorgekommen war, während sich Glorias Hand wie ein feuchtes Blatt nach einem Sommerregen anfühlte.

Wieso hatte er Hände wie Gloria?

Um sechs Uhr am Freitagabend wurde Banks wegen der Verabredung zum Abendessen mit Jenny langsam nervös. Das Gewitter und der peitschende Regen, die sein kleines Cottage erschütterten, machten es nicht besser. Er hatte sich bereits geduscht und rasiert, sich den Kopf zerbrochen, ob er Aftershave auflegen sollte, und sich letztlich dagegen entschieden, weil er nicht wie die Auslage einer Nutte riechen wollte. Jetzt musterte er seine spärliche Garderobe und überlegte sich, welche Art von Freizeitmode er heute Abend tragen sollte. Die Entscheidung wurde ihm erheblich erleichtert durch den überquellenden Wäschekorb: die Chinos von Marks & Sparks und das hellblaue Jeanshemd.

Endlich so gut wie fertig, stellte sich Banks vor den Spiegel und fuhr sich mit der Hand durchs kurze Kraushaar. Nichts Besonderes, dachte er, aber er hatte das Beste aus dem gemacht, womit die Natur ihn ausgestattet hatte. Er war nicht eitel, aber heute schien er zum Fertigmachen länger als jede Frau zu brauchen. Er musste daran denken, wie er immer auf Sandra hatte warten müssen, egal wie viel Zeit er ihr gab. Es war so schlimm geworden, dass er behauptete, sie seien um sieben Uhr eingeladen, wenn es eigentlich halb acht gewesen war, nur damit sie rechtzeitig fertig wurde.

Er dachte an Annie. Musste er ihr treu sein, oder war wieder alles offen, nachdem sie ihn so abgefertigt hatte? Er wusste es nicht. Zumindest schuldete er ihr eine Erklärung des Falles, hatte sie doch so viel Arbeit hineingesteckt. Am späten Nachmittag hatte ihm Bill Gilchrist vom FBI auf Jennys Bitte ein sechsseitiges Fax über Edgar »PX« Konig geschickt und sein Inhalt hatte Banks vom Hocker gehauen. Sergeant Hatchley hatte ebenfalls festgestellt, dass Konig tatsächlich in Zusammenhang mit dem Mord an Brenda Hamilton vernommen worden war. Er war kein Hauptverdächtiger, doch hatten sich die beiden gekannt. Rationierungen waren bis 1954 in Kraft, deshalb war PX den Einheimischen 1952 durchaus noch von Nutzen gewesen.

Annie war nicht auf der Dienststelle, als er sie anrief. Er hatte es auch bei ihr zu Hause versucht, aber entweder war sie schon nach St. Ives aufgebrochen, oder sie ging nicht ans Telefon. Als Nächstes wählte er ihre Handynummer, erreichte aber auch dort niemanden. Vielleicht wollte sie nicht mit ihm sprechen.

Banks ging nach unten und zündete sich eine Zigarette an. *Bitches Brew* von Miles Davis lief auf seiner Anlage und erinnerte ihn wieder an Jem.

Als bei der Londoner Metropolitan Police mal wieder ein neuer Besen kehren sollte und sich die Korruptionsvorwürfe häuften, erkannte Banks den Mann wieder, den er zum ersten Mal gesehen hatte, als er in der Nacht von Jems Tod die Treppe heraufkam. Ein Dealer. Er hieß Malcolm, und er war geholt worden, weil er gegen einen gewissen Sergeant Fallon aussagen sollte, dem vorgeworfen wurde, Heroinhändlern bei Razzien den Stoff abzupressen, anstatt sie zu verhaften. Fallon baute seine eigenen Vertriebswege auf, in die auch Malcolm eingebunden war. In Banks' Augen war Malcolm deshalb mitverantwortlich für Jems Tod, und als er Sergeant Fallon sah, erkannte er sofort das vernarbte Gesicht und zynische Grinsen des Bullen wieder, der sein Zimmer durchsucht hatte, nachdem er Jems Tod gemeldet hatte. Kein Wunder, dass nie Anzeige erstattet worden war.

Fallon wurde verhaftet und verurteilt. Er war erst achtzehn Monate in Wormwood Scrubs, als ein Lebenslänglicher, der ihn erkannte, ihm mit einem spitz gefeilten Metallstück durchs Ohr stach. *Karma.* Nach mehr als fünf Jahren war es zwar kaum noch *instant*, aber Karma war es trotzdem. Jem hätte diese Parallele zu John Lennons Lied lustig gefunden.

Banks drückte die Zigarette aus und wollte gerade ins Bad gehen, um sich die Zähne zu putzen, als das Telefon klingelte. Das Geräusch überraschte ihn. Er hoffte, dass es nicht Jenny war, die absagte. Nach Annies kühler Abfuhr hatte er sich angenehmen Phantasien bezüglich des bevorstehenden Essens hingegeben. Doch sobald er die Stimme hörte, wurde ihm klar, dass es deutlich Schlimmeres auf der Welt gab, als wenn Jenny anrief und das Essen absagte.

»Banks, wie kommt es eigentlich«, knurrte Chief Constable Riddle, »dass Sie es schaffen, aus allem, was sie in die Hand nehmen, Bockmist zu machen?«

»Sir?«

»Sie haben mich verstanden.«

»Sir, es ist Freitag und nach sechs …«

»Es ist mir scheißegal, wie viel Uhr es ist oder welcher Tag. Ich gebe Ihnen einen ganz einfachen Fall zu lösen. Nichts besonders Dringendes. Nichts besonders Anspruchsvolles. Aus reiner Herzensgüte. Und was passiert? Meine guten Absichten wenden sich gegen mich, das passiert.«

»Sir, ich weiß nicht, wovon Sie sprechen.«

»Sie vielleicht nicht, der Rest des Landes schon. Gucken Sie keine Nachrichten?«

»Nein, Sir. Ich wollte gerade ausgehen.«

»Dann sagen Sie mal besser ab! Die verzeiht ihnen bestimmt. Obwohl mir Ihr Liebesleben scheißegal ist. Wissen Sie, von wo ich anrufe?«

»Nein, Sir.«

»Ich rufe vom Thornfield-Stausee aus an. Machen Sie mal die Ohren auf, dann hören Sie den Regen. Und den Donner. Darf ich Sie aufklären? Vor etwas mehr als einer Stunde wurde eine Frau als Geisel genommen. Sie war mit einem Taxi hierher gekommen und hatte dem Fahrer gesagt, er solle warten, während sie sich etwas angucken wollte. Als er meinte, er hätte lange genug gewartet, suchte er nach ihr und sah sie neben einem Mann stehen, der ihr offenbar eine Pistole an den Kopf hielt. Der Mann schoss in die Luft und nannte seine Forderung, und der Taxifahrer lief zu seinem Wagen zurück und meldete sich bei der Polizei. Die Frau heißt Vivian Elmsley. Klingelt's da bei Ihnen?«

Banks zuckte zusammen. »Vivian Elmsley? Ja, das ist ...«

»Ich weiß selbst, wer das ist, Banks. Was ich nicht weiß, ist, warum ihr ein Verrückter eine Pistole an den Kopf hält und verlangt, mit dem zuständigen Beamten im Fall Gloria Shackleton zu sprechen. Denn das ließ er den Taxifahrer ausrichten. Können Sie mir das erklären?«

»Nein, Sir.«

»Nein, Sir. Mehr fällt Ihnen nicht ein?«

Banks riss sich zusammen, um nicht nochmals »Nein, Sir« zu sagen, und fragte stattdessen: »Wie heißt er?«

»Hat er nicht gesagt. Wir jedenfalls haben hier draußen die ganz große Hollywood-Protznummer aufgezogen, die Szene hier hat ein Budget, da sind wir bis ins neue Jahrtausend hinein pleite. Hören Sie mir noch zu, Banks?«

»Ja, Sir.«

»Ein Verhandlungsführer hat aus der Entfernung kurz mit ihm geredet, aber er sagt nur, er will, dass der Gerechtigkeit Genüge getan wird. Er sagt nichts mehr, bevor wir Sie nicht herholen. Wir haben schon eine bewaffnete Reaktionseinheit vor Ort, denen juckt es allmählich in den Fingern. Einer von den Scharfschützen soll gesagt haben, er hätte ihn genau im Visier.«

»Das darf doch nicht wahr sein ...«

»Bewegen Sie Ihren Arsch hierher, Mann! Und zwar jetzt! Und diesmal brauchen Sie mit Sicherheit Ihre Gummistiefel! Hier schifft es wie aus Eimern!«

Als Riddle aufgelegt hatte, griff Banks zu seinem Regenmantel und schoss aus dem Haus. Er konnte sich ziemlich gut vorstellen, wer Vivian Elmsley in seiner Gewalt hatte und warum er das tat. Hinter ihm hallte Miles' traurige Trompete durch das leere Cottage.

Annie war es gelungen, die Dienststelle zu verlassen, bevor das Chaos ausbrach, und befand sich gegen sechs Uhr auf der M65 vor Blackburn, wechselte von einer Spur auf die andere, um an den ellenlangen Lkw-Konvois vorbeizukommen, die sich in regelmäßigen Abständen zu bilden schienen. Es war Freitag, Wochenendverkehr, der Himmel war dunkel vor Gewitterwolken, die den gesamten Norden mit sintflutartigem Regen übergossen. Blitze flackerten zickzackartig über die buckligen Pennines und der Donner rumpelte und krachte wie ein verrückter Trommler in der Ferne. Annie zählte die Sekunden zwischen Donner und Blitz und fragte sich, ob man daraus tatsächlich errechnen konnte, wie weit das Gewitter entfernt war.

Wie weit waren Banks und sie nun auseinander? Konnte man das messen, so wie die Pause zwischen Blitz und Donner? Sie wusste, dass ihre Flucht feige war, aber ein bisschen Zeit und Abstand würden ihr eine bessere Sicht auf die Dinge ermöglichen und ihr die Gelegenheit geben, sich über ihre Gefühle klar zu werden.

Es wurde ihr langsam alles zu viel: zuerst die Verärgerung, die sie empfunden hatte, als er mit seinem Kumpel in Leeds um die Häuser gezogen war, anstatt mit ihr essen zu gehen, dann die Sache in London, als er seinen Sohn in Bethnal Green getroffen und ihr zu verstehen gegeben hatte, dass sie dort nicht erwünscht war, und dann der Tropfen, der das Fass zum Überlaufen gebracht hatte, Sandras Auftritt im Cottage am Sonntagmorgen. Annie war sich wie ein kleines Mädchen vorgekommen. Und Banks liebte Sandra noch immer, das war deutlich zu spüren gewesen.

Es war nicht Banks' Schuld; es war nicht er, vor dem sie flüchtete, sondern sie selbst. Wenn jede derartige Kleinigkeit ihre bloßliegenden Nerven so ramponierte, wie sollte sie dann zur Ruhe kommen? Sie konnte Banks nicht vorwerfen, sich Zeit für Freunde und Familie zu nehmen, aber ebenso wenig konnte sie zulassen, dass sie so tief in sein Leben gezogen wurde und sich in seiner Vergangenheit verstrickte. Sie wollte nichts anderes, als eine schlichte Beziehung ohne Haken und Ösen, aber es gab bereits jetzt zu viele Komplikationen.

Wenn sie mit ihm zusammenblieb, würde sie irgendwann seinen Sohn kennenlernen und den Test als Daddys neue Freundin absolvieren müssen. Eine Tochter gab es außerdem, die würde wahrscheinlich noch schwerer zu erobern sein. Zweifellos würde sie auch die furchteinflößende Sandra wiedersehen. Obwohl man heutzutage bei Ehescheidungen keinen Mitbeklagten mehr brauchte, fühlte sich Annie langsam wie einer. Und die Scheidung gab es auch noch, die war auch noch durchzustehen.

Sie glaubte nicht, dass sie es aushalten würde, wenn der ganze emotionale Schutt eines anderen Menschen ihr Leben belastete. Sie hatte schon so genug am Hals. Nein, sie musste die Verluste begrenzen und jetzt aussteigen; es war an der Zeit, nach Hause zu fahren, sich neu zu finden, sich zu erholen und dann in ihr Labyrinth zurückzukehren, zu Meditation und Yoga. Mit etwas Glück würde Banks sie in ein paar Wochen vergessen und eine andere gefunden haben.

Annie hatte die elektronische Einrichtung in ihrem Autoradio aktiviert, die jede Sendung, die sie gerade hörte, mit Wetterbericht und Verkehrsnachrichten des nächstliegenden Senders unterbrach. Sie hatte keine Ahnung, wie das funktionierte – irgendein elektronisches Signal, nahm sie an –, aber manchmal wurde das Programm so lange unterbrochen, dass nicht nur Wetter und Verkehr, sondern auch der Beginn der Lokalnachrichten gesendet wurde. Als sie gerade eine Lkw-Kolonne überholte, die so viel Wasser aufwirbelte, dass sie kaum noch etwas sehen konnte, ertönte der Wetterbericht, und sie hörte noch den Anfang einer Nachrichtenmeldung über eine Geiselnahme im Thornfield-Stausee.

Leider blendete dieselbe Einrichtung, die die Nachrichten einspeiste, auch im ungelegensten Moment wieder aus, was auch jetzt mitten in der Meldung passierte. Annie hatte nur erfahren, dass die Krimiautorin Vivian Elmsley im Thornfield-Stausee von einem bewaffneten Mann festgehalten wurde.

Annie stellte die Kassette ab und drückte auf den Sendersuchlauf, so dass die digitale LCD-Anzeige hektisch flackerte. Sie bekam Countrymusik herein, eine Gartensendung und ein Klassikkonzert, doch die verdammten Nachrichten fand der Sucher einfach nicht wieder. Sie fluchte und schlug gegen das Lenkrad, geriet gefährlich ins Schleudern, versuchte es erneut, nun manuell. Als sie schließlich die richtige Frequenz fand, hörte sie nur noch die letzten Worte: »... Angelegenheit bizarr gewendet, scheinbar hat der Geiselnehmer gebeten, mit dem Kommissar sprechen zu können, der mit dem sogenannten Fall des Skeletts von Hobb's End beauftragt ist, dem Vernehmen nach Detective Chief Inspector Banks von der Kriminalpolizei Eastvale. Wir werden Sie über die Entwicklungen auf dem Laufenden halten.«

Tja, da blieb ihr nichts anderes übrig, als umzukehren, dachte Annie am Stadtrand von Blackburn. Vorsichtig wechselte sie von einer Spur zur anderen, nahm die nächste Ausfahrt, überquerte die Autobahn und folgte dann den Schildern Richtung Osten. Bei diesem Wetter würde sie ungefähr eine Stunde brauchen, ungeduldiges Fahren war da nicht angesagt. Sie hoffte, sie würde noch früh genug eintreffen, um zu sehen, was los war.

Banks hielt auf dem Parkplatz am Stausee, zog die Gummistiefel über und eilte durch den kurzen Waldabschnitt zum Tatort. Riddle hatte gar nicht so falsch gelegen, als er ihn mit einer Hollywoodproduktion verglich. Kostete wahrscheinlich so viel wie *Waterworld*. Die Streifenwagen, die Fahrzeuge des Mobilen Einsatzkommandos und der operativen Technik konnten wegen der Bäume nicht bis an das Ufer des Stausees fahren, hatten sich aber so weit wie möglich vorangezwängt, den Rest des Weges zogen sich lange dicke Drähte und Kabel entlang. Lokalpresse und -radio waren ebenfalls vertreten. Ganz Hobb's End in seinem Kessel lag im Flutlicht, hin und wieder durch ein Blitzlicht für Sekunden in blaue Farbe getaucht. In der Mitte, kurz hinter der Feenbrücke, wurden zwei kleine, jämmerliche Gestalten erbarmungslos beleuchtet.

Riddle stand neben einer Phalanx von Fernsehkameras und Mikrophonen, die sich hinter der Absperrung drängten. Banks ignorierte ihn und marschierte direkt zum Verhandlungsführer hinüber. Er sah jung aus. Banks nahm an, dass er Psychologie studiert hatte und nun zum ersten Mal mit dem richtigen Leben konfrontiert wurde. Offiziell trug der Superintendent des Bezirks die Verantwortung, aber normalerweise hatte der Verhandlungsführer das Sagen. Banks sah keine Scharfschützen, wusste aber, dass sie irgendwo auf der Lauer lagen.

»Ich bin Detective Chief Inspector Banks«, sagte er.

»Sergeant Whitkirk«, stellte sich der Verhandlungsführer vor.

Banks nickte in Richtung der beiden Gestalten. »Ich geh runter und red mit ihm.«

»Sie gehen da nicht runter!«, sagte Whitkirk. »Das ist gegen die Vorschriften. Sie können hier reinsprechen.« Er hielt ihm ein Megaphon hin. Banks nahm es nicht. Stattdessen zündete er sich eine Zigarette an und betrachtete die unheimliche Szene, ein Ort wie aus einem Horrorfilm, vielleicht derselbe Film, der damit begann, dass eine Skeletthand an einem Grabstein kratzte. Er drehte sich zu Sergeant Whitkirk um. »Wie als sind Sie, mein Junge?«

»Was hat denn das …«

»Sie sind offenbar nicht alt genug, um zu wissen, dass nicht alle Weisheit aus Büchern stammt. Wie heißt das, Ihr

Regelwerk? *Das praktische Handbuch für Geiselverhandlungen?*«

»Jetzt hören Sie mir mal zu …«

»Nein. *Sie* hören *mir* zu.« Banks wies auf die beiden Menschen. »Ich weiß nicht, wie viele solcher Situationen Sie erfolgreich hinter sich gebracht haben, aber ich kenne mich damit aus. Ich weiß, worum es geht, und ich glaube, dass ich eine viel größere Chance habe als Sie oder sonst irgendjemand, dafür zu sorgen, dass niemand verletzt wird.«

Whitkirk schob das Kinn vor. Auf seiner Wange prangte ein roter Wutfleck. »Das können Sie nicht garantieren. Überlassen Sie das den Profis. Das ist doch ein verrückter Spinner.«

»Das ist kein verrückter Spinner. Was habt ihr Profis denn vor? Ihn erschießen?«

Whitkirk schnaubte verächtlich. »Das hätten wir schon vor einer Stunde tun können, wenn wir das gewollt hätten. Wir halten die Situation unter Kontrolle.«

»Gratuliere!«

»Woher wollen Sie wissen, dass es kein Spinner ist?«

Banks seufzte. »Weil ich weiß, wer es ist und was er will.«

»Woher wollen Sie das wissen? Er hat noch keine Forderungen gestellt.«

»Außer, dass er mit mir reden will.«

»Stimmt. Und unser oberster Grundsatz ist, dass wir sie nicht erfüllen.«

»Er hat noch nichts gemacht, oder?«

»Nein.«

»Was glauben Sie, warum nicht?«

»Woher soll ich das wissen? Ich weiß nur, dass das ein verrückter Spinner ist, der ist unberechenbar. Wir können nicht nachgeben und Sie können nicht einfach zu ihm rüberspazieren. Sehen Sie es mal so: Er hat nach Ihnen gefragt, vielleicht sind Sie derjenige, den er in Wirklichkeit umbringen will.«

»Ich versuch's.«

»Nein, tun Sie nicht. Ich bin hier verantwortlich und Sie gehen nicht da runter.«

»Was machen wir dann?«

»Wir schinden Zeit.«

Banks hätte am liebsten laut gelacht, riss sich aber zusammen. »Und dann, was haben Sie dann vor?«

»Zuerst tun wir alles in unserer Macht Stehende, um diese unbestimmte Situation genauer zu bestimmen.«

»Ach, jetzt hören Sie schon auf, aus Ihrem dämlichen Handbuch zu zitieren«, schimpfte Banks. »Wie lange sind Sie schon hier? Eine Stunde? Eineinhalb Stunden? Haben Sie die unbestimmte Situation schon genauer bestimmen können?«

»Wir haben Kommunikation aufgenommen.«

Banks blickte auf das Megaphon. »Ja. Super zum Kommunikationaufnehmen, die Dinger.«

Whitkirk funkelte ihn böse an. »Wir haben ihm angeboten, ein Telefon runterzuschicken, aber er wollte nicht.«

»Hören Sie«, sagte Banks, »er hat nach mir verlangt. Wir wissen vielleicht nicht, was er will, aber er muss mir etwas zu sagen haben, und wir beide, Sie und ich, wissen, dass es nur eine Möglichkeit gibt, das herauszufinden. Ich glaube, ich kann ihm ausreden, etwas Schlimmes zu tun. Können Sie mir nicht ein bisschen Spielraum geben?«

Whitkirk kaute auf seiner Unterlippe. »Ich bin dafür verantwortlich, den Tatort abzusichern«, sagte er.

»Ich geh da runter.« Banks zeigte auf den Chief Constable. »Glauben Sie mir, da drüben steht einer, der verleiht Ihnen ein Abzeichen, wenn ich erschossen werde.«

Whitkirk brachte ein dünnes Lächeln zustande. »Unter einer Bedingung«, sagte er.

»Die wäre?«

»Sie tragen eine schusssichere Weste.«

»In Ordnung.«

Whitkirk ließ die Weste aus dem Fahrzeug des Mobilen Einsatzkommandos holen, dann teilte er dem Geiselnehmer über das Megaphon mit, was sie beabsichtigten.

»Schickt ihn her!«, rief der Mann zurück.

Whitkirk machte einen Schritt zur Seite, und Banks trat seine Zigarette im Schlamm aus und fing an, ausgestattet mit der schusssicheren Weste, das Ufer hinunterzukraxeln. Er hörte Whitkirk hinter sich flüstern: »Viel Glück.« Auf halber Strecke rutschte er aus und legte den Rest des Weges auf dem Hosenboden zurück. Nicht gerade würdevoll. Obwohl der Fall seinem Stolz wahrscheinlich stärker abträglich war als seiner Kleidung, erinnerte er ihn daran, dass er seine beste Hose zum Essen mit Jenny angezogen hatte, ein Abendessen, das er nun höchstwahrscheinlich nicht mehr zu sich nehmen würde, besonders da er in der Hektik sein Handy vergessen hatte und sie nicht hatte anrufen können, um abzusagen.

Als er am Fuße des Ufers ankam, hörte er Fluchen hinter sich. Annie Cabbot kam hinter ihm hergerutscht, ebenfalls auf dem Hosenboden, Füße in der Luft. Unten richtete sie sich auf und grinste ihn kurz an. »'tschuldigung. Ich konnte ihnen nur so entwischen.«

»Ich nehme an, du trägst keine schusssichere Weste?«

»Nein.«

»Ich könnte ein Gentleman sein und dir meine geben, aber wir sind jetzt etwas zu nah dran. Halt dich einfach zurück, hinter mir. Wir wollen ihm keine Angst einjagen.«

Sie näherten sich der Feenbrücke. Banks sagte dem Mann, wer er war. Der gestikulierte zurück, es sei in Ordnung, dann wies er die beiden an, sie sollten am hinteren Ende stehen bleiben. So standen sie sich an beiden Seiten der Brücke gegenüber. Vivian Elmsley wirkte verängstigt, aber ansonsten unversehrt, soweit Banks sehen konnte. Die Waffe glaubte er als .32er Automatik zu identifizieren.

»Das ist Sergeant Cabbot«, erklärte Banks. »Sie arbeitet mit mir an dem Fall. Geht es in Ordnung, wenn sie hier ist?«

Der Mann sah Annie an und nickte. »Ich weiß, wer das ist«, sagte er. »Ich hab sie im Fernsehen gesehen, als das Skelett gefunden wurde, und dann vor einer Woche oder so nachts hier draußen.«

»Sie waren das also«, sagte Annie. »Was haben Sie hier gemacht? Nach so langer Zeit können Sie doch nichts mehr gesucht haben, oder?«

»Vielleicht doch. Nicht das, was Sie meinen. Aber vielleicht habe ich was gesucht. Ich bin oft nachts hier gewesen. Hab nachgedacht.«

»Warum sind Sie weggelaufen?«

»Ich hab Sie vom Fernsehen wiedererkannt. Sie sind direkt an mir vorbeigegangen und haben mich nicht gesehen. Ich Sie aber. Ich konnte nicht riskieren, geschnappt zu werden, dann hätte ich alles erklären müssen, bevor ich das zu Ende gebracht hätte, was ich tun musste.«

Banks fand, es sei an der Zeit, die Sache in die Hand zu nehmen. Er hob die Hände und wies Annie an, dasselbe zu tun. Regen tropfte ihm in den Nacken. »Wir sind unbewaffnet, Francis«, sagte er. »Wir wollen Ihnen nichts tun. Wir möchten nur reden. Lassen Sie Ms. Elmsley gehen.«

»Sie wissen also, wer ich bin?«

»Francis Henderson.«

»Schlau. Aber jetzt heiße ich Stringer. Frank Stringer.« Er leckt sich über die Lippen. Er hatte also den Mädchennamen seiner Mutter angenommen. Seltsam. Das verriet Banks mehr darüber, womit er es zu tun hatte. Frank machte einen nervösen Eindruck, Banks hatte den Verdacht, dass er getrunken hatte oder wieder Drogen nahm. Wenn es schon schwer war, eine unbestimmte Situation genauer zu bestimmen, dann war es bei weitem komplizierter, eine halluzinatorische Situation real zu machen.

»Egal«, fuhr Frank fort, »ich hab noch nicht vor, einen gehen zu lassen. Ich will zuerst alles hören. Ich will hören, wie sie Ihnen alles gesteht, dann überlege ich mir, ob ich sie umbringe oder nicht. Das macht mir nichts aus.«

»Gut, Frank. Was möchten Sie hören?«

»Sie hat meine Mutter umgebracht. Ich will hören, dass sie das sagt, und ich will wissen, warum.«

»Sie hat niemanden umgebracht, Frank.«

»Was reden Sie da? Sie lügen. Sie wollen sie schützen.«

Er umfasste Vivian fester. Banks bemerkte, dass sie zischend die Luft einatmete, und sah, wie der Lauf der Waffe in die Haut unter ihrem Ohr gedrückt wurde.

»Hören Sie mir zu, Frank«, sagte er. »Es ist wichtig, dass

Sie mir zuhören. Sie haben mich gebeten, herzukommen. Sie möchten die Wahrheit wissen, oder?«

»Ich weiß die Wahrheit schon. Ich will sie aus ihrem Mund hören. Ich will hören, dass sie vor Ihnen gesteht. Ich will hören, was sie meiner Mutter angetan hat.«

»Es ist nicht so gewesen, wie Sie meinen, Frank. Keiner von uns hat geahnt, wie es passiert ist. Wir haben uns alle geirrt.«

»Meine Mutter wurde ermordet.«

»Ja, sie wurde ermordet.«

»Und dieses ... dieses Miststück hier hat meinen Vater und mich angelogen, als wir hingingen und nach ihr fragten.«

»Nein«, entgegnete Banks. »Sie hat nicht gelogen. Sie war überzeugt, die Wahrheit zu sagen.« Er bemerkte den verwirrten Blick in Vivians Augen.

»Die ganzen Jahre«, fuhr Frank fort, als hätte er nicht zugehört. »Wissen Sie, dass er sie anbetete, mein Vater? Obwohl sie uns sitzen ließ. Er meinte, sie wäre eine Träumerin gewesen, ein Freigeist, ein schöner Schmetterling, der einfach die Flügel ausbreitete und fortflog. Aber ich hasste sie, weil sie uns verlassen hatte. Weil sie uns diese ganze Schönheit vorenthielt. Warum konnte sie die nicht mit uns teilen? Warum konnten *wir* nicht zu ihren Träumen gehören? Wir waren ihr nie gut genug. Ich hasste und liebte sie gleichzeitig. Mein ganzes Leben wurde von einer Mutter bestimmt und verdorben, die ich nie kennen gelernt habe. Was glauben Sie, was Sigmund Freud dazu gemeint hätte? Finden Sie das nicht lustig?«

Banks wandte den Blick ab. Er wollte Frank nicht die Wahrheit sagen, dass seine Mutter ihn sofort nach der Geburt verlassen hatte. Die ganzen Jahre hatte ihm George etwas vorgemacht. Gloria hatte sich im Vater ihres Kindes getäuscht; so schlecht war er nicht gewesen. »Nein«, sagte er. »Das finde ich überhaupt nicht lustig, Frank.«

»Mein Vater hat mir immer erzählt, dass sie eine von diesen Hollywood-Schauspielerinnen werden wollte. Hat stundenlang vor dem Spiegel gestanden, sich auf die Art geschminkt und versucht, wie die zu reden. Selbst als ich noch nicht auf der Welt war, durfte keiner sie dabei stören. Sie war zu jung, sagte er immer. Hat nur einen Fehler gemacht, mehr nicht. *Ich*. Ich war genug.«

»Sie war wirklich sehr jung, Frank. Als sie schwanger wurde, bekam sie es mit der Angst. Sie wusste nicht, was sie tun sollte.«

»Deshalb musste sie weglaufen und uns allein lassen?«

»Manche Menschen halten das für die einzige Lösung. Sie wollte offenbar, dass das Kind, also *Sie*, lebte. Sie ließ nicht abtreiben. Sie muss Ihrem Vater doch gesagt haben, wo sie hinging, oder? Hielt sie Kontakt?«

Er rümpfte die Nase. »Hin und wieder eine Postkarte, da stand dann drauf, es ginge ihr gut, er sollte sich keine Sorgen machen. Als mein Dad einmal auf Heimaturlaub war, nahm er mich mit nach Hobb's End, um sie zu besuchen. Das war das einzige Mal … das einzige Mal, dass ich mich richtig an sie erinnern kann, dass ich bei ihr war und ihre Stimme hörte. Sie sagte zu mir, ich wäre ein netter Junge. Damals liebte ich sie. Sie kam mir wie ein Zauberwesen vor. Blendend schön. Wie aus einem Traum. Sie schien sich in einem Schleier aus Licht zu bewegen. So schön und so zart. Aber sie stritten sich. Als er sie sah, konnte er nicht anders, als sie zu bitten zurückzukommen, aber sie wollte nicht. Sie sagte ihm, sie wäre jetzt verheiratet und hätte ein neues Leben angefangen, wir sollten sie in Ruhe lassen, wenn wir wollten, dass sie glücklich sei.«

»Was machte Ihr Vater?«

»Er gehorchte. Er war erschüttert. Ich glaube, er hatte immer gehofft, dass sie eines Tages vielleicht zurückkommen würde. Wir versuchten es noch einmal, als alles vorbei war.« Jetzt sprach er in Vivians Ohr. »Aber dieses verlogene Miststück hier sagte uns, sie wäre abgehauen, und sie wüsste nicht, wo sie wäre. Mein ganzes Leben lang habe ich das geglaubt, ich hab geglaubt, dass meine Mutter weggelaufen ist und uns für immer verlassen hat. Ich hab versucht, sie zu finden. Das kann ich gut, Menschen finden, aber ich kam nicht voran. Jetzt habe ich gehört, dass sie die ganze Zeit tot war. Genau hier ermordet und vergraben.«

»Lassen Sie sie los, Frank!«, rief Banks über ein Donnergrollen. »Sie wusste es nicht.«

»Was meinen Sie damit, sie wusste es nicht? Sie muss es gewusst haben.« Frank wandte den Blick von Vivian ab und funkelte Banks böse an. Seine Augen waren wild, das glatte Haar klebte an seinem Schädel, der Regen rann wie Tränen aus seinen Augen. »Ich will alles wissen. Ich will hören, wie sie Ihnen alles gesteht. Ich will die Wahrheit.«

»Sie haben alles falsch verstanden, Frank. Vivian hat Gloria nicht umgebracht. Hören Sie mir zu!«

»Selbst wenn sie es nicht persönlich getan hat, beteiligt war sie trotzdem. Sie hat jemanden geschützt. Wen?«

»Niemanden.«

»Für wen halten Sie mich?«

»Vivian hatte nichts mit dem Tod Ihrer Mutter zu tun.« Banks bemerkte, dass sich Vivians Augen bei seinen Worten vor Staunen weiteten, obwohl sie eine Waffe im Nacken hatte. Annie stand nun neben ihm, Frank schien sich an ihrer Gegenwart nicht zu stören. Banks war sich des Treibens im Hintergrund bewusst, glaubte aber nicht, dass schon jemand in Aktion treten würde. Donner grollte und Blitze zuckten durch den Himmel. Regenmantel und Hosen klebten an seiner Haut, der Regen brannte ihm in den Augen.

»Was meinen Sie damit, sie hatte nichts damit zu tun?«, fragte Frank. »Sie hat meinem Vater gesagt, meine Mutter wäre fortgegangen, obwohl sie die ganze Zeit da vergraben war. Sie hat gelogen. Warum sollte sie das tun, wenn sie sie nicht selbst umgebracht hat oder den Mörder kennt?«

»Ihrer Meinung nach«, erwiderte Banks, »war Ihre Mutter wirklich gegangen. Sie hatte oft vom Fortlaufen gesprochen, seit Matthew aus dem Krieg zurückgekehrt war. Er war von den Japanern schwer verletzt worden. Er war nicht mehr der Mann, den sie geheiratet hatte. Ihr Leben war erbärmlich. Alle, die sie kannten, gingen beinahe davon aus, dass sie verschwinden würde, so wie sie schon vorher Sie und Ihren Vater verlassen hatte.«

»Nein!«

Frank verstärkte seinen Griff um Vivians Hals, und sie

keuchte. Banks' Herz krampfte sich zusammen. Er streckte abwiegelnd die Hände aus.

»Schon gut, Frank«, fuhr er fort. »Beruhigen Sie sich. Bitte. Beruhigen Sie sich und hören Sie mir zu.«

Sie warteten eine Weile schweigend, alle vier, nur das Klopfen des Regens, der sich verziehende Sturm und das gelegentliche Knistern des Polizeifunks oben am Ufer waren zu hören.

Banks merkte, dass sich die Lage entspannte, so als würde ein eng sitzender Knopf gelöst. »Matthew hat sie vertrieben«, fuhr er fort. »Es ist vollkommen verständlich, dass Gwen annahm, es sei so gewesen. Der Koffer Ihrer Mutter war fort. Ihre Sachen waren fort.«

Mindestens eine Minute lang sagte Frank nichts. Banks sah, dass er die Information verarbeitete und versuchte, seine Abwehr neu zu ordnen. Das Gewitter war jetzt schon weit entfernt, der Regen hatte nachgelassen, die vier standen da, nass bis auf die Knochen.

»Wenn sie es nicht war, wer war es dann?«, fragte Frank schließlich. »Ich wette, das können Sie mir nicht sagen, oder?«

»Doch, kann ich, Frank.« Annie trat vor. Frank wandte sich ihr zu und kniff wegen des Regens die Augen zusammen.

»Wer?«, fragte Frank. »Und lügen Sie mich nicht an!«

»Er hieß Edgar Konig«, sagte Annie. »Er hatte den PX-Laden auf dem amerikanischen Fliegerhorst in Rowan Woods, ungefähr eine Meile entfernt von hier.«

»PX?«, keuchte Vivian.

»Das glaube ich Ihnen nicht«, sagte Frank.

»Es stimmt«, bekräftigte Banks, den Faden aufnehmend. Ihm war eingefallen, dass Annie noch nicht die ganze Geschichte kannte. »Konig hat Ihre Mutter umgebracht. Er hat noch mindestens eine andere Frau hier auf die gleiche Weise getötet, unten in East Anglia. Es gab noch weitere, in Europa und Amerika.«

Frank schüttelte langsam den Kopf.

»Hören Sie mir zu, Frank. Edgar Konig kannte Ihre Mutter und ihre Freundinnen von den Tanzabenden, die sie alle besuchten. Er fühlte sich von Anfang an zu ihr hingezogen, aber er hatte ernst zu nehmende Probleme mit Frauen. In ihrer Nähe bekam er den Mund nicht auf. Er überhäufte Gloria mit Geschenken, aber selbst dann kam sie ihm nicht entgegen, half ihm nicht, seine Schüchternheit zu überwinden. Sie ging mit anderen Männern aus. Er sah abwartend zu. Der Druck in ihm wurde immer stärker.«

»Sie haben gesagt, er brachte noch andere Frauen um?«

»Ja.«

»Woher wollen Sie wissen, dass er es war?«

»Wir fanden den Kragenknopf einer amerikanischen Fliegeruniform. Wir gehen davon aus, dass Ihre Mutter ihn bei einem Kampf abgerissen hat. Dann untersuchten wir einen ungelösten Mordfall in Suffolk und fanden heraus, dass Konig in dem Zusammenhang ebenfalls vernommen worden war. Hören Sie mir zu, Frank?«

»Ich höre.«

Frank lockerte seinen Griff um Vivian ein wenig, und Banks bemerkte, dass er die Waffe weniger fest in der Hand hielt. »Edgar Konig ging an jenem Abend zum Bridge Cottage, um sich zu holen, was Ihre Mutter ihm seiner Meinung nach schuldete. Ihr Mann Matthew war im Pub, wie immer. In wenigen Tagen sollte die Bombergruppe Rowan Woods verlassen, das hatte ihn zum Äußersten getrieben. Er hatte nicht viel Zeit. Über ein Jahr hatte er sich gequält. Er hatte bereits etwas getrunken, war immer wollüstiger geworden und dachte, genügend Mut gesammelt zu haben, seine Unzulänglichkeit überwinden zu können. Doch irgendwas verursachte einen Kurzschluss. Sie muss ihn abgewiesen haben, vielleicht lachte sie ihn aus, und dann stellte er plötzlich fest, dass er sie in einem Wutanfall umgebracht hatte. Verstehen Sie, was ich Ihnen sage, Frank? Mit ihm stimmte etwas nicht.«

»Ein Verrückter?«

»Nein. Nicht im technischen Sinne. Jedenfalls zuerst nicht. Er wurde zum Sexualmörder. Die beiden Dinge – Sexualität und Mord – verwoben sich in seinem Kopf. Das eine verlangte nach dem anderen.«

»Wenn das so gewesen ist, warum weiß es dann keiner?«

Langsam griff Banks nach seinen Zigaretten und bot Frank eine an. »Hab vor Jahren aufgehört«, sagte er. »Aber vielen Dank für das Angebot.«

Banks zündete sich eine an. Ein definitiver Fortschritt. Frank wirkte nicht mehr so verkrampft, sondern geneigter, der Stimme der Vernunft Gehör zu schenken. Er schien auch nicht betrunken oder auf Drogen zu sein. Bloß nichts vermasseln jetzt.

»Keiner wusste es«, fuhr Banks fort, »denn Edgar Konig wurde klar, was er getan hatte. Er wurde schnell nüchtern. Er verwischte sorgfältig seine Spuren.« Banks sah Vivian Elmsley beim Sprechen an. Sie wandte den Blick ab. »Er machte alles sauber und vergrub ihre Leiche im Schuppen. Dann packte er ein paar Kleider und Sachen von Gloria in einen Koffer, damit es so aussah, als wäre sie fortgelaufen. Er fälschte sogar einen Abschiedsbrief. Es war Krieg. Ständig wurden Menschen vermisst. Jeder im Dorf wusste, dass Gloria nicht glücklich mit Matthew war, dass er eine Last war, die sie ertragen musste. Warum sollten sie bezweifeln, dass sie sich heimlich davongemacht hatte?«

Frank sprach in Vivians Ohr: »Stimmt das, was er sagt?«

Banks konnte nicht hören, was sie sagte, aber er sah, dass ihre Lippen ein »Ja« formten.

»Frank«, nutzte Banks seinen Vorteil aus, »die Waffe. Ich weiß, dass Sie niemandem wehtun wollen, aber sie ist gefährlich. Man macht schnell eine falsche Bewegung. Bis jetzt ist noch niemand verletzt worden. Bis jetzt gab es noch keinen Schaden.«

Frank betrachtete die Pistole, als sähe er sie zum ersten Mal.

Banks betrat die Feenbrücke und bewegte sich langsam mit ausgestreckter Hand vorwärts. Er wusste, dass wahrscheinlich ein oder zwei ausgebildete Scharfschützen in seine Richtung zielten; der Gedanke drehte ihm den Magen um. »Geben Sie mir die Waffe, Frank. Es ist alles vorbei. Vivian hat Ihre Mutter nicht umgebracht. Sie hatte nichts damit zu tun. Sie liebte Gloria wie eine Schwester. Es war Edgar Konig.«

Frank ließ die Waffe fallen und ließ Vivian Elmsley los. Sie stolperte zur Seite und rutschte in eines der verschlammten Löcher, das die Spurensicherung in den Boden von Bridge Cottage gegraben hatte. Annie rannte ihr zu Hilfe. Frank reichte Banks die Waffe. Sie wog schwer in seiner Hand. »Was ist aus ihm geworden?«, fragte Frank. »Aus diesem Konig? Wurde er je gefasst?«

»Das erzähle ich Ihnen alles später, Frank«, sagte Banks und fasste Frank am Ellenbogen. »Im Moment sind wir alle ein bisschen müde und durchnässt. Okay? Ich finde, wir sollten hier abhauen, irgendwo hinfahren, wo wir uns aufwärmen und saubere Sachen anziehen können, nicht?«

Frank ließ den Kopf hängen. Banks legte ihm den Arm um die Schultern. Dabei bemerkte er etwas auf dem Boden, teilweise von Schlamm bedeckt. Er bückte sich und hob es auf. Es war ein Foto der sechzehnjährigen Gloria Shackleton. Ihr schönes, entschlossenes, trotziges Gesicht starrte der Kamera entgegen. Das Wasser hatte das Bild angegriffen, doch war es noch zu retten.

Mehrere Polizeibeamte rutschten oder stürmten bereits die Uferböschung hinunter. Zwei gingen zu Annie und halfen ihr, Vivian aus der Grube zu hieven, und zwei griffen grob nach Frank und legten ihm Handschellen an.

»Es gibt keinen Grund, ihn so zu behandeln«, sagte Banks.

»Das überlassen Sie besser uns, Sir«, erwiderte einer von ihnen.

Banks seufzte und reichte ihnen die Waffe, dann hielt er das Bild von Gloria hoch. »Wenn Sie wollen, lasse ich das für Sie säubern, Frank«, sagte er.

Frank nickte. »Ja, bitte«, sagte er. »Und machen Sie sich keine Sorgen um mich. Ich komme zurecht. Ist nicht das erste Mal, dass ich Handschellen trage.«

Banks nickte. »Ich weiß.«

Sie stießen Frank Stringer vor sich her, zerrten ihn beinahe die sumpfige Böschung hinauf. Banks drehte sich um und sah, dass Annie und die anderen Polizisten Vivian Elmsley über die Feenbrücke halfen.

Die anderen gingen weiter, aber Vivian blieb vor ihm stehen, völlig mit Schlamm bedeckt. »Ich danke Ihnen«, sagte sie. »Sie haben mir das Leben gerettet.«

»Ich hab für Sie gelogen«, sagte Banks. »Und ich habe Glorias Treue zu Matthew beschmutzt.«

Sie wurde blass und flüsterte: »Ich weiß. Mir ist bewusst, was Sie getan haben. Es tut mir Leid.«

»Die Möglichkeit bestand, wissen Sie. Sie war vielleicht nur ganz klein, aber sie bestand. Wenn Sie sich gemeldet hätten, nachdem Sie Gloria tot aufgefunden hatten, wenn Sie nicht alle Beweisstücke vernichtet hätten, wenn Sie zur Polizei gegangen wären …« Banks hielt seine Wut im Zaum; dazu war jetzt weder die Zeit noch der Ort. »Ach, scheißegal. Jetzt ist es zu spät.«

Vivian neigte den Kopf. »Glauben Sie mir, ich weiß, was ich getan habe.«

Banks wandte sich ab und stapfte allein durch den Schlamm. Es war schwer, doch er schaffte es ohne Stolpern den Abhang hinauf. Oben angekommen, merkte er, dass Annie neben ihm stand. Bevor er etwas sagen konnte, kam Jimmy Riddle herübergelaufen und griff nach seinem Arm. »Ich bin froh, dass sie wenigstens etwas aus dieser Situation gerettet haben, Banks«, zischte er, »aber Sie sind zum Schreien unfähig. Ich will keine unfähigen Beamten in meiner Truppe. Ich möchte am Montagmorgen mit Ihnen reden.« Dann wandte er sich Annie zu. »Was Sie angeht, Sergeant Cabbot, Sie haben eine direkte Anweisung nicht befolgt. Aufsässige Beamte mag ich genauso wenig. Mit Ihnen möchte ich auch reden.«

Banks riß seinen Arm los, machte auf dem Absatz kehrt und ging langsam auf sein Auto zu. Er wollte jetzt nichts anderes als ein langes heißes Bad, einen großen Laphroaig und neue Klamotten.

Und Annie.

Sie stand schon mit verschränkten Armen gegen ihr Auto gelehnt.

»Alles in Ordnung?«, fragte Banks.

»Ja. So gut es einem gehen kann, wenn man die letzte

halbe Stunde im Regen gestanden und sich gefragt hat, ob einem der Kopf weggepustet wird.«

»Frank Stringer hätte niemanden verletzt.«

»Das ist leicht gesagt. Ich respektiere übrigens, was du da getan hast.«

»Wie meinst du das?«

»Du hast gelogen, um Frank Stringers Gefühle zu schonen. Ich hab dir doch erzählt, dass meine Mutter starb, als ich sechs war. Ich habe sie gerne als wunderschönes, berauschendes Wesen in Erinnerung, das sich in einem Schleier von Licht bewegt, genau so, wie er sich an Gloria erinnert. Und ich würde nicht wollen, dass mir jemand diese Illusion nimmt, egal, wie die Wahrheit lautet.«

»Ich hab gelogen, damit wir alle lebend da rauskommen.«

Annie lächelte. »Egal. Hat beides funktioniert.«

»Und jetzt?«

Annie streckte sich, bog den Rücken durch und reckte die Arme gen Himmel. »Weiter nach St. Ives. Aber zuerst ziehe ich mich zu Hause um. Ich war schon unterwegs, als ich es hörte. Ich konnte einfach nicht weiterfahren.«

»Natürlich nicht. Danke, dass du hier warst.«

»Und du?«

»Nach Hause, schätze ich.« Banks fiel das Essen mit Jenny wieder ein. Jetzt war es zu spät, vor allem in diesen Klamotten, aber er konnte sich wenigstens kurz ein Handy leihen, sie anrufen und sich entschuldigen.

Annie nickte. »Also, ich bin zwei Wochen weg. Im Moment bin ich mir über meine Gefühle nicht ganz im Klaren. Warum meldest du dich nicht, wenn ich wieder zurück bin? Dann können wir vielleicht mal reden, hm?«

»Okay.«

Sie grinste ihn schief an. »Wenn nicht so viele Bullen in der Nähe wären, würde ich dir einen Abschiedskuss geben.«

»Keine gute Idee.«

»Nein. Bis dann also.«

Und damit machte sie die Autotür auf und stieg ein. Banks ignorierte sein Vorhaben, weniger zu rauchen, und zündete sich noch eine Zigarette an. Er merkte, dass seine Hände zitterten. Ohne einen Blick zurückzuwerfen, ließ Annie den Motor an. Banks schaute ihr nach und sah, wie die roten Schlusslichter den matschigen Weg hinunter verschwanden.

Epilog

Nach einem langen, verregneten Winter und überfälligen Reparaturen durch die Betreibergesellschaft Yorkshire Water wurde der Stausee von Thornfield wieder geflutet und Hobb's End verschwand erneut. Am 27. Juli des darauf folgenden Jahres – der Mord an Gloria Shackleton hatte die Phantasie der Öffentlichkeit angeregt und war dann in Vergessenheit geraten – lag Vivian Elmsley in einem riesengroßen Bett in ihrem Hotelzimmer in Florida, gestützt durch Kopfkissen, und sah sich die Lokalnachrichten an.

Vivian befand sich auf ihrer amerikanischen Lesereise durch siebzehn Städte, und obwohl Gainesville nicht auf der Reiseroute lag, hatte Vivian so viel Einfluss bei ihrem Verlag, dass sie diesen kleinen Umweg machen konnte. Sie wäre auf jeden Fall herkommen, Lesereise hin oder her. Gestern war sie in Baltimore, Bethesda und Washington, D. C., gewesen, morgen ging es nach Dallas, aber heute war sie in Gainesville.

Denn heute war der Abend, an dem Edgar Konig seine Verabredung mit dem Sensenmann hatte, und nach allem, was sie durchgemacht hatte, brauchte Vivian dringend eine Art Abschluss.

Es war ein schwüler, mückenreicher Abend, aber das schien die Menge nicht abzuschrecken, die sich vor den Toren des ungefähr 25 Meilen entfernten Starke Prison versammelt hatte. Ein oder zwei Menschen trugen still Plakate, die ein Ende der Todesstrafe forderten, aber die überwiegende Mehrheit rief im Chor: »Tötet Konig! Tötet Konig!« Aufkleber auf Stoßstangen taten dieselbe Einstellung kund,

und die Menschenmenge verbreitete eine Atmosphäre, die den Fernsehkommentator an eine Picknickparty erinnerte. Es waren nicht genügend Leute da, um die überregionalen Sender anzuziehen – schließlich waren Hinrichtungen in Florida so alltäglich wie Überfälle –, aber der Fall Konig hatte vor Ort viel Aufsehen erregt.

Frank Stringer wäre auch gekommen – Vivian hätte sogar seine Reise bezahlt –, aber er saß im Gefängnis. Die britischen Waffengesetze waren weitaus strenger als die in Florida. Außerdem hatte er, wie hehr seine Motive auch gewesen sein mochten, Vivian im vergangenen September in Thornfield als Geisel zu nehmen, ein schweres Verbrechen begangen und einen enorm teuren Polizeieinsatz mit großem Medienecho verursacht. Vivian hatte ihn mehrfach im Gefängnis besucht und ihm gesagt, sie würde ihm helfen, wieder auf die Beine zu kommen, wenn er entlassen wurde. Es war das Mindeste, was sie zum Gedenken an Gloria tun konnte.

Frank seinerseits hatte ihr erzählt, wie Ivy, die Schwester seines Vaters, und ihr Mann John sich während des Krieges um ihn gekümmert hatten und dass er sie für seine Eltern gehalten habe. Wenn sein echter Vater auf Heimaturlaub nach Hause kam, verbrachten sie die Zeit zusammen. So war es auch gewesen, als sie 1943 ihre erste Reise in den Norden unternahmen, wo er seine Mutter zum ersten Mal gesehen hatte.

Nach dem Krieg hatte sein Vater geheiratet und ihn von Ivy und John zu sich geholt. Franks Stiefmutter entpuppte sich als Trinkerin und Xanthippe, die nichts für den unehelichen Sohn ihres Ehemanns übrig hatte. Zunehmend isoliert und vernachlässigt, geriet er an Ganoven und Gangs, und eins führte zum anderen. Der einzige Fixpunkt war, dass er das Andenken an seine Mutter immer hochgehalten hatte.

Frank erzählte Vivian ebenfalls, dass der Tod seines Vaters im Frühjahr des vergangenen Jahres und das Auftauchen von Hobb's End aus dem Thornfield-Stausee dazu geführt hatte, dass er sich immer stärker in die Vergangenheit hatte ziehen lassen. Sein Vater hatte Vivian Elmsley im

Fernsehen zuerst als Gwen Shackleton identifiziert, und Frank hatte ihm beigepflichtet; damals, mit acht Jahren, hatte er sich ihre Augen und ihre Stimme eingeprägt, so wie er sich das Gesicht seiner Mutter gemerkt hatte.

Er konnte nicht erklären, warum er sich die Mühe gemacht hatte, Vivians Adresse herauszufinden, und warum er sie verfolgt hatte und in der Buchhandlung an sie herangetreten war. Sie war einfach die Einzige, die noch lebte, die Einzige, die Gloria gekannt hatte. Er sagte, dass er ihr anfangs nichts hatte tun wollen, dass er vielleicht sogar den Mut aufgebracht hätte, sie irgendwann anzusprechen.

Dann fand man das Skelett, und ihm wurde klar, dass Vivian damals gelogen hatte. Danach hasste er sie; er rief bei ihr an, um ihr Angst einzujagen, um sie leiden zu lassen. Er hätte sie jederzeit überwältigen können, aber er genoss die Vorfreude. Schließlich würde alles vorbei sein, sobald er ihr gegenübergetreten wäre. Deshalb verfolgte er sie, beobachtete sie. Als sie vor dem Hotel ins Taxi stieg, wusste er, wohin sie fahren würde, und er fand es passend, dass alles dort ein Ende finden sollte, wo es begonnen hatte.

Aber heute Abend war Vivian in Gainesville allein mit ihren Erinnerungen, dem Fernsehen und einer Flasche Gin, Eiswürfeln und Tonicwater. Und einer Hinrichtung.

Es war bereits ein relativ aktuelles Foto von Edgar Konig gezeigt worden. Vivian hatte darin nicht den schlaksigen jungen Flieger mit dem Babygesicht, dem schüchternen Blick und dem blonden Bürstenschnitt wiedererkennen können. Er hatte keine Haare mehr, die Wangen waren eingefallen und runzlig, die Stirn gefurcht, und die Augen lagen in tiefen dunklen Höhlen, in denen sich schleimige Monster wanden.

Während sie die Live-Übertragung verfolgte, stellte sich Vivian vor, wie die Beamten die Vorbereitungen zum staatlich sanktionierten Mord mit geschickter, unpersönlicher Effizienz durchführten, wie Ärzte.

Zuerst würden sie den Patienten auf dem schweren Eichenstuhl Platz nehmen lassen und die dicken Ledergurte um seine Arme und Beine schnallen. Dann würden sie ihm das Beißholz zwischen die Zähne schieben und die Elektroden an seinem Körper befestigen, als ob sie ein EKG machen wollten.

Sie fragte sich, ob die Ledergurte stanken, ob sie vom Schweiß und der Angst des letzten Opfers säuerlich rochen. Wie viele Hände und Beine hatten sie schon festgehalten? Oder wurden sie nach jeder Hinrichtung ausgewechselt? Und der Stuhl selbst? Wie viele Blasen und Gedärme hatten sich auf ihm entleert?

Dann würden sie die Schädelkappe aus Metall festklemmen.

Vivian schüttelte den Kopf, um klar zu denken. Sie fühlte sich benommen und merkte, dass sie schon angetrunken war. Wenn jemand so ein Ende verdiente, dann war es wohl Edgar Konig, so kritisch sie der Todesstrafe auch gegenüberstand.

Vivian war schockiert gewesen, als Banks ihr einen Tag nach Franks Verhaftung erzählte, Glorias Mörder sei nicht tot, sondern warte in einer Gefängniszelle in Florida auf seine Hinrichtung.

Dachte er jetzt wohl an Gloria, wo das Ende so nah war? fragte sich Vivian. Verschwendete er einen Gedanken an die schöne junge Frau, die vor so vielen Jahren in einem Dorf gelebt hatte, das nicht mehr existierte? Die er während eines Krieges kennen gelernt hatte, der vor langer Zeit gewonnen worden war? Und was war mit den anderen Opfern? Wie viele waren es gewesen? Selbst Banks hatte ihr keine genaue Zahl nennen können. Dachte Konig wohl an sie?

Wenn er so war wie die meisten Massenmörder, über die sie im Laufe ihrer Recherchen gelesen hatte, so fühlte er wahrscheinlich nichts als Selbstmitleid und verfluchte in seinen letzten Augenblicken das Pech, das zu seiner Ergreifung geführt hatte. Was Banks ihr wenige Tage nach dem Vorfall in Hobb's End erzählt hatte, trug nicht dazu bei, diese Vorstellung zu zerstreuen.

Banks' Kontaktmann beim FBI hatte Konig im vergangenen Dezember verhört und einen Bericht eingeschickt. Konig sagte aus, er wisse noch, dass er die erste Frau in England während des Krieges erledigt hätte. Er konnte sich weder an den Namen noch an die Umstände erinnern, aber er meinte, es hätte sich wohl um eine Blondine gehandelt. Ganz genau wusste er allerdings, dass er ihr über ein Jahr lang Strümpfe, Kaugummi, Zigaretten und Bourbon besorgt hatte und sie nicht das kleinste bisschen Dankbarkeit zeigte, als er sich seine Belohnung holen wollte. Er sei betrunken gewesen. Er konnte sich erinnern, wie die Spannung in ihm gestiegen und immer stärker geworden war, bis sie an jenem Abend zu heftig geworden sei und der Damm schließlich brach. Sie hatte nichts mit *ihm* zu tun haben wollen, einem popeligen Schütze Arsch. O nein. Sie fickte lieber einen *Piloten*.

Es war immer der Alkohol, sagte er. Wenn er nicht betrunken gewesen wäre, hätte er keiner von ihnen etwas getan. Doch der Alkohol ließ etwas tief in ihm einfach ausklinken, und als Nächstes lagen sie tot zu seinen Füßen. Dann wurde er böse auf sie, weil sie gestorben waren, und griff zum Messer. So war es bei der zweiten Frau gewesen. Berlin 1946. Als er beim ersten Mal nicht erwischt worden war, als ihm aufging, dass es nicht einmal eine Ermittlung gab, glaubte er, einen Schutzengel zu haben.

Es war alles ihre Schuld. Wenn sie nicht aufgehört hätte, ihre Strümpfe hochzuziehen, als er vorbeifuhr, wenn sie nicht ihren Rock gelüpft und diese langen weißen Beine nicht im Scheinwerferlicht zu sehen gewesen wären, dann hätte er ihr nichts getan. Auch nicht, wenn er nicht betrunken gewesen wäre, wenn er die einsame Straße nicht wie seine Westentasche gekannt hätte. *Wenn, wenn, wenn.* Sein Leben war eine tragische Aneinanderreihung grausamer *Wenns*.

Sie sei durchaus nicht abgeneigt gewesen, mit ihm ins Feld zu gehen. Er hatte nicht vorgehabt, ihr wehzutun; er hatte nur vorher auf der Straße gesehen, wie sie ihm ihre Beine gezeigt hatte. Nun wollte er eine Nummer schieben wie jeder normale Kerl. Aber sie hatte keine Geduld mit ihm und seinem kleinen Problem gehabt – das kam manchmal vor, wenn er betrunken war –, und sie hatte Geld von ihm verlangt. Da sah er rot. Buchstäblich. Das Messer? Ja, er hatte meistens ein Messer dabei. Eine Angewohnheit aus der Zeit auf der Farm in Iowa, wo er Holz schnitzte.

An die dritte Frau, 1949 in den Staaten, konnte er sich kaum noch erinnern, und von der zweiten in England wusste er nur noch, dass in einer Scheune etwas Rotes passiert war. Wieder war es der Alkohol. Konigs Vater war ein starker Trinker gewesen, der den armen Edgar regelmäßig halbtot schlug; seine Mutter war eine saufende Hure, die für ein Trinkgeld die Beine breit machte. Sein ganzes Leben lang hatte der Alkohol seine Schwierigkeiten hervorgerufen und ihn zu diesen bösen Taten getrieben, und dann hatte er das Pech, auf diesem Highway in Kalifornien geschnappt zu werden.

So lautete Edgar Konigs Geschichte.

Der Alkohol. Vivian blickte auf ihr Glas und goss sich mit zitternder Hand noch einen Gin ein, holte eine Handvoll Eiswürfel aus der Schale auf dem Nachttisch und warf sie nachlässig ins Glas, so dass ein wenig Gin auf den Tisch spritzte. Eine amerikanische Eigenart, die sie sich angewöhnt hatte, Eiswürfel im Gin.

Es war fast so weit.

Edgar Konig, der gerade 76 geworden war, bekam nun, was er verdiente. Vivian spürte noch immer ein stechendes Schuldgefühl, wenn sie sich klarmachte, dass Banks Recht gehabt hatte. Sie hätte vor so vielen Jahren, nach dem Mord an Gloria, seinem ersten Opfer, vielleicht dazu beitragen können, seinem Morden ein Ende zu bereiten. Sie war mit dafür verantwortlich, dass Konig der Ansicht war, ein Schutzengel behüte ihn vor den Folgen seiner Morde.

Seit Banks ihr an jenem Abend, als das Gewitter über Hobb's End tobte, erzählt hatte, was passiert war, und sich voller Verachtung von ihr abgewandt hatte, hatte sie immer wieder versucht, sich alles rational zu erklären. Selbst wenn sie es angezeigt hätte, sagte sie sich, wäre wohl Matthew verhaftet worden. Er war nicht gesund genug gewesen, um so ein Erlebnis zu verkraften. Obwohl Banks ein bisschen versöhnlicher wirkte, als sie am darauf folgenden Tag mit ihm sprach, fühlte sie jedoch noch immer seine Missbilligung, und das tat ihr weh.

Aber was hätte sie der Polizei sagen können, dass sie speziell auf Edgar Konig gebracht hätte? Der Whiskey und die Lucky Strikes auf dem Küchenschrank? Das waren wohl kaum Beweise. Gloria hätte sie überall bekommen können, sie konnten schon seit Tagen dort gelegen haben. Sie und Gloria hatten viele Offiziere der Air Force aus der Gegend gekannt, damals gab es keinen Anlass, einen von ihnen des Mordes zu verdächtigen. Rückblickend hatte Banks leicht reden, dass *sie* die Verantwortung für all diese Morde trug, dass *sie* das alles irgendwie hätte verhindern können, wenn sie sich anders verhalten hätte, aber das war ungerecht. Hinterher ist man immer klüger. Wer würde denn nicht alles anders machen, wenn er eine zweite Chance bekäme?

Es war so weit.

Der erste Schock würde sein Gehirn brodeln lassen und alle Nervenzelle zu Grütze kochen; der zweite oder dritte Schock würde sein Herz zum Stillstand bringen. Sein Körper würde zucken und an den Gurten reißen; die Muskeln würden heftig kontrahieren, einige kleine Knochen würden wahrscheinlich brechen. Am ehesten die Finger, die Finger, mit denen er Gloria erdrosselt hatte.

Wenn er kein Lederband vor den Augen hätte, würde die Hitze seine Augäpfel platzen lassen. Der Hinrichtungsraum würde vom Geruch verschmorten Haares und Fleisches erfüllt werden. Unter dem Helm kämen Rauch und Qualm hervor. Der Helm selbst fing vielleicht Feuer. Wenn es vorbei war, würde jemand einen Ventilator einschalten müssen, um den Gestank loszuwerden. Dann würde ein Arzt kommen, ihn für tot erklären, danach würde die Öffentlichkeit informiert werden.

Außerdem, sagte sich Vivian, während sie die Menschen vor den Gefängnistoren skandieren sah, hätten ihn auch andere aufhalten können, wenn das System richtig funktioniert hätte. Es war nicht allein ihr Fehler. Sie hatte nur aus einem hehren Grund gehandelt: aus Liebe zu ihrem Bruder.

In den vergangenen Wochen hatte sie alle Artikel über Edgar Konig und seinen nahe bevorstehenden Tod gelesen. Es waren viele gewesen.

Konig war Ende der Sechziger mit 45 Jahren in Kalifornien gefasst worden, als er eine junge Tramperin am Rand einer einsamen Straße angegriffen hatte. Zu ihrem Glück war zufällig ein anderes Auto vorbeigekommen. Noch mehr Glück hatte sie, dass der Fahrer nicht zu denen gehörte, die schnell Angst bekamen oder sich in nichts einmischen wollten. Er war ein ehemaliger Soldat und er hatte eine Waffe. Als er die bedrängte Frau sah, hielt er an, entwaffnete Konig und setzte ihn außer Gefecht. Dann rief er die Polizei. Das Mädchen hatte Konig bereits bewusstlos gewürgt. Sie hatte fünf Stichwunden, überlebte jedoch.

Konig saß neun Jahre einer vierzehnjährigen Haftstrafe ab. Er wurde wegen guter Führung und überfüllter Gefängnisse vorzeitig entlassen. Viele Leute, die Konigs Fall kannten, protestierten gegen seine Entlassung, da sie ihn für äußerst gefährlich und in mindestens vier Mordfällen für verdächtig hielten – doch konnten sie es nie beweisen. Die Gefängnisleitung sagte, man könne im Moment nicht viel tun, und ließ ihn gehen.

Nach seiner Entlassung Ende der Siebziger musste Konig jahrelang von Stadt zu Stadt ziehen, da er immer vertrieben wurde, sobald die Leute herausfanden, wer er war. Er versuchte, eine Stelle als Verkäufer zu bekommen, doch gelang es ihm meistens nicht, so dass er von der Sozialhilfe lebte. Vor nur wenigen Jahren hatte er sich schließlich in einer kleinen Stadt in Florida niedergelassen, wo alles ein schmutziges, vorhersagbares Ende nahm.

Seine Nachbarn hatten schon zu protestieren begonnen, ein Geschäft hatte ihm sogar Geld geboten, damit er seine Koffer packte und fortzog. Aber Konig blieb. Eines Tages dann kamen zwei Zeugen Jehovas an seine Tür und sahen durch das Fliegengitter Konig mit einem Messer in der Hand vor der Leiche einer Frau stehen, eine Prostituierte, wie sich später herausstellte. Mit ihrem Handy riefen sie die Polizei. Konig war betrunken, er leistete keinen Widerstand.

Danach folgten die obligatorischen Jahre des Wartens auf seinen Prozess, auf das Urteil, dann Gnadengesuche, Todestrakt.

Jetzt war alles vorbei. Die Menschenmenge vor dem Gefängnis jubelte. Sie hatte die Nachricht erhalten, Edgar Konig war tot.

Warum fühlte Vivian keine Erleichterung, warum fühlte sie nichts als die Vorboten schlimmer Kopfschmerzen? Sie schloss die Augen und presste die Finger auf die Lider. *Alles vorbei. Alles vorbei.* Sie war so müde. Konigs Aussage beim FBI war nackt und ungeschönt gewesen, aber dank ihrer morbiden Phantasie konnte Vivian sich die Einzelheiten vorstellen.

Sie sah, wie Gloria in die Küche lief, als sie Angst vor PX' unberechenbarem Verhalten bekam, ein Verhalten, das sie auf der Feier am Tag des Sieges bereits in Ansätzen erlebt hatte. Sie sah, wie sie verzweifelt Tee- und Kakaodosen aus dem Küchenschrank riss, nach der Waffe suchte und erschrocken feststellte, dass sie nicht mehr da war. Wurde ihr im letzten Moment ihres Lebens klar, dass Gwen sie genommen haben musste?

Als nächstes sah Vivian, wie PX nach Gloria griff, ihr die Hände um den Hals legte und ihr die Luft abdrückte. Dann sah sie, wie er das Küchenmesser von der Theke nahm, fühlte einen stechenden Schmerz, dann noch einen, noch einen, und alles begann ihr zu entgleiten.

Vivian griff sich mit der Hand an die Kehle.

Die Waffe.

Sie war es gewesen, die die Waffe genommen hatte, der einzige Gegenstand, der Gloria das Leben hätte retten können, wenn sie ihn rechtzeitig gefunden hätte. Und Brenda Hamiltons Leben. Und das all der anderen.

Dann hatte sie sich all die furchtbaren Jahre lang um Matthew in seinem ehrlosen Zustand gekümmert, ihn für einen Mörder gehalten. Der arme, zarte Matthew, der nie einer Fliege etwas hätte zuleide tun können, der nicht einmal sich selbst töten konnte, genauso wenig wie ihr Mann Ronald, trotz all der Schmerzen. Vivian hatte beiden geholfen: Ronald mit einer Überdosis Morphium und Matthew vor so vielen Jahren …

Bevor sie zu weinen begann, erinnerte sie sich lebhaft an den Nachmittag in Leeds, als sie vom Einkaufen zurückkam und Matthew mit dem Revolver im Mund im Sessel sitzen sah, der Revolver, den sie Gloria fortgenommen, aufbewahrt und von Hobb's End mitgebracht hatte. Er versuchte, allen Mut zusammenzunehmen, zwang sich, den Abzug zu drücken.

Aber er konnte es nicht. Genauso wenig wie all die anderen Male, als er es versucht und nicht geschafft hatte. Er hatte so einen verzweifelten Gesichtsausdruck, strahlte so eine Hoffnungslosigkeit aus. Seine Augen flehten sie an, und diesmal ging sie, fast ohne nachzudenken, zu ihm, umschloss seine Hand zärtlich mit der eigenen, küsste ihn auf die Stirn und drückte mit seinem Finger den Abzug.

Vor dem Gefängnis tanzte und johlte die Menge, die Menschen schüttelten die Bierflaschen und bespritzten sich gegenseitig. Im Hotelzimmer ließ Vivian Elmsley zum ersten Mal seit über fünfzig Jahren ihren Tränen freien Lauf und griff wieder nach dem Gin.

Danksagung

Viele Menschen halfen mir direkt und indirekt bei diesem Buch. Was das Schreiben angeht, möchte ich ganz besonders meiner Frau Sheila Halladay für ihr scharfsichtiges erstes Lesen und meinem Agenten Dominick Abel für seine Aufmunterung und harte Arbeit danken. Besonderer Dank geht an meine Lektorin bei Avon Books, Patricia Lande Grader, weil sie an mich geglaubt und mich zu Höchstleistungen angetrieben hat, sowie an Cynthia Good bei Penguin, die mich wie immer bei der Stange hielt. Ebenfalls danken möchte ich Robert Barnard für seine Lektüre und den Kommentar zum Manuskript und den Lektorinnen Mary Adachi und Erika Schmid, weil sie die wichtigen Details entdeckten, die alle anderen übersahen.

Viele haben mir dabei geholfen, die Vergangenheit zu rekonstruieren. Ich danke meinem Vater, Clifford Robinson, der seine Kriegserinnerungen aus Yorkshire mit mir teilte, ich danke Jimmy Williamson, der mir den Krieg in Burma erklärte, dem Geschichtsbeauftragten der US Air Force in Europa, Dan Harrington, der geduldig meine E-Mails beantwortete, Jack McFadyen, weil er Uniformen und Knöpfe ausfindig machte, und schließlich Dr. Aaron Elkins für seine Hilfe in forensischer Anthropologie.

Außerdem beantworteten verschiedene Polizeibeamte meine Fragen, und wenn ich irgendetwas falsch gemacht habe, so ist das nicht ihr Fehler. Dank wie immer an Detective Sergeant Keith Wright und an die Truppe, die sich im The Whale trifft: Sergeant Claire Stevens, Chief Inspector Phil Gormley und Detective Inspector Alan Young. Besonderen Dank an Alan für die Führung durch die Polizeiwache und das anschließende Bier in der Kantine.

Und zu guter Letzt, Dank an John Halladay von der Juristischen Fakultät der University of Buckingham und an Judith Rhodes von den Leeds Library Services, die eine Menge Fragen unterschiedlichster Art beantworteten.